Suzanne Latour
*Don Juan in der Provinz*

Suzanne Latour hat Spanische und Amerikanische Literatur studiert und lebt und arbeitet als freie Schriftstellerin in Hamburg.
Bisherige Veröffentlichungen: *Eines Sommers im August* (Roman), Claassen Verlag, München 1998, *Spikkerdeel* (Roman), Leipziger Literaturverlag, Leipzig 2009. *Das Kalksteinschloß* (Roman), Hamburg, 2017, *Die Dame vom See* (Roman in zwei Bänden), Hamburg 2020
Mehr von der Autorin unter www.suzanne-latour.de

# DON JUAN IN DER PROVINZ

*und andere Erzählungen*

Bibliografische Information der Deutschen Nationalbibliothek:
Die Deutsche Nationalbibliothek verzeichnet diese Publikation in der Deutschen Nationalbibliografie; detaillierte bibliografische Daten sind im Internet über http://dnb.de abrufbar. Die automatisierte Analyse des Werkes, um daraus Informationen insbesondere über Muster, Trends und Korrelationen gemäß §44b UrhG („Text und Data Mining") zu gewinnen, ist untersagt.

Gesetzt aus der Schrifttype Revival 565 BT
Verlag: BOD · Books on Demand GmbH, In de Tarpen 42, 22848 Norderstedt
Druck: Libri Plureos GmbH, Friedensallee 273, 22763 Hamburg

ISBN: 978-3-7597-9968-5

# Don Juan in der Provinz

## 1.

„Alles pi – pa – po", sagte der Referent mit einem jugendlichen Wippen auf den Zehenspitzen, das, kombiniert mit einer forschen Geste, mit der er sich das gescheitelte Haar nach rechts aus der Stirn strich, ihm stets weibliche Aufmerksamkeit sicherte. „Ein Lebenslauf, wie man sich ihn präsentabler, flüssiger, überzeugender nicht wünschen kann. Ein Talent großen Stils. Beste Referenzen. Die Preise allein – zwölf an der Zahl, wenn ich es richtig übersehe – ich nenne nur die wichtigsten: der Blindenpreis für das beste Buch in Brailleschrift – die Gehörlosen-Silbermedaille für die schönsten Initialen – der ... Preis – der ... Preis – der ... für den besten Nachwuchsliteraten – das ... Stipendium –"
Die drei Zuhörer lauschten diesem Erguß kultureller Gläubigkeit mit der freundlichen Bosheit von Menschen, die auf ihrem Lebensweg genügend Realismus kennengelernt haben, um sich in ihren Positionen einigermaßen sattelfest zu fühlen: was beinhaltete, das Anpreisen fremden Verdienstes mit jenem Korn Salz aufnehmen zu können, das bei ihnen zur praktischen Anwendung ihrer Vernunft gehörte. Sie waren, mit anderen Worten, skeptisch, und zeigten und verbargen dies zur selben Zeit, jeder auf seine individuelle Art. Der Zeitpunkt, dies zu tun, war insofern günstig, als es sich gleichsam um die letzte Gelegenheit handelte, einen unbefangenen ersten Eindruck zu gewinnen, ohne sogleich zur Teilnahme, zu Aktion und Reaktion gezwungen zu sein:

denn das Objekt dieser einführenden Lobeshymne, der Besitzer des brillanten Lebenslaufes fuhr soeben auf einem flotten Motorrad älterer Machart, das bereits eine gewisse antike Patina vorweisen konnte, auf den kleinen Platz, der dem Hesperus-Dichterpavillon zum Parkplatz diente, und da er noch eine geraume Weile mit seinem Helm, seiner Motorradkluft und seinem Gepäck beschäftigt war, hatten sie, aus den Fenstern des oberen Stockwerks spähend, jede Menge Muße, ihn ein wenig zu besehen. Das Resultat dieser Musterung aus acht Augen war unweigerlich nicht *ein* Bild, sondern ein vierfaches, da es sich mit den Gedanken und Erwartungen des jeweiligen Betrachters vermischte, keinesfalls nur denen übrigens, die durch diese Präsentation geweckt oder nicht geweckt worden waren, es reichten schon diejenigen aus, die sie aus ihrem eigenen Lebensfundus beisteuern konnten.

„Eigentlich", sagte der Bürgermeister, während sie alle vier etwas vorsichtig hinunteräugten, als bodenständiger, erfahrener Politiker verfügte er über ein gewisses Inventar feststehender Überzeugungen, die sich den jeweiligen Erfordernissen geschmeidig anpassen ließen; in diesem Augenblick aber fühlte er sich etwas mehr als Privatmann und war zum Spott geneigt, „eigentlich *habe* ich gar keine konkreten Vorstellungen, was das Aussehen sogenannter Genies anbelangt, aber noch jedes Mal, das muß ich schon sagen, wenn mir ein solches vorgeführt wurde, hat mich der Verdacht beschlichen: Du kochst auch nur mit Wasser!" Mitten in die unklaren Beteuerungen des Referenten hinein, der als junger Ehrgeiziger jede noch so allgemeine Kritik als Kritik an sich selbst interpretieren mußte, kommentierte die Gemeindesekretärin, auf den wippend-cowboyhaften Gang des Neuankömmlings hinweisend, mit bezeichnender Sprödigkeit: „Er wird mit den Mädchen anbandeln", womit sie, alle Prophetie dahinstellend, zunächst einmal bewies, daß *sie* das Mädchenalter hinter sich hatte. Der vierte Beobachter war der Gärtner, der ihnen den Pavillon aufgeschlossen und aus irgendwelchen demokratischen Gründen – gelebte Demokratie nannte es der Bürgermeister, worunter er in diesem Fall Volksnähe verstanden wissen wollte – die Besichtigungstour des frisch renovierten Gebäudes hatte mitmachen dürfen, und sein Spruch, mit dem er seinen ersten Eindruck des sich Nähernden zusammenfaßte, lautlos verstand sich, war der Spruch all derjenigen, denen Blumen und Pflanzen mitsamt allem, was ihren Wuchs, ihre Eigenart und ihre Pflege betrifft, endgültig wichtiger als Menschen sind: Wenn er mir auf meine Beete tritt oder seine Kippen da deponiert, kriegt er was hinter die Löffel und wenn er zwanzigmal ein Genie ist!

Das Begrüßungszeremoniell, an dem er als Repräsentant des Volkes und nützlicher Ansprechpartner in eiligen Notfällen auch noch teilnehmen durfte, zeichnete sich, wie es solchen Anfangswortwechseln eigentümlich ist, durch eine beliebige Anzahl verbindlicher Floskeln, diffus-allgemeines Wohlwollen mitsamt allen Gesten, die dieses überzeugend zum Ausdruck brachten, und sich gelegentlich überkreuzende Fragen und Antworten aus, wobei der Generalbaß des Bürgermeisters, wie er sein eigenes Organ scherzend zu nennen pflegte, den unwiderleglichen Vorrang vor allen niederen Aspiranten haben mußte. Es war nun der Augenblick, den zukünftigen Bewohner dieses Schmuckstückes, wie der zu seiner neuen Bestimmung umgestaltete Pavillon im Lokalblatt gerühmt worden war, noch einmal aus nächster Nähe zu besehen, und sich heimlich einzugestehen, daß man sich einen Dichter zwar – wahrscheinlich irgendwelchen uralten Vorurteilen nachgebend – ,irgendwie anders' vorgestellt hatte, aber doch bereit war, sich mit dieser so verschieden beschaffenen Realität anzufreunden. Ein Unbarmherziger hätte, was ihnen da, mit treuherzig-ernstem Gesichtsausdruck, der sich mit einer gewissen Leichtigkeit der Bewegungen verband, entgegentrat, als einen formschönen Fall von Berufsjugendlichkeit verspottet, mitsamt Lederjacke, engen Jeans und federnden Füßen, die Umstehenden hingegen, denen die Unbarmherzigkeit in Dingen des Geistes eine unbekannte Größe war, sahen einen Mann, der längst

nicht mehr jung, aber auch noch lange nicht alt, sondern irgend etwas dazwischen war, das man, wenn man wollte, als eine Aura perpetuierlicher Vorläufigkeit definieren konnte. Seine Angaben bestätigten dies, die er mit einer sympathischen Offenheit und Flüssigkeit machte: er war offensichtlich nicht von jener Spezies, der man die Worte mit einer Zange aus dem Mund ziehen mußte. Vorläufig lebte er in München, wollte aber demnächst nach Berlin übersiedeln. Vorläufig sei er in erster Linie Dichter, habe aber auch noch mehrere Romane, einen Kurzgeschichtenband und etwa zehn Theaterstücke im Rohstadium in petto. Gewiß habe er eine Leidenschaft für die Berge, aber vorläufig – was im konkreten Fall hieß: für die nächsten drei Monate – sei er vollkommen zufrieden damit – nein, positiv begeistert – Stipendiat des Hesperus-Dichter-Pavillons zu sein und als Stadtschreiber dieses schmucken Küstenstädtchens seinen Beitrag zur Anbindung an das literarische Leben und zur Weltläufigkeit im allgemeinen leisten zu können. Alles vollkommen natürlich und mit gewinnendem Lächeln dargebracht, an dessen Aufrichtigkeit sich kaum zweifeln ließ. Vorläufig ist er Vater, konterte der Bürgermeister im Stillen, der solcher Scherze fähig und nicht ganz zufrieden mit der Art war, wie seine Stadt als ‚der Weltläufigkeit bedürftig‘ dargestellt worden war – will aber demnächst auch noch Mutter sein! Warum sie denn, fragte der Neuankömmling lächelnd, den Pavillon nicht nach ihrem größten Dichter, Theodor Storm, benannt hätten?
„Unser Bürgermeister zieht Jean Paul vor“, ein Einwurf von der Gemeindesekretärinnenseite, die sich bei der Namensgebung stimmlich übergangen gefühlt und folglich etwas zu rächen hatte, „– und hat per Ukas dekretiert: wir andern waren übrigens alle dagegen!“ Der Beschuldigte, ein jovialer Dickhäuter auch in mancher anderen Hinsicht, scheuchte den Loyalitätenkonflikt vom Horizont, indem er aufgeräumt mitteilte, nach dem schwermütigen Meeresdichter benannte Einsiedeleien bzw. Einrichtungen gebe es in diesem Küstenstrich, überhaupt im ganzen Land zwischen den Meeren

jede Menge, aber der hintergründige, koboldhafte Jean Paul
mit seiner barock wuchernden Sprachkunst sei kaum oder
fast gar nicht vertreten, und konnten sie hier, schon des
wohltuenden Kontrastes wegen, nicht auch ein wenig Hin-
tergründigkeit, Phantastik und barocke Schwärmerei ge-
brauchen – nicht geradezu zur Nachahmung womöglich,
aber doch als Anregung und kulturelles Memento?

Der Neuankömmling erwies sich als geschickter Diplomat,
glättete die strenge weibliche Miene mit der ernsten Versicherung, Theodor Storm für ‚einen der Größten‘ zu halten,
und wußte von Jean Paul, falls er seine Werke nicht gelesen
hatte, immerhin genug, um den Kenntnissen des Bürgermeisters auf professioneller Höhe begegnen zu können; sie be-
traten folglich unter angenehmer Fachsimpelei den Pavillon,
der seinem zukünftigen Bewohner nun ausdrücklich zur
Besichtigung dargeboten wurde. Konnte man zweifeln, daß
sie, nach diesem verträglichen Beginn, zur Zufriedenheit
ausfiel? Sie wäre sicherlich auch dann angebracht gewesen,
wenn nicht alles so neu und frisch gewesen wäre: so aber
kam zu der allgemeinen Ehre auch noch die, der erste Ok-
kupant dieser Räume und der erste als regulärer Stadtschreiber des Städtchens bewillkommnete Dichter zu sein.
Der Gast versicherte, daß er sich dieser Ehre bewußt sei.
Sie mußte noch anwachsen, als man ihm – der Referent und
die Sekretärin übernahmen dies, ergänzten sich gegenseitig –
bedeutete, daß die Möbel in Handarbeit von einem in der
Gegend ansässigen Naturholzschreiner angefertigt worden
waren, die vorhandenen Teppiche von einer norwegischen
Teppichmanufaktur stammten, die Einrichtung das Bades
(vornehm-dezent) von einem Sanitätsunternehmen des
Städtchens selbst. Der Bürgermeister nannte dies: die lokale
Wirtschaft fördern, und der frischernannte Stadtschreiber,
als Mann der Kunst mit der Wichtigkeit solcher Initiativen
vertraut, gab freimütig seiner Bewunderung und Zustimmung Ausdruck. Küche, Studio und ein kleines Auditorium
befanden sich unten, ein Schlafzimmer mit drei schrägen
Wänden samt Badezimmer im obersten Stock, der ein hüb-

9

sches Panorama auf die Ziersträucher des Gartens und den Hafen bot. Der Schreibtisch, auf dessen Stuhl der Dichter, als symbolische Inbesitznahme, seine Reisetasche ablegte, war von bequemen Ausmaßen, mit allem notwendigen technischen Gerät versehen, das nur noch des Anschaltens harre, eine kleine Bibliothek war eingerichtet, die der Dichter nach moderatem Belieben vergrößern dürfe; dezente Blumenbilder einer einheimischen Aquarellistin schmückten die Wände, und der Fensterblick dieses kleinen Refugiums ging zwischen Gebüsch und Hausmauern hindurch bis auf ein Stück Promenade, folglich auch zum Meer hin, sofern es nicht gerade, bei tiefster Ebbe, vollständig außer Sicht lag. Der Dichter versicherte, daß er von einem derartigen Domizil immer geträumt habe, daß es ein kleines Künstlerparadies sei etc. etc., und diese im Brustton innerer Überzeugung gesprochenen Sätze wurden ihrerseits mit allgemeiner Befriedigung zur Kenntnis genommen.

„Ich fasse noch einmal zusammen", sagte der Referent. „Eine Lesung alle zwei Wochen, entweder aus Ihren eigenen Werken, wahlweise auch aus fremden, diese dürfen aber nicht das Übergewicht haben. Ein Artikel jede Woche für das kulturelle Stadtmagazin, das für die Dauer Ihrer Anwesenheit wöchentlich erscheint (anstatt wie sonst vierzehntägig). Welche Geldmittel Ihnen zur Bereicherung der Bibliothek zur Verfügung stehen, entnehmen Sie diesem Blatt. Es haben sich bereits mehrere Schulklassen angemeldet, wahlweise können Sie die Schüler auch im Gymnasium selbst aufsuchen. Für alle Anfragen hinsichtlich Ihrer Tätigkeit bin ich zuständig, für alles Pavilloninterne der Gärtner (er war aus Langeweile längst geflohen). Ich wage nicht anzunehmen, daß diese Tasche hier Ihr einziges Gepäck sein soll?"

„Sehr gut geraten", sagte der Dichter liebenswürdig. „Der Rest wird mir im Laufe des Nachmittags freundlicherweise frei Haus geliefert."

# 2.

Diese kleine Begrüßungs- und Einweihungszeremonie hatte noch einen Zuschauer gehabt: einen Zuschauer aus Leidenschaft. Ein fünftes Paar Augen hatte alles gesehen: nicht in der Wirklichkeit der Details, aber in der Vorstellung, wodurch es, noch ehe eine tatsächliche Verbindung geschaffen oder vielmehr: wiederhergestellt worden war, eine brennende Bedeutsamkeit gewann. In diesem geistigen Milieu flammte es zuweilen grell auf, dann sank wieder Trübnis herab. Ein Ich saß vor einem Spiegel und blickte mit stummer, erbitterter Konzentration in sich hinein: eine Tätigkeit, die die äußere Welt gleichsam völlig verschlang, bis nur noch das Denken selber übrig war, das Bilder, Szenen, Worte, Gefühle durcheinanderwirbelte, aus ihnen Vergangenheit und Gegenwart zu destillieren, voneinander zu scheiden versuchte, ohne daß dies zur Zufriedenheit gelingen wollte. Warum macht es dir soviel aus? fragte das Ich sich selbst. Weil du ihn einst geliebt hast, antwortete der Spiegel, der nicht gefragt worden war und sich also Freiheiten herausnahm. Nein! zischte ihm das Ich lautlos zu. Wenn ich ihn geliebt hätte, säße ich jetzt nicht hier! Ich hätte mich nicht für das Leben entschieden, das ich jetzt führe und das ich zwanzig Jahre lang zu bereuen keinen Anlaß gesehen habe. Die Spur ist falsch oder führt nicht weit genug! Vielleicht gefällt es mir nur einfach nicht, mich *vor* Ablauf einer Frist, die ich selbst zu bestimmen habe, mit meinen Erinnerungen befassen zu müssen!
Mit diesem Gedanken konnte sich das Ich vor dem Spiegel, das einer Frau gehörte, schon etwas näher befreunden. Sie hatte weder Kenntnis von der geplanten Besetzung des Dichterpavillons noch irgendeinen Einfluß darauf gehabt, aber da der soeben bewillkommnete Bewohner nur die zweite Wahl und – wie sie zu spät erfuhr – als Nachrücker eines ersten Bewerbers, der wieder abgesagt hatte, erschienen war, war sie, unter dem Einfluß einer nervösen Gefühlsaufwallung, die sie zwar in sich zu bezähmen vermoch-

11

te, die ihr aber dennoch unangenehm und wie ein Vorzeichen weiterer erschien, geneigt gewesen, dieses Geschehnis, diesen unerwarteten Einbruch in ihre Existenz, dieses neuerliche Kreuzen zweier Lebenslinien, mit dem sie bis zu einem gewissen Grad rechnen mußte, als einen jener bösen Zufälle anzusehen, vor denen kein Dasein, mag es sich auch noch so sehr abgesichert und seinen Ruhepunkt in sich selbst haben, ganz und gar gefeit ist. Der Spiegel hatte ihr eine zu freundliche, zu handzahme und banale Version präsentiert, ihr Denken, hochmütig und empfindlich in diesem Punkt, der ihr Selbstverständnis als Frau betraf, wies ihn als ungenügend zurück. Ihre Gefühle waren nicht so freundlich, sie waren auch nicht mit Melancholie und Nostalgie getönt, und erst recht waren es ihre Erinnerungen nicht. Was sie ihm vorzuwerfen hatte, war nicht mehr, aber auch nicht weniger, als daß er der Anlaß eines Selbstbetruges gewesen war: er, oder vielmehr die Bezauberung, die von ihm ausgegangen war, hatte sie dazu gebracht, in ihm die Verkörperung all ihrer Wünsche im Hinblick auf einen Mann zu wähnen, ohne daß ein einziger dieser Wünsche wirklich gedeckt war. Es war von ihm aus niemals so gemeint gewesen, als ein Versprechen auf Ewigkeit, es war nur die Art und Weise gewesen, ihr zu gefallen: ein Versuch, den sie zu sehr für die Wirklichkeit genommen hatte. Als intelligente und energische Person war sie recht schnell dahinter gekommen, daß es sich um eine Technik des Gefallens handelte, der sie erlegen war: ein paar unvermeidliche Auseinandersetzungen folgten, im Zuge derer der Verführer es ihrem ‚zersetzendem Sinn' zuschrieb, wenn sie an die Liebe nicht mehr glauben wollte, womit er sich recht elegant und sicher aus der Affäre zog, denn seine Beteuerungen waren umso leidenschaftlicher und aufrichtiger, je weniger die Gefahr bestand, daß ihnen Glauben geschenkt wurde. Nichts ernüchtert eine anspruchsvolle Frau schneller, als wenn sie merkt, daß derselbe Zauber, dessen höchster Wert in seiner Einzigartigkeit und Einmaligkeit besteht, dazu herhalten muß, das gesamte weibliche Geschlecht zu beglücken: eine Frau wird umso mehr Mühe haben, sich diese Verirrung zu verzeihen, für je unabhängiger und aufgeklärter sie sich selbst gehalten hat.

Ich war es damals sicherlich zu wenig, erklärte das nachdenkliche Ich dem Spiegel, der Fragen und Antworten dieselbe blankgeschliffene, aber stumme und taube Oberfläche bot. Ich kam aus der Provinz in die Großstadt, um zu studieren – erklärt das nicht alles? Im übrigen beklage ich mich nicht, weder über ihn noch über mich selbst. Ich kann das als meine persönliche Dummheit hinnehmen, auf die ich ein Anrecht hatte – wie wir alle, wenn wir jung sind, ein Recht auf Dummheiten haben – bedauerlich die, die keine vorzuweisen haben, sie müssen sich mit anderer Leute Dummheiten behelfen. Die Welt weiß nichts davon, auch das ist mein Recht. Auch er nicht, aus dem simplen Grund, weil es *vor* seinem Eintreten in mein Leben geschah. Nichts zwang mich, diese beiden Geschichten miteinander zu vermischen, die eine hatte mit der anderen nichts zu tun. Ich hatte irgendwann – alle Frauen, die auf die Dreißig zugehen, befassen sich irgendwann mit dieser Frage: sie hartnäckig ignorieren, als hätte man noch ein Leben in petto, ist auch eine Variante davon – ich hatte irgendwann das Bedürfnis, mein Leben zu ordnen, eine Familie zu gründen und mich an einem Ort niederzulassen, den ich gestalten und verschönern kann – und den Mann zu heiraten, der mich bewundert und begehrt und mir all dies bieten will, selbst wenn ich keine großartigen leidenschaftlichen Gefühle für ihn empfinde, sondern es (von Anfang an) eine Mischung aus Sympathie, Dankbarkeit und Freundschaft war, die auch jetzt noch bestehen – dies zu tun halte (und hielt) ich für einen sehr vernünftigen Entschluß, ich habe wenig Anlaß gehabt, ihn zu bereuen – außer etwas gelegentlicher Langeweile, die ich aber nicht ihm anlasten würde, sondern den provinziellen Verhältnissen, die das Leben in einer Kleinstadt mit sich bringt, selbst das Meer und die Badegäste ändern nichts hieran. Auf sein politisches Amt bin ich stolz, er füllt es würdig aus, ich habe ihn dazu ermutigt, habe darauf hinge-

13

wirkt, daß er es erhält. Was mich anbelangt, ich könnte diesen ärgerlichen Zufall mit jener undurchdringlichen Gelassenheit hinnehmen, die sich für Leute unserer Kreise schickt, wir bieten der Welt kein Schauspiel, erst recht keins der Verlegenheit und sauersüßen Mienen! So weit ging das innere Räsonnement, das von dem aufrichtigen Bemühen erfüllt war, mit sich und dem Leben, das man gewählt hat, im Reinen zu bleiben, was den meisten Frauen, vor allem der bürgerlichen Art, die in komfortablen Verhältnissen leben, gewöhnlich auch gelingt, weil sie, ab einem bestimmten Alter zumal, sehr wohl wissen, daß es eine Frage des Willens ist und eine gewisse Kühle nicht nur im Hinblick auf die Liebe, sondern womöglich in bezug auf alle Gefühle die einstige mädchenhafte Neugier und Lust, sich auf das Unbekannte einzulassen, längst ersetzt hat – unwiederbringlich ersetzt und zumeist auch so, daß das ihrem Zugriff jetzt endgültig Entschwundene nicht als Verlust empfunden wird. Sie wissen, daß die Freuden der Liebe nur kurz sind und daß die Tage viele Stunden haben und daß diese Stunden mit vernunftvollem, sinnvollem Tun auszufüllen in den Ohren der Jugend sterbenslangweilig klingt, während es von einem abgeklärteren Posten aus als nicht nur die beste, sondern auch die einzige Möglichkeit erscheint, sein Leben zu bewältigen.

Diesem Pragmatismus lag eine krampfhafte Verkettung zweier mißliebiger Gedankengänge zugrunde. Der erste bestand in der Frage, ob der Zauber, dem damals so viele Frauen erlegen waren, noch immer wirkte – nach einer Fotografie war es nicht zu beurteilen, überdies hatte sie noch keine gesehen –, der zweite in dem Umstand, daß sie eine Tochter hatte, die kurz vor dem Abitur stand, Literatur und Dichtung liebte, mit mehr Leidenschaft sogar als die Mama, sich auch selbst heimlich im Schreiben versuchte. Wenn nun – durch irgendeinen fatalen Zufall, dessen Wahrscheinlichkeit jetzt, durch sein unerwartetes Auftauchen hier, um ein Vielfaches erhöht war, diese beiden Umstände zusammentreffen sollten, sagte sich der prophetische Geist der

14

klugen und abgeklärten Irene – so waren bestürzende Verwicklungen möglich, die sich auch nur vorzustellen vor wenigen Tagen noch undenkbar erschienen wäre: er war so weit weg gewesen, buchstäblich in der Vergangenheit versunken, er hatte das so gut wie totale Vergessen geerntet, das die gerechte Strafe all derer ist, die in der Liebe nur ihren eigenen Genuß suchen. Sie dachte nur an ihre Tochter und daß es Dinge gab, die sie ihr gern ersparen wollte – vor allem unnütze und beschämende Erfahrungen und Erniedrigungen. Sie entdeckte, bei näherem Hinsehen, auch einen Funken Rachsucht in sich: der bloße Gedanke, sie würde mit kühlen, wissenden Augen ein abgeleiertes Liebesspektakel mitansehen müssen, in dem der eine Teil die Unwissenheit und Verblendung des anderen ausnutzt, rief in ihr Wellen eines schrecklichen Zornes hervor, eines mythologischen Zornes geradezu. Sie glaubte sich fähig, ihn umzubringen, falls er tatsächlich die Stirn haben sollte, sich ihrer Tochter zu nähern, ihr dieselben Blicke zu schenken, Dinge ins Ohr zu flüstern oder zu suggerieren, wie er sie unzähligen Frauen hatte angedeihen lassen, mit einem Erfolg, der etwas Grauenhaftes hatte. Sie versuchte, über sich und diese Besorgnisse zu lächeln, aber der Zorn war stärker. Warum regst du dich auf, sagte sie sich mehrfach, immer wieder, als ließe sich durch dieses mechanische Repetieren auch die Empfindung, deren Ausdruck es war, unter Kontrolle bringen – wenn sie schon nicht von sich aus weichen wollte. Es ist zwar theoretisch, auch praktisch möglich, aber es ist nichts weniger als *zwingend*, daß sie sich auch nur begegnen, noch weniger, daß diese Begegnung, die sicherlich im Beisein anderer Schüler stattfinden würde (wenn sie überhaupt stattfindet), irgendeine Bedeutung, die über schulisches Engagement hinausgeht, haben sollte. Er soll Kinder haben, das habe ich irgendwo gelesen. Auch sein Äußeres wird nicht mehr dasselbe sein wie damals. In Rebekkas Augen sind Männer über fünfzig definitiv alte Männer, sie macht sich ja schon über Vierzigjährige lustig und findet sie ‚greisenhaft‘. Sie ist klug und hat das Selbstbewußtsein ihres Vaters. Wa-

15

rum sollte sie nicht fähig sein, einen alternden Verführer als das zu sehen, was er ist: ein alternder Verführer, ein Mensch, der unter einem Fluch agiert, der unter Zwang handelt? Gewiß hätte ich mir manchmal mehr von dem gewünscht, was damals, als ich jung war, kritisches Bewußtsein hieß – sie neigt dazu, die Dinge zu rosenrot oder zu einseitig zu sehen –, aber die Zeiten sind andere, sie ist noch jung und wird das alles lernen, und überdies haben mich meine damaligen kritischen Fähigkeiten ja auch nicht gehindert, mich von seinem Charme blenden zu lassen. Gewiß würde ich mir für den Moment wünschen, sie wäre weniger hübsch – weniger auffallend hübsch – aber ist es nicht eine sonderbare Verblendung, sich aus Sicherheitsgründen eine häßliche Tochter zu wünschen?

Die in Frage stehende Rebekka war als einziges Kind der Augapfels ihres Vaters, des jovialen Bürgermeisters, der den neuen Stadtschreiber mit soviel gewiefter Bonhomie begrüßt und in Empfang genommen hatte; die kluge Irene durfte sich, als Produzentin dieses Juwels, in der Überzeugung sonnen, ein Exemplar in die Welt gesetzt zu haben, das sie über den Umstand, daß es keine Konkurrenten um die Gunst seiner Eltern hatte, mühelos hinwegtrösten konnte. Der Bürgermeister hatte niemals den schlechten Geschmack besessen, in lauten oder leisen Tönen nach einem Sohn zu verlangen, er war gleich bereit gewesen, in seiner Tochter alle Vollkommenheiten zu vermuten, die sie in der Folge, in reizvoller Gegend und in einem Elternhaus von saturiertem Wohlstand aufwachsend, auch tatsächlich entwickeln würde. Mit siebzehn war sie ein schönes, schlankes Mädchen von guter Haltung und sicheren Bewegungen, mit dunkelbraunem Haar und sehr blauen Augen, konnte so unterschiedliche Künste wie Reiten und Ballettanzen, hatte in allen wichtigen Fächern Bestnoten, sie sang im Schulchor, hatte zwei, drei sehr gute Freundinnen, mit denen sie alles austauschte, was man mit Freundinnen zu tauschen pflegt – Meinungen, Schminkutensilien, Bücher, Ansichten über alles und jedermann –, war modern, aufgeklärt und hielt sich für sehr kritisch, begeisterte sich für exakt die Themen und Dinge, für die man sich begeistern mußte, um dem einen oder anderen bewunderten Lehrer zu gefallen und seinen Maßstäben gerecht zu werden, war eine glühende Anhängerin von Toleranz, Meinungsfreiheit, Gleichheit der Rechte von Mann und Frau, ja aller Leute, und konnte in mutigen, leidenschaftlichen Worten dafür eintreten. Der Umstand, daß nicht wenige ihrer Mitschüler und Mitschülerinnen es auch konnten, in denselben mutigen und kämpferischen Worten, beweist, auf welch fruchtbaren Boden die pädagogischen Weisungen des Kultusministeriums gefallen waren. Alle wußten, was sie zu sagen und zu schreiben hatten, um zu gefallen und gute Noten zu bekommen; wer häßliche Gesinnungen hegte, ein boshaftes, mißgünstiges Naturell hatte, tat gut daran, es für sich zu behalten.

Nur was Literatur anbelangte, war Rebekkas Geschmack weiterentwickelt als der ihrer Altersgenossen, sie war eine eifrige Leserin, verschlang auch dicke und sogar auch als schwierig geltende Bücher, auch französische und englische, zwei Sprachen, die sie beide schon recht gut beherrschte, und verdankte ihnen zum Teil naive, zum Teil recht kluge und hörenswerte Ansichten und Einsichten, die womöglich etwas zu voreilig gelobt und bewundert wurden. Wie alle glücklichen Leute schrieb sie Gedichte mit melancholischen Untertönen: denn nur die Glücklichen können sich Melancholie leisten, alle wirklich Leidenden haben mit ihrem Leid zu tun. Fügt man noch hinzu, daß sie sehr gern reiste und fremde Kulturen faszinierend fand, sich aber zugleich keinen schöneren Ort denken konnte, um dort aufgewachsen zu sein, als ihr geräumiges, mit diskretem Luxus ausgestattetes Elternhaus mit Meeresblick in diesem kleinen Küstenstädtchen, in dem ihr Vater den wichtigsten politischen Posten innehatte, so hat man das Bild eines Provinzjugendlichendaseins, das durch seine rosenrote Tönung beunruhigt: sei es, daß die so vom Schicksal Begünstigten das Unglück, das sie treffen soll, selber herbeiziehen, sei es, daß sie ihm, wenn es kommt, nicht genügend Widerstand entgegenzuset-

17

zen vermögen. Der Umstand, daß Frau Irene selbst mit allen Kräften darauf hingewirkt hatte, einen solchen Traum entstehen zu lassen, hinderte sie nicht daran, eine gelegentliche Beunruhigung hinsichtlich seiner Perfektion zu empfinden, ohne daß sich dieses Gefühl zu greifbaren Gegenmaßnahmen kristallisierte. Nachdem sie die neue Situation nochmals durchdacht hatte, kam sie zu der Auffassung, daß die Wahrscheinlichkeit, es könnten sich irgendwelche unliebsamen Verwicklungen ergeben, doch eher niedrig war, und daß sie von sich aus erst einmal nichts unternehmen würde. Sie wußte aus Erfahrung und Beobachtung, daß solche Maßnahmen, selbst mit den besten Absichten unternommen, gefährlich waren: man glaubt etwas zu verhindern, sagte sie sich, und zieht es dadurch erst recht herbei! Diese löbliche diplomatische Klugheit wurde gleich beim Abendessen über den Haufen geworfen, als ihr Mann den zukünftigen Chronisten von H., der offenbar seine Spottlust herausgefordert hatte, zu beschreiben anhob: sein Passus, auf den er mit der Beharrlichkeit eines geduldigen Sitzungsteilnehmers trotz mehrerer, von unterdrückter Spannung intensivierter Versuche seiner Frau, das Thema zu wechseln, mehrfach zurückkam, gipfelte in dem an seine Tochter gerichteten Aperçu:

*A man of smart seasoning*
*Is past common reasoning*\*[1]

Was, wenn es nicht cru Bürgermeister war, doch zur Abwechslung *nicht* von seinem Lieblingsautor stammte.
Der Karpfen hatte angebissen: Rebekka gab lustig zur Antwort, es kursierten Fotos von ihm in der Schule (auf dem Gymnasium) und die Mädchen fänden ihn alle gutaussehend. Ist schon mindestens hundert Jahre alt, scherzte der Bürgermeister und wunderte sich über den bohrenden Blick seiner Frau, die mit zusammengepreßten Lippen und der

---

[1] Frei übersetzt etwa: Wer gut gereift ist, darf sich Freiheiten erlauben.

18

Miene eines Scharfrichters Radieschen zerschnitt. Da dieser Gesichtsausdruck – denn die Ausdrucksformen eines Menschen, als von seiner Physis abhängig, sind begrenzt – sich nicht allzusehr oder nur dem Grade nach von denen unterschied, mit denen sie bei sonstigen Gelegenheiten, bei denen es um Grundsätzliches ging, ihr Mißfallen kundgab, wunderte er sich allenfalls ein wenig darüber, wie sehr ihr dieses harmlose Geplänkel gegen den Strich zu gehen schien, und schrieb es, wobei er sich sehr taktvoll fand, einer jener Mißstimmungen zu, von denen Frauen, die die Vierzig überschritten haben, nach seinen Kenntnissen heimgesucht zu werden pflegten und die nie erwähnt noch kommentiert, nur diskret umschifft werden durften. Sie wiederum durchschaute ihn, was sehr leicht war, denn wenn er auch ein gewiefter, erfahrener Lokalpolitiker war, der sich in der Gemengelage eines Provinzstädtchens gut auskannte, ihre Erfordernisse verstand und beherrschte – hier in ihrem Heim hatte sie das Regiment, trotz diverser sonstiger Tätigkeiten außer Haus und eines eigenen Berufes, und sein Respekt vor ihrem weiblichen Sinn, den genauer zu erforschen er übrigens weder für notwendig gehalten noch aus irgendwelchen anderen Gründen unternommen hatte, ging immerhin weit genug, dieses Vorrecht niemals anzuzweifeln und es auf seine joviale Art, die Konventionen als Fangbälle benutzend, zu bestätigen. Infolgedessen wollte er auf diesem Thema nicht weiter beharren, da Irene mit ihrem ästhetischen Feingefühl es für banal oder frivol hielt, jedenfalls unpassend fand: aber es war nicht so leicht, Rebekka davon abzubringen, nachdem sie zwanzig Jahre lang ermuntert worden war, die Erfüllung ihrer Wünsche für selbstverständlich zu halten, wenn sie sie nur liebenswürdig genug zum Ausdruck brachte, und tun und sagen zu können, was immer ihr in den Sinn kam, solange es nur in einer ihren Eltern zusagenden Form geschah. Sie machte sich bereit, für den Unbekannten in die Bresche zu springen, und ‚alle Künstler gegen Papa zu verteidigen‘, der sie, solange sie lebten und ihre Kunst von der Nachwelt noch nicht beglaubigt worden sei, niemals richtig ernst nehmen wolle: als ob nur ein toter Künstler ein guter Künstler sei.

„Und das ist ungerecht, dabei weiß ich, daß Papa nicht ungerecht *ist*. Es kommt alles nur von deiner Jean-Paul-Lektüre", erklärte sie ihm hitzig, während sich ihre runden Wangen sehr hübsch und rosenrot färbten. „Wie kannst du diesen Langweiler nur amüsant finden! Das zwanzigste Jahrhundert hat viele große Autoren hervorgebracht, du aber liest im Urlaub diese alten Wälzer und versteifst dich auf jemanden, der mit unserer Zeit gar nichts mehr zu tun hat, über den schon Goethe und Schiller sich lustig gemacht haben. Du sorgst dafür, daß diese Stadt einen Kunstpavillon bekommt und daß wir hier kulturell werden, und dann nennst du ihn nach diesem Menschen, und der allererste Dichter, der ihn bezieht, fordert gleich deinen Spott heraus. Das ist nicht recht! Mama, laß ihn uns verteidigen! Unsere Deutschlehrerin hat ihn sehr gelobt, sie sagt, daß er Charisma habe, als Mensch und als Künstler –"

Wie unterscheide sie das denn? (vom Bürgermeister, mit Schelmenmiene)

Die Augen Irenes funkelten wie die einer wachsamen Katze, als sie mit ruhiger Gelassenheit zur Antwort gab: „Es ist immer viel Übertreibung in solchen Urteilen. Du darfst weder das eine noch das andere für bare Münze nehmen. Dein Vater ist Politiker, er lädt Künstler ein, um unsere Stadt lebendiger und attraktiver zu machen – *nicht wahr?* (mit messerscharfer Freundlichkeit an den Ehegatten gerichtet, der gutmütig dazu nickte); er weiß, daß man über künstlerische Dinge, künstlerischen Geschmack lange streiten kann und hat meiner Kenntnis nach *niemals* (das Wort gewann, durch ihre wiederum zu starke Betonung, einen finsteren Klang, der sie alle drei, etwas unklar beunruhigt, aufhorchen ließ) ein besonderes Interesse an *aktueller* Literatur an den Tag gelegt. Dieses Ressort hast du uns überlassen – uns Frauen, wir dürfen uns damit abgeben, dürfen die Neuerscheinungen lesen und unter ihnen auswählen, und wenn wir euch lange genug in den Ohren gelegen haben, lest

ihr sie vielleicht auch, im Urlaub oder zwischendurch, mit halber Aufmerksamkeit und immer mit dem heimlichen Vorbehalt, daß es damit nicht viel auf sich habe, daß es nur eine Art schmückendes Beiwerk zum Dasein sei. Das Wichtige, das ist Politik, Wirtschaft, Recht, Verbände, Statuten, Statistiken, Finanzen ... Wie die Welt (*eure* Welt) ist, darauf ist all euer Sinnen und Trachten gerichtet. *Warum* sie so ist, wie sie ist, was es mit ihr auf sich hat, und wie sie werden *sollte* (nicht soll, sondern sollte), das interessiert euch nicht nur nicht, ihr haltet es (im besten Fall) für eine müßige Spielerei und seid immer geneigt, ihm etwas Unerlaubtes zu attestieren, oder schlimmer noch: etwas Krankhaftes und Wahnhaftes, das ihr in irgendwelche Winkel verbannt, wo es unter Verschluß bleiben und keinen Schaden anrichten kann ... Allerdings", fuhr sie hastig und etwas ärgerlich fort, da sie bemerkt hatte, daß Rebekkas Augen sich in stummer Faszination zu weiten begonnen hatten, während sich auf der Miene ihres Mannes jene Politikerverbindlichkeit zu zeigen begann, mit der er auf Zumutungen zu reagieren pflegte: sie war ärgerlich auf sich selbst, auf diese Tendenz, allgemein und zugleich beißend zu werden, die sich, seitdem sie die Vierzig überschritten hatte, in beunruhigendem Maße zeigte: aber schließlich, da es nur ein Ablenkungsmanöver darstellte: war nicht alles erlaubt, solange es nur Erfolg hatte? „– allerdings bringt uns das zu weit vom Thema fort. Dein Vater hat bereits begonnen, sich zu langweilen. Alles, was ich sagen wollte, war: Glaub nicht zuviel und überhaupt nur Dinge, von deren Wahrheit du dich überzeugt hast."
„Mich langweilst du nicht", sagte Rebekka mit Nachdruck, die stets bemüht war, es beiden Eltern recht zu machen. Für das, was zwischen zwei Elternteilen vor sich geht, all die kleinen, unausgesprochenen Differenzen des Verkehrs, des Umgangs miteinander, die kleinen Schärfen und Lieblosigkeiten, die sich einschleichen, wenn man sich daran gewöhnt hat, den anderen so zu nehmen, wie er ist, was das Beste und das Schlechteste miteinschließt: für diese Dinge hat niemand ein schärferes Gespür als das Kind, das, als

21

selber einer Harmonie entsprungen, auch außer sich eine Harmonie, möglichst eine ewige, wünscht; für alles, was sie bedroht oder stört, hat es einen sechsten Sinn. Sie konnte auf die unschuldigste Art schmeicheln, um jeden von ihnen bei Laune zu halten oder um die gute Laune oder wenigstens eine freundliche Stimmung wiederherzustellen, und sie nutzte dieses Vermögen, das ihr schon eine gewisse Hellsicht beschert hatte, auf die liebenswürdigste Weise, sich stets innerlich versichernd, falls ihr überhaupt ein Zweifel kam, daß alles erlaubt war, wenn es nur das Gute oder etwas Gutes schuf, sogar auch kleine Lügen und kleine Unwahrheiten, wenn sie nur einem höheren Zweck dienten. Sie schmeichelte durch ihr Wesen, sie hatte bestimmte Varianten für beide Elternteile, auch für wechselnde Tageszeiten und Stimmungen: dem Vater durch ihre Jugend, Schönheit, ihre Bewunderung seiner Tatkraft und Weltkenntnis, der Mutter durch ihre Erfolge, ihre künstlerischen und geistigen Interessen. Wenn sie jetzt zärtlich die Hand ihrer Mutter streichelte, so hatte es auch damit zu tun, daß die musikalische Rebekka in ihr eine verkrampfte Unruhe, eine Art von Sorge spürte, die sie, ihrer Ursache ungewiß, auf den nächstbesten Gegenstand bezog: dieser war ihr Vater, als die bekannteste männliche Größe in ihrem Universum, niemand sonst hatte bislang gezählt. „Du bist so klug, Mutter! Ich möchte so werden wie du!"

„Lieber klüger", kam der prompte, aber nicht unzärtliche Kommentar. „Ich habe in meinem Leben genauso viele Dummheiten, Fehler und Irrtümer begangen wie andere Leute, auch wenn sie vielleicht nicht sehr auffällig waren."

„Erzähl, erzähl!" – mit begeisterter Emphase. „Ein andermal!" „Deine Mutter spannt uns gern auf die Folter", sagte der Bürgermeister, als er Rebekka zum Abschied küßte und den sehr männlichen Gedanken von sich schob, ob zu diesen ominösen Fehlern auch der zählte, ihn geheiratet zu haben.

## 3.

Wenn man einen Verführer in nächster Nähe hat, streiten sich weibliche Vorsicht und Klugheit und weibliche Neugier um das Recht auf Gehör. Kann er noch so viel wie ehedem? Bestehen seine Gaben fort oder unterliegen auch sie dem unerbittlichen Gesetz, das bewirkt, daß unsere blühende Jugend austrocknet, unsere Gesichter härter, unsere Augen runzliger und wachsamer, unsere Lippen schmaler und wissender werden, daß der Charme, der einstmals alles vermochte, nur noch ein dünnes Flämmchen ist, das mit einem schwindenden Vorrat Öl brennt, mit dem sorgsam hausgehalten werden muß, damit man noch einigermaßen über die nächsten Jahre kommt? Kannte er ein Geheimnis, das ihm die Betörungskraft der Jugend bewahrt hatte, oder war er tatsächlich nur einer dieser gewieften Leute, die, von fremder Gunst lebend, eine sorgsam gehütete Mechanik des Gefallens besitzen, die sie zwar geschickt den jeweiligen Umständen anpassen, ohne sie jemals in ihrem Kern zu verändern? Frau Irene entschied, daß sie ihn zu sehen wünschte, ehe Rebekka mit ihm Bekanntschaft machen würde. Es wartete eine Beleidigung auf sie, gegen die selbst eine Frau von hoher Intelligenz nicht völlig immun ist, was noch paradoxer erscheint, wenn man bedenkt, daß sie diese Beleidigung gewissermaßen herausgefordert hatte. Der Dichter erkannte sie nicht, es gab keinen Funken des Wiedererkennens in seinen Augen, kein Aufhorchen über ihre Stimme: nichts, nur eine verbindliche, abstrakte Höflichkeit, wie man sie jedem X-Beliebigen erweisen würde, der unvermutet in unseren Räumlichkeiten auftaucht und das Alter überschritten hat, in dem die körperliche Schönheit die Intelligenz überwiegt. Die Begegnung trug sich – notwendigerweise – im Pavillon zu: der Dichter hatte einen Tag der Woche zum Besuchstag bestimmt, an dem er – obwohl bei der Arbeit – nach Art der Werkstätten ein offenes Haus habe und bereit sei zu Gesprächen und Austausch (von was auch immer): morgens um halb zehn Uhr, diesen frühen Zeitpunkt hatte Frau Irene mit unerbittlicher Absicht gewählt, pflegen die Kinder und Jugendlichen in der Schule, alles, was sonst Vernunft besitzt, auf der Arbeit zu sein; es kommt nicht von sich aus jemand auf die Idee, einen Dichter zu ‚beschnüffeln‘, schon aus der unklaren Vorstellung heraus, daß er womöglich noch gar nicht aufgestanden sei. Sie kannte den Pavillon sehr gut, weil sie gemeinsam mit ihrer Freundin, der Aquarellistin, an der Innendekoration beteiligt gewesen war, damals noch, war ihr grimmiger Gedanke hierzu, als sie die Stätte ihres Wirkens wiedersah, mit unschuldiger Schaffensfreude und ohne die geringste böse Vorahnung, wer – von allen denkbaren Menschen – als erster in den unverdienten Genuß kommen würde, diesen schönen, eines Künstlers würdigen Ort in Besitz zu nehmen, sich darin heimisch zu machen.

Sie hatte, wie jede Frau, die etwas unternimmt, was alle ihre Kräfte herausfordert, große Sorgfalt auf ihre Erscheinung verwandt, nicht im Sinne des Gefallenwollens, sondern der Unangreifbarkeit: sie mußte die gepflegte Attraktivität ausstrahlen, die größtmögliche Selbstsicherheit verleiht, und hatte, nicht ohne ironische Befriedigung, überdies alle Züge noch betont, durch die sie sich jetzt, mit fünfundvierzig Jahren, klug verheiratet und in angenehmer, diskretgehobener Stellung lebend, von der unsicheren Studentin unterschied, bei der Frische, Fröhlichkeit, Unwissenheit, Naivität diejenigen Reize waren, die später ein verfeinerter Geschmack, Stilbewußtsein, Eleganz und eine gewisse Makellosigkeit ersetzen mußten. Sie wußte ihr Inkognito gut gedeckt, denn auch ihr Vorname, das verräterischste Indiz von allen, war nicht derselbe: zwar hieß sie auch damals schon Irene, aber er hatte sie stets nach ihrem zweiten Namen, Anette, genannt, weil ihm Irene mißfiel. Aber was taugt ein Inkognito, wenn es hieb- und stichfest ist? Hätte er diese elegante Verpanzerung durchschaut, mit einem durchdringenden und gerechten Blick diejenige in ihr wiedererkannt, die sie damals gewesen war – was hätte nicht geschehen, was hätte sie ihm nicht verzeihen können? So aber häufte er auf die erste Beleidigung, die in freundlich-unwissender, gleichmütiger Höflichkeit bestand, eine Höflichkeit, die noch etwas prononcierter wurde, als sie sich als die Gattin ihres Mannes vorstellte, noch eine zweite, finstere, denn sie erfaßte mit dem untrüglichen Instinkt eines von der Natur begünstigten Menschen, daß er sie als eine ,ältere Frau' verbuchte, was umso grotesker wirkte, als er der Ältere war, aber die natürliche Grausamkeit von Männern in Anspruch nahm, die Altersstufen von Mann und Frau als völlig verschieden zu definieren und folglich beim Gegenüber alle Zeichen des Verwitterns und Verfallens zu bemerken, während man sich selbst noch jugendlich-federnd, aber von interessanter Würze und Reife findet. Sie mußte ihm zugestehen, daß er ein gewisses Recht dazu hatte. Ihre scharfen Frauenaugen hatten ihn, vom Moment ihres Eintretens an, mit unbestechlicher Akribie gemustert und den Verführer von ehedem sogleich wiedererkannt – wiedererkannt, wie man ein bestimmtes Muster, ein Thema, eine Melodie erkennt, selbst wenn sie durch die Umstände verändert, mit anderen, nicht zugehörigen Zeichen, zufälligen Einsprengseln vermischt sind. Man hätte Frau Irene den Vorwurf machen können, daß auch sie recht sehr danach suchte, regelrecht Ausschau hielt, sich um das übrige, was den Mann bildete und doch *auch* seine Person ausmachte, nicht viel bekümmerte – aber die Bürgermeistergattin, die von ihrem Mann Politik gelernt hatte oder vielmehr dafür sorgte, daß ihre Vorgaben sich in seiner Politik wiederfanden, lächelte nur geduldig über solche Zumutungen. Schließlich bewies ihr bloßes Herkommen, der Wunsch nach einer Erneuerung der Bekanntschaft unter striktem Ausschluß aller vergangenen Vorfälle (und Irrtümer), die bis zum völligen Vergessen der einstigen Geschehnisse und Gefühle hätten reichen sollen, wenn sie das irgendwie hätte bewerkstelligen können – wobei ihr die Gefahr einer solchen Ahnungslosigkeit im Hinblick auf den noch vorhandenen, gereiften erotischen Charme ihres Gegenübers im gleichen Atemzug zu Bewußtsein kam und sie das Gedächtnis dem Nichtwissen vorziehen ließ – all dies bewies doch wohl hinlänglich, daß sie es gut mit ihm meinte, daß sie ihm jede Gelegenheit gab, der zu sein, der er sein wollte, immer vorausgesetzt, daß er seine Grenzen nicht überschritt, die, wie ihre Weiblichkeit fand, auf diesem Posten, den er der Öffentlichkeit verdankte, eher auffälliger waren als anderswo: er war hier kein Privatmann, sondern eine repräsentative Figur, von der man ein gewisses vorbildliches Verhalten erwarten durfte.

Bei solch intensiver femininer Gedankentätigkeit, die stattfindet, während man über scheinbar harmlose Dinge plaudert – Frau Irene erzählte von den Sehenswürdigkeiten der Stadt, übrigens mit der leichten, mokanten Ironie von Leuten, die die große Welt kennen, und sie hatte einen Stadtplan mitgebracht, auf der sie diese Dinge, der besseren Übersicht halber, markierte, während ihr Gegenüber Interesse heuchelte, aber wenigstens einmal ein Gähnen nicht unterdrücken konnte – bei alledem konnte es nicht ausbleiben, daß dieses sonderbare Tête-à-tête, das den Dichter bei seinem Morgenkaffee gestört hatte, den er mit auf den Schreibtisch gelegten Füßen einzunehmen pflegte, in der Person, die es zum Gegenstand hatte, allmählich ein paar unklare Empfindungen erregte. Künstler haben ihre Sensibilitäten, und die jähen Eingebungen haben für sie oftmals mehr Relevanz, mehr drängende Wahrheit an sich als das, was der rechnende Verstand ihnen vorführt. Er wurde das Gefühl nicht los, daß diese elegante Provinzdame, während sie mit ihm sprach, lächelte, Erklärungen abgab, hierhin oder dorthin oder aus dem Fenster wies – daß sie während alldem seine Feindin war, und dieses Gefühl einer latenten, bohrenden Feindschaft, das er sich nicht erklären konnte oder zu dem ihm so rasch, da er ja auch selbst reagieren mußte, keine Erklärung einfiel, begann allmählich seine Aufmerksamkeit zu erregen, wie jedes Rätsel es tut, in das man sich verwickelt sieht: man kann es, wenn man eine sanguinische Natur ist, als eine Form der Schmeichelei nehmen – als eine Aufforderung, seine Waffen etwas gezielter einzusetzen, um diesen unerklärlichen, unsichtbaren Widerstand zu besiegen.

Sie sprachen über die an den Wänden hängenden Aquarelle, die der neue Stadtschreiber gleich bei seiner ersten Ankunft, als man ihn darauf hingewiesen, als ,dekorative Frauenkunst von in der Provinz hängengebliebenen Hobbymalerinnen' klassifiziert hatte und über die jetzt zu leichtmütig hinwegzugehen ihm beinah zum Verhängnis wurde. Ah, eine Freundin der derzeitigen Besucherin habe sie gemalt? Das erkläre zweifellos das liebevolle Arrangement, für das er sich herzlich bedanken müsse – ein kurzer Seitenblick: schmolz sie nicht schon ein wenig, erwärmte sich für ihn, wie es bislang noch jede – Nein? Also dann weiter im Text – er habe sie noch nicht im einzelnen betrachtet, aber ihm sei auf Anhieb der delikat-kühne Farbauftrag aufgefallen, auch die Sujets, die etwas ,anziehend-Unbestimmtes' besäßen, das ja gleichsam den Reiz der Aquarelltechnik ausmache: bloß keine zu scharfen Linien, zu eindeutige Festlegungen! Dies hier erinnere ihn an einen bestimmten Ausblick aus einem bestimmten Fenster in San Isidro, an das er sehr charmante Erinnerungen knüpfe – „Es sind zwei Mülltonnen in der Hafenstraße, mitsamt einer herumschleichenden Katze, belehrte ihn, mit freundlich-eisigem Blick, Frau Irene. „Ich könnte Ihnen alle drei Objekte zeigen, wenn es die Mühe wert wäre – auch die Katze, die die Katze meiner Freundin ist."

Sollte es möglich sein, grübelte der Dichter, seine gepflegte Mähne zurechtstreichend, während er unter dem Vorwand, verwaschenes Aquamarin und Kürbisgelb zu bewundern, die besondere Kombination Weiblichkeit zu studieren begann, die er neben sich hatte, und dabei nicht recht vorwärts kam, weil sein Gedächtnis, als eine mit potentiellen Andenken zu gut gefüllte Kammer, ihm den Dienst versagte. All die Frauen, die er in seinen Armen gehalten und die sich von der ,Einzigartigkeit des Augenblicks' hatten berauschen lassen, standen ihm gewissermaßen im Weg, drängten sich zwischen ihn und jene, und er war nicht, wie manche seiner

zahlreichen Vorgänger, der Mann, ein Leporelloalbum zu halten. Gewiß gab es im Ton der Stimme etwas, das er bereits einmal gehört zu haben glaubte, in der Miene, den Bewegungen etwas, was er vielleicht mit etwas in seiner Vergangenheit hätte verbinden können, wenn er ein Mann des Archivs und der Methodik gewesen wäre – zwei Dinge, die sein Künstlertum strikt ablehnte –, aber um sich auf etwas Konkretes, etwa auf einen Namen zu besinnen, hätte er sehr lange mit ungewisser Aussicht auf Erfolg graben müssen: was schon als solches gegen seine Natur war. Er fand aber eine Lösung dieses Dilemmas, die ihn in ihrer Handlichkeit befriedigte: er entschloß sich, den Verdacht als etwas Reales zu nehmen und seine feindliche Besucherin als jemanden, den er einstmals (vielleicht durch Nichtbeachtung) unwissentlich gekränkt und bei der er folglich etwas wieder gutzumachen hatte, indem er versuchte, sie wenigstens für die Dauer seines Aufenthaltes zur Bundesgenossin zu machen – an mehr wollte selbst sein eitler männlicher Stolz nicht denken, es schien da eine eiserne Barriere zu geben und sein Sinn war mittlerweile so erschlafft und verwöhnt, daß er sich nur noch zu sehr exquisiten Abenteuern hergeben wollte, nicht zum Abdienen von Pflichtaufgaben. Er verdoppelte seine Energien, machte sich im Innern und Äußern geschmeidig, er hatte sogar die Dreistigkeit zu fragen: ob man sich irgendwoher kenne? – dabei aufmerksam, mit jener pantherartigen Aufmerksamkeit eines in allen Künsten der Verführung geübten Mannes darauf achtgebend, ob sich seine Besucherin mit irgendeinem, auch dem allerwinzigsten Zeichen, einem kalten Aufblitzen ihrer Augen etwa verriet: alles konnte ihm Aufschluß geben, das Reagieren ebenso wie das Nicht-Reagieren.
Aber er mußte feststellen, daß sie, die in mancher Hinsicht ja auch zu *seinen* Gastgebern zählte, ihm gewachsen war: sie blieb, trotz seines belauernden Blickes, in der Lage, mit exakt der passenden Harmlosigkeit und Unverbindlichkeit, die der Situation angemessen war, anzugeben, daß es zwar sehr gut möglich, aber nicht unbedingt wahrscheinlich sei, und

daß, falls eine Begegnung jemals stattgefunden habe, etwa auf einer Party oder Veranstaltung, sie so flüchtig und unbedeutend gewesen sein müsse, daß das Gedächtnis sie nicht vermerkt habe, jedenfalls von ihrer Seite nicht, wiewohl es schmeichelhaft für sie sei, daß der neue Stadtschreiber sich eine Spur (der Erinnerung) bewahrt habe. Umso erfreuter sei sie, seine Bekanntschaft nun ganz regulär gemacht zu haben ... und mit noch ein paar Phrasen dieser Art ließ Frau Irene, nachdem sie sich nochmals vergewissert hatte, daß es ihm an nichts fehlte, ihren Kandidaten bzw. künstlerischen Mieter in dem unbestimmten Eindruck zurück, Gegenstand eines Verhörs gewesen zu sein, ohne weder über die Absicht dieses Verhörs noch das Vergehen, welches es erforderlich gemacht zu haben schien, im klaren zu sein. Solche Begegnungen gehörten zu denen, in denen der Don Juan, wie alle modernen Kulturschaffenden, die von öffentlichen Geldern leben, geschickt eine Rolle zu spielen und die er, kaum daß sie vorüber waren, umgehend aus seinem Blickfeld zu schieben pflegte: nur die sonderbare Unstimmigkeit zwischen oberflächlich-wohlwollendem Geplänkel und den Schwingungen darunter, die sein Künstlersinn wahrgenommen hatte, führten dazu, daß sie ihm als merkwürdig im Gedächtnis blieb.
Zum Teufel mit Bürgermeistergattinnen, sagte sich Don Juan, während er (endlich wieder allein) seinen kalt gewordenen Kaffee weggoß und sich ein silbernes Päckchen mit edelstem Mokka aufbrühte, das ihm irgendwer aufgenötigt hatte, denn er war ein Mann, der von überallher Geschenke bekam, nicht zuletzt, weil es den Menschen ein seltsames Bedürfnis ist, ja geradezu eine Schmeichelei, die sie sich selbst erweisen, einen verfeinerten Geschmack zu befriedigen. Schauen wir lieber, ob unter den Schulmädchen, die mir einen Besuch abstatten wollen, ein hübsches Pflänzchen ist, das zu pflücken sich lohnen würde. – Noch derselbe wie zuvor, notierte Frau Irene mit eisigem Ingrimm, als sie das Gebäude verließ und auf ihr Auto zusteuerte, das sie in unauffälliger Entfernung des Pavillons in einer Seitenstraße

abgestellt hatte. Nein, schlimmer als zuvor. Verschlagener, gourmethafter, süffisanter, abgeklärter! Mit allen Wassern gewaschen! Ich glaube zwar nicht, daß Rebekka – – Andererseits hat sie noch kaum jemals irgendwelche Präferenzen geäußert, nicht einmal für irgendeinen Schauspieler oder Sänger oder Popmusiker, wie es doch in ihrem Alter normal wäre ... Und was war von einem Mann zu erwarten oder vielmehr nicht zu erwarten, der sich in jeden beliebigen Typus zu verwandeln vermochte, der gerade bei der Weiblichkeit en vogue war, der jedem weiblichen Geschmack soweit entgegenzukommen vermochte, daß sie in ihm ihr Wunschbild verkörpert sah?

Sie saß eine Weile lang in ihrem Auto wie in einem Gehäuse, das einsamen Wanderern Schutz bietet, aber im Gegensatz zu jenen den Vorteil hatte, mobil zu sein, das Lenkrad mit beiden Händen umklammernd wie jemand, der losfahren möchte, aber nicht weiß wohin, weil sein Wille gelähmt und unschlüssig ist. Ihr erster Impuls, zu ihrer Freundin, der Aquarellistin zu fahren und mit ihr, als einer Person von ihrem Alter, ähnlichen Gewohnheiten, Ansichten, Lebenserfahrung diese verzwickte Lage zu besprechen, machte sich zwar nachdrücklich geltend und schien vieles für sich zu haben, denn zu zweit verfällt man auf andere Dinge, als wenn man mit sich und seinen Sorgen allein ist, überdies war es immer tröstlich und stärkend, einen Verbündeten zu haben: jeder Kriegsmann weiß das, sagte sich Frau Irene und wußte im selben Moment, daß sie es *nicht* tun würde. Irgendein jäher, aber hartnäckiger Instinkt verriet ihr, daß, wo immer von einem Don Juan und seinen Künsten die Rede war, kein noch so entschiedenes und entrüstetes Verwerfen, keine noch so verächtliche Ablehnung eine Frau vor der Begierde bewahrt, sich mit eigenen Augen und Ohren überzeugen zu wollen, ob sein Ruf auch der Wahrheit entspricht und ob er sie, selbst wenn sie sich gegen seinen Zauber immun glaubt, in den Kreis seiner Eroberungen aufzunehmen würdig befände. Die zehnte Frau hingegen, die wirklich gefühllos ist oder wäre, ist eine überzeugte Feministin und kann auf andere Weise Schaden stiften, indem sie zuviel Pulver ins Feuer wirft.

Ich muß mit Rebekka reden, sagte sich ihre Mutter, nachdem sie, mit streng geschlossenen Lippen, minutenlang vor sich hin gesehen und alle anderen Möglichkeiten, jedes Für und Wider abgewogen hatte. Von Frau zu Frau. Rebekka ist die einzige, die hier zählt. Ich muß versuchen, ihren Widerstand zu wecken, *ohne* zugleich ihre Neugier auf den Plan zu rufen. Sie muß von etwas anderem, Besseren eingenommen sein, ehe sie ihn sieht und spricht – nur dann ist sie vor ihm geschützt. Sie verwünschte die modernen Erziehungsmethoden der Schule, die sie bislang unterstützt, an die sie geglaubt hatte: in diesem einen Fall waren sie kontraproduktiv. Wieviel harmloser wäre alles, wenn man nur die Klassiker lesen ließe, Leute, die bereits im Literaturhimmel etabliert und von der Nachwelt beglaubigt waren, anstatt zweifelhafte Aspiranten auf literarischen Ruhm, die mit dem Zeitgeist erschienen und verschwanden: in diesem Sinne mußte sie dem trägen Konservatismus ihres Mannes, der allerdings vorrangig der Bequemlichkeit entsprang, nachträglich Gerechtigkeit widerfahren lassen. Sie nahm sich aber dennoch vor, noch einen Fingerzeig des Schicksals abzuwarten, ehe sie sich unberufen mit hineinmischte: falls es unberufen bedeutet, sagte sich Frau Irene, die Pflichten einer Mutter strenger aufzufassen, als ich es bislang getan habe!
Sie hatte sich, wie jede Frau von echter Modernität, darin gefallen, mehr eine Kameradin und Freundin ihrer Tochter als eine Autoritätsperson zu sein – schon das Wort Autorität hatte einen mißlichen Klang, sprach von Verbotsschildern, Ermahnungen, die keinen Widerspruch duldeten, von Dingen, die man folgsam hinzunehmen hatte, und all dies, das sie in ihrer eigenen Kindheit genugsam kennengelernt hatte, fand Frau Irene aus verschiedenen Gründen nicht brauchbar für ein Wesen, das gleichsam eine Neuausgabe und Fortsetzung ihrer selbst sein sollte. Autorität (und zwar angemaßte) trug einen Hauch von Faschismus an sich, zum wenigsten war sie oft unwirksam, weil sie heftigen Widerstand hervor-

rief, zum dritten konnte sie ihre Opfer zu Heuchlern und Duckmäusern machen: all dies entsprach nicht Irenes Vorstellungen von einer freiheitlichen Erziehung, unter welchem etwas verschwommenen Terminus sie eine Erziehung *zur* Freiheit, d. h. zur freien Verfügung über sich selbst und seine Begabungen und Fähigkeiten verstand. Darin verstand Frau Irene durchaus keinen Spaß, sie konnte sich auch insofern schmeicheln, ihr Konzept bislang erfolgreich angewandt zu haben, als ihr hübsches Kind, sehr zufrieden damit, all seine kleineren und größeren Wünsche wenn nicht sofort, doch in nicht zu langer Zeit erfüllt zu bekommen, ahnungslos um die Kämpfe, die es mit geschwisterlichen Rivalen hätte ausfechten müssen (so daß ihr einen Bruder oder eine Schwester zu haben, als ein Wunschbild, mit allen Vorzügen ausgestattet, die sich ihre Phantasie ausmalen konnte, als das Schönste vom Schönen erschien) – ihr nur sehr selten Gelegenheit gegeben hatte, streng mit ihm zu sein: freundliches und geduldiges Zureden, das Darstellen von einleuchtenden Gründen, auf die Rebekka besonders erpicht war, hatten in den allermeisten Fällen genügt; ernsthafte Konflikte zwischen Mutter und Tochter hatte es noch nicht gegeben, was nach den Wünschen beider, sofern sie sich dies überhaupt vorzustellen geneigt waren, auch so bleiben sollte. Es verging also eine Weile, in der Frau Irene sich zusammennahm, diplomatische Verschwiegenheit bewahrte und den Don Juan in seinem Hesperus-Pavillon, der sich aus Erinnertem, in der Vorstellung Vergrößerten und Gesehenen zu etwa gleichen Teilen zusammensetzte, wieder auf sein normales Maß zu reduzieren versuchte: zu einem jener Menschen, die als Künstler von öffentlichen Geldern lebten, wogegen, selbst wenn man über ihre Produkte, ob materieller, ob geistiger Natur, im Zweifel sein mochte, im Grunde nichts einzuwenden war, da ja auch sie irgendwie beschäftigt sein mußten. Frau Irene hielt dies für eine Sichtweise, mit der sie sich anzufreunden vermochte.

# 4.

Die nächste Alarmglocke schrillte, und zwar *sehr* laut, als
sie, etwa eine Woche nach ihrem heimlichen Besuch im
Pavillon, im Zimmer Rebekkas, als sie nach ein paar Blumen
sehen wollte, auf ihrem Schreibtisch zwei Werke des Stadtschreibers fand, die, nach den Zetteln zu urteilen, die an
verschiedenen Stellen darin staken, mit Aufmerksamkeit
und Interesse gelesen, wenn nicht regelrecht studiert worden waren, darunter lag ein Block Schreibpapier, dessen
erstes Blatt mit einem Abriß all der Fragen, Themen, Motive beschrieben war, über die man sich mit dem Verfasser
austauschen, zu denen man tiefere Erkundigungen von ihm
einziehen wollte: manches war unterstrichen, anderes mit
Fragezeichen, oftmals sogar mit mehreren Fragezeichen
versehen. Ist die Liebe eine Illusion? stand da, in aller kindlichen Naivität, aber in Rebekkas durchaus schon eigenen
Sinn und eine gewisse geistige Reife verratenden Schrift
hingesetzt. Muß das Verhältnis von Mann und Frau stets
von schwelenden Dissonanzen geprägt sein, muß der ewige
Kampf der Geschlechter beständig neu und mit neuen Mitteln gefochten werden? (hier gab es die meisten Fragezeichen) Warum verweigert Anton Nora eine Aussprache,
wenn er sie doch, nach seiner eigenen Aussage, liebt? Wäre
nicht noch ein anderes Ende denkbar, weniger destruktiv
und dafür nobler, versöhnlicher? Ganz unten standen Worte, die Rebekka offenbar, ihre Einfälle rasch notierend, zur
ferneren Verwendung skizzenartig hingeworfen hatte:
Macht – Haß – Rache – Leidenschaft – Anziehung – Absto-
ßung –
Es ist schwer, die Bestürzung, ja das Entsetzen zu schildern,
mit dem die eben noch so gelassene Mutter diesen ominösen, auf eine schauerliche Weise in die Zukunft weisenden
Zettel durchlas. Es ist ihr nicht unbedingt anzukreiden, daß
sie keine Veranlassung sah, die beiden Machwerke zu studieren, die ihm zugrunde lagen, sie begnügte sich damit, bei
beiden den Klappentext zu überfliegen, ohne, da ihre Ge-

danken ganz andere Wege gingen und auf die unmittelbaren Fakten gerichtet waren, sonderlich klug daraus zu werden, wozu ein mangelndes Interesse an Liebesromanzen als solchen beitrug; diesen Teil ihres Lebens hatte Frau Irene mit klugem Entschluß hinter sich gelassen und konnte die Bücher nur noch unter dem einen Aspekt bedeutsam finden: ob der Bewohner des Pavillons darin seine eigenen unzähligen gehabten Liebesverhältnisse schilderte (was sie für wahrscheinlich hielt, denn wozu erfinden, was man besitzt) und in welchem Maße sie kenntlich waren? Sie sah, was geschehen würde, mit schlafwandlerischer Sicherheit: der Literaturkurs, der nur aus ein paar Schülern, hauptsächlich Schülerinnen bestand, hatte ein Attentat auf den Pavillon vor, und Rebekka, die hier ein dankbares Terrain für die Betätigung ihres Ehrgeizes fand, würde die Wortführerin machen. Doch das Tête-à-Tête von Mutter und Tochter, das nicht von ungefähr in Rebekkas Zimmer stattfand, begann gleichsam unter völlig unvorhergesehenen Vorzeichen, da Rebekka die vorsichtigen Eröffnungen ihrer Mutter, die zudem noch das Gepräge des Allgemeinen trugen (denn sie wollte nicht alles und das letzte sofort sagen, um ihm nicht alles Gewicht zu entziehen), ohne das mindeste Erstaunen und mit ziemlich viel heiterer Gelassenheit aufnahm: ja, schließlich begann sie regelrecht zu lachen, fiel der Mutter ins Wort und sagte, ihr mit klaren braunen Augen ins Gesicht sehend, mit entsprechenden Gesten ihrer feingliedrigen Hände: Aber das wisse sie doch längst, man sehe es ihm an, daß er ein Schönling sei, unter den Mädchen habe es sich blitzschnell herumgesprochen. Er schreibe auch lange nicht so gut, wie behauptet werde, jedenfalls ihrer Meinung nach nicht. Aber sie wolle – ihren Zettel vorweisend – den Kurs, da es sich doch um ihr Lieblingsfach handle, mit Bestnote abschließen, das habe sie sich fest vorgenommen. Etwas in der Miene, in dem verhaltenen Gebaren ihrer Mutter und in den Worten womöglich auch, die etwas Wesentliches zu verschweigen schienen, kam ihr doch als sonderbar zu Bewußtsein, so daß sie, nach kurzen Erkundigungen, woher

Irenes Kenntnis von ihm rührte, wann und wo sie sich begegnet seien, es wagte, die Frage zu äußern, die im Zusammenhang dieser intimen Besprechung völlig normal und natürlich war. Ob *sie* auch … verliebt in ihn gewesen sei? Ja (nach leichtem Zögern), sie hätten eine kurze Bekanntschaft miteinander gehabt. Dies aus dem Mund ihrer Mutter zu hören und die seltsam neutralen, trocken klingenden Worte entsprechend deuten zu müssen, machte Rebekka, nachdem sie anfänglich so erheitert gewesen war, etwas nachdenklich: man sah ihr an, daß sie sich zu vergewissern wünschte, aber die Frage nicht tun wollte, die sie dazu hätte stellen müssen, so daß ihre Mutter ihr zu Hilfe kam. Ja – auch sie hätte zu den von ihm Verführten gehört, sie bilde keine Ausnahme.

„Du bist auf diesen Menschen hereingefallen?" Aber sogleich, kaum daß dieser Ausspruch gefallen war, kam ihr seine unverblümte Härte zu Bewußtsein, so daß ihre kindliche Großherzigkeit ihn abzumildern versuchte, sie streichelte die Hände ihrer Mutter und suchte nach Worten, um dasselbe etwas harmloser zu sagen, fand aber keine. Frau Irene nahm nichts übel, was sie selbst längst innerlich überwunden hatte: was nichts daran änderte, daß ihr der Verlauf dieser Unterredung auf eine schwer zu fassende Weise mißfiel, indem mehr Fallen und Fußangeln in diesem Thema verborgen lagen, als selbst ihr mütterlicher Sinn hätte vorausahnen können. Sie versuchte, ihrer Tochter in möglichst knappen, aber doch deutlichen Worten eine Vorstellung von dem an sich so banalen Vorgang – Frau Irene fand ihn jetzt sehr banal – zu geben, der sich damals abgespielt hatte, ohne weder ihn (den Verführer) noch sich selbst anzuklagen, wozu nach ihrer Auffassung keine Veranlassung bestand, da sie sich nicht durch ihn betrogen oder beeinträchtigt gefühlt habe; gleichwohl konnte sie in dieser Generalamnestie auch nicht zu weit gehen und die Sache als *zu* harmlos und geringfügig darstellen, weil dann aller Warneffekt verpufft wäre. Frau Irene fühlte dies und eine wachsende Nervosität, daß sie es so oder so nur falsch machen könne, mischte sich in dieses Empfinden, das sie mit großer Standhaftigkeit niederkämpfte, als sie mit den folgenden Worten, deren sich eine kluge Mutter nicht zu schämen braucht, ihren Passus beschloß: „Er ist also, wie du siehst, einer jener Männer, die es zu allen Zeiten gegeben hat und vermutlich immer geben wird. Aller Feminismus, alle Emanzipation werden daran nichts ändern. Wir sollten nicht einmal so erpicht darauf sein, alles fort- oder abzuschaffen, was uns stört oder ärgert, weil wir dann in unserer Wachsamkeit nachlassen und uns einbilden, wir seien unverwundbar, nur weil es nichts gibt, was uns in unserem Sein herausfordert."

„Ja", sagte Rebekka etwas geistesabwesend, „das verstehe ich, aber … warst du nicht doch gekränkt, daß er … dir so unverhohlen zu verstehen gab, wie austauschbar du bist, nachdem er dir vorher in Worten und Taten das Gegenteil suggeriert hat? Wenn man einander nicht mehr sieht, dann kann man es vergessen, weil man nicht mehr daran denkt, aber da du Gelegenheit hattest, zu beobachten, daß er anderen Frauen genau dieselben Dinge sagte wie dir …"

„Wenn man sich in seiner Eitelkeit gekränkt fühlt", sagte Frau Irene, „so schmerzt das zwar auch ziemlich stark, aber man verwindet es zumeist schneller, als man denkt; später findet man gewöhnlich, daß es eine heilsame Lektion gewesen ist. Man kann Leuten, die einem dies zu Bewußtsein bringen, sogar dankbar sein, auch wenn man nichts mehr mit ihnen zu tun haben will. Wir Frauen sind alle mehr oder minder eitel, nicht so sehr im Hinblick auf Leistungen wie die Männer, sondern auf unser undefinierbares Sein, das wir von jemandem wahrgenommen und anerkannt wissen wollen. Auf dieser Basis operieren die Verführer, die großen wie die kleinen, alle richten sie ihre Komplimente, ihre Aufmerksamkeiten und Gefälligkeiten auf die besondere Art einer Frau aus, und man kann ihnen in dieser Hinsicht zugestehen, daß sie gute Beobachter sind, auch wenn sie ihr Wissen nur durch ihr Tun ausdrücken, sie wittern die verborgene Schwäche und kommen ihr auf vielfältige Weise entgegen, teils indem sie sie beruhigen, teils indem sie sie zu stimulieren verstehen, d. h. kleine Kränkungen verabreichen, die nur sie heilen können. Dadurch binden sie das Opfer an sich und machen es wehrlos."

„Und wodurch hat er dich – –"

„Ich war jung, eine schüchterne Studentin, die aus dem Dorf, wo es wenig Auswahl auch nur an äußerlich attraktiven Männern gab (von interessant wollen wir nicht reden), in die Großstadt kam; und er schien beides zu sein, intelligent, gutaussehend, belesen, interessiert an den geistigen Strömungen der Zeit und von individuellem Geschmack und Urteil, überdies hatte er eine einschmeichelnde Art gegenüber Frauen, die erst recht auf junge und unerfahrene Frauen wirken mußte. Ich bin, wie du siehst, darüber hinweggekommen, daß ich nur eine von vielen war und" – ihrer Tochter mit dem Zeigefinger einen leisen Nasenstüber gebend, um ihr, die etwas zu ernsthaft zuhörte, ein Lächeln zu entlocken, was auch gelang, aber leider ein zu unschuldiges, fand Frau Irene – „auch ohne ihn oder vielmehr *nur* ohne ihn ziemlich glücklich geworden, weil ich aus meinem Leben das gemacht habe, was ich wollte. Aber es gab andere Frauen, die es härter genommen haben, sich von ihm betrogen oder hintergangen wähnten, weil er das Interesse an ihnen verlor, und die es nicht so leicht verwunden haben."

„Hegten sie Rachegefühle?"

„Vielleicht auch dies, aber vor allem schien mir, daß sie nicht aufhören konnten, etwas von ihm zu erwarten, daß sie vergeblich darauf hofften, er – und nur er – würde die Kränkung, die er ihnen zugefügt hatte, wieder aufheben, sie konnten nicht aufhören, sich in Bereitschaft zu halten."

Die schöne Tochter erwies sich ihrer Mutter insoweit würdig, als sie diese Dinge eine Weile lang ernsthaft bedachte und sich schließlich bei ihr für das erwiesene Vertrauen bedankte. Sie wisse es zu schätzen, daß Irene so aufrichtig mit ihr gewesen sei, sie wolle diese Ehrlichkeit, in der ja auch Selbstkritik stecke, zum Maßstab nehmen. Sie habe eigentlich von Anfang an dem Bewohner des Pavillons ge-

37

genüber merkwürdige Empfindungen gehabt, als ob etwas mit ihm nicht stimme: sie habe sich einen bedeutenden Mann, einen bedeutenden Schriftsteller irgendwie anders vorgesellt – nicht so fotogen und im ganzen unansehnlicher, weniger modisch gekleidet und nicht so glattrednerisch. Sie sei froh, daß ihr Gefühl sie richtig geleitet habe und sie nun über seine Vergangenheit im Bilde sei: dies werde ihr helfen, ihm gegenüber die nötige Distanz zu halten. Es spricht für Frau Irenes Verstand, daß sie diesen schönen Verkündigungen, in denen sich der Mut und das Selbstvertrauen der Jugend aussprach, nicht ganz trauen, d. h. sich nicht völlig auf sie verlassen wollte. Sie hielt es jetzt doch für geboten, den Rat oder wenigstens die Ansicht einer Person einzuholen, die genügend Abstand zu diesen Dingen gewonnen hatte, um sie mit der nötigen Nüchternheit zu sehen, und machte sich folglich, so rasch, wie sie es einrichten konnte, daran, ihrer Malerfreundin einen Besuch abzustatten; anhand der Umstandes, daß alles, was bis unlängst noch dagegen gesprochen hatte, ihr so komplett entfallen war, läßt sich ermessen, welche weiten Wege ihre Gedanken binnen weniger Tage gegangen waren.

## 5.

Dorothea war einer jener Frauen von finsterer Energie, denen die höheren Weihen der Kunst, ob in Form öffentlicher Anerkennung und Wertschätzung oder jener unverwüstlichen Schaffenskraft, wie sie das Genie auszeichnet, versperrt bleiben und die mit beherzter Verbissenheit gegen diese Erkenntnis anpinseln. Dabei hatte sie eine Reihe stattlicher Erfolge vorzuweisen, die allerdings über den Rahmen der Provinz nie hinausgedrungen waren: ihre Werke waren in den Kreissparkassen, Arztpraxen, Kunstcafés und Gemeindesälen keineswegs nur des Heimatkreises, sondern auch anderer Regionen des Landes ausgestellt worden, kleinstädtische Honoratioren hatten sie gelobt und zum Teil sogar gekauft, und die Krönung ihrer bisherigen Laufbahn war der Ankauf eines ihrer Bilder durch eine renommierte Kunsthalle, die es allerdings, wie so vieles andere, was geschaffen wurde, um in voller Beleuchtung dazustehen und gesehen zu werden, bis auf weiteres in ihr Magazin versenkt hatte, eines jener berüchtigten Magazine, die Gräbern ähneln und von deren Bewohnern nur äußerst selten einmal einer einen kurzen Ausflug ans Licht machen darf. Dorothea aber war selbstbewußt genug, ihr eigenes Licht *nicht* unter den Scheffel zu stellen und auf einem kleinen Faltblatt, das eine Auswahl ihrer jüngsten Werke zeigte und einen Lebenslauf enthielt, diesen Erfolg in sehr lesbaren Lettern zur allgemeinen Kenntnis zu geben. Die beiden Frauen waren einander so herzlich zugetan, wie es unter Provinzdamen überhaupt nur möglich ist, die ja für gewöhnlich schon froh sein müssen, überhaupt jemanden in ihrer Nähe zu wissen, der ihre Interessen teilt und zur Not auch zu Fuß oder mit dem Fahrrad erreicht werden kann. Was sie miteinander verband, war aber keineswegs nur dasselbe Alter, ähnliche kulturelle Neigungen und ein kritisches Bewußtsein, das bei Dorothea, als einer Frau, die unter anderem gegen das Vorurteil anstreiten mußte, Frauen könnten nicht malen (das unter männlichen Genies sehr beliebt ist), noch ausgeprägter war als bei der schon aus Berufsgründen zur Diplomatie verpflichteten Irene, sondern auch eine stillschweigende Überzeugung, die sie, ohne etwa kämpferische Feministinnen zu sein, teilten und in ihren Unterredungen, zumal wenn sie ganz privat miteinander sein konnten, gelegentlich als subtile Anspielung, öfter aber auch auf ganz unverblümte Weise zum Ausdruck kam: daß es sich bei Männern um eine irgendwie untergeordnete Spezies handelte, die man zwar zu bestimmten Zwecken brauchte, wo sie sich als sehr nützlich erwiesen, die aber auf allen Gebieten des Lebens, wo es eines feineren Takts, eines sublimeren Unterscheidungsvermögens, einer Mischung aus Inspiration und Intuition bedurfte, dem femininen Genius hoffnungslos unterlegen waren.

Beide hatte einen Mann, der ihnen, ohne sich so verhaßt zu machen, daß etwa eine Trennung in Betracht gekommen wäre, hinreichendes Beweismaterial lieferte, Dorotheas hatte zudem den Vorteil (in ihren Augen war es einer), als Geschäftsmann öfter auf Reisen zu sein und seine Frau ihren Pinseln und Farben zu überlassen, so daß sie sich als selbständig oder so gut wie selbständig betrachten konnte, ohne es der Tatsächlichkeit ihrer finanziellen Lage nach zu sein, woran auch der fleißige Verkauf ihrer Bilder nicht viel änderte, da kein Künstler, der nicht in den internationalen Listen vertreten oder sonstwie zu größerer Bekanntheit gelangt war, auch nur gehobene Preise für seine Werke nehmen konnte. Da sie keine Kinder hatte, interessierte sie sich für die Kinder anderer Leute und vor allem Rebekka, als der Tochter ihrer besten Freundin, war sie so zugetan, daß alles, was das Mädchen anbetraf, von Kleiderfragen bis zu Zukunftsplänen, auf ihre sichere Anteilnahme rechnen konnte, wobei es diese Anteilnahme nicht schmälerte, wenn der Pinsel dabei in Tätigkeit blieb. Als Frau Irene, ohne viel einleitendes Hin und Her, ihr die vertrackte Situation im Pavillon zu schildern begann, unterbrach sie sogar ihr Lieblingsprojekt, das aus einem kleinen Mallehrgang mit Beispielen aus eigener Produktion bestand, denn es hat noch keinen Maler der minderen Kategorie gegeben, der sich nicht für die entgangene Glorie dadurch zu entschädigen versucht hätte, daß er, ob in professoraler Würde oder als Freischaffender, Studenten oder Anfänger auf den richtigen Weg weist, der, unnötig zu sagen, immer *sein* Weg ist. Ihre Reaktion auf den dargestellten Zusammenhang entsprach insoweit Irenes Erwartungen, als sie die nötigen Grade femininer Entrüstung mit der praktischen Abgeklärtheit einer Künstlerin verband, die sich ,ihren Reim auf die Welt' gemacht hat und ziemlich genau weiß, was sie von der Spezies Mann im besonderen und im allgemeinen zu erwarten hat.

„Pikant, pikant", sagte Dorothea, während sie, den einen der von ihr benutzten Pinsel quer im Mund, mit dem anderen zwei sorgfältige kryptische Flecken auf das schneeweiße

Papier setzte, von denen nur sie allein beziehungsweise ihre Intuition wußte, was daraus werden sollte: sie hielt das Folgende aber immerhin für so wichtig, um es ohne Pinsel-Beeinträchtigung und sehr freimütig auszusprechen. „Dann muß ich mir diesen Knaben ja direkt einmal beschauen: schon um zu sehen, für wen ich meine Bilder eigentlich gemalt habe!" Und mit einer Spur tiefsinniger Bosheit, deren sie durchaus fähig war, fortfahrend, „Schon recht seltsam, unter welch sonderbaren Verkleidungen sich die Don Juans unserer Zeit – ich habe solche Männer auch erlebt, und nach dem, wie du ihn schilderst, ist mir fast, als müßte ich ihn kennen – sich in die neue Zeit gerettet haben, in welchen Inkarnationen sie wieder auftauchen. Bürgerlich werden sie so gut wie nie, verhinderte, abgetakelte Künstler, das kommt schon eher hin, aber Stadtschreiber und auf Staatskosten, das ist wirklich dreist! Was will er über unsere Stadt schreiben, sie ist Provinz und bleibt Provinz: was darüber zu sagen ist, wenn man es freundlich sagen will, das haben andere schon getan. Kann er überhaupt schreiben, ich meine: literarisch schreiben?"

Frau Irene lächelte über diese feminine Ungeschminktheit und verbarg mit diesem Lächeln ziemlich viel: zum einen das kaum bemäntelte Desinteresse, das der Don Juan angesichts ihrer Bilder gezeigt hatte und einer Aburteilung gleichkam, zum anderen ihre eigenen Empfindungen hinsichtlich einer Begegnung dieser beiden und deren mögliche Resultate, die sie mittlerweile ziemlich gelassen einschätzte. Nachdem ihre eigene, dezent zurechtstilisierte, sorgfältig konservierte Blondheit und Schlankheit diesem Gourmet in Frauensachen nichts mehr hatte entlocken können als heimlich gähnende Höflichkeit und geschickt kaschiertes Desinteresse, stand kaum zu erwarten, daß Dorotheas ziemlich kräftig gewordene Gestalt, ihr, obwohl sie zwei Jahre jünger war, schon recht runzlig gewordener Teint und zwar modisch geschnittener, aber farblich unansehnlicher Haarmop mehr ausrichten sollten: eine gewisse geistige Kompetenz und Urteilskraft, Intelligenz und rasche Auffassungsgabe gestand Frau Irene ihr als ihrer besten Freundin zwar ohne weiteres zu, aber das, in derber Hülle, war kaum die Art Charme, die einen Don Juan, der selber kein Dummkopf war – und ziemlich überzeugend einen Künstler zu inkarnieren wußte (einen literarischen noch dazu) – fesseln würde. Man kann aber den Grad ihrer in der Zwischenzeit angewachsenen inneren Unruhe und Besorgnis anhand des Umstandes ermessen, daß ihr ein solches Geschehen, wie unwahrscheinlich es auch sein mochte, sogar willkommen gewesen wäre, sofern es das größere Übel von ihr fernhielt: daß sie, nach Art aller Rachegöttinnen und fanatischen Priesterinnen, nach Art aller Wölfinnen, die ihre Jungen verteidigen, bereit war, Dorothea in den Moloch zu werfen, um Rebekka zu retten, ihr strahlendes Glück und ihre Unschuld zu bewahren. Hierzu sind Frauen von Irenes klug und sorgsam kalkulierendem Naturell durchaus fähig, ohne sich darum weniger als Freundinnen zu betrachten. Dorothea hingegen, als vernünftige Patentante, war sanguinisch bis zur Unempfindlichkeit im Hinblick auf die von Irene angedeuteten Gefahren, stellte ihr kühl die völlig andere seelische und geistige Beschaffenheit der derzeitigen jungen Frauen und Mädchen vor Augen, die einen völlig anderen Typus – schlaff, feminin, sensibel und so unmilitärisch wie nur irgend möglich – bevorzugten und stellte Rebekkas Besonderheit, ihre Unabhängigkeit und Selbständigkeit auf eine Weise heraus, wie man sie nur einem persönlichen Wunschbild angedeihen lassen kann, mit einer Konsequenz und Ausschließlichkeit, zu der selbst die verblendetste Mutter nicht imstande wäre.

Kurz und gut – diese Unterredung hatte zur natürlichen und absehbaren Folge, daß der Don Juan im Pavillon binnen kurzem nochmals Damenbesuch bekam, und diese zweite Heimsuchung ohne ersichtlichen Grund oder auch nur eine Ankündigung konnte nicht verfehlen, ihn stutzig zu machen. Eine Frau, die etwas weiß oder zu wissen glaubt, sieht anders drein, mustert ihr Gegenüber anders als eine gewöhnliche, die in der Situation selbst aufgeht und deren Kräfte

darauf gerichtet wären, seine wenn auch schon etwas abge-
schlafften, aber im Wesen doch noch vorhandenen Bestrik-
kungstaktiken je nach Temperament entweder spröd abzu-
federn oder kokett zu ermutigen. Dorotheas protestantische
Unfähigkeit, sich dümmer zu stellen, als sie war und also
etwa eine Naive zu spielen, kam erschwerend hinzu, zwar
ließ sie sich kein verdächtiges Wort entschlüpfen, aber ihre
Verbindung mit der ersten Besucherin, die ihm noch gegenwärtig war, zumal die Bilder vor ihrer beider Augen hingen, und ebensosehr der von ihr ausströmende Argwohn,
den sie nicht völlig zu bemeistern verstand und den er, als
ein Kenner weiblicher Regungen, als ein ,fremdes Element'
wahrnahm, veranlaßten ihn, dieses absonderliche Interesse,
das ihm in dieser neutral bohrenden Form ein Rätsel war,
nochmals auf seine Motive hin zu untersuchen, in einer
dunklen Ahnung, daß die Lösung ziemlich nahe, daß sie ihm
gleichsam schon vor Augen war.
Dies traf buchstäblich zu. Hier stimmt doch etwas nicht,
sagte sich Don Juan, während er, auf seinem Dichterstuhl
vor seinem Dichterschreibtisch plaziert, mit lässiger Hand
seine bisherigen Notizen durchblätterte, und schließlich,
etwas zerstreut, etwas von ,balsamischer Meeresluft' notierte, die durch das geöffnete Fenster hereindrang. Diese zwei
Frauen sind nicht als harmlose Besucherinnen zu mir gekommen, sondern als Richterinnen, sie hatten den Blick des
Anklägers in den Augen, des öffentlichen Anklägers sogar.
Sie hegen einen Verdacht gegen mich, glauben sie, daß ich
hier Wäsche stehle oder Bilder fortschaffe, die ich nicht
geschenkt haben möchte? Aber nein, viel zu simpel, die Sache liegt tiefer ... Aber seine Gedanken schweiften träge ab,
sein auf das Genießen gerichteter Geist, der eine bestimmte
Sorte Frauen – die nur häßlichen und die nur ehrgeizigen –
stets gemieden hatte, weil ihre Eroberung wenig Freuden
versprach, wandte, sich ihrer natürlichen Schwerkraft überlassend, sich angenehmeren Vorstellungen zu als der Frage,
warum zwei Feindinnen Ressentiments gegen ihn hegten
und ihn offenbar zu kontrollieren vorhatten – ein amüsanter

Gedanke, der ihn zum Lächeln brachte. Die Literaturjünge-
rinnen, die Schülerinnen des Abiturjahrgangs des städti-
schen Gymnasiums, die ihn vor wenigen Tagen offiziell aufgesucht und sehr eifrig, mit ernsthaftem und rührendem
Interesse zu seinen Romanen befragt hatten, waren eine
stimulierendere, beflügelnde Erinnerung, da sie fast allesamt
hübsch waren oder sich doch große Mühe gaben, zu gefallen, nicht nur intelligent und ernsthaft, sondern auch attraktiv zu sein: das berühmte Licht ging ihm auf, als er auf einem Planungszettel, den sie bei ihm gelassen hatten, ihre
vollen Namen verzeichnet sah und es sich also erwies, daß
die geistreichste und schönste unter ihnen, deren Vornamen
Rebekka er als passend hatte bewundern dürfen – was im
Kreis der Mädchen ein allgemeines, schüchternes Lachen
hervorgerufen hatte – die Tochter der strengen Bürgermeistergattin war, in deren Liebenswürdigkeit sich soviel eiserne Schärfe – die Schärfe eines Henkers, sagte sich Don Juan
– verborgen hatte. Dies hier freilich ändert die Umstände.
Die Sache wird mir klar, ich habe mich als unter weiblichen
Argusaugen zu betrachten … Kein Schritt über das Erlaubte
hinaus oder du wirst es bitter büßen! Hat unsere selbstbe-
wußte Aquarellistin, deren Frisur so sehr ihrem Metier entspricht, etwa auch eine hübsche Tochter, an der ich mich
nicht vergreifen darf? (mit einem Blick auf die Namensliste)
Offenbar nicht, oder wenn doch, so gelten ihre Interessen
nicht der Literatur. Aber wahrlich – es würde mich wundern.
(Nach einer Pause, während er die Sache im Geist kurz
durchspielte und verwarf): Aber ich denke, man kann diesen
zwei strengen Damen den Gefallen tun. Es bringt nichts ein
und ist riskant, sich mit Provinzmädchen einzulassen – ewig
hat man sie am Hals und wenn man sie loswerden will, werfen sie sich vor einen Zug oder fangen an zu erpressen und
zu terrorisieren … Danke, nach solchen Tragödien steht mir
der Sinn nicht mehr. Ich bin nicht mehr vierzig!
Tatsächlich war er nicht einmal mehr fünfzig, sondern schon
reichlich darüber, hatte aber, halb von der Natur begünstigt,

halb durch geschickte und diskrete Nachhilfe das Aussehen und die Gestalt eines noch weitaus jüngeren Mannes: aber das Alter, das niemanden verschont und bei denen, die ihm äußerlich zu widerstehen scheinen, oftmals von innen, an irgendeinem unscheinbaren Punkt sein Werk beginnt, hatte auch seine Sinne abstumpfen und seine Tatkraft erschlaffen lassen, so daß, wann immer sich ihm jetzt noch die Aussicht auf ein kleines Abenteuer bot, seine Vernunft ihn eine strenge Kosten-Nutzen-Rechnung aufstellen ließ, inwieweit die Freuden, die sich ihm boten, etwaige Attacken auf seine Bequemlichkeit, den ungestörten Genuß seiner selbst und eines gewissen Komforts und Luxus, die ihm ebenso Gewohnheit wie Bedürfnis geworden waren, aufzuwiegen versprachen: und oft genug hatte, unter dem Losungswort: Keine Wiederholungen!, die Vernunft den Sieg davongetragen. Dieser Don Juan befaßte sich mit der Zukunft, will sagen: das Alter ohne Mittel, sich das Dasein zu versüßen, erschien ihm eine ziemlich unersprießliche Aussicht. Zwar hatte er niemals die Torheit begangen, sich finanziell strangulieren zu lassen: worunter er Unterhaltszahlungen für Kinder verstand, aber ebensowenig hatte jemals eine Frau eine solche Torheit für ihn begangen, übrigens nicht, weil keine gewollt hätte: viele, ach! viel zu viele hätten ihn gern ewig an sich gefesselt, wenn sie ein Mittel dazu gewußt hätten, aber der Don Juan hatte stets klar gemacht, daß er nicht zu kaufen war. Nicht durch die Liebe, nicht durch das Geld, erst recht nicht durch winzige Zweibeiner, die durch ihre unbändigen Ansprüche an das Leben, ihren verwurzelten Drang nach Selbstvergrößerung die seinen, die des Don Juan, der, ewig und unwandelbar frei sein zu müssen, für das erste und einzige Gebot seines Lebens hielt, das einzige, dem er strikten Gehorsam zu leisten hatte, empfindlich gestört, ja womöglich völlig aufgesogen hätten. Wenn er jetzt die Notwendigkeit empfand, sich eine Weile lang einigermaßen zahm und fast bürgerlich aufzuführen, so lag dies, außer an seiner Unbekümmertheit um regelmäßige Einkünfte, einem Widerwillen gegen das Aufstehen *vor* acht Uhr morgens und alles, was nach regelmäßiger Arbeit aussah, auch an einer kleinen, aber unbedachten Finanzspekulation, die ‚nach hinten losgegangen‘ war und seine Kasse arg verknappt, ja ihn gezwungen hatte, den nach seinen eigenen Maßstäben im Grunde lächerlichen Posten eines Stadtschreibers in einem Provinznest anzunehmen, nur der Komödiant in ihm fand, daß man auch diese Rolle einmal erproben konnte, ohne seiner Würde – ein Wort, das der Don Juan zum Spotten fand – allzuviel zu vergeben. Wenn er auf Verführung aus war, hatte er seine Würde jedenfalls fast stets als erstes drangegeben, im sicheren Gespür, daß sie bei Frauen nicht viel zählt, daß sie zu den statischen Eigenschaften gehört, die man nur denen zubilligt, von denen man, im Guten wie im Bösen, nichts will.

Wenn also nicht die Großmut, aber immerhin die Vernunft dafür zu sorgen schien, daß diese brisante Konstellation, wie Dorothea diese Verkettung von merkwürdigen Zufallen plus menschlichen Leidenschaften genannt hatte, doch glimpflich und gesittet abzulaufen versprach, wie konnte es geschehen, daß sie dennoch so sonderbar entriet, daß sie mit nachtwandlerischer Präzision den schwächsten Punkt im Gewebe der Sicherheiten ergriff, um die Verhältnisse durchzuschütteln? Und was war dieser schwächste Punkt, wenn nicht das menschliche Vorstellungsvermögen und seine Wirkung auf Körper und Geist, die alles sein kann, von tonisch bis fatal? Gewiß war es nicht des Don Juans Schuld, zumindest aber war es nicht seine Absicht, daß das gutmütig-abschätzige Lächeln, das er der von zwei so formidablen Priesterinnen weiblicher Unantastbarkeit beschützten Rebekka widmete oder das vielmehr sie streifte, als der aus jugendlichen Schwärmerinnen bestehende Literaturkurs das nächste Mal bei ihm einkehrte, dem auf ihre Besonderheit und ihre zahlreichen Begabungen schon etwas stolz gewordenen Mädchen einen tödlichen Stich versetzte: einen Stich, der zunächst kaum wehtut, der aber im nachhinein, hundertfach begutachtet und begrübelt, eine furchtbare Gewalt entwickelt. Ihr Stolz war bislang passiver Natur und folglich eine läßliche Sünde gewesen: solange niemand sie ernstlich beleidigt oder herausgefordert hatte, machte sie kein Aufhebens von sich und war großzügig und freundlich, vor allem mit unterlegenen Leuten; keine noch so graue Maus hatte sich jemals über Geringschätzung oder Bosheit von Rebekkas Seite zu beklagen gehabt, im Gegenteil gab sie ihnen gerne gute Ratschläge, wenn sie erbeten wurden, und half, wo man an ihre Hilfsbereitschaft appellierte. Das Lächeln des Don Juan stürzte sie in grausame Selbstzweifel.

Sie hatte ihre Überlegenheit, die ihr von den anderen zugestanden wurde, stets als etwas Selbstverständliches aufgefaßt und die Überzeugung genährt, daß auch der Bewohner des Pavillons ihr etwas mehr Respekt erwies als den übrigen, als einer gereifteren und folglich interessanteren Person: dieses Lächeln strafte alles Lügen. Sie begann der Sache auf den Grund gehen zu wollen und rückte ihm in dieser Absicht etwas näher, mit Befremden wahrnehmend, daß der Schriftsteller, dem sie sich fast ebenbürtig geglaubt hatte, weil sie seine Romane etwas besser verstand als die übrigen Mädchen, dies nicht zu goutieren schien.

Arme Rebekka! Es war nur eine Winzigkeit, über die sie strauchelte, etwas, was von niemand anderem bemerkt worden war als von ihr allein, ein schmaler Grat, über den alle hinwegmüssen und den noch keiner ohne Fall passiert hat. Dieser Stolz, das Gefühl ihres eigenen Wertes, und die existentielle Unsicherheit, die sich in ihr auftat, als sie ihn von jemand, mit dessen Achtung sie zu rechnen begonnen hatte, wenn nicht ignoriert, so doch mit Geringerem gleichgesetzt sah, war zudem nicht nur ein Makel, sondern basierte auf etwas Realem: es bedeutet Wert, sich selber Wert beizulegen, denn dieser Wert stellt auch eine Verpflichtung dar: sich hochzuhalten, keine niedrigen Dinge zu tun, an seiner Selbstverbesserung zu arbeiten. Sie beobachtete, wie der Künstler sich zu den anderen Mädchen verhielt, wie bereitwillig er sein Lächeln verschenkte, kleine Flirts mit gelassener Abgeklärtheit, in die sich ein gutmütiges männliches Amüsement mischte, mitmachte, ohne sie von sich aus zu entzünden, noch sich gegen sie zu wehren: er machte den Eindruck eines Mannes, der sich seiner Mittel bewußt ist und sie vollkommen beherrscht, der folglich gegen die Überraschung, wie sie ein Bestandteil erotischer Verwicklungen ist, immun scheint. Es gibt Dinge, die man besser durch Erfahrung lernt, als sich zu früh ein Urteil über sie zu bilden. Ein Mißverständnis beginnt gewöhnlich klein, mit etwas Geringem, und hat das Potential, in etwas Ungeheures anzuwachsen. Rebekka, dieses vom Glück verwöhnte Kind, fing an sich einzubilden, der Künstler schätze sie nicht, verachte sie – gerade sie! – und dieser verstörende Argwohn brachte ihr Weltbild, in dem, trotz tragischer Rätsel und unbehobener Ungerechtigkeiten, alles an seinem Platz gewesen war, mächtig und für erste unauflöslich durcheinander.

## 6.

Sie verriet es niemandem, erst recht ihrer Mutter nicht. Nachdem sie zur Vertrauten ihres Geheimnisses geworden war, war trotz Irenes Bemühungen um Nüchternheit und Herunterspielen des Geschehen die Sache in Rebekkas phantasiebegabten Augen zu etwas angewachsen, ,was Frauen sich untereinander mitteilen' und die Männer, jedenfalls die gewöhnlichen in ihrer Schwerfälligkeit und prosaischen Lebensauffassung, nichts angeht – überdies bedeutete zur Vertrauten doch: eine Ebenbürtige –: nach alldem fand das Mädchen, daß sie sich nicht herabsetzen konnte, indem sie solche Empfindungen zugab, Empfindungen, von denen sie kaum wußte, wie sie sie nennen und wie sie sich zu ihnen stellen sollte. Sie beschloß, daß sie irgendwie und irgendwann einmal mit ihm würde allein sein müssen, daß dies zwingend erforderlich war – nicht aus Eitelkeitsgründen, versicherte sich Rebekka, und erst recht nicht, um ihre Mutter zu hintergehen – sondern um herauszufinden, was er gegen mich hat! So geringfügig mein Wunsch sein mag – und vielleicht werde ich ja auch Dinge erfahren, die mir nicht gefallen – es ist mein Recht, niemand kann es mir nehmen. Wieso gesteht er mir (ausgerechnet mir) weniger zu, als er den anderen zugesteht? Dies soll er mir sagen oder durch sein Verhalten verdeutlichen. Und damit" – entschlossenes, mehrmaliges vor sich hin Nicken – „können wir dann die Sache auf sich beruhen lassen!" Natürlich flüsterte ihr die Klugheit, die jedes wohlerzogene Mädchen besitzt und die mit ihrer Scham verknüpft ist, zu, daß dies, erst recht nach all ihrer Kenntnis von ihm, eine gefährliche Sache sein mochte und den Blaubart – sie nannte ihn der Herabsetzung halber Blaubart, weil ein wenig mädchenhafter Hohn ihm nicht schaden konnte – gleichsam herausfordern hieß. Wenn er etwa doch plötzlich anbiß? Sie prüfte und begrübelte dies lang und breit und entschied schließlich, daß das Risiko in Kauf genommen werden mußte. Ich habe doch ein Wissen von ihm, sagte sie sich ein um das andere Mal, so daß es zur Selbstbeschwörung wurde. Ich *weiß*, wie also kann er mir schaden. Um gefährdet zu sein, müßte man etwas empfinden: ich empfinde aber nichts.

Aber was wußte Rebekka von einem Don Juan, der sich einen ruhigen Lebensabend wünscht und heimlich über den Fluch seufzt, immer derselbe sein zu müssen, den die Frauen in ihm sehen wollen, ob es ihm gefällt oder nicht? Der gute Zigaretten schätzt, feine Wäsche, bequeme Lederschlappen, eine wohlgefüllte Hausbar, eine Badewanne, in der man bis zur Besinnungslosigkeit genießen und meditieren kann, duftende Handtücher, ein gepflegtes, sehr gut gefedertes Bett und eine chromblitzende, ultramoderne Küche, die das Aufbrutzeln eigener Mahlzeiten – der Don Juan aß gerne gut und zog es vor, dies nur in seiner eigenen Gesellschaft zu tun – zu einer luxuriösen, zauberischgeschwinden Spielerei macht? Und den nur seine mißliche finanzielle Lage – stets hatte er das Genießen vorgezogen und das Sparen, als eine zutiefst kleinbürgerliche, reaktionär-engstirnige Angewohnheit, aus tiefstem Gourmetinstinkt verachtet – dazu zwang, literarische Hausmeistertätigkeiten in einem stockfleckigen Provinznest anzunehmen, dessen einziger Vorzug darin bestand, daß es am Meer lag, dessen aphrodisisch-stimulierende Wirkungen, obwohl er sie jetzt nicht mehr oder nur in dringenden Fällen in Anspruch zu nehmen gedachte, er noch aus alter Gewohnheit her schätzte. Spazierengehen ist auch eine schöne Tätigkeit und hat den Vorzug, völlig harmlos zu sein, sagte sich der Don Juan, als er am späten Abend, nachdem er durch beharrliche Beleuchtung an seinem Schreibtisch dem ganzen Städtchen demonstriert hatte, wie fleißig der Dichter sei, das Haus verließ, um sich auf Schleichwegen (auf die er sich, wiederum aus alter Gewohnheit, sehr gut verstand, sein Auge suchte sie, fand sie sofort, irrte sich auch nur selten in ihnen) zu jenem von Heckenrosen eingefaßten Pfad zu begeben, auf dem er seine letzten Zigaretten zu rauchen pflegte. Der Pfad mündete oder vielmehr hörte er bei etwas Weidengestrüpp plötzlich einfach auf; unter einer, der größten und knorrigsten von ihnen, ließ es sich sehr bequem im Sand lagern, aufs Meer schauen und Rauchwölkchen in die Welt schicken, was der Don Juan, seiner Rolle schon nach vierzehn Tagen (es lagen noch weitere fünfzig vor ihm) reichlich überdrüssig, mit hingebungsvoller Lässigkeit zu tun pflegte, manche Mittagstunde (die bei ihm bis nach drei Uhr reichte) hatte er schon hier verbracht: wo ihn das ganze Städtchen mitsamt allen Bürgermeistergattinnen, Honoratioren, Politikerinnen etc. gern haben konnte. Morgen kommen die albernen Mädchen wieder und ich muß ihnen etwas vorlesen… Was denn bloß? Irgend etwas Schnöde-Fades, das ihre Phantasie beschäftigt, muß mir einfallen bis morgen früh …

Als er das nächste Mal nach solchem Gelegenheitsschlummer erwachte, saß zwei Meter von ihm entfernt, auf einem Weidenast, der sich malerisch aufwärts bog, eine dunkelhaarige Schöne, die ihn mit unruhigen Augen musterte. Es war nicht auszumachen, wie lange sie da schon saß. Don Juan, zu alt, zu gewieft, um sich überrascht oder verlegen zu fühlen, war in der trägen Sinnlichkeit, die bei allen Genußmenschen die Phasen des Ruhens und Schlafens zu begleiten pflegt, nicht ganz auf der geistigen Höhe, die seine prekäre Situation eigentlich erforderte, so daß er, im allerersten Augenblick nur die Schönheit und Jugend des Mädchens sehend, wieder in sein gewohntes Verhalten, seine langerprobten Taktiken zurückfiel. Der Blick – die Einladung, die darin steckte, die Verheißung von Freuden und verbotenen Vergnügungen: sie hatte jetzt die Gewißheit, um derentwillen sie dieses Erkundungsmanöver auf sich genommen hatte, und hätte, damit bewaffnet und völlig beruhigt, fortgehen können, ja müssen, aber ein Teufel, wenigstens ein böser Dämon hatte von Rebekka Besitz ergriffen und flüsterte ihr zu, daß dies, diese sehr allgemeine und freilich unmißverständliche sinnliche Bewunderung mitsamt der Einladung, die sich darin verriet, denn sie hatte die winzige Geste, diese Hand, die nach ihr greifen wollte und, von einer jähen Vorsicht gezügelt, in der Bewegung wieder erschlaffte, genau erfaßt und begriffen, nicht genügte: daß sie, Rebekka, die kluge und begabte, der Stolz ihrer Eltern, Anrecht auf Besseres hatte, auf etwas, was sie von der Schar der gewöhnlichen Mädchen, die ihn sofort anzuhimmeln bereit waren, nachdrücklich und bedeutungsvoll unterschied. Es mußte dies klargestellt werden, eher konnte sie nicht gehen, flüsterte der Dämon Rebekka ins Ohr und Rebekka stimmte ihm zu. Infolgedessen setzte sie einen spitzen Akzent, der einer Kampfansage ähnelte: Sie finde es etwas mißlich, daß er sich ausgerechnet *ihren* Lieblingsplatz zum Schlafen ausgesucht habe!

„Meines Erachtens ist hier Platz für zwei", sagte der Dichter, sich auf seine Ellbogen stützend und, wie zur Selbstvergewisserung, das kleine Refugium überschauend, ehe er, sich wieder hinlegend, mit einem winzigen mokanten Lächeln hinzusetzte: „Sie können noch all Ihre literarisch interessierten Freundinnen mitbringen, wir werden uns hier nicht auf die Füße treten." Dies war, in Anbetracht der Enge und Verschwiegenheit dieses verwunschenen Versteckes, eine ziemlich dreiste Verleugnung der Tatsachen und wurde mit einem Blick voll brennenden Zornes quittiert, dem bald darauf die eigentliche Kriegserklärung folgte. „Ich wollte Ihnen nur sagen" – mit etwas hochmütig zurückgeworfenem Kopf – „daß ich *weiß*, wer Sie sind, daß ich über Ihre Vergangenheit Bescheid weiß. Und mehr noch (mit kühner Lüge und einem ganz leichten Schwanken in der Stimme, das leider verriet, wie wenig sie in solchen Künsten geübt war): daß das halbe Städtchen es weiß. Nur, daß Sie im Bilde sind."

„Und wer", erkundigte sich der Don Juan in gespielter Neugier, ein Stück totes Holz unter seinen Nacken schiebend, um sie besser im Blick behalten zu können, „bin ich nach Ihrer Ansicht?"

„Ein Mensch, der auf die Gefühle anderer keine Rücksicht nimmt ... Ein Ohrenbläser, ein Schmeichler, der sich nimmt, was ihm gefällt, und weiterzieht, wenn für ihn nichts mehr zu holen ist. Ein Mensch ohne Verantwortungsbewußtsein, die Karikatur eines Liebenden, eine hohle Hülle ..."

Don Juan, mittlerweile amüsiert, zündete sich eine Zigarette an, was den Zorn des Mädchens gegen ihn noch erhöhte.

„Und woher haben Sie Ihre exquisiten Kenntnisse, wenn ich fragen darf? Von Ihrer Mutter doch wohl, die so umsichtig war, mir einen Besuch abzustatten und mir, wenn auch nicht in Worten, so doch mit ihrem ganzen Sein untersagte, mich an Ihrer Person zu vergreifen. Dies ist Ihnen neu und nicht einmal angenehm, ich begreife es. Sehen Sie, das Wissen ist es nicht, was einen Menschen unangreifbar macht. In mancher Hinsicht trifft das Gegenteil zu. Aber Sie maßen sich ein Recht an, das ich mit allem schuldigen Respekt zurückweisen muß. Sie sind ein hübsches Mädchen – lassen Sie mich Ihnen sagen, daß es hübsche Mädchen zu Hunderttausenden, ja vermutlich in millionenfacher Ausfertigung gibt. An diesem Artikel ist kein Mangel im Hause der Natur, es wird auch nie einer sein. Nun haben Sie das Pech, einzige Tochter begüterter Eltern zu sein, daß Ihr Papa Bürgermeister ist und Sie mit völliger Selbstverständlichkeit meinen, seine Wichtigkeit erstrecke sich auch auf Sie. Seit

Ihrer Kindheit hat man Sie verwöhnt und all Ihren Wünschen, selbst wenn man sie nicht umgehend befriedigen, Ihnen nicht alles gewähren konnte, ein zärtliches Entgegenkommen, eine nie versagende Aufmerksamkeit gezeigt, mit dem Ergebnis, daß Ihr Kopf von dem Bewußtsein erfüllt ist, der Mittelpunkt der Welt zu sein. Von diesem Roß gelangt man nur schwer herunter, wenn man erst einmal drauf sitzt, glauben Sie es mir! Ich habe Mädchen Ihrer Art gekannt und besessen, diese Spezies ist heutzutage sehr verbreitet, mehr als Sie sich wünschen würden. Eines ist ihnen allen gemein, sie überschätzen ihre Stärke (geistig wie körperlich) und glauben, ohne die mindeste Berechtigung hierzu, die Welt gehöre ihnen. Nur zu, nehmt sie euch! Aber beklagt euch nicht über die Resultate und daß ihr sie nicht habt voraussehen können. Das Recht, zu beleidigen freilich ist eines, das man euch nicht ungestraft lassen kann. Ich sage Ihnen deshalb auf den Kopf zu: Wenn ich Ernst machte mit meinem Don-Juan-Ruf, den Sie mir so bereitwillig zuschreiben, dann wären Sie genauso bereit, in meinen Armen zu zerschmelzen und sich meinen Wünschen zu unterwerfen, wie irgendeine verhuschte, streng erzogene katholische Provinzmaus, die Sie aus tiefstem Herzen verachten und der Sie sich überlegen dünken. Gewiß verachten Sie! Sich überlegen dünken und verachten ist im Grunde ein und dasselbe. Denken Sie einmal darüber nach, ehe Sie sich ihren hübschen Kopf zu sehr über einen vermeintlichen Unterschied zerbrechen!"
Es ist kein Zweifel, daß man einen Menschen, der einem solche Dinge sagt, ohne daß man ihn vorher darum gebeten hat, einfach nur hassenswert finden muß. Die beleidigte Rebekka zog ab, mit einem glühenden Racheschwur im Herzen.
Dies könnte eine Unvorsichtigkeit von mir gewesen sein, sagte sich der Don Juan, behaglich seine Zigarette zu Ende rauchend. Das Gesicht dieses Mädchens verrät mir, daß ich mir eine Feindin geschaffen habe. Das wäre also – zusammen mit den beiden anderen – Feindin Nummer Drei. –

Pah! Sie wird nicht die letzte sein, die zu hassen glaubt, wo sie längst zu lieben begonnen hat. Euer Gehabe mißfällt mir, ihr drei Selbstgerechten! Wenn ihr mich in Ruhe laßt: nun gut: aber wenn ihr mir den Kampf ansagt, so soll euch das schlecht bekommen! Es gibt kein verbrieftes Anrecht darauf – und schon gar kein *weibliches* Anrecht –, die Verführer aus der Welt zu schaffen, als wären wir ein Geschlecht verderblicher Parasiten und nicht im Gegenteil Leute, die eine sehr nützliche und fruchtbringende Aufgabe im allgemeinen Weltenplan haben ...

Nach weiblicher Auffassung sah der Weltenplan freilich vor, daß die Don Juans – als historische Erscheinungen – einen gewissen Schutz beanspruchen und als Objekt wissenschaftlicher Studien herhalten durften, als reale Inkarnationen aber nicht mehr zulässig, weil nicht mehr zeitgemäß waren, daß dieser Mythos von keinem lebenden Mann mehr in Anspruch genommen werden durfte bei Gefahr des Verlustes seiner bürgerlichen Ehre und Existenz, daß es sich überdies nur noch um angemaßte Attitüden und unerlaubte Verhaltensweisen handelte, die schleunigst abzulegen und dem geltenden, allgemeinverbindlichen Mannestypus – in Relation zu Alter, Verstand, Herkunft, Körperbau etc. anzugleichen die einzige angemessene Reaktion war. Es gelang Rebekka erst im zweiten oder dritten Anlauf, diesen offiziellen Verdammungspassus zu formulieren, während sie ein herausgerissenes Tagebuchblatt mit wütenden Kritzeleien bedeckte; hingegen was die Strafen anbelangt, die sie sich für ihn auszudenken versuchte, was bei so erhitztem Gemüt schwieriger war als geahnt, so schwankte sie eine unsinnige Weile lang zwischen völligem Vernichtungswillen und dem panischen, wenn nicht geradezu hysterischen Wunsch, sich diesem Menschen, der ihr alle diese demütigenden Dinge gesagt hatte, an den Hals zu werfen. Über diese letztere Anwandlung war sie begreiflicherweise entsetzt, entsetzt aus mehreren Gründen, die sie erst umständlich auseinandersortieren mußte, um sie zu verstehen: zum einen, weil sie alles zu negieren schien, was sie als selbstverständliche weibliche Mitgift anzusehen sich gewöhnt hatte, deren Zauberworte Unabhängigkeit und Selbstbestimmung waren, zum zweiten über die Demütigung als solche, sich als eine andere Person vermuten zu müssen, als was ihr eigenes Wunschbild, an dem ihre Mutter so tatkräftig mitgewirkt hatte, ihr suggerieren wollte: viel schwächer, kleiner, geringer, als sie jemals sich hätte einbilden wollen; zum dritten schließlich schien diese entehrende Empfindung darauf hinzuweisen, daß der Don Juan ein wirklicher Don Juan war und diese einstmals so bedeutsam-mythologische, jetzt verfemte Bezeichnung nicht zu Unrecht trug: wie hätte er sonst, im Hinblick auf sie, Rebekka, mit soviel amüsiertgrausamer Gelassenheit diese abscheuliche Prognose absetzen können, die Rebekka, dieses vom Schicksal verwöhnte und ausgezeichnete Mädchen ins Reich der Gewöhnlichkeit verwies, das sie sich mit Millionen, ja Milliarden völlig unbedeutender und gleichartiger Menschen gefälligst zu teilen hatte! Gewiß, diese äußerste Abgefeimtheit, die sich mit Zynismus paarte und die Welt aus abgeklärten, durch nichts zu erstaunenden Augen musterte, mußte Bewunderung erwecken. Ebenso gewiß war, daß Rebekka nicht nur eine veredelte und weitergedachte Neuausgabe ihrer Mutter war, sondern daß auch eine Bürgermeisterhälfte in ihr steckte und daß dieses Erbe sich jetzt geltend zu machen begann. Nach einer Stunde fieberhaft-verquerer Gedankentätigkeit hatte sie sich aus dem Wust persönlicher Verletztheit herausgearbeitet und war in der Lage, einen strategischen Plan zu entwickeln, wie man diesen Fremdling, der sich Rechte anmaßte, die ihm nicht zukamen, in seine Schranken würde weisen können: sie hielt es aus moralischen Gründen für notwendig, dies so allgemein und so streng wie möglich zu formulieren, so daß sich buchstäblich alles darunter subsumieren ließ: kleine Verfehlungen ebenso wie ungeheuerliche Laster. Sie glaubte sich berechtigt zu solchem Tun und überdies befähigter als Irene und Dorothea; sie meinen es zwar gut, sagte sich Rebekka, aber sie waren zu direkt oder auf irgendeine Weise doch unvorsichtig, und nun glaubt dieser Mensch, er habe uns alle drei in der Hand und könne mit uns umspringen, wie er will! Auf welche Einbildungen ein Mann verfällt, wenn ihm niemand entgegentritt! Wenn ich Ernst machte mit meinem Don-Juan-Ruf ... Pah! Mag sein, daß ich nur ein gewöhnliches Mädchen bin, gewöhnlicher jedenfalls, als ich gedacht habe, ich bin nicht so schwach, dumm oder eitel, als daß ich dieser Wahrheit nicht ins Gesicht sehen könnte, falls es wirklich eine ist. Der Unterschied zu *seiner* Behauptung ist allerdings, daß auch ein gewöhnliches Mädchen ihn zu Fall bringen kann, wenn sie sich klug verhält! Er soll nur auf sich achtgeben, ein falscher Schritt und er ist fällig!

## 7.

Es ist wahrlich kein Vergnügen, sich von weiblichen Augen unter dem Bann völliger Unbarmherzigkeit verfolgt zu wissen. Der Bewohner des Pavillons wurde das Gefühl nicht los, daß er unter Beobachtung stand, daß alle seine kleinen Handgriffe – selbst wenn er nur das Fenster öffnete und mit halb rasierter Wange nach dem Wetter sah – von unsichtbaren Protokollanten aufmerksam registriert wurden, unter dem Motto womöglich: Unser Stipendiat schreibt vielleicht die Chronik unseres Städtchens, aber wir wissen genau, was er tut, zu jeder Stunde! Und, nützt euch das zu irgend etwas? sagte der Don Juan, während er das Fenster wieder schloß, und fragte sich, während er etwas verdrossen auf seinen Dichterschreibtisch blickte, wo die von ihm erwartete Chronik noch nicht einmal zu etwas gediehen war, was man eine Rohfassung hätte nennen können, nicht so sehr aus Faulheit übrigens, als weil der Don Juan, der sein Talent nicht zu vergeuden pflegte, vorhatte, diese lausige Lobrede am letzten oder vorletzten Tag aufs Papier zu werfen, was völlig ausreichen würde, ohne jede Beigabe von Gedankenschweiß und Kopfzerbrechen – er fragte sich, ob es nicht eine gute Idee wäre, seine Zeit hier ein wenig abzukürzen? Diese Provinzstädtchen ähneln sich alle miteinander, ob sie

nun im Norden oder Süden, Osten oder Westen liegen!
Man hat hier keinen Humor, keine Lebensleichtigkeit, alles
wird mit demselben Ernst betrieben, die Liebe, die Moral,
die Kindererziehung, Politik und Sport und ,kulturelle
Abende im Stadtmuseum' mit Anwesenheitszwang sämtlicher bildungsbeflissener Bürgergattinnen – alles überzogen
von einem Mehltau tödlicher Langeweile. Würde man sie in
Schlaf versetzen und nach hundert Jahren wieder aufwek-
ken, sie nähmen ihr Leben an derselben Stelle wieder auf,
mit denselben Gesten und Worten! Und selbst etwas Amüsement soll mir verwehrt sein? Zehn Jahre jünger, und dies
hier hätte ein interessantes Abenteuer werden können,
morbide gewürzt mit erlesenen Zutaten aus der romanti-
schen Liebesküche. Jetzt esse ich mein Mahl lieber pur und
schlicht, ohne erotischen Beigeschmack. Allerdings hätte ich
es vor zehn Jahren noch nicht nötig gehabt, mich zu solch
niederen Diensten wie diesem hier zu verdingen. Der Teufel
hole das Kapital, das Leben war lustiger, als es noch nicht
die Oberherrschaft hatte! Kurzum, es ist Zeit, sich ein paar
Bundesgenossen zu verschaffen, die mir als männlicher Ab-
schirmdienst gegen zuviel weibliche Neugier dienen können.
Ich habe nicht vor, mich hier wie ein Knecht behandeln zu
lassen. Besuchen wir den Bürgermeister, diesen Mann mit
der Elefantenhaut! Finden wir seine schwache Stelle heraus,
und wenn es nur zur Abwechslung wäre! Alle meine Talente
verrotten hier, ich muß zusehen, daß ich mich im Training
erhalte.
Die Schwachstellen, denn es waren eine ganze Reihe, des
Bürgermeisters ähnelten denen sämtlicher Lokalmatadoren
der Politik: er war (jedenfalls in den Augen des Don Juan,
der ihn aus einer sehr unnachsichtigen Lupe besah) eitel,
freigiebig, volkstümlich, glaubte an den gesunden Instinkt,
sprach vom Volkswillen, wenn er seinen eigenen meinte,
und lehnte Extravaganzen und modischen Schnickschnack
offiziell ab, was freilich nur eine Camouflage war, um die
wirklichen Neuerungen, die interessierte Leute an ihn her-
antrugen, ungestört einführen zu können. Daß er seine

Tochter vergötterte und einen wesentlichen Anteil an den Illusionen hatte, die ihr den Kopf verdrehten, lag so nahe, daß der Don Juan es voraussetzte, ehe er es bestätigt fand; überdies schien der Stadtchef seiner Frau auf eine Weise ergeben, daß man den Eindruck hätte gewinnen können, in Wahrheit sei es Irene, die dieses Provinznest regiere, was allerdings ein Trugschluß gewesen wäre. In Wahrheit, sagte sich der Don Juan, versteht dieser Biedermann und Nachfahre eines alten Bauerngeschlechtes es sehr gut, den Eindruck zu erwecken, er respektiere all ihre Verbesserungsvorschläge und Reformwünsche, und führe aus oder lasse ausführen, was überhaupt nur in seiner Macht steht, worauf er Einfluß hat, während unterderhand die alten Seilschaften unangetastet bleiben und der alte Filz, die Geschäftemacherei und das sich wechselseitig Pöstchen Zuschieben ungehindert weitergeht. ... Euer Pech, ihr Frauen! Don Juan, als mit der Welt und ihren Machenschaften wohlvertraut, hätte euch den einen oder anderen Hinweis geben können, aber ihr habt es ja vorgezogen, ihn in Acht und Bann zu tun!

Daß der Stadtchef auch Literatur für etwas hielt, was man mitsamt anderem ‚Kram‘ zwischen zwei wichtigen Sitzungen erledigte, während er sich in der Stadtzeitung gern als Freund der Schönen Künste feiern ließ, lag für seinen scharfsinnigen Beobachter auf der Hand, der es seinerseits verstand, durch einige kluge Fragen, die Fach- und Sachkenntnis der jeweiligen Materie verrieten, seinem gewieften Gegenüber diejenige Art Achtung zu entlocken, die Männer denen zu erweisen pflegen, die ‚wissen, wovon sie sprechen‘. Er wickelt meinen Papa ein, sagte sich Rebekka, als der Bürgermeister an einem der folgenden Abende – ziemlich beiläufig übrigens – erwähnte, daß ihn – nach anfänglicher Skepsis, das verhehle er nicht – der allererste Bewohner ihres formidablen neuen Literaturpavillons ‚doch angenehm überrascht‘ habe. Nach einer kurzen, aber intensiven Unterredung – er habe gar nicht vorgehabt, sich mit dem neuen Kandidaten lange aufzuhalten, es habe sich so ergeben, weil das Gespräch beide fesselte – müsse er seinen

beiden Frauen – und auch dem Kulturamt, das ihn ausge-
wählt habe – im nachhinein Abbitte leisten: dieser Mann sei
wahrscheinlich wirklich ein Gewinn für das Städtchen, denn
er mache den Eindruck einer Persönlichkeit, nicht den eines
x-beliebigen Romanschreibers, der Prosa verzapfe wie andere Leute billigen Schmuck fertigten. Er habe Stil, Weltkenntnis und erstaunlich breitgefächerte Interessen. Rebekka brachte es fertig, ihren Zorn über dieses ,abgefeimte
Manöver', für das sie es von Anfang an zu halten entschlossen war, zu bezähmen, war aber bis zu Tränen froh, daß
Irene, die schon mehrfach in neutraler Ironie die Augenbau-
en gelüpft hatte, die Aufgabe des Kommentierens über-
nahm. Sie erkundigte sich mit liebenswürdiger Bosheit,
wem und was dieser Meinungsumschwung eigentlich zu
verdanken sei: doch nicht etwa einem halbstündigen Austausch von Höflichkeiten? Im wesentlichen schon, trotz
ihrer zweifelnden Gesichter müsse er das für sich in Anspruch nehmen. „Wir Männer brauchen nicht lange, um zu
wissen, was wir von einander zu halten haben. Wir taxieren
einander, schlagen ein paar Matchbälle auf, und je nachdem,
wie unser Gegenüber sie annimmt und zurückgibt, wissen
wir Bescheid."
„Ich habe eher den Verdacht, daß er die Bälle aufgeschlagen
hat, damit *du* sie ihm zurückgibst", sagte Frau Irene mit
jener unnachahmlichen Art, ihren Zweifel und ihre Geringschätzung des Gesagten auszudrücken, wie sie wohlsitu-
ierte Bürgergattinnen, die ihre Position im Leben kennen,
bis zur Perfektion kultiviert zu haben pflegen. Der Dickhäuter machte seinem Namen Ehre und gestand alles zu.
„Macht aber keinen Unterschied. Wir haben einander den
Puls gefühlt und es fiel für ihn passabel aus. Übrigens kennt
er einige unserer neuen Bauherren, ebenso den Architekten
aus seiner Studienzeit in – – habe ich vergessen. Ein weitge-
reister Mann!" „Dann habe ihr ja genügend Stoff für weitere
erbauliche Gespräche", sagte Frau Irene mit jener eisigen
Freundlichkeit, die zur Not begreifen läßt, warum Lokalpolitiker, die noch etwas Herzartiges in ihrem Brustkorpus

haben, sich die Wärme, die, aus ebenfalls einleuchtenden Gründen, ihre Frauen ihnen versagen, bei ihren Töchtern zu holen pflegen.

## 8.

Es stand also immer noch unentschieden, und dabei wäre es womöglich geblieben, wenn sich nicht eine weitere Person in das Geschehen gemischt hätte, der all die feinen Rücksichten, denen sich Rebekka halb aus eigenem Stolz, halb aus einer Vorstellung ihres Vater als eines Mannes in exponierter Stellung immerhin unterwarf, vollkommen gleichgültig waren. Es gab nicht nur eine Rebekka in Rebekkas Deutschkurs, sondern auch eine Matilda, deren Name allein anzudeuten scheint, daß sie aus wohlhabenden Verhältnissen stammte, die im Gegensatz zur Bürgermeisterfamilie fast ohne jeden kulturellen Ehrgeiz auskamen. Es gibt Menschen, denen die Welt, wie sie derzeit ist, völlig genügt, die nichts anderes wünschen noch wollen, sich auch nichts anderes vorstellen können, die also äußerste Phantasielosigkeit mit einem wahllosen Interesse an Dingen aller Art – es waren freilich in der Hauptsache die neuesten Nachrichten über Mode, Popmusik und Sport – verbinden. Daß der feingesponnene Beziehungsroman des Schöpfers aus dem Pavillon bei der so in die Gegenwart und in ihr eigenes Leben vernarrten Matilda auf viel Resonanz stoßen würde, war nicht zu erwarten: sie legte diesen wie allen anspruchsvollen Büchern gegenüber dasselbe sonderbare Unverständnis an den Tag, das Menschen zeigen, die zwar die Worte verstehen, aber nicht die Sätze; umso mehr interessierte sie das Drumherum selbst, der Pavillon, der Mann darin, das Herumgeflatter der Mädchen, ihr eigenes Herumgeflatter, die ernsthaft-langweiligen Fragen der Lehrerin, die lässigdurchdachten Antworten des Don Juan, der die Mädchen immer wieder zum Sprechen animieren wollte: sie ergötzte sich an alldem und genoß es, wie sie eine Party, ein Sportereignis oder einen Kinobesuch genossen hatte, als Teil ihres aufregenden, modernen und modischen Lebens. Sie war Rebekkas Gegenpart auch in der Hinsicht, daß sie sehr blond war und ebenfalls als sehr gutaussehend galt; bislang hatten sich die Mädchen, als zu verschieden in ihrem Wesen, noch nicht als Konkurrentinnen empfunden, nicht mehr wenigstens, als mit ihrer Seelenruhe zu vereinen war. Dies änderte sich, als der Don Juan, mit einer berechnenden Dreistigkeit, die zweifellos eine absichtliche Provokation darstellte, Matilda zu seiner Favoritin erkor. Um einen Begriff von der spröden, fast keuschen Unbedarftheit ihres Wesens zu geben, die sich übrigens mit einem gesunden, alles durchdringenden Egoismus makellos vertrug, genügt ein sehr naheliegendes Beispiel: sie wußte nicht, wer oder was Don Juan war, d. h. sie kannte weder den Typus noch das Urbild und mußte, als es ihr auf Rebekkas geheimes Betreiben nahegelegt wurde, sich erst einmal ‚informieren‘, indem sie den entsprechenden Artikel im Lexikon nachschlug. Typus des Verführers als solchem, lasen die schönwetterblauen Augen Matildas, als sie, in dem sehr gemächlichen Tempo, mit dem sie alles Schwierige und Komplizierte anging, die Zeilen entlangwanderten. Der Mann, der jede Frau betören kann. Urmotiv entstammt einer spanischen Legende des ausgehenden Mittelalters, verbreitete sich seit dem siebzehnten Jahrhundert über Süd- und Westeuropa. Siehe Mozart, Don Giovanni und, mit Pfeil, Casanova. Sie hätte beschwören mögen, daß hinter dem letzten Eintrag das Wort ‚ausgestorben‘ stand, aber als ihre Augen dorthin zurückkehrten, war es verschwunden oder, da dies ja voraussetzte, daß es tatsächlich dagewesen war: es war nichts zu sehen. Matilda lachte so lange über ihren Irrtum, bis sich die gelesenen Informationen in ihr gefestigt hatten, d. h. bis sie einen Gedanken dazu fassen konnte. Und der, dieser Berüchtigte, dieser Wundermann, der mehr als ein Mann ist (aber was ist eigentlich ein Mann???) wohnt jetzt in unserem Pavillon? Das ist ja wahn – sinnig – interessant. Aber wenn er so berühmt und berüchtigt ist, wieso kennt ihn keiner mehr?

Kein Zweifel, daß es der bislang abgründigste Schachzug war, von allen verfügbaren Frauen und Mädchen des Städtchens ausgerechnet die naivste und unbekümmertste auszuwählen, um sie vor allen Augen mit seiner Gunst zu auszuzeichnen. Matilda gehörte zu den Menschen, die, wenn sie eine Frage stellten, auch gern eine Antwort haben möchten, möglichst ohne die Mühe, sie selbst ersinnen zu müssen. Sie fand auch, daß eine Demonstration der besonderen Fähigkeiten, von denen im Artikel die Rede war, anstand, nachdem ihr gewissermaßen der Mund wässerig geworden war: sie war sogar bereit, sich in eigener Person als Demonstrationsobjekt zur Verfügung zu stellen (natürlich *nicht* bis ins kleinste und letzte): nur um zu erfahren, wie es sich anfühlt, betört zu werden von jemandem, der gleichsam das Muster aller Betörungskunst darstellt. Die Art, wie der Don Juan ihr diese naive Flause ausredete, bildet ein Meisterstück männlicher Diplomatie und verdient, hier in voller Länge abgedruckt zu werden.

„Liebe Matilda", hob er an, „du verlangst da etwas Unmögliches. Es fängt schon damit an, daß du, als Tochter eines experimentiersüchtigen Zeitalters, das für alles, und wenn es sich nur darum handelt, die Butter aufs Brot zu streichen, einen wissenschaftlichen Beleg haben will, mit einer vertretbaren Anzahl von Probanden, eine solche Zumutung an mich heranträgst, da sie eine, wie ich befürchte, unheilbare Unkenntnis des Problems verrät. Die Kunst der Verführung, so wie wir sie lehren – ich und meine Adepten, heißt das – hat manches mit der Mystik gemein in dem Sinne, daß sie auf einen fruchtbaren Boden treffen muß, um sich in voller Kraft entfalten zu können. Ist der Boden nicht bereit oder sind die Motive nur Gewinnsucht, so handelt es sich um die vulgären Abarten der Verführung, wie sie etwa die Werbeindustrie praktiziert, die aber mit unserem Thema, obwohl die Strategien einander ähneln, nichts gemein haben. Ihr modernen Mädchen, die ihr so proper, aufgeklärt, praktisch, diesseitig, tolerant, hygienisch und durchleuchtet vom Kopf bis zu den Zehen seid, ihr seid an eine andere Art des Umgangs gewöhnt, die ihr zugleich verbindlich macht und herausfordert, und so müßt ihr euch mit der kümmerlichen Ernte an Maskulinität begnügen, die zu eurer Spielart der Weiblichkeit – falls man sie noch so nennen kann – paßt, zu der sie das Pendant abgibt. Kümmerlich vom Standpunkt des Donjuanismus, in jeder anderen Hinsicht genügen sie sehr wohl, denn man muß eine Menschengattung an ihrer Zeit messen, die ihre Rechtfertigung, freilich auch ihre Anklage darstellt. Dies ist dir alles zu theoretisch? Dann will ich es faßlicher machen und unserem Anliegen beherzt zu Leibe gehen. Der erste Punkt (und eigentlich der entscheidende) ist, daß alle Don Juans Phantasiemenschen sind, in jenem doppelten Sinne: daß sie selber welche haben wie sie in anderen zu entzünden verstehen. Dies erscheint dir nichts Besonderes, wie deine blanken Augen verraten? Ohne die Phantasie, die alles beleben, erwärmen, entzünden, durchstrahlen, verwandeln und umgestalten kann, wäre die Welt ein garstiger Ort, wie sie es in weiten Teilen auch tatsächlich ist – eine Mischung aus Wüste, Hölle, Kaserne, Fabrik, Ausbeutungsanlage, Sklavenbergwerk. Schau sie dir an, geh ein Jahr lang auf Reisen, fahr zu all den Orten, die nicht in den Reiseprospekten stehen, die aber in den Nachrichten erwähnt werden – da bekommst du eine Vorstellung, wie das Leben beschaffen ist, wenn es nur von den gemeinsten und brutalsten Gedanken regiert wird. Dort siehst du die Leute schuften – die man besser Sklaven nennen müßte –, die das Material herbeischaffen, aus denen die Sächelchen bestehen, mit denen ihr euch die Zeit vertreibt – ob es nun Telefone sind oder Goldketten oder magische Uhren oder kleine Gehirne, die auf eine nie zuvor gekannte Weise miteinander kommunizieren: jede Epoche bringt ihre eigene Form des Luxus und des Überflusses hervor, aber allen diesen Produkten ist gemeinsam, daß sie *außer* euch existieren, nicht in euch, daß sie etwas Gemachtes, Hergestelltes, folglich Vergängliches sind, auf das sich das Begehren richtet, und da ihr Millionen und Abermillionen seid, ist's ein Millionen- und Abermillionenfaches. Überlege dir, was das bedeutet, was es über die Welt verhängt, wenn alle dasselbe und auf dieselbe Weise wollen. Eine Bewegung, die sich mechanisch fortpflanzt, die mechanisch nachgeahmt wird, ist dasselbe wie völliger Stillstand. Es ist unsere Überzeugung – ich rede von uns gewöhnlich in der Mehrzahl, man sollte nicht zu unbescheiden auftreten –, daß die Welt, wie sie derzeit erscheint und auch tatsächlich beschaffen ist, im wesentlichen das Ergebnis der Phantasielosigkeit der Frauen ist. Ihr könntet von den Männern verlangen, was ihr wolltet (da ihr ja im Besitz der Zukunft seid) – das Goldene Vlies, die Unsterblichkeit, Sphärenmusik, ein Tier mit fünf Hufen und zwei Köpfen – und sie würden sich ins Universum aufmachen, um es für euch zu beschaffen, gesetzt daß dies der Preis für eure Liebe wäre. Aber es fällt euch nicht nur nichts ein, was diesem Leben fehlt oder womit man es verwandeln könnte, so daß es groß, tief, reich und geheimnisvoll wird: ihr habt euch selbst zu Sklavinnen der Industrie, des Handels, der Politik degradiert, die alles gutheißen, was man über sie beschließt, ihnen vorsetzt, ihnen abverlangt: und sich damit abzufinden, *nicht* zu verachten, was verachtenswert *ist*, bedeutet: es gutheißen. Gegen das Recht, zu verachten und geringzuschätzen, habt ihr euch eine lausige Teilhabe eingehandelt, das Recht, zu diskutieren, zu erörtern, zu verwalten, zu funktionieren, bis die Männer vor euch Reißaus nehmen und sich irgendwohin flüchten, wo noch die Hoffnung auf das allerkleinste Fitzelchen Poesie besteht, das sie, je nach Temperament und geistigem Vermögen aus dem Schmutz, aus der Gosse oder sonstwoher aufklauben, wo noch etwas Freiheit und Anarchie herrscht, denn Poesie und Verwaltung sind Antipoden, was zu dem Paradoxon führt: je besser das Leben in allen seinen Aspekten und Bereichen verwaltet, organisiert, kontrolliert wird, desto mehr schwindet ebendieses Leben daraus. Leben, das ist ein Mangel, eine Gnade, etwas Unerfülltes, das mit Sinn erfüllt werden muß. Wo nehmt ihr ihn her? Allem auf den Grund und auf die Schliche kommen wollen, das heißt am Ende: alles töten. Und doch nichts wissen, denn Wissen ist etwas Lebendiges … Und deshalb, und obwohl es noch Leute gibt, die manipulieren und verführen, gibt es doch keine Don Juans mehr, weil sie kein Milieu mehr haben, in dem sie sich entfalten können. Gewiß, es gibt die sogenannten mondänen Flecken, wo sich meinesgleichen angeblich noch herumtreibt, aber wenn man genau hinsieht, was findet man da? Jede Menge Dünkel und Dummheit und denselben schlechten Geschmack wie allerorten: nur ist es eben ein teurer schlechter Geschmack, während in der übrigen Welt der billige triumphiert. Kurzum: die Don Juans gibt es nicht mehr, kann es aus den dargestellten Gründen nicht mehr geben, sie haben abgedankt, sie passen. In der Zwischenzeit – und Zwischenzeiten können ja sehr lang sein, *sind* gewöhnlich sehr lang, länger als die interessanten Zeiten in jedem Fall – nehmen wir uns das Recht heraus, ganz gewöhnliche Männer zu sein, die sich die Zeit mit einem x-beliebigen Zeitvertreib verkürzen bzw. angenehm machen, anstatt sich damit abzuplagen, einer Frau den idealen Liebhaber vorzuspielen. Damit könnten sich auch beide Seiten ganz zufriedengeben (denn ihr sorgt ja stets dafür, daß ihr zu dem Euren kommt) – wenn es nicht unter euch Frauen irgendeine zähe Beharrlichkeit gäbe, den Typus des Verführers – alias Don Juan – doch nicht völlig aussterben zu lassen – und sei es nur, um mit dem Finger auf ihn zeigen zu können – seht diesen Lumpen, dieses Scheusal, da ist er wieder, einfach nicht totzukriegen. Mit anderen Worten: ihr braucht den Schuldigen, weil ihr gerne anklagen wollt. Aber ich wiederhole hiermit zum allerletzten Mal und verhindere damit, daß du noch einmal gähnst, Matilda, den alten Spruch, mit dem sich die Männer freizusprechen pflegen, und der schon etliche zehntausend Jahre vorweisen kann: Es ist nicht *unsere* Schuld, daß euer Blendwerk nur für den Augenblick reizt, und es bedeutet in Wahrheit das höchste Lob für den Mann, wenn selbst die schönste Schöne seinen Geist nicht völlig in Beschlag nahmen kann oder ihm die Fähigkeit rauben, sich noch mit einer Anzahl anderer Dinge zu befassen: es ist – nebst anderem – exakt dies, was ihn als Mann ausmacht! Punkt, erledigt, amen!" (nach seinem Zigarettenpäckchen tastend, das nicht in seiner Reichweite lag und ihm etwas demonstrativ zugeschoben werden mußte)

So unstreitig es ist, daß Rebekka ihm eine Antwort auf diesen Passus hätte geben können (wenn sie ihre Wut bezähmt hätte), so unzweifelhaft bleibt es, daß es Matilda war, die in den Genuß dieser so kunstsinnig Klugheit mit Kalkül und Kritik verbindenden Rede gelangte und daß sie, wie die allermeisten Leute in einem ähnlichen Fall, nur so viel davon verstand, wie ihr gemäß war, folglich recht wenig. Dies hinderte sie nicht daran, sich mit der Energie einer jungen Schlupfwespe auf den Punkt zu werfen, der ihre volle Aufmerksamkeit erregt hatte. „Wir haben alle keinen Geschmack?" fragte sie mit dem verwunderten Lachen eines Menschen, der einem völlig unbekannten Gedanken begegnet ist. „Bedauerlicherweise nein", kam die Antwort, „oder vielmehr: ihr habt schon einen, denn ihr trefft ja fortwährend eine Wahl, aber keinen guten." Mit welchem Recht er das behaupte? – mit trotzigem Mädchenblick auf seine schon ziemlich angejahrte Männlichkeit verweisend, die, vor allem, wenn man die Don-Juan-Aureole abzog, aus der Perspektive einer Siebzehnjährigen mit dem Stigma herannahenden Greisentums behaftet war: jedenfalls konnte die stets präsente Bosheit gekränkter Eigenliebe diesen Vergleich mühelos ziehen.

„Mit dem überzeugendsten, das es gibt: dem eines Liebhabers der Frauen. In eurem Städtchen ist es sehr arg, aber ich kann dich damit beruhigen, daß es anderswo nicht viel besser ist – auch nicht in den großen Städten, auch nicht in den Kurorten, in den Bergen nicht und nicht am Meer – überall trifft man Massen und Scharen, Hundertschaften und Rudel von Leuten, die einen unbekannten Moloch der Häßlichkeit anbeten und ihm tributpflichtig sind: was umso sonderbarer ist, als es nicht die Armut ist, was diese Leute sich so ab-

scheulich ausstaffieren, sie mit einem grauenhaften Instinkt
stets die Kleidungstücke aussuchen läßt, in denen sie am
unvorteilhaftesten und gewöhnlichsten aussehen, sondern
ihre Unbildung und Unkultur, ihr Unverstand, ihre Trägheit
und Schlaffheit, ihr Unwille, sich der Flut des Beliebigen,
Formlosen und Schäbigen entgegenzustemmen und ein
energisches Nein zu postulieren. Hier in eurem Städtchen
habe ich im Laufe von sechs Wochen, die ich nicht wie ein
Eremit verbracht habe, erst drei oder vier Frauen gesehen,
die eine gewisse Dezenz mit dem Anspruch verbinden, zugleich undefinierbar individuell und dabei *gut* gekleidet zu
sein, eine davon ist die Frau meines nominellen Chefs: ein
stacheliges Naturell aber: Ehre, wem Ehre gebührt. Dein
Lächeln verrät deinen Unglauben, Matilda. Du denkst: was
will er? Sollen wir uns etwa unsere Lehrerinnen zum Vor-
bild nehmen, während es nach alter Tradition das Privileg
der jungen Frauen ist, zu bestimmen, was modisch, chic,
aktuell, originell und zeitgemäß ist, wie man sich kleiden,
frisieren, geben und sprechen muß, um bewundert und begehrt zu sein? Euer Glück, daß eure Provinzrüpel zum aller-
größten Teil (zu hundertzehn Prozent schätze ich) in dieser
erlesenen Materie noch viel weniger Bescheid wissen als ihr,
sie nehmen gutwillig hin, was ihr ihnen vorsetzt, getreu dem
alten deutschen Motto: was schert mich die Form, solange
der Inhalt stimmt? Lassen wir die Lehrerinnen beiseite, das
ist eine Spezies für sich (eure bildet keine Ausnahme, darf
ich dir versichern): ihre Existenz verschleiert das Problem
nur, sie sollen Kenntnisse in euch hineintrichtern, statt euch
die Lebenskunst zu lehren, was das Gescheitere und Drin-
gendere wäre. Ihr wollt eure Mütter nicht imitieren, was
klug ist, denn dazu müßten sie erst einmal Geschmack haben. Zwei Dinge hast du in deiner Aufzählung nicht erwähnt: nämlich Stil und Eleganz, ohne durch dieses beharrliche Ignorieren ebensowohl Stil wie Eleganz, zu schweigen
von Geist und Kultur, die ihnen erst die Krone aufsetzen
würden, aus der Welt geschafft zu haben. Ihr wollt eure
eigenen Vorbilder, wo nehmt ihr sie her? Von dort, wo der-

zeit alles herstammt, was sich Kultur nennt – aus den Magazinen, den Medien, der Unterhaltungsindustrie, in denen übrigens jede Menge ältere und auch jüngere Frauen arbeiten, wobei die älteren gewöhnlich das Sagen haben. Nur als kleine Anmerkung. Das Ergebnis dieser kulturellen Berieselung und gegenseitigen Ansteckung bleibt unwandelbar dürftig. Vielleicht schenkst du mir etwas mehr als ein gelangweiltes Gesicht, Matilda, wenn ich eure schlimmsten Sünden wider Geschmack und Stil aufzähle. Fangen wir bei der auffälligsten an, das sind eure Bohnenstangenbeine in zu engen Hosen, die unten in zwei tortenähnlichen Auswüchsen enden, die mit ihrem gewöhnlichen Namen Turnschuhe heißen, aber von jemandem erfunden worden sind, der geteert und gefedert gehört. Es muß ein gewisses Verhältnis zwischen der Länge und Größe der Schuhe und der Weite (oder Knappheit) der Beinbekleidung geben, andernfalls tritt das ein, was man den Zirkusclowneffekt nennt, denn bis unlängst war es denen vorbehalten, in Schuhen von halber Krokodilslänge einherzustolpern und eine komische Figur abzugeben. Und wenn sie noch so viel gekostet haben, Matilda! Zweiter Punkt! Ihr greift zu wahllos in den Farbenkasten und kombiniert, was sorgsam auseinandergehalten gehört. Die klassische Regel lautet nach wie vor: nicht mehr als drei auf einmal (und drei ist schon viel, und auch das ist noch kein Garant, nicht danebenzugreifen.) Ihr könnt die Farbgesetze bei den Malern studieren und solltet dies unbedingt tun, zum Wohle eurer selbst und eurer Umgebung, aber freilich müßtet ihr dazu eurem Krimskrams abschwören und vor den Fauves, den Kubisten, vor Nolde und Beckmann nicht kreischend davonlaufen. Zum Dritten: das Tote ist tot und bleibt es. Blumen, Rüschen und Volants – ihr wollt euch nicht wie eure Mütter kleiden, eure Mütter fangen an, sich wie ihr zu kleiden, und das Ergebnis dieses bedauerlichen Abschwörens aller Vernunft ist, daß ihr euch alle beide wie eure Großmutter kleidet und das Imitieren des Abgestorbenen, das Epigonentum des Epigonentums kein Ende hat. Aus Mangel an Ideen gewiß, aber der Mangel an Ideen ist in seinem Kern nichts anderes als der Mangel an Kultur. Wüßtet ihr etwas von der Vergangenheit, hättet ihr auch eine Vorstellung von der Zukunft und wärt in der Gegenwart nicht so leicht zu betrügen – denn betrogen werdet ihr oder betrügt euch selbst: um den Genuß, um die Schönheit, um das Leben. Es ist schon bedauerlich, daß Don Juan wiederkehren und euch all das sagen muß, was einstmals klassische Frauenweisheit war. Noch eins! Rupft euch eure mißfarbenen Fingernägel ab und werft sie in den Mülleimer. Dorthin gehören auch alle Taschen, die nur aus Schallen und Ösen bestehen, alle Rucksäcke, gleichviel wie teuer, denn eine Frau, die einen Rucksack trägt, ist keine Frau mehr. Ferner alles Aufgemalte, Aufgedruckte, Grelle und Schrille, alles, was nach Unterwäsche aussieht, was die Huren nachahmt oder den Jahrmarkt, alles, was billiger Plunder, Massenware, Geldschneiderei ist oder auch nur danach aussieht, Mützen, die wie Kissen aussehen, Kleidung aus Papier oder alten Gummischläuchen, Glitzerzeug jeder Form und Beschaffenheit – –"

Sie habe den Eindruck – Matilda empört – daß guter Stil im Wesentlichen aus Negationen bestehe, aus lauter Dingen, die man nicht tun dürfe, zu vermeiden habe, wie bei den guten Manieren auch – aber das erscheine ihr überholt und sterbenslangweilig. Sie seien jung und die Gegenwart gehöre ihnen: hätten sie nicht das Recht, selbst zu bestimmen, wie die Ästhetik ihrer Zeit aussehen solle – und wenn sie sich zehnmal auf das würfe, was eine andere Epoche als ‚Müll‘ deklariert hätte. Alles sei relativ, auch die Schönheit, und es gebe gar keine absoluten Werte und Maximen, argumentierte die trotzige Matilda, ohne zu merken, wie sehr sie sich mit dieser abgedroschenen Weisheit selber den Boden wegzog. Übrigens wußte sie, daß sie es an Argumentierfähigkeit mit der belesenen Rebekka nicht aufnehmen konnte: sie hatte das spröde Naturell einer nordischen Schönheit, die sich nur unter hohem Druck zum Denken bequemt und das von anderen Leuten ihr gleichsam zur Verwendung Überlassene so tauglich, wenn nicht so gut findet wie irgend etwas,

das aus ihr selbst gekommen wäre. Fast war es – aber auch nur fast – als wäre sie nur deshalb noch nicht verschwunden, weil ihr noch kein passender Abgang eingefallen war. Ihre Selbstliebe ging nicht soweit, alles, was dieser mit soviel Bestimmtheit redende Mann zwischen gelegentlichen Rauchschwaden von sich gab, als Beleidigungen zu interpretieren, obwohl sie wenigstens die Hälfte der Sünden, die er so unbarmherzig aufgelistet, wenn nicht selbst begangen, so doch gutgeheißen und originell gefunden hatte, aber diese so niemals zuvor vernommene Kritik, von einem Standpunkt, der ihrem Dasein bisher ebenso fremd gewesen war, reizte ihre Neugierde, die kindliche noch mehr als die weibliche. Sie begriff mit plötzlicher Hellsicht – und das war immerhin ein Gewinn –, was sich hinter dem humorigen Duktus verbarg, nämlich eine völlige Gleichgültigkeit sowohl ihr, Matilda, wie seiner gesamten dichterischen Existenz in jenem Pavillon gegenüber, die ihn in jeder Situation exakt nur das ihr angemessene Verhalten zeigen ließ, das notwendig war, damit man an seine Rolle glaubte, das er aber beliebig an- und ablegen konnte, falls er genügend Rückendeckung hatte. Und offenbar ging es auch ohne, offenbar hielt er selbst Matilda für eine Person, die ihm nicht gefährlich werden, der gegenüber er Dinge sagen konnte, die man offiziell niemals von ihm zu hören bekommen würde. War dies nun etwas wie ein heimliches Kompliment oder in Wahrheit ein schrecklicher Tadel?
Matilda grübelte noch über dieses Rätsel nach, als sie ihre Tasche genommen hatte und zu einem der Treffen gegangen war, mit denen die Mädchen in der Provinz ihre Nachmittage auszufüllen pflegen: ob Schwimmen oder Tennis oder Reiten oder Ballett, die Langeweile der wohlhabenden Siedlungen, in denen ihre Elternhäuser stehen, ist so tödlich, das Leben dort so wohlkultiviert, geordnet und monoton, daß die Leere auf jede Weise ausgefüllt werden muß; sie hatte es, nachdem ihr klargeworden war, wieviel Zeit sie mit diesem Blitzbesuch vertrödelt hatte, so eilig, sich auf ihr Rad zu schwingen und sich davonzumachen, daß ihr nicht nur die

Replik entging, mit dem ihr Gesprächspartner Einstein und seine Relativitätstheorie als ‚überholt' bezeichnete, sondern erst recht das Fazit, das der verschmähte Verführer, dessen Künste so schnöde bezweifelt worden waren, in die leere Luft des Pavillons sprach, denn der erstaunte und geistesabwesende Blick einer versprengten Touristin, die sich die Aquarelle beguckte und nach Ausstellungsräumen gefragt hatte, konnte nicht als ernstzunehmendes Echo, geschweige denn Reaktion gelten. „Du bist wahrlich eine harte Nuß, Matilda" – lautete das ominöse Wort – „ich bin nicht sicher, ob der Mann zu beneiden ist, der dich einst zu knacken haben wird. Außen spröd und innen hohl, soll das etwa das Ideal sein?"

9.

Die Touristin, die schon weit über das Alter hinaus war, da man jeden Blick und jedes Wort eines noch attraktiven Mannes, mit dem man sich allein im Raum befindet, auf sich bezieht, hielt das für Literatur, kam näher und begann, in den Büchern zu blättern, die der Dekoration, der Gesamtwirkung und des Verkaufs wegen auf dem Schreibtisch gestapelt lagen, hübsch sortiert nach Einband und Wichtigkeit: ob das etwa hier zu lesen stand, ob sie es dort würde finden können? „Es hat sich noch nicht ganz zu einer dichterischen Aussage kristallisiert", sagte der Don Juan lächelnd, und die Touristin, die aus diesem einen Satz schloß, daß sie eine leibhaftige Schriftstellerexistenz vor sich hatte, fing an, sich für ihr Gegenüber und die Situation als ganze zu erwärmen, ja, ihn als eine Beute aufzufassen, die sie für exakt die halbe Stunde ihr eigen nennen konnte, da ihr Mann auf der Suche nach einem Parkplatz durch das Stadtzentrum irrte. Der Preis der Aquarelle erschien ihr zu hoch und sie ergriff begierig die Gelegenheit, sich an diesem lebendigen Schaustück, das der Dichter in ihren Augen darstellte, schadlos zu halten. Es war nicht die erste Musterung dieser Art, und der Don Juan hätte sie, als zu dem Posten gehörig,

den er hier zu versehen hatte, auf die übliche Art über sich
ergehen lassen, indem er etwa, über seine Notizen gebeugt,
vorgab zu arbeiten, während er in Wahrheit Zeitung las oder
billets doux beantwortete, denn er hatte tatsächlich mehrere bekommen – anonyme allerdings, in denen seine hier die
meiste Zeit müßig gehende Scharfsicht Rebekka oder jedenfalls eine der Schülerinnen vermutete –, aber die inquisitori-
sche Neugier dieser Besucherin ging so weit, ihm auch noch
über die Schulter spähen zu wollen, um dem Akt des
Schreibens, der dichterischen Imagination möglichst haut-
nah – gegenwartsnah nannte sie es vor sich selbst – auf die
Spur zu kommen. Nachdem sie seinen Lebenslauf – dieses
ingeniöse Stück Prosa, das ihm dieses Stipendium verschafft
– durchstudiert und sich vergewissert hatte, daß er mit seiner Fotografie identisch war, pirschte sie sich, ihren Foto-
apparat unauffällig in der rechten Hand, diese halb auf dem
Rücken verborgen an ihn heran, es gab einen Wortwechsel.

„Bitte, meine Dame", sagte der Don Juan, ein leeres Blatt
über seine Notizen breitend, im Tonfall eines gekränkten
Künstlers, der sich gezwungen sieht, eine sanfte, aber drin-
gende Mahnung auszusprechen, „– wir Dichter haben unsere
Geheimnisse. Wie würden *Sie* es finden, wenn irgendein
Unberufener in Paparazzimanier Sie ausgerechnet in dem
Moment ablichten oder gar filmen wollte, da Ihr Mann Sie
mit seinen Zärtlichkeiten beglückt? Sie wollen uns doch
nicht etwa zwingen, hier eine Reihe goldener Pfosten aufzu-
stellen, die mit einem roten Kordelband verbunden sind,
wie man es in den Schlössern macht, um kostbares altes
Mobiliar zu schonen, an das man die Reisegruppen heran-
führt, das aber um keinen Preis berührt werden darf? Soll
der Dichter (ehe er ausstirbt) zu einem solchen Museums-
stück verkommen, hat er kein Recht auf eine intime Sphäre,
die man ihm läßt, einen Zauberzirkel, dessen Linie nicht
überschritten werden darf, auch wenn sie nicht gekennzeichnet ist?"
Eine hochrote Miene, ein hastiges Gemurmel und sie war
fort, kam aber noch einmal zurückgeeilt, um das billigste

seiner Bücher – im doppelten Sinne billigste, wußte der Don Juan – mitzunehmen – zweifellos dieses, weil es mit einem einzigen Schein bezahlt werden konnte und kein Wechselgeld vonnöten war. Es leben die Touristinnen, vor allem die ältlichen, saget sich der Don Juan, während er den Schein glattstrich und wieder rollte und dabei ernsthaft erwog, ob er dieses Glückspfand, dessen ideeller Wert (er nannte es einen Triumph seiner Beredsamkeit) größer war als der monetäre, nicht dazu einsetzen sollte, in der Spielbank des Städtchens seine ruinöse Spekulation wieder wettzumachen; was ihn davon abhielt, war der Gedanke, daß das ganze Städtchens mitbekommen würde, wie wenig ihm sein Stipendium wert war, welche lachhafte Farce es in den Augen dieses abgerissenen Glücksritters darstellte: diesen letzten Trumpf dachte er noch nicht aus den Händen zu geben.

Ein Blick aus den Fenstern hinter seinem Schreibtisch zeigte ihm den Gärtner, der sich mit seiner Harke entfernte und hinter der Hecke mit der Sekretärin des Kulturamtes sprach, die wiederum, als veritable Vogelscheuche seinem Charme nicht zugänglich, mit Rebekka in Verbindung stand: der Haß dieses Mädchens, der in so kurzer Zeit und auf so geringe Veranlassung hin ausgebrochen zu sein schien, hätte ihn erstaunen mögen, wenn nicht der Frauenkenner in ihm sich gesagt hätte, daß es in Wahrheit wohl eine verkrampfte Form der Liebe war. Eine belustigte Frage, die er an sich selbst richtete: ob und wann sie ihm wohl Gelegenheit geben würde, sie wegen der billets doux zur Rede zu stellen, mußte nicht lange auf Beantwortung warten, denn binnen einer halben Stunde erschien die schöne Bürgermeistertochter auf der Schwelle und enterte seinen Pavillon unter dem Vorwand, einige ausgeliehene Bücher wieder an ihren Platz zu stellen: es handelte sich übrigens um Geschichtswerke von trocken-sachlichem Anstrich, eines davon hieß: Husum in den Sechziger Jahren.

„Diese Bücher sehen nicht sehr gelesen aus", bemerkte der Dichter, der herangeschlendert war und ihr zusah, wie sie die Bände einordnete. „Wie wollen Sie das wissen?" fragte das Mädchen schnippisch zurück. „Meine hellsichtigen Augen befähigen mich dazu" – und damit hielt er ihr die drei billets doux vor, die in einer sehr sorgfältigen und künstlichen Schrift merkwürdige kryptische Botschaften enthielten, die allesamt auf eine erotische Anbahnung hinausliefen oder jedenfalls diesen Eindruck erwecken sollten. „Wollen Sie mir verraten, was Sie hiermit bezwecken?" „Dies ist nicht meine Schrift", erwiderte Rebekka, ohne zu erröten, nachdem sie einen Blick darauf geworfen hatte. „Schriften kann man fälschen", erwiderte der Dichter, griff, ohne daß sie es verhindern konnte, in ihre Tasche, die offen auf dem Tisch stand, zog mit bemerkenswerter Geübtheit ihr Stifttäschchen hervor, öffnete es rasch, suchte nach dem Stift, mit dem diese Botschaften geschrieben sein konnten, machte, als er ihn gefunden hatte, eine Probe und zeigte sie ihr. „Dies ist kein Beweis" – Rebekka mit abweisendem Gesicht, die Anstalten machte, zu gehen. „Das ist wahr, suchen wir also nach einem besseren" – und damit hatte er, der Erprobteste in Überraschungsmanövern, ihren Kopf beim Kinn genommen und sie mitten auf den Mund geküßt. Die flammenden Augen, das erstickte: „Ich werde Sie anzeigen!" vermochten nichts gegen das emporströmende Blut, das alles verriet. „Mit den Anzeigen ist es gar nicht so einfach", bemerkte der Don Juan, ihr noch einmal die drei Billets zeigend. „Sie müssen auch auf Glauben stoßen. Sie können sich diese drei hübschen Dingelchen wieder abholen, wenn Sie mögen, ich schlage Ihr kleines Versteck in den Dünen, das so reizend schwer einzusehen ist, zum Austausch vor ... Gewiß schäumen Sie jetzt innerlich vor Wut und überlegen, wie Sie mich vernichten können, aber ich kann Sie unmöglich von hier weggehen lassen, ohne Ihnen zu versichern, daß Sie das einzige Mädchen dieses gottverlassenen und auch vom Teufel nicht weiter beachtenswert gefundenen Städtchens sind, um derentwillen ein Mann, der gewisse Ansprüche stellt, überhaupt eine Tollheit begehen könnte. Ich habe mich absichtlich mit Ihrer unwürdigen Rivalin abgegeben, weil ich wußte, daß Sie das früher oder später hierhertreiben würde. Ja, ich wiederhole es, Sie sind die Königin hier, Sie sind die einzige ... " Voller Ingrimm war Rebekka aus dem Pavillon gestürzt und wollte zu ihren Eltern eilen, um ihnen diese Perfidie, diese absolute Verkommenheit anzuzeigen: aber zum einen waren weder ihr Vater noch ihre Mutter sogleich zu erreichen und zu sprechen, zum anderen hatte sie den tödlichsten aller Fehler begangen, den die Unerfahrenen begehen können: sie hatte die Worte der Schlange gehört, anstatt rechtzeitig ihre Ohren davor zu verstopfen. Das dringliche, emphatische, ja fast leidenschaftliche ‚Sie sind die einzige, Sie sind die Königin‘, begann in ihrem Kopf zu rumoren und, kaum daß sie in ihrem Zimmer angelangt und allein mit sich war, ein furchtbares Zerstörungswerk anzurichten. Seine Hand, seine Lippen hatten sie berührt, seine Worte flüsterten in ihren Ohren und verursachten dort ein merkwürdiges Sausen. Sie hatte die billets doux geschrieben und dabei Matildas Schrift nachzuahmen versucht: sie wußte nicht, warum, halb glaubte sie es aus Bosheit getan zu haben, halb, weil sie ihn damit zugleich herausfordern und überführen wollte. Zwar wollte sie sich einreden, daß er sie damit *nicht* in der Hand hatte, aber es ist doch besser, wenn ich sie wiederbekomme, sagte sich Rebekka und überlegte, wie sie es anstellen konnte, ohne ihr Dünenversteck aufsuchen zu müssen, auf die Gefahr hin, daß – – – dieser schmähliche Mensch mit seiner Ankündigung Ernst machte.

Sie fuhr noch am selben Abend mit dem Rad dorthin und glättete den Boden, um herauszufinden, ob er sich wirklich dort einfand: fünf Tage lang blieb der Boden unberührt bis auf ein paar Vogelspuren, dann fand sie einen Briefumschlag mit ihrem Namen im Briefkasten ihrer Eltern, der die drei billets doux enthielt mitsamt einem Zettel, auf dem in lässig hingeworfener Schrift die Worte standen: Bitte lassen Sie einen Menschen, der Ihnen nichts getan hat, in Frieden seine Arbeit tun und behelligen Sie ihn nicht mit solchen Albernheiten, die Ihrer unwürdig sind. – Im Briefkasten ihrer Eltern! – den sie nur aus Zufall, weil sie an jenem Morgen später zur Schule fuhr als gewöhnlich, geleert hatte, während es sonst Irenes Aufgabe war, die auch sicherlich diesen verdächtigen Brief zwar nicht geöffnet, sie aber vielleicht doch mit jenem lächelnden Spott, dessen sich die Mütter, um ihre Überlegenheit und ihren Respekt vor den Persönlichkeitsrechten Töchter mit ihrer Fürsorgepflicht zu vereinen, zu bedienen wissen, daraufhin angesprochen hätte. Diese Dreistigkeit, mit der er für seine Person nicht das Geringste zu fürchten schien, erschien Rebekka wie eine Ungeheuerlichkeit. Habe jetzt ich *ihn* in der Hand? fragte sie sich, als sie auf das Papier niedersah, hielt es aber nach längerem Nachsinnen für klüger, diese gesamte Sendung, die eine so unschmeichelhafte Botschaft enthielt, in allerkleinste Schnipsel zu zerreißen und diese noch zusätzlich im Garten zu verbrennen. Damit nicht genug: sie grub sogar sorgsam die Asche ein. Was ihren kleinen Dünenausguck anbelangte, so war mit dieser Wendung, Rebekka glaubte es, die Luft dort wieder rein: als sie das nächste Mal aufs Geratewohl hinfuhr und eintrat, saß dort der Don Juan und sah sie mit glühenden Augen an, als sie, abrupt anhaltend, sich umgehend wieder entfernen wollte.

„Nein, gehen Sie nicht, welchen Grund haben Sie dazu? Sie haben Ihre kleine Rache gehabt und ich habe Ihnen Paroli gegeben, wir sind quitt. Bleiben Sie, genießen Sie den schönen Abend mit mir und lassen Sie uns über andere Dinge reden als dieses Unterrichtsgeschwätz, zu dem Ihre Lehrer Sie nötigen! Sie sind zu klug, um nicht zu wissen, daß ich zu alt bin, um Ihnen wirklich gefährlich werden zu können. Halten Sie mich wirklich für ein Monster, ein Ungeheuer, einen Frauenverderber, mich –"

Das Versteck war schwül und stickig, ein mädchenhafter Instinkt sagte Rebekka deutlich, daß darin der Jäger auf der Lauer lag. Aber was half ihr dies, wenn weder ihr Stolz noch das Gefühl ihres Wertes es zulassen wollten, sich in irgendeiner Hinsicht als schwach, abhängig, manipulierbar und verführbar zu begreifen? Sie zögerte: dieses Zögern entschied alles. Zwar setzte sie sich, um ihm die Genugtuung zu verwehren, dieses Gefühl einer Schwäche in ihr zu vermuten und weil eine kalte Abneigung zu zeigen ihr, obwohl sie ihre Miene einfrieren ließ, nicht mehr gelingen wollte, auf ihren gewohnten Ast, drei Meter von ihm entfernt: aber die Art, wie der Don Juan diesen Abstand zu verkleinern verstand, ist ein Triumph männlicher Überredungstaktiken. Diese müssen ja, wie jedermann weiß oder doch fühlt, keineswegs immer in Worten und Sprechweisen bestehen: die sublimeren Mittel, wie sie sich in Haltung, Miene, Blicken und Stimmlage ausdrücken, sind, weil schwerer anzufechten, oftmals wirkungsvoller als alles, was in Worten gesagt wird. Man muß das am Resultat beurteilen: am Ende saß sie, die stolze Rebekka, im Schneidersitz neben ihm im Sand und der Don Juan erzählte sein Schicksal, wie es alle Männer tun, die an ein Schicksal glauben oder glauben machen wollen: mit einer Mischung aus Freimut und Weinerlichkeit. Er war jetzt wieder der allererste Pavillonbewohner und Auftragschronist des Städtchens: ein Mann von Talent und Sensibilität, den es durch eine Fügung widriger Umstände in die Provinz verschlagen hat.

„Wir Dichter", sagte der Dichter und blies Rauch in den Himmel, der so gnädig war, ihn aufzunehmen, weit über Rebekkas Kopf hinweg, „haben im Grunde immer nur *eine* Wahl: uns zu prostituieren oder zu verhungern. Neunhundertneunundneunzig von Tausend wählen das erste und machen sich mit dem Zeitgeist gemein, aus dem sehr richtigen Empfinden heraus, daß der Nachruhm etwas Zweifelhaftes ist, und daß ein bequemes, mit etwas notwendigem Luxus versetztes Dasein leichter verschmäht als gewonnen wird. Dauerhaft gewonnen zumal, denn kurze Zeit den erfolgreichen Mann vorzuspielen ist verhältnismäßig leicht: noch der Minderbemitteltste unter uns hat irgendwann eine geniale Stunde, da sich alles um ihn reißt: wer mit diesem seinem Pfund nicht wuchert, ist selber schuld. Es ist nun einmal jetzt der Plebs König und der Aspiranten sind viele: nur den wirklich großen Mann groß sein zu lassen, heißt alle anderen zum Hungertod verurteilen. Und überhaupt: wer ist groß und wie erkennt man einen wirklich großen Menschen, großen Maler, großen Dichter? Manche haben eine verborgene, stille Größe, die nie jemand ahnt oder sieht. Erst nach ihrem Tod laufen alle herbei, reiben sich die Augen und sagen: Das hätte ich nie gedacht! Der sah doch immer nach gar nichts aus. Oder: Man hielt ihn für schwachsinnig! Oder: Er war vorbestraft, ein Fälscher und Lügner! Nun denn! Woran machen *Sie* es fest, was einer ist? Vertrauen Sie auf Ihr inneres Gespür, halten Sie sich an die äußeren Fakten, oder verlassen Sie sich auf die Autoritäten, die sich ihrerseits wieder auf Autoritäten verlassen, die sich an Fakten halten? Sie sehen, der Zirkel schließt sich und des Bohrens, wenn man erst einmal angefangen hat, ist kein Ende. Dies sei meine Verteidigungsrede, da Sie es vorgezogen haben, die negative Meinung, die Ihre Mutter und Ihre Patin – diese Künstlerin ist doch Ihre Patin? – gegen mich gefaßt haben, blindlings zu übernehmen, ohne dem Angeklagten den Bonus des Zweifels gegeben zu haben. Immerhin" – mit einem berückenden Don-Juan-Lächeln, das ziemlich hinterrücks kam – „Sie geben diesen Bonus jetzt, Sie haben mich in Ihr kleines Versteck eingeweiht, was eine ziemlich betörende Art und Weise zu sagen ist: Wir wollen Freunde sein!"

Nicht nur, daß er damit die Tatsachen glatt verdreht hatte: Rebekka, die, bereits im Bewußtsein, daß dies vergeudete Mühe sein konnte, vergeblich versucht hatte, die vielen losen Fäden in seinem Monolog zu entwirren und den wesentlichen herauszusortieren, begann zu begreifen, daß sie sich in eine Situation manövriert hatte, die gefährlicher war, als sie geahnt hatte. Sie sah, daß die höhnische Abneigung, ja *Ab*urteilung ihrer Mutter ihm nicht gerecht wurde, daß er ihr Tiefen vorhielt und in sich verbarg, die wegzuleugnen, nachdem man einmal auf sie gestoßen war, eine heroische Willensaufwallung erforderte, zu der sie aus merkwürdigen Gründen kaum fähig war. Sie sah, erkannte mit der Hellsicht eines jungen Mädchens, das seine eigene Schwäche spürt, daß er dies sah oder spürte: sie sah den Kopf der

Schlange langsam näherkommen, sonderbare Kreise beschreiben, wiederum näherkommen. Du bist anders, sirrte die Schlange, als meine Anklägerinnen! Du empfindest das Leben tiefer und kannst folglich gerechter sein. Du bist nicht dazu bestimmt, das bourgeoise Leben deiner Mutter fortzusetzen, auf eine ihr genehme Weise womöglich: irgend etwas Albernes studieren, mit schönklingendem Namen, das zu einem dieser Posten verhilft, die von den minder Glücklichen beneidet zu werden pflegen: vorzugsweise in der Kunstverwaltung, denn dort landet, wer zwar den Willen hat, sich hervorzutun, aber weder das Talent noch die Disziplin, um etwas wirklich Bedeutendes zu leisten. Du wirst dir noch so oft vorsprechen, daß du diese Stelle nur deiner Begabung, deinen guten Abschlüssen und deiner Persönlichkeit zu verdanken hast: in der Stille deines Herzens weißt du, daß du sie bekommen hast, weil deine Eltern sehr gute Beziehungen haben, im privaten wie im politischen Sinne, die sie klug zu nutzen verstehen: ja die, um die Karriere ihrer einzigen Tochter zu fördern, *nicht* zu nutzen ihnen wie heller Wahnsinn erschiene. Du bist nicht Matilda, der man die Pistole auf die Brust setzen muß, wenn man sie dazu bringen will, etwas *nicht* normal und legitim zu finden: du bist Rebekka und hast zuviel Verstand, um dir einzubilden, daß das geistige Vermögen eines Menschen zu nichts anderem herhalten sollte, als sich das Leben leichtzumachen und sich seine privilegierte Stellung schönzureden. Du wirst also das Gefühl des Mangels, das diese Lebensweise in dir hervorruft oder vielmehr: deren notwendiges Korrelat es ist, auf irgendeine Weise kompensieren müssen: wie willst du das anstellen, ohne dich selbst zu verleugnen? Du siehst, daß deine Mutter deinem Vater gegenüber oftmals ironisch, distanziert, überlegen, scharf, zum Teil bitter und frostig ist, und hast, weil du mit deinem Vater fühlst, bislang darauf verzichtet, näher erforschen zu wollen, warum sie so geworden ist, welche geheimen Gründe sie hat: nur, daß *du* niemals so werden willst, daß du alles vermeiden willst, was dazu führen könnte. Solche noblen Entschlüsse sind es, die oft geradewegs bis zur Pforte der Hölle führen. Übrigens spielt die Kenntnis der Gründe nicht die entscheidende Rolle, da die, die am überzeugendsten wirken, oftmals nicht die wahren sind: denn die liegen immer in uns selbst. Eins der Dinge, die deine Mutter in ihrem Leben versäumt haben könnte, bestünde nach meiner Auffassung darin, dem Verführer Gerechtigkeit widerfahren zu lassen. Aber ja, meine hübsche Taube, wir wollen die Masken fallen lassen: sie hieß damals Anette, was mir die Sache etwas erschwert hat, aber ich bin in mein Gedächtnis hinabgestiegen und habe sie wieder ausgegraben."

„Sie haben ihr weisgemacht", stieß Rebekka hervor, die all diese Dinge, die sich auf ihre Mutter bezogen, wieder etwas nüchterner gemacht hatten, „– Sie würden sie lieben! Daß sie ein und alles sei!"

„Nun und?" sagte der Don Juan mit der Gelassenheit eines Mannes, der in mehreren Jahrhunderten zu Hause ist. „Wenn ein Mann einer Frau solch ein Zeug erzählt, dann deshalb, weil sie es zu hören wünscht. Jede Frau hat einen Preis, um derentwillen sie sich hingibt, es handelt sich für einen Mann vor allem darum, diesen Preis herauszufinden. In Wahrheit sind die bürgerlichen Frauen von all eurer Spezies diejenigen mit den maßlosesten Ansprüchen. Die einfachen Frauen, die Frauen der Armen und Unterdrückten machen nicht viele Umstände, die Aristokratinnen (im weitesten Sinne) sind zu eitel, um alles von *einem* Mann zu erwarten. Die bürgerlichen hingegen, die am wenigsten auf uns verzichten können, würden uns allesamt am liebsten in eine nicht sonderlich komfortabel ausgestattete Hölle verfrachten. Was habt ihr von solch einer billigen Rache, ist euer Leben dadurch besser, schöner, erfüllter geworden?"

„Sie irren sich", sagte Rebekka mit jenem Stolz, den alle verwöhnten einzigen Töchter, wenn man sie entsprechend anreizt, hervorzukehren wissen. Ihre Augen blitzten, sie sprach mit bitterer Deutlichkeit jedes Wort aus, ohne zu wissen, wie sehr sie dabei ihre Mutter imitierte. „Meine Mutter hat Ihrer Person von Anfang an wenig Bedeutung beigemessen. Sie wußte nicht, daß Sie der erste sein würden, der unseren Pavillon bewohnen würde, und wenn sie es gewußt hätte, so hätte sie sich vermutlich dagegen ausgesprochen, aber sicherlich nicht, weil sie an Ihnen etwas zu fürchten findet oder eine persönliche Abneigung gegen Sie hegt, sondern weil sie nicht wünscht, daß Sie Ihr gewohntes Verhalten hier weitertreiben. Ich habe Sie mit diesen Worten auf die Probe gestellt und Sie haben genauso reagiert, wie ich erwartet habe."

„Bürgermeistertöchterlein", sagte der Don Juan, jede Silbe dieses lächerlichen Wortes so betonend, daß der Hohn in aller Ruhe zum Ausdruck kam. „Sie stellen ein wenig *zu* gern auf die Probe, ein dubioser Zeitvertreib, ob es sich um Worte handelt oder um Taten. Es könnte einmal empfindlich danebengehen, und wen wollen Sie dann bezichtigen, daß er Sie angestiftet habe, da Sie es doch sind, die die Leute gern auslotet und in ihre Herzen dringen will? Ihre Liebe hat etwas Krampfhaftes! Um mir nicht zu verfallen, müssen Sie mich verteufeln, aber was bringt Ihnen das – außer noch mehr Verkrampfungen und Gewalt, die Sie sich selbst antun müssen? Damit kommen Sie der Lösung nicht näher. Ich habe den Eindruck, daß das wahre Problem Ihres Daseins die Langeweile ist – die Langeweile und die Einbildungen. Ihre Mutter hat Ihren hübschen Kopf mit jeder Menge Ansprüche gefüllt, mit jeder Menge Dinge, auf die Sie ein Anrecht zu haben meinen: ein großartiges Leben, einen Beruf, der Sie nur glücklich macht, ohne Ihnen jemals Schwierigkeiten oder Verdruß zu bereiten, ohne Sie jemals zu erschöpfen, zu ermüden, zu quälen oder zu langweilen, eine Bezahlung, die dieser Chimäre entspricht, die Art von Wohlstand und Luxus, an die Sie gewöhnt sind, reizende, außerordentlich talentierte Kinder, ein Haus, Reisen, plus noch ein Ferienhaus irgendwo, wo der Pöbel nicht hinkommt, und ein Männlein, das sich in dieses aufwendige Programm noch irgendwo hineinquetschen läßt, ohne daß es birst, und in dessen Universum Sie genau so eine Nebenfigur sein werden wie er in dem Ihren. Allen diesen Rechteinhabern, ob sie männlich oder weiblich sind, habe ich nur eins zu sagen: Finger weg! Don Juan ist nichts für euch und ihr seid nichts für ihn!"

„Sie wissen alles zu verdrehen und zu entstellen, daß Sie möglichst lässig und imposant dabei dastehen" – Rebekka, die längst aufgestanden war und sich zum Gehen bereitmachte. „Vielleicht wollen die Frauen einfach Ihre Lügen nicht mehr hören? Sie haben herausgefunden, daß am Ende stets *sie* die Betrogenen und Ausgenutzten sind. Wir hassen die Lüge, dies wollte ich Ihnen gern einmal gesagt haben!"

„Hasse nur weiter", sprach Don Juan in die leere Luft, während sie davonradelte, „aber ich bedaure dich, denn Haß ist ungesund: eine vergiftete Flamme. Wahrlich, ich bin ein Ausbund von Tugend geworden. Ich hätte sie haben können, hier in dieser Liebeslaube, und ich habe sie gegen einen Prellstein anrennen lasen, weil Madame Irene es so wünscht. Madame Irene! Als du noch Anette hießest, hattest du mehr Humor und warst im ganzen etwas leidlicher!"

## 10.

Das Büro der Lokalzeitung befand sich in einem Seitengebäude in der Nähe des Rathauses, ein roter Klinkerbau in jener langweiligen und sterilen Machart, die als ‚deutscher Bausparkassenstil' in die Architekturgeschichte eingegangen ist, und zwar als abschreckendes Beispiel für gesichtslose Architektur, die freilich, da das Geld allein noch keinen Geschmack verleiht, nur durch andere, ebenso gesichtslose Formen abgelöst worden ist; bereits das Äußere versprach insofern mehr, als es hielt, als an der Fassade zwar noch in großen Lettern der Name der Zeitung, die XXXer Anzeigen und Nachrichten prangte, aber ebenso das Obergeschoß wie das Parterre des zweistöckigen Gebäudes längst an eine zahlungskräftigere Klientel, nämlich eine Anwaltskanzlei und einen Immobilienmakler vermietet worden waren, so daß für die Zeitung selbst nur der traurige Rest, wenn auch immerhin die Beletage verblieb. Im Zuge des großen Zeitungs-

sterbens, das die Provinz ebensowenig wie die größeren Städte verschonte, war diese Schrumpfung von einstiger Respektabilität und Größe bis zu einer Art geduldetem Dauergast im eigenen Hause, wie es im Flur an einem am schwarzen Brett hängenden Protestzettel abgewanderter Redakteure hieß, notwendig geworden. Gedruckt wurde schon lange außer Haus, die Zahl der Mitarbeiter belief sich auf drei, von denen zwei zumeist ‚auf Tour' waren und nur einer die Stange hielt: er war es, der dem Don Juan die Tür geöffnet hatte und sich als einer jener schlechtbezahlten jungen Männer erwies, die an den Rändern, in irgendwelchen öden Nestern der Republik auf einem jener minderwertigen Posten ausharren, der sie zwingt, einen ganzen Strauß heterogener Tätigkeiten in eigener Person zu erledigen, die schlecht essen, schlecht aussehen, die Nächte durcharbeiten und, obwohl sie gelegentlich ihr Dasein verfluchen, es aus Gründen, die ihnen selber nicht recht durchschaubar sind, nie in eine der größeren Städte schaffen, zu einer besser bezahlten, angeseheneren Arbeitsstelle bringen – sei es, weil sie ihre Mutter nicht zurücklassen wollen, weil sie sich ihrer Heimat verbunden fühlen, weil sie an einen nennenswerten Zuwachs an Glück durch mehr Geld nicht so recht glauben, weil sie ihre Arbeit, obwohl ruhmlos, für selbstbestimmt halten und ihnen diese Art scheinbarer Selbständigkeit in etwas Minderwertigem mehr dünkt als irgendeine erträumte Größe, die ihnen unerreichbar ist oder zu der sie sich nicht recht befähigt fühlen. Kurz, sie bleiben, trotz gelegentlicher Träume vom Ausbruch, vom Auswandern ins Unbekannte, wo sie sind und versehen sich mit Tröstungen, die ihnen ihr Los erträglich machen, seien es materielle, wie ein mit Bier, Chips, Salznüssen, Keksen und Schokolade vollgestopftes Schränkchen unter dem Schreibtisch, seien es jene kindischen Ablenkungen in Form von Spielen, Filmen etc., für die männliche Gemüter eine nie verlöschende Vorliebe bezeigen.
Der dunkelhaarige junge Mann, in Hemd, Jeans, Pantoffeln, alles drei in austauschfähigem Zustand, mit etwas verfrüh-

tem Bauchansatz und einer Hornbrille, dem einzigen Requisit, das an seine Ambitionen erinnerte, war nach eigenem Bekunden ‚im Streß wie stets‘ und zögerte sichtlich, wie er den unerwarteten Besucher plazieren, wie er überhaupt mit ihm verfahren sollte. Ob er ihn nicht doch auf später vertagen sollte, wenn die Kollegin zurückgekehrt war, in deren Ressort – sie hatte alles, was Kultur betraf – diese geplante Stadtchronik strenggenommen fiel, und die ja auch schon über den Pavillon berichtet hatte? Der Besucher hingegen war so zufrieden damit, den leitenden Redakteur angetroffen zu haben – der seinerseits so entzückt über den Titel war, der ihm zufiel, daß er es vergessen hatte, eine Gehaltserhöhung auszuhandeln – er sei genau die Person, die er brauche, versicherte er, indem er all seine Liebenswürdigkeit und Umgänglichkeit auspackte, und brachte sein Gegenüber dazu, den Streß – vulgo Arbeit – Richtung Abend zu schieben und sich auf einen kleinen Plausch mit ihm einzulassen. Er saß bald am Schreibtisch der abwesenden Kollegin und war vom Stadium der Höflichkeiten in das der Vertraulichkeiten hinübergeglitten, ohne irgendeinen Anstoßer, ohne einen Anflug des Mißtrauens zu erregen, was jedenfalls eine nennenswerte Leistung ist, die auch dadurch nicht geschmälert wird, daß sein Gesprächspartner in vieler Hinsicht noch ein naiver Junge war, mit jenem Bedürfnis nach Austausch, wie es die verkannten Talente haben.
„Wem gehört denn eigentlich euer lausiges Blättchen?“ fragte Don Juan, nachdem sie, was einen ziemlichen Tabubruch darstellte, etwas Whisky und Schokolade zu sich genommen hatten: er betrachtete dabei in einer Mischung aus Zynismus und ästhetischem Mißvergnügen die Familienbilder, die die Redakteurin auf dem Schreibtisch postiert hatte: diese Larengalerie, die sich auf allen Schreibtischen der Republik fand … Der leitende Redakteur, dem eine Mutter in einem Anfall von Poesie den Namen Manuel verpaßt hatte, lachte hysterisch wie jemand, der weiß, daß er eigentlich nicht lachen darf, und legte, nach einigen nervösen Blicken, als hätte er unsichtbare Mithörer zu gewärtigen, die finanziellen

Abhängigkeiten dar. Das einstige Familienunternehmen existiere nicht mehr, sei vor zwei Jahren verkauft worden, fünf der insgesamt acht Redakteure hätten ihren Hut nehmen müssen, weil sie einem Gehaltsverzicht nicht zustimmen wollten; sie gehörten jetzt faktisch zu Husum und bezögen von dort ihre Weisungen, was aber, da die Arbeit sich nur verdichtet habe, ansonsten aber dieselbe geblieben sei, so arg nicht sei, man könne damit leben (ein paar Krümel vom Tisch fegend). Nach dieser optimistischen Versicherung ließ er plötzlich den Kopf hängen und fragte mit dünner Stimme: „Ist es wirklich so schlecht?"

„Für jemanden, dessen Lebensinhalt Gastspiele im Altenheim, Sportwettbewerbe, Kindergeburtstage, Autounfälle, Straßenumleitungen, Feuerwehreinsätze, Ladeneröffnungen, Werbeanzeigen plus einige Verlautbarungen der Kommunalpolitik sind, ist es ganz äußerst tauglich", erklärte Don Juan und fuhr mitleidlos fort, „aber für einen jungen Mann, den ich für talentiert (ich kann so etwas einschätzen) und keinen Tag älter als siebenundzwanzig halte" – er sei zweiunddreißig, kam es kleinlaut – „für keinen Tag älter als siebenundzwanzig, ist es eine erschütternde Aussicht, sein gesamtes noch übriges Leben mit diesem Krimskrams hinbringen zu wollen. Kein anderer Ehrgeiz, keine anderen Träume als dies – (auf ein Exemplar der Zeitung weisend, das auf dem Tisch lag)? Erstaunlich!" (sich eine Zigarette anzündend)

Rauchen sei hier eigentlich nicht gestattet, stotterte der junge Mann, während er im Gedächtnis nach etwelchen präsentablen Träumen grub, aber auf Anhieb keinen erwischen konnte. Sein Besucher konterte mit der Frage: ob es im Städtchens so etwas wie ein mathematisches Genie gebe? Don Juan schnitt das antwortende Gestammel, das von Konfusion zeugte, ab und erklärte dem mit aufgerissenen Augen lauschenden Jung-aber-nicht-mehr-*so*-Jung-Redakteur, wie er zu seinem Namen gekommen war. Die Frau des Bürgermeisters kenne er – mit jener drehend-beziehungsvollen Handbewegung, mit der der Sprecher schwierige Beziehungen anzudeuten pflegt, ohne sich eines abfälligen oder kritischen Wortes schuldig gemacht zu haben. Plus Töchterlein – von seinem Gegenüber mit einem Rauchkringel in die Luft gesprochen. Der Redakteur, dem Abiturientinnen sichtlich gleichgültig waren, ließ dies passieren, weil er etwas ihn Bewegenderes aufzudenken hatte – nach einigen Sekunden des vor sich hin Sehens, verstohlen das Gegenüber Beobachtens kam plötzlich, mit einem wahnhaften Aufflackern der Augen die Frage: ob er wirklich Don Juan sei – *der echte Don Juan?* – „Höre, junger Tor", sagte der Genannte, sich erhebend und durch den Raum spazierend, „selbst für einen armselig unterbezahlten Jung-Redakteur eines Lokalblattes heißt das entschieden zu leichtgläubig sein. Ein Journalist, der auf seine eigenen Lügen hereinfällt – wo gibt's das denn? Oder auf die Lügen und Enten anderer Leute, macht im Prinzip keinen Unterschied. Setzen, sechs, Beruf verfehlt! Übrigens bin ich Don Juan, denn wir sind viele. Du könntest auch einer sein, wenn du nur wolltest!"

Der Jung-Redakteur machte einen tapferen Versuch, indem er ein wenig den Bauch einzog, der sich bei ihm bereits anmeldete, und sich mit der Hand durch das Haar strich, wie er es bei in der Liebe erfolgreichen Leuten gesehen hatte: da das Haar etwas fettig war, brachte ihn diese Geste wieder zu sich. „Ich glaube nicht", gestand er, in seinem Stuhl zusammensackend und seinem Bäuchlein Befreiung gönnend. „Pah" – von Augen, die alles gesehen hatten, auch diese kleine Eitelkeitsattacke, und ihn mit hintergründigem Hohn musterten. „Ich habe schon andere als dich wieder flottgekriegt, glaub's mir. Achtzigjährige, Krückengänger, Rollstuhlfahrer … erst aber muß ich ganz genau im Bilde sein. Wie steht's mit der Liebe? Frißt sie dir aus der Hand, macht sie Schwierigkeiten, tut sie was für dich?" – Wer – denn – um – Gottes – willen – stammelte der so ins Verhör Genommene mit plötzlich rotem Kopf, der allerdings auf mehrfache Weise zu deuten war. Don Juan, als der Gewiefteste in Geheimnissen auch damit vertraut, welch äußeres Gepräge sie sich gaben oder nicht gaben, ergriff mit unfehlbarem Sinn die richtige, als er mit gut gespieltem männlichen Entsetzen anhob: „Du willst mir doch nicht etwa einreden, daß du mit deinen zweiunddreißig Jahren und deiner Position hier" – vages in die Runde Weisen –, „die, wenn auch minderwertig, doch immerhin etwas darstellt und etwas ist besser als nichts – im Reich der Dürre lebst? – Nein – ja – doch – d.h. strenggenommen – es gab da mal was – aber sie war nur auf Besuch hier (wegen ihrer Eltern) – ein eiliger Schluß, der ihm zu seiner Erleichterung noch einfiel, als ließe sich mit dieser Anmerkung, die zwar etwas erklärte, aber nicht das in Frage Stehende, sein dürftiger, mehr als dürftiger Rapport beschönigen.

„Wahrlich, du scheinst mir eine dankbare Aufgabe zu sein", sagte der Besucher und tat, als ob er sich etwas auf sein Zigarettenpäckchen notiere, während ihm von der anderen Seite des Tisches eine Hand hilfsweise ein Stück Papier hinschob. „Wichtiger, als die Chronik dieses völlig unbedeutenden Städtchens zu schreiben, scheint mir, seine Bewohner wieder auf Vordermann zu bringen. Womit beschäftigt ihr euch eigentlich den ganzen Tag? Gewiß, ihr nennt das Arbeiten. Aber was *tut* ihr?" –

Wichtiger als die Beantwortung dieser im strengen Sinne rhetorischen Frage ist das Schild, das Rebekka anderntags an der Pavillontür abfotografierte und ihrer Mutter zu lesen gab: Sieh an, was er jetzt treibt. Ist da nicht einfach nur infam?" Auf dem Schild stand, handgeschrieben, aber in sehr großen, leserlichen Druckbuchstaben:

*Beratung in eroticis für jugendliche Aspiranten*
*Diskrete Handhabung*

*– Bitte einzeln eintreten –*

Der Zufall wollte es, daß just an diesem Nachmittag ihre Patentante, die pinselfreudige Dorothea anwesend war und die beiden Frauen sich eben zu einem informellen Kaffeetrinken niedergelassen hatten, als Rebekka auf die Terrasse stürmte, so daß Irenes eisiger Kommentar: Dein Vater wird sich darum kümmern! von zwei Paar Ohren vernommen wurde, von denen das ältere, zu seiner Ehre sei es gesagt, das kritischere war. „Dieser Mann", sagte Dorothea, nachdem sie sich das Corpus Delicti ebenfalls hatte ansehen dürfen, sie sagte es mit dem verständigen Pragmatismus einer Person, die ihr Leben im wesentlichen zwischen Malgerätschaften, Farbtöpfen und Leinwänden zubringt, was, wenn es auch keinesfalls große Kunst verbürgt, doch eine meditative Gleichgültigkeit gegenüber der äußeren Welt befördert, „– treibt offenbar sein Spiel mit euch. Ihr habt ihn herausgefordert und nun antwortet er mit Provokationen und zeigt sich als der, als den ihr ihn sehen wollt. Vielleicht wäre die entgegengesetzte Strategie viel wirkungsvoller: ihn nicht mehr beachten, sich nicht mit ihm abgeben. Ihn ignorieren!" – „Und wie stellst du dir das vor?" Irene mit all der gerechten Empörung einer Frau, die von ihrer besten Freundin Besseres und Nobleres erwartet hat. „Er ist kein Privatmann (wie oft soll ich es noch sagen), er sitzt da auf einem öffentlichen Posten. Mit allem, was er dort tut, repräsentiert, zum Ausdruck bringt, bringt er uns, d. h." – sie nannte den Namen ihres Mannes –, „dem Stadtrat, unseren gesamten öffentlichen Einrichtungen hier entweder Ehre oder Schmach ein." „Vielleicht ist das Schild nicht einmal von ihm –"„Pah!" „Jemand anders könnte es angebracht haben –" „Übrigens erstaunst du mich, denn bis unlängst hattest du noch ganz andere Ansichten hierzu. Jedenfalls hast du mir den Eindruck vermittelt, du dächtest und empfändest in dieser Sache so wie ich. Und selbst wenn Rebekka" – die Hand ihrer Tochter nehmend und ein Lächeln mit ihr tauschend, das auf der töchterlichen Seite eine Spur verkrampft, nicht vollkommen aufrichtig ausfiel, was den beiden älteren Frauen entging, Irene, weil sie an eine gewisse Schauspielerei ihrer Tochter gewöhnt war, Dorothea aus dem entgegengesetzten Grund – „– selbst wenn Rebekka gegen ihn immun ist, so gilt das noch nicht für die anderen Mädchen, die jünger und unerfahrener sind als sie, und im

Hinblick auf die wir – wir Wissenden – eine gewisse Verantwortung haben. Wenn er nicht vorzeitig abbricht – was ich im Grunde für das beste hielte –, haben wir ihn noch volle sechs Wochen hier. Ignorieren und gewähren lassen! Du hast keine Tochter (mit deutlichem Vorwurf, hinter dem sich noch unschmeichelhaftere Empfindungen verbargen). Diese Laisser-faire-Haltung ist genau das, worauf solche Leute rechnen: genau das, was sie brauchen. Was sie bestehen läßt!"

„Man könnte meinen, du haßt ihn" – Dorotheas nachdenklicher Einschub.

Irene verwehrte sich gegen diesen Vorwurf mit derselben kühlen Gelassenheit, mit der sie bislang jeden Verdacht eines persönlichen Beteiligtseins erfolgreich hatte von sich weisen können, nicht zuletzt sich selbst gegenüber. „Ich hasse ihn keineswegs, ich finde es lediglich bedauerlich, daß sich unsere Wege noch einmal gekreuzt haben. Es gibt nur *eine* Sache, die ich an dieser Konstellation wirklich ärgerlich finde: daß ein Mensch, der sein ganzes Leben lang parasitär gelebt, der die Leistungen anderer in Anspruch genommen und nur sehr wenig Gegenleistung erbracht hat, in den Genuß unseres Pavillons und damit der Steuergelder unserer Bürger gelangt, die eigentlich – ich glaube, niemand von uns betrügt sich hierüber – für würdigere Kandidaten vorgesehen waren! Man könnte" – nach einer Pause – „es fast für eine Art von Absicht oder Fügung halten – – wenn man an solche Dinge glaubt, was ich nicht tue."

Dorothea, die die längst über das Alter hinaus war, da man ‚seine Figur zu erhalten wünscht', überdies als Landfrau dem Schönheitskanon (nach eigenem weisen Beschluß) noch weniger verpflichtet als ihre sich mit strenger Disziplin in Form haltende Gastgeberin, sprach mit unwandelbarem Appetit dem Kuchen zu, was ihre Gedankenarbeit stets eher zu befördern als zu beeinträchtigen pflegte, und alle unschmeichelhaften Parallelen zwischen echtem und förderungswürdigem und angemaßtem und vorgespiegeltem Künstlertum beiseite lassend kam sie exakt auf den Punkt, der, in seiner metaphysischen Vertracktheit, nicht leicht fortzuleugnen oder durchzustreichen war, auch nicht durch ungeduldiges Drüberwegspringen. „Irgendwelche Leute" – Dorothea mit deutlich untermalender Kuchengabel –, „muß man wahrscheinlich immer mit durchfüttern – auf Kosten der Allgemeinheit, meine ich – gleichviel, als wie wertlos man sie ansieht. Ein Gemeinwesen, in dem *alle* etwas Nützliches tun und keiner vor dem anderen einen Vorteil hat, oder in dem sich alle Vorteilsnahme über kurz oder lang wieder ausgleicht – *wirklich* ausgleicht, nicht nur als Postulat – ist und bleibt eine Illusion, heute wie vor tausend Jahren. Nicht mal die Illusionisten glauben daran." – „Nun und? Das heißt noch lange nicht, daß es uns gleichgültig sein sollte, welchem, welcher Art von Unwürdigem man öffentliche Geschenke zukommen läßt!"

„Die peniblen Unterscheidungen bringen auch nicht immer die erwünschten Resultate. Auch die sogenannten wahren Bedürftigen kommen ohne Schauspielerei nicht aus, sie wissen, daß eine traurige Miene zu ihren Requisiten gehört. Wer gibt schon einem fröhlichen Bettler Geld? Man beneidet ihn eher. Dieser Mensch", fuhr Dorothea fort, „sitzt jetzt in eurem – in unser aller Pavillon – und ihr könnt ihn nicht daraus vertreiben, ohne einen Skandal zu machen oder wenigstens Aufsehen zu erregen. Offiziell darf er seine Zeit hier absitzen, und wenn er sich nur einigermaßen –" „Du willst ihn doch nicht etwa –" „Laß sie ausreden, Mutter!" – „Ich wollte nur davon abraten, seine Rache herauszufordern. Alle, noch der Niedrigststehende hat das Potential, sich zu rächen, und nun gar eine so gewiefte Existenz … Ich habe ihn gesehen, wir haben einander wohl ziemlich uninteressant gefunden. Die Erfahrung hat mich gelehrt, daß man sogar solchen Windbeuteln, Parasiten, Hochstaplern etc. ihre Daseinsberechtigung lassen muß – und sei es nur, weil sie nun einmal da sind. Ich kann nur noch einmal wiederholen, daß sie das Potential zur Rache haben, und daß man sich hüten muß, es herauszufordern. Vielleicht hast du es schon ein Stück weit getan, das kann ich nicht beurteilen."

An Rebekka waren diese Worte, auch die zornige Geringschätzung ihrer Mutter, nicht vergeudet gewesen. Sie bedachte und begrübelte sie in der Stille ihres eigenen Zimmers, nachdem sie sich unter einem Vorwand zurückgezogen und die beiden Frauen sich selbst überlassen hatte. Sie hatte das leise, sich stets in den Grenzen des Taktes haltende Überlegenheitsempfinden, das alle von der Natur mit gutem Aussehen beschenkten Frauen einer Unansehnlichen gegenüber hegen und das sich mit Gefühlen herzlicher Sympathie mühelos verträgt, geteilt, wie man unbewußt Neigungen und Haltungen übernimmt, ohne nach ihrer Berechtigung zu fragen, aber all dies hatte nicht verhindert, das bei ihrer Patentante zu suchen oder an ihr wahrzunehmen, was sie an ihrer eigenen Mutter entweder vermißte oder, durch die große Nähe, in der man lebt, in zu grellem, ja schonungslosem Licht sah. Jede Form der Gelassenheit, der Unempfindlichkeit gegenüber vermeintlichen und auch echten Übeln wird von der Jugend genauestens vermerkt als ein mentaler Schutz gegenüber Gefahren.Sie hatte jetzt zwei Varianten zum direkten Vergleich: die ihrer Mutter, hinter der sich ein unterdrückter, schwelender Zorn verbarg, und die ihrer Tante, in der sie mit ebenso sicherem Gespür das indifferente Phlegma einer Person sah, die bereits etwas anderes war als Frau und fast aus der Haltung eines Schiedsrichters urteilte: doch minderte dies in nichts die Energie, mit der ihr jugendlicher Sinn sich auf die Worte warf, mit denen Dorothea ihre Position dargelegt hatte, das Für und Wider abwog und ihre Berechtigung zu ergründen versuchte. Das Kalte ist der Jugend nicht gemäß, die Leidenschaft schwemmte alles hinweg. Damit kann man alles entschuldigen und hingehen lassen, sagte sich Rebekka und schüttelte mehrfach den Kopf. Jedes Verbrechen, jedes Unrecht, jede Lieblosigkeit. Immer kann man sagen: Wir müssen diesem Menschen die Möglichkeit geben, sein Gesicht zu wahren, wir dürfen seine Rache nicht herausfordern. Schmählich ist das!

91

Sie faßte einen heroischen Entschluß, sie ging noch am selben Abend zu ihrer Mutter und gestand ihr alles, was zwischen ihr und dem Don Juan im Pavillon vorgefallen war, bis auf die blamablen und peinlichen Briefe, die sie ihm unter Vorspiegelung einer falschen Identität geschrieben, und die Kontrollbesuche, die sie ihm abgestattet hatte. Sie war dabei so aufrichtig, wie man nur sein kann, wenn man notgedrungen doch etwas verschweigen muß: denn ihr kleines Dünenversteck wollte Rebekka aus ihr selber rätselhaften Gründen nicht preisgeben, so wie man etwas Letztes doch noch für sich behalten muß, wie geringfügig es auch sein mag: sie setzte eine Stelle hinter dem Leuchtturm als Ersatz dafür ein, die genauso tauglich war, und überdies war der exakte Ort nach Rebekkas Empfinden ja ganz gleichgültig, solange alle übrigen Fakten und Äußerungen stimmten. Sie hatte auf das Verständnis gerechnet, das die weltkluge Irene all ihren bisherigen kleineren Verfehlungen – die allerdings in ihrem Heim niemals auch nur so genannt worden waren – entgegengebracht hatte, und täuschte sich darin nicht, daß das weibliche Solidaritätsgefühl stärker war als aller etwaige Ärger über Rebekkas Selbstermächtigung: sie hatte selber den glücklichen Gedanken, es so zu nennen, und sich damit ebenso vom Vorwurf des Leichtsinns wie der eitlen Neugier reinzuwaschen, als sie ihrer Mutter ihr Verhalten zugleich zu schildern, zu erhellen und zu verdeutlichen suchte.

„Ich weiß nicht, was mich dazu getrieben hat, wenn nicht das Gefühl, etwas herausfinden zu müssen, und zwar nicht so sehr über ihn als über mich! Ich wollte all das nicht tun, was ich getan habe, und doch war es so, als hätte er mich dazu veranlaßt, nicht durch Worte, aber durch das Urteil, das er über mich hatte – über uns alle. Denn er hat ein Urteil über uns, über alles – frag ihn, und du wirst es hören!"

Sie erhitzte sich, während sie diese Worte herausprudelte, geriet in einen fiebrigen Zorn und vergoß schließlich sogar ein paar Tränen, die, wenn überhaupt etwas, eher Tränen der Wut über sich selber waren, über das zwanghafte Verhalten, in das sie sich verstrickt hatte und aus dem sie ohne

eine Beschädigung ihrer Selbstachtung nicht mehr heraus-
fand, während Irene, in ihrer mütterlichen Leidenschaft,
sich nicht die Mühe machte, zu wägen und zu sondern, so
sehr stimmte alles, was sie hörte und sah, mit ihren Vorstellungen überein, sie als den letztgültigen Beleg all ihrer Befürchtungen und Erwartungen nahm. Während sie ihre
Tochter tröstete und beruhigte, die Vorfälle als letztlich
doch geringfügig (wenn auch ärgerlich) bezeichnete und ihr
ein paar Verhaltensvorschläge gab, die sämtlich darauf hinausliefen, den Pavillon vorerst zu meiden, Vorwände würden sich immer finden lassen, bereitete es ihr gewisse Mühe, sich die Bestürzung über diese Entwicklungen nicht anmerken zu lassen, die weder ihr Vorausahnen noch ihr Pla-
nen, so klug und taktvoll es auch gewesen sein mochte, hatten verhindern können. So kann es nicht weitergehen, sagte
sich Frau Irene, nachdem sie Rebekka zu Bett geschickt
hatte und mit schwelendem weiblichem Zorn über das Gehörte nachsann. Es muß etwas geschehen. Boshafte Manipu-
lationen in *meinem* Bezirk dulde ich nicht. Etwas ganz
Grundsätzliches muß jetzt geschehen!

## 11.

„Sieh da", sage Don Juan, indem er sein Fernglas – ein winziger Operngucker, dessen, wie alle spähenden Naturen
wissen, Nützlichkeit seine Größe bei weitem übertrifft –
mit einer zielgenauen Bewegung beiseite legte und seinem
Körper mit ein paar tänzerisch-elastischen Bewegungen zur
nötigen Geschmeidigkeit verhalf – „der Tag ist gekommen.
Die Tigerin rückt an, mit frisch geschärften Krallen und
Zähnen, möchte ich wetten. Das kann etwas werden." Als
ein Mann, der stets – und stets heißt stets, von sechs Uhr
abends bis sechs Uhr früh – für alle Eventualitäten, alle Vor-
und Zwischenfälle gerüstet ist, brauchte er keine Minute,
um seinen lässigen äußeren Adam, der in seiner Künstler-
klause – sprich Eremitage – umherwandelt, meditiert, Visionen nachhängt, rezitiert und Selbstgespräche hält: jeden-

falls kultivierte der Pavillonbewohner, seiner Rolle getreu, dieses äußere Gebaren eines Poeten als berichtbares Mitbringsel etwaiger Spione – in Besuchform zu bringen, zumal des unmittelbar anstehenden, bei dem es, wie seine Vorausschau es ihm suggerierte, einen Strauß auf Großer Bühne zu bestehen galt. Seine Ökonomie und Geistesgegenwart – keine überflüssige Bewegung zählte ebenfalls zu seinen Mottos, von denen er, wie an anderer Stelle bemerkt, einen Fundus hatte, für die verschiedensten Lebenslagen – reichte sogar noch aus, um ohne die geringste Hast eine Flasche Madagaskar-Sherry mit zwei Gläsern, die seinem unerschöpflichen Koffer entstammten, an diskret-sichtbarer Stelle auf dem Gästetisch zu plazieren, ehe er mit einer ziemlich formvollendeten Miene von moderater Überraschung – zwei emporgezogene Augenbrauen – und galantem Entgegenkommen seiner Besucherin, deren Schritt auf den Stufen er vernahm, eigenhändig die Tür öffnete und ihr, mit ebenso galanter, halb angedeuteter Verbeugung, den Weg ins Innere wies.

„Ich möchte nicht riskieren, daß du deine Fingerknöchel blutig schlägst, liebe Anette", war sein Wort, während sie ihm, ein zorniges Aufflackern in ihrem Blick dämpfend, mit schmalen Lippen willfahrte, „– denn ich hatte – wie kommt es nur? – die Befürchtung, daß dein Klopfen etwas zu henkersmäßig ausfallen könnte." – „Sehr rücksichtsvoll. Ich hatte übrigens vor, am Strang zu ziehen (mit eisigem Blick)." „Wirklich? Dann bin ich ja umso froher … er ist nämlich abgeklemmt. Am Abend wünscht auch ein Dichter und Stadtchronist etwas Privatsphäre … aber du bist natürlich wie immer willkommen. (Blick auf die Uhr) Schlag halb zehn. Du scheinst eine Vorliebe für diese Uhrzeit zu haben, denn das erste – und leider einzige – Mal bist du auch um halb zehn gekommen – freilich morgens. Soll oder darf ich dir vielmehr gestehen", fuhr er fort, als er keine Antwort erhielt und auch vorerst keine brauchte, die zwei Sherrygläser füllend und ihr eins hinüberschiebend, „daß ich schon seit längerem – d. h. seit deinem ersten Erscheinen hier das

Bedürfnis nach einer Aussprache empfunden habe, der du dich – ich weiß nicht, aus welchen Gründen, nehme aber nicht an, daß sie mit meiner Person zu tun haben – zu verweigern scheinst? Du schickst mir deine Tochter her – was soll ich mit Rebekka? Sie ist ein hübsches, cleveres Mädchen – sie wird ihren Weg gehen, damit habe ich nichts zu tun. Aber du – die ich einst – – – ist dies der adäquate Rahmen für jemanden wie dich – dies unbedeutende, ja minderbemittelte Städtchen, dessen Bewohner offenbar keine Ahnung davon haben, welches Juwel sie – –"

Laß das Aas nicht ausreden, fauchte es in Frau Irene. Warum schneidest du ihm nicht endlich den Faden ab? Nein, sagte eine andere Stimme, aus der entgegengesetzten Region, er soll seine Suada ruhig abspulen dürfen, es hilft ihm doch nichts! Schließlich unterbrach sie ihn brüsk und sagte mit ihrer Unerbittlichkeitsstimme, die immer Wirkung zeigte: „Was hältst du von dem Vorschlag, deine Zeit hier ziemlich umgehend abzubrechen?" – „Was heißt umgehend?" kam es nach einer kleinen Pause. – „Binnen eines Tages." (messerscharf hingesetzt). „Soso, ein Tag. Warum genau sollte ich das tun?" – „Weil wir es so beschlossen haben." – „Du wirst es nicht allzu vermessen von mir finden, wenn ich wenigstens wissen möchte, wer sich hinter diesem ominösen *Wir* verbirgt – doch nicht nur du und Rebekka und diese pinselnde Madam, deren Bilder hier hängen –" – „Nein, keinesfalls. Das wir bezeichnet uns – das hast du richtig bemerkt – *und* alle anderen verantwortungsbewußten Frauen dieses Städtchens." – „Ah, sieh an, sieh an. Es muß mir ja geradezu schmeicheln, ein Gegenstand so wichtiger Vorgänge zu sein. Und diese anderen Frauen – mit Verantwortungsgefühl, welch großes Wort – wissen sie von deinem Besuch hier bei mir oder agierst du eigenmächtig in ihrem Namen? Habt ihr eine offizielle Versammlung abgehalten, bei der man über mich den Stab gebrochen hat – so eine Art Frauen-Feme-Gericht, mit mir als abwesendem Schuldigen?" – „Das hat dich nicht zu interessieren."

„Wirklich nicht? Hm. Solange die Sache nicht offiziell ist und die Männer eures Städtchens, die ihr – oder vielmehr du – so auffällig außen vor laßt, ein Wörtchen mitzureden gehabt haben, muß ich mir – dem offenbar Angeklagten, nur wessen ist mir nicht recht ersichtlich – nicht nur das Unschuldsrecht – das ohnehin – sondern vor allem das des Zweifels vorbehalten. Die Sache scheint also mit einem Korb enden zu wollen, Irene."

„Ah, wirklich. Du könntest dich anders besinnen. Ich glaube (mit zuckersüßer Freundlichkeit) aus verschiedenen Quellen vernommen zu haben, daß deine finanzielle Situation nicht die allerbeste ist. Laß dich also informieren, daß wir (die Frauenschaft dieses Städtchens, das deine Spottsucht herausfordert: ziemlich krasse Undankbarkeit von deiner Seite, muß ich anmerken, in Anbetracht der Privilegien und Bequemlichkeiten, die du hier genießt) – laß dich informieren, daß wir bereit sind, dir für deinen Verzicht auf weiteren Aufenthalt hier eine Entschädigung zu zahlen, und daß diese Entschädigung, in Anbetracht dessen, daß das Angebot von uns ausgeht, großzügig ausfallen wird."

„Ah so. Sehr interessant. Dann laß mich doch bitte wissen, welche Summe ihr euch ausgedacht habt – oder vielmehr als angemessen betrachtet, um zu rechtfertigen – vor eurem Kollektivgewissen oder nur vor deinem? – daß ihr Don Juan, dessen Person eurem Pavillon hier, der in jeder Hinsicht noch etwas zu sehr nach Lack, Farbe und Tapetenkleister riecht, einen gewissen Glanz verleiht – das Wohnrecht kündigt?" – „Wir haben nichts zu rechtfertigen, unser Gewissen meldet keine Verstöße." Sie nannte die Summe und fuhr, von seinem Lachen unbeeinflußt, mit kühler Geschäftsmäßigkeit fort: „Ich will dich nicht mit zu vielen Details, d. h. Auflistungen langweilen und nur so viel hinzufügen, daß in diese Summe die Stipendiatszahlungen für fünfeinhalb Wochen, die mit deinem vorzeitigen Aufbruch wegfallen, eingehen, eventuelle Extra-Reisekosten, ein kleiner Sonderbonus für entgangene Werbung wegen nicht erfolgter Lesungen plus schließlich – ein nicht unbeträchtlicher Anteil und eine reine Kulanzgeste unsererseits – eine Sonderzahlung in Anerkennung deines freundlichen Entgegenkommens. Wir – " „Wirklich beeindruckend, diese Synthese von Buchhaltergeist, protestantischem Rechtssinn und femininem Politkalkül, die du – pardon *ihr* da an den Tag legt. Keinen Cent mehr, als der Hund verdient, aber doch soviel, daß er sich freiwillig davonmacht. (mit neuerlichem Lachen, sich im Stuhl zurücklehnend, die Arme hinter dem Kopf verschränkend) Wahrlich, es schmeichelt mir. Ich wußte nicht, daß ich so sehr zum Fürchten bin – daß meine Person von solcher Bedeutung ist, um soviel Aufwand zu ihrer Beseitigung zu rechtfertigen."

„Du irrst", sagte Frau Irene, die ihn mit unwandelbar unnachsichtiger Miene beobachtete: wie ein größeres Reptil, mit dem man zu Tisch sitzt, und dessen geringste Regungen man im Auge behalten muß. „Niemand von uns fürchtet dich hier. Die Sache liegt ganz anders. Wir *wollen* dich nicht. Wir –" „Ja, das habe ich schon in mehreren Varianten vernommen, und es war (soviel darf ich dir gestehen) keine einzige darunter, die ich – die wir Don Juans, ich darf von uns auch einmal in der Mehrzahl sprechen, ich fordere das Recht auf uneingeschränkte Multiplikation – die wir überzeugend hätten finden können. Was wollt ihr, wenn ihr nicht das Leben wollt, wie es sich außerhalb eurer fixen Ideen abspielt –" „Das ist unsere Angelegenheit –" „Leider nicht, und schon gar nicht, wenn die Resultate dieses Anspruchs so unwandelbar dürftig bleiben. Aber laß mich die Sache einmal erwägen" – er trank seinen Sherry mit sichtlichem Genuß; nachdem er ihr zweimal zugeprostet hatte, nahm Frau Irene ihr Glas und trank exakt zwei Schluck, die von ihrem Gegenüber genauestens vermerkt wurden. „Weißt du, mein Lieber" sagte sie mit erschütternder Freundlichkeit. „Du *bist* kein Don Juan. Du spielst nur einen."

„*Du* hingegen bist … was du mir zeigst. Eine Bürgermeistergattin. Nun ja, ich muß dir gestehen, daß deine Argumente mich nicht überzeugt haben, meinen hübschen Posten hier so schnöde aufzugeben. Es geht mir gut hier. Ich erhole mich in eurer frischen Meeresluft, mache meine Spaziergänge … Zwar hat euer Städtchen im kulturellen Sinne nicht viel zu bieten, aber dies zu ändern ist ja unter anderem meine Aufgabe, der ich mich mit hingebungsvollem Eifer widme … Sogar meine Bücher verkaufen sich hier. Erregen aufrichtiges Interesse. Kurzum, wenn ich mich recht bedenke, kann ich keinen einzigen Grund finden, warum ich hier vorzeitig verschwinden sollte. Ich hätte das Gefühl, meine Pflichten vernachlässigt zu haben. Der Literaturkurs erwartet von mir immer noch Aufklärung über die ‚Veränderung der Maskulinität im 21. Jahrhundert'– ich habe das für nächste Woche zugesagt – –"

„Unser Angebot" – Irene mit eisigem Blick, „ist unter der Annahme deiner gutwilligen Mitwirkung erstellt und gilt unter dieser Prämisse fort. Bedenkzeit zu gewähren ist insofern unnötig, als wir, falls du dich weiterhin weigern willst, Mittel und Wege finden werden, dich zu zwingen."

„Mich zwingen. Und wie willst du das anstellen, meine teure Irene (verzeih, wenn ich zu diesem Panzer, den du dir so gern beilegst, nicht Anette sagen kann, obwohl ich es möchte), nachdem ich mir hier nicht das Geringste habe zuschulden kommen lassen? Die närrischen Briefe, die mir dein Töchterlein – in einem Anfall bedenklicher Verblendung, muß ich hinzufügen – geschrieben hat, sind ihr längst wiedererstattet und (wie ich stark hoffen will) vernichtet worden. Was willst du an belastbarem Material herbeischaffen? Irgendwelche Fotografien? Ich habe hier gelebt wie ein Mönch und würde dies auch weiterhin tun, wenn man mich nur ließe, wenn nicht die Frauen und Mädchen heimlich herschlichen, um einen Don Juan zu besehen …" „In deiner Vergangenheit gibt es Material genug, das man –" „Liebe Irene. Du hast einen Gatten, den ich für einen vernünftigen Mann halte. Er gibt sich umgänglich, ohne daß es bloße Strategie wäre, gibt auf alle Fragen pragmatisch-gewiefte Antworten, ist ein Taktiker, der im Stadtrat ein vernünftiges Kräftegleichgewicht herzustellen und zu halten weiß.

Wie wird es ihm gefallen, wenn du einen Skandal anzettelst und damit ihn vorführst, der mich hat auswählen lassen? Du bist zwanzig Jahre mit ihm verheiratet, kennst ihn in- und auswendig, warst in deiner Jugend keine Bigotte (wahrlich nicht), überdies tangiert das Schmutzige – oder sollen wir sagen das Berechnende der Politik auch die Ehen in dem Sinne, daß Politikerfrauen keine Heiligen sind und daß auch die krummen Machenschaften ihrer Männer gewöhnlich von ihnen gebilligt werden. Denn der Feind steht außen. Daran, daß du es ihm nicht einfach mitteilen könntest, daß wir beide uns einmal liebend in die Augen gesehen haben, kann es also nicht liegen. Woher stammt sie aber dann, diese Feindschaft? Was ist in all diesen Jahren geschehen, um dich zu der Auffassung zu bringen, daß Leute wie ich nicht existieren dürfen, daß man sie austilgen, die Gesellschaft vor ihnen schützen muß? – Nichts womöglich", fuhr er, vollkommen immun gegen die kalt funkelnden Augen auf der anderen Tischseite fort. „Vielleicht ist dieses Nichts die Lösung? Daß man alles so gehabt hat, wie man es wollte und sogar, wie man sich wünschte, und trotzdem weder glücklich noch zufrieden ist? Daß man seine Wünsche sich hat erfüllen und fügsam in Nichts hat aufgehen sehen, weil lauter Realitäten an ihre Stelle getreten sind: und daß man anderer Leute Wünschen und Träumen mißtrauisch beäugen, ja es ihnen wegnehmen muß, weil man ihnen nicht gönnt, was man selbst nicht hat, wozu man nicht mehr fähig ist?"
„Weiß du, mein Lieber"(von Irene, die, nachdem sie kurzzeitig einen Stich empfunden, ihre Bataillone wieder versammelt hatte), „ich würde dich davor warnen, das Leben anderer Leute – vorzugsweise von uns Frauen, die wir offenbar, sobald wir das Alter überschritten haben, wo man uns erotisch interessant findet, deine Stichelsucht herausfordern – nach deinen Romankriterien beurteilen zu wollen. In den Büchern stellt sich das alles glatt und überzeugend dar, die Figuren können sich nicht wehren gegen das, was der Autor mit ihnen anstellt – das Leben aber ist – gottlob –

99

ebensowohl prosaischer wie – ich möchte es fast humaner nennen, obwohl es ein so mißbrauchter Terminus ist. Humaner im Sinne von vielfältiger. Es bietet keine dramatischen Abschlüsse, romanhaften Enden – es gibt immer noch eine Windung, alles kann sich in eine unvorhergesehene Richtung drehen, niemand ist abgeurteilt (es sei denn, er tut es selbst), niemand gänzlich ausgelotet. Wir Frauen altern – wie jeder Mensch – aber im Gegensatz zu einer weitverbreiteten Ansicht empfinden wir das nicht als unsere persönliche Tragödie. Über die angemessene Zeit hinaus Gegenstand amouröser Annäherungen zu sein oder sie von uns aus zu suchen, wäre in unseren Augen – den Augen der gebildeten Frauen – eine ziemlich widernatürliche Vorstellung. Wir haben gelernt, unser Leben sinnvoll auszufüllen und widmen uns unseren Aufgaben, deren eine darin besteht, ein wachsames Auge auch auf unsere unmittelbare Umgebung zu haben und sie von schädlichen Einflüssen möglichst freizuhalten –"

„Ha! Da wäre er wieder: der Mann als Schädling, der freie, nicht domestizierte Mann nämlich. Sehr entlarvend – " „Ich muß also", sagte die Unbeirrbare, während sie sich erhob und ihre Jackenärmel links und rechts zurechtstrich, wie es alle gutangezogenen Frauen tun, „– auf dem Angebot beharren, von dem dich in Kenntnis zu setzen ich hergekommen bin und keinesfalls: um mit dir darüber zu diskutieren. Du hast zwei Tage, um dich zu entscheiden: packst du deine Koffer und gehst, so wirst du die betreffende Summe umgehend auf deinem Konto finden; was von deinen Sachen nicht auf deinem Motorrad Platz hat, wird, wenn es entsprechend verpackt und gekennzeichnet ist, dir prompt und zuverlässig hinterhergesandt, dafür verbürge ich mich. Solltest du dich weigern, so tritt Plan B in Kraft – –" „Und der wäre? Ich muß gestehen, liebste Irene, daß meine Neugier mich doch mächtig reizt zu erfahren, was du dir ausgedacht hast – oder ausdenken *wirst* –, um mich vom Platz zu vertreiben!" „Gewiß. (nochmals zuckersüß) Aber warum willst du dir – und mir – Unannehmlichkeiten bereiten? Auf Geld

100

verzichten, das du haben kannst, ohne dafür Arbeit leisten zu müssen, die der Künstler in dir verachtet?" Dein Charme ist unvergänglich, anderswo wird man dich mit offenen Armen aufnehmen." – „Gewiß. (gelangweilt) Darf ich dich noch bitten, ehe du mich zu meinem akuten Bedauern wieder verläßt –, ein wenig die Aussicht mit mir zu genießen? An einem so schönen Abend, den man – eigentlich – weder allein noch in stickigen Innenräumen verbringen sollte ..." Er hatte sein kleines Opernglas hervorgeangelt und ließ die widerstrebende Irene, die, bereits zum Ausgang hin gewandt, ihm mit schmalen Augen, neuen Verrat witternd, entgegensah, mit ihm ans Fenster treten, wo er, nachdem er einen Augenblick nach etwas gesucht zu haben schien, ihr mit unmißverständlichem Lächeln und einer artigen halben Verbeugung das Glas präsentierte.

„Was soll das?"(mit scharfer Stimme) – „Sieh nur hindurch. Nur um dir zu demonstrieren, daß das Leben sich nicht um Säuberungsaktionen und Aufpasserpläne schert." Frau Irene hob, mit deutlichem Zögern, aber von einem bohrenden Verdacht, der die Form einer diffusen Angst annahm, getrieben, das Glas an die Augen und sah, während, von ihr unbemerkt, der Don Juan die Position unmerklich korrigierte, durch eine Lücke im Gesträuch über die Bepflanzung hinweg zur Promenade hinüber, wo, lässig-nervös gegen das Geländer gelehnt, ein junger Mann mit fahrigen, hastigen Gesten einem jungen dunkelhaarigen Mädchen, das falsch herum auf einer Bank saß und ihm zuhörte, gelegentlich lachend, gelegentlich errötend, gelegentlich mit der einen oder anderen Hand ihr Haar zurückstreichend, etwas offenbar sie beide lebhaft Interessierendes erläuterte. Frau Irene empfand einen schmerzhaften Stich in der Magengegend, als sie das Glas wieder absetzte und eine einzige Frage tat. „Wer ist dieser junge Mann?" – „Ich glaube, der Lokalredakteur dieses Städtchens hier: ein verkanntes Talent, nach dem, was man hört. Schreibt deine Tochter nicht ebenfalls Gedichte? Ich kann mir nicht helfen – es machte so den Eindruck, als sprächen sie über Poesie!" – „Sehr reizend, deine Aussicht hier. Auch ohne Spioniergläser. *Ich* habe übrigens den Eindruck (ihm das Glas zurückreichend), als ob dieses kleine Gerät eine Neigung hat, die Dinge so zu zeigen, wie sie *dir* gefallen." „Wirklich? Dann sollten wir einmal die Probe machen ... – hol *dein* Glas her und – –" „Vollkommen unnötig, mein Lieber. Übrigens bekümmert es mich – entgegen deinen Erwartungen, vermute ich – nicht sehr, was ich da sehe. Natürlich hat Rebekka jedes Recht, sich mit einem jungen Mann zu unterhalten, wann, wo und wie lange sie will, heimlich und öffentlich. Mit einem ganzen Strauß junger Männer sogar, ich halte meine Tochter für intelligent und willensstark genug, sich den passenden herauszusuchen, mit dem sie ihre Erfahrungen machen möchte. Mit den Leuten des Lokalblattes – nur zu deiner Information – sind wir bestens bekannt –" „Haben sich zum größten Teil davongemacht –" „– dieser hier ist wohl eine untergeordnete Größe –" „Hat derzeit den Chefposten inne und zwei Frauen unter sich, nach meiner Kenntnis" – „Soso. Das weist ja auf ein gewisses Mißverhältnis hin. Ich werde mich darum kümmern müssen. Guten Abend, mein Lieber. Zwei Tage!" Mit beziehungsvollem Lächeln ihm ein Abschiedsnicken gönnend, schritt sie (man konnte es nur ein graziöses Schreiten nennen) aus der Tür und hätte sie, als diskreten Hinweis auf das, was hier demnächst zu geschehen habe, ohne weiteres sperrangelweit offengelassen, wenn nicht der geschaßte Hausherr den Posten des Türstehers übernommen hätte, was ihm nichts als ein mokantes Lächeln abnötigte. „Freu dich nicht zu früh. Man muß immer mindestens drei Eisen im Feuer haben, und ich habe vier. Mich selbst, meinen Glücksstern, den Trottel und sogar auch – Rebekka? Dagegen kommst du nicht an."

## 12.

Es empfiehlt sich, den weiteren Verlauf dieses minutiös ausagierten Scharmützels – man begreift, daß es sich in wechselnden Formationen noch endlos hätte fortspinnen lassen – in geraffter Form darzubieten. Am ersten Tag nach Beginn des Ultimatums spazierte der Don Juan in einem lässigen weißen Bohème-Leinenanzug über die Promenade, stellte sich überraschten älteren Damen als der Stadtchronist vor und teilte mit leutseligster Miene, als ihn eine Gruppe halbwüchsiger Mädchen ansprach, Autogramme aus. Am zweiten Tag las er in der Buchhandlung am Rathaus aus seinen Werken, vor einer Zufallszuhörerschaft, die sich neugierig einfand, wenig verstand und beständig wechselte, ohne daß dies den Dichter, der, in einem Korbsessel plaziert, Kaffee und Zigarrenkekse zur Seite, in entspanntester Haltung seine Sätze vorlas, im mindesten zu stören schien. Er bestellte in demselben Laden eine umfangreiche Liste von Büchern, die, auf Gemeindekosten, wie verabredet, an die Literaturabteilung des Kulturpavillons zu liefern waren: nicht nur die gesammelten Werke namhafter Autoren in teuren Leinenausgaben, sondern auch weniger bekannte und gelesene Meister aus vorherigen Jahrhunderten bzw. Jahrtausenden (Plinius der Ältere und sein Kosmos etwa), dazu Geschichtswerke von Rang, Philosophie und Naturwissenschaften. Der Bestellvorgang allein dauerte zwei Stunden. Hiermit war die Sache nicht getan: der Elektroladen am Bahnhof beglückwünschte sich bald, eine chromblitzende, ultramoderne Espressomaschine, die acht verschiedene Arten eines veredelten Kaffeegetränkes herzustellen vermochte, an den Pavillon liefern zu dürfen, der Porzellanladen ein Kellnerbesteck, eine Knoblauchpresse und ein schöneres Service, der Polsterladen einen Ledersessel mit Hocker, das Beleuchtungsgeschäft zwei goldene Stehlampen mit verschwenkbaren Armen. Daß all dies – von der Öffentlichkeit nicht weiter beachtet – den Bewegungen eines Menschen entsprach, der, um seinen Rückzug zu decken, dem Gegner

Hindernisse in den Weg räumt, mag aus dem Folgenden ersichtlich werden. Am Abend desselben (immer noch zweiten Tages) spielten sich gewisse Ereignisse in der Spielbank ab, die erst nach und nach ans Licht drangen, in deren Verlauf aber der Croupier zweimal ausgewechselt worden sei: es gab nur einen Croupier. Am dritten Tag – Irenes Pech wollte, daß es ein Samstag war – verbat sich der Bürgermeister, auf einer Besprechung mit Amtskollegen und Parteimitgliedern in Flensburg, sämtliche Versuche, den ‚Kulturkram‘ auf eine Stelle zu heben, die ihm nicht zukam, und vertagte alles, was nicht Brand, Erdbeben oder Einsturz gleichkomme, auf Montag oder Dienstag. Gegen ein Uhr in der Nacht von Sonntag auf Montag brauste ein Motorrad älterer Machart mit zwei lustigen Junggesellen, davon der eine behelmt, der andere, auf dem Rücksitz, mit flatterndem Haar, über die Landstraße, die sie zu dieser Zeit fast für sich hatten, ehe es, an einer Wegekreuzung mit gelben Schildern in sämtliche Richtungen, ziemlich abrupt anhielt. „Das ist ja nicht allzu couragiert von dir, mein Junge. Und unüberlegt zudem. Mitgegangen, mitgehangen. Kann also gut sein, daß du deinen funkelnagelneuen Posten wieder verlierst, ohne etwas wie eine Gehaltsaufstockung auch nur von ferne erblickt zu haben.“ „Ich weiß“, der zerknirschte Jung-Redakteur reumütig. „Aber mein altes Mütterchen …
Ich kann’s doch nicht einfach hier zurücklassen. Vielleicht komme ich durch mit meinem Trick. Und für die Arbeit, wie sie jetzt ist, unter den Bedingungen, gibt es nicht so viele Aspiranten.“
„Provinz bleibt Provinz“, konstatierte der Fahrer. „Man bietet euch Chancen, euch Geknechteten, und ihr greint über Mütterchen und Väterchen. Dann lauf zu Fuß zurück in deine Zelle, mein Jungchen, aber klag mir nicht über Brandblasen. Die gibt’s gratis und Ärger in verschiedenen Ausgaben/ Dosierungen … Ich hoffe, daß es dir die Sache wert war.“ „Es war großartig“, versicherte der Jung-Redakteur in nervöser Begeisterung. „Und nicht nur das, sondern auch – –
Übrigens habe ich so etwas noch nie in Aktion gesehen –

mit eigenen Augen, meine ich – Man hört ja nur immer, daß es da und dort mal passiert sein soll, aber so direkt vor der Nase – mit eigener Beteiligung (kichernd und sich ermannend) … Ich glaube irgendwo gelesen zu haben, daß die Wahrscheinlichkeit, daß Rot oder Schwarz, Gerade oder Ungerade oder eine bestimmte Zahl kommt, bei jedem neuen Spiel exakt dieselbe sein soll …" „Ist sie auch", sagte der Don Juan, „aber die Natur liebt die Abwechslung. Glück bleibt Glück, und für alle Anfänger (wie dich) und minderen Praktiker gilt der alte Spruch: Mach dich mit deinem bescheidenen Gewinn davon, ehe er sich in Rauch auflöst! Soso, wir haben uns anders besonnen, wie?" „Nun ja (Gestotter‘) – – sie ist wirklich ein hübsches Mädchen … Und wenn ich ihr auch nicht viel bieten kann – (etwas plötzlich) so ist ihr Papa doch immerhin Stadtchef und Parteichef – da wäre noch viel Luft nach oben – wenn man es klug anfängt …" „Gott erhalte dir deinen Optimismus", sagte der Behelmte. „Kann ich davon ausgehen, daß alles so läuft, wie wir es abgesprochen haben?" „Wenn nichts dazwischen kommt, gewiß." „Und wo wirst du die nächsten Tage verbringen?" „Im Bett. Hab Fieber, schleimigen Husten, einen verstauchten Fuß. Muß mich mal richtig auskurieren." – „Und diese Nacht?" – „Hier (auf das rechte Schild weisend) wohnt ein alter Schulfreund von mir. Der fährt mich morgen zurück." – Na dann: Glück auf, junger Tor, sagte Don Juan, als er auf seinem Motorrad davonbrauste. Du wirst die unersprießliche Entdeckung machen, daß es Don Juans Goldene Glorie war, die dir deinen schnellen Sieg (Sieg wider alle Wahrscheinlichkeiten) verschafft hat, und daß jeder Versuch, das Gewesene mit eigenen Mitteln zu reproduzieren, mit einer Bauchlandung enden wird. Nicht viel zu bieten haben ist ja noch bescheiden ausgedrückt. Ist es grausam von mir, diesen jungen Tropf der Rachegöttin zum Fraß vorzuwerfen? (Gas gebend) Was hilft‘s? Das Reptil frißt Insekten, das Schicksal will seine Opfer. Verlassen wir diese ungastliche Stätte, an der meine Talente nicht gewürdigt werden …

Am Donnerstag der darauffolgenden Woche erschien das kulturelle Stadtmagazin mit der angekündigten Chronik im Innenteil, die, von der fettgedruckten Überschrift: Die Große Chronik des Städtchens R. abgesehen, aus zwei völlig leeren Doppelseiten bestand, ohne auch nur einen Zensurbalken, der das Geschehen erhellt hätte: das blanke Weiß bzw. Nichts, über dem nur rechts unten ein riesiges, mit schwungvoller Feder hingeworfenes: gez. Don Juan prangte. Die Stadtbevölkerung war, wie vorausberechnet, zu geradlinig (um es nicht einfältig zu nennen) für solche Art Scherz, der nur einer einzigen Person – die ihn auch folgerichtig zu Gesicht bekam – ganz und gar verständlich sein konnte. Man hielt es allgemein für einen technischen Defekt, entrüstete sich darüber, telefonierte und beschwerte sich. Der Text fehle, wann bekämen sie den Text zu lesen? Erste Nachforschungen ergaben nichts Bestimmtes: die Druckerei bezog sich auf ‚unmißverständliche Aufträge‘, die sie erhalten habe: Text oder Nicht-Text zu kontrollieren sei überhaupt nicht ihre Sache. Der leitende Redakteur wollte die Chronik ‚überhaupt nicht zu Gesicht bekommen haben‘, der ‚Herr des Pavillons‘, wie er sich ausdrückte, habe sich alles selber vorbehalten, großes Geheimnis aus sich gemacht, übrigens mit Billigung der entsprechenden offiziellen Stellen. Man gab ihm (auf Betreiben Irenes) zwölf Stunden Zeit, um die Chronik herbeizuschaffen bzw. sie selbst zu schreiben, andernfalls sei er gekündigt. Das hieß: Du verschaffst uns die Chronik und darfst danach deinen Hut nehmen. Daraus wurde nichts, weil Rebekka sich querstellte, mit dem Fuß aufstampfte und ihre Eltern ‚widerlich‘ nannte. Die Nachforschungen, die Irene angesichts dieses niemals zuvor so erlebten Verhaltens anzustellen sich gezwungen sah, hatten auf der Seite der beherrschten Bürgermeistergattin, die sich ob ihrer diskreten Regelung dieser unliebsamen Angelegenheit eine maßvolle Genugtuung gestattet hatte, einen hysterischen Wutanfall zur Folge, der nur deshalb keine längerfristigen Beschädigungen anrichtete, weil das beinahe unmittelbar darauf einsetzende Versöhnungspathos, mit Tränen, Umarmungen, Geständnissen (Rebekkas) und Zärtlichkeitsversicherungen ihm die Spitze nahm, es umgehend konterkarierte: denn schlimmer, als den Fallstricken eines Don Juan doch nicht entgangen zu sein, ist es, sich ihrer nicht zu entwinden zu wissen, und sei es durch Rebekkas mehrfach in trotziger Emphase vorgebrachte Erkenntnis (die anzuzweifeln, wie sie dunkel ahnte, noch Dekaden vor ihr lagen): daß es seine Absicht gewesen war, Zwietracht zu säen, „und nicht nur zwischen dich und mich … zwischen uns alle!"

Übler als dem hoffnungsreichen Jung-Redakteur, der sich die Finger wund schrieb und nichts als Undank erntete – er mußte seinen Chefposten räumen und wurde der unleidlicheren seiner beiden Kolleginnen unterstellt – erging es dem vollmundigen Referenten, der die Torheit begangen hatte, ein paar Tage, nachdem die Chronik erschienen war und das ganze Städtchen sich den Kopf über unbedrucktes Papier und das rätselhafte Verschwinden des Pavillonbewohners zerbrach, in das Amtszimmer seines Chefs zu treten und, mit Anzeichen nervöser Auflösung, anzuheben: Er wisse nicht … es sei ihm vollkommen rätselhaft, wie dies habe passieren können … Er habe sich noch einmal die Mühe gemacht, den Lebenslauf des entwichenen Stadtchronisten/ Stipendiaten näher zu untersuchen, und dabei mit Bestürzung festgestellt, daß ein Großteil der von ihm angegebenen Preise gar nicht existiere, bzw. an andere Anwärter gegangen sei … so daß man (hilfloses Schlucken), mit anderen Worten, befürchten – wenn nicht davon ausgehen müsse, einem Hochstapler, ja: Betrüger aufgesessen zu sein. Weshalb man – stellte der Eilige fest – geradezu froh sein dürfe, wenn diese strafwürdige Existenz, nachdem sie womöglich zu fürchten begonnen habe, man könne ihr ‚draufkommen', von selbst das Weite gesucht habe, ohne allzu großen Schaden anzurichten. … Die Aufträge, die im Namen des Kulturpavillons an diverse Läden ergangen seien, habe er bereits stornieren lassen. Im Hinblick auf eine Vermeidung ähnlicher (er würgte an dem Wort ‚Pannen' herum) *Vorkomm-*

*nisse* in der Zukunft werde er natürlich bei der Auswahl eines eventuellen Nachfolgekandidaten die äußerste Sorgfalt walten lassen. Der Bürgermeister lobte ihn für sein Engagement, Durchblick, Handlungsbereitschaft und die ,so überaus seltene Fähigkeit, eigene Fehler und Versäumnisse einzugestehen', und setzte launig hinzu: „Ich habe übrigens einen hübschen Posten im Archiv für Sie, wo Sie diesen Talenten den letzten Schliff verleihen können. Einen Nachfolger für unseren entlaufenen Stipendiaten zu suchen ist insofern unnötig, als die Bürgerschaft beschlossen hat, den Pavillon umzuwidmen. Es ist die Ansicht geäußert worden, daß der bisherige Nutzen zu begrenzt sei, daß der Pavillon einem breiteren Interessentenkreis zur Verfügung stehen sollte und der Anschein der Exklusivität und der Begrenzung auf die höheren Kunstsparten vermieden werden müsse. Wie berechtigt er war, davon will ich (seinem Gegenüber auf die Schulter klopfend) mit Blick auf Ihre jüngste Entdeckung überhaupt nicht reden. Meiner Frau schwebt etwas zwischen Kindertagesstätte, Seniorencafé und Lesehalle vor. Was meinen Sie?"

Was blieb dem begossenen Referenten übrig, als ein flaues Großartig zu murmeln und sich unter devoten Beifallsbekundungen zurückzuziehen? Das letzte Wort hatte Dorothea, die, nachdem sie sich den Schlüssel besorgt hatte, allein in den Pavillon stapfte und ihre Bilder von den Wänden nahm, um sie, nach einer kritischen Würdigung im kühlen Licht ihres Ateliers, gegebenenfalls noch einmal zu überarbeiten. Gleich im zweiten Bild stak ein schmales Kuvert zwischen Aquarellpapier und hinterer Pappe, das ein handgeschriebenes Schreiben enthielt, an wen es gerichtet war, ergab sich von selbst. ,Verehrte Künstlerin und Kollegin, schrieb der Don Juan (bzw. Stadtchronist), wenn Sie diejenige sind, für die ich Sie halte, so halten Sie irgendwann diesen Bogen in Händen und wundern sich allenfalls ein wenig darüber, warum der Absender ihn nicht einfach an Ihre Adresse übersandt hat? Doch zum einen kenne ich sie nicht, zum anderen lieben wir Künstler unsere kleinen

Späße. Es wird Sie vielleicht nicht völlig überraschen, daß ich Sie vom Beginn unserer Bekanntschaft an für die vernünftigste Person Ihres Trios angesehen habe, etwas mehr aber vielleicht doch – denn wo findet der Künstler/ die Künstlerin das Lob, das sie verdienen – daß Ihre ebenso kühnen wie stimmigen kleinen Schöpfungen mich jeden Tag aufs Neue gefesselt und erfreut haben, daß ihr Anblick mich jeden Morgen zuverlässig begrüßte und eine unerschöpfliche Inspirationsquelle war, wenn ich, an meinem Dichterschreibtisch meditierend, meinen Blick über die Wände schweifen ließ ... In der Hoffnung, daß Sie nicht zu streng mit Ihren Werken sein mögen und lieber *neu* schaffen als *um*schaffen werden, verbleibe ich in diskreter Würdigung Ihrer Kunst und mit den besten Wünschen für Ihre artistische Zukunft – hier stand der reale Name des gewesenen Stadtchronisten, darunter in Klammern: alias Don Juan.

„Ich finde, daß er alles in allem doch ein ziemlich intelligenter Mann gewesen ist", sagte Dorothea und da sie dies bei nächster Gelegenheit Irene gegenüber wiederholte und dabei ihr Bedauern zum Ausdruck brachte, daß der allererste Stipendiat ihres Pavillons auch schon der letzte gewesen sein sollte, drohte – obwohl dies weder Kommentar noch Widerspruch wert schien – in der Folge eine gewisse Abkühlung ihrer Beziehungen einzutreten, die nur deshalb nicht bleibend wurde, weil Dorothea solche Dinge zu vergessen pflegte und sie überhaupt der Ansicht war, daß kluge Frauen, ob in den Provinzstädten oder anderswo, es sich nicht leisten konnten, auf einander zu verzichten.

## Kiki, Kaka, Coucou

Mademoiselle Kiki ist eine magere Blondine vom modischen
Typus, die ihre besten Tage hinter sich, aber ihre Vorlieben,
Neigungen, Lebensansichten und Ideale in die neue Zeit –
die neue Zeit ist immer die jetzige – hinübertransponiert
hat: denn so machen es alle Leute von Charakter. Ihre Kleidung ist ‚chic‘ und ‚aktuell‘, mit originalem Anhauch, sie
trägt, alle Bequemlichkeit verpönend, noch immer gern ho-
he Schuhe: wenn man sie von hinten die Straße entlangfla-
nieren sieht, abwechselnd ihr Hündchen oder eine (immer
passende) Handtasche unter dem Arm, könnte man sie für
eine junge Frau in den Endzwanzigern halten, wenn da nicht
der etwas stackerige Gang wäre, der nur die naiven Beobachter täuscht, die erst überholen müssen, um ihren Irrtum
einzusehen: ein Phänomen, das männliche Gemüter zu immer denselben Witzen und Pointen reizt. Mademoiselle Kiki
– sie ist ganz regulär deutsch von Abstammung und Wesen,
kann aber ein wenig Französisch und liebt es, sich ein wenig
Frankreich-Flair beizulegen, als ideelle Aufwertung – Mademoiselle Kiki sind die Männer und die Witze ‚gleich egal‘,
da für sie das Alter der Männer passé ist; sie lebt in einer
kleinen Wohnung in einer der besseren Straßen eines bahn-
hofsnahen Viertels: zwei Zimmer mit Küche und Bad, die
nach ihrem Geschmack eingerichtet sind, mit Spiegeln,
Dekorationsobjekten, Pflanzen, Bildern, bunten Seidenkis-
sen und einem Sofa nur für sie allein; zur Gesellschaft und
für ihre zärtlichen und sogar auch kommunikativen Bedürf-

nisse hat sie ihr Hündchen und einen Papagei, die gemein-
schaftlich die Wohnung hüten, wenn die Herrin ‚auf Arbeit‘
ist; so versorgt vermißt Mademoiselle Kiki nach eigenem
Bekunden und ehrlicher Selbstbefragung nichts außer etwas
mehr Geld, das sie sehr gerne nehmen würde, wenn sie es
ohne eigenen Aufwand bekommen könnte. Alleinstehende
Frauen mit gewissen Ansprüchen und Gewohnheiten wie
Kiki gehen gewöhnlich einer Beschäftigung nach, die weder
ganz schlecht noch mehr als durchschnittlich bezahlt wird:
als Büroangestellte eines Versicherungsunternehmens, auf
der untersten Stufe irgendeiner Behörde, als Verkäuferin in
einer angestaubten Damenboutique, als zweite Sekretärin
eines wackeligen Theaters: immer ist es eine Stätte, wo sie
ihre Blumentöpfe aufstellen, sich etwas wichtigtun, mit den
Kolleginnen Kaffee trinken, mit Freundinnen telefonieren
und nebenbei etwas arbeiten, gelegentlich krank werden
und doch die Überzeugung hegen können, eine (im großen
und ganzen) unentbehrliche Person zu sein und eine gesell-
schaftlich wichtige Aufgabe zu verrichten. Es versteht sich,
daß Kiki (die eigentlich Christine hieß) gern reiste und gern
mehr gereist wäre, wenn sie sich das hätte leisten können:
an exotische und luxuriöse Orte, wo sie den ‚Chic‘ der Reichen hätte studieren und sich, durch ihr bloßes Dasein und
Nachahmen ihrer Gewohnheiten als dazugehörig betrachten
können: was im größeren Stil zu treiben sie zum einen ihr
Gehalt und ebenso die Bestimmungen des Arbeitgebers
hinderten, die nur dreißig Tage Urlaub im Jahr vorsahen,
erstohlene Krankentage nicht eingerechnet.
Zu Kikis Ehrenrettung bleibt hinzuzufügen, daß sie ein Mu-
seum oder eine Kunstgalerie nicht verschmähte, wenn dort
eine interessante Ausstellung lief, der Eintritt nicht zu teuer
war und sie eine Freundin dazu überreden konnte: im ganzen aber bleibt es wahr, daß sie ihre geistige Nahrung
dorther bezog, von wo das Gros der Menschen sie her-
nimmt: aus den Medien, den Nachrichten, den Lokalblät-
tern, dem Fernsehen – sie war eine große Schmonzetten-
seherin, zum Ausgleich weniger für entgangene Liebesfreu-

den als eines aufregenderen Daseins – und dem einen und anderen populären Roman oder populärwissenschaftlichen Sachbuch, das irgendwer empfohlen hatte oder im Büro kursierte, und daß sie, wie so viele Leute, die ihre Seelenruhe lieben, sich für Politik erst dann zu interessieren begann, wenn sie selbst ‚plötzlich unmittelbar betroffen war‘, ansonsten aber bereit, sofern man sie leben und bestehen ließ und ihr ihre kleineren und größeren Genüsse und Vergnügungen nicht wegnahm, sich jeder Regierung unterzuordnen, die derzeit im Abgeordnetenhaus eine Mehrheit formieren (und behaupten) konnte.

Der Papagei hieß Alfons und das Schoßhündchen, eines jener Fellmischwesen, die vorn und hinten gleich aussehen, Coucou. Obwohl eine schamlose Übertreibung steckte doch ein winziges Korn Wahrheit in dem, was einst eine böse Zunge behauptet haben soll: daß der Papagei der intelligenteste aus dem Trio war. Jedenfalls hatte er Humor, was sich schon daran erwies, daß er seinen Namen ablehnte und sich einen neuen, papageiengemäßeren suchte, und zwar allein aufgrund lautlicher Harmonie. Nachdem er herausgefunden hatte, wie seine Herrin – sie telefonierte gern und ausgiebig – sich nannte und wie sein Konkurrent um ihre Aufmerksamkeit, das Fellbündel hieß, überraschte, nein verstörte er sie eines Tages, als er auf die mehrfach in zärtlichem Ton wiederholte Frage, wie man sie den sehr kleinen Kindern stellt, mit einem gellenden „Kaka!" herausschoß, worauf er, als bereite ihm die Sache ein diabolisches Vergnügen, ein triumphal-schrilles Lachen folgen ließ. Sämtliche Versuche, ihm das wieder abzugewöhnen, und selbst die Drohung, ihn zu verkaufen, blieben wirkungslos: nur dazu ließ das Tier sich herbei, nicht, wenn Besuch da war, mit diesem ungehörigen Wort herauszukrähen: da saß er still auf seiner Stange, plusterte sich ein bißchen, flötete leise vor sich hin wie ein Sänger, der seine Stimme ‚probiert‘, ehe er, nach minutenlangem Meditieren, ein ‚Denkste denn, denkste denn, du Berliner Pflanze‘ von sich gab, leicht nasal und mit perfekter Melodieführung intoniert, das er aber niemals wiederholen wollte, wenn eine entzückte Besucherschaft, die sich im Kreis um ihn versammelt hatte, ihn darum anbettelte. Seine Lieblingsbeschäftigung bestand darin, in Kikis großem Ficus herumzuturnen und sich im Urwald zu wähnen, was sie ihm in der Woche tagsüber, wenn trübes Wetter war, bei von außen verschlossener Wohnung manchmal gestattete; der ‚menschliche Verstand‘, den seine verliebte Herrin, begeistert wie nur je eine Besitzerin von ihrem Papageiengötzen, dem Tier attestieren wollte, ging so weit, daß es, wenn sie in den Urlaub fuhr und ihn anderswo unterbringen mußte, nach ihrer Rückkehr zwei volle Wochen lang stockbeleidigt war; nur wenn das Hündchen seine Verbannung hatte teilen müssen, taute es schneller wieder auf. Ihre Freundinnen nannten das ‚Sinn für Gerechtigkeit‘ und wollten es rührend finden. „Tiere haben generell keine so lange Gedächtnisspanne wie wir Menschen", erklärte ein studierter Biologe, der sich in Kikis Wohnung verirrt hatte, um den sagenhaften Papagei zu bekucken (es hatte sich herumgesprochen, daß er „will Baum" sagte, wenn er auf den Ficus wollte, was die Wissenschaft auf den Plan rief), „Gefühlen des Beleidigtseins sind sie nicht fähig, das ist ein Transferieren menschlicher Verhaltensweisen auf das Tier. Du warst eine Weile lang aus seinem Blickfeld: das Tier hatte schon begonnen, sich umzuorientieren."

Tier, Tier, Tier, sagte sich Kiki zornig, während sie zu diesen Ausführungen süß-säuerlich lächelte. Was weiß du denn. Und habe ich dir etwa erlaubt, mich zu duzen. Ich lasse keine Männer mehr in meine Wohnung! – Wozu auch, wenn man einen Papagei und ein Schoßhündchen hat, beide pflegeleicht und anhänglich, dankbar für Aufmerksamkeit und Zuwendung und mit geringen Gaben hochzufrieden? Sie kamen überdies perfekt miteinander aus und kamen sich nicht in die Quere: das Hündchen wuselte auf der unteren Ebene herum und beschnüffelte, wenn nichts Besseres zu haben war, vermeintliche Mauselöcher, der Papagei, mit seinen schrillen Impromptugesängen, beherrschte die Lüfte; dazwischen stackelte Kiki auf ihren modischen Hoch-

114

Pantöffelchen herum, wischte hier und dort etwas Staub, wo er ihr auffiel, aber mehr nebenbei als ernsthaft, und stellte auf ihrem Beistelltischchen zwei sorgsam ausgesuchte Pralinen, ihren Lieblingsbecher mit dampfendem Tee, ihre Lesebrille und einen neuen Roman bereit, irgendeine Mittelalter-Scharteke mit Fortsetzungspotential, ehe sie sich in ihrer Sofaecke niederließ, die Beine auf einen Fellhocker deponierte und sich mit einem Plaid zudeckte; irgendwann hopste ihr das Hündchen auf den Schoß und wurde mit abwesenden Bewegungen gestreichelt, wie man es macht, wenn man ins Lesen vertieft ist, der Papagei schlich sich in den Ficus, und alle drei waren zufrieden, beieinander zu sein und sich wohlzufühlen. Es war ein Idyll, und es hatte, wie so viele seiner Art, ein ziemlich abruptes Ende.

* * *

Die Sache – aber für die Tiere war es das Böse, Schreckliche, wie sie es genannt hätten, wenn sie irgend etwas hätten *benennen* können – begann mit einem harmlos aussehenden Brief, den Kiki eines Nachmittags, als sie von der Arbeit kam, aus dem Briefkasten fischte und den sie, durch sein Aussehen getäuscht, anfänglich für Behördenpost hielt, bis sie ihn oben mit ihrer Küchenschere aufschnitt und der Absender in ihr Bewußtsein drang. Zwei Blätter entraschelten dem Umschlag, darauf teilte eine unbekannte Gesellschaft namens M—-ia mit, daß von nun an sie, und nicht mehr die Bisherigen, Eigentümerin und Verwalterin der (nicht besonders schmucken) Alt-Immobilie sei, in der sich Kikis Wohnung befand, daß sämtlicher Schriftverkehr, sämtliche Benachrichtigungen, Bescheide, Abrechnungen etc. von nun an über die im Briefkopf genannte Adresse ‚laufen‘ würden, freute sich auf gute Zusammenarbeit und empfahl sich mit den höflichsten Grüßen. Diesem Gutwetterzauber folgte, wie allen seiner Art, bald ein weiteres Schreiben, das sich schon weit weniger angenehm las und von bedrohlichen Dingen kündete: Sanierung mit Blick auf bedeutende Auf-

115

wertung des Bestands, Umwandlung in luxuriöse City-Apartments … Mieterhöhung bedauerlicherweise unumgänglich (sie war angekündigt und sehr saftig) … falls Sie Widerspruch einlegen wollen … Nachdem Kiki sich von ihrem Schrecken erholt und ihren Steuerbescheid und ihre Kontoauszüge hervorgekramt und zu überschlagen versucht hatte, wie sie mit dieser Geldforderung zurechtkommen konnte (es lief auf das Streichen aller Vergnügungen hinaus und tangierte, wie sie dunkel fürchtete, sogar Schoßhündchen und Papageienfutter), nachdem sie sich bei ihren Freundinnen ausgeklagt und jede Menge Ratschläge bekommen hatte, taugliche und untaugliche, fand sie immerhin die Kraft, dem vernünftigsten zu folgen und zu einer Mieterberatung zu gehen.

Was das für eine Gesellschaft sei, die sich von einer Agentur vertreten lasse, an die man nicht herankomme? Sie habe schon zigmal angerufen, um herauszufinden, ob diese Leute überhaupt existierten, es habe nie jemand abgehoben, aber dann kämen diese schrecklichen Briefe … Ob überhaupt alles mit rechten Dingen zugehe? Ihre bisherigen Vermieter – zum Schluß sei es eine Erbengemeinschaft gewesen – hätten zwar auch eine Verwalterfirma beauftragt, aber die sei wenigstens noch in der Gegend ansässig gewesen. Habe aus realen Personen bestanden. Ob er vielleicht – Ja doch, nickte der Berater gleichmütig-bekümmert, als er ein Atemloch fand, das er zum Antworten nutzen konnte, er hatte während Kikis Litanei das Schreiben überflogen und durchblättert, das sie ihm in einem Haufen zugeschoben hatte, das sehe ihm, auf den ersten und zweiten Blick zumindest – er werde es noch genauer ansehen, habe da aber wenig Zweifel, da es sich um einen mittlerweile ziemlich kommunen Vorgang, gängige Praxis also, handle – einigermaßen offiziell und stichfest aus. Bei dieser Gesellschaft handle es sich um einen Immobilienkonzern, der in weltweitem Maßstab agiere, zahlreiche Agenturen in zahlreichen Ländern unterhalte, die seine Interessen verträten – wo und ob er überhaupt irgendwo regulär gemeldet und steuerpflichtig sei, könne er nicht mit Bestimmtheit sagen; soviel aber wisse er, daß es sich ursprünglich um eine amerikanische Investorengemeinschaft handele, zu deren Aktionären auch mehrere Fonds von Lehramts-Pensionären aus Florida zählten. Was doch irgendwie beruhigend sei. – *Was* – Kiki, die sich mit Emphase auf den letzten Satz stürzte, der doch (eigentlich) der unerheblichste war – bitte sehr daran *beruhigend* sein solle? Nun – Lehrer – das seien doch verdienstvolle Leute, die einen sinnvollen Beitrag zum Gemeinwohl geleistet hätten ... Das sehe sie überhaupt nicht (scharf herübergeschnappt). Nach ihrer Kenntnis arbeiteten sie nicht mehr als andere Leute, die kein Geld für Aktien übrig hätten, und manche bedeutend weniger ... Und ob er es etwa gerecht fände, daß sie sich hier finanziell strangulieren müsse, nur damit irgendwelche Rentner in Florida, mit denen sie ihr Lebtag nichts zu tun gehabt habe, sich in der Sonne aalen und mit sich und dem Leben zufrieden sein konnten? Haha (verlegen –mitleidiges Lachen) Er habe volles Verständnis für ihre Lage, aber *so* simpel könne – und dürfe – man die Sache auch wieder nicht sehen. Schließlich profitierten alle von diesem System des wechselseitigen Ausgleichs – Wer oder was werde denn da ausgeglichen? – sie, Kiki, jedenfalls nicht! – doch, irgendwann und irgendwo auch sie: denn das Geld, das die Rentner in Florida ausgäben, flösse wieder in andere Quellen, und manches davon käme auch hier an und würde in nützliche Dinge gesteckt – Straßen, Krankenhäuser – – Der Maßstab habe sich erweitert, während das System noch dasselbe sei ... Keiner könne sich davon abkoppeln, alle hätten ihren Beitrag zu leisten: jeder sei anderer Leute Diener wie anderer Leute Nutznießer ... Übrigens sei er immer schon Sozialdemokrat gewesen und finde auch, daß gewisse Auswüchse abgemildert gehörten und ein entsprechendes Instrumentarium dazu entwickelt werden müsse – – Wer konnte zweifeln, daß in diesem ‚übrigens‘ und diesem ‚auch‘ hundertundfünfzig Jahre deutsche Geschichte steckten, keineswegs nur ruhmvolle?

Kiki antwortete mit dem Verzweiflungsschrei all jener, die ihre Felle davonschwimmen sehen. Was sie denn jetzt um Gottes willen *machen* solle? „Sie könnten" – lautete die anfänglich zögernde, von ernsthaftem Nachdenken zeugende Antwort – „einstweiligen Widerspruch einlegen und ein entsprechendes Schreiben absenden ... das wird aber, wie ich fürchte, allerhöchstens aufschiebende Wirkung haben. Ihre bisherige Miete liegt unter dem Durchschnitt ... Sie könnten versuchen, die anderen Mieter zu mobilisieren, sich zusammenzuschließen und einen Interessenverein bilden, sich einen Rechtsbeistand nehmen und dagegen zu klagen suchen ... man wird die Klage abschmettern ... Sie könnten versuchen, eine Partei zu gründen, die den Konzernen ans Leder will ... aber bevor Sie den Bundestag auch nur von ferne sehen, wird es Jahre dauern ... Oder Sie versuchen, eine andere Wohnung zu finden, die der alten entspricht und nicht teurer ist – und das wird schwierig (mit bekümmert-gepreßten Lippen und ermutigendem Kopfnicken)."
Stille. „Wenn es wenigstens" – Kiki mit der Unlogik einer Frau, die ihre Möglichkeiten erwägt – „deutsche, d. h. inländische Lehrer wären. Aber Amerikaner. Die haben doch selber Geld genug – warum sollten sie mir meins wegnehmen dürfen. *Bitte sehr!*" Der nicht mehr *so* junge Berater auf der anderen Seite des Tisches sah sie mit jener Miene – große Augen, emporgezogene Brauen – an, mit der man interessante, aber abwegige Gedankengänge aufnimmt, ehe er mit derselben Unlogik erwiderte: „*Mochten – Sie – alle – Ihre – Lehrer?*" (tatsächlich betonte er jedes Wort) „Warum" – Kikis letzter Trumpf, schon halb im Aufbruch und mit der bitteren Verve latenter Niederlage dargebracht – „warum sind *Sie* eigentlich nicht im selben Maßstab gewachsen, warum halten Sie an Ihren unzulänglichen Mitteln und Methoden fest, während *die*" – die Briefe, die sie wieder an sich gerafft hatte, in ihrer Hand schüttelnd –, „weltweit agieren können, ohne daß man an sie herankäme? Warum haben Sie sich nicht längst mit Ihren Kollegen in anderen Ländern zusammengetan und *auch* einen Konzern ge-

gründet, *auch* mächtig und groß, der die Belange der kleinen Leute vertritt, die ihre Steuern zahlen und das Gesetz achten (Zümpfeln), und der denen (Briefeschütteln) auf die Finger haut, wenn sie es wagen – –" „Fabelhafte Idee" – der Berater mit aufgerissenen Augen, und er brachte es, kurzzeitig aufgesprungen, gerade noch fertig, ihr ein Beitrittsformular und einen mogeligen kleinen Parteiprospekt aufzunötigen, die Kiki entnervt in ihre Handtasche stopfte, ehe sie, hochgradig unzufrieden mit ihrer Beratung und dies auf ihrer Miene zur Schau tragend, – abrauschte.

* * *

Den Tieren, Schoßhündchen und Papagei, war die Veränderung nicht entgangen, die in ihr Dasein eingebrochen war: zwar hatten sie keine menschlichen, sondern eben nur tierische Sinne, die aber auf jeden Wechsel der Atmosphäre, der Schwingungen und Stimmungen sehr empfindlich, mit untrüglicher Genauigkeit reagierten, und so nahmen sie, was sie erspürten, in stummer Empathie mit ihrer Herrschaft als etwas Ungutes und Bedrohliches war. Der Papagei verkroch sich in sein Gefieder, das er bis zur Unkenntlichkeit aufplusterte, meditierte vor sich hin und sprach tagelang kein Wort, zumal ihn auch niemand dazu aufforderte; das Schoßhündchen schlich geduckt, mit hängenden Kopf und Schwanz umher, hatte keine Freude mehr an Mauselöchern und war betrübt darüber, daß es nicht mehr ausreichend gestreichelt wurde, und wenn, dann mit gänzlich abwesender Miene, in die es, mit seinen blanken Knopfäuglein, nicht zurückblicken konnte. Zudem hörte es, in zärtlicher Ansprache, seinen Namen nicht mehr: wenn aber ein Tier seinen Namen nicht mehr hört, so vergißt es ihn. Vierzehn Tage waren so verstrichen, da entschloß sich der Papagei zu einem Sturmangriff, segelte von seiner Höhe herab, ließ sich mit ausgebreiteten Flügeln auf dem Tisch nieder und beguckte sich, mit nickendem Kopf und versuchsweise pikkendem Krummschnabel auf und nieder spazierend, das, was dort lag und was sein Papageienverstand, nach seinen scharfsichtigen Beobachtungen, für die Ursache des Bösen hielt. Auf dem Tisch lagen Zeitungen, aufgeschlagen, mehrere Schreiben, ein Notizblock, kreuz und quer beschrieben, mehrere Stifte, das Telefon. Das Schoßhündchen war herangekommen, spürend, daß etwas Wesentliches im Gange war; nachdem es am Tischbein vergeblich Männchen gemacht hatte, sprang es auf den Stuhl, von dort auf den Tisch; beide Tiere schnüffelten und suchten zwischen den Gegenständen umher, die ihnen – jeder einzelne – ein mystisches Rätsel blieben. Wo steckt es, das Böse, das sich des Geistes der Herrin bemächtigt hatte – konnte man es nicht einfach aufspüren und auffressen? Sie hatten die Torheit begangen, ihren Erkundungsversuch während Kikis Anwesenheit in der Wohung zu unternehmen – als sie plötzlich ins Zimmer trat, gab es wüste Unordnung und Chaos, Geflatter und Gekreisch; der Papagei hinterließ bei seiner Flucht einen Klecks auf dem wichtigeren der beiden Anschreiben, das die Auflistung der künftigen Mietzahlungen enthielt, das Hündchen hatte bei seinem Sprung vom Tisch genau das Blatt mit den ‚moderat Hoffnungen erweckenden' Annoncen zerrissen: statt einer Anerkennung ihres Bemühens, sich als hilfreich zu erweisen – zumal sie doch beide ein brennendes Interesse daran haben mußten, ihre Existenz, die ihnen, jedem auf seine Weise, akzeptabel und sogar angenehm erschien, gesichert zu wissen: sofern freilich ein Tier eine Ahnung von zu erwartenden Bedrohungen haben kann – statt einer Anerkennung gab es hysterische Schelte, schrille Ermahnungen, Gefangenschaft und Verbannung. Der Papagei, längst auf seine Stange zurückgekehrt, wurde unter bösen Blicken dortselbst angekettet – „bis du wieder brav bist" –, was den weisen Kaka so verdroß, daß er sogar seine Körner verweigerte und sich, in sein Gefieder gehüllt, in beleidigte Unbeweglichkeit zurückzog; das Hündchen wurde, unter Androhung von Strafen, sollte es sich noch einmal dem Tisch nähern, in sein Körbchen hinter dem Sofa verwiesen. Unerhörte Maßnahmen, nie

120

gekannte Töne: die Sache war also ernst. In der Nacht nahmen die Tiere, als Kiki längst in ihrem Bett lag und schlief, erneut Kontakt zueinander auf; weit nach Mitternacht, als nur von den Straßenlaternen noch etwas Licht in das von etwas durchlässigen Jalousien verdunkelte Zimmer drang, war ein leises Klirren vernehmbar und mitten aus der Dunkelheit krächzte eine Stimme die vernehmlichen Worte: oder vielmehr war dies der Sinn, denn es war und blieb eine tierische Ausdrucksweise: „Heda, Wesen aus der niederen Sphäre, hörst du mich?" – worauf ein leises Fiepen und Jaulen aus der Sofaecke verdeutlichte, daß dies der Fall sei. „Sprich deutlich", sagte der Papagei. „Wir sind hier unter uns. Glaubst du, wir können etwas ausrichten, wenn du im Schoßhündchenmodus verbleibst? Der gilt für die schönen Tage, nicht für die bösen. Wie schätzt du die Lage ein? Wenn wir nichts unternehmen, dann gehen hier bald die Lichter aus, das ist meine bescheidene Ansicht!" Das Hündchen, das in der Dunkelheit bis zum Fuß der Stange geschlichen war, kratzte mit seiner Pfote ein bißchen an den Holzdielen, ehe es sich in einen mäandernden Monolog des Inhalts verirrte: Wie merkwürdig und unheimlich es mit der Herrin derzeit sei und was sie treibe, wie unwohl, mißachtet und verarmt es, Hündchen, sich fühle, und warum nicht wieder alles sein könne wie vorher – jenes unbestimmte Vorher der Kinder und der Tiere war gemeint, das in Wahrheit ein Stück ins rätselhaft Unerreichbare geschobene Gegenwart ist – als sie alle drei so glücklich und friedlich miteinander gelebt hätten. Weibisches Gewäsch der niedersten Sorte, krächzte es höhnisch von der Stange. Weh, daß ich angekettet bin! Bequem dich zu etwas mehr Verstand, du Dämchen aus Fell, das die Welt nach Streicheleinheiten beurteilt. (mit Fistelstimme) Wie haben denn heute die Mäuse gemundet? (Mit Kaka-Krächzen) Wir müssen dem Übel an die Wurzel, das Übel liegt da vorn auf dem Tisch. „Soll ich es holen?" – Männchen vom Dämchen in der Dunkelheit, eilfertig dargebracht. „Du kommst nicht heran" – trübe Negation auf der Papageienhöhe. „Sie hat was Schweres draufgelegt – irgendeine Kiste mit Zeugs. Macht aber nichts. Ich habe es mir angesehen und weiß Bescheid. Kleiner Kurs in Metaphysik gefällig? Das Ding da ist symbolisch und Symbolen ist mit Gewalt nicht beizukommen. Weiß jedes Kind, nur du natürlich nicht." Das Hündchen, seit je von der Überlegenheit des gefiederten Wesens auf der Stange überzeugt, für die es sich durch seine bevorzugte Position entschädigt wußte, winselte demütig empor: daß es nur Bahnhof verstehe. „Glaub ich gern", sagte der Papagei und fuhr aus seiner Höhe herab fort, wie der geduldigste aller Oberlehrer, der sich seinen unbegabtesten Schüler vornimmt: „Mit den Symbolen ist es so: wenn du eins vernichtest oder zu vernichten vorgibst, kommt sofort etwas anderes angeflattert und nimmt seine Stelle ein – und oftmals ist es dann noch stärker und wirksamer als vorher. Es steckt ein Zauber drin, den wir Tiere nicht verstehen können: er sagt uns nichts, buchstäblich nichts, der aber bei den Menschen alles vermag. Sie nennen ihn das Gesetz und unterwerfen sich ihm aus freien Stücken: jeder achtet abergläubisch auf den anderen, ob er es auch tut, und wehe nicht!" „Was dann? fragte das ignorante Hündchen, dessen Kosmos bis dato aus Polstern, Pralinen, weichen Fellbürstchen und anderen Annehmlichkeiten bestanden hatte. Dann wird er ausgestoßen, erwiderte der Papageienweise, und kann sehen, wie er durchkommt, und nichts fürchten die Menschen mehr als dies. Unter uns zahmen Papageien gibt es einen Gelehrtenstreit, ob dieses Ausgestoßensein in Wahrheit die Freiheit sei – aber die wilden Papageien – gelegentlich verirrt sich mal einer zu uns, man trifft sich in irgendeinem Käfig und tauscht Erlebnisse aus – versichern uns, bei ihnen sei es ganz unbekannt. Es muß sich also um irgendwelche metaphysischen Spitzfindigkeiten handeln. Jedenfalls ist es kein Spaß. Ernähr dich mal von trockenem Kot und ertrunkener Kanalratte! Das Hündchen, bibbernd, gab zu verstehen: lieber alles dulden, alles leiden und demütig Gehorsam lecken als das auf sich nehmen! War von dir zu erwarten (mit papageienmäßiger Herablassung). Also, ich repetiere. Das Gesetz. Wir verstehen es nicht, aber es ist allmächtig. Es steckt überall und eignet sich alles an. Es steckt im Schwarzen auf dem Weißen und im Weißen auf dem Schwarzen sowie auch in den sonderbaren Lauten, die aus dem Mund der Herrin kommen – sowie auch von überall, dem schwarzen Ding da hinten zum Beispiel, und dem kleinen roten Ding in der Küche, und dem *noch* kleineren Ding, das sie nicht aus der Hand gibt – überall kommen diese konfusen Laute heraus, von denen wir – clevereren – Papageien uns herbeilassen gelegentlich ein paar zu imitieren, so rein zum Spaß und weil's die Herrin freut: überall steckt es und man kommt nicht dagegen an – außer durch einen mächtigen Gegenzauber. (leises Kettenklirren, während der Gefangene sein Gefieder sträubt, seinen Kopf reckt – ruckartig – und es wieder sorgfältig zusammenlegt) Höre! Kaka wird sich nun in Meditationsklausur begeben und auf ein Hilfsmittel sinnen. Was auch geschieht, schwöre, daß du dir an allem, was Kaka tut – oder *nich*t tut – ein getreues Beispiel nehmen wirst, ob du es begreifst oder nicht. Schwöre! Einem Fellbündel einen Schwur abzunehmen ist ein so hoffnungsloses Unterfangen wie es die Sprache lehren zu wollen: der Götze auf der Stange gab sich mit den Anzeichen totaler Unterwürfigkeit zufrieden, die in der Tierwelt niemals mißverstanden werden, und alsbald hüllte die Nacht die beiden Schläfer ein und ließ sie wieder so fern voneinander sein, wie es das Los aller Geschöpfe, der höheren wie der niederen zu sein scheint.

* * *

„Lieb Alfons! Alfons lieb. Alfons der Liiiiebe", säuselte es am andern Morgen aus dem lieblich-krummen Papageienschnabel, während das Tier artig-ruckartige Verbeugungen dazu vollführte und Kiki, die ihm seine Körner und sein Wasser auffüllte, in der Bewegung erstarrte und sich vor gerührtem Entzücken nicht zu fassen wußte. Das gute Tier, wie zärtlich schmiegte es seinen ungefügen, für Harmonie

123

zu großen Papageienkopf gegen ihre streichelnden Finger, nachdem es mit zierlich geöffnetem Schnabel ein paar Körner entgegengenommen hatte – nicht gepickt, sondern mit graziler Vorsicht entgegengenommen und ohne die Herrin zu zwacken – wessen er durchaus fähig war. Gleich wurde ihm, unter liebevoller Ansprache, die Kette abgenommen und der Ficus freigegeben, in dessen langvermißten, grünweißen Blättern (zwei Tage exakt) er nach Herzenslust herumturnen durfte – mit etwas ostentativer Herzenslust womöglich, auf starke und getreue Eindrücke bedacht, – während das Hündchen unten stand, etwas verloren-verwirrt mit dem Schwanz wedelte und sichtlich nicht wußte, was von dieser Scharade zu halten war. Konnte man diesem heuchlerischen Frieden trauen? Ein paar Tage – nein, zwei Wochen lang war der böse, aber des Denkens fähige Kaka vom Erdboden verschluckt und der gute Alfons versah seinen Dienst: brav, bieder, vogelautomatenmäßig. In der Nacht aber sträubte sich dem armen Hündchen vor Entsetzen das Fell, wenn eine schrille Stimme es mit dem grauenhaften Orakelruf: *Harakiri! Harakiri!* aus seinen unschuldsvollen Träumen riß. Selbst wenn es zitternd unter seine Decken kroch, war es noch zu hören. Was hatten diese schauerlichen Laute zu bedeuten?

Allmählich spitzte sich die Lage zu, es war nicht zu verkennen. Die Herrin selbst bekam ein spitzes Gesicht, etwas Gehetztes trat in ihr Wesen; wenn sie durch – das kleine Ding – mit abwesenden Leuten sprach, klang ihre Stimme gedrängt, abwechselnd flehend und hysterisch. „Wie, es gibt noch zwanzig Mitbewerber? Welche Nummer habe ich denn – – Meinen Lebenslauf? Welchen Lebenslauf? – plus Gehaltsbescheinigung der letzten zwei Jahre und Führungszeugnis vom bisherigen Vermieter – hören Sie, *so* großartig sind vierzig Quadratmeter plus Bad und Küche ohne Balkon nicht, daß man den Bewerbern solchen Aufwand und solche Schwierigkeiten – nein, nein, warten Sie. Ja, ich bin noch interessiert. Ich verstehe nicht – was habe ich zu tun, um von Platz einundzwanzig auf Platz eins zu kommen … Ich solle das noch einmal bedenken – ich verstehe nicht – o Mist! Der Teufel soll euch holen, euch alle miteinander! (Schluchzen am Küchentisch, Starren auf den Abreißkalender, hektisches Zeitungsblättern, konfuses Tippen und Wählen, neue Ansätze, verdoppelter Einsatz, neue Litanei) ... Hören Sie, Sie haben mir nicht gesagt, daß es an einer Kreuzung liegt ... wenn ein Lastwagen anfährt, klirren dort die Fensterscheiben, ich habe es selbst gehört ... Ich weiß nicht, wie viele Tausende von Lastwagen dort täglich und stündlich vorbeifahren ... Ich will mein Leben nicht mit zugestopften Ohren verbringen ... Sparen Sie sich bitte Ihre blödsinnigen Scherze ..."

Die Tiere hatten es insofern besser als ein etwaiger menschlicher Lauscher, als sie den Sinn dieser trübseligen Litanei der Großstädte nicht erfaßten: der Ton, aus dem so viel an hektischer Bemühung und schierer Angst herauszuhören war, traf sie nur umso unvermittelter. Sie lauschten mit gespitzten Ohren, selbst wenn sie vor sich hin zu dösen vorgaben: lauschten wie Kinder, die inständig hoffen, daß irgendeine überraschende Wendung alles wieder ins Lot bringt: zumindest erweckten sie diesen Eindruck, und auf das Hündchen, gründlicher und hoffnungsloser verwöhnt als der mystische Papagei mit seinem Januskopf, mochte es zutreffen. Da die Herrin jetzt öfter, auch am Abend und an den Wochenenden fort war, um Quartiere zu besehen, blieben ihre Lieblinge mehr, als es bisher der Fall gewesen war, sich selbst überlassen, was auf ihr generelles Verhalten einzuwirken begann. Der Ficus war längst nicht mehr der bevorzugte Sehnsuchtsort und paradiesische Zuflucht des Papageis: der unternehmende, auf eigene Hand brütende Kaka nahm sich das Recht heraus, in Kikis Abwesenheit das gesamte Zimmer in Besitz zu nehmen: er spazierte auf dem Schrank herum, turnte und schaukelte auf den Gardinenstangen, flog auf das Fensterbrett, besah sich dort alle Blumentöpfe, pickte und grub darin herum und vor allem guckte er, nachdem er die Fensterscheiben beklopft hatte, sehr interessiert durch das Fenster selbst – mit nicht mehr nach-

lassendem Interesse. Nicht, daß es dort draußen auf irgendeine Weise grüner gewesen wäre als im verläßlichen Ficus –
es war Februar, ein sehr kalter zudem, alles hatte noch sein
winterliches Gepräge, überdies war die Straße im alten
Bahnhofsviertel gelegen, so daß man aus Kikis Fenstern ungefähr die Reihe ältlicher, etwas schäbiger, nur durch den
frischen Anstrich hier und dort etwas aufgewerteter Miets-
häuser (mit Jahrhundertflair, war der Maklerspruch) hatte,
wie sie auch Kikis eigene Reihe bildeten: immerhin war über
den Dächern der Himmel zu sehen, den jeder Vogel wie-
dererkennt, mag er auch noch so lange in Gefangenschaft
gewesen sein, der Himmel mit seinen Wolkenspielen, dazu
einige verwahrloste Sträucher am Bordstein und ein paar
vereiste Pfützen als untrügliches Zeichen, daß dort das
Draußen war, nicht das Drinnen.
Am Samstag, dem 8. um viertel vor drei geschah das Unfaß-
liche. Im Zuge einer hektischen Putz- und Staubsaugaktion,
die wegen neuer Besichtigungstermine in Eile und zwischendurch erledigt werden mußte, ließ Kiki, in der irrigen
Annahme, der liebe Alfons säße im Ficus und muckse sich
nicht, weil er kalte Luft verabscheute: Brr – kalt – konnte er
sehr überzeugend mimen: nicht wissend, was er sagte, und
es doch treffend, – die Fenster, die sie des Lüftens halber
geöffnet hatte, eine Minute aus den Augen, weil in der Küche der Kessel pfiff: als sie zurückkam, war der Papagei fort,
was ihr einen schrillen Weh- und Schreckensschrei entlockte. Man hat Vorahnungen und das Gefühl einer Leere trügt
oft nicht, und obwohl Kiki, ihrer jähen Erkenntnis zum
Trotz, zärtliche Kosenamen rufend, ja flehend, noch im
Zimmer selbst eine kopflose Suche veranstaltete, schien ihr
das matt-mutlose Schwanzwedeln des Hündchens und der
trostlose Blick seiner blanken Knopfäuglein mitteilen zu
wollen, daß dies ganz zwecklos sei. Nachdem sie zum Fenster gestürzt war, es erneut geöffnet, sich weit hinausge-
lehnt und in verzweifeltem Starren in alle Himmelsrichtungen ihre Augen vergeblich gemartert hatte, rannte sie in den
Flur, warf sich ihr Wollcape um, setzte sich ihre geplusterte

126

Pudelmütze auf, die sie, nach Versicherung sämtlicher Freundinnen, glatte zehn Jahre jünger machte, zog sich ihre Stiefelchen an, nahm ihre Ziegenlederhandschuhe und die mit silbernen Nieten verzierte Hundeleine und bedeutete dem sich ängstlich-entzückt um sie drängenden Geschöpf (es konnte immer nur eine Sache auf einmal begreifen und jetzt hieß es offensichtlich Spazierengehen): „Marsch, marsch – wir müssen ihn finden!" Sie befand sich nun in der interessanten Lage einer ‚Frau, die ihren Papageien verloren hat' – bzw. der er entwichen ist – und nun Passanten, Spaziergänger, Ladenbesitzer und überhaupt alle auf der Straße Ansprechbaren (sogar Bus- und Taxifahrer) um Mitwirkung anfleht. Sogar auf die Wache eilte sie, wo man sie, da gerade nicht viel zu tun war, bereitwillig beruhigte und tröstete. Bei seiner auffälligen Farbe und da Papageien generell keine Flugkünstler seien, sollte es möglich sein, das Tier ‚zeitnah' wiederzuerlangen – sofern nicht der Frost einen Strich durch die Rechnung mache. Das Wünschenswerteste wäre, daß irgend jemand es einsammelte und abgäbe … was man so sagt, aus Takt- und Menschlichkeitsgründen, wenn man für die Sache selbst keine großen Hoffnungen hegt: wozu auch die Aufnahme einer Vermißtenanzeige gehörte. Drei Tage dauerte Kikis Odyssee durch die Stadt bzw. Vorstadt auf der Suche nach dem verlorenen Papagei, der plötzlich – wie merkwürdig – Träger aller möglichen Hoffnungen, Visionen, Träume, Zukunftsvorstellungen zu sein schien: während er als lebende Inkarnation nur hatte nachreden dürfen, was man ihm vorsagte. Wehe, er spräche aus eigenem Recht! Die halbe Welt würde sich aufmachen, um Weissagungen aus seinem Schnabel zu vernehmen, die Einsichtigeren würde ein Grauen anwandeln, und die Wissenschaft rückte an mit ihren Zweifeln und Meßinstrumenten, ihren Aufnahmegeräten und Schalltrichtern: denn sie hegt ein gesundes Mißtrauen gegenüber Wundern und mag sie nicht dulden, ehe sie sie nicht in ihre Bestandteile zerlegt hat – wonach (wie bekannt) ein Wunder kein Wunder mehr ist.

Am vierten Tag hatte das Hündchen einen Geistesblitz, an einer vielbefahrenen Ampelkreuzung – oder vielleicht beging es auch nur die Torheit, das oben im Ampelkästchen erscheinende, aber nicht *ihm* geltende Leuchten mit etwas anderem, ebenfalls Leuchtenden zu verwechseln – genug, es riß die Leine los und stürmte voran, tollkühn und starrköpfig wie nur je ein Schoßkind, das sich auf eine Idee kapriziert hat und – – – da lag es, alle viere von sich gestreckt, das Köpflein schief verdreht, neben dem breiten Vorderreifen eines (für Hündchenverhältnisse) gewaltigen, schwarzglänzenden Automobils neuester Prägung, dem, nach einer Schrecksekunde, die dem Moment der Konfusion, in dem sich die Sache zutrug, ehe man sie recht begriff, folgte, ein äußerst bestürzter Fahrer entstieg. Zwei Personen besahen sich das Malheur, von denen die eine – erwiesenermaßen – außer sich war. Für einen Herrn in mittleren, genauer: fortgeschrittenen Jahren, etwas dicklich und jovial, aber nicht ohne Humor und Gutmütigkeit, gibt es kaum eine größere Verlegenheit, als einem weiblichen Wesen von unbestreitbaren ‚Ansprüchen‘ – verkörpert in Kleidung, Gepflegtheit, Aussehen – sein Ein und Alles, sein unersetzbares Schoßhündchen – – – nun ja: *ermordet* zu haben, wenn auch unwissent- und unwillentlich, denn: hin ist hin. Er rang ja beinah die Hände, als er vor der Bescherung stand, die fassungslose Kiki betrachtete, die am Bordstein kauerte und mit geistesabwesenden Bewegungen, leise Wimmerlaute ausstoßend, das leblose Fellbündel streichelte, während ein Polizist, der sich dazugesellt hatte, den Schaden aufnahm. Er hätte angeben können, etwas Grünes sei vor seinen Augen – d. h. vor seiner Windschutzscheibe – vorübergeflattert und habe ihn abgelenkt, so daß er nicht mehr rechtzeitig habe bremsen können – es fiel ihm nicht einmal ein, so sehr mühte sich sein rustikales Zwei-Wahrheiten-Gemüt, auf etwas zu verfallen, womit sich die junge Dame – nicht mehr *ganz* frisch, wohl wahr, aber doch um einiges jünger als er – würde trösten lassen. Ein Versicherungsfall, gewiß, der sich regeln lassen würde, aber, du lieber Himmel – Nackenreiben, ratloses Wangenreiben – „mein treues Hündchen", schluchzte die zarte Blondine – „mein einziger Schatz" – aber abgesehen von Polizei, Schadensersatzansprüchen und Fallklauseln, gab es nicht noch etwas anderes, tröstende Worte – eine menschliche Geste – irgend etwas, womit man ausdrücken konnte, daß es einem wirklich außerordentlich – außerordentlich – –

\* \* \*

Mademoiselle Kiki stakst nun wieder durch die Gegend, die unbestreitbar eine bessere Gegend ist als die vorherige, und trägt nach all den Aufregungen und Bekümmernissen der letzten Monate ihren Kopf schon wieder beruhigend hoch. Wie eh und je macht sie um ihrer Figur willen ihre abendlichen Gänge durch die Straßen, ein neues Hündchen auf dem Arm oder an der Leine (auf die sie streng achtet), das, Coco geheißen, gegenüber dem grauen Fellbündel von einst eine luxuriöse Aufwertung – auch der Besitzerin selbst – darstellt: ein echter Chihuahua, von tapsiger Zierlichkeit, und so niedlich und närrisch, wie man es von seinem Preis erwarten darf. Gelegentlich vermißt sie ihr Bahnhofsviertel und macht einen heimlichen Abstecher dorthin, um festzustellen, daß man ‚dort eigentlich nicht mehr leben kann': sie hat auch ihr eigenes Haus aufgesucht, das jetzt eine eingekleidete Fassade hat, eine Umhüllung aus Plastikplanen und gestuftem Gestänge, hinter dem sich der Verwandlungsprozeß in luxuriöse City-Apartments vollzieht. Sämtliche vorherigen Mieter sind verschwunden – in alle Himmelsrichtungen. Da Kiki derlei melancholisch stimmt, hat sie diese Besuche nicht wiederholt. Einen Papagei besitzt sie nicht mehr (obwohl sie gern einen hätte), ihr ‚derzeitiger Vermieter' versichert mit seinem derb-biederen Humor, an den (und Weiteres) sie sich erst hat ‚gewöhnen' müssen, Papagei gehe nicht, an einer Frau habe er mehr als genug. Ha ha. Dabei ist Kiki heimlich überzeugt, daß sie ihr ‚sonderbares Glück' – mit stark gekraustem Näschen gesprochen – falls nicht den Eingebungen ihres unergründlichen Alfons-Kaka zu verdanken habe, es doch in irgendeiner augenfälligen Wechselbeziehung dazu stehe, die für bloßen Zufall zu halten selbst Kikis träger und selbstgenügsamer Verstand sich weigert. Gelegentlich schwärmt sie einer alten oder neuen Bekanntschaft von ihrem grünen Papagei vor – wie geradezu menschlich er gewesen sei, mit Launen und Eigenheiten, Nachdenken und Geschmolle: ein Original und dabei pflegeleicht – und trifft gewöhnlich auf Interesse, Zustimmung, Aufmerksamkeit. Die Frage, wie lange solch ein Papageienzauber anhält, bleibt vorerst offen. Es kommt auf die Sichtweise an. Manche sagen: ewig, andere: kein halbes Jahr – aber das müssen Pessimisten sein.

## Das Tanzhaus

An einem heißen Augusttag des Jahres 2000 + X (was heissen soll: es ist noch nicht gar so lange her), machte sich, unter allen Insignien der Entdeckerlust, eine Gruppe tschechischer und deutscher Studenten auf, um das berühmte Tanzhaus im Schneckengrund zu besichtigen, nichts ahnend, daß sie in etwas hineinstolperten, was recht wohl für mindestens einen von ihnen mit einem Zinksarg zurück in die Heimat hätte enden können. Sie waren zu sechst, drei von ihnen aus Prag, die anderen drei aus Tübingen; etwas ungleich verteilte kulturelle Berühmtheit womöglich, aber wenn die drei Prager ihren Hradschin, Kaiser Rudolf, Kafka und die Karlsbrücke beruhigend hinter sich wußten, so konnten die anderen drei mit der Liebesinsel und Hölderlins Turm und Hölderlin selbst auftrumpfen und sich dagegen behaupten, was sie auch taten, ungeachtet dessen, daß es sich bei allen sechs um Studenten der technischen Wissenschaftszweige handelte, deren Diplome sie dazu befähigen würden, wohldotierte – ja: hochdotierte Ingenieursposten anzutreten, wohin auch immer Gelegenheit und Umstände sie verschlagen mochten. Sie hatten sich auf einem jener Feriensportkurse kennengelernt, in denen die Jugend Europas, wenn nicht der gesamten wohlhabenderen Weltgegenden auf ihre Weise die Lust an neuen Bekanntschaften, an reichlicher Bewegung im Freien (plus Abenteuerkitzel und Naturerlebnis) mit der Völkerversöhnung vereint, mit der sie es übrigens, von der Anhänglichkeit an ihre Familien – keiner von ihnen war älter als sechsundzwanzig – abgesehen,

131

so aufrichtig meinten wie mit irgend etwas sonst, was man ihnen an ideellen Werten in ihren noch jungen Leben vermittelt hatte. Gewiß auch noch, daß man Schwache, Alte und Kranke zu schützen und zu versorgen hatte – aber damit hatte es sich, damit waren ihre Bedürfnisse nach Ethik und Moral einigermaßen erschöpft; getreu dem alten Gesetz, daß nur die simpelsten Axiome taugen, erschienen ihren frischen Gemütern die Maschen dieser Lehrsätze weit genug, um alle ethischen Erfordernisse des Lebens darin unterzubringen. Die Tage – sie hatten das schönste Augustwetter – brachten sie damit zu, sich im Gleitflug mit dem Lenkdrachen zu üben, kletterten auf Berge, erklommen Steilwände mit Händen und Füßen und kamen, ein paar Schrammen abgerechnet, glücklich wieder herunter, paddelten und schwammen; abends saßen sie beim improvisierten Barbecue im Schneidersitz im Gras vor ihren Zelten, brieten Würstchen und Steaks, tranken und lobten ebenso ausgiebig das tschechische Bier, das in schmucken, goldgrünen Flaschen stets in ausreichender Menge zur Hand war, scherzten, witzelten, zeigten sich Fotografien und lasen sich gegenseitig Späße und Nachrichten vor, ließen Musik dudeln und beschauten sich Filme in englischer Sprache, legten sich, vom Essen, Trinken und Sport ermüdet, zuweilen gegen ihre Rucksäcke zurück, die sie als Lehnen und Kopfstützen benutzten, träumerisch in den Himmel schauend, und genossen dabei, mit der Selbstverständlichkeit von Leuten, denen, die Zukunft, das Leben, der Wohlstand gesichert erscheint, das sich im schönsten Abendsonnenschein ausbreitende Sudetenland um sie, mitsamt allem, was es an grünen Hügeln, bewaldeten Hängen, Kornfeldern, Kirchtürmen und Dorfsilhouetten in der Ferne und Nähe zu bieten hatte.

Daß dies ein umkämpftes, heftig umstrittenes Land gewesen war – daß es einstmals zu Deutschland gehört hatte, daß es nach dem Ende des ersten Weltkrieges der Tschechoslowakei zugeschlagen worden war, daß die Deutschen es sich zurückgeholt – und wieder verloren hatten: wen kümmerte es, solange alle mit der jetzigen Lösung zufrieden waren? Gewiß erinnerten sich die drei jungen Deutschen – aber nicht von ihren Eltern, sondern von ihren Großeltern her, daß der neuerliche Verlust als schmerzlich und von den unmittelbar Betroffenen, d. h. den aus ihren Dörfern, ihrer Heimat Vertriebenen als ein Unrecht empfunden worden war – aber bitte: das war der Lauf der Geschichte. Wer anfängt, muß auch aufhören und: Verspielt ist Verspielt. Wen kümmerte das jetzt noch, wenn man als Freund und friedlicher Besucher, als Reisender und Urlauber herkommen und sich vergewissern konnte, daß alles hier sehr proper und ordentlich aussah, daß es den Leuten gutging und das Land florierte wie ehedem, gleichviel unter welcher Nationalität und Obrigkeit. Das einzige große Unrecht – darin waren sich alle einig, alle bekräftigten es nachdrücklich – das einzige große Unrecht und mehr jedenfalls als Vertreibung und Enteignung – war der Krieg, die Menschheitskatastrophe: *er* war schändlich, dumm, sinnlos, verbrecherisch, widerwärtig und zu verneinen, in jeder, aber auch jeder Form. Wie konnten Menschen, die eben noch vernünftig und friedlich waren, sich zu so etwas bringen, sich gegeneinander aufhetzen lassen? Sich weismachen lassen, es diene ihren Interessen. Wir wollen ihn nicht mehr, den Krieg. Laßt uns drauf anstoßen!

Der Zeitpunkt ist günstig, unsere sechs jungen Leute, während sie ihre Gläser heben und, für den Augenblick, sehr ernsthaft dreinschauen, etwas näher zu besehen: schon, um festzustellen, wer wer ist. Der da am Barbecue steht und die Würstchen wendet, indem er über die Schulter ruft, er komme gleich: das ist Jiří, ein stämmiger, lachender Bursche mit verschmitzten kleinen Augen, rundem Gesicht, Bürstenhaar und *sehr* abstehenden Ohren, der als einziger aus dem Kreis die Gegend nicht nur bereist, sondern kennt, weil er von hier stammt, und folglich nicht nur ein theoretisches, sondern ein praktisches Interesse daran hat, den Frieden und die Verständigung zwischen den Einstmals-Nachbarn zu befördern; er beantwortet alle Fragen, freut

sich über regionales Interesse, ist mit Vorschlägen und Rat-
schlägen zur Hand, falls sie benötigt werden. Sein Gegen-
stück (im Physischen) ist Miroslav, einer von den langen
Kerls, von denen der Soldatenkönig nicht genug bekommen
konnte, dabei, wie viele Lange, von friedlichem Naturell
und höflichem Wesen; als gebürtiger Prager kennt er die
Nationalgeschichte und hat sogar (ganz auf eigene Faust) die
Straßenbiegung aufgesucht, an der die drei aus England an-
gereisten Attentäter den zum Landesherrn bestellten
‚Schlächter‘ um ein weniges verfehlt hätten: fuhr als Sech-
zehnjähriger auf einem Moped hin, an einem nebligen
Herbstmorgen, und rekonstruierte die Ereignisse in seinem
Geist mit exakter Ortsberechnung, auf den Meter genau,
und hat seitdem ein Geheimnis, das ihn gelegentlich, zur
Mystifizierung seiner Umwelt, zum Lächeln bringt. Was
freut dich daran so, Mirek? Es ist doch in Wahrheit todtrau-
rig. Denk an die Folgen, die es hatte. Ja, ich weiß (ein
Schatten). Aber Gerechtigkeit muß sein. Der dritte ist Karel, trotz seiner sportlichen Figur und seiner Bereitwilligkeit,
alles mitzumachen, ein heimliches Einsiedlernaturell, in
dessen träumerischen dunklen Augen sich ein melancholisches Grübeln verbirgt. Er kommt aus der Vorstadt, seine
Eltern sind nicht reich, im Studium hat er Bestnoten und
dennoch Sorgen. Die Treue kann man nicht kaufen. Seine
Freundin ist – nach Karels und anderer Leute Ansicht – das
schönste Mädchen von Prag: eine jener jungen Frauen, die
zur Mittagszeit durch die Altstadt stolzieren, in Sommer-
kleidern und hohen Schuhen, und die Bewunderung der
Touristen erregen. Sie arbeitet in einer Reiseagentur und
leidet an Unzufriedenheit und Fernweh. Karel übertönt
seine Sorgen mit Überlegungen, was er ihr zum nächsten
Geburtstag schenken wird: ein Hündchen, wie es gerade
Mode ist, oder doch ein Parfüm?
Die drei Deutschen heißen Frederik, Kilian und Alexander,
und soviel Mühe ihre Mütter sich bei der Namenswahl gegeben zu haben scheinen, um das schlichte Fritz, Hans und
Sepp zu vermeiden, mit dem sich ihre Großväter und un-

zählige Generationen vor ihnen haben begnügen müssen, und ihren Sprößlingen Schwung, Lebensfreude, Weltoffenheit mit auf den Weg zu geben, zu schweigen von Respekt und guten Manieren – so sehr haben Sicherheit, Wohlstand, Frieden, ein sorgloses Heranwachsen in behaglichen Elternhäusern, eine Gymnasialbildung und jede Menge Reisen taugliche Weltbürger aus ihnen gemacht, die passabel Englisch und, etwas weniger passabel, noch die eine und andere Sprache sprechen, mit der verschiedenartigsten Technik zurechtkommen, sich in die wechselndsten Bedingungen finden, die guten mit freudiger Laune ergreifend, die schlechten mit einem gleichgültigen Achselzucken auf sich nehmend. Frederik hat sich seit seiner Kindheit für die Idee der Brüderlichkeit interessiert und tut es auch heute noch; Kilian weiß alles im Handumdrehen zu regeln, was sich mit technischen Mitteln, mit Logelei und Tüftelei und blitzartigen Berechnungen und Vergleichen regeln läßt, Alexander redet (als einziger von den dreien) gelegentlich vom ‚Sozialen‘, worunter er Lohn-, Wohn- und Arbeitsverhältnisse versteht; er ist als einziger nicht nur von den dreien, sondern von den sechs in einer Partei organisiert; zufällig ist es dieselbe Partei wie die seines Vaters, eines wohlhabenden Anwalts, was ihn nicht sonderlich stört. Wozu sich eine neue suchen, wenn man in der alten etwas werden kann, weil es da schon Verbindungen und Bekanntschaften gibt? Reine Zeitverschwendung!
Im übrigen haben sie alle drei sportliche, trainierte Körper von verschiedener Länge und Schulterbreite, in der Farbe variierendes Haar, das sie ziemlich kurz und auf ähnliche Art gescheitelt tragen, bevorzugen dieselben oder ähnliche Polohemden, kurzen Hosen und Turnschuhe ohne Socken, haben jeder eine Freundin, die gerade mit einer anderen Freundin unterwegs ist, und an die sie in regelmäßigen Abständen irgendwelche Botschaften senden und von denen nach längerer oder kürzerer Zeit eine Botschaft zurückkommt. Die Welt, in der sie leben, erscheint ihnen als die gegebene, den Gedanken, daß es noch andere geben könnte

– die Tschechen zitieren Stanislas Lem, den außer ihnen aber niemand gelesen hat) – diskutieren sie zwar kurz, halten ihn aber für äußerst unwahrscheinlich: eine Fiktion allenfalls, von reinem Unterhaltungswert, etwas, was amüsiert und beschäftigt, woran aber kein vernünftiger Mensch glauben kann. Umso interessierter sind sie, wenn es darum geht, auf welchem der bekannten, erdnahen Planeten des Sonnensystems Leben a) denkbar b) möglich wäre; sie werfen mit angelesenem Fachvokabular um sich, schwafeln munter von Atmosphäre, Biosphäre, Luftdruck, Spiralnebel, Mikroben, Bakterien und Gesteinsproben, von Durchschnittstemperatur und wasserlosen Wüsten, schwingen sich in Raumanzüge, wären nicht abgeneigt, ins All hinauszufliegen – ob für die Wissenschaft oder auf eigenes Amüsement hin: Kilian ist überzeugt, daß es einst Volkssport werden wird, entwirft Mondhotels und Mondbelustigungen –, debattieren über den Zustand der Schwerelosigkeit, den sie mit der Neugier gesunder junger Männer auf jede Form von Abenteuer und Extravaganz unbedingt einmal erproben würden, wenn sie könnten: nur Miroslav schüttelt den Kopf und sagt, daß der Preis die Muskellosigkeit wäre und der erscheine ihm zu hoch, und überdies sei Astronautenkost ‚das letzte‘.
Irgend jemand brachte den Gedanken einer einsam durchs All schwebenden Wurst ins Gespräch, die sich irgendwie durch eine Ritze oder Bodenluke davongemacht habe und nun in die Weiten des Universums hinausschwebe – eine Vorstellung, die diese noch jugendlichen Gemüter fast sinnlos amüsierte, ebenso wie die Frage, die jemand dazu tat: wie lange sie halten würde, da ohne Luft und Wasser keine Fäulnisprozesse einsetzen konnten. „Wenn es Ewigkeit für eine gebratene Wurst gibt, dann doch wohl auch für uns", witzelte Frederik und freute sich über das Lachen der anderen, nur Jiří, verschmitzt-gutmütiger Miene wie stets, versicherte ebenso eifrig wie vergeblich, daß sie sehr rasch zerfallen werde. Keine Würste im All – mit entschiedenem Kopfschütteln – auch keine Brotlaibe und gebratenen Tauben. Kein Schlaraffenland, dieses All, sondern etwas – – er über-

legt – Grauenhaftes. „Wieso grauenhaft?" fragen Alexander und Kilian fast gleichzeitig. „Unmenschlich", souffliert Miroslav, als Jiří zögert. „Da ist nichts Menschliches. Man muß alles umdefinieren. Die Sonne ist keine Sonne, sondern ein riesiger glühender Feuerball, auf dem es permanent explodiert, glühende Gaswolken steigen auf. Der Mond ist eine Gesteinswüste. Alles, dem man sich nähert, ist Feindseligkeit, etwas, was kein Leben duldet." „Balzac hat gesagt", warf Karel ein, den die Vorstellung peinigt, vierzigtausend Kilometer zwischen sich und der Schönen von Prag zu haben: er hatte sich gerade mental auf dem Mond postiert, um das blaue Juwel zu bewundern, von dem alle schwärmen: Karel auch, aber was ist die Treue auf eine solche Entfernung? Ein Nichts –, „meine Mutter hat gesagt, daß Balzac geschrieben hat: Die Wüste, das sei Gott ohne den Menschen. Aber im All – im All ist nicht einmal Gott, sondern irgendwie – gar nichts."

Die drei Deutschen widersprechen lebhaft, jeder auf seine Weise. „Wir bringen ihn mit", Alexander in halbem Scherz, obwohl er es eigentlich ernst meint. „Alles, was man braucht, haben wir dabei – Camping-Ausrüstung, Spirituskocher, Landkarten, Bibeln und eine funktionierende Bürokratie …" „Wir haben die Technik", fiel Kilian ein, „und das ist nicht nur so gut wie Gott, sondern es *ist* eigentlich Gott. Exakte Wissenschaft, meine ich. Das behauptet sich gegen allen dummen Aberglauben. Der Mensch unterwirft sich überall neue Räume – erst hat er's hier auf der Erde getan und nun bald im All. Ich fänd's großartig, wenn wir das erleben. Nicht nur Raumsonden und Gesteinsproben, sondern echte Besiedelung. Auf der Erde wird's hier bald eng für all die Menschen, warum sollten wir uns das Universum nicht zunutze machen, wenn's zu haben ist und direkt vor unserer Tür liegt? Man muß in alle Dimensionen denken, das ist der Fortschritt." Und Frederik, lebhaft einstimmend: „Und leer ist es jedenfalls nicht – ganz und gar nicht. Es ist quasi voll – voller unerforschter Dinge. Diese schwarzen Löcher etwa – das muß man mit dem Hirn erst einmal zu fassen versu-

chen. Materie, die so verdichtet ist, daß sie alles einsaugt –
wie hat man sich das vorzustellen – wie ist es, wenn ein
Mensch da hineingeriete (vorausgesetzt, es wäre möglich):
verschwindet er im Nullkommanichts, ist ausgelöscht von
einer Sekunde auf die andere?" „Im Ozean gibt's Tiefen, die
ähneln diesen schwarzen Löchern (Miroslav). Man weiß
nicht, was da ist, und man kommt nicht hin." Jiří, der stets
lebhaft zu gestikulieren begann, wenn er beim Sprechen
nachdachte und nicht sicher war, ob das, was er sagen wollte, ‚ankam' (im doppelten Sinne) – gab an: Er fände es
schöner, sich Welten vorzustellen, die (was das Aussehen
anbelangte) der unseren ähnelten, in denen aber alles ganz
anders sei – so wie in Träumen: alle Elemente seien da, aber
anders zusammengesetzt, mit anderer Bedeutung. „Das ist
aber nicht wissenschaftlich." „Naja – die Wissenschaft –
manchmal sei sie voraus und manchmal hinke sie hinterher,
das sei doch bekannt … Also er glaube jedenfalls auch nicht
(noch einmal Frederik), daß das Universum ganz unbe-
wohnt sei, daß es – irgendwo und irgendwie – nicht noch
andere Lebewesen gebe. „Das wäre ja – Humanozentrismus
– oder wie man es nennt: schon längst widerlegt. Ich glaube,
da draußen – in irgendeinem Sonnensystem, es muß ja nicht
das erstbeste oder zweitnächste sein – in irgendeinem Sonnensystem gibt es auch einen Planeten wie den unsren, auf
dem, was wir Leben nennen, möglich ist, und da sind Leute,
die denken, fühlen, Kultur und Sprache haben, und wenn
wir die endlich *gespottet* haben, bei ihnen landen und aus
der Kapsel steigen: dann werden sie sich die Augen reiben
und sagen: Da seid ihr ja endlich! Wir suchen und warten
seit fünfzehn Millionen Jahren!"
Großes Lachen: und diese Mischung aus viel Ulk und gele-
gentlichem Tiefsinn charakterisierte gewöhnlich ihre Gespräche unter dem seidigen Sommerabendhimmel, wenn sie
im Gras lagen oder saßen und sich dem Bier und ihrer guten
Laune ergaben, die laue Luft, die Geselligkeit und das
Abenteuer genossen, wie es alle jungen Leute tun, die das
momentane Glück ergreifen und mit Selbstvertrauen in die

Zukunft sehen; am Tag bestand der Austausch aus sehr irdischen, sportlich-praktischen Dialogen. Im übrigen sprachen sie Deutsch, auf den ausdrücklichen Wunsch der drei Landeskinder hin, die stolz auf ihre guten Kenntnisse waren und jede Gelegenheit nutzten, um sie zu perfektionieren, während die drei aus Tübingen, wie sie eifrig versicherten, auch mit Englisch einverstanden gewesen wären, aber gegen ihre eigene Sprache nichts einzuwenden hatten. Es war der vorletzte Abend ihrer so intensiv genossenen ,Großen Sudetenlandfahrt‘, und nachdem sie längst – mehrfach und kreuz und quer – Adressen getauscht und sich versichert hatten, daß man auf jede Weise in Kontakt bleiben werde, blieb eigentlich nichts anderes mehr zu tun, als sich über das Ausflugsziel des letzten Tages zu einigen, nachdem sie beschlossen hatten, eine Wanderung zu unternehmen, trotz etwas ungewisser Wetteraussichten: noch einmal auf einen Berg – Jiří fand es zu weit – in die Ebene hinaus – oder, wie Jiří vorgeschlagen hatte, zu jenem Tanzhaus im Schneckengrund, das zwar etwas abseits ihrer sportlichen Neigungen und Interessen, aber offenbar doch etwas wie eine Wegmarke der Gegend war?

\* \* \*

Es begann alles mit einem Besuch bei der Baba, deren Name allein den Deutschen das Lachen entlockte: da doch allgemein bekannt war, daß Karel Gott ihn erfunden hatte, und sie konnten sich nicht genug darüber beruhigen, daß jemand in Tschechien eine nationale Institution sei, dessen Name auf Gott lautete: sie mußten ihre harmlosen Späße darüber machen. Die Baba aber war wirklich und als nationale Institution noch weitaus älter: sie war Jiřís Großmutter, lebte nur ein paar Kilometer von ihrem derzeitigen Aufenthaltsort in einem Dorfflecken, wo noch ,echte Hühner auf echtem Mist krähten‘, in einem winzigen Hexenhaus, in dem nur kaltes Wasser aus dem Hahn floß, mit einem Ofen, dessen Funktionsweisen sie den drei Deutschen, deren Mütter allesamt über hochmoderne Küchen samt Küchenutensilien verfügten, anhand von mit deutschen Einsprengseln versetzten Gebärden verdeutlichen mußte, und einem tannengrünen Sofa in einer mit Devotionalien behängten Puppenstube, aus dessen Ritzen, wenn man sich darauf niedersetzte, das Pferdehaar quoll. Die Baba war, wie alle einsamen alten Frauen, hocherfreut, sechs junge Männer zu Besuch zu bekommen, die sich friedlich aufführen wollten und – der Enkel ausgenommen, der sie auf ihre bärtigen Wangen küssen und ein wenig necken durfte – mit jener Mischung aus verlegener Höflichkeit, Zutraulichkeit und abergläubischer Ehrfurcht behandelten, die junge Männer, die aus guten Elternhäusern stammen, den sehr alten Frauen (die ja bekanntlich Hexen sind) gewöhnlich angedeihen lassen. Sie bekamen, nachdem die Baba die Mitbringsel des Enkels in ihrem Speiseschrank verstaut hatte, alle die Leckerbissen vorgesetzt, die sich in der Schnelle auftreiben oder herstellen ließen, mußten, nachdem ihnen starker schwarzer Kaffee, in winzigen, echt-goldenen Tassen serviert, in Mägen und Eingeweiden rumorte, den Kräuterschnaps probieren, den die Baba für die kalten Wintertage vorrätig hatte, den aber nun (mitten im Hochsommer) ihren unerwarteten Gästen zu kredenzen ein Gebot der Gastlichkeit war, und die deutschen Brocken bewundern, die ihre Gastgeberin, nachdem sie ihr Gebiß zurechtgerückt hatte, in aufrechter Haltung und mit einer merkwürdigen Korrektheit der Aussprache, ihnen zur Unterhaltung offerierte, wobei Jiří oder die beiden anderen die tschechischen Einsprengsel übersetzten. Das Deutsch schien den drei Tübingern, die es höflich bewunderten, aus einem anderen Zeitalter zu sein, freilich hätten sie auch nicht sagen können, aus welchem; es war eine Mischung aus Höflichkeitsfloskeln, Beamtensprache und knappen militärischen Anweisungen, deren Herkunft aus der Besatzungszeit unverkennbar war, und die, alle miteinander verschwistert und verschwägert, aus der Baba Mund kommen zu hören, ebenso viel Grusel wie Belustigung hervorrief. Den sechs jungen Männern gefiel alles: das

140

aufgesprungene Sofa, das zurechtgerückte Gebiß, die Devotionalien, der Kräuterschnaps, der Baba hingegen gefielen
die jungen Männer, denen sie, nachdem die Unterhaltung
und Munterkeit so recht auf der Höhe war, aus dem
schwärzlichen Kaffeesatz, der überreichlich vorhanden war,
die Zukunft zu weissagen begann, und auch dies waren
Weissagungen aus einer anderen Ära, sie hatten mit der
Realität, den Berufsplänen der jungen Leute nur recht wenig
zu tun. Jiří prophezeite sie eine reiche Heirat, zweimal hintereinander sogar, und der apfelwangige Enkel mit seinen
streichholzkurzen, aber stramm zu Berge stehenden Haaren
hörte es gern, protestierte aber mit lachendem Mund und
listig verschmitzten Augen, er brauche noch etwas Zeit, um
Fußball zu spielen, und wie solle er dies tun, wenn er sich
um zwei anspruchsvolle Frauen kümmern müsse – Papper-
lapapp! sagte die Baba. Fußball, wie? Das könne er sich
gleich abgewöhnen, sonst werde es nichts mit der Heirat –
Erleichterung beim Enkel, unsinniges Lachen bei den fünf
andern, die freilich nun ihrerseits an die Reihe kamen. Für
Miroslav und Karel gab es – je einen Lotteriegewinn, der
sich aber, wie alles zu rasch zugeflogene Geld, wieder in
Luft auflösen werde, und die Besteigung eines gewaltigen
Berges, bei dem sie aber aufpassen müßten, daß sie auch
heil wieder hinunterkämen (wo dieser Berg sei, wollte sich
die Baba, deren Geographiestunden schon mehr als siebzig
Jahre zurücklagen und die nur noch ungenaue Vorstellungen
von der äußeren Welt, d. h. der Welt jenseits der Grenzen
Tschechiens hatte, nicht festlegen).
Bei den drei Deutschen wurde sie abwägender und vorsichtiger – eine verbotene Liebe, die aber ‚gut ausgehe‘, was,
dreimal hintereinander ausgesprochen, merkwürdige Zweifel säte, ferner: gebrochene Gliedmaßen, aber was es war:
Kopf, Hand, Arm oder Bein, konnte oder wollte sie nicht
sagen, und dem letzten schließlich, der sich längst zu fürchten begonnen hatte und dies unter einem etwas krampfhaften Lachen verbarg, weissagte sie – Streit, wenn er nicht auf
sich achtgab, was er aber, so vorgewarnt, sicherlich tun wer-

141

de. Danach wurde der Kaffeesatz – als sträflicher Unsinn – in den Mülleimer getan, die etwas dumpf gewordene Luft mithilfe eines Staubwedels, noch mehr Kräuterlikör und das Öffnen der Fenster erfrischt, und das Gespräch wandte sich artigen und unverfänglichen Dingen zu. Das Tanzhaus, zu dem sie nun aufbrechen wollten, kannte sie – wie Jiří bereits angekündigt hatte –, sagte aber weiter nichts dazu, nur beim Abschied erwähnte sie es noch einmal: sie sollten es sich ruhig ansehen, sich aber nicht zu lange dort aufhalten. Es sei ein schönes Haus und romantisch gelegen, sie kenne Leute, die in ihrer Jugend dort an Festen teilgenommen hätten, aber es sei kein guter Ort, um dort länger zu sein: wobei sie dieses ungute Omen ebenso vage wie allgemein, zwar mit einem gewissen Nachdruck, aber etwas zu beiläufigem Nachdruck aussprach, der den jungen Abenteuerlustigen, die sich das Vergnügen an ihrem Ausflug nicht rauben lassen wollten, wie das allermeiste Beiläufige erst weit im nachhinein zu denken gab; hinzu kam die Zerstreutheit, die die Baba dabei an den Tag legte, und die in Wahrheit eine intensive Gedankentätigkeit war, wie sie bei alten Leuten häufig ist, deren Erinnerung einem Bergwerk ähnelt, in dem man graben und klopfen muß, wenn man etwas finden will, stets in Gefahr zudem, sich in irgendeinem Stollen zu verlieren.

Das letzte, was sie von der Baba sahen, nachdem sie sich von ihr verabschiedet hatten, der Enkel wiederum vorneweg mit bärtigen Küssen und Wangenklopfen, die anderen in verschiedenen Graden verschmitzt oder zeremoniös, war, wie sie, nachdem sie ihnen nachgewunken hatte, in einem alten Kalender blätterte, den sie während der letzten Minuten ihres Aufenthaltes zur Hand genommen hatte, woran wiederum nichts bemerkenswert erschienen war, als daß es ein längst verjährter, kein Kalender des laufenden Jahres war. Das ist eben Brauch bei den Babas, sagten sich von den sechs immerhin fünf, jeder auf seine Weise befriedigt, dem Hexenhäuschen unverzaubert und mit heilen Gliedern wieder entronnen zu sein und sogar – gewissermaßen – den Segensspruch der Hexe mit davonzutragen, worunter sie allerdings nicht ihre Weissagekunst rechneten, an die keines von diesen Kindern eines technikversessenen Zeitalters auch nur eine Sekunde zu glauben schwor, sondern ihr generelles Alte-Frauen-Wohlwollen, das sie ihnen so ungekünstelt und unvermischt erwiesen hatte.

Der gerade Weg (vom Hexenhäuschen aus) betrug etwa zehn Kilometer, aber da die Sonne schien und es auch weiterhin zu tun versprach, trotz des einen und anderen verdächtigen Wölkchens in der Ferne, das sich auflöste und an anderer Stelle wiederauftauchte, waren sie, zumal es den Gipfel der Unsportlichkeit bedeutet hätte, im Gänsemarsch die Landstraße entlangzutrotten, bereit, sich Jiřís ,pittoresker Sondertour mit schönen und variablen Aussichten' anzuvertrauen, die, wie der pfiffige Enkel versicherte, nur einen leichten Umweg von etwa zwei Kilometern bedeute: sie müßten sich ihr Picknick ja auch verdienen. Er hielt Wort und bot ihnen, sie über hügeliges Wiesenland führend, flimmernde Perspektiven über wogende Kornfelder, über denen die Lerchen ihre schrillen, nimmerendenden Gesänge aufführten; als sie in die Waldesgründe einbogen, wurden die Wege schattig, was wegen der nun einsetzenden Mittagsglut, in die sich eine drückende Schwüle mischte, von allen begrüßt wurde; die Scherzreden wurden spärlicher, selbst Miroslavs Pfeiflieder, in denen er sonst unermüdlich war, hörten irgendwann auf; im ganzen aber war Jiřís Zeitplan so gut berechnet, daß sie das Ziel ziemlich genau zu dem Zeitpunkt erreichten, da alle fanden, daß es sich jetzt ,gefälligst einmal blicken lassen möge'. „Bitte sehr, da ist es", sagte Jiří, nach vorn weisend, als sie eine Kuppe überschritten.

Das Tanzhaus lag, wie sein Name bereits andeutete, auf dem Grund einer flachen Mulde, die von sanft ansteigenden, bewaldeten Hängen gebildet wurde, nur nach vorne hin, wo der Weg von der Landstraße herführte, war offenes Gelände; es war ein zweistöckiger, rechteckiger Bau aus roten Ziegelsteinen, mit schrägem, nicht sehr steilen Dach aus bleifarbenen Schindeln, auffälligen bodenlangen Fenstern auf der Aussichtsseite, von ein paar Ziersträuchern umgeben, die offenbar nur in unregelmäßigen Abständen beschnitten wurden; der offizielle Eingang schien auf der gegenüberliegenden, von ihrem Punkt aus nicht sichtbaren Seite zu liegen. Im ganzen machte es den Eindruck einer Mischung aus Kornspeicher, Orangerie und Jagdschloßminiatur, indem es von allen drei Funktionen etwas, aber nicht genug hatte, um die widersprechenden Aspekte zu übertönen; zumindest der letzte Punkt aber war insoweit belegt, als der einstige Besitzer und Erbauer – ein Graf von – –, es nach dem Ende des Ersten Weltkriegs der Gemeinde überlassen, die es, nachdem es längere Zeit leer gestanden, zum Tanzhaus umgebaut hatte – das Innere weitgehend entfernt und eine Empore geschaffen, so Jiřís Kenntnisse: sie würden es ja gleich sehen. Feiern und Hochzeiten hätten dort stattgefunden, es sei auch jetzt noch – oder vielmehr *wieder* zu mieten, aber die Ansprüche hätten sich gewandelt und für die Unterbringung von Gästen sei es nicht geeignet. „Und wo sind die Schnecken, die du uns versprochen hast?" In manchen Jahren gebe es unzählige, sagte Jiří, und in anderen kaum welche. Dies sei ein trockenes Jahr. Sie kämen von dort, er wies nach links unten, von der Bachseite her, und kröchen überall herum. Manchmal schafften sie es bis zum Haus und kröchen dort die Wände hoch, so habe es die Baba erzählt. Gewiß, das täten sie anderswo auch, aber nicht in so großer Zahl. Es seien braune Schnecken, nach seiner Kenntnis, nicht die schwarzen …

„Merkwürdig still in diesem Tal", murmelte Alexander, der das Haus ‚irgendwie düster' fand und sich mißmutig fühlte, ohne zu wissen, woran es lag, denn eben – aber dieses eben war schon eine halbe Stunde her – war er noch guter Laune gewesen. „Du hast uns im Kreis geführt, Schurke", sagte Kilian, der, die Hand über den Augen, Richtung Landstraße gestarrt hatte. „Ich sehe jetzt den Weg, den wir hätten gehen können. Zurück sollten wir gerade Linie nehmen. Mein Hemd klebt, daß ich damit Fliegen fangen könnte." „Es bezieht sich", meldete Frederik, zum Himmel deutend, während Jiří (etwas schuldbewußt) mit der Aussicht auf das Picknick tröstete, das sie am Haus oder im Haus würden einnehmen können, je nach Wunsch. Miroslav und Karel waren (schon aus Freundschaftsgründen) der Ansicht, daß das Wetter sich halten werde, und deuteten, als sie die Mulde hinuntergingen, auf das kleine weiße Auto, das vorn in der Nähe des vermuteten Eingangs stand: allein seien sie jedenfalls nicht, da sei noch jemand. Als sie um die Hausekke bogen, trat eben eine blonde Frau aus dem Portal, das – mehr oder minder – eine eingerahmte Flügeltür war, zu der drei steinerne Stufen hinaufführten: blond und mittleren Alters, die, nach den Dingen zu urteilen, die sie in der Hand hielt, offenbar die Toiletten und einen Postkartenständer bestückt hatte; sie begrüßte die Neuankömmlinge freundlich. Ja, sie kümmere sich um das Gebäude und habe heute eigentlich Dienst, müsse aber früher fort, weil eins ihrer Kinder erkrankt sei. Sie dürften sich gern alles anschauen, der Eintritt sei frei, nur müßten sie versprechen, daß sie, wenn sie gingen, die Tür sorgfältig ins Schloß zögen. Nachdem dieser Dialog zunächst auf Tschechisch, dann, als sie die Nationalität der drei anderen bemerkt hatte, noch einmal auf Deutsch geführt worden war, wozu die drei aus Tübingen höflich lächelten und nickten, verabschiedete sie sich, ihnen allen freundlich zuwinkend, setzte sich in ihr Auto und fuhr davon.

Die Stimmung hatte sich durch diese kurze Begegnung bereits gehoben; nachdem sie mit ausgestreckten Beinen im Gras gesessen, ihre belegten Brote, Äpfel, Kekse verzehrt und ausgiebig Mineralwasser dazu getrunken hatten, waren Energie und gute Laune wieder da, um das Terrain zu inspizieren und ihre ‚sturmfreie Bude' (Lachen) in Augenschein zu nehmen. Was er selbst über das Gebäude wußte oder von der Baba hatte, hatte Jiří ihnen bereits beim Essen erzählt, den Rest entnahmen sie einer Plakette, die rechts neben dem Eingang innen an der Wand befestigt war und – zweisprachig – einen kurzen geschichtlichen Abriß gab; auch die Spender, deren Unterstützung die Wiederherstellung ermöglicht hatte, waren vermerkt. „Na, sieh an, ein Pharma-Konzern", sagte Kilian, auf einen Namen deutend. „Wo du auch hinkommst, was du auch machst: überall grinst dir ein Konzern entgegen und sagt: Ich bin schon da!" „Na und?" (Alexander, der sich ertappt fühlte und ärgerte, weil er einen Neubau für düster gehalten hatte). „Soll hier lieber nichts passieren, nur weil wir etwas gegen Konzerne haben?" „Mich stört ja nur, daß sie überall ihre Finger drin haben ..." – „Früher sah es besser aus"; sagte Frederik, der sich zusammen mit Miroslav und Karel die Fotografien beschaute, die links neben der Plakette an der Wand hingen. „Früher ist vergangen und kommt nicht zurück" – nochmals Alexander, während Jiří, auf Miroslavs Frage: Wo die schönen Fenster abgeblieben seien, angab: Sie seien ja zerschlagen gewesen, die Einheimischen hätten die Bruchstücke mit nach Hause genommen. Vieles sei zwar zurückgegeben worden, aber es sei doch nicht mehr recht verwendbar gewesen, man hätte alles neu machen müssen. „Und dafür" – Jiří verschmitzt, „reichte das Geld offenbar doch nicht. Entweder schönes Haus oder schöne Jugendstil-Fenster. Nur eins von beiden." Und warum nicht aus Holz, so wie früher? Wiederum Schulterzucken. „Man wollte wohl nicht. Holz ist teuer und muß gepflegt werden, sonst verrottet es." Er zeigte auf das unterste Foto, das den vorherigen Zustand des einstmals berühmten Tanzhauses abbildete: keine Ruine, sondern das bloße Gerippe eines Hauses, von dem an manchen Stellen nur noch Stützpfeiler übriggeblieben waren, das Gebälk eingestürzt, durchdrungen und umrahmt, ja umwuchert von wildem Bewuchs, Unkraut, Blattwerk, über das verfallene Dach ragenden Ästen: als hätte der Wald beschlossen, es langsam, aber unaufhaltsam zu verschlingen mitsamt allen Erinnerungen, die daran geknüpft waren. Karel, den dieses Bild besonders anzog, bedauerte es, daß nicht *sie* die Studenten gewesen waren, die das verfallene Haus in seinem Totenschlaf entdeckt und aus dem Zustand der Verzauberung, in dem es sich befunden habe, befreit hätten. „Damals waren die Geister noch lebendig, die hier spukten"

– mit einem verlegenen Lachen, und Miroslav sprang ihm
bei, als er sagte, daß es jetzt zwar ‚irgendwie schön‘, aber
doch ein Zwitterprodukt sei. „Es ist nicht mehr das alte,
aber etwas richtig Neues ist es eigentlich auch nicht." Warum sie denn alle so herumnörgelten? wunderte sich Jiří.
„Man muß es eben zu etwas Neuem *machen*. Die Leute aus
der Gegend freuen sich, daß es wieder da ist."
„Sag mal" – Alexander, der schon den einen Fuß auf der
Treppe, die hoch zur Galerie führte, hatte und sich nun
noch einmal besann, die Stirn runzelnd wie ein Makler, der
den Holzwurm im Gebälk entdeckt hat. „Wieso hat uns
denn deine Oma beim Abschied vor diesem Haus hier gewarnt: es sei kein guter Ort – irgend so etwas hat sie gesagt.
Hier ist doch alles ganz neu und proper. Weiß sie nicht, daß
das Gebäude restauriert worden ist?" – Doch – der Enkel
etwas verlegen, sogar etwas schuldbewußt ohne zu wissen,
aufgrund welcher Verfehlung: hatten denn nicht alle Groß-
mütter oder Großväter, die sich gelegentlich und manche
sogar permanent widersprachen? „Wenn ich es ihr sage,
dann weiß sie es. Aber sie vergißt es wieder. Das neue hat
sie nicht gesehen, es würde vielleicht auch keinen Eindruck
machen. Die alten Erinnerungen sind stärker. Sie kennt das
Haus, wie es damals war – vor dem Krieg – und danach, als
es zerstört und verfallen war. Da war es wohl kein guter
Ort. Aber gespukt hat es hier nie." Hinzusetzend wie jemand, dem etwas merkwürdig vorkommt: „*Mich* hat sie
nicht gewarnt." Die anderen griffen sich an die Stirn, wie es
junge Leute tun, denen die krausen Gedankengänge alter
Leute noch etwas vollkommen Ungewohntes sind, das sie
niemals betreffen wird – wie weit ist es von fünfundzwanzig
zu achtzig, mehr als hundert Jahre –, danach polterten sie
der Reihe nach die Treppe hoch, wanderten um die Galerie
herum, schauten durch die hohen Fenster in die Ferne, in
allen drei Richtungen, danach lehnten sie sich, die Arme
aufstützend, gegen das Holzgeländer und schauten auf die
Tanzfläche hinab.

„Also hier" – Kilian – „schwangen unsere sudetendeutschen Landsleute das Tanzbein" – „die Tschechen auch, bitte sehr" – „ja, auch die, und da war die Kapelle – oder auch da – und hier oben saßen sie und tranken und guckten zu. Das hätten wir festgestellt. Und was machen wir jetzt? Im Dauerlauf nach Hause, würde ich sagen." Nach draußen deutend: „Binnen einer halben Stunde schüttet's, ich wette drauf." Sie beguckten sich, aus den Fenstern den Hügelgrund hinabsehend, die gelb-graue Wolkenfront, die mit einer gewissen Plötzlichkeit – als hätten sie länger im Gebäude zugebracht, als es der Fall sein konnte – zusammengeballt hatte, und debattierten. „Wir könnten es hier drinnen abwettern", schlug Miroslav vor, dem Hals-über-Kopf-Aufbrüche, selbst bei drohendem Gewitterregen, nicht zusagten. „Wir schaffen es ohnehin nicht zurück, ehe es losgeht." „Das könnte aber öde werden", befand ein anderer. „Zumal wenn's länger dauert. Wir haben keine Schlafsäcke dabei, um hier die Nacht zuzubringen." Als der erste Blitz zu bemerken war und wenig später der Donner grollte – nah, wenn auch noch nicht *ganz* nah –, entschied die Mehrheit – Alexander, Frederik, Kilian und Karel – für Losmarschieren; sie rannten hinunter, griffen sich ihre Rucksäcke, die sie im Eingang deponiert hatten, und eilten unter dem Losungsruf: „Jiří, mach die Tür zu! – Nein, laß sie offen! – Nein, mach sie zu!" davon.

Vergebens. Die ersten Tropfen fielen bereits, als sie kaum zehn Schritte getan hatten, fünfzig Meter hügelabwärts rauschte der Regen herab, ein heftiger Wind kam auf, der ihnen Wasser, Blätter und Zweige ins Gesicht peitschte, als sie, sich ebenso blindlings zur Umkehr entschließend wie vordem zum Losrennen, sich zurückkämpften; wo eben noch Sandweg gewesen war, liefen jetzt Bäche herab, durch die sie mit ihren Sandalen patschten, nur noch bestrebt, den wenn auch noch so kleinen Schutz des Portals an der Schmalseite zu gewinnen. Welch ein Schulterklopfen aber setzte ein, als der findige Jiří, der als erster das Haus erreichte, sie mit lebhaft winkenden Händen um die Ecke

wies und zu einer unauffälligen Tür hereindrängte, die er bei
ihrer Besichtigung entdeckt und deren Schlüssel er – einem
Impuls gehorchend – von innen umgedreht hatte! Brav, Jiří,
wirklich clever von dir!

„Tanzhaus, du hast uns wieder", sagte Frederik, als sich alle
im Vorraum drängten, ihre nassen Köpfe schüttelten, sich
das Wasser aus dem Gesicht, von den Armen und Beinen
strichen und überlegten, ob sie ihre feuchten Sachen ablegen sollten: aber wo sie hintun, doch nicht etwa auf dem
Holzgeländer? Auf Betreiben Jiřís kamen sie davon ab: Es sei
warm genug, sie müßten eben am Körper trocknen. Sie setzten sich also, nachdem sie das letzte an Eßbarem aus ihren
Rucksäcken gefischt hatten, auf die zwei langen Holzbänke,
die, von einem quadratischen Tisch im Eingang abgesehen,
das einzige Mobiliar darstellten und vielleicht auf eine Volk-
stanzgruppe zurückgingen, die hier gelegentlich übte (auch
von ihr war ein Bild zu sehen) und vertrieben sich nach Jun-
ge-Leute-Art die Zeit, die eine und andere Spekulation versuchend, wie lange das Unwetter sich halten werde. Es war
noch nicht ganz über ihnen, wie sie durch Zählen ermittel-
ten, aber doch so nah, daß die Blitze in unaufhörlicher Folge
flackerten, mit schweren Donnerschlägen, die – nach einem
Augenblick des Atemanhaltens – hinterdrein krachten, immer noch rauschte der Regen mit unverminderter Gewalt,
den gesamten Vorplatz unter Wasser setzend. Alle bewunderten das Schauspiel, am meisten Miroslav, der, die Hände
unbekümmert in den nassen Hosentaschen, leise pfeifend
von Fenster zu Fenster ging. –
Zehn Minuten waren auf diese Weise vergangen, als zu aller
Erstaunen jemand draußen heftig – mit einer gewissen Verzweiflung geradezu – an der Klinke rüttelte: als Jiří, der sofort aufgesprungen war, die Eingangstür öffnete, stolperte –
selbst überrascht – ein kleiner älterer Mann herein, der trotz
des völlig unzureichenden Schutzes, den er bot, einen
schwarzen Schirm umklammerte, dessen Ruin dieser Gewitterregen gewesen war: ein bloßes Metallgerippe mit ein
paar nassen Stoffetzen, die an eine verendete Krähe erinner-

149

ten. Alle sahen ihn neugierig an, wie er zunächst – leise – mit Jiří sprach und sich, so gut es gehen wollte, möglichst unauffällig in Ordnung zu bringen versuchte und dabei erfuhr – er schaute ein paarmal nervös zu ihnen herüber: sehr kurze, scharfe Blicke – wer sie seien und wie es komme, daß sie hier waren und die Tür zu, obwohl sie – er deutete zweimal hinter sich – hätte offen sein müssen; als er erfahren hatte, daß sie eine gemischtnationale Gruppe darstellten, wechselte er, mit Jiří eintretend, zu Deutsch, das er zunächst mit starkem Akzent sprach – als hätte er es lange nicht angerührt –, bald aber nahezu fehlerfrei. Er kam heran, stellte sich – mit zwei merkwürdig gravitätisch-schiefen Verbeugungen – als ein Herr Zdeněk vor, Zygmund Zdeněk, schien zu überlegen, ob er seinen nassen schwarzen Mantel ausziehen sollte, was ihn vor dieselben Probleme gestellt hätte – wohin damit? – wie alle übrigen: verzichtete, lehnte das Angebot der Studenten, ihm einen Platz auf der Bank zu überlassen, höflich ab – Sehr freundlich, wirklich sehr freundlich, aber bitte keine Umstände – und blieb dabei, wußte nicht, wo er seine Tasche lassen sollte, die ihm an einem Riemen von der Schulter hing, aus braunem Leder, dem Anschein nach, und so durchnäßt wie alles übrige; schließlich, einer rätselhaften Überlegung folgend, wandte er sich direkt an sie und sagte nach mehreren stockenden Ansätzen, als hätte er eigentlich andere Dinge im Sinn: daß dies doch ein sehr schöner Ort sei, nicht wahr? Und mit so großartiger Aussicht! Die sechs auf den Bänken pflichteten ihm höflich bei, ohne so recht etwas zu finden, was man darauf hätte entgegnen können, sie schwiegen unwillkürlich und sahen ihn an, was er ihnen etwa noch mitzuteilen würdig befinden mochte: nur von der Seite der Tschechen kam, unterderhand und so leise gesprochen, daß es nur ihre Ohren erreichen konnte, ein ‚cikán‘, das wenigstens ihnen einiges zu erklären schien, während von den anderen nur Frederik es auffing, aber nicht sofort begriff.
Leise und doch nicht leise genug. Der kleine Mann hatte aufgemerkt wie ein Fuchs, der eine Falle wittert, im Aus-

druck seiner Augen hatte sich etwas geändert, während er nochmals höflich lächelte; er strich sich etwas abwesend sein dünnes schwarzes Haar glatt, als wollte er prüfen, wie feucht es noch sei, ehe er mit einem gleichsam spazierenden Gang, die eine Hand auf dem Rücken, die andere auf seiner braunen Tasche, zur Fensterfront ging, lange und gründlich in den Regen schaute – lange und gründlich himmelwärts, den Kopf dabei vorneigend wie eine Drossel, ehe sie etwas aufpicken will – bevor er sich umdrehte und in den Vorraum eilte.

Nach einem Augenblick kam er wieder und trug den quadratischen Tisch vor sich her, stellte ihn in der Mitte ab, seine Tasche drauf, zog den Reißverschluß auf, holte eine dicke weiße Wachskerze heraus, plazierte sie auf dem Tisch und ließ sein Feuerzeug aufschnappen, bis sie brannte. Geschafft, bitte sehr, geschafft! Mit andachtsvollem Lächeln, frommer Miene, leiser Verbeugung (zur Kerze hin).

Mystifizierte Gesichter auf den Bänken. Es ist ersichtlich, daß sie Zeugen eines – mehr oder minder – heimlichen Rituals sind, aber zu welchem Zweck und in wessen Namen? Frederik wickelt, im vergeblichen Bemühen, keinen unnötigen Laut zu verursachen, den Rest seines Brotes wieder ins Papier. Miroslav sitzt vornübergebeugt, die Ellbogen auf die Knie gestützt, und kaut düster an einem Fingernagel. Karel reibt sich wieder und wieder über den Nasenrücken, unter gesenkten Lidern die anderen musternd: was sie dazu denken mögen? Jiří zerrauft sich sein Bürstenhaar und blinzelt verschmitzt und ratlos: derlei Vorfälle waren nicht vorgesehen. Ist er hierfür verantwortlich, da er alle hierher gelotst hat – muß er etwas tun oder sagen? Alexander kreuzt die Arme vor der Brust, wie er es im Seminar macht, wenn der Professor ‚Unsinn erzählt‘, Kilian schlägt das Bein über und wippt energisch-nervös mit dem Fuß. Irgendeine Erläuterung müßte doch jetzt einmal kommen? Dies geschehe, bedeutet ihnen der kleine Mann ebensosehr mit Worten wie mit Gesten, als habe er ihre Gedanken vernommen oder errate sie: was nicht schwer ist, sie stehen in ihren Gesichtern geschrieben – um das Andenken der Toten zu ehren.

Ruckartiges Aufsetzen. Wie, hier seien Leute gestorben? Wann denn, wo denn, wie denn? Nicht hier – lautet die etwas zögernde Antwort, als gelte es im Vorwege jeden Unglauben zu entkräften und käme folglich auf jedes Wort an, das sehr sorgsam, mit ungeheurem Bedacht gesetzt wird – aber doch nicht weit von hier (hinter das Gebäude, etwas hügelaufwärts deutend). Er könne ihnen die Stelle zeigen, wenn sie mit ihm gehen wollten, aber da sei jetzt nichts außer Geröll und ein Abhang, überdies alles überwuchert und zugewachsen. Nur regne es derzeit zu stark. Aber da seine Leute sich hier hätten versammeln müssen und hier der Verrat stattgefunden habe – denn man habe ihnen den wahren Grund nicht genannt –, käme wenigstens einer von den Nachkommen jedes Jahr am Jahrestag (des Verbrechens) hierher und ehre das Andenken der Ermordeten. Deshalb müsse er nun seine Gebete sprechen und einen Totengesang anstimmen, der aber nicht lange dauern werde, er bitte um ihr Verständnis.

Ah. Lange Gesichter, betretene Mienen. Nachdenklichkeit. Das hätten sie ja überhaupt nicht gewußt – Jiří anblickend, der, rotköpfig, sich erneut sein Bürstenhaar rauft – als habe er ihnen etwas Wesentliches vorenthalten. Wann genau das gewesen sei? Oh, es sei lange her. Im letzten Krieg. Aber es sei nicht vergessen – und werde auch nicht vergessen, niemals. „Aber" – sagt Alexander der Zweifler plötzlich. „Wieso steht denn nirgendwo etwas davon – auch da nicht? (zum Eingang weisend, wo die Plakette hängt) Ich meine – sie haben doch alles herausgefunden, alles ist erforscht worden, bis ins kleinste Detail – alles ist belegt und verzeichnet – – wieso findet sich hier nichts, nicht einmal ein Informationsblatt? – „Manches lebt nur in der Erinnerung fort", erwidert Herr Zygmund Zdeněk. „Wir sind ein Volk mündlicher Überlieferung. Was ist ein Faltblatt – was sind Bücher? Sind sie mehr wert als das Zeugnis lebender Menschen?" Das habe er nicht sagen wollen. Aber da – Alexander gegen die sichtbare Verlegenheit der anderen anredend – da heutzutage von einem Verleugnen der Schuld gar keine Rede sein könne, da *alle* Gehör fänden, die etwas zu melden hätten, auch jetzt noch – oder vielmehr jetzt mehr denn je – käme es ihm – persönlich – irgendwie sonderbar vor, wenn sein Volk, um das es doch wohl gehe, nachdem es so gut wie alles, was damals in seinem Namen begangen und verbrochen worden sei, anerkannt habe, sich zu dieser Schuld nicht auch hätte bekennen sollen … „Das weißt du doch gar nicht", von Frederik geflüstert auf der einen Seite, und von Kilian (mit Rippenstoß) auf der anderen, sehr leise, aber scharf: „Hör doch auf, das läuft darauf hinaus zu behaupten, er lügt!" „Nein" – Herr Zdeněk mit emphatischem Kopfschütteln. „Der korrekte junge Mann hat recht. Man muß alles niederschreiben. Wir werden uns um eine Plakette bemühen, mein Volk und ich. Das werden wir!" – Aber die Trauer warte nicht, fährt er plötzlich fort, mit heftig zuckender Augenbraue (die rechte), und deshalb müsse er nun – mit Verlaub –

Er schlug ein paarmal das Kreuz über der Kerze, ehe er auf die Knie sank und mit gesenktem Kopf ein Gebet zu murmeln begann, von dem keiner der sechs ein Wort verstand, ehe er, in denselben unverständlichen Worten, mit einer kehlig-rauhen Stimme zu singen begann, wobei er abwechselnd mit weit aufgerissenen Augen ins Dunkel starrte wie jemand, der Unsägliches mitansieht, und sich in dumpfem Rhythmus mit der Faust gegen die Brust schlug, als klage er sich selbst an, noch am Leben zu sein und müsse es auf diese Weise büßen. Unter seinen sechs Zuhörern, die ihm mit verschiedenen Graden verstohlener Neugier zusehen, macht sich allmählich eine düstere Stimmung breit. Sie sind voll guten Willens und Verständnis, bereit, vor Alter, Tod und Krankheit Ehrfurcht zu haben, der Trauer soviel Raum zu belassen, wie sie nur beanspruchen will. Es sollen keine Kriege mehr stattfinden, jedes Opfer ist dazu recht. Dennoch will es ihnen allmählich scheinen, als ob der Gesang, der ihnen im musikalischen Sinne nichts sagt und dessen Monotonie, die gleichsam fortwährend nur auf einen einzigen Punkt einwirkt, ihnen auf die Nerven zu fallen beginnt, etwas lange dauere. Zwar schwillt er auf und ab, bleibt in seiner Natur aber unverändert: immer, wenn er zu verebben scheint, beginnt er mit unverminderter Kraft von neuem. Als sie nach einer Viertelstunde heimlich auf ihre Uhren sehen, sind erst fünf Minuten vergangen; weitere fünf erscheinen wie eine Ewigkeit. Sie vermeiden es, sich gegenseitig anzublicken, um nicht in den Augen der anderen dieselben Gedanken zu finden, umso heimlicher und eifriger wandern ihre Augen zu den Fenstern: Hört nicht wenigstens der Regen bald auf, damit wir hier verschwinden können? Ich finde, daß es nach einer sterbenden Ziege klingt, sagt sich Frederik, der noch nie eine Ziege hat sterben sehen. Karel stellt sich einen Haufen Ermordeter vor, die im Wald übereinanderliegen, zwischen Farnen und Gräsern, während die Käfer auf ihnen herumkriechen, und fragt sich beklommen, warum dieses Bild einen so schaurigen Reiz auf ihn ausübt. Miroslav läßt den Kopf hängen, lautlos ein- und gelegentlich heftig ausatmend. Kilian überlegt, wie man die Dezibelstärke des Gesanges berechnen könnte und kommt zu dem Schluß, daß es ohne Meßgerät nicht zu machen ist. Jiří denkt an die Baba, und daß sie ihm, als er Kind war, beigebracht hat, was die cikáni tun, wenn sie in einem Haus stehlen wollen: sie befestigen ein unauffälliges Zeichen daran. Alexander versucht sich in meditativer Abwehr und formuliert einen Brief an den Parteivorstand, der mit ‚Im Namen der Jungwählerschaft fordern wir nachdrücklich‘ beginnen soll: noch ist er nicht über den ersten Satz hinausgekommen.

Es geschieht etwas. Der kleine Mann bricht plötzlich ab, erhebt sich (nicht ohne Mühe) und als die sechs Wartenden ihn schon hoffnungsvoll ansehen, erklärt er ihnen mit weitausholenden, etwas hektischen Gesten, die sie nervös machen, ehe sie begreifen, was er ihnen sagen will, daß ‚irgendeine negative Aura‘ sich hier bemerkbar mache, jedenfalls vorhanden sei, die seine Konzentration störe und ihn daran hindere, zu vollenden, weswegen er gekommen sei. Zweifelnde Mienen, unklares Schuldbewußtsein. Eine negative

Aura – wie denn, woher denn, durch wen denn – doch nicht etwa durch sie, die hier still und brav säßen wie die Schuljungen? Und nebenbei sei das doch Esoterik und fauler Budenzauber – mit erstem leisen Argwohn gesprochen. Ja, sagt Herr Zdeněk bekümmert, das wisse er auch nicht – er berichte nur (sich mit der Faust auf die Brust pochend), was er erlebe und wahrnehme. Aber es ließe – drei nervöse Schritte vor und zurück – sich vielleicht doch etwas machen. Es gelte, die hier versammelten Geister zu versöhnen – nicht mehr und nicht weniger. Wenn sie sich nur – er bitte demütigst um Vergebung – aber wenn sie sich nur (alle sechs bitteschön) dazu verstehen wollten, sich einmal mit einer Nadel in den Finger zu stechen, einen Tropfen Blut zu spenden und dazu ein Vaterunser zu sprechen, so sei alles gut, der Zusammenhang wiederhergestellt, die Energien könnten wieder frei fließen und das Unreine, das die Harmonie störe, sei vertrieben.

Die Studenten glauben, nicht recht gehört zu haben. Sie lachen hilflos und sehen sich an, wie um sich zu vergewissern, daß alle dasselbe denken. *Was* sollen wir tun? Ist dieser Mensch verrückt geworden? Nein, nein, bettelt Herr Zdeněk mit der Emphase eines Mannes, der im Dienst einer höheren Macht steht. Nicht verrückt, wirklich nicht. Es gebe eben Orte, die hätten ihre besondere Magie, mit der man nicht leichtfertig umgehen dürfe … das wüßten sie vielleicht nicht, daß hier solch ein Ort sei – denn auf der Plakette stehe es nicht – aber sein Volk wisse es. Es sei ja nur ein kleines Opfer, das er von ihnen erbitte, aber für die Toten sei es von großer Bedeutung – die Toten da im Wald – – mit einer Geste nach hinten gesprochen. Schweigen. Dann die frostige Frage: Wo zur Hölle sollten sie denn hier eine Nadel hernehmen, bitte sehr? (ein Argument, das auf Anhieb alle überzeugend finden, auch Frederik, der immer ein Taschenmesser dabei hat) Hiermit – unter den ungläubigen Augen seiner Zuschauer zieht Herr Zdeněk ein Stecknadelkästchen aus seiner Ledertasche und läßt es ein wenig rasseln und klirren. Nein, das habe er nicht immer dabei …

seine Frau sei Änderungsschneiderin und er habe für sie Besorgungen machen müssen. Das liegt hier aber gar nicht am Weg, murrte einer dem andern leise ins Ohr. Die Atmosphäre wird ungemütlich. Eine unklare Abneigung macht sich bemerkbar, die der kleine Mann zwar unzweifelhaft wahrnimmt, seine Blicke werden unruhiger, flackern von einem zum anderen, die ihn aber nicht dazu bewegt, von seiner Bitte abzulassen geschweige denn das Feld zu räumen. In dem Maße, wie spürbar wird, daß die sechs – oder fünf: Miroslav ist unentschlossen – ihn gern wieder los wären, werden seine Augen, seine Bitten, seine Sprache dringender: zum Schluß fleht er geradezu. Er wisse ja, daß es ihnen sonderbar erscheinen müsse, aber das *müsse* so sein, er könne daran nichts ändern. Am Opfer gebe es immer einen Teil, der rätselhaft sei oder der alltäglichen Vernunft widerspreche, und das sei gerade der wirksame ... Ein kleines Opfer sei oft das Mittel, ein großes zu vermeiden (das gegen die Katastrophen wirke). Schließlich handle es sich immer darum, Gott zu versöhnen – als wen oder was man ihn auch auffasse ... „Also ich weiß nicht" – Alexander – „was wir Gott jetzt speziell getan haben sollen, daß wir ihn unbedingt versöhnen müßten. Ich finde (mit etwas herausforderndem Blick in die Runde), wir haben uns ziemlich gut benommen – *tadellos* sogar, wenn ich ehrlich sein soll!" „Wir können es einfach nicht so ganz *einsehen*", pflichtet Frederik (immer etwas auf der vorsichtigen Seite) ihm bei, und Kilian ergänzt: „Der Respekt vor den religiösen Riten anderer bedeutet ja nicht, daß man sich an diesen Riten zu beteiligen hat, nur weil man zufällig eine Weile lang im selben Raum ist. Ist meine Meinung, ich komme aus einer Atheistenfamilie."
Stille. Herr Zdeněk, die schwarze Krähe, steht am selben Fleck und schaut mit schiefem Kopf zu den drei Tschechen hinüber, sein Blick scheint zu besagen: Na, und ihr drei jungen Landsleute, habe ihr nicht auch etwas beizusteuern? Wie steht es mit euch? Die drei Prager Studenten sehen sich an, die Sache ist ihnen sichtlich unangenehm, wenn

nicht sogar etwas unheimlich, und doch … Sie zucken mit den Schultern: sie wissen doch selbst recht gut, wenn auch nicht aus direkter Anschauung, so doch aus den Erzählungen der Väter und Großväter, was es heißt, von einer Gegenmacht überwältigt zu werden; sie verstehen sich überdies als Gastgeber, die um des Friedens willen zu Konzessionen bereit sind. Was war denn so schlimm daran, sich mit einer Nadel in den Daumen zu pieken und ein Vaterunser zu sprechen? Tun wir es halt, damit wir es hinter uns haben! Doch da geht es wie ein Riß durch die kleine Gesellschaft, die kulturellen Gegensätze, eben noch kaum empfunden, ja gewissermaßen gar nicht da, treten plötzlich scharf hervor. Auf den Gesichtern der drei Deutschen zeigt sich der Fehler und die Glorie ihrer Nation, inkarniert als Miene von verstocktem Trotz. Sie werden grundsätzlich, sie können nicht anders, als es zu sein. Keine halben Sachen! Kein Paktieren mit überwundenem Aberglauben, nur weil es das bequemste und schnellste Mittel war! Und wer garantierte denn, daß der lästige Besucher sich mit dem Hokuspokus – wie sie es noch immer nannten – wirklich zufriedengeben würde? Man gab ihm den Finger, als nächstes würde er die Hand fordern. Wehret den Anfängen! Sie kreuzten die Arme vor der Brust und schüttelten den Kopf wie Leute, die zu allem entschlossen sind. Das wollen wir nicht. Es tue ihnen wirklich alles sehr leid, was hier geschehen sei, *falls* es sich so verhalte, wie der kleine Mann – d. h. Herr Zdeněk – geschildert habe, sie wollten auch keineswegs die Toten oder die Lebenden beleidigen, aber wer immer hier gemordet habe und weshalb: sie hätten, im Sinne einer direkten Schuld, mit der Sache nichts zu tun: Stecknadelpieken, Vaterunsersprechen und demütig Herumwinseln komme für sie nicht in Frage.

Herr Zdeněks Gesicht erlischt wie die Kerze, die er sorgsam auspustet, ehe sie zurück in seine Tasche wandert – die Tasche um die Schulter gehängt – der Tisch zurück in den Vorraum: alles geht in Windeseile vor sich, ist das Werk weniger Sekunden. Bitte um Vergebung (Bücklinge). Er werde ein andermal wiederkommen und wolle sie nicht weiter behelligen. Nein, es mache ihm gar nichts aus. Er sei ein guter Wanderer, er könne einmal um die Erde laufen. Auf Wiedersehen. Ach, das bißchen Regen – die Tür geht auf, ein Rauschen ist zu hören, die Tür schlägt zu und die sechs Studenten sind wieder allein.

„Mann, bin ich froh, daß wir den los sind" – Alexander, der sich erhoben hat und zu den Fenstern hinüberwandert, um dem Verschwundenen nachzuspähen (es ist nichts zu sehen): er sagt es, nachdem alle mehrere Augenblicke lang geschwiegen haben. „Ihn sind wir vielleicht los, aber den Bann nicht", sagt Miroslav halb zu den andern, halb zum Sprecher hinüber. Welcher Bann denn, zur Hölle? Das Böse, von dem der – dieser Herr Zdeněk gesprochen habe.

„Fängst du jetzt auch schon an", sagte Kilian, ehe er aufstand und sich etwas demonstrativ zu Alexander gesellte. „Was seid ihr denn für eine abergläubische Gesellschaft mit einem Mal, hat der Kerl euch verhext? Hier (ihnen sein Mobiltelefon entgegenhaltend) Er war exakt siebzehn Minuten und dreiundzwanzig Sekunden hier. Haltet euch an das, an belegbare Fakten und nicht an irgendwelchen Mumpitz!"

„Nur, weil es nicht in Zahlen oder Chiffren darstellbar ist, muß es ja nicht gleich Mumpitz sein" – Karel etwas finster, der sich um Mireks willen gekränkt fühlt. „Laß doch, er kann's halt nicht anders" – „Was, bitte, kann ich nicht anders?" – „Die Baba sagt" – beginnt Jiří hilflos, der deutlich spürt, daß etwas Ungutes im Gange ist, und sich zum Eingreifen genötigt fühlt, ohne im geringsten zu wissen, was er sagen will – „Ach, die Baba, wie? Na, was sagt sie denn, die Baba, die liebe? (mit Greisinnenstimme) Wollt ihr noch etwas Kräuterschnaps, ihr Bürschchen? Leute, wir hätten dieses Gesöff nicht trinken sollen. War eklig süß, so etwas brauche ich in meinem Leben nicht mehr!" Finstere Blicke von Mirek und Karel, während Frederik, mit vagen Gesten, anhebt: Seine Großmutter sei im Stadtrat von B., studierte Biochemikerin, und sage immer, daß parapsychologische Phänomene in den meisten Fällen auf Einbildungen beruhten ... Miroslav baut sich vor ihm auf. „Aha, und was soll uns das jetzt sagen? Sind ja großartige Erkenntnisse von deiner Oma, warum ist sie nicht hier, um uns das selber mitzuteilen? Du darfst uns jetzt noch verraten, warum deine Großmutter intelligenter oder glaubwürdiger sein soll als Jiřís Baba – nur weil sie in der Politik mitmischt und einen Doktor in Biochemie hat?" Das habe er doch gar nicht behauptet! – Frederik trotzig-empört. „Aber ausgedrückt. Wenn es nicht wichtig ist, warum muß man es erzählen oder betonen? Du hättest ja auch einfach sagen können: meine Großmutter sagt – da hätte es Großmutter gegen Großmutter gestanden, und keine wäre besser gewesen als die andere. Wenn schon Gleichheit, dann für alle!" – „Was kann denn Frederik dafür" – Kilian mit Emphase, in die sich, fast gegen seinen Willen, eine Mischung aus Gereiztheit und Arroganz einschleicht – „daß er eine erfolgreiche Großmutter hat? Soll er es vielleicht abstreiten, nur weil andere Leute neidisch werden könnten?" – „Sie kapieren's einfach nicht" – Miroslav leise zu Karel, während Alexander in der schönsten Pose des ehrgeizigen Parteijungführers herankommt, die Hände abwiegelnd erhoben. „Leute! Was fangt ihr um solcher Lappalien willen an zu streiten. Man könnte ja meinen, ihr wollt euch gleich die Köpfe einrennen. Wir warten hier doch nur noch darauf, daß der Regen aufhört, nicht wahr? Das dauert höchstens noch eine halbe Stunde. Bis dahin können wir uns doch wohl wie vernünftige Leute benehmen, das konnten wir doch vorher auch – anstatt Haare zu spalten und uns gegenseitig zu beschuldigen um nichts und wieder nichts! Los, entspannt euch" – Kilian und Miroslav, die ihm am nächsten standen, freundschaftlich-energisch auf die Schulter schlagend. Er warf darauf einen flüchtigen Blick nach oben, wie man es macht, wenn das Auge einmal kurzzeitig abirrt, weil irgend etwas an den Rändern des Blickfeldes sich bewegt oder die Aufmerksamkeit erregt hat – unmittelbar darauf noch einen zweiten – worauf seine Miene erstarrte und ihm vor Staunen der Mund offenstand. „Ich fasse es nicht", sagte er, als ihm die Sprache wiederkam, mit wiederholen Gesten nach oben deutend. „Guckt euch das mal an!" Aller Augen wandern nach oben, in die bezeichnete Richtung – momentanes Befremden, als dort nichts zu sehen ist – dann stößt Kilian einen Laut aus und zeigt in die entgegengesetzte Richtung – dort oben am Geländer, über die Brüstung gelehnt, steht Herr Zdeněk, als wäre er nie fortgewesen, und lächelt gutmütig auf sie herunter. „Guten Tag, meine Bürschchen, da bin ich wieder. Es war mir doch zu naß da draußen. Ich dachte, ich gebe euch noch eine Chance. Habt ihr euch die Sache überlegt?"

Ist es derselbe Herr Zdeněk, der von eben? Es sind noch seine Züge, aber die Stimme ist munter, alle Zeichen der Unterwürfigkeit, vordem so auffällig, scheinen geschwunden. Unten herrscht der Zweifel vor und äußert sich in leisem Debattieren, unterdrückter Erregung. Er muß durch die hintere Tür zurückgekommen sein – hat sich wieder hereingeschlichen – sieh doch mal einer nach – was machen wir jetzt mit dem? Der Kerl fängt ja schon wieder an mit seiner Litanei – sollen wir einfach abhauen, Regen hin oder her?

„Ich höre euch, auch wenn ihr tuschelt", sagt Herr Zdeněk von oben. Miroslav, der die Sache eher belustigend als unheimlich findet, tritt auf ihn zu, besieht ihn sich aufmerksam von unten und hebt an: „Höre, Meister" – sich besinnend – „*bist* du ein Meister?" „Ich kann gewisse Kunststücke" – mit einem leutseligen Wiegen des Kopfes, ehe die eine seiner Hände in die Tasche langt und einen Schlüssel hervorzieht. „Zum Beispiel: Fliegen fangen. Na, macht euch nichts draus. Es gießt ja noch immer. Solange der Regen dauert, haben wir es hier drinnen trocken und gemütlich". „Haben wir" – ein Stocken –„wirklich die Toten beleidigt?" Eine Pause, nochmaliges Wiegen des Hauptes. „Hab doch ein Einsehen, Meister" – mit zugleich bittender und leiser werdender Stimme – „Du siehst doch, daß sie es nicht tun wollen. Sie werden sich nur immer weiter erregen. Nimm meinen Willen für den Willen aller. Ich, Mirek, bitte die

Geister der Toten um Vergebung." „Ich würd' dir gern den Gefallen tun, mein Jungchen, denn ich sehe, daß du kein übler Bursche bist. Übrigens seid ihr alle keine schlechten Kerle, so im großen und ganzen. Aber was hilft euch das? Man muß etwas nicht nur sein, man muß auch danach handeln. Gesetz ist Gesetz, und damit meine ich nicht die menschlichen. Wer nicht will, kriegt es bald zu spüren." „Welches Gesetz denn?" – Alexander in wachsendem Zorn, der diesen Wortwechsel mit argwöhnischen Augen und Ohren verfolgt hat. „Machst du sie hier etwa? Unter Menschen gelten menschliche Gesetze, über die man sich einigt und die vernünftig sind. Wir akzeptieren keine andern. Merk dir das (in Wut)!" –„Habe die Ehre" – Herr Zdeněk in leutseliger Verbeugung, mit erhobenen Handflächen, während Kilian zurückkommt und Meldung erstattet: „Die hintere Tür ist zu und die vordere auch. Abgeschlossen. Was geht hier vor, trickst der (nach oben weisend) uns aus?" „Die unteren Fenster lassen sich nicht öffnen" – Frederik. der sie untersucht und verschließbare Riegel entdeckt hat. „Wenn wir oben hinauswollen, müssen wir springen", sagte Kilian, nachdem er hinaufgespäht hat und sicher zu sein glaubt, daß die oberen Fenster keine Riegel haben. „Ihr werdet euch doch nicht eure kostbaren Knöchelchen brechen wollen" – der aufmerksame Herr Zdeněk mit barmherzigem Unterton. „Und als Lahme zurückhinken, die vielen Kilometer. Durch Platsch und Matsch. Das wollt ihr doch nicht."
„Die Technik wird uns heraushelfen", Kilian, der feststellen muß, daß er zuviel versprochen hat: auf dem schwarzen Schirm seines Gerätes tut sich nichts mehr: wo eben noch jede mögliche Verbindung in die Welt herzustellen schien, ist nur noch schweigende Materie, kein Befingern und Beklopfen, Bedrücken und Betasten hilft. „Tjaja", sagt Herr Zdeněk, der von der oberen Brüstung aus diesen vergeblichen Versuchen zugesehen hat. „Die gute Technik! Auch nicht ganz zuverlässig, wie (mit gemütlichem Blinzeln)?" Jiří und Karel haben sich leise auf Tschechisch verständigt, nun wendet sich der findige Enkel an Herrn Zdeněk, der ihm

gutmütig Antwort gibt: doch haben sie kaum zwei Sätze gewechselt, ehe sie mit Heftigkeit, ja Ingrimm unterbrochen werden. „Was tuschelt ihr da miteinander? Was besprichst du mit dem? Los, red Deutsch – wir wollen es alle hören!" „Ich habe ihn nur gebeten – er sieht doch, daß wir uns hier streiten – von seiner Sturheit abzulassen. Ich habe ihm vorgeschlagen, daß wir – wir Prager – zwei Tropfen Blut geben, je einen für euch mit, damit die Sache ein Ende hat." „Wieso seid ihr so versessen darauf, diesen Unsinn mitzumachen? Euch erpressen zu lassen von dem ersten besten – –" „Ich räche meine Großmutter", Mirek finster; als er mit halblauter Stimme einen Namen einfügt, muß Jiří einspringen. „Komm, Mirek, du *hast* keine Großmutter, die in Lidice gelebt hat – nicht mal von ferne. Deine Eltern kommen aus Brünn –" „Sie hätte aber dort leben *können*. Darauf kommt es nicht an. All diese Leute – die von dort und die von hier – und all die andern – sollen nicht umsonst gestorben sein." „*Unsere* Leute sind dir wohl egal, wie?" – Kilian, den all dies verdrießt und aufsässig macht, und Frederik, ebenso empört, ergänzt: „Habt ihr nicht schon genug Geld bekommen – und ein schönes Land noch dazu? Was mußtet ihr alles in Grund und Boden stampfen, was hier seit Jahrhunderten bestand und blühte? War *das* etwa fair und gerecht?" – „Ja-ja, ihr Deutschen glaubt, daß ihr nur mit dem Geld wedeln müßt, und schon springen alle und sind euch zu Diensten. Daß jedes Problem mit Geld zu lösen sei – Geld, das andere Leute für euch erwirtschaftet haben – arme Leute aus ganz Europa, die sich in euren Fabriken, auf den Feldern und in den Krankenhäusern abrackern und die ihr mit den niedrigsten Löhnen abspeist, damit ihr in fetten Autos umherkutschieren, in großen Häusern wohnen, euch auf dicken Couchen lümmeln könnt, überallhin reisen und euer Geld verteilen, aber auch ja nicht zuviel. Ihr stellt euch in der ganzen Welt als Saubermänner hin, während ihr im eigenen Land von Sklavenarbeit lebt und reich werdet. Glaubt ihr, daß es nicht überall die Spatzen von den Dächern pfeifen, wie ihr Deutschen *wirklich* seid? In Prag tun sie's!"

Hochmütiges Hohnlachen. „Und was ist an *euren* Grenzen los? Stehen da nicht die Huren reihenweise und die Crack-Verkäufer schmuggeln ihr Zeug raus und rein und was für sauberes Geld ist das denn? Euer Tschechien ist ein Hurenhaus, das pfeifen bei uns die Spatzen!" „Also von dieser Bemerkung distanziere ich mich nachdrücklich" – Alexander, eine Breitseite aus den eigenen Reihen provozierend. „Aha, und was willst du davon wissen, du salbadernder Parteischwätzer. Wenn dein Vater nicht im Vorstand wäre, wärst du hier so klein wie eine Laus, das kannst du glauben!" „Wirklich hübsch, was ihr hier so alles erzählt", bemerkt Herr Zdeněk von oben und pustet etwas Staub über die Brüstung. „Ich amüsiere mich nach Kräften." „Warum bringen wir nicht den zur Strecke", sagt jemand: es ist der brüderliche Frederik, der sich jämmerlich zu fühlen beginnt und Wut in sich hochsteigen spürt, nachdem sie momentelang finster hinaufgestarrt haben. „Ich wette, wenn wir den unschädlich gemacht haben, dann ist der Spuk hier vorbei, dann gehen unsere Geräte wieder, die Türen lassen sich öffnen, das Gewitter verzieht sich und wir können einfach abhauen."

„Man kann Geister nicht zu fassen kriegen", sagt jemand von den Tschechen mit halblauter Stimme. – „Wieso glaubst du, daß er ein Geist ist? Der da ist kein Geist, der ist vollkommen echt." „Wieso verschwindet er dann manchmal und taucht an anderer Stelle wieder auf?" „Weil er sich hier auskennt. Das sind alles Trickspiegelungen. Vielleicht gibt's hier Geheimtüren." „Pah! Du siehst doch, was da ist. Eine Empore, eine Galerie, ein Saal, ein Vorraum. Wo willst du noch eine Geheimtür unterbringen, du Alte-Filme-Gucker!" – – „Also ich bin bereit", sagt Miroslav und krempelt sich die Hemdsärmel hoch. „Nimm dir dein Blut, aber nicht nur so einen lausigen Tropfen, du kannst alles haben, wenn es sein muß." „Danke schön, mein Junge, ist nicht nötig. Spar dir dein Heldentum, du könntest es noch brauchen. Es ist schwerer, gut zu leben, als gut zu sterben. In der Jugend glaubt man, es sei umgekehrt. Aber es hilft nichts. Alle geben ihren Tropfen und alle sprechen das Vaterunser, einer nach dem andern. (sich väterlich zu ihnen hinunterbeugend) Was euch fehlt, ist die Disziplin, meine Bürschchen. Jeder hat einen Extra-Wunsch und will Extra-Konditionen ... So wird das nichts. Gehorchen heißt die Devise. Ihr wollt erst den Lohn und das fidele Leben und wenn ihr bei Laune seid und es nicht viel kostet, dann tut ihr Gott auch mal einen Gefallen ... na, da freut er sich aber. Aber alle siebzig Jahre oder so werden die Karten neu gemischt, das Sieb wird geschüttelt, die Hobelspäne fliegen. Mene mene tekel. Merkt's euch gut!"

„Aber *wir* sind doch nicht so, Meister" – die Prager mit bittenden Mienen – „wir Tschechen sind doch keine Imperialisten. Wir –" „Da wäre ich nicht so sicher. Guckt euch mal eure Parteigrößen an, dazu müßt ihr nicht über die Landesgrenzen spähen – habt eine eigene Nase, an die ihr euch fassen könnt. Ihr macht eure Geschäfte mit den reichen Auspressern wie die gesamte übrige Welt, und was da durch euer Prag stolziert und flaniert bzw. fährt und sich kutschieren läßt – na, kommt mir bloß nicht *so*. Habt euch dem Geld verkauft und verschworen wie alle andern auch. Und eure Märtyrer sind auch schon ziemlich lange tot – *der* Scheck ist nicht mehr gültig, bedaure sehr!"

Schwupps, ist er weg, wie ein Kasperlepüppchen von der Bühne verschwindet, während sich unten lange Gesichter verschiedener Ausprägung formieren. In den Augen der jungen Deutschen sammelt sich leise Befriedigung: auch die Gegenseite hat sich etwas anhören müssen, das freut und macht großmütig. „Na schön, unter diesen Umständen" – Alex, ohne näher zu erläutern, welche Umstände er meint – „könnte ich mich *eventuell* bereit erklären ..." „Na schön, wenn Alex es macht (Frederik), dann mache ich es auch." – „*Ich* mach's aber nicht (Kilian in Zorn). Wenn ich Blut spenden will, gehe ich zum Roten Kreuz. Keiner von euch macht irgend etwas! Nach allem, was hier vor sich geht – seid ihr noch bei Trost?" – „Was hast du uns zu befehlen, bitte sehr? (Miroslav heftig, in zunehmender Gereiztheit.)

Du kannst für deine Landsleute sprechen – einige dich mit denen – aber nicht für uns!" – „Laß doch, Mirek, sie haben ja schon gesagt, was sie von uns halten –" – „Aha, und ihr etwa nicht? War ja nicht von Pappe, die Suada von der Sklavenhalternation ... die halb Europa mit Geld versorgt. Feine Sache, das nenne ich Brüderlichkeit und Verständigung – mit uns am Lagerfeuer sitzen und über Frieden und Freundschaft schwafeln und im Hinterkopf solche Gedanken hegen ... bei nächster Gelegenheit rückt man raus damit. Na los doch, rennt alle drei treppauf zu eurem Herrn Zdeněk, macht eure hündischen Bücklinge vor ihm und tut ihm seinen Willen, wenn ihr nicht anders könnt. Wir hier bleiben standhaft, wir weigern uns, dem ersten besten hergelaufenen Hoch- oder Tiefstapler, der mit irgendeiner ungesühnten Schuld ankommt, irgendwas in den Rachen zu werfen, worauf auch er kein persönliches Anrecht hat – als wäre es ein offener Schlund, ein Faß ohne Boden, in das man Beschwichtigungsopfer werfen muß bis zum St. Nimmerleinstag. Irgendwann muß auch mal Schluß sein mit dem Betteln um Vergebung ..."

„Reg dich doch nicht so auf, Kilian" – Alexander im Beschwörerton, der sogleich heftig unterbrochen wird: „Laß ihn doch reden, er sagt all die schönen Dinge, die *ihr* im Kopf habt, wenn ihr mit *uns* am Lagerfeuer sitzt. Erst stehlt ihr uns unsere Industrien und dann beschimpft ihr uns als Leute, die die Hand aufhalten ... die alte Herrenmenschen-Mentalität, formschön wiedergeboren –" „Paß auf, was du sagst, wenn du dir hier nicht noch eine Abreibung holen willst, du –" „Leute, (nochmals Alexander, der sich schon als Parteichef wähnt – fast ist ihm die Partei egal – es geht ums Prinzip und das pflegt bei allen Parteien gleich zu sein), was arbeitet ihr mit eurem Gezänk den Eliten in die Hände ... Das haben sie gern, daß wir uns wechselseitig unsinnige Dinge vorwerfen, und sie kassieren und kassieren ... in aller Seelenruhe. Besinnt euch doch mal auf die alten Proletarierregeln, die erste hieß doch wohl –" „Proletarier ist passé, du Klotzkopf. Davon will keiner mehr hören. Komm an im einundzwanzigsten Jahrhundert –" „Eine Aufgabe liegenlassen heißt nicht, sie erledigen – –" „Leute, Leute", bettelt Jiří, und Frederik, mit hektischen Gesten: „Seid doch mal still! Seid doch mal still!" – bis man ihm den Gefallen tut, momentane Stille tritt ein. Na und? Gereizte, verdrossene Gesichter. „Wozu sollen wir still sein? Es ist ja nichts!" „Genau!" Frederik, der mit nach oben, zur Brüstung gekehrter Miene, erhobenen Händen und sichtbar gespitzten Ohren ein paar Schritte im Kreis geht. „Vielleicht ist er nicht mehr da. Er kam, ohne daß wir es merkten, er könnte auch einfach wieder verschwunden sein. Das hieße –" „Das läßt sich ja ziemlich leicht herausfinden (Kilian, den Vorschlag mit prononciertem Hohn aufnehmend). Herr Zdeněk! (nach oben gewandt) Wenn Sie noch da sind, dann seien Sie doch so freundlich, sich bemerkbar zu machen! Geben Sie mal einen Laut von sich!" Alle lauschen in erregter Spannung, die drei Tschechen, denen der herausfordernde Ton mißfällt, mit düsteren Mienen: zwei Augenblicke ist es totenstill, da ertönt von oben ein Lachen, das so hohl klingt, als würde es aus dem Innern einer Kiste kommen.

„So, jetzt reicht's mir" – Kilian, der dem verdutzten Alexander seine Wasserflasche zuwirft und mit großen Schritten dem Vorraum zustrebt, in der Tür dreht er sich noch einmal um. „Ich bringe ihn herunter, und dann verschwindet entweder er oder wir –" Fort ist er, nimmt die Treppe in Sätzen von je drei Stufen, oben hört man ihn auf dem Holzboden herumwandern, während die unten Gebliebenen mit emporgewandten Köpfen seine Schritte verfolgen, jeder mit einem halben Gedanken, warum er nicht einfach hinterhergeht und sich mit eigenen Augen überzeugt: und jeden hindert ein vertracktes Empfinden: als dürften sie das nicht. Kommt er nicht endlich zur Brüstung? He, Kilian!

Da ist er, hängt mit kryptischer Miene und *sehr* sardonischem Lächeln seine langen Arme über das Geländer (übrigens ist es dieselbe Stelle, an der Herr Zdeněk gestanden hat – mehr oder minder dieselbe Stelle) und macht Gesten wie ein römischer Imperator, wenn er das Volk zum Zuhören bewegen will: was insofern unnötig ist, als alle dort unten an Aufklärung brennend interessiert sind. „Mach's nicht so spannend, du Pfeife (Murren von Alexander)". – „Leute, haltet euch fest. (mit feierlicher Pause) Hier oben ist das gähnende Nichts. Habt ihr was anderes erwartet? Alles, was ich dingfest machen konnte – ist das hier!" – damit hat er nach unten gelangt und hält, was er ihnen zeigen will, zur besseren Übersicht in die Luft, ehe er es ihnen zu Füßen fallen läßt. Es ist Herrn Zdeněks ramponierter Regenschirm, der – von unten wie von oben – immer noch recht sehr wie ein Metallstab mit einer verendeten Krähe daran wirkt. Die unten beugen sich über das Relikt wie Leute, die sich über angeschwemmtes Strandgut uneinig sind, während der Imperator an der Brüstung das Treiben mit ironischer Miene verfolgt. „Das Ding da beißt nicht. Leute, besinnt euch mal auf eure staatsbürgerlichen Tugenden! Der Kerl ist über alle Berge, schon eine geraume Weile, und hat uns hier schön zum Narren gehalten. Hat so eine Art privates Figurentheater inszeniert, mit uns als Statisten. Hat uns gewissermaßen vorgeführt – uns alle sechs. Kommt hoch und seht selber nach, wenn ihr mir nicht glaubt!"

Unten ist man unschlüssig. „Die Sache ist nicht eindeutig ..." „Wenn sein Regenschirm da ist, dann war auch *er* da –" von Miroslav, trotzig-verdrossen. Solche Exkommunizierungsversuche mißfallen ihm. Entweder die Sache geht auf oder sie geht nicht auf – falls nicht, so kann man den übriggebliebenen Rest nicht einfach in irgendeinen Mülleimer stopfen. Er sagt es nicht, aber sein Gesicht drückt es aus. „Habe ich ja gar nicht bestritten", kommt es von oben herab. „Aber jetzt sind wir ihn los. Aber du da, Mirek – ich würde mir das an deiner Stelle mal zur Brust nehmen. In aller Freundschaft geraten." – „Was?" (sehr scharf). – „Was hier geschehen ist – mit dir und mit uns allen. Wie schnell du bereit warst, dich manipulieren zu lassen – von irgendeinem, nur weil er die richtigen Tasten bedient. Wolltest nobel sein, der noble Miroslav. Gibt sein Blut für uns alle, bei nächstbester Gelegenheit, sogar für die verstockten Deutschen (Pimpfe). Ist wohl nicht mehr die rechte Zeit für Heldentum, wie? (mit einem Lachen, das eine Spur zu forsch ist) Na los, gib zu, daß du genauso ein Esel bist wie wir andern!" Miroslav, der eben den Schirm hat aufheben wollen, hält in der Bewegung inne, sein Gesicht ist merkwürdig bleich geworden, sein Atem geht flach und stokkend, als preßte ihm etwas die Brust zusammen. „Das nimmst du zurück", sagt er plötzlich tonlos, während alle erschrecken. „Wie bitte?" (nochmals erstauntes Lachen) „Du sollst es zurücknehmen." – „Nein, Mirek" – der vorsichtig-verständige Jiří, den das Gesicht seines Freundes besorgt stimmt: als sehe man einen Sturm aufziehen – „Du hast schon so viele üble Dinge gesagt – Schweinereien geradezu – über uns, über unser Land, über unsere Frauen und Mädchen. Jetzt hast du die Gelegenheit, etwas zurückzunehmen!" – mit fester Stimme, starr nach oben sehend, während von dort prompt die hochmütige Antwort zurückkommt: „Wenn du Mumm hast, kannst du's dir abholen –" Wann hätte diese klassische Kriegserklärung jemals versagt? Der Held ist schon halb auf der Treppe, nachdem er Karel und Jiří, die sich vereint haben, um ihn aufzuhalten, mit heftigen Bewegungen zurückgedrängt hat. Begreifen sie es denn nicht? Er, Mirek, hat einen Auftrag: er muß den Schlächter zur Strecke bringen, er allein. Dort steht er mit seinem höllischen Grinsen, das aus der Welt geschafft werden muß – das Grinsen und sein Urheber. Weh denen, die da wähnen, sie könnten ungestraft Böses tun und würden nie zur Rechenschaft gezogen. Er duckt sich unter einem vorhersehbaren Hieb weg und hat seinen Gegner an der Gurgel, der freilich seine eigene Gurgel gepackt hält und dabei unverständliche Laute hervorstößt. Soll das noch eine Sprache sein? Schlag ihn, Mirek! Schlag zu! Während sich die zwei Kämpfenden ineinander verbeißen, sich hin und wider zerren, an der Brüstung entlang, von ihr weg und halb über sie im vergeblichen Bemühen, über den Gegner einen Vorteil zu erringen, verwandeln sich die Beschwichtigungs- und Eingreifversuche der anderen in jenen Zunder, der das

Feuer nährt, anstatt es zu löschen, und prompt von ihm verschlungen wird. Bald hat jeder etwas abbekommen, was ihn in Wut versetzt: einen Tritt, einen Hieb, einen Schlag ins Gesicht, und auch das Zerren an Gliedmaßen, das Trommeln, Klopfen und Schreien versetzt in Wut, wie alles Sinnlose, dessen man nicht Herr wird: und so wird aus der Gegnerschaft zweier einzelner ein Knäuel aus zwölf Armen und zwölf Beinen, die auf eine unüberschaubare, sich beständig wandelnde Weise miteinander verknotet sind und deren Einzelglieder allesamt gewissermaßen einen Eigenwillen haben, der die Auflösung verhindert. Solch ein Knäuel nährt sich und besteht durch die Energie, die ihm zugeführt wird und sich auf irgendeine Weise entladen muß: doch im Akt der Entladung erhält es neue. Daß man einen Faustkampf, eine Prügelei beenden kann, wie man eine Zigarette fortwirft, mit einem Achselzucken, ist eine Vorstellung von Theoretikern: jeder, der einmal in ein solches Geschehen verstrickt war, weiß sehr gut – zumindest hinterher – daß es nur auf dreierlei Wegen geschehen kann: durch die Überlegenheit des Gegners, durch einen Paukenschlag von außen, der *alle* in Besiegte verwandelt, durch die schiere Ermattung, die eine Form der Niederlage ist. Es gab einen Augenblick, da die drei aus Tübingen Jiří, den sie – wegen seiner Kleinheit und Wendigkeit – unfairer Kampfmethoden bezichtigten, über die Brüstung hoben wie einen Hund, den man in einen Teich werfen will – er strampelte und wehrte sich wie ein Berserker –: was die drei Prager damit konterten, daß sie Alexander unter dem Ruf: Fenstersturz! Fenstersturz! zu den selbigen zu schleifen versuchten, denn mit der Wiederholung solcher historischen Vorgänge kannten sie sich aus: was wiederum ihre Gegner zu verhindern wußten – – wer oder was aber beendete dieses abartige Spektakel, das ebenso wüst wie sinnlos war, von dem keiner sagen konnte, daß er es wollte noch: daß er es *nicht* wollte? –
Es wurde allgemein behauptet, daß es eine klappende Tür gewesen sei: aber wer hört denn eine klappende Tür, wenn und solange er in erbittertem Ringen begriffen ist, mit ge-

spannten Muskeln, brummendem Schädel und Schmerzen in der Seite, weil man gerade einen Tritt oder einen Stoß mit dem Knie abbekommen hat? In Wahrheit erlosch die Kampfeslust, bei ungefähr gleichen Kräften, auf die gängigste Weise, und in dem Maße, wie das Bewußtsein zurückkehrte, waren sie wieder fähig, die Realität wahrzunehmen: die der andern und die eigene: schauten sich finster und mißmutig um, stierten blöde vor sich hin, untersuchten ihre Blessuren, hinkten und stolperten, ja wankten, sich gegenseitig stützend, die Treppe hinunter – die Deutschen links, die Prager rechts, was insofern nichts ausmachte, als sie unten wieder zusammenkamen.

Dort schien die aus dichten grauen Wolken hervorgebrochene Sonne mit blendendem Glanz auf das Parkett, multipliziert durch viele Fensterscheiben: was wirkte, als hätte jemand einen Kronleuchter angeschaltet. In diesem unbarmherzigen Licht ergab sich folgender Zustandsbericht. An blauen Augen gab es drei, das schlimmste davon Frederiks, dessen linke Gesichtshälfte bald in allen Farben schillerte und ihn schwanken ließ, ob er sich fotografieren und das Bild seiner Großmutter schicken sollte: nur fiel ihm einstweilen kein passender Text ein. Karel hatte eine blutig aufgeplatzte Unterlippe, Jiří eine geschwollene Backe, die immer dicker wurde, bis sie einen Zahn gebar, den der Enkel seelenruhig ausspie, in ein Taschentuch wickelte und (zur späteren Verwendung bzw. Wiedereinsetzung) sorgsam in seiner Hosentasche verstaute. Alle hatten Prellungen von verschiedener Beschaffenheit und Schweregrad, Miroslav, der leidenschaftlichste Kämpfer, eine stark blutende Stirnwunde, die schlimmer wirkte, als sie war und ihn durch ihr spektakuläres Aussehen zum Schwerstverwundeten machte, überdies arg zugerichtete Schienbeine und eine lahm geschlagene rechte Hand, die eine halbe Stunde lang fast gefühllos schien, bevor sie heftig zu schmerzen begann. Kilian hatte Würgemale am Hals, hatte Mühe beim Sprechen und Schlucken und sich den Ellbogen und die Schulter lädiert, als er gegen die Brüstung gestürzt war, Alexander, den die

Tschechen über den Boden geschleift hatten, Schürfwunden an Armen und Beinen und sich den Nacken gezerrt, als man ihn durchs Fenster hatte zwängen wollen: er ging eine Weile lang schiefköpfig, was immer auf die Laune schlägt, und war darob so verdrossen, daß ihm sogar sein Parteijargon abhanden kam. Karel hatte, bis auf Veilchen und Unterlippe, erstaunlich wenig Sichtbares vorzuweisen, obwohl ihm verschiedene Teile seines Körpers genauso wehtaten wie den übrigen: die dazugehörigen Blutergüsse kamen erst später zum Vorschein; weshalb er bestrebt war, diesen – scheinbaren – Mangel an Kampfeinsatz durch eine Betätigung als improvisierender Feldscher wettzumachen. – Kurzum, es war ein rechtes Freudenfest gewesen, aber ohne die notwendige Ausrüstung: denn was hatten sie schon an Pflastern und Verbänden, an Alkohol, Zinksalbe und Heparingel dabei? So wenig, daß man darum hätte losen müssen: nach viel Gekrame kamen nicht mehr als drei kleine Heftpflaster, schon etwas angeschmutzt, und beliebig viele Papiertaschentücher zum Vorschein, die nur zum Tupfen und Reinigen verwendbar waren. Das Untersuchen und Versorgen von Wunden beruhigt gewöhnlich den Geist, wie es jede Untersuchung tut, zumindest stimmt es auf das Denken ein. Die gereizte Wut, mit der sie aufeinander losgegangen waren, legte sich rascher – denn der Schmerz macht nüchtern – als ihre diesbezüglichen körperlichen Empfindungen; dennoch kauten alle, während sie schweigend dasaßen und sich mit ihren Gliedern befaßten, an diesem finsteren Rätsel herum: was da soeben vorgefallen war und wie es dazu hatte kommen können?

Alexander, mit seiner schiefen Kopfhaltung, konnte es sich nicht verbeißen. „Die da wollten mich aus dem Fenster werfen! (mit anklagend-fassungslosem Blick) Wer glaubt mir, wenn ich das erzähle?" – Worauf die Prager grimmig konterten: „Und was wolltet ihr mit Jiří machen? Hat der euch vielleicht etwas getan?" „Wir müssen noch zurück", mahnte der pfiffige Enkel, der, obwohl er sich mit derselben Energie an der Rauferei beteiligt hat wie alle übrigen, am

171

raschesten davon zu erholen scheint, trotz seines Zahns, aus dem er sich nicht viel macht: jedenfalls ist er als erster imstande, darüber (zunächst heimlich) hinwegzulachen. Hatte nicht die Baba recht? – aber das behält er klugerweise noch für sich. Zwölf Kilometer seien es, auch auf geradem Weg. Oder sollten sie versuchen, einen Wagen herbeizutelefonieren? Einen Ambulanzwagen etwa? Kurzes Erwägen, verdrossenes Abwinken: niemand hat Lust, Märchen zu erfinden, auch Kilian nicht, dem die Entdeckung, daß die Türen nicht verschlossen, daß sie, trotz seines Gerüttels, vielleicht niemals verschlossen gewesen sind, den ersten ernsthaften Selbstzweifel seines bis dahin so unbekümmert-arroganten Studenten- und Jungherrenlebens verschafft: umdeuten ist schlecht möglich, dazu müßte er, Kilian der Realist, ja an Magie glauben. Nicht im Leben, das hat er sich geschworen: und doch ist er derjenige, der vor ihrem Abmarsch Herrn Zdeněks ermordeten Schirm – der im Auftakt ihrer Prügelei zu Boden gesegelt ist – auf dem Tisch unten deponiert, als Wahrzeichen: von allen heimlich beobachtet, von niemand kommentiert. Und nun: Fort von hier, Nachdenken ist später. Die Rucksäcke geschultert, ein Tuch an die Stirn, den Knöchel, das Schienbein mit einem nassen Unterhemd umwickelt, stapfen sie im Gänsemarsch den Hügel hinab, mit gesenkten Köpfen: halb, weil dies ihrer Stimmung entspricht, halb, weil der glitschige, mit Geröll, nassen Blättern und Zweigen bedeckte Weg Aufmerksamkeit verlangt: erst an der Biegung, wie auf eine gemeinsame, unwillkürliche Regung hin, halten sie an und schauen zurück.
Dort steht das Haus, vom Walddunkel umrahmt, und blitzt mit seinen neuen Fensterscheiben, ebenso unschuldig wie abwartend, verwunschen und gleichsam stellungslos. Kommt nur her, ich tue euch nichts, lautet sein stummer Ruf. Du vielleicht nicht, aber … ist die gemeinsame Antwort, nur Miroslav ist anderer Meinung. „Ein Zwitter", wiederholt er mit trotzigem Kopfschütteln. „Die taugen alle nichts. Man muß sich entscheiden, was man sein will: alt oder neu, modern oder antik, heilig oder profan…" „Viel-

172

leicht braucht's noch ein paar Hochzeiten und Feiern, damit die Luft da wieder rein wird" – Karel, der überlegt, ob er der Schönen von Prag ein Angebot machen soll: sie scheint nicht abgeneigt, aber es könnte auch Koketterie sein. Als Mann will man sein bestes Pulver nicht umsonst verschießen, man setzt es ein nur bei Aussicht auf Sieg. Alle basteln im Geist an Ausreden herum, wie will man irgendwem, der es nicht miterlebt hat, das Geschehen begreiflich machen?

„Auf Hochzeiten gibt's auch Schlägereien", gibt Frederik zu bedenken und wird, wie so oft, von Kilian unterbrochen, der seinen Witz und Mut wieder beisammen hat und nun energisch darauf hinweist, daß sie versäumt haben, sich da oben zu verewigen. „Ein Standfoto, von uns allen, alle sechs, mit unseren sichtbaren Blessuren. Fürs Archiv. Warum haben wir das nicht gemacht –?"

Aber von Rückkehr – und die Geister ein zweites Mal herausfordern will niemand etwas wissen, Jiří und Alexander, der in heroischem Bemühen seinen Kopf geradezurücken bestrebt ist (Stück um Stück), scheuchen die andern talwärts. Die Völkerverständigung, mit der es in der letzten Stunde so drastisch haperte, setzt insoweit – allmählich – wieder ein, als den gesamten Rückweg über ‚jeder einmal mit jedem' spricht und sich, durch harmlos erkundende Bemerkungen, die ganz banale Dinge betreffen, nach dessen Meinung über das Geschehen zu vergewissern sucht, ohne dies beim Namen nennen zu müssen. Die Ausnahme bilden Miroslav und Kilian, die sich die ganze Strecke über meiden wie zwei Metallstäbe, die mit negativen Teilchen aufgeladen sind: marschiert der eine vorn, so geht der andere hinten und umgekehrt. Die anderen merken es wohl und tun, als ob sie es nicht bemerkten. Der Kerl wollte mich umbringen, der hatte ja die wahre Mordlust in den Augen, spricht es trotzig in Kilian, sobald er seines Gegenübers ansichtig wird, und Mirek, in finsterem Trotz: Ich habe es für mein Land und meine Leute getan, es gibt nichts, wofür ich um Entschuldigung bitten müßte. Und auf Jiřís leise Ansprache: „Hör mal Mirek, was kann *er* denn dafür, daß du plötzlich

Heydrich in ihm gesehen hast, obwohl er ihm nicht mehr ähnelt als wir anderen hier": Aussehen ist vielleicht ein Zufall – Verhalten *nicht*. Aber zwölf Kilometer, die man mit ramponierten Gliedern laufen muß, ohne ein Auto, in das man bequemerweise einsteigen könnte, sind zwölf Kilometer: am Ende sind alle froh, als das Lagerfeuer in Sicht rückt, die Schlafmatten, das kühle Bier und die Aussicht, sich durch ein Bad im Fluß von den Strapazen des Ausflugs zu erholen. Sie haben es einander tüchtig gegeben, das wohl: aber, Jiřís Zahn ausgenommen, sind die Blessuren etwa gleich verteilt – was spricht dagegen, im Kreis zu sitzen wie alle Tage vorher, Brot, Würstchen und Salat zu essen und dabei den Tag Revue passieren zu lassen?

„Leute", sagt Alexander, nachdem sie, mit etwas gedämpften Mienen, eine Normalität vorspiegelnd, die noch nicht wieder da ist, über alles mögliche (hauptsächlich über das Essen allerdings), aber mit einer universalen Beharrlichkeit nicht über *das* gesprochen haben: „Leute", sagt Alexander und beweist mit diesem und dem Folgenden, daß sein Nakken nach- und den Kopf wieder freigegeben hat: den Kopf, der so flüssig Parteijargon parlieren kann: „– was war das denn eigentlich da oben – was ist da mit uns vorgegangen? Ist ja nicht normal, daß sechs Leute wie wir, die sich nur harmlos umgucken und weiter nichts antasten, die vernünftig und friedlich sind und für Versöhnung und Verständigung eintreten und für was weiß ich nicht noch alles – plötzlich aufeinander losgehen wie Tollhäusler und Gorillas zusammen – und das alles für – ja, wofür eigentlich? Die Sache bleibt unter uns, das ist klar, das hängen wir nicht an die große Glocke – aber einen Gedanken (oder zwei) sollte man sich schon einmal dazu gemacht haben. Ich für mein Teil wäre dafür –" „Halt's Maul, alter Schafskopf", sagt Kilian, der schon wieder, lässig-träge, in seiner Lieblings-Abendhaltung sitzt oder vielmehr liegt: die Knie angezogen, den Kopf auf den Rucksack gebettet, kryptische Botschaften in sein Gerät tippend und ebensolche von ihm empfangend, die aber wesentlich das Wetter, die Luftfeuchtigkeit, allgemeine Weltnachrichten und irgendwelche für ihn interessanten Zugverbindungen betreffen; er sagt es übrigens nicht unfreundlich, sondern gelassen und nebenbei, was seine gängige Art, zur Unterhaltung beizutragen, ist. Irgend jemand hat ihm vor kurzem die Hand gedrückt, und damit ist er für den Augenblick zufrieden, auch wenn er ziemlich sicher ist, daß es Karels Hand war und nicht Miroslavs, „– die Sache läßt sich knapp zusammenfassen. Man kann den Frieden nicht halten, wenn man den Krieg nicht kennt oder kennengelernt hat. Alter Indianerspruch. Oder von Clausewitz. Sucht's euch aus." – „Pah Indianer –" „Pah Clausewitz! Bei dem hieß es: Wenn du den Frieden willst –" „Die Komantschen sagen", hebt Frederik an, kommt aber nicht durch, weil eine Seitendebatte über Clausewitz beginnt, mit keinen benennbaren Resultaten; er muß sich mit seinem Veilchen begnügen und dem geheimen Wissen, daß es noch immer das beste von allen ist: es zieht sich von der Augenbraue bis zum Mundwinkel und wird bald von schwarzviolett bis zu grün und gelb variieren; es ähnelt damit seinen Gefühlen, die ebenfalls recht verschiedenartig sind und nicht allgemein-präsentabel: sein Schweigen verbirgt, daß er in Wahrheit gehobener Stimmung ist, mit ganz leisen Anflügen von schlechtem Gewissen. Er hat sich noch nie richtig geprügelt, seine Großmutter, die ihn im wesentlichen erzogen hat, hat es zu verhindern gewußt, halb aus ästhetischen, halb aus politisch-moralischen Gründen. Er fühlt sich aufgenommen in die Liga der Männer, die ‚sich nicht vor Fäusten fürchten‘. Er überlegt, ob er ihr einen Brief schreiben soll. Liebe Oma, ich bin hier im Gebirge in eine Schlägerei geraten und knapp mit dem Leben davongekommen. Es ging um nationale Ehre und Gesinnung. Mehr mündlich! Leider ist seine Großmutter zu robust, um in Ohnmacht zu fallen. Aber enterben könnte sie mich, überlegt Frederik. Jetzt schweigen die andern und er kann seinen Spruch anbringen: nur daß der Moment schon ein bißchen passé ist. Es hält ihn nicht ab. „Die Komantschen sagen: Nur ein wildes Pferd kann man zähmen. Das heißt" – etwas verlegen – „wenn ein

175

junges Pferd nicht wild ist, dann – stimmt gewissermaßen etwas nicht mit ihm ..." „Ist ja großartig, dein Komantschenspruch ..." „Wenn ich die Sache richtig sehe" – von Kilian, mit völliger Gleichgültigkeit, während er seine Zahlen tippt, „hat sich unser Freddie ja bislang nicht durch besondere Wildheit ausgezeichnet –" „Ich geb's dir gleich mit Freddie, komm nur mal rüber!" – das schönste Veilchen auf zwei Meilen in der Runde läuft rot an.

Die Prager beteiligen sich nicht an dieser Frotzelei, sie sind nachdenklicher als die übrigen, wenigstens auf eine andere Weise nachdenklich, die sich nicht sogleich zu geäußerten Überlegungen kristallisiert; sie schauen den jeweiligen Sprecher an und gelegentlich einander, etwas verstohlen: es ist noch nicht der Blick, der besagt: Denkst du, was ich denke, und doch ist es eine Verständigung, ein wortloses Suchen nach Übereinkunft. Miroslav ist der unruhigste und schweigsamste: in seinen Augen glimmt es manchmal auf, wie eine jähe Erinnerung, weshalb er es vorzieht, vor sich hin oder ins Feuer zu schauen, während seine Finger kleine Zweige zerrupfen und die Stückchen mit sorgsam gezielten Bewegungen in die Flammen zu werfen. Ein Hauch von verletztem Ehrgefühl schwebt in der Luft: als ginge es nicht an, das Ganze nur als eine Eselei und Dummheit zu deklarieren und ohne weiteres zur Tagesordnung überzugehen, sich mit den banalsten Dingen zu befassen, als sei es nicht wert, sich damit ernsthaft abzugeben: als reiche der nächstbeste Spruch aus, um es zu klassifizieren und abzutun. Sie grübeln, ohne daß sie es in Worte hätten fassen können, an etwas herum, was einstmals ,eine Verletzung des Komments' geheißen und diplomatische Sorgfalt erfordert hätte: aus der unleugbaren Einsicht heraus, Frucht langer Erfahrung, daß auch das scheinbar Sinn- und Vernunftlose eine Art der Behandlung, einen Modus erfordert, wenn man nicht riskieren will, daß es unerlöst im Hintergrund rumort und auf obskure Weise Unheil auszubrüten beginnt.

„Wo ist er abgeblieben?" sagt Karel schließlich leise, auf die nächste ungeduldige Bewegung Miroslavs hin, der immer wieder im Begriff scheint, etwas zu sagen, und immer wieder seine Lippen verschließt, was alle nervös macht, auch die Freunde. Karels Rolle als – selbsternannter – Wundarzt ist allgemein anerkannt worden, auch wenn er nicht viel mehr getan hat, als Blutergüsse mit Gel zu bestreichen und zurechtgeschnittene Heftpflaster auf exakt die richtigen Stellen zu kleben. „Hat sich verdünnisiert" – Kilians prompte Antwort, wie immer etwas obenhin, als er sein Gerät im Rucksack verstaut und sich aufsetzt. „Ist verduftet, talwärts, nachdem er uns alle formschön gegeneinander aufgemischt hat. Leute (etwas ungeduldig) – hier müßte doch eigentlich *Konsensus* darüber herrschen, daß wir alles, was dort oben passiert ist, seiner freundlichen Einmischung zu verdanken haben? Wie wäre es denn abgelaufen, wenn der – dieses Männlein – *nicht* erschienen wäre. Wir hätten da brav und friedlich eine halbe oder Dreiviertelstunde zugebracht, uns irgendwie die Zeit vertrieben und wären, sobald das Wetter es zugelassen hätte, sang- und klanglos abmarschiert." Frederik überlegt sich diese Variante und findet sie zum Gähnen langweilig: die tatsächliche schlägt sie um mehrere Pferdelängen und ist schaurig-schön. Sie teilen jetzt ein Geheimnis miteinander und seine Großmutter – wie er plötzlich erkennt – seine Großmutter, die keine Baba ist, mit uralten Hexenkenntnissen, wird nichts erfahren – nicht ein Sterbenswörtchen. Nur Alexander stört sein wohliges Gruseln und den damit verbundenen Männerstolz, denn der Jung-Parteichef – dem das Ganze ‚immer unangenehmer wird, je mehr ich dran denke' – versucht, mit der Pedanterie eines Buchhalters laut vorzurechnen bzw. auszurechnen, was Jiřís neuer Zahn kosten wird und wie sich alle daran beteiligen können: er operiert dabei mit den bürokratischen Begriffen der Krankenversicherungen, die – wie alles Bürokratische – das Leben und die Romantik zuverlässig abtöten, und geht allen auf die Nerven: was seine Art der Wiedergutmachung ist. Kannst du nicht den Schnabel halten, du Kleinkrämer, sagt sich Frederik und begegnet in Miroslavs Augen, als er verstohlen in seine Richtung schaut, einem dunklen Blick, der denselben Gedanken verrät: es schafft ein jähes Aufglimmen der Sympathie zwischen ihnen, das von Befangenheit verschleiert bleibt. „Können wir nicht einfach Karels Mütze nehmen oder meine und jeder wirft hinein, was er spenden will, und Jiří nimmt es mit, ohne Aufwand und Brimborium?" schlägt er, auf solche Weise ermutigt, vor.

Jiří, mit komisch-rührenden Gesten, wehrt alles ab, das eine wie das andere. Er werde zur Baba gehen, versichert der Pfiffige, sie werde von ihrem Kräuterabsud darüber gießen, einen Spruch dazu murmeln und ihm den Zahn wieder einsetzen, einfach so, schnipp-schnipp (seine flinken kleinen Wurstfinger schnippen lassend)! Aber soviel liebenswerten Heroismus wollen ihm nicht einmal seine Freunde abkaufen. „Komm, Jiří, das funktioniert nur im Märchen. Du brauchst einen neuen Zahn, der alte ist hin, da kann auch die Baba nichts machen." „Ihr habt es nicht richtig verstanden", beharrt der Enkel in einer seltsamen Volte, die nur er versteht. „Ihr denkt: dieser Herr Zdeněk – wo kam der bloß her und wo ging er hin? – mit verschmitzt-pfiffigem, um einen Zahn verminderten Grinsen: „Ich *weiß*, wer das war." – „Na, wer denn, sag's schon" – alle wollen es wissen, sogar Kilian schaut interessiert zu ihm hin.

Kunstpause. Dann das große Wort (mit Augenflackern). Der Leibhaftige – wer denn sonst? Einen Moment herrscht Stille, dann mitleidig-ungläubiges Stöhnen. Ist er verrückt geworden – legt ihm mal die Hand auf die Stirn – der fantasiert ja. Heda Jiří – der Teufel – den gibt's gar nicht mehr. Ist stellungslos geworden, hat abgewirtschaftet, niemand glaubt mehr an ihn ... „Ja, so redet ihr" – Jiří ungerührt. „Und was war das da oben auf der Galerie? Habt ihr schon mal einen Menschen aus einer Kiste lachen hören?" – „Da oben war ja gar keine Kiste ..." „Eben! Aber das Lachen haben alle gehört, oder wollt ihr's etwa abstreiten?" Das kann – auf Anhieb – niemand, aber nun, da das Geschehen zeitlich und räumlich in die Ferne gerückt ist, regen sich die Zweifel. „Wir müssen es uns eingebildet haben ..." „Nein, er hat schon gelacht – aber er war eben nicht in einer Kiste, sondern anderswo … vielleicht hinter der Treppe – und während Kilian hinaufstürmte, entwich er durch die Hintertür –" „Es kam aber von oben. Ja, denkt euch nur ganze Romane aus, um nicht zugeben zu müssen, daß euch die Sache unheimlich ist – daß etwas daran ist, was sich nicht so leicht aufklären läßt." – „Frag doch mal deine Baba, ob die ihn kennt. Ich wette, der Mann ist hier in der Gegend bekannt. Das gibt es nicht, daß einer herumläuft und aussieht wie der, und niemand bemerkt ihn oder hat ihn gesehen…" Jiří kaut unwirsch auf seiner Unterlippe: das ist zwar alles möglich, ändert aber an der Sache nichts… „Ihr wollt lieber an einen cikán glauben, dem ihr die Schuld geben könnt, als daß Er sich die Gestalt eines cikán beilegt, um uns zu piesacken oder auf die Probe zu stellen." „Jiří kommt aus einem Bauerngeschlecht", verteidigt Karel seinen Freund gegen den unabwendbaren Hohn, der gleich darauf einsetzt: als Feldscher sieht er sich der Gemeinschaft verpflichtet, während etwas in seinem Herzen beharrlich dem Unheimlichen zuneigt. „Alle Bauern sind abergläubisch, auch wenn's jetzt keiner mehr zugibt –"

„Was hat er denn davon, dein Leibhaftiger? Was kann's ihm nützen, wenn wir uns da oben die Köpfe einrennen?"

„Es *nützt* ihm vielleicht nichts, aber es *freut* ihn. Reicht das nicht? Hast du nie einen gekannt, der sich über Böses freute?" – „Hör mal" – Alexander zu Jiří in aufrichtiger Empörung, „– das ist ja Pogrom-Taktik, was du uns da weismachen willst –" „Gar nicht!" – „Doch! Den Gegner dämonisieren – –" „Wieso Gegner?" Jiří mit lebhaften Gesten – „ich habe niemand einen Gegner genannt. Es ist vielleicht wirklich nur ein Aberglaube … ein heidnischer sogar, nicht einmal ein christlicher. Wenn die Andere Macht auftritt – wenn wir ihr begegnen, in Gestalt eines Bettlers, eines Lumpen oder Landstreichers – und will etwas von uns – so gehorcht man ihr lieber, zumal wenn man so billig davonkommt … damit sie uns nicht verhext oder verzaubert oder etwas Böses an den Hals wünscht … Es ist eine Vorsichtsmaßnahme. Lieber ein kleines Opfer, solange noch Zeit ist, als zu versuchen, den Stein aufzuhalten, wenn er schon den Berg hinabrollt ..." „Leute, ich fasse es nicht" – Kilian, der deutliche Zeichen der Ungeduld von sich gegeben hat. „Soweit waren wir schon, noch ehe wir uns geprügelt haben, in Anwesenheit unseres verehrten Meisters, der sogenannten Anderen Macht – und jetzt kommst du erneut damit an! Los, hinlegen", kommandiert er scherzhaft. „Gebt ihm kein Bier mehr! Das Kind muß ins Bett." –

In der Nacht träumen alle schlecht, alle aus demselben oder ähnlichem Grund und doch jeder auf seine Art. Die Blessuren schmerzen und lassen keinen ungestörten Schlaf zu: die feuchte Hitze tut ihr übriges, Dösen, Wachen und Versinken in kurze Traumphasen zu vermengen. Was am Lagerfeuer noch erörtbar war, worüber man witzeln und disputieren konnte, nimmt in der fiebrigen Stille des eigenen Denkens, während man sich von einer Seite auf die andere wälzt, verzerrt-überzogene Dimensionen an. Es ist, als wälzten sich die Gedanken mit, verzerrten, vergröberten und beschleunigten sich ... Miroslav hat einen Alp auf der Brust, der ihm den Atem abdrückt: da sitzt einer, es ist Herr Zdeněk mit seinem aufgespannten Krähenschirm, der ihn mit abgründig-feindseliger Miene mustert, wie einen, der komplett, auf ganzer Linie versagt hat. Was war denn das für eine lumpige Aufführung? – steht in seinen schwarzen Augen, ohne daß es zu sagen notwendig wäre: zumindest wird es nicht durch den Mund gesprochen. Kilian hastet Treppen hoch, um einen zu finden, den er ergreifen will: nur daß die Treppen kein Ende nehmen, immer wenn er glaubt, die oberste erreicht zu haben, tut sich eine weitere auf: als er schließlich schweißgebadet oben ankommt, steht ein Fahrrad da, dahinter Herr Zdeněk, der ihm mit unmißverständlicher Miene klarmacht: Du fährst jetzt auf diesem all die schönen Treppen wieder hinunter: eine sogenannte rostige Eierschese, mit steinhartem Sattel, einem Gang und altersmüden Bremsen ... Frederik steht im Wohnzimmer seiner Großmutter, in einer Soldatenkluft, die ihm zu groß und zu weit ist, er muß seine Hose festhalten, oben rutscht ihm die Mütze vom Kopf, während er mit aggressivweinerlicher Stimme anhebt, er habe jetzt vor, ein Mann zu werden, und zwar beim Militär! – seiner Großmutter, die vor ihrem großen Bücherregal steht, fällt vor Schreck das Buch aus der Hand, als sie ihn mit versteinerten Zügen, offenen Mundes anblickt: und vor lauter Empathie, oder weil es in Träumen so sein muß, fallen weitere Bücher aus dem Regal, hier ein und dort eins, bis sich auf dem Boden ein immer größerer Haufen bildet ... Jiří sitzt beim Zahnarzt und schwitzt Blut und Wasser: lieber würde er noch einen Zahn drangeben als sich hier einer Folter von ungewisser Dauer zu unterwerfen; die Gehilfin sortiert schweigend die Instrumente, und der im weißen Kittel, der dort mit dem Rücken zu ihm steht und sich beharrlich nicht umdreht, hat er nicht die Stimme, die Haltung, das Lachen von Herrn Z – Alexander ist der wachste von allen, sein gezerrter Nacken ist zurück und läßt ihn alle paar Minuten, bei jeder unvorsichtigen Halbdrehung, vor Schmerz leise stöhnen; auf der Suche nach einer Liegeposition mit ‚geringstem Quälfaktor' unterhält er sich durch Schuldzuweisungen, die nicht von der Stelle kommen, und formuliert im Geist an einer Eingabe des Parteijungvolkes an das Kultusministerium: Wir protestieren gegen die unvollständige Ausstattung von Kulturdenkmälern und fordern das Recht auf eine Plakette für alle, die aufgrund ihrer Religion, ihrer Herkunft, ihrer Überzeugungen oder ihrer körperlichen Beschaffenheit von andern Unbill erlitten haben ... Unbill, du Pappnase! Formulier das um oder sieh im Gesetzestext nach ... Karel hastet durch den Wald, er trägt schwer an einem Rucksack mit Verbandszeug, er sucht die Stelle, an der das Verbrechen geschehen ist: vielleicht läßt sich da noch etwas machen, vielleicht ist einer der Toten noch nicht tot ... Als er den Ort erreicht zu haben glaubt, sieht er eine Gestalt: es ist seine Schöne, die sich leichtgeschürzt auf einem Baumstumpf räkelt und ihm lautlos, mit bedeutungsvoller Miene entgegenspricht: Was kommst du denn jetzt erst, Karel? Du bist zu spät, viel zu spät. Hast du mir ein Geschenk mitgebracht? – Als er ihre ausgestreckte Hand berührt, zuckt er mit einem Schrei zusammen: Herr Zdeněk ist's, der sie schmerzhaft schüttelt, zusammenpreßt und, ein hohles Lachen ausstoßend, im nächsten Moment verschwunden ist ... Schauerlich tropft der Regen von den durchnäßten Bäumen, schauerlich ist die Stille, in der er seinen eigenen keuchenden Atem hört ... –

Am nächsten Morgen: müde Gesichter, verschlafene Mienen, allgemeine Schweigsamkeit und Verdrossenheit, gepaart mit Erleichterung, das zwielichtige Abenteuer hinter sich lassen zu können. Während man Zeltstangen zusammenlegt, Matten einrollt, Rucksäcke verschnürt, den Proviant verstaut, seine Reisedaten überprüft – die Tübinger wollen nach –, die Prager nach –, in B. werden sich die Wege trennen, ordnen und klären sich die Gedanken: in dem Sinne, daß nur die präsentablen, alleralltäglichsten übrigbleiben, der Rest wird ins Dunkel gescheucht oder vielmehr: verschwindet von selbst. Was war es am Ende? – ein Nichts, d. h. eine Dummheit mit Zufallsfaktor. Bei unklarer Beweislage gewinnt gewöhnlich die simpelste Definition, die zumeist auch am schnellsten zur Hand ist. Sind wir noch Freunde oder vielmehr: Können wir es werden? Gelten die ausgetauschten Adressen noch, die Einladungen, der feste Entschluß, sich zu schreiben, einander wiederzusehen, irgendwann demnächst nach Prag oder Tübingen, auf jeden Fall wieder zusammenzukommen? Immer noch und wieder schwebt eine leise Unsicherheit über der Runde, die auch durch forsches Drüberwegsprechen, durch Schulterklopfen und betontes Lachen nicht völlig zu bannen geschweige zum Verschwinden zu bringen ist: jene Unsicherheit, die sowohl die anderen wie einen selbst betrifft und die das eigene Verhalten von dem des Gegenübers abhängig machen will. Haben wir es verwirkt – das, was im Entstehen war und schon stattfand – haben wir es zu leicht genommen? Ist es das, was der Meister mit seiner unheimlichen Lektion lehren wollte: daß noch so viele sorglos verbrachte Stunden, gemeinsame Lebenslust und selbst noch soviel passiver guter Wille und Zustimmung zu Dingen, denen kein Gerechter die Zustimmung verweigern darf, den Frieden verbürgt – weder jetzt noch in der Zukunft? Aber das ist Misanthropenlehre, nur Miroslav, der sich heimlich (wenn auch ohne Reue) schuldig spricht und der den Meister erkannt hat, fliegt sie als jähe Ahnung durch den Sinn. Die anderen lachen und winken. Vergeßt nicht: die Liebesinsel! Und Hölderlins Turm! Und ihr nicht: den Laurenziberg und die Karlsbrücke morgens um vier! Wer kommt zuerst? Na, wir natürlich! Nein, wir! Und als letzter leiser Chorus das ‚verrückte Sudetenlied', das am Lagerfeuer bei viel Bier gedichtet wurde, unter Zuhilfenahme der alten deutschen Ortsnamen und ihrer tschechischen Äquivalente, das einem Hexenlied ähnelt, weil es keine Aussage hat und nur auf der Lust an Klängen basiert. *In Zwittermühl, in Zwittermühl, dort sitzt der Wirt auf fein Gestühl, der arme Knecht muß schuften ... Ene mene molek Lolek und Karbolek!* – „Aber Zwittermühl" (Alexander vernünftig, in momentaner Geistesabwesenheit) – das gibt's doch gar nicht mehr – „Na und? Zwittermühl ist überall ..."

* * *

Und das war alles, was dieses doch nicht ganz alltägliche Abenteuer bewirkt haben soll? Wie man es nimmt. Miroslav hat, im wachsenden Bewußtsein, daß ein profundes Wissen mehr taugt bzw. Einsichten beschert als Stippvisiten plus Phantasie, an der Prager Universität einen ersten Geschichtskurs besucht und überlegt sich ernsthaft, ob er in dieser Richtung weitermachen will – die Technik, die ihm seit einiger Zeit so banal wie ungenügend erscheint, kurzerhand sausen lassend? Alexander hat die Vorstellung, beinahe ‚unfreiwilliges Opfer einer historischen Wiederholung' geworden zu sein, ebenfalls ins Grübeln gebracht: plötzlich erscheint die Aussicht, in die juristischen Fußstapfen seines Vaters zu treten und auf ziemlich raschem Wege eine *echte*

Parteigröße zu werden, ebenso natürlich wie verlockend: sind denn Juristen nicht überhaupt die unantastbarsten aller Bürger? Karel hat, mit viel Bauchgrimmen und Herzklopfen, der Schönen von Prag ein Angebot gemacht und – – – sie hat ihn abgewiesen! Nach drei Wochen Untröstlichkeit hat – simsalabim – Herrn Zdeněks magischer Traum: Karel als Feldscher: aber fortan will er pünktlich sein – unwiderstehlichen Sog entfaltet: er wird auf Medizin umsatteln, allen Ernstes, und hat schon die nötigen Schritte eingeleitet; und was die Mädchen anbelangt, so sucht er nun eines von unauffälligerem Aussehen und gering ausgeprägten Luxusbedürfnissen: es stehen drei zur engeren Auswahl. Frederik hat mit seiner Großmutter über Selbstverteidigung und ‚Bereitsein ist alles' gesprochen und, auf ihr ärgerliches Abwinken hin, sich heimlich zu einem Judokurs angemeldet, der aber, wie er sich trotzig geschworen hat, erst der Anfang sein soll, denn ‚Muskelaufbau' dürfe man nicht vernachlässigen. Kilian ist seiner Technik treu wie eh und je, die er mit seinen gleichmütigen Händen in rasender Schnelligkeit zu bedienen weiß, auch sein ‚Ihr seid wohl alle verrückt geworden' ist noch dasselbe, im übrigen bastelt er an einem Programm, das dazu befähigen soll, negative Energien in Gebäuden oder Räumen aufzuspüren und zu neutralisieren – auf streng wissenschaftliche Weise natürlich. Das Programm ist beinah fertig, nur wem er es andrehen will, weiß er noch nicht genau – schwört aber, bereits Interessenten zu haben.

Jiřís Zahn sitzt wieder an Ort und Stelle, wenn es auch eine kunstvolle, zahnärztlich makellose Nachbildung ist. Der listige Enkel hat gespendet – hat irgendeiner kirchlichen Organisation, deren Ausläufer auch die cikáni erreichen, einen Obolus zugesandt, um die höheren Mächte versöhnlich zu stimmen. Wieviel, darüber schweigt er sich aus, Reden macht das Opfer unwirksam, das weiß doch jedes Kind, aber einige Monate hat er ziemlich karg gelebt. Übrigens ist er nach wie vor überzeugt, daß sie damals, an jenem gewittrig-schwülen Augusttag, dem Teufel und seiner Großmutter begegnet sind (in umgekehrter Reihenfolge): eine Vorstel-

lung, die sein gutmütig-schlaues Bauerngemüt befriedigt;
gelegentlich lacht er noch darüber – stillvergnügt und ganz
für sich.

# Claudio

## 1.

Man hatte den jungen Leutnant gewarnt. Tu, was du willst, amüsier dich mit drei Frauen auf einmal, spiele eine gegen die andere aus und nimm am ‚Ende keine, aber – – halt dich fern von einer, die ein rotes Kleid trägt. Versprich es! – Ein Lachen war die Antwort und eine neugierige Nachfrage, die verschleiern sollte, daß dieser forsche, hübsche, ehrgeizige Aspirant auf militärische Auszeichnungen, die ihn noch bedeutend weiter tragen sollten als etwa nur bis zum untersten Rang des Stabsoffiziers – so hatte er es heimlich beschlossen – sich von dieser ‚ominösen Unkerei‘ – er warf das Wort zur Herausforderung in den Kreis und es wurde beklatscht – mehr als nur eine Spur ertappt fühlte; denn von allen Farben, die Frauen tragen konnten, fand er persönlich Rot, ein feuriges Rot, am schönsten. Wieso nicht, warum nicht: was stimmt mit einer Frau nicht, die ein rotes Kleid trägt?

Alles, wurde er belehrt. „Zum einen ist's per se eine verdächtige Farbe" – hier erhob sich noch einmal Gelächter –, „zum anderen gibt es jede Menge psychologische Gründe, einer stichhaltiger als der andere. Ob Kardinalshabit, Alarmschild oder Rote Flagge des Sozialismus" – Kommunismus, riefen die Kameraden –, „egal, fuhr der Sprecher fort, nach allgemeiner Übereinkunft heißt es: Achtung, hier kommt eine Persönlichkeit, die gesehen werden, die auffallen will.

Und bei einer Frau heißt das ganz einfach: sie will die Schönste sein und herrschen, und das nicht nur jetzt und für den Augenblick, sondern immer und überall. Zügle deine Leidenschaft, Claudio, ich sehe ein aufrührerisches Flakkern in deinen Augen – ihr andern seid meine Zeugen (im Kreis herumweisend), ihr seht es auch – der Dummkopf glaubt, wir reden Unsinn oder wollen ihm den Spaß verderben. Ich sehe voraus" – ihm zuprostend – „daß du der Narr deines Namens sein wirst, den deine unüberlegte Mutter dir verpaßt hat – von wegen Kaiser und Gott – ein halber Franzmann bist du und denen kann man ja bekanntlich *nie* trauen – aber gleichviel: Solltest du in die Bredouille kommen (du wärest nicht der erste), dann stecken deine Kameraden dich in die Whiskytaufe – dreimal kopfunter und der übrige Körper nackt, so lautet das Statut: das bringt dich wieder zu dir (bzw. zu uns) und der ganze Schlamassel ist vergessen. Abgemacht, so soll es sein!" –

Dieses lustige Geplänkel im Kreis schneidiger und gutgelaunter Offiziere, die einen der ihren aufs Korn nehmen, ob es der jüngste, der neueste oder der naivste ist oder sonst irgendein Merkmal hat, das den Spott herausfordert: die Regel bleibt, daß er nichts krummnehmen darf, wäre sicherlich allenfalls als angenehme Erinnerung, als Teil jener Geselligkeit, die auf junge Männer einen großen Reiz ausübt, im Gedächtnis geblieben, wenn nicht die nachfolgenden Geschehnisse ihr eine schrille Beglaubigung verliehen hätten. Im Moment, da die Flachserei erfolgte, hielt sie der, der ihren Gegenstand bildete, nur für einen lustigen Einfall, ein bißchen Spott und weiter nichts, den er genoß, wie er alles an der Situation und auch sich selbst genoß: er genoß seine Jugend, seinen kräftigen, trainierten Körper mit einem gar nicht so üblen dunkelhaarigen Kopf obendrauf – eher charakteristisch als hübsch, aber doch achtbar – auf diskrete Weise attraktiv hatte ihm ein Weibsgesicht, das aber nur seine Schwester war, versichert –, das Beisammensein mit Gleichgesinnten, Gleichgearteten, die Aussicht auf eine Laufbahn, auf die man stolz sein konnte und deren bester

Teil noch in der Zukunft lag, und die sehr konkrete auf einen Ball, auf dem er, selbst wenn er, entgegen allen Voraussagen, keinen ‚Fang' tun würde, doch jede Menge junger, schöner oder doch wenigstens hübscher Frauen sehen würde, in jener Verpuppung, die sie dem männlichen Auge als glitzernde Feenwesen, als Königinnen aus einer anderen Welt, einer anderen Zeit erscheinen läßt. Wobei die dunkle Ahnung, daß es sich nur um Augentrug handelt, daß diese Kostbarkeit, Frische und funkelnde Schönheit nur eine kurze Spanne Zeit existiert und oft genug weder den Abend noch den Morgen überdauert, das Begehren keineswegs mindert, im Gegenteil. Mußte man nicht umso dringender zugreifen, solange die Illusion noch intakt war? Es war keineswegs der erste Offiziersball, an dem er teilnahm, aber in seiner Art der bislang größte und insofern eine Premiere, als es der erste war, auf dem er mit den Abzeichen seines neuen Ranges, dem des Oberleutnants erscheinen würde: was schon jetzt, in der Vorausschau, einen leichten Rausch, einen fiebrigen Schwindel der Beglückung und des Stolzes verursachte, den seine Kameraden ebenfalls vermutet und für den sie ihn erbarmungslos aufgezogen hatten, ohne ihm diese Gefühle nehmen oder eintrüben zu können. Er sah sich, mit einem Glas Krimsekt in der Hand, durch die geschmückten Räume wandeln und die Blicke der jungen Schönen an seinen Schulterstücken haften, während er mit gelassener Miene und Würde, aber jede höflich grüßend, falls sie einen Blickkontakt suchte, seine Augen über sie hingleiten ließ. Ein junger Mann, mag er auch ein hübscher Kerl sein, ist für sich noch nichts, er muß etwas vorzuweisen haben, und jedes Abzeichen, nach Leutnant Claudios Ansicht der einzig würdige Schmuck des Mannes, ist ebensosehr eine Beglaubigung dessen, was er schon gleistet hat, wie ein Pfandschein auf die Zukunft.

Die Wirklichkeit, in die er am nächsten Abend eintrat, war nicht ganz so glorios wie seine Vorstellungen: die meisten Schönen waren (erwartungsgemäß) bereits vergeben, er war an einem ungünstigen Tisch plaziert worden, bei dem es aus zwei verschiedenen Richtungen zog und die vorbeieilenden Kellner permanent gegen seinen Stuhl stießen (als hätten sie's drauf abgesehen); seine Tischnachbarin war ein plumpes Mädchen in einem zu engen Kleid, in das sie sich, wie seine Kameraden hinter ihrem Rücken mit der Unbarmherzigkeit entlaufener Pennäler feixten, mit einem Schuhlöffel gezwängt haben mußte (dieser alte Witz war ihnen gerade gut genug); sie schwitzte, gestand ihm treuherzig ein, daß sie in ihren Schuhen litt, und trug, selbst wenn er sie nett hätte finden können, ein aufdringliches Parfüm, von dem ihm schlecht wurde. Für diese Enttäuschung aller Ballgänger mit zu hochgestimmten Erwartungen wurde er wenigstens durch den Anblick einer jungen Frau im roten Kleid schadlos gehalten, die im Gegensatz zu seinen eitlen Träumen keine Phantasmagorie war: sie kam sehr deutlich herein, war von allen Seiten gut zu sehen, sprach und lächelte, und als er das nächste Mal hinsah, war sie immer noch da, wenn auch an einer anderen Stelle.

Statt nun, wie seine Kameraden es ihm vorgebetet hatten, alle Alarmglocken schrillen zu lassen, war dieser junge Gimpel einfach nur entzückt. Sie war allein, war offensichtlich nicht in Begleitung gekommen, war dies nicht bereits ein Zeichen und etwas wie eine Einladung? Der Spaß vom Vorabend machte die Sache pikant, verpflichtete ihn geradezu, so machte sein Verstand es ihm mundgerecht, herauszufinden, *was* an einer Frau, die ein rotes Kleid trug, *wirklich* gefährlich sein sollte. Seine Zurückhaltung, denn es war anfänglich gar nicht leicht, sich ihr zu nähern: so sehr zog sie die Neugierigen, vor allem die, die ohne Partnerin gekommen oder geblieben waren, an, verschaffte ihm zwei Beobachtungen, die das Rätsel, mit dem seine Vorstellungskraft sie von Anfang an zu umgeben geneigt war, vermehren mußten. Die eine betraf ihre Erscheinung, die er, als sie ein paarmal an ihm vorübertanzte, deutlich studieren konnte. An ihrer Schönheit war nichts auszusetzen, sie war schlank, groß, von jenen festen und doch zarten Formen, wie sie junge Frauen, die ihren Körper durch Sport zu kräftigen pflegen, besitzen, vielleicht war sie eine Schwimmerin oder spielte Handball, da sie die Schultern und Arme hatte, die diese beiden Sportarten ebenso erfordern wie hervorbringen, dazu eine glatte und makellose Haut und langes, seidiges braunes Haar, das sich an den Enden kringelte und das sie im Gegensatz zu fast allen übrigen weiblichen Ballteilnehmerinnen, die sich alle mehr oder minder sorgfältig frisiert hatten, offen, ohne die geringste Bändigung trug, was einen zugleich freien, unbekümmerten und etwas herausfordernden Eindruck machte. Vielleicht wirkten die Brillanten, die sie in den Ohren trug, nicht ganz echt, funkelten etwas zu auffällig und gleisnerisch, ebenso schien die Kette, die sie trug, aus Straßsteinen zu bestehen, aber der Schönheit ihrer Trägerin tat dies keinen Abbruch, verstärkte vielmehr das Empfinden einer gewissen Freiheit und geistigen Selbständigkeit, die sie ausstrahlte. Was dem so genau und unverwandt hinsehenden Leutnant Claudio auffiel, war, daß ihr Kleid, das von einem tiefen, eleganten Dunkelrot war, eine Spur zu groß schien, im Rückenteil waren ein paar Fältchen zu sehen, wenn sie ihren Oberkörper bog – als wäre es ursprünglich für jemand anderen genäht worden. War sie eine Cinderella, ein armes Mädchen, eine Studentin womöglich, die sich in einem geliehenen Kleid auf den Ball wagte?

Die zweite Beobachtung, die er machte, schien diesem Einfall, der seine Neugier eher nur anreizte als sie zu dämpfen, noch einen verborgenen Aspekt hinzuzufügen: es gab offenbar eine andere Person im Saal, mit der sie in einer gewissen Verbindung stand, und diese Person war ebenfalls eine Frau, ebenfalls eine Ballteilnehmerin. Wenn sie Freundinnen waren, dann solche, die beschlossen hatten, sich offiziell nicht zu kennen, und nur durch Blicke, gelegentliches Nicken oder ein hastiges, geflüstertes Wort in einem uneinsehbaren Winkel miteinander zu kommunizieren. Einen dieser Blicke, die beim Tanzen erfolgten und auf beiden Seiten von einem Lächeln begleitet waren, fing Leutnant Claudio auf und aus beiden glaubte er etwas herausgelesen zu haben wie: Hier läuft doch alles prächtig, findest du nicht? Achtung, keine Intimitäten! Der Zufall oder eine richtige Intuition seinerseits verschaffte ihm eine weitere Bestätigung dieses Eindrucks, denn nachdem er eine strategisch günstige, der Übersicht förderliche Position links an der Bar eingenommen hatte, wollte es das Glück (oder das Schicksal, sagte sich Leutnant Claudio später), daß die Schöne, nachdem sie eine Weile lang verschwunden gewesen war, aus dem Korridor, der zu den Toiletten führte, trat und, anstatt sich erneut zu den Tanzenden zu gesellen, auf die Bar zusteuerte und direkt neben ihm Platz nahm. Wozu dies? – wenn nicht, um ihrer Freundin, mit der sie sich womöglich besprochen hatte, Gelegenheit zu geben, sich ebenfalls auf eine unauffällige Weise wieder unter die Tanzenden zu mischen, denn kurz darauf sah er sie aus demselben Korridor kommen und an ihnen vorübergehen. Leutnant Claudio wußte nicht, warum ihm dies so merkwürdig erschien oder er sich zumindest nicht daran hindern konnte, es zu registrieren, während es doch nicht zu leugnen war, daß der größte Teil seiner Aufmerksamkeit mit der Schönen befaßt war, die neben ihm auf dem Barhocker saß, ein Whiskyglas in den Händen drehend, während sie Scherze mit dem Barkeeper tauschte: er sog mit allen Sinnen ihre Gegenwart ein, soweit dies nur immer möglich war, ohne sich einer Unziemlichkeit oder Aufdringlichkeit schuldig zu machen.

Es stand (aus Leutnant Claudios Sicht) längst fest, daß sie alles einlöste, was ihre Erscheinung versprach, daß sie aus der Nähe noch reizvoller war als aus zehn oder zwanzig Metern Entfernung. Ihre Gestalt, die Linien ihrer Arme, ihres Halses, ihrer Taille strömten eine Eleganz aus, die ihn fast schwindlig machte. Selbst die falschen Juwelen, die im festlichen Saallicht stark blitzten, minderten daran nichts herab, sie waren wie zwei kleine ironische Ausrufezeichen, die eine gewisse intellektuelle Distanz zu dem Geschehen im Saal verrieten, eine Distanz, fand der Leutnant, die man sich exakt dann leisten konnte, wenn man sämtliche minderen

Anforderungen, wie sie hier als Geselligkeitspflichten an alle Anwesenden ergingen, mehr als erfüllte. Nur eines paßte nicht zu der Lässigkeit und Selbstsicherheit, mit der sie sich bewegte, sprach und hielt: die intensive, niemals nachlassende Aufmerksamkeit, mit der ihre Augen den Saal durchflogen und die – man konnte es nicht leugnen – tatsächlich eher die eines Menschen war, der sich in einer ihm fremden, ungewohnten, wenn nicht konträren Umgebung bewegt: selbst wenn es nicht die Angst vor einem Fehler ist, so steckt doch das Bewußtsein des Außerordentlichen, außer der Reihe-Befindlichen, womöglich des Abenteuers darin, das ein Mensch, erst recht ein junger Mensch nie ganz und gar verbergen kann: auf irgendeine Weise, ob als Wachsamkeit, Nervosität oder, in seiner vulgärsten Form, als Neugier tritt es doch zutage.

Als ihr Barnachbar, fand Leutnant Claudio, hatte er nicht nur das Recht, sondern gleichsam die Pflicht, einen Kommunikationsversuch zu unternehmen, und nachdem ihm ein Gefühl gleichsam davon abgeraten hatte, irgendeine Vermutung zu ihrem Status zu wagen, die womöglich eine kühle Wachsamkeit auf den Plan hätte rufen können, entschloß er sich, ein höfliches Kompliment zu anzubringen, er fand auch ohne Mühe eins, das tauglich war.

„Sie tanzen sehr gut, ich habe Sie tanzen sehen" – so lautete es – „besser als die Professionellen sogar." Sie hatte, im Zuge ihres Umhersehens, auch ihn mehrfach mit den Blicken gestreift und, als er höflich lächelte, ihm ein schnelles Lächeln zurückgegönnt: dieses, das jetzt erfolgte, war das erste echte. „Wollen Sie es selbst erproben?" kam nach einem Augenblick die Antwort. „Sehr gern, und zu jeder Zeit, wenn *Sie* nur wollen." „Gut, ich verspreche Ihnen, daß der nächste Tanz, zu dem ich mich entschließe, Ihnen gehört." Nach einer Pause, ihn fast scharf ansehend: „Warum besser als die Professionellen?"

„*Warum*, weiß ich nicht, das ist Ihr Geheimnis. Nur auf welche Weise, kann ich Ihnen sagen: Es sieht bei Ihnen natürlicher aus. Die Könnerschaft der Professionellen wirkt zwar sehr eindrucksvoll, fängt aber schnell an zu langweilen. Man merkt ihnen immer an, daß sie Preise gewinnen, gefallen, Aufsehen erregen, sich auszeichnen wollen. Das reduziert den Tanz auf etwas Formales, auf eine akademische Übung, bei der es darauf ankommt, sich mit der größten Anmut, Gewandtheit, Geschicklichkeit zu bewegen. In dem Maße, in dem der Tanz strenggenommen schließlich nur noch Bewegung ist, verwandelt er sich im Grunde in – Sport." „Sie wollen mir doch nicht weismachen" – die Schöne mit sehr ironischem Lächeln, das etwas kaschieren zu wollen schien – aber was war es: Verlegenheit oder Belustigung, mit der sie seinen gesamten Passus ziemlich ungerührt angehört hatte? – „daß Sie oder irgendeiner der Männer hier im Saal etwas gegen den Sport haben?" – „Nein, im Gegenteil, viele von uns sind Sportler oder üben eine Sportart aus, die meisten mehrere, aber es gibt hier Leute – und ich gehöre zu ihnen –, die finden, daß Sport und Tanz zwei verschiedene Dinge sind. Erlassen Sie mir auszuführen, inwieweit: Sie würden mir über meiner Erklärung davonlaufen und das möchte ich nicht riskieren. Also kurz und gut: Sie tanzen wie jemand, der Freude am Tanzen hat und sich dem völlig hingibt, ohne Gezier und Schauspielerei – –" Er stockte, weil seine Gedanken sich zu durchkreuzen, zu verwirren drohten, sich wechselseitig im Weg waren: die Sache ging nicht so glatt auf, wie sie ihm eben noch erschienen war.

Das Auftauchen seiner Kameraden bewahrte ihn davor, sich mit irgendeiner Phrase zu retten oder seine Unbeholfenheit eingestehen zu müssen: sie kamen wie die Neugierigen, die sie waren, um zu erkunden, was vor sich ging, nachdem sie aus der Ferne das Geschehen bemerkt hatten – um ihn zu warnen oder zu ärgern: vermutlich aus allen drei Gründen. Ein Bemühen, ihm die Schöne abspenstig zu machen und zum Tanz aufzufordern, endete mit abschlägigem Bescheid: der neben ihr sitzende Herr, teilte ihnen die Unbekannte mit, habe sich durch seine klugen Antworten das Recht auf den nächsten Tanz erworben. Ob sie überhaupt wisse, mit wem sie es zu tun habe? konterten die Kameraden lustig, aber mit diabolischem Funkeln in den Augen. Dies sei Leutnant Claudio, und wenn er kluge Antworten gebe, so habe das jedenfalls Methode und sei überhaupt nicht ungefährlich, er sei der ehrgeizigste Mann hier im Saal, unter General werde er es nicht tun. Mit seiner Galanterie habe es nicht viel auf sich, seine Tischnachbarin habe er jedenfalls, als seinem Geschmack nicht entsprechend, ziemlich schnöde im Stich gelassen!

„Das einzige, was mich an diesen Bosheiten wirklich stört", sagte Leutnant Claudio, nachdem er sie auf die Tanzfläche geführt hatte, bemüht, den hitzigen Zorn, den er über die Einmischung in sich aufkommen gespürt hatte, durch eine etwas betonte Gelassenheit zu überspielen, „ist, daß es Ihnen eine niedrige Meinung von unserem Komment geben könnte."

„Haben Sie Angst, daß Ihre Kameraden noch mehr von Ihnen verraten?" – „Sie würden es tun, wenn Sie sie ließen, soviel steht fest. Aber es gibt keine finsteren Dinge zu verraten. Ich bin frei, ungebunden, liebe meine Arbeit und tue sie mit Freude und großem Einsatz. Ich habe eine Schwester, die ein paar Jahre älter ist als ich. Mein Vater war Franzose, ist aber schon seit längerem tot. Meine Mutter lebt in L. und bezieht eine kleine Rente, um ihretwillen bin ich in der Tat entschlossen, etwas aus mir zu machen. Jede neue Auszeichnung erfüllt sie mit Stolz."

„Das klingt wirklich etwas *zu* glatt, Leutnant Claudio, als daß man es als bare Münze durchgehen lassen könnte. Wie paßt Ihr großer Ehrgeiz, den Ihre Kameraden Ihnen attestiert haben, zu Ihrer Ablehnung des Ehrgeizes im Tanz?"

„Ich glaube, er verträgt sich sehr gut damit, zumindest kann ich mich rechtfertigen. Zum einen hatte ich stets selber den Ehrgeiz, einigermaßen passabel zu tanzen, sonst würde ich mich gar nicht auf die Tanzfläche wagen. Man möchte nicht gern herumstolpern und anderen Leuten ein peinliches Schauspiel bieten. Andererseits hat meines Wissens seit jeher der Tanz zu den kultischen und rituellen Handlungen gehört, vielleicht erklärt dies mein Empfinden, daß kommerzielle Bestrebungen darin fehl am Platz sind – ihn herabwürdigen. Ich begreife, daß es Leute gibt, die mit solchen Darbietungen ihr Geld verdienen wollen oder müssen, für mich bleibt der Tanz – in seiner schönsten Form – Ausdruck der Freiheit."

„So so. (ziemlich ungerührt) Und Ihre Tischnachbarin?"

„Ich bin nicht mit ihr hergekommen, sie ist mir eine völlig Unbekannte. Wir haben uns ein wenig unterhalten, ihre zu engen Schuhe haben sie am Tanzen gehindert, was ich auch nicht bedauert habe. Es ist kein Verbrechen festzustellen, daß man nicht zueinander paßt, auch nicht für das Amüsement einer Nacht."

Und wieder das Stocken, die momentane Verwirrung, weil alles, was er in dieser Situation, zu dieser unbekannten Schönen sprach, ihm so rumorend, so ungewollt bedeutungsvoll vorkam, als enthüllte es viel größere Tiefen, verwiese auf viel weitreichendere Zusammenhänge, als bei dem geringen Bekanntschaftsgrad eigentlich statthaft war. Lag es an ihr, die so wenig Wert darauf zu legen schien, die albernen Floskeln zu sprechen, die man bei solcher Gelegenheit zu äußern pflegt, wo man die plötzliche physische Nähe, in die einen der Tanz versetzt, durch eine gespielte Harmlosigkeit zu entschärfen sucht, da mit dieser Nähe ja gleichsam noch nichts gewonnen ist, vielmehr das Eigentliche erst noch errungen werden muß: als hätte sie dafür weder Zeit noch Sinn, gebe nicht das Geringste darauf? Es war jedenfalls das erste Mal, daß ihm dergleichen widerfuhr, daß er agieren mußte wie jemand, der ins Blinde hinein tönende Worte spricht, gänzlich ungewiß, welches Echo sie auf der anderen Seite erwecken mögen: und Leutnant Claudio, darin dem Schicksal ebenbürtig, fand sich bereit, dies für ein Omen zu nehmen, wie ihm alles in dieser Nacht zum Omen wurde: er selbst, das rote Kleid, die Musik, der Zufall oder Nicht-Zufall, der sie so unerwartet nebeneinander plaziert hatte – alles. Die Musik! Die Musik als große Gegnerin und Zauberin, mit der es sich nicht zu scherzen ziemt, die zu einer verheerenden Rache ausholen kann. Den ersten Tanz hatten sie getanzt wie zwei junge Leute, die noch nicht warm miteinander sind, ein leises Prickeln und Stechen, eine leise Spur der Geringschätzung und Sprödigkeit von ihrer Seite, eine Unsicherheit und Vorsicht von seiner hatten verhindert, daß sie zu jener tänzerischen Harmonie kamen, die den Zusehenden fast soviel Befriedigung bereitet wie den Tanzenden selbst: der nächste Tanz, den sie ihm, entgegen seiner Befürchtung auch noch schenkte, änderte alles. Warum mußte es von allen Walzern ausgerechnet dieser sein, der Schostakowitsch-Walzer, der schon so vielen Generationen den Kopf verdreht hat? Als die ersten Takte erklangen, durchfuhr sie ein elektrischer Funke, wie ihn jemand verspürt, der auf eine bestimmte Sache, einen bestimmten Augenblick gewartet hat, sie wandte ihre Augen zu seinem Gesicht und sah ihn mit einer freudigen, ungekünstelten Direktheit an, die noch jedes naive männliche Gemüt als ein Liebesversprechen aufgefaßt hat, ihre Haltung wurde weicher und nachgiebiger, als sie sich in seine Arme schmiegte: als wäre sie bereit, das Unerhörte zu tun, mit ihm auf und davon zu tanzen, alle Stufen des bekannt und vertraut miteinander Werdens ebenso behend wie leichtmütig überspringend, als zählte nichts dergleichen mehr, gar nichts. Man kann einen Walzer auf vielerlei Arten tanzen, von gemütlich-wiegend über trippelnd-taktfest bis zu beschwinglich-konventionell: man kann ihn auch als einen feurigen Wettlauf gegen Zeit und Vergänglichkeit tanzen, als einen Wirbel der Leichtigkeit und Lust. Soviel vermochten diese zärtlichen Klarinettentöne mit der wiegenden Melodieführung, zu der sie den Lauschenden einladen, ja mit sich fortreißen, und der wundervolle Dreivierteltakt, in den sie sich gliedern und der den Füßen eine solche Leichtigkeit gibt, daß sie den Boden kaum noch spüren, kaum mehr zu berühren scheinen. Sie flogen dahin, getragen von den schwermütig sanften Tönen und den leidenschaftlichen Umschwüngen und Akzenten, denen sie sich mit einer verwegenen Begeisterung überließen: und plötzlich war alles da, was Leutnant Claudio sich erträumt und woran es der

Festlichkeit als ganzer bislang so merklich gemangelt hatte: der Krimsekt, der Rausch, das Strahlen, das Flattern ihres roten Kleides, die Biegsamkeit ihrer Glieder, als sie jeder seiner Bewegungen folgte, das Gefühl, als tanzten sie allein unter freiem Himmel, unter funkelnden Kronleuchtern, in geheimnisvollen Winkeln eines alten Palastes, das abwechselte mit dem Empfinden, inmitten einer jubelnden Menge zu sein und aller Augen auf sich gerichtet zu wissen. Es war eine ganze sinnverwirrende Seligkeit, die exakt drei Minuten siebenunddreißig Sekunden dauerte, danach ist der Tanz aus, denn wie alle Eingeweihten wissen, endet er ziemlich abrupt mit einem bedenkenswerten Paukenschlag.

Leutnant Claudio fand sich mit seiner Schönen in einer Ekke wieder, wo sie unbeobachtet waren und sie es, glücklich atmend und vom Tanz erhitzt, hinnahm, daß er ihr, ihre Taille noch nicht loslassend, ‚Cinderella‘ ins Ohr flüsterte und daß dies der Name sei, der ihm am passendsten für sie erscheine: sie duldete es sogar, daß er sie küßte, als ihre Lippen sich so nah waren: oder vielmehr küßte sie ihn selbst, in einem raschen Auflodern verhaltener Glut, die der Tanz noch nicht erschöpft hatte, was ebenso als Schlußpunkt und Dank für das Vorhergehende aufgefaßt werden konnte wie als Einladung zu weiterem. Konnte man es dem berauschten, hingerissenen Leutnant zum Vorwurf machen, daß er, in der sanguinischen Gemütsverfassung eines jungen Ehrgeizigen, der noch keine nennenswerten Enttäuschungen hat verkraften müssen, so blindlings an das letztere glauben wollte? Ihre Antwort, als sie sich von ihm löste, war ein empfindlicher Dämpfer.

„Dann haben Sie die Sache besser erraten, als Sie glauben, Leutnant Claudio“ – denn besser könne es nicht werden und sie müsse nun fort, sie habe sich selbst ein Versprechen gegeben. Welches Versprechen? Zu gehen, wenn es am schönsten sei, natürlich (mit nochmaligem strahlenden Lächeln, das in Wirklichkeit ein verkleidetes Lachen war). Ob er dies als Kompliment auffassen dürfe? – Leutnant Claudio in einer Mischung aus Bestürzung und Wagemut, die ihn die raschesten Entschlüsse fassen und wieder fallenlassen ließ, in derselben Sekunde. Wie er wolle – und damit war sie schon am Entschwinden, der Leutnant war mit zwei Sätzen an ihrer Seite, hielt sie an der Hand zurück. „Dann dulden Sie wenigstens, daß ich Sie begleite – auch mir bedeutet dieser Ball hier nichts mehr – ohne Sie." Nach einem Augenblick etwas sonderbarer, etwas zu nachdenklicher Besinnung wurde ihm dies, mit einer Rückkehr ihres etwas ironisch herausfordernden Lächelns gewährt; sie versprach, auf ihn zu warten, während Leutnant Claudio davoneilte, um an der Garderobe ihrer beider Mäntel einzulösen, es mit Ärger zur Kenntnis nehmend, daß sein bester Freund, ein drahtiges Langbein namens Kurt, der ihn über die Saalentfernung beobachtet haben mußte, sich vor ihm aufbaute, mit allen Anzeichen des Erstaunens. „Was hast du vor, du Trottel – – du willst doch nicht etwa? Laß dich nicht täuschen, die Dame ist nicht echt, wir sind alle der Meinung und würden drauf wetten. Eine eingeschlichene Falschmünze. Sie hat jedem von uns einen anderen Namen angegeben. Brauchst du noch mehr Beweise?" – „Geh mir aus dem Weg" – Leutnant Claudio in kalter Ruhe, mit dem angefügten, schweigenden Zusatz, als er mit seinen Sachen davoneilte: Ihr seid um sie herumgeschwirrt wie die Fliegen und habt euch um das Recht gebracht, ein Urteil über sie abgeben zu dürfen! Im Taxi: Verlegenheit, dann Übermut. „Wo soll es hingehen, Cinderella?" –„Wie soll ich das wissen?" mit blitzendem Lachen – und hinterdrein gesetzt: „Wo willst *du* denn hin?" – „Das ... weiß ich nicht, ich wüßte allenfalls, wohin ich muß. Ins Hotel. Ich wohne nicht hier, die meisten von uns sind nur für den Ball hergekommen." Als er die Stadt nannte, in der er stationiert war, erntete er ein neuerliches Auflachen, ehe die Schöne in plötzlicher Besinnung den Finger auf die Lippen legte. „Soso, dort wohnst du, Leutnant Claudio? Das ist wirklich sehr merkwürdig. Ich habe Freunde in H. – ziemlich gute Freunde. – Gleichviel" – mit ihrer immer etwas jähen, herausfordernden Gleichgültigkeit, die eine innere Distanz, ein sorgsames und wägendes

Nachdenken zu kaschieren schien. „Fahren wir einfach dorthin, wohin du mußt – das ist zufällig auch meine Richtung, auch wenn ich (ironisches Blitzen) nicht so vornehm untergebracht bin! Marriott mit fünf Sternen! Dort können wir bei einem Glas Champagner unsere Zweisamkeit fortsetzen!" (sich in ihren Mantel und in die Polster schmiegend)

Die Bezauberung hielt an, aber ein Rest seiner Vernunft, die trotz seines fiebrig-berauschten Zustands in ihm fortwirkte, suggerierte ihm deutlich, daß solch ein vom Himmel gefallenes Glück, das sich den Wünschen widerstandslos andiente, womöglich etwas zu stark glänzte, als daß man ihm ganz und gar trauen durfte. Er sagte sich, daß wenigstens die Hälfte seiner Kameraden – darauf hätte er schwören mögen – die Gelegenheit, die sich ihnen darbot, begierig und völlig unbekümmert um die Folgen ergriffen hätte, sie sich im nachhinein passend zurechtmalend: Leutnant Claudios Pech oder Glück war, zu jener kleineren Hälfte, zu jenem Bruchteil womöglich nur derer zu zählen, die fanden, daß dies nicht ging, daß es sich auf irgendeine Weise nicht schicke. Weder die Sehnsucht noch die Versuchung waren ihm fremd, als Gefühl ebenso wie als Handlungsaufforderung, sämtliche Schranken, Bestimmungen, Konventionen, die das Verhalten der Menschen zueinander regeln, in einem Akt souveräner Willkür beiseite zu schieben und die Liebe in ihrer Reinform zu suchen: unmittelbar, von Herz zu Herz, von Körper zu Körper, alles Störende, Nebensächliche, Überflüssige, was sich dreinmischen will – ob es Rituale sind oder Alltäglichkeiten – beiseite zu schieben: gleichzeitig wußte etwas in ihm, daß dies gleichsam, wie sie es getan hatten, im leeren Raum tanzen hieß, ohne auch nur ein Geländer, das man ergreifen konnte, falls einen der Schwindel ergriff. Vielleicht antwortete das in Leutnant Claudio, was die Esoteriker den Astralleib nennen, auf etwas, was er in seiner schönen Balleroberung spürte, denn es ist schwer, den Geist und das Denken zu negieren, wenn man sie einmal wahrgenommen hat – so unkörperlich sie sind, so behaupten sie doch eine unheimliche Präsenz, der nur mit denselben Mitteln zu begegnen ist. Vielleicht sucht sie nur nach einer Gelegenheit, mich zu verachten, sagte sich Leutnant Claudios siebenter Sinn, der ihm raten wollte, die Wünsche der Cinderella zu seinen zu machen und nichts zu wagen, ehe sie ihm nicht eine Ermutigung gegeben hatte – dann werde ich ihr beweisen, daß ich besser als meine Kameraden und ein Großteil anderer Männer bin! Wenn sie mir ihren Namen und ihre Adresse gibt, ist das schon viel, alles Weitere wird sich finden! – Seine Ballbekanntschaft schien in einer fiebrig-erregten, übermütigen Stimmung, die sich mit ihrer Entfernung vom Ballgeschehen eher noch steigerte; teils sog sie alles, was um sie herum geschah und zu sehen war, mit offenen Augen ein wie jemand, der geschworen hat, den höchstmöglichen Genuß aus allem zu ziehen, was es auch sei, dann verriet ein abwesender Blick fremde, womöglich abgründige Gedanken, hin und wieder lachte sie mit dem wilden Freimut einer schönen jungen Frau, die sich jeder Lage gewachsen fühlt: wenn der benebelte Claudio, der sich an ihr nicht sattsehen konnte und den ihre körperliche Nähe, die Wärme ihres Blutes, ihrer Haut, wie Wein zu Kopf stieg, sie bat, ihm den Grund ihres Lachens zu sagen, lachte sie noch mehr: als er ihre Hand fing, mit der sie seinen Mund verschließen wollte, sie nicht freigab und zu küssen versuchte, entzog sie sie ihm rasch – um sie ihm nach einem Moment der Überraschung, des sich gegenseitig Ansehens, gleichsam formell wieder zu übergeben. Küß doch, wenn du es nicht lassen kannst! Es wird dir alles nichts helfen!

Trotz dieses Schnellfeuers weiblicher Koketterie, die unbekümmert alles herausschleudert, was sie im Arsenal hat, als wäre ihr Vorrat unerschöpflich, hatte Leutnant Claudio noch Geist genug, um, wozu immer sich ihr Tête-à-Tête gestalten würde, sich in adäquatem Rahmen, in festlichgehobener Stimmung abspielen lassen zu wollen. Er bestellte, weil ihm der in der Zimmerbar vorhandene Sekt, obwohl es eine gute Marke war, nicht genügte, eine Flasche Champagner und hätte noch mehr getan, wenn Cinderella, während sie aus den Fenstern des siebenten Stockes den Panoramablick über die nächtlich erleuchtete Stadt bewunderte, ihn nicht daran gehindert hätte, indem sie, rasch zu ihm hintretend, ihm mit Blicken und Gesten zu verstehen gab, daß die auf dem Tisch befindlichen Leckereien – ein diskreter Service des Hotels für seine Gäste –, die der Leutnant, in Erwartung eines reichlichen Abendessens auf dem Ball selbst, noch nicht angerührt, kaum einmal angesehen hatte, ihr genügten. Es war ein wenig Konfekt, hübsch in goldenes Papier gewickelt, ein paar exotische Früchte, darunter eine Karambole, auch Sternfrucht genannt, die sie, bis auf die pergamentähnlichen Blätter, merkwürdig sorgsam untersuchte und in den Fingern drehte, ehe sie sie in den Mund stecken wollte, über den sauren Geschmack lächelnd, schließlich ein paar mit sonderbar pfeffrigen Mischungen gewürzte Mandeln und Nüsse, über die, was ihre Echtheit oder Künstlichkeit anging, ihre Meinungen differierten. Es war angenehm, in blausamtenen Sesseln zu sitzen, gelegentlich etwas Champagner zu nippen und sich, wobei sich ihre Köpfe aneinander annäherten, über diese deliziösen Nichtigkeiten beugen zu können, etwas Gemeinsames zu haben, worüber man sprechen und scherzen kann: da ihnen, nachdem der Ball hinter ihnen lag, ja sie ihn formell hinter sich gelassen hatten, doch merklich der Stoff auszugehen begann.

Es hatte bereits im Taxi begonnen, aber dort gab es doch noch ein gemeinsames Ziel, auf das man zusteuerte: hier aber, in der luxuriösen und zugleich völlig unpersönlichen Atmosphäre eines Hotelzimmers gehobener Klasse, machte sich eine Beklemmung fühlbar, die sie offenbar beide in ähnlichem Grad empfanden, aber über die sie, was ihre Erwünschtheit und ihr Fortdauern (nicht auch ihre Ursache?) anbelangte, unterschiedliche Auffassungen hegten. Der Leutnant wünschte sich Offenheit, es war ihm vollkommen klar, nichts lag so sehr auf der Hand wie dies: daß man nicht einfach, ohne eine wirkliche Verständigung, an das anknüp-

202

fen, mit dem fortfahren konnte, was auf dem Ball geschehen war oder dazu geführt hatte, daß sie jetzt hier saßen, in Leib und Blut: es ging nicht, ehe sie nicht den richtigen Ton miteinander trafen, und dieser Ton mußte echt sein, ohne Ausweichmanöver, Phrasen und Vorspiegelungen. Sein erster Vorstoß – er holte Atem, ohne zu wissen, was er sagen wollte – in diese Richtung mißlang: sie hatte ein goldenes Konfekt vom Teller genommen, wickelte es aus dem Papier, probierte es und teilte ihm ihre Ansicht darüber mit: „Sehr gut! Ähnelt in nichts dem Eiskonfekt, das ich aus meiner Kindheit kenne und an dem das Beste die Hülle war." – Ob er es kenne? – „Ja. Eine greuliche Süßigkeit. Ich glaube, daß sie in der Hauptsache aus Fett bestand." – „Ersatzkonfekt für arme Leute", sagte die Cinderella und nach einem sprühenden Blick durch das Zimmer und einem Lächeln, das von Bosheit nicht ganz frei war: „Hübsch macht es der Staat seinen Offizieren, wenn er sie auswärtig unterbringt ..." – „Der Staat. Nein, unser Verbindungshaus. Die Bundeswehr bringt uns ordentlich unter (wenn sie muß), aber Luxus kann man es nicht nennen."

Stille trat ein, während der der Leutnant überlegte, ob er noch mehr zu diesem Thema sagen, den Unterschied noch etwas deutlicher machen sollte, aber ohne eine Regung der Neugier oder des Interesses von seinem Gegenüber keinen rechten Anstoß hierzu fand: wenn er sie ansah, lächelte ihr schöner, eine Spur zu großer Mund zwar sehr gewinnend und bereitwillig, aber es war schwer zu entscheiden, ob die Augen dieses Lächeln mitlächelten, sie zuckten in beständiger Unruhe hin und her und entlarvten damit, ob sie wollten oder nicht, und so sehr die beherrschte Miene es zu kaschieren versuchte, eine heimliche, intensive Gedankentätigkeit. Es ist zwecklos, solche Zeichen ignorieren zu wollen, der Körper nimmt sie wahr, und folglich auch der Geist, auch wenn ihre Urheber sich selbst nicht im klaren über sie sein mögen. Leutnant Claudio, der eben noch geglaubt hatte, eine etwas ernstere, intimere Stimmung könne die Verständigung befördern und das fortsetzen, was Rausch,

Übermut und die Musik begonnen hatten, fand sich nicht mehr zurecht; in seiner Verwirrung griff er zum Notbehelf tapferer Offiziere, die Verwegenheit, sich in das Gefürchtete mitten hineinzustürzen, wähnend, daß er – er selbst – noch nicht offenherzig genug gewesen war. „Weißt du, Cinderella", hob er an, ohne sie anzusehen, um nicht vor der Zeit ins Stocken zu geraten, „ich möchte dich gern etwas fragen – viele Dinge sogar, aber etwas schnürt mir die Kehle zu und ich weiß nicht, was es ist. Du hast mir noch nicht einmal deinen Namen gesagt, und mir ist fast, als dürfte ich nichts sagen, ehe wir nicht pari miteinander sind ... Selbst dies hier zu sagen, kostet mich Mut, ich habe Angst, du lachst mich im Stillen aus, so wie du im Taxi gelacht hast ... Übrigens macht es mir nichts aus, verspottet zu werden, aber unter uns zweien fände ich es schade, wenn wir nicht ernsthaft miteinander sein könnten ..." Als er den Kopf wandte, trank sie – ziemlich ungerührt, wie ihm schien – ihr Glas aus wie jemand, der sich vorgenommen hat, nur dieses eine Glas zu leeren und es mit vollem Bedacht tut, lächelte womöglich noch bereitwilliger als zuvor, indem sie sich brüsk erhob und ihn bat (Richtung Badezimmer zeigend), sie eine oder zwei Minuten zu entschuldigen, dann werde sie ihm alle Informationen geben, die er benötige, denn auch das Wissen – mit einem Blitzen ihrer falschen Juwelen und einer geschmeidigen Drehung auf den Zehenspitzen, die unwiderstehlich an den Ball gemahnte – bedarf der Vorbereitung!

Der Leutnant trank brav seinen Champagner, während er wartete, sah auf die im Nachtdunkel liegende, funkelnde Stadt hinaus und fragte sich zuweilen etwas beklommen, was ihn erwarten mochte: er hielt buchstäblich alles für möglich, sogar daß sie sich ihm nackt präsentieren würde; auch wenn ihr Verhalten, seitdem sie hier allein miteinander waren, dies nicht nahelegte, so war es doch möglich: jede Laune, jeder Einfall, jede Verrücktheit, ja jede Verkommenheit war möglich zwischen Menschen, die einander noch vor zwei Stunden zwei völlig Unbekannte gewesen sind.

Lieber brav als verkommen, entschied Leutnant Claudio.

Als das Warten etwas verdächtig lange dauerte, trat er in den kleinen Flurraum hinaus und sah, daß die Tür des Bades nur noch angelehnt war: das Bad war leer, die schwarze Stola, die sie zu ihrem roten Kleid getragen hatte, war vom Garderobenhalter verschwunden, das einzige Zeichen ihrer Gegenwart war ein einmal gefalteter Zettel, der, als unmißverständliche Aufforderung, auf dem spiegelblank polierten, marmornen Waschtisch stand und den Leutnant Claudio zuerst einmal hastig im Stehen, die nächsten fünf Male auf seiner Bettkante sitzend las, ohne sich durch die Lektüre sonderlich erbaut zu fühlen. Ich bedaure, hieß es da, in einer ziemlich steilen, ziemlich eiligen Schrift –, Leutnant Claudio, daß dein Märchen nun zu Ende ist und daß es keine Fortsetzung haben kann. Dies sollen aber oftmals die schönsten Märchen sein, die ebenso kurz wie einmalig sind. Spüre mir nicht nach, suche nicht nach mir, es wäre alles vergeblich und sinnlos obendrein. Einem so begabten und hübschen Tänzer, der Bücher gelesen und ‚Aussichten‘ hat, muß es ein Leichtes sein, sich zu trösten, ich habe keine Sorgen um dich! Cinderella. PS.: Schönen Dank für die Taxifahrt, die ich mir aus eigenem Vermögen nicht hätte leisten können. Ein Fußweg mit verlorenem Schuh wäre mein Schicksal gewesen. –

Auf das Wort Schicksal hatten ihre bemalten Lippen einen roten Kuß gedrückt.

## 2.

Drei Monate später saßen zwei Offiziere in einem hinteren Winkel der weitläufigen Kantine ihrer Kaserne und unterhielten sich, nachdem sie die Reste ihres Mittagessens beiseite geschoben, sie gleichsam in eine Barriere verwandelt hatten, mit jenen leisen Stimmen, die man für private Dinge reserviert, für die man keinen unberufenen Zuhörer wünscht. Das Gespräch hatte nicht von selbst diese Richtung genommen, nachdem es vorher neutral und etwas sprunghaft gewesen war, zudem einseitig, wenn nicht der eine von ihnen, das lange Ende vom Verbindungsball, seines Zeichens ebenfalls Oberleutnant, gefragt hätte, was das Gewittermienengesicht seines Freundes zu bedeuten habe, mit dem er schon den ganzen Vormittag herumlaufe: ob etwas vorgefallen sei, ob er Ärger gehabt habe? Das war eine jener Fragen, auf die man entweder mit einer Lüge oder mit einem Vertrauensbeweis antworten muß: es bezeichnet ihr Verhältnis, daß Leutnant Claudio, nach einem Zögern, das ausschließlich der Umgebung galt, sich zum letzteren entschloß. „Du hast wohl nicht mitbekommen, daß ich beim Alten war?" – „Beim Wolf?" Das war der Name ihres Vorgesetzten, den übrigens, trotz allgemeiner Beliebtheit seines Trägers, die gesamte Kompanie, einschließlich des Wolfes selbst, passend fand. „Förmlich hinzitiert, nach Dienstschluß. Hatte seine scharfe Maske aufgesetzt und hielt mir eine Art Standpauke, schneidend-offiziell. Aber das war später, anfangs hielt er mir nur, mit steinerner Miene, ein Papier entgegen, fragte nicht einmal, ob ich das geschrieben hätte, sondern hieß es mich vorlesen." – „Und das war –" – „Meine Abschlußarbeit von vor drei Jahren, die ihm der Kommandant von …, der mich damals schon auf dem Kieker hatte, hat zukommen lassen. Im Zuge neuer verpflichtender Weisungen von höchster Stelle, die mit Blick auf eine verstärkte europäische Zusammenarbeit der entsprechenden Instanzen darauf abziele, den gesamten Militärapparat von unliebsamen Tendenzen und Einflüssen zu reinigen und ihn entsprechend stärker zu kontrollieren und durchzumustern, habe er sich verpflichtet gefühlt, seinem deutschen Kollegen in H.,. der jetzt nach seiner Kenntnis mein offizieller Vorgesetzter sei, von jener Arbeit in Kenntnis zu setzen, die er damals gleichsam wider sein besseres Empfinden und nur unter starken Vorbehalten und aufgrund meiner sonstigen exzellenten Noten und Leistungen habe durchgehen lassen. Das also hielt er mir unter die Nase, mit den einschlägigen Passagen." – „Und du –" „Ich mußte vorlesen", sagte Leutnant Claudio. „Die Überlegenheit unserer westlichen Zivilisation – der Wille zum Herrschen – die angeborene Befähigung ... Dieser Mann war selber nicht astrein, dies glaube mir. Er hegte Mißtrauen gegen mich, er wollte mich weder für einen Deutschen noch einen Franzosen halten. Ich weiß nicht, wer das Zeug übersetzt hat, denn ich hatte es ja auf französisch geschrieben. Es gibt also noch andere Mitwisser. Er hat offenbar irgendwann beschlossen, ein paar Buben zu opfern, um seine europakonforme Gesinnung zu zeigen, und unter diesen war zufällig auch ich." Nach einem Augenblick setzte er hinzu. „Nietzsche, Spengler und ein paar heutige. Ich glaube im Grunde heute noch dran, so wie ich damals glaubte: nur war ich damals Idealist, was ich jetzt nicht mehr bin. Damals war ich wirklich der Auffassung, etwas Großartiges geschrieben zu haben, Wahrheiten, die vor dem inneren Zensor bestünden, und daß, sofern die Arbeit nur von sprachlichem Können, Logik und Verstand zeugte, ich damit Ehre einlegen, sie meinen Aufstieg befördern würde." – „Nun ja, wir haben alle unsere naiven Ansichten gehabt und unsere Torheiten begangen –" „Ja, aber die, sagte er (der Wolf) – könne mir den Hals brechen. Die Nachricht seines französischen Kollegen komme nicht von ungefähr, er habe Weisung, uns schärfer auf die Finger zu sehen und weder in der Führung noch im Heer etwas zu dulden, was extremistischen Ansichten und Verhaltensweisen gleichkomme. Im Kabuff aber sagte er wörtlich: daß in diesem Land vor wenigen Dekaden noch Dinge geäußert oder als die Haltung vieler zum Ausdruck gebracht worden seien, die den bei mir beanstandeten Passagen nicht nur gleichkämen, sondern sie in mancher Hinsicht überträfen. Aber der Wind wehe nun einmal derzeit von der anderen Seite, ziemlich scharf sogar, was zu ignorieren oder worüber sich betrügen zu wollen, eine ziemlich kopflose Eselei darstelle. Er verliere nicht gern einen seiner besten Männer, der Nachwuchs sei äußerst dürftig, und er wisse kaum noch, wo er gute Leute herbe-

kommen solle." – „Na also" – Leutnant Kurts aufmuntern-
des Credo, als sein Gegenüber düster schwieg. „Du siehst,
du bist gedeckt. Er wird nichts unternehmen und *nicht* allein aus Opportunitätsgründen. Er ist auf unserer Seite,
wenn auch vielleicht nicht in allen Stücken. Eine feine Sache, jemanden nach Jahren anzuschwärzen. A la française,
wie? Ich habe mehr von ihnen gehalten." – „Der Wolf machte ausdrücklich klar, daß dieser Mann auf höhere Weisung
handelte." – „Pah! Höhere Weisung hin oder her, was gehen
ihn die Gesinnungen von Offizieren an, die nicht zu seinem
Staatsgebiet gehören?" – „Wenn *er* sie ausgebildet hat, offenbar doch viel." – „Er soll vor seiner eigenen Tür kehren.
Der Wolf hätt's nicht getan, soviel steht fest – im nachhinein Leute verpfeifen, mit denen man längst nichts mehr zu
tun hat." – „Er hat Frau und Kinder. Zähl nicht auf die
Loyalität von Vorgesetzten, ehe sie auf die Probe gestellt
ist." – „Das gilt für uns alle, die Schwarzmaler!"
Der letzte Teil dieses Austausches fand nicht zufälligerweise
im Freien statt, als sie, mit nicht allzugroßer Eile, sich noch
ein wenig die Beine vertretend im Begriff waren, ihre jeweiligen Gebäude anzusteuern. „Glaubst du –", Leutnant Claudio mit einem Blick in die Runde, der ebenso scharf wie
abwesend war, „– daß er irgendeinen Verdacht schöpft?" –
„Wenn er einen konkreten Verdacht hätte, würde er anders
agieren. Aber er will dich warnen und mit dir uns alle." –
„Damit widersprichst du dir selbst." – „Nein, tue ich nicht.
Worum geht es denn? Um Gesinnungen, Haltungen, Meinungen … nichts Greifbares, nichts, um dessentwillen man
sich angeklagt fühlen müßte, auch nicht in einem äußeren
Sinne – auch wenn die" – mit dem Kopf in Richtung Osten,
d. h. Richtung Hauptstadt weisend –„es anders sehen wollen. Es herrscht hier immer noch Gedankenfreiheit – weh
denen, wenn sie uns das *auch* noch wegnehmen wollen." –
„Faktisch ist es bereits so, mach dir nichts vor. Es *gibt* keinen privaten Winkel mehr, in dem du denken darfst, was du
willst, erst recht bei den Staatsdienern nicht. Alte preußi-
sche Tradition. Wenn man dir draufkommt, kannst du noch

froh sein, wenn man dich höflich bittet, deine Meinungen zu korrigieren." – „Hat er es von dir verlangt?" – „Nicht in Worten. Er ließ sich an meinem roten Kopf genügen, denn ich gebe zu, daß ich meinen Kopf nicht in der Gewalt hatte. Ich bin dankbar, daß er keine Heuchelei von mir verlangte: dieses eilfertige Bekunden aller erwünschten Positionen, das solchen Kriechern wie ..." – er nannte ein paar Namen – „so mühelos gelingt. Es wäre ihm und mir eine Pein gewesen. Nichts Schriftliches also fortan, eiserne Regel. Ich habe nicht vor, zu den Narren zu zählen, die um einer albernen Liste willen ihren Kopf riskieren, vulgo: ihre Karriere hinwerfen. Es gibt elegantere Arten, sich schadlos zu halten, es wäre für mich das letzte an Dummheit, um solch einer simplen Befriedigung willen alles aufs Spiel zu setzen." – „Wofür – alte Frage – *würde* unsereiner denn alles aufs Spiel setzen?" – mit hintersinniger Miene und beziehungsvollem Lächeln, das, nebst allem, was man daraus deuten oder hineinlegen mochte, auf erotische Verwicklungen anzuspielen schien.

Der Leutnant winkte ab, warf ihm eine Flachserei zu, drehte sich, mit einem abschließenden Gruß, auf dem Absatz um und ging. Die Flachserei war ihm, ebenso wie das übrige Gespräch, das trotz seiner Kürze ein gewisse kathartische Wirkung auf ihn gehabt hatte, einstweilen wenigstens sehr notwendig – im Sinne einer Erleichterung, sich den Mißklang von der Seele geredet zu haben. Obwohl er den Spott seiner Kameraden angesichts seiner ‚chimärischen Eroberung' mit ziemlich viel Geduld und guter Miene über sich hatte ergehen lassen, mit keinem Muskelzucken eine Gekränktheit andeutend, ebensowenig im Hinblick auf den Korb, den er schließlich erhalten hatte, *wie* auf den Spott, denn sie malten sich, nachdem sie aus ihm nichts Rechtes (nur ein paar ausweichende Angaben) herausbekamen, die Sache nach ihrem Gusto passend, und sich zugleich – was eine Sache des Stolzes war – peinlich hütend, seinerseits irgendeinen noch so kleinen Scheit ins Feuer zu werfen: obwohl er sich, mit einem Wort, in Anbetracht seiner Niederlage so gut gehalten hatte, wie es nach außen hin möglich war, hatte er es doch nicht fertiggebracht, die Erinnerung an das Ballgeschehen und seine Rolle darin so aus dem Gedächtnis zu löschen, wie es nach dem Lauf der Ereignisse ratsam gewesen wäre, oder ihm wenigstens nur diejenige Bedeutung zuzuweisen, die ihm – wenn man es nüchtern betrachtete – zukam.

Das Problem war, daß Leutnant Claudio nicht nüchtern *war*: jene beiden Tänze, die sie miteinander getanzt hatten, und von diesen vor allem der letzte, der Schostakowitsch-Walzer hatte ihm den Kopf verdreht, und dieser Kopf war trotz tapferer, aber halbherziger Bemühungen noch nicht wieder an die richtige Stelle gerückt. Das Überraschende und Mysteriöse, das ihre Begegnung begleitet hatte, ja das strenggenommen ihr, der Schönen gesamtes Erscheinen auf dem Ball und ebensosehr ihr plötzliches, lautloses Verschwinden aus dem Hotelzimmer kennzeichnete, hatte sein übriges dazugetan, daß seine Gedanken sich mit dem Faktischen nicht abfinden konnten, das Rätsel zu ergründen suchten, immer wieder zu den Geschehnissen zurückkehrten. Er hatte den Zettel, der ihm so gründlich jede Hoffnung, sie auch nur wiederzusehen, nahm, weder zerknüllt noch fortgeworfen, hatte ihn vielmehr aufbewahrt und gehütet, wie man es mit kostbaren Beweisstücken macht, und seine Augen öfter darauf gerichtet, als man, selbst nach seinen eigenen Maßstäben, klug hätte finden können. Um dem Spott nicht noch mehr Nahrung zu geben, hatte er auf eigene Erkundigungen verzichtet und sich, seine Ohren sehr scharf spitzend, mit dem begnügt, was ihm von selbst zufiel oder was Kurt, sein einziger wirklicher Vertrauter, der die Sache folglich etwas ernster auffaßte als die übrigen, wenn auch nicht so ernst wie Leutnant Claudio, ihm zutrug und was im ganzen recht wenig war. Niemand wußte etwas Genaues, es blieb vollkommen ungeklärt, wie die beiden Frauen auf den Verbindungsball gelangt waren, da selbst die auf dem Ball anwesenden angeblichen Bekannten, auf die sie sich berufen hatten, mit denen sie aber nie zusammen gesehen worden waren, nichts von ihnen wußten. Wie waren sie an die Eintrittskarten gelangt, hatten sie sich auf andere, heimlichere Weise Zutritt verschafft? Das einzige, was auf irgend etwas hinwies, eine allerwinzigste Spur war, daß jemand aus dem Bekanntenkreis Leutnant Claudios eine Person wie sie – die Cinderella – oder auch nur eine Person, die aussah wie sie, in irgendeinem Kunstcafé gesehen haben wollte, und dies ohne nähere Angabe, in welcher Stadt, in welcher Gegend auch nur; und obwohl allein angesichts des Umstandes, daß der Verbindungsball in M. stattgefunden hatte, Leutnant Claudio aber vierhundert Kilometer weiter nordwärts, in H. stationiert war, die Aussicht, sie in einem der hundert und Aberhundert Kunstcafés der Republik wiederzufinden gegen Null tendierte, hatte der Leutnant, einem inneren Zwang gehorchend, der ihm selber rätselhaft war, während der vergangenen Monate sich nicht davon abhalten können, wenigstens in die Cafés, mit Kunst oder ohne, die ihm über den Weg kamen oder ihm zufällig auffielen, einmal einen Blick hineinzutun wie jemand, der nichts unversucht lassen will. Er schalt sich ob dieser Verrücktheit, ohne von ihr ablassen zu können. Es ist im nachhinein grausig wahr, daß ich sie Cinderella getauft habe, denn sie hat mich, ob sie will oder nicht, zum Prinzen gemacht, der zum Suchen verdammt ist.

Nun pflegt eine Suche oftmals erst dann erfolgreich zu sein, wenn sie buddhistisch geworden, d. h. wenn der Wille wieder freigeworden ist. Jeder Eindruck schwächt sich ab, nur die Wünsche und Hoffnungen leben fort, da sie sich aus der Person selber nähren. Leutnant Claudio hatte anderes zu bedenken, als sich um entgangenes Glück zu grämen. Nicht nur jene unersprießliche Begegnung mit seinem Hauptmann, die, mitsamt der diffusen Bedrohung, die selbst gegen den Willen seines Vorgesetzten darin zum Ausdruck gekommen war, rumorte in ihm fort, halb als eine ungute Reminiszenz an seine hitzige erste Jugend, in der er für Ideale gebrannt hatte, die eine nüchternere Beobachtung seiner Umgebung und Abwägung seiner Chancen ihn hatte modifizieren lassen, ohne daß er ihnen im Innern wirklich untreu geworden wäre: halb als unmißverständlicher Hinweis auf die Zukunft. Wie sehr es, zum gegenwärtigen Zeitpunkt, in den Streitkräften gärte und rumorte, wußten die niederen Offiziere weitaus besser als die hohen: ebenso gewiß war, daß sich der Knoten von oben her immer stärker zuzog, daß Argwohn und Bespitzelung zunahmen, und daß sich jede Gedankenpolizei verhaßt macht, mag sie sich auch mit noch soviel moralischer Berechtigung ausgerüstet haben. Leutnant Claudio war entschlossen, es wenigstens zum Obersten zu bringen, falls ihm der Generalsrang verschlossen bleiben sollte, mit weniger konnte sein Ehrgeiz sich nicht begnügen, und zwar zum einen aus Stolz, aus dem eitlen und dennoch nicht unberechtigten Wunsch, seine Befähigung anerkannt zu wissen und sich durch Leistung auszuzeichnen, der seinen bisherigen Weg begleitet und motiviert hatte; zum anderen weil seine Mutter ihm zu suggerieren gewußt hatte, er müsse dies tun, um seinem Vater, einem französischen Ministerialbeamten aus Tours, von dem sie sich hatte scheiden lassen und der ziemlich frühzeitig verstorben war, ebenbürtig zu sein. Die Halbheit, die darin bestand, ihn einem Mann nacheifern zu lassen, den sie offenbar selbst nicht genügend geschätzt und geliebt hatte – und vice versum –, um sich um das Fortdauern ihrer Ehe zu bemühen, und die kein anderes Motiv für das Ergreifen eines Berufes kennen will als den Erfolg, den man darin zu erlangen wünscht: diese Halbheit, die sich um Gründe und Ursachen nicht bekümmert und sich stets an das Gegenwärtige halten will, war ebenso für ihr eigenes Wesen und Leben bezeichnend: denn nachdem sie aus Frankreich zurückgekehrt war, hatte sie in Deutschland nicht mehr recht heimisch werden können, kränkelte viel, ohne daß man der Sache auf den Grund kam, konnte nur noch halbe Tage arbeiten und war schließlich, wenn sie sich etwas leisten wollte, auf gelegentliche Zuwendungen ihrer Kinder angewiesen. Die Bekümmernisse und Klagen einer Mutter pflegen, sofern sie sich nicht ganz und gar verhaßt gemacht hat, einem pflichtbewußten Sohn niemals gleichgültig zu sein. Nachdem er das generelle Übel – ein schleichender Lebensüberdruß und allgemeine Unzufriedenheit mit sich und allem ohne die Kraft, hieran etwas zu ändern, nur die Berichte von seinen Erfolgen und Leistungen konnten sie davon ablenken – nicht beseitigen konnte, hielt er sich für die Gedrücktheit und Niedergeschlagenheit, die seine Besuche bei ihr in ihm hinterließen, Besuche, die sich nur dann etwas lebhafter, aber nicht *viel* lebhafter gestalteten, wenn seine Schwester auch zugegen war – gewöhnlich dadurch schadlos, daß er bei seiner Rückkehr nach H. in irgendeinem Kino einen Film ansah. Es mußte ein Kino sein: mit anderen Menschen zusammen im Halbdunkel zu sitzen, ohne von ihnen behelligt zu werden, und sich gleich ihnen mit dem Geschehen auf der Leinwand zu befassen, übte eine tröstliche und beruhigende Wirkung auf sein vom Gefühl einer unabwälzbaren Schuld gequältes Gemüt aus: denn immer, auch wenn die Vernunft es ihnen noch so sehr ausreden will, fühlen sich die Kinder am Unglück der Eltern schuldig. In seiner Wohnung wäre er mit sich und seinen Gedanken allein gewesen. Da seine Vorliebe den Kriminalfilmen galt und er von diesen wiederum die älteren vorzog, mußte er auf Programmkinos zurückgreifen, von denen es auch in H. noch das eine und andere gab, wenn sie auch im Schwinden begriffen waren. An jenem Märzabend, an dem das Schicksal die Fäden fortzuspinnen beschlossen hatte, hatte er, weil es nichts Besseres zu geben schien, „Im Zeichen des Bösen" gewählt, obwohl er gerade diesen Film, einer heimlichen Sympathie für den sich zum eigenmächtigen Fabrizieren von Beweisen berechtigt glaubenden Hank Quinlan wegen ziemlich gut kannte, so daß eine vollständig gelingende Ablenkung und Versenkung in eine andere Welt, ein anderes Sein mindestens zweifelhaft war. Dies bestätigte sich auf gänzlich ungeahnte Weise: als Leutnant Claudio am Bartresen erschien, um sich von dort ein Getränk mit in den Saal zu nehmen, drehte sich die Bedienung, die eben noch mit dem Abspülen von Gläsern befaßt gewesen war, plötzlich um, der Bestellungen gewärtig, die gleich an sie ergehen würden, und Leutnant Claudio, während sein Herz einen schmerzhaften Sprung tat, sah in einer Mischung aus Freude und Erstaunen, Überraschung und Befremden in das Gesicht, das auf dem Ball minutenlang dem seinen so nahe gewesen war, er sah den Mund, die Lippen, die ihn geküßt hatten. Ein winziges jähes Aufblitzen ihrer Augen und Veränderung in ihrer Miene, die eben noch gleichmütig-professionell gewesen war, verriet ihm, daß auch sie ihn erkannt hatte, obwohl sie jetzt beide in völlig veränderter Kleidung voreinander standen, die auf eine merkwürdig verschobene Art, da ja das Äußere immer auf das Innere zurückwirkt, auch andere Menschen aus ihnen zu machen schien. Leutnant Claudio war in Zivil, was ihn, obwohl keineswegs häßlich oder unansehnlich, doch um einige merkliche Grade weniger schmuck erscheinen ließ, als er es auf dem Ball, in seiner Paradeuniform gewesen war; er hatte jetzt das Aussehen, den Habit und das Gebaren eines jungen Mannes, der, ohne klein zu sein: er hatte es auf eine seiner Statur völlig angemessene mittlere Größe gebracht, sich doch (aus irgendeinem pervertierten Superioritätswunsch heraus) einen halben Kopf größer gewünscht hätte, als die Natur ihm zuzugestehen für richtig hielt, und der dieses kleine, aber eben doch empfundene Manko durch eine etwas betonte forsche Drahtigkeit und Geschmeidigkeit in seinem Auftreten zu überspielen versucht.

Auch sein Gegenüber war nicht mehr die strahlende Schöne vom Ball in ihrem das höchste Selbstbewußtsein verratenden oder doch suggerierenden roten Kleid, mit bloßen Schultern, funkelnden Steinen am Ohrläppchen und ebenso blitzenden, aufrührerisch-verführerischen Augen: sie hatte ihr Haar im Nacken zusammengebunden, was ihr Gesicht schmal wirken ließ, war *nicht* auf eine merkbare Weise zurechtgemacht, und wirkte, in schwarze, enganliegende Sachen aus einfachem Stoff gekleidet, die freie Beweglichkeit mit Attraktivität kombinierten, haargenau, bis aufs I-Tüpfelchen wie eine Studentin aus linkem, womöglich

linksradikalem Milieu, die sich hier ein Zubrot zum Lebensunterhalt, vielleicht sogar diesen selbst verdient, die ihre
Arbeit ohne große Begeisterung, aber auch nicht ungern tut
und sie unbekümmert mit einer anderen, ebenso unscheinbaren und ebenso schlecht bezahlten vertauschen würde,
falls sich die Notwendigkeit ergab oder die Umstände es
von ihr verlangten. Auf Leutnant Claudios furchtbar bana-
les: „So sieht man sich wieder", das er, nach einer Überra-
schungssekunde von sich gab wie jemand, dem sein Verstand derzeit nichts Originelleres liefern will, antwortete sie
mit einem nicht minder kommunen „Ja, in der Tat!", das,
nur das Allermindeste preisgebend, überdies so allgemein
blieb, daß es ebensogut zu der Art Höflichkeit und Entgegenkommen gerechnet werden konnte, zu der sie hier aus
Professionalitätsgründen verpflichtet war. Ein kurzes Lächeln, das hinterherkam, widersprach dem nicht, nur die
ironisch hochgezogenen Augenbrauen und der wachsame,
wenn nicht geradezu feindselige Blick warnten ihn deutlich,
sich hier und jetzt in irgendeiner Weise auf das Ballgeschehen zu berufen oder darauf anzuspielen, ein Verhalten, das
zum einen womöglich auf die Leute zurückging, die sich
hinter ihm am Tresen versammelt hatten und auf Bedienung
warteten, zum anderen aber doch auch private Gründe haben mußte.
Das Geschehen auf der Leinwand rauschte ohne Leutnant
Claudios Aufmerksamkeit vorüber. Selbst sein Getränk
würde er nicht angerührt haben, wenn er es nicht mit beiden Händen gehalten hätte, während er, an der hinteren
Saalwand, möglichst weit von anderen Leuten entfernt postiert, bemüht war, die Konfusion, die dieses völlig unerwartete Wiedersehen in ihm hervorgerufen hatte, zu glätten,
irgendeine Ordnung in seine kreuz und quer durcheinander
laufenden Gedanken zu bringen. Wie kam sie hierher? Dies
schien eine Weile lang die drängendste Frage zu sein, mit
der sein Verstand sich befaßte, während sich in Wahrheit
mit diesem nebensächlichen Aspekt der Schmerz überspielen ließ, den es ihm bereitet hatte und noch bereitete, in

ihrer Reaktion auf ihre Wiederbegegnung nicht das mindeste Zeichen einer Freude gesehen zu haben: gewiß war es auch für sie eine Überraschung gewesen, aber dem Anschein nach eher eine unangenehme. Leutnant Claudio dachte an den Zettel, den er in seiner Brieftasche bei sich trug und mit geschlossenen Augen hätte hervorziehen können, was insofern unnötig war, als er den Inhalt mit völliger Exaktheit im Kopf hatte. Sie hatte darin schon in den allerersten Zeilen unmißverständlich klargemacht, daß sie ihn nicht wiederzusehen wünschte: erklärte es für zwecklos und warnte ihn davor: es war nicht ihre Schuld, daß er wider alle Vernunft und bessere Einsicht den Traum, der es für ihn gewesen war, eigenmächtig fortgesponnen hatte, weil das, was der Tanz und das Geschehen danach, ihre verschwörerische Flucht, das Sich-Fortstehlen aus der Festlichkeit, ihn stärker ergriffen und bewegt hatten als die auf dem Zettel notierten Worte.

Während der Alkohol des Getränkes sein Blut erwärmte, spürte Leutnant Claudio, wie eine Mischung aus Trauer und Zorn in ihm hochstieg und seine Vernunft zu übertönen begann. Habe ich nicht ein Recht darauf, zu erfahren, aus welchen Gründen sie sich auf unseren Ball geschlichen hat, zu dem sie unter normalen Umständen keinen Zutritt gehabt hätte? Was wollte sie dort? – denn irgend etwas wollte sie doch. Habe ich um der Ehre unserer Verbindung und der Kameraden willen nicht gleichsam die Pflicht, es herauszufinden? Sie schuldet mir eine Antwort. Übrigens bezog sich der Zettel auf die damalige Gegenwart und mittlerweile kann sich alles geändert haben. Bei Frauen, die von einer Stadt in die andere ziehen, ist alles möglich. –

Nach Überlegungen dieser Art, die mehrfach variiert wurden, aber in ihrem Kern dieselben blieben und mit Reminiszenzen an den Ball abwechselten, brachte Leutnant Claudio, als er sich nach dem Ende des Films von seinem Klappsitz erhob und dem Ausgang zustrebte, seinen Jungmännercharme auspackend, der ihm von weiblicher, d.h. schwesterlicher Seite bescheinigt worden war, und alle Gekränktheit und alle Hoffnungen gleichermaßen in sich niederwürgend es tatsächlich fertig, die am Bartresen noch vorhandene, Gläser auswischende ‚Mona' – ihren Namen hatte er gleich im ersten Anlauf, die ja zumeist erfolgreich zu sein pflegen, erbeuten können: im Flug erhascht, als der Kassenmann ihr etwas zurief – trotz merklichen Zögerns und Widerstrebens dazu zu bewegen, im nächstbesten Lokal ihrer Wahl ein Glas auf diesen ‚wirklich verrückten Zufall' zu trinken – mit einer Mischung aus Nonchalance, Weltläufigkeit und Gleichmut im Hinblick auf Erfolg oder Mißerfolg vorgebracht, wie sie, wenn sie einigermaßen überzeugend und mit guten Manieren daherkommen, zwar keine unfehlbaren Garanten des Gelingens sind, aber doch oftmals wirksame. Aber was konnte dieses Manöver ihm bescheren außer noch mehr Enttäuschungen und heimlich brennende Wunden? Nichts, was sie im Laufe ihres Beisammenseins von sich gab, sprach, zum Ausdruck brachte, zauberte die Cinderella zurück, die er in seinen Armen gehalten hatte, es war, als hätte sie sich ausdrücklich vorgenommen, mit jedem Schluck Wein, den sie nahm, kratzbürstiger, aufsässiger und angriffslustiger zu werden, diesen Eindruck, die bloße Erinnerung daran zu zerstören und seinen Empfindungen Hohn zu sprechen. Ihre Situation war noch dürftiger, als er es, auf den bloßen Anschein hin, vermutet hatte: was (nach Leutnant Claudios Überzeugung) alles nichts hätte ausmachen müssen, solange ihre Liebenswürdigkeit noch diejenige vom Ball gewesen wäre. So aber war sie tatsächlich nichts als eine abgebrochene Studentin verschiedener, obskur-modischer Wissenschaftszweige von eindeutigem ‚Sozialgeruch', tummelte sich vorzugsweise in linken Milieus, wo sie sich mit Gelegenheitsjobs über Wasser hielt, lebte einmal hier, einmal dort und offensichtlich in den Tag hinein, wenig bis gar keine Gedanken an ihre persönliche Zukunft verschwendend, in einer Mischung aus Indifferenz und Libertinage, einem heimlichen Hang zum Luxus, zum Abenteurertum, zur Verwegenheit, einer Bereitschaft, Widersprüchen, Launen, konträren Impulsen ohne die mindesten Gewissensbisse unbekümmert nachzugeben. Es war offenbar exakt dies, dieses Naturell und diese geistige Veranlagung, was ihr Gesicht weniger bewacht hatte sein lassen, als er sie nach dem Ende des Filmes erneut angesprochen hatte, und was sie, allen gegenteiligen Entschlüssen zum Trotz, dazu bewogen hatte, mit blitzendem Blick und einem indifferenten Achselzucken, als könne man es ebensogut tun wie nicht tun, seine Einladung anzunehmen: als hätte auch sie sich in der Zwischenzeit Gedanken gemacht, wie dieses unerwartete Zusammentreffen zu bewerten war, in dem finsteren Sinne nämlich, daß der Sieg kein vollständiger war, solange die Genarrten nichts von ihrer Niederlage wußten. Über Hintertüren, bestochenes Personal, gefälschte Einladungskarten schwieg sie sich mit weiblicher Sturheit aus, all seinen Versuchen, ihr etwas Diesbezügliches zu entlocken, mit funkelndem Hohn begegnend; umso bereitwilliger gab sie ihre Motive preis, mit mehr Offenheit, Schamlosigkeit, Unbekümmertheit um die Wirkung, als selbst ein weniger empfindlicher Stolz als Leutnant Claudios sich hätte wünschen können.

„Pamela und ich“, erklärte sie ihrem gezwungen lächelnden und mit starker innerer Anspannung lauschenden Zuhörer, „wir wollten unbedingt einmal diesen Schostakowitsch-Walzer tanzen, gespielt von einem richtigen Orchester, und das Pech (dein Pech) wollte es, daß du dabei mein Partner warst. Dieser Walzer ist gefährlich, er erweckt Gefühle, sogar Leidenschaften. Man glaubt an alles, während man sich ihm hingibt, an die Liebe, an das Glück, an alles. Aber wenn der letzte Ton verklungen ist, ist der Zauber aus! Es war eine Wette, Oberleutnant Claudio, und du warst das Werkzeug. Wir wollten beweisen, daß wir das Zeug haben, uns bei euch einzuschleichen und euch alle miteinander zu düpieren. Die Ballköniginnen zu sein, in geliehenen Kleidern und mit unseren linksradikalen Ideen im Kopf und unserem Wissen, daß wir im Alltag, all das ganze schöne Jahr über alles tun, um euch unmöglich zu machen. Wir hassen euch

und eure albernen Riten, euer Festkleben an überkommenen, veralteten Traditionen. Ihr seid die finsterste Reaktion
und gehört bekämpft überall und immer." All dies sagte die
verräterische Schöne, indem sie, den von ihm bezahlten
Wein trinkend, irgendwie an ihm vorbei schräg nach links
oben zur Decke sprach, und Leutnant Claudio zeigte, daß er
Fortschritte in Heuchelei machte, indem er diesen gesamten, für ihn so blamablen, ja ihn verächtlich machenden
Passus anhören konnte, ohne in seiner Miene einen Muskel
zucken zu lassen, während ihn in seinem Innern ein wilder
Wunsch nach Rache verzehrte. Er hielt diesen Wunsch, dieses Verlangen in sich nieder wie ein Mensch, der eine tödliche Dosis Gift geschluckt hat und sich nicht rühren will, bis
es sich gehörig verteilt hat, bis das Blut, das kalte, fiebrige
Blut es in alle Adern und Verzweigungen der Blutbahnen
geleitet hat. Dazwischen lockte das Verderben. Ihr auf der
Stelle den Hals umdrehen! Sie nach draußen schleifen und
dort erwürgen. Nein! sprach eine grabesschwere Stimme in
ihm, deren Vorhandensein ihn zugleich erschreckte und
faszinierte. Sie wird mich lieben und mir gehören oder ich
werde sie vernichten.

### 3.

Die Exponenten zweier verfeindeter Gesellschaftslager
pflegen einander gewöhnlich sehr gut zu erkennen, wenn
sie, obwohl an völlig verschiedenen Orten, in anderen Kreisen und Zusammenhängen lebend, sich zufällig über den
Weg laufen. Sie haben ihr Feindbild so fleißig, so unablässig
genährt, um sich hieb- und stichfest dagegen abzugrenzen,
daß es ihnen jederzeit gegenwärtig ist: und was, überdies,
taugt ein Feindbild, wozu soll es gut sein, wenn man nicht
gelegentlich den einen oder anderen lebendigen Verkörperer
trifft, um sich zu überzeugen, daß die Leute, die man haßt
und verachtet, auf Erden überhaupt noch vorhanden sind?
Von allen Leuten braucht man gerade sie, um zu wissen,
wer man selber ist und wer man auf keinen Fall zu sein

wünscht. Es besteht wenig Zweifel, daß es in bürgerlich-republikanischen Gesellschaften keine zwei Gruppierungen gibt, die einander inbrünstiger hassen als die Extremisten der Linken und Rechten. Diese Feindschaft hat eine lange Tradition, was manchen Leuten von lederner Gemütsart ein hinreichender Grund für ihr Fortbestehen ist, während man sich ebensogut darüber wundern könnte, daß dergleichen, wie eine frische Drachensaat, sich immer wieder neu erhebt, in neuen Köpfen und Körpern, daß noch so viele geschichtliche Ereignisse und Umwälzungen es nicht vermocht haben, sie zum Verschwinden zu bringen. Wie kann es sein? Ändert sich der Mensch nicht, bleibt sein Zustand derselbe, oder sind all diese scheinbar so großen Umwälzungen und Veränderungen etwas Ephemeres, das nur die Oberfläche kräuselt, während alles, was tief dort drunten liegt, davon kaum berührt wird: oder gibt es ein noch monumentaleres Gesetz, das alles, auch wenn es scheinbar keinen Stein auf dem anderen gelassen hat, doch wieder nach derselben Schwerkraft bewegt, in dieselben alten Geleise zurückfallen läßt? Was ist es denn, was man an anderen so giftig haßt, wenn nicht das Recht, das man ihm nicht gönnt, weil man es für sich selber will? Das Recht, in der ersten und letzten Instanz, ist ewig, weil es in greifbarer Wirklichkeit nicht existiert, schon gar nicht in seiner Bastardform von moralischer Überlegenheit, es ist und bleibt ein Abstraktum, eine Vorstellung, der man huldigt: und Vorstellungen leben fort, mögen die Zeiten auch noch so sehr ihr Gesicht wechseln.

Nun hätte Leutnant Claudio, nachdem seinem Aufklärungsbedürfnis Genüge getan war und die entlaufene und wiedergefundene Schöne ihm zum zweiten Mal verdeutlicht hatte, daß seine Hoffnung, an das Ballgeschehen anknüpfen zu können, eine Chimäre war und blieb, die Sache klüglicherweise auf sich beruhen lassen können, in der nüchternen und wenig erbaulichen Einsicht, mit dem Korb zugleich eine Lehre erteilt bekommen zu haben. Das hätte er tun können, und es wäre vernünftig gewesen: wenn es nicht jenen sich zu einem Schwur verdichtenden Gedanken gegeben hätte, der ihm durch den Sinn geschossen war, als die dreiste Mona ihr Manöver enthüllte, und der nur denen rätselhaft ist, die nichts von menschlichen Leidenschaften wissen wollen. Jener Einschlag eines heftigeren Temperaments, der einen Teil seiner körperlichen und geistigen Beschaffenheit bildete, flammte hitzig auf und verband sich mit der Unzufriedenheit mit seiner übrigen Lebenssituation und steckte das übrige an mit einem schwelenden Wunsch nach Revanche, Vergeltung. Den Fehdehandschuh aufnehmen und ihn nach Art einer Brandfackel ins gegnerische Lager schleudern! Es versteht sich, daß dieses so finstere wie aberwitzige Vorhaben, sowohl was seine Beschaffenheit wie seine Ausführung anbelangte, längere Zeit vollkommen im Imaginären blieb und sich, wie die allermeisten niederen Fantasien, denen die Menschen in der Tiefe ihres Herzens, wo sie unbeobachtet sind, nachgeben, aus Mangel an Realisierbarkeit wieder abgeschwächt und schließlich verflüchtigt haben würde, wenn nicht gewisse Komponenten auf der Gegenseite es – und sogar in der Leutnant Claudio genehmsten, d. h. in der ursprünglichen Form – seltsam begünstigt hätten. So aber verschaffte ihm sein verletzter Stolz eine Zähigkeit, die er, hätte es sich um eine rein private Angelegenheit gehandelt (was sie nach Leutnant Claudios Ansicht jetzt nicht mehr war), bei solch totaler Entmutigung nicht aufgebracht hätte und die ihn nun die erste Schwierigkeit überwinden ließ, an der sich sein Denken mehrere Tage lang vergeblich abgemüht hatte: *wie* er den Kontakt zu ihr erneut gewinnen konnte, ohne sich als aufdringlicher und lästiger Beschatter verhaßt zu machen?

Die Lösung und damit Leutnant Claudios offizielle Antwort auf den Tort, den er und mit ihm ,die Sache' aus dem linken Lager in Gestalt einer nichtswürdigen Abenteurerin erlitten hatte, vereinigte auf ingeniöse Weise das Grandiose mit dem Intimen und bestand aus einem gewaltigen Blumenstrauß aus achtundzwanzig halberblühten Edelrosen, die mit weißen Nelken zu einem ausladenden, ja opulenten Bukett verflochten waren, das der schönen Mona an die Adresse ihrer Arbeitsstätte übersandt wurde: auf ihre Neigung zum luxuriösen Leben kalkulierend, wie sie sie ebensowohl durch ihr Erscheinen und Verhalten auf dem Ball, wie auch auf der Taxifahrt und im Hotel, ob mit oder ohne Willen verraten hatte. Das Kunstvollste, was die Vereinigung von Absicht mit Wahrheit, von kühler List mit Aufrichtigkeit anbelangte, aber war das am Strauß befestigte Kärtchen, dessen Beschriftung von seiner Hand stammte und, ohne Anrede und Absender, nur den bekannten Vierzeiler von Goethe aufwies: Ich frag' nicht, ich sag' nicht, ob Schuld in dir ist, ich lieb dich, das weiß ich, was immer du bist ... Leutnant Claudio war merkwürdig wohl, nachdem er dies vollbracht hatte, zu dem ein Mann simplerer Gemütsart nicht fähig gewesen wäre. Wer alles Elend dieser Welt zu beseitigen vorhat, vergeudet keine Unsummen auf irgendwelche Blumensträuße. Sie muß sehen, wie sie die Geister wieder loswird, die sie gerufen und angelockt hat! Das Einzige, was an dieser Extravaganz ein leises Bedauern in ihm erregte, war das Gedicht, dessen zugleich inniger und kühner Ton in seiner Schlichtheit und Schmucklosigkeit – die in Wahrheit der höchste Schmuck war – ihn stets bewegt hatte, offenbar eine verwandte Saite in ihm berührte, und das eigentlich, so fand es sein innerer Sinn, eine bessere Adressatin verdient hatte. War es nicht, als hätte er das, was das Gedicht besagte und was als Versprechen und Möglichkeit in ihm selber war, jetzt gleichsam verschenkt – im Sinne von entwertet? Aber am Ende war alles so, wie es sein sollte und an Adressatin und Absender nichts auszusetzen – nicht einmal bei vertauschten Rollen? –

Was er nicht wissen konnte, war, daß sich in der Zwischenzeit Veränderungen ergeben hatten, die das, was noch vor wenigen Monaten vollkommen undenkbar erschienen war, plötzlich ins Reich des Nicht-mehr-ganz-so-Undenkbaren rückten. Der simpelste der damaligen Gründe – zugleich auch der, den Leutnant-Claudio, der wahren Identität seiner Ballschönen ungewiß, für den plausibelsten gehalten hatte und den er, was ein Licht auf sein Inneres wirft und zweifellos zu seinen Gunsten spricht, nicht *ganz* so leichtherzig wie das Gros seiner Geschlechtsgenossen für nicht unüberwindlich zu halten geneigt war: der simpelste bestand darin, daß die entschwundene Schöne bereits gebunden war oder, falls dieser Ausdruck zuviel Treue und Unabänderlichkeit suggeriert, die den modernen Liebesbeziehungen nicht wesenseigen ist: daß sie einen Geliebten hatte und womöglich am Abenteuer nur das Abenteuer, aber nicht das erotische Abenteuer suchte. Oder nicht mit mir, hatte sich Leutnant Claudio, als er das Geschehen wieder und wieder begrübelte, eingestehen müssen. Wer war nun diese Person, konnte es sich um einen der gewöhnlichen Tröpfe sprich: jungen Männer handeln, die, ohne eine direkte Mühe dazu aufgewandt zu haben, sich dem Zeitenstrom überlassend behaglich im linksliberalen Milieu mitschwammen, zwei, drei der gängigsten Parolen im Mund führten und die bei einem Wechsel der Verhältnisse oder wenn sie in andere hineingeboren wären, sich ebenso behaglich und anstandslos in ein politisches Klima, in welchem von guten und aufgeklärten Staatsbürgern die entgegengesetzten Glaubenssätze verlangt worden wären, gefunden hätten?

Der smarte und schmucke Finn gehörte zu jenen etwas zwielichtigen Existenzen, die politisches Engagement mit einem umtriebigen Naturell, Reiselust und Projektemacherei zu vereinen wissen, hatte sich, als Mensch, der nichts als gegeben hinnimmt, den Namen selbst beigelegt, bei dem er genannt zu werden wünschte, und hätte es sich selbst nicht verziehen, wenn er es nicht zum Wortführer einer Bewegung gebracht hätte: einer Gestalt, die im Szenemilieu bekannt war, auf die man sich berief und deren Mut und Kühnheit Bewunderung erregten. Diese Kühnheit erstreckte sich recht weit, sie betraf ebensosehr sein persönliches Leben wie seine Ambitionen. Er gehörte zu jenen beneidenswerten Menschen, die es stets fertigbringen, ihre generelle Lebenssituation mit ihren Neigungen in Einklang zu bringen, die immer so leben, wie sie gerade leben wollen und es ihnen richtig erscheint, die so gut wie nie einen Anlaß zur

Selbstkritik sehen, was in einer Welt, in der die Gesellschaft viel reformbedürftiger war als der einzelne, vergeudete Zeit erscheinen mußte, und die zum anderen ziemlich unbekümmert die privaten Interessen einzelner dem großen Ziel – was immer es gerade sein mochte – zu opfern verlangten: worunter sich schier alles subsumieren ließ, vom Privateigentum angefangen, aus dem er sich persönlich schon nichts machte, der borg und gab, was er gerade hatte und wollte, bis zu etwelchen geheimen Träumen und Sehnsüchten, die nichts als ‚antiquierte Überbleibsel einer falschen, gesellschaftsschädlichen Haltung‘ waren: alles war mit demselben Achselzucken beiseite zu tun, über alles mußte man sich energisch hinwegsetzen, wenn die Stunde schlug – denn daß sie irgendwann schlagen würde, war ihm gewiß, so ungewiß (im Sinne von ephemer) ihm alles Sonstige erschien, womit die normalen Bürger ihr Leben vor dem Unabwendbaren zu schützen versuchten.

Es versteht sich, daß der gewiefte Finn mit solchen Ansichten nicht draußen vor die Leute trat, daß er jedenfalls die radikalsten für sich behielt und sie nur im kleinsten Kreis, im Zirkel weniger Eingeweihter und Auserwählter, die dachten und sprachen wie er, zu formulieren unternahm: denn die linken, erst recht die erzlinken Kreise sind über das Treiben des Verfassungsschutzes mindestens so gut informiert wie ihre Gegner auf der äußersten Rechten und schmeicheln sich überdies, ihn weitaus besser überlisten und in die Irre führen zu können. Ein Lebenslauf, der vom Paketpacker über Aktionskünstler und Sozialarbeiter bis zum abgebrochenen Werkstudenten und fünf Semestern Politologie alles zu umfassen schien, was erforderlich war, um genügend Lebenspraxis und Straßenerfahrung zu sammeln, und mehr womöglich noch seine sportliche Gestalt, sonnenverbrannte Miene plus blondem Schopf und breitlächelndem Jungencharme, den Leute von so unverwüstlicher Wesensart sich bis in die Vierziger und Fünfziger zu erhalten wissen: ehe sie auf einen Schlag alt wirken – und Finn war im Unsterblichkeitsalter von dreiunddreißig – all dies sicherte ihm Aufmerksamkeit, Unterstützung, Gönnerschaft, wo er um Förderer für seine Projekte warb, denen der persönliche Einsatz, den er zu leisten stets bereit war und auch tatsächlich leistete, eine zusätzliche, moralische Glorie verlieh. Immer, wenn es galt, dem Kapitalismus und globalen Imperialismus die Faust zu zeigen, Widerstand zu organisieren und aufzurufen, war er dabei, oft (wenn auch nicht immer) in leitender Funktion, als Anstifter und Draufgänger: ob es sich darum handelte, geschundenen, verfolgten, bedrohten Menschen einen Fluchtweg in bessere Länder zu verschaffen, einen Sitzstreik auf Gleisen zu organisieren, auf denen ein Atommülltransport passieren sollte, das Abholzen eines schützenswerten Waldgebietes zu verhindern, gegen irgendeinen Mißstand, eine Schändlichkeit zu protestieren, auf die Straße zu gehen – Mietwucher, Ausbeutung, Naturzerstörung durch den Bau immer neuer Straßen, Einkaufszentren, Autobahntrassen, oder wenn es galt, die Treffen hochrangiger Politiker aus aller Welt, die Absprachen zu weiterer Ausplünderung treffen wollten, durch gezielte Störaktionen zu ‚unterminieren‘, wie der korrekte Terminus hieß, und bei alldem, alle Konsequenzen auf sich nehmend, auch die Illegalität nicht zu scheuen, wenn das Große Ziel es erforderte: überall hatte er als Anstifter und Mitstreiter teilgenommen, sich Blessuren geholt, war mehrfach verhaftet und wieder freigelassen worden, hatte mehrere Einträge im Strafregister wegen Landfriedensbruches und ähnlicher Vergehen: Dinge, die er als Ehrenmale ansah im Kampf gegen die allgemeine große Ungerechtigkeit, die nicht nur den Weltfrieden, sondern auch das Leben der Menschen als solches vergiftete und bedrohte. Wenn er, trotz seiner vielen Kontakte und Bekanntschaften, die er mit völliger Lässigkeit zu knüpfen und zu nutzen verstand, in einem politischen Sinne dennoch eine untergeordnete Figur war, so lag dies an seinem Temperament und seinen Neigungen, die es unwiderstehlich nach Aktion und Außeneinsätzen verlangte, während er alles Theoretisieren und langatmige Erörtern nur zu gern den hierzu Befähigten und Gewillten überließ. Von einem solchen Menschen, der einmal hier, einmal dort ist, bei Freunden lebt, die ihm ein Zimmer überlassen, der stets auf dem Sprung ist, seine Kräfte dort einzusetzen, wo sie gerade benötigt werden, und der zeit seines Lebens keine Anstalten gemacht hat, eine nach bürgerlichen Maßstäben geregelte Tätigkeit aufzunehmen und ihr ordnungsgemäß nachzugehen – von einem solchen Menschen irgendeine Form der Treue nach konventionellem Verständnis zu verlangen, wäre gewiß ebenso unmöglich, wie es sein Wesen verkennen hieße: und dies selbst dann, oder erst recht, wenn seine derzeitige Geliebte nicht ebenfalls eine halbe Abenteurerin und Studentin mit ausgeprägt verbummelten Gewohnheiten gewesen wäre.

Daß diese zwei Gefallen aneinander gefunden hatten, war sicherlich ebensowenig ein Zufall, wie es die allermeisten erotischen Verbindungen sind, wo sich, falls die Lebenssituation es irgend zuläßt, doch gewöhnlich die verwandten Temperamente zusammenfinden, was noch kein Garant für ihre Dauer ist. Nicht zufällig war denn auch ihr Verhältnis, das zur Zeit des Offiziers- bzw. Verbindungsballes noch, wenn auch nicht mehr in erster Frische bestanden hatte, längst in jene etwas nebelhafte Phase geglitten, da, ohne daß ein bewußter Entschluß hierzu vorlag, eine Absprache getroffen, eine Entscheidung verlangt worden wäre, man selbst nicht recht weiß, ob man noch zusammen oder schon auseinander ist, man im Prinzip beides für möglich hält und sich für beides in Bereitschaft setzt. Regelrechten Beziehungsstreit oder Eifersüchteleien hatte es nicht gegeben, einen Zwist aber schon: was Leutnant Claudios Vorhaben eine jähe Bresche eröffnete, war nicht so sehr der Umstand, daß die schöne Mona einen – nur noch lose mit ihr verbundenen – Geliebten, sondern daß sie sich über ihn geärgert hatte. Mehrfach. Er hatte Geld von ihr genommen, wie er von überallher Geld zu nehmen pflegte, um es unbekümmert in seine Aktionen zu stecken und der Großen Sache dienstbar zu machen: es zurückzuzahlen war ausdrücklich nicht im Plan. Übrigens erbitterte Mona nicht so sehr die

Gewohnheit als solche, sondern daß er mit ihr keine Ausnahme machte: es nicht einmal einzusehen, warum sie es von ihm verlangte. Es war keine geringe Summe gewesen, sie hatte es sich ihrerseits von einer Freundin borgen müssen. Wenn sie ihn zur Rede stellte, hatte er keine Skrupel, ihr ein erzspießiges, bürgerliches Naturell zu bescheinigen, und ging in seiner Gegenattacke so weit, auch noch den Streich vom Ball miteinzubeziehen, den er, als sie ihm das Ganze mit viel Verve und Feuer erzählt, einen ,ziemlich guten Witz' genannt hatte, jetzt aber als eine ,absolut triviale Aktion ohne den geringsten politischen Faktor' deklarierte, ein persönliches Vergnügen auf Sissi-Niveau, mit dem sie ja nicht hausieren gehen solle. „Laß nur ja den Vorhang drüber, Mona, und verpfeife dich nicht selbst: die Mata Hari hielt sich auch für sehr schlau, und wo war die am Ende. Wir räumen mit denen auf, aber auf unsere Weise, und Walzer tanzen und Krimsekt schlürfen ist dann Geschichte, aber endgültig!" –

Es versteht sich, daß diese Worte in Monas Gemüt ein gewisses Rumoren hervorriefen, nachdem der, der sie gesprochen, sein Recht auf ihre Loyalität und Hingabe falls nicht mit Absicht verwirkt hatte, so doch so gleichgültig und nachlässig damit umgegangen war, daß man es getrost verwirken nennen darf. Eines winzigen Anstoßes bedurfte es noch, um in ihr den Entschluß reifen zu lassen, sich im Hinblick auf ihn an nichts mehr gebunden zu fühlen, und dieser Augenblick kam, als Mona nach Empfang des anonymen Blumenstraußes den vermuteten Absender anrief, um herauszufinden, ob er es tatsächlich war, und sich dafür zu bedanken. Paradoxerweise hatte gerade die Unähnlichkeit dieses Vorkommnisses mit all seinem bisherigen Verhalten und seinen Gewohnheiten in ihr den aberwitzigen Wunsch erweckt, daß diese Anleihe aus dem Amour-Fou-Bereich und Reminiszenz an eine Zeit, wo man den Frauen huldigte, weil sie Frauen waren, von ihm, von Finn herrührte: selbst das Kärtchen, das so gar nicht zu ihrer beider Situation paßte, und wenn doch, dann zum gegenwärtigen Zeitpunkt mehr auf ihn als auf sie, interpretierte die verblendete Mona als eine Anspielung auf den Ball und Eingeständnis der Eifersucht wegen der Komplimente und Angebote, die die Männer ihr machten: während doch ebensogut *er* einer derjenigen Menschen war, die anderen ihre Besitzansprüche ausreden mußten, wenn er gerade keine Lust auf ihre Gesellschaft hatte oder seine Neigungen ihm anderes diktierten.

„Welche Blumen?" sagte der liebenswürdige Finn denn auch sehr folgerichtig und zerstörte, nachdem Mona etwas Zusammenhangloses, jedenfalls Undeutliches zur Antwort gegeben hatte, durch sein mangelndes Interesse wie durch sein Drängen auf rasche Beendigung des Gespräches – sie erwarteten ein Patrouillenboot der Küstenwache in allernächster Nähe, die Sache sei brenzlig – jegliche Illusion, sie könne ihm jemals mehr bedeutet haben als eine Gelegenheitsliebe, die ‚ihre Zeit gehabt' hat, sich in Kameradschaft, schließlich in lose Bekanntschaft verwandelt, während sie bereits durch eine andere Liebelei abgelöst worden ist: was vermutlich schon der Fall war, denn es gab immer eine energische Ozeanographin, Medizinerin, Biologin, der es nichts ausmachte, die halbe Nacht am Steuer eines alten, ausrangierten und zum Rettungsschiff umgebauten Fischkutters zuzubringen, das Mannschaftsklo zu putzen, wochenlang zu acht in einer Kabine zu hausen und sich um verängstigte, leidende, aber auch erregte und verblendete Menschen zu kümmern, während Mona sich zu alldem zu ‚fein' sei.

Sie mußte sich der Realität stellen, sie hatte es womöglich nur deshalb nicht getan, nicht tun *wollen*, weil eine abergläubische Intuition sie zu warnen schien, daß, so wie sich die Sache anließ, sie nichts Gutes verhieß, unvorhersehbare Verwicklungen nach sich ziehen konnte. Der Zettel, den sie vor ihrem Verschwinden aus dem Hotelzimmer hinterlassen hatte, war, entgegen Leutnant Claudios Annahme, in erster Linie politisch gemeint gewesen, denn obwohl die von Prinzipien nicht viel haltende, ja fast prinzipienlose Mona sich in ihrem Milieu, sehr im Gegensatz zu Finn, halb wie ein exotischer Fisch tummelte, der die ihm zuträgliche Wassertemperatur und Nahrung sucht, um sich wohl und behaglich zu fühlen: weil es diejenige Lebensform war, die ihr das ihr genehme Maß an persönlicher Freiheit zu garantieren schien, beherrschte sie den dort geläufigen Diskurs und die vertretenen Meinungen gut genug, um ihre Teilhabe und Billigung glaubhaft verkörpern zu können (während sie in Wahrheit nur sehr wenig, ja fast gar nichts glaubte), nicht zuletzt aber auch: um sich selbst glauben zu machen, daß sie dorthin gehöre. In Wahrheit gehörte sie nirgendwohin, nicht nur, weil sie kein Elternhaus hatte, weil ihre Eltern, wie Millionen und Abermillionen andere, längst wieder getrennte Leute waren, irgendwo lebten und ihre eigenen Dinge im Kopf hatten, sondern weil sie mit sich selbst nicht vertraut war, und wer bei sich nicht zu Hause ist, ist es auch nirgendwo sonst. Bei einer anders beschaffenen Verkettung von Umständen, Neigungen, Herkunft und Gelegenheit, als die man im nachhinein die Geschichte eines Menschen interpretiert oder anhand derer man sie konstruiert, hätte sie eine Schauspielerin werden können: dieser Beruf, der hübsche oder schöne Mädchen von nicht mit Geld gesättigter Herkunft anzieht, die zu anspruchsvoll sind, um ihren Körper auf direktem Wege zu Markte zu tragen und die den Fleiß und die disziplinierte Langeweile irgendeiner anderen mehr intellektuelle Anstrengung erfordernden Tätigkeit scheuen; aber selbst um eine Schauspielerin zu werden hätte sie sich anstrengen und Einsatz zeigen müssen, was sich mit Monas Vorstellungen von Freiheit und Unabhängigkeit nicht vertrug: denn wenn auch der Zufall oder eine günstige Gelegenheit zuweilen ein Angebot, öfter freilich ein Schein-Angebot verschafft, so verflüchtigt sich das Glück rasch, wenn man es nicht klug zu nutzen versteht, und allein dieses kluge Nutzen setzt mehr zähen Willen, Durchsetzungsfähigkeit und Beharrungsvermögen voraus, als Mona an eine so banale Sache, wie sie das Geldverdienen in ihren Augen darstellte, zu wenden bereit war. Sie begnügte sich also damit, nach Art vieler Frauen Gelegenheitsschauspielerin zu sein, sich keiner Sache so sehr zu verschreiben, daß nicht noch eine kleine, gutverborgene Hintertür offenblieb, was auch für ihre Liebesverhältnisse galt, nur Finn, als äußerlich ihren Ideal entsprechend, hatte eine gewisse Ausnahme gebildet, und im übrigen in der Gegenwart zu leben mitsamt allem, was diese an Überraschungen zu bieten hatte. Was, sehr im Gegensatz zu den törichten Träumen so vieler bürgerlicher Mädchen, sogar eine unklare Vorstellung von der Zukunft einschloß: im Sinne einer abgehalfterten Bohèmeexistenz, die in irgendeiner winzigen Wohnung in einem schäbigen Viertel ein zähes Dasein behauptet, raucht und trinkt, mit verquaster Stimme spricht und hustend lacht und ab und an Nachrichten oder Anrufe von irgendeinem sich in der Welt herumtreibenden, auf obskure Weise zu Geld gekommenen Sohn erhält. Mit dem Instinkt und der Treffsicherheit einer jungen Frau, die in einem Milieu arbeitet, wo sich sehr verschiedenartige Leute tummeln, hatte sie Leutnant Claudio auf dem Ball als das erkannt und verbucht, was er war: ein ehrgeiziger junger Aufstrebender, der auf seine Manieren achtet und sich von der Masse, von den Minderen abzuheben wünscht, überdies, wie sein Verhalten im Hotel deutlich gemacht hatte, nicht nur ein guter, sondern auch ein braver Sohn, der zum gewieften Ausnützen einer scheinbar günstigen Situation nicht fähig ist – es nicht nur nicht tut, sondern nicht dazu fähig ist, was zwei verschiedene Dinge sind. All dies, vor allem das letzte, hatte die Frau in ihr empfunden und sie durchaus ein wenig für ihn eingenommen, ungeachtet des Umstandes, daß er ihr – selbst wenn man alles Politische und Weltanschauliche kurzzeitig außer Sicht schob – zu keiner Zeit als ein passender Liebespartner erschienen war: so jung und in mancher Hinsicht naiv kam er ihr vor, der Walzerrausch allenfalls ausgenommen, zu dem wiederum Finn außerstande gewesen wäre, der vielmehr seinen erbitterten, ja abgrundtiefen Hohn herausgefordert hätte. –

Sie war also tatsächlich nur überrascht und keineswegs erfreut gewesen, als ihre Augen sich über den Bartresen hinweg begegnet waren, sie hatte, um ihm jegliche Hoffnung zu nehmen, vielleicht zu unbedacht zum Mittel der Grausamkeit gegriffen, das in Liebesdingen – entgegen einer verbreiteten Ansicht – nicht das sicherste ist. Die Erinnerung an den Walzer und an den Kuß – ihren Kuß – danach, der nur ein trunkenes Nachflammen gewesen war, eine übermütige Gefühlsaufwallung, ein Abschluß und nichts weniger als ein Versprechen, mußte, wenn nicht getilgt, so doch unter Strafe gestellt werden: als etwas, was nur für den Augenblick seines Geschehens gegolten hatte, gelten *konnte* – und dann nie mehr! Nun kann man einer Frau ebenso wenig verwehren, kokett zu sein, wie einem Mann den Versuch verbieten, diese Koketterie zu seinen Gunsten zu nutzen und, durch die stachelige Verpanzerung hindurch, mit sicherem Instinkt auf das Herz zu zielen. Der sichtbare Ausdruck dieser Antinomie war der Strauß, dessen Realität nicht wegzuleugnen war. Es half auch nichts, ihn fortzuwerfen, nachdem er mehrere Tage lang in ihrem Zimmer gestanden hatte, in einem ausrangierten Gurkenglas, falls nicht den Neid, so doch die spitzzüngige Neugier ihrer Wohnungsgenossin herausfordernd, die sie über den neuen Verehrer von unbekannter Identität aufzog, der ja ,sehr besonders' sein müsse, wenn sie über ihn kein Wort verlieren wolle: daß Mona ihn nicht zu kennen behauptete, stieß auf Unglauben. Als Leutnant Claudio das nächste Mal im Foyer des Programmkinos erschien, verriet ihm ein Blick auf ihr Gesicht, daß seine ,kalkulierte Improvisation' eine Wirkung getan hatte – es war fast gleichgültig welche – und daß, ihrer kalten und verschlossenen Miene zum Trotz, die Abwehr nicht mehr undurchdringlich war. Alle Soldaten wissen, daß man eine Festung nur lange genug belagern muß, um schließlich doch einen Einlaß zu finden: wenn es nicht das Burgtor ist, so nimmt man ein kleines Fenster, eine schlecht bewachte Tür: alles, buchstäblich alles kann dazu dienen, eine Haken hineinzuschlagen, um ein Seil dort zu befestigen.

Woher rührte die plötzliche Gewieftheit des jungen Oberleutnants, der offenbar doch nicht ganz so arglos und naiv war, wie die rasch urteilende Mona es sich zurechtgelegt hatte? Es kann gefährlich sein, einen Traum zu zerstören und zehnmal mehr dann, wenn man es ohne Mitgefühl und Empathie tut: der gedemütigte Mensch fertigt sich aus den Scherben und dem Kehricht selbst die Instrumente seiner Rache. Er bezähmt sein Gesicht, seine Miene, seine Sprache, er beobachtet, wartet, verschwindet, kehrt wieder, immer mit derselben Absicht, derselben Haltung, unerschütterlich in seinen Regungen und Überlegungen. Die Augen Leutnant Claudios hatten die Umgebung, das gesamte von den gerade im Umlauf befindlichen, in den Medien, der Politik besprochenen ,sozialistischen' Ideen geschwängerte Umfeld, in dem die schöne Mona sich offenbar zu Hause fühlte, nicht minder scharf wahrgenommen als sie das seine, und seine Gedanken dazu, wie allein aus dem bisher Angedeuteten erhellt, entsprachen, wie die seiner Vertrauten, im ganzen genommen dem, was Finn, mit der üblichen Übertreibung junger Männer, die noch nicht zu arbeiten gelernt haben (bzw. deren geistige Nahrung ohne Beimengung von Kritik bleibt) und die die Welt als ihnen gehörig begreifen wollen, Mona gegenüber so freimütig ausgesprochen hatte. Dieser Umstand, dieses giftige politische Fieber, das in der Welt war und sich immer neue Opfer und Phantasten sucht, denen es das Gemüt verblenden kann und die es mit einer kalten Glut die äußersten Mittel nicht nur in Betracht ziehen, sondern wünschen läßt – und diese äußersten Mittel sind schließlich immer die Gewalt, die einer hitzigen Jugend als die ultima ratio erscheint, wo die zahmen Mittel versagen – mußte seine Hoffnung ins Aberwitzige steigern und ließ ihn zugleich, so paradox sind seine Wirkungen, der Abenteurerin in Mona als eine interessantere Figur erscheinen, als er es als braver und korrekter Leutnant vermocht hatte, was sich in einer gewissen Zweideutigkeit der Reaktionen widerspiegelte, mit denen sie seine konstant höfliche, von einem abgründigen Gleichmut erfüllte Annäherung halb kühl abwehrte, halb sich aus perversem Trotz darauf einließ, um sie plötzlich wieder mit einem Schulterzucken zu entmutigen. Es war kein Verbrechen, mit einem jungen Mann zu reden, sofern er sich nicht selber verächtlich macht; schon als Mitwisser ihrer Eskapade ins feindliche Lager konnte sie ihn nicht unbeaufsichtigt lassen, sie mußte nach Möglichkeit auch verhindern, daß er mit andern Leuten sprach, was, da das Programmkino an ein Café angeschlossen war, jederzeit denkbar war. Keine junge Frau, auch keine schöne, ist ganz und gar unempfänglich für beharrliche Bewunderung, die man ihrer Person erweist, und Leutnant Claudios seelische Verfassung hatte zudem die Eigenheit, daß der Wunsch nach Genugtuung und der nach Liebe darin koexistieren, sich gleichsam innig verschlingen konnten: was alles bewirkte, daß der Ton und die Worte, mit denen Mona ihm seine Absichten auszureden suchte, allmählich und ohne daß sie es sich selbst bewußt machte, sanfter wurden.

„Gib es auf, Claudio", sagte sie ihm schließlich, als sie, da er mitten in einer bereits laufenden Vorstellung erschienen war, allein miteinander waren (der Kartenverkäufer abgezogen, der aber mit dem Zählen der Einnahmen befaßt war) und der Leutnant mit auf den Tresen gestützten Ellenbogen bei ihr stand, gelegentlich einen Blick zur Seite wendend, wie es Leute tun, die keinen Zuhörer wünschen, „deine Welt und meine sind nicht zu vereinen. Du könntest dir hier irgendwann Prügel einhandeln, wenn man herausfindet, wer du bist und mit welchen Leuten du dich gemein machst. – Gib es auf", wiederholte sie in jenem weichen Ton, in welchem eine Schwester zu einem verstockten Bruder sprechen würde, „– und wenn es mir zuliebe wäre! Wir wüßten beide, daß es keine Zukunft hätte." Der Leutnant wiederholte etwas, was er in mehreren Varianten bereits gesagt oder zum Ausdruck gebracht hatte, ohne etwas anderes als ebenso viele Varianten weiblichen Widerspruches zu ernten. „Pah, Mut. Es hat mich keinen Mut gekostet, mich auf euren Ball einzuschleichen, das war für uns nur – ein weibliches Husarenstück! Ich lasse mich nicht gern auf aussichtslose Dinge ein, auch nicht auf solche, die mir Scherereien oder Ärger eintragen könnten. Versteh das endlich!" – Nach Monas Ansicht – denn sie neigte nach Art aller Abenteurerinnen und Hochstaplerinnen dazu, sich das Leben leichtzumachen und moralische Verantwortung anderen aufzubürden – trug Finn wenn nicht die Hauptschuld, so doch eine Mitschuld an dem Umstand, daß sie Leutnant Claudio nicht mit der unwandelbaren Verachtung begegnen konnte, zu der sie laut Doktrin und allgemeinem Verhaltenskodex im sozialistischen Lager verpflichtet war: daß sie am Ende ganz normal zu ihm sprach, von junger Frau zu jungem Mann, die eine private Sache aushandeln, und daß sie ihm nicht genügend Widerstand entgegensetzen konnte. Hätte Finn mich nicht allein gelassen – sprach sich Mona finster zu – unter falschen Versprechungen nach H. gelockt und dann sitzen lassen, um im Mittelmeer nach Menschen zu fischen – so hätte ich keinen Anlaß gehabt, mir nicht umgehend die Ohren zu verstopfen, sobald der Einflüsterer erschien. Ich wäre gar nicht hier, in diesem elenden Ausschank gelandet, um mich über Wasser zu halten – wir wären uns nie begegnet. Hörst du mich, Finn? Du – Bist – Schuld! –

Dieser innere Ausruf erreichte weder seinen Adressaten, noch verhinderte er das Rendezvous, das der so zähe wie unermüdliche Belagerer seiner Schönen schließlich doch abtrotzte, und das ihr zwar kurzzeitig Bedenken oder eine Form der inneren Unruhe verursachte, die aber mit der Beruhigungspille aller leichtmütigen weiblichen Wesen einigermaßen erfolgreich verscheucht wurden: daß es leichter sein würde, ihn wieder loszuwerden, wenn sie ihm *diesen* einen Wunsch erfüllte; überdies war es eine Methode, ihn aus dem Stadtviertel zu entfernen und nicht in Verbindung mit ihm gesehen zu werden. Leutnant Claudio sah es ebenso, nur in *der* Färbung, die ihm genehm war. Nachdem er Mona am verabredeten Ort aufgelesen hatte, nachdem sie in sein Auto gestiegen war und er mit ihr davonbrauste –

gleichsam als entführte er sie, so sahen es seine verblendeten Augen –, verwandelte er sich wieder in den zurück, der er gewesen war, ehe ,die Komplikationen begannen', bereute, was sich an niederen Gedanken in seiner Seele eingenistet hatte, und wollte es wieder wagen, an das Glück zu glauben, all ihres lachenden Kopfschüttelns, mit denen sie seinen Andeutungen begegnete, unerachtet. Sie entfernten sich – Leutnant Claudio sah es so – mit rasender Geschwindigkeit von allem, was zwischen ihnen gestanden hatte: womit er, in charakteristischer männlicher Verkürzung, im wesentlichen das Programmkino im Kulturpavillon, diesen Ausläufer des sozialistischen Lagers, mitsamt allem, wofür es stand, meinte, während er mit seinem Offiziersstatus, als seinen Wünschen völlig gemäß, so verwachsen und einverstanden war, daß diesen anzutasten (im Sinne von scheel ansehen) – und sei es nur in der Theorie – nicht nur unnötig, sondern gleichsam als Sakrileg erschienen wäre.

Die durchtriebene Mona warf ihm dies vor, als sie, unter einem frischen, windigen Märzhimmel, durch den in rascher Folge weiße Wolken zogen und sich wieder entfernten, an einem mit Binsengras umwachsenen See entlanggingen, den der Leutnant auf einem seiner Ausflüge in diese Gegend entdeckt und als passendes Ziel für ein verschwiegenes Stelldichein (mit Potential) memoriert hatte. Der See, eine ehemalige Kiesgrube, war etwa eine halbe Stunde Fußweg von jeder menschlichen Behausung entfernt und lag folglich von jenen Feldern, Gräben und Brachwiesen umgeben, wie sie die niedersächsischen Flachlande kennzeichnen, einsam genug, um dort Dinge besprechen zu können, zu denen sich das Programmkino aus naheliegenden Gründen nicht geeignet hatte. Außer dem Rauschen des Windes war nichts als eine Schar Krähen zu hören, die, von den Brachfeldern herkommend, oben in den Lüften kreisten und die Mona für Raben – also Unglücksvögel – hielt, während Claudio, mit noch mehr Phantasie, sie zu Odinsraben, also Weisheitsvögeln deklarierte.

„Dann würden sie mir abraten", sagte Mona, während sie, mit verschränkten Armen gegen seinen Wagen gelehnt, zu dem sie zurückgekehrt waren, aus ihren wohlgeformten Lippen Rauch in die Frühlingsluft ausstieß. „Die Natur sagt uns nichts anderes, als was wir uns selbst sagen sollten. Du bringst mich in Gefahr, dummer Claudio, und es ärgert mich, daß du dir dieser Sache nicht besser bewußt bist. Ich bin mit dir hierher gefahren – wo es recht nett, aber auf die Dauer zu kalt ist –, um das vollkommen deutlich zu machen. Für meinen Teil hätte ich persönlich nichts dagegen, mich zur Abwechslung mit einem Offizier einzulassen, wenn es mir so gefällt oder wenn ich es beschließe: ich darf diese Erfahrung machen, wenn ich will, niemand kann sie mir verwehren. Aber bei meinen Leuten wäre ich damit unten durch, sie halten solche wie dich und überhaupt alles, was nach Militär schmeckt oder riecht, für Ausprägungen faschistischen Geistes oder schon als solches für Faschismus, vielleicht haben sie sogar recht damit (mit einem Schulterzucken). Ich nehm's nicht so genau, das war immer eine meiner Maximen (vielleicht die einzige): jeder von uns hat einen dunklen Winkel, in dem er abwechselnd Gott oder Teufel ist, am Ende sogar beides zusammen. Ich habe mich überhaupt nur soweit mit dir eingelassen, weil ich dich mag, weil du mir auf dem Ball gefallen hast, weil du von allen dort der beste warst. Nein (den Arm ausstreckend), du wirst mich zu Ende anhören, eh wir auch nur einen Schritt aufeinander zu machen! Ich würde, was du dir wünschst, nur unter drei Bedingungen akzeptieren, die du mir alle getreulich erfüllen müßtest. Ich kann auf mich achtgeben, ich bin es gewöhnt. Mißfallen sie dir oder ziehst du ein Gesicht dazu, so war es das: es macht mir nicht das Geringste aus, zu Fuß zur Straße zu gehen und von dort per Anhalter nach Hause zu fahren. Tauchst du unter diesen Umständen noch einmal in unserem Kino auf, so werde ich dafür sorgen, daß man dich an die Luft setzt. – Wohlan, die erste Bedingung. Strikteste Geheimhaltung. Beachtest du das nicht, läßt du dir ein unbedachtes Wort entschlüpfen, so sind wir getrennte Leute. Ich will meine Freunde nicht verlieren, gleichviel wie radikal sie sind, es sind meine Freunde. Zum zweiten. Ich habe über meine Liebesverhältnisse immer selbst bestimmt. Ich kann die Sache beenden, wie, wann und warum ich will, du hast dich damit abzufinden. Zum dritten. Ich bin derzeit nicht nur knapp bei Kasse, sondern regelrecht *arm*. Ich bin ganz die arme Cinderella, die du dir erträumt hast, aber wohl nicht *so*. Du müßtest also damit einverstanden sein, den Geldpart zu übernehmen, der sich, so wie sich die Sache anläßt, nicht vermeiden lassen wird. Ja, dies zerstört sehr gründlich alle Illusionen. Sei mir dankbar, daß ich's tue. Es ist immer besser, man einigt sich vorher."

Sie hatte ihn, während sie diese Dinge sagte, mit den zornig funkelnden Augen einer jungen Schönen gemustert, die sich ihre Gunst nur durch sehr hohen Einsatz abringen läßt. Sie meinte es, bei vollem Berechnungsvermögen, immerhin so aufrichtig, als es ganz das war, was sie im gegebenen Moment zu sagen für richtig hielt: für Mona eine Frage der Selbstachtung. Nachdem sie dem nichtswürdigen Finn Hoffnung; Liebe und sogar Geld geschenkt hatte, sah sie nicht viel Anlaß, mit seinen Nachfolgern, wer immer sie sein würden, irgendwelche großen Umstände zu machen. Mochten sie leiden, es war Mona ganz recht. Welcher Mann hätte, nachdem er seinem Ziel so nahe war, den Brocken nicht geschluckt, immer mit der heimlichen Überzeugung aller Vertragspartner, denen man keine Wahl läßt: daß alle Bedingungen so modifizierbar sind wie der Eifer, mit denen man ihnen nachkommt oder es unterläßt, weil kein Anreiz mehr besteht? Dies war übrigens nicht Leutnant Claudios Ansicht, der die Bedingungen nicht hart fand – sich vielmehr noch härtere gewünscht hätte, die mehr seinem Sinn für das Große entsprochen hätten. Wenn er bei Monas letzten Worten etwas schmerzlich dreinsah, so deshalb, weil er nicht nur empfand, sondern auch zu zeigen wünschte, daß er nicht ganz der geprügelte Hund war, dessen Rolle er hier nolens volens zu spielen hatte. Er hatte vor ihr gestanden, einen Fuß auf einen Baumstumpf gestützt, trat nun neben sie mit dem Gesicht eines Menschen, der sich Bagatellen hat anhören müssen: ob dies alles sei? – „Ich meine, was ich sage" – Monas Antwort – „und im übrigen verlange ich von dir kein Einverständnis, erst recht keine Beteuerungen. Sie würden mich nur mißtrauisch machen. Ich wollte nur unmißverständlich klarmachen, womit du zu rechnen hast. Ich habe noch keinem Mann erlaubt, mich um den Verstand zu bringen, und ich werde mit dir keine Ausnahme machen. Es wäre" – mit ihrem breiten, blitzenden Lachen – „einfach zu unpraktisch für jemanden wie mich!" – Sie hatte ihre Zigarette fortgeworfen und tippte bedeutungsvoll auf die Autoschlüssel, die er in der Hand hielt, ehe sie sich wieder auf die andere Seite des Wagens begab, dort die Tür öffnete und ihm über das Dach hinweg Folgendes zusprach, mit einer flüchtigen, halb verschleierten Zärtlichkeit in der Stimme, die bislang noch jeder Mann für ein Versprechen gehalten hat, gegen alle Beweise des Gegenteils. „Hier weht ein scharfer Wind, hier können wir nicht bleiben, Leutnant Claudio! Nichts hindert dich, mich in meine Sphäre zurückzubringen und deiner Wege zu gehen und alles zu vergessen, was ich eben gesagt habe. Es ist nun *deine* Wahl!"

## 4.

Sechs Wochen nach diesem verschwiegenen und von der Welt völlig unbeachteten Rendezvous (das, seines stacheligen Auftaktes unerachtet, ein echtes Rendezvous wurde, womit die Wahl, die der Leutnant, sanguinisch wie alle Ehrgeizigen, traf, hinreichend bezeichnet ist) kam der schöne Finn von seinen Abenteuern im Mittelmeer zurück und ließ sich in seiner Gemeinde, die aus engagierten Anhängern derselben noblen Ideen bestand, feiern wie der Prinz, der er war – Prinz eines neugeborenen Sozialismus, der, alle Fehler der Vergangenheit vermeidend, eine bessere, freiere, gerechtere und – gesündere – Welt schaffen würde, die Welt, in der sie und mit ihnen alle Menschen von humaner Gesinnung und brüderlichem Wesen – alle Gerechten, mit anderen Worten – *wirklich* leben wollten: anstatt verkorkster Karikaturen davon, in und an denen so gut wie alles falsch, verzerrt und verbogen war, nur der Machtanspruch der jeweiligen Machthaber und ihres diktatorischen Gewaltapparates nicht. Solche Parolen, die zu den Gemeinplätzen klassischen linken Denkens gehören, flossen ihm so leicht von den Lippen, wie es bei Leuten der Fall ist, die ihr Leben – womit in Finns Fall auch der Lebensunterhalt gemeint ist – einer all ihre Kräfte in Anspruch nehmenden Sache verschrieben haben, und denen es ebensowenig ausmacht, in strömendem Regen auf einer notdürftig abgedeckten Rednerbühne durch ein krachendes Megaphon zu sprechen, um je nach Anlaß entweder lautstarken Protest oder energische Fürsprache zu formulieren, wie dies auf internen, inoffiziellen Mitgliederversammlungen in seinem Viertel zu tun, falls er gerade zur Stelle war und etwas beizusteuern hatte: besser als mancher Politiker wußte er, hatte es längst verinnerlicht, daß es auf das Befeuern und Begeistern ankommt, auf die Macht der Idee, und daß man mit seiner Person, vom Kopf bis zu den Füßen, für sie einzustehen hat, wenn man Mitstreiter, Anhänger, Unterstützer gewinnen will. *„Ein* geretteter N----, das reicht einfach nicht", war ein typischer Finn-Spruch, wenn es galt, neue Bekanntschaften einzuordnen und ihnen zu verdeutlichen, daß sein Name nicht zufällig gewählt worden war. Schluckten sie den Köder und regten sich über das längst verfemte Unwort auf, oder waren sie subtilerer Teilhabe fähig, weil sie Mark Twains berühmtes Buch nicht nur den Titel nach kannten, sondern auch gelesen und bis in die Zwickmühle hinein verstanden hatten? Und welche Freude, welcher kleine Triumph, wenn nach einer Schrecksekunde das eben noch sichtbare Entsetzen einem befreiten Lachen wich, wenn man sich bei den Schultern nehmen und als Freunde betrachten konnte, als ähnlich oder sogar gleich Denkende, die nach denselben Zielen streben, dasselbe gutheißen oder verurteilen. Alle, die sich jemals politisch engagiert haben, wissen, daß noch die kleinste Sache, sobald sie zum Politikum gemacht wird, der Organisation bedarf, ja sich in Organisation *verwandelt* und sich folglich bald in Rangabstufungen gliedert, die, mögen sie auch längere Zeit inoffiziell bleiben und der Schein noch so sehr dagegen sprechen, doch ziemlich genau beachtet und befolgt zu werden streben. Das Ganze ist als ein Gebilde von immer enger werdenden Kreisen aufzufassen: der größte umfaßt schlechthin alle, sämtliche Befürworter der Bewegung, selbst wenn sie außer ihrer Zustimmung nichts beitragen; nach ihnen die Förderer und Unterstützer durch Geld, der nächste zweitengste Kreis sind die aktiven, aber ehrenamtlich Arbeitenden, die ihre freie Zeit und Energie großzügig opfern; zum Schluß der Zirkel der Professionellen, die mit ganzem Einsatz dabei sind und folglich von den Spendengeldern bezahlt werden müssen, und unter diesen gibt es noch den Zirkel der Eingeweihten, der an einer Hand abzählbaren Personen, die den innersten Kern, die Chefs der Bewegung bilden, über die, charakteristisch für das etwas Unbestimmte, Ungreifbare dieser Superioritätspositionen, die auf Charisma, Einfluß, Bekanntheitsgrad und Verbindungen basieren, unter den niederrangigen Mitgliedern gewöhnlich unterschiedliche Auffassungen kursieren. Der ist der Chef, sagen zwei, während ein anderer weiß oder zu wissen glaubt, daß es in Wahrheit *der* ist. Woher rührt diese Konfusion, die älter ist als der Verfassungsschutz, der sich ihrer ebenso zu bedienen weiß, wie er durch sie hinters Licht geführt wird, wenn nicht aus jener uralten Antinomie, die alle sich auf das Gleichheitsversprechen berufenden Bewegungen mitschleppen wie den berühmten Pferdefuß: daß ebenso wie ihre erbittertsten Gegner, gleichviel ob es Anhänger einer totalen wirtschaftlichen Ausbeutung (vulgo Kapitalisten) oder schon gleich Militärs (also Faschisten) waren, die von vornherein nur ein Oben und Unten, Herren und Sklaven kennen wollten – daß sie mit all ihren noblen Zielen ohne eine gewisse Hierarchie, ohne Leute, die sagten, wo es langging, die in der Öffentlichkeit Stellung bezogen und sich als Wortführer hervortaten, nicht auskommen konnten? Noch der leichtmütigste Revolutionär akzeptiert diese Widersprüche nicht nur, sondern billigt sie insgeheim: weil es noch keinen Revolutionär gegeben hat, dem der Zweck nicht die Mittel geheiligt hätte. Finn bildete keine Ausnahme, auch darin nicht, daß die Parolen, die er zu objektiven Wahrheiten und Notwendigkeiten umdeklarierte, und die bequem-lässige Art, mit denen er seine Bedürfnisse und die der Sache eine Synthese eingehen ließ, sich seinem Gesicht, Auftreten, Wesen aufgeprägt hatten, so daß Leute, die ihm nicht gewogen waren oder mit denen er es sich verscherzt hatte, ihm etwas wenig Vertrauenswürdiges beschieden, egal wer oder was gerade auf ihn zu schwören bereit war, während die Neuhinzukommenden immer wieder von ihm behext waren. Was er dieses Mal, zum einen auf der Mitgliederversammlung, zum anderen im engsten Kreis zu berichten hatte, mußte die Kritik verstummen lassen: zwar war ihr Schiff, d. h. der alte Fischkutter von der Küstenwache beschlagnahmt worden – ohne Aussicht auf baldige Herausgabe –, sie selbst unter unhöflichen Worten und Gesten von der Polizei in Gewahrsam genommen, von Anwälten ferngehalten oder vielmehr die Anwälte von ihnen –, aber in jeder sonstigen Hinsicht hätten sie Erfolge zu verbuchen, den moralischen ohnehin, es habe dort unten genug Leute gegeben, die ihnen Beifall gespendet, sie unterstützt, ermutigt hätten: sobald sie ein neues Schiff besorgt haben würden, könne es also weitergehen. Nur über seine fernere Beteiligung hierbei wollte sich Finn, der wie alle abenteuerlustigen Naturen die Abwechslung liebte, nicht festlegen; neue Aktionen stünden an, bei denen seine Anwesenheit womöglich dringender sei.

Im Zuge dieser Gedankengänge fiel es ihm plötzlich ein, sich nach Mona zu erkundigen, mit der er vor zwei Monaten das letzte Mal gesprochen habe: auf seine Anrufe antworte sie nicht, ob etwas mit ihr sei? Sie komme etwas seltener, teilte man ihm mit, sei aber noch in der Gegend, nach Kenntnis aller auch noch unter derselben Adresse zu finden. Finn nahm diese vagen Auskünfte zum Anlaß, seiner Ex-

Geliebten einen Besuch abzustatten; charakteristisch für ihn, der so viele Freunde und Bekannte hatte, war, daß er erst nach reichlich einer Woche hierzu Zeit fand und also am Sonntagmorgen die drei Treppen zu Monas Wohnung emporstieg, wo sie ihn, mit nicht sonderlich erfreutem Gesicht, an der Tür empfing und fast Miene machte – sie sei verabredet, sehr frostig gesagt – ihn nicht einmal hereinlassen zu wollen. Da dies aber doch nicht ging, saßen sie bald am Küchentisch über Eck wie alte Bekannte, die sich einen Rest Kaffee teilen, während Finn, seine Zigaretten drehend und seine Erkundungen mit der gleichmütigsten Miene betreibend, zu ergründen versuchte, woher die Aura feindseliger Abwehr rührte, die seine einstige Freundin, trotz aller vorgespiegelten Gelassenheit ihres Gebarens, ihm gegenüber nicht völlig zu beherrschen fähig war. Er hegte noch keinerlei Verdachtsmomente, da Eifersucht für ihn zu den Resten eines überkommenen spießbürgerlichen Denkens gehörte, aber er spürte gleichsam einen fremden Ton in ihrem Verhalten ihm gegenüber, so wie auch in ihrer Ausstrahlung selbst, die vor zwei Monaten – er hätte drauf schwören mögen – noch nicht dagewesen waren, und hinsichtlich dessen er, was man ihm nicht verargen konnte, erst einmal die simpelsten Erklärungen heranzog: im Sinne einer Mißstimmung und Eifersucht ihrerseits über seine Reise mit ihrer erotischen Vagabondage, die er nicht wegzuleugnen vorhatte, aber er glaubte ernstlich, das verlorene Terrain durch sein übliches Charme-Bombardement wiedergewinnen zu können. Am Anfang hatte er munter drauflos geschwafelt, um die unterkühlte Atmosphäre zu beleben, zu erwärmen, nun aber setzte er ‚noch eine Prise drauf‘, indem er seinem Bericht eine persönliche Färbung gab, als müsse alles, was er in der Zwischenzeit erlebt und vollbracht hatte, Mona besonders freuen und stolz auf ihn machen, als sei alles um ihretwillen geschehen.

Als diese nicht sonderlich originelle und etwas zu obenhin auf Sieg setzende Strategie nur sehr wenig Erfolg zeitigte – denn sie blieb unwandelbar reserviert ihm gegenüber –, fragte er, alles Bisherige überspringend, als sei es ganz und gar bedeutungslos: „Mit wem eigentlich? Ich meine: verabredet?" – Mit einer Freundin (gleichmütig hingeworfen). In einer Viertelstunde müsse sie fort. Er könne (mit betontem Lächeln) ja ein andermal wiederkommen. Diese so unwandelbar dürftigen Antworten und Angaben hätten seine Neugier sicherlich auch dann gereizt – denn Reserviertheit gegenüber alten Verhältnissen paßte schlecht zu Mona, jedenfalls zu der Mona, die er zu kennen glaubte –, wenn Finn nicht, mit der Selbstverständlichkeit alter Kampfgenossen, falls nicht darauf gerechnet hatte, so doch davon ausgegangen war, daß er noch einen Stich bei ihr hatte, mit dem Vorrecht des alten Liebhabers, der nichts dagegen hat – und zufällig war es so, nachdem die Liebelei auf dem Fischkutter sich als unergiebig erwiesen hatte –, die Beziehung wiederaufzunehmen, nachdem man sie eine Weile lang – weil man anderswo mit anderen Dingen befaßt war – hat schleifen lassen. Falls dies nicht ging, wollte er wenigstens erfahren haben, aus wie gutem Grund nicht, stellte sich taub auf dem Ohr des Taktes und der Diskretion, die ohnehin nicht seine Stärken waren, und hatte keine Skrupel, sich noch etwas eingehender nach dieser obskuren Freundin erkundigen zu wollen: Wer sie sei, ob er sie kenne? Vielleicht hätten sie ja denselben Weg dorthin. Was die Frage aller Fragen anbelangt, die den Mann – als Mann – einzig interessiert, so wurde sie ihm freundlicher-, aber auch nicht so freundlicherweise von einer dritten Person abgenommen, die, ebenfalls mit alten Rechten ausgestattet, kurzzeitig in die Küche gekommen war, um sich einen Tee aufzubrühen, diesen Teil des Gespräches mit anhörte und sich, ehe sie wieder in ihr Zimmer verschwand, einmal kurz und spitz hineinmischte. Dies war Monas Mitbewohnerin, eine so überzeugte Feministin, daß sie dieser ‚wichtigsten Allianz von allen‘ alles übrige unterzuordnen für geboten hielt und in ihrer Sonntagmorgen-Schlechten-Laune ihren stets paraten Zorn am ersten männlichen Objekt ausließ, das gerade zur Hand war. „Gib dir keine Mühe, Finn, sie hat längst einen andern, und eins ist jedenfalls klar: daß du der letzte bist, der sich darüber beklagen dürfte!"

Und stapfte auf ihren Korkpantoffeln wieder hinaus, die zwei am Küchentisch in jener düpiert-peinlichen Stimmung zurücklassend, die sich einstellt, wenn sich die Prämissen der Unterhaltung gleichsam umgekehrt haben, ohne daß die Bereitschaft zur Aufrichtigkeit damit Schritt gehalten hätte.

„Bring ihn doch einmal mit", schlug Finn nach einer ungemütlichen Pause vor, Monas Schweigen und geringschätziges Lächeln als vorläufiges Eingeständnis deutend. „Wen?" (mit ausdruckslosem Blick zu ihm hin, während sie ansonsten aus dem Fenster sah). „Pah, wen! *Ihn* natürlich. Warum sagst du's nicht gleich, wozu diese plötzliche Geheimniskrämerei? Glaubst du im Ernst, ich hätte etwas dagegen, ich würde anfangen, mich als Eifersüchtiger zu gerieren? Bring ihn mit, damit ich ihn kennenlernen kann!" „Ein Phantom", sagte Mona mit Nachdruck, ihn dabei ebenso ausdruckslos musternd wie zuvor, „*kann* man nicht kennenlernen. Du hast es etwas eilig, Schlüsse zu ziehen, die durch nichts gedeckt sind." – Worauf sie zwei Sätze anfügte, die, allerhöchste Knappheit mit Präzision vereinend, ebenso die Identität jener Freundin ‚aus einem ihrer früheren, studentischen Bekanntenkreise' wie ihr heutiges Ziel preisgaben, und die Finn mit der Miene eines Menschen aufnahm, der höfliches Interesse heuchelt, ohne das Mindeste zu glauben. Es war ihm schlagartig fast gleichgültig geworden, er hatte seine gute Laune längst wiedergefunden oder gewann sie wieder, als er, seine hübsch gedrehten Zigaretten ins Päckchen stopfend und seinen Schal um den Hals wickelnd anhob: „Alles recht, Mona, was immer du tust und treibst, im Privaten, meine ich, es ist deine Angelegenheit, wir haben uns da nicht dreinzumischen. Ich nehme an, es liegt daran, daß ich mir etwas mehr Interesse an unserer Sache gewünscht hätte, nachdem ich – nachdem wir alle da unten unseren Kopf hingehalten haben. Denn ein Pappenstiel war's gerade nicht. Ja, mag sein, daß du das meiste schon weißt, aber es ist doch etwas anderes, ob man eine Geschichte aus erster

Hand erfährt, ohne Hinzudichtungen oder Kürzungen. Vergiß unser Treffen nicht, Dienstag um neun, am üblichen Ort. Nein, ich mache keine alten Rechte geltend, bin bereit, mich mit allem anzufreunden – und wenn's" – scherzte er – „ein Studienrat aus Paderborn ist! Hauptsache, er billigt unsere Bewegung oder steht ihr wenigstens nicht feindlich gegenüber." Sie freundschaftlich umarmend, einen Kuß versuchend, der durch ein unauffälliges Manöver ihrerseits auf der Wange landete. „Ach so" – sich plötzlich besinnend – „was irgendwelche Mitwisserschaft an gewissen Aktionen unsererseits anbelangt" – als er sie, in sehr überzeugender weiblicher Resignation den Kopf schütteln sah, warf er ihr eine Kußhand zu und verschwand.

Um solch eine Begegnung, unter den obwaltenden Umständen, nicht eine Spur unbehaglich zu finden, zumal im Hinblick auf einstweilen noch unüberschaubare Komplikationen in der Zukunft, muß man das entsprechende Naturell besitzen, das Lust am Wagnis mit Gemütsruhe vereinigt. Irgendwelche abgestorbenen Gefühle zu heucheln hatte Mona keinen Grund mehr gesehen, nachdem sie monatelang auf ein Liebeszeichen von seiner Seite gewartet hatte, aber selbst nach der Seite der Freundschaft hin, auf die sich zu berufen sie ihm nicht verwehren konnte, hatte sie eher zuwenig als zuviel getan, unbekümmert darum, ob es nach altem Groll (was eher zutraf) oder neuen Ressentiments aussah. Sie saß noch eine Weile unbeweglich am selben Fleck, auf ihre nackten Füße niedersehend, mit deren tänzerischem Vermögen, wenn man so wollte, das derzeitige Abenteuer begonnen hatte – ein leises Lächeln begleitete diesen Gedanken –, während sie nachsann, an welche Erinnerung sie die Mischung aus innerem Rumoren und kribbelnder, rauschhafter Spannung verwies, die dieses verbotene Spiel, auf das sie sich eingelassen hatte, sie gelegentlich in Wellen überfallend in ihr erweckte. Jetzt weiß ich's, sagte sie sich plötzlich. Es ist wie damals, wenn wir eine Klassenarbeit schrieben und ich plötzlich feststellte, daß es eine Viertelstunde vor Schluß war und mir noch drei Aufgaben fehlten … Mit einem lautlosen Lachen: Nun und? Es reichte bis zum Abitur und sogar auch, um ein weitgehend nutzloses Studium anzuhängen … Warum muß man alles so verbissen sehen? Ich kann es beenden, wann ich will, es ist mir unbenommen.

## 5.

„Sprich leise", Leutnant Kurt zu Leutnant Claudio, der keine Anstalten gemacht hatte, seine Stimme sonderlich zu erheben, aber auf den Wink sogleich reagierte: es gibt eine Art, ganz und dabei unauffällig Aufmerksamkeit zu sein, während man scheinbar banale Dinge tut und das dazugehörige banale Gesicht aufsetzt, die nur die Verschworenen kennen. „Sprich leise und laß deine Tasche dort, wo sie steht. Sie haben wieder ein sogenanntes Nest ausgehoben. Heut vormittag, es ist gerade durch die Medien bekanntgegeben worden." Auf eine leise Gegenfrage nannte er Orte, Personen, Umstände und erntete ein ziemlich promptes Kopfschütteln und geringschätziges Lächeln. „Die üblichen Dilettanten, unteres Niveau. Was haben wir mit denen zu tun?" „Den Verfassungsschutz stören solche Feinheiten nicht. Ist keine Verbindung da, so wird er sie schon auftreiben, es kostet ihn nicht viel. Und ist die Sache erst publik, so ist es gleichviel, der Schaden ist da, die Öffentlichkeit fragt nicht groß, ob nachgeholfen wurde, nimmt alles für bare Münze, immer auf dem gröbsten Nenner." Nach kurzer Pause: „Die Sache häuft sich in letzter Zeit. Man ist nervös da oben. Sehr nervös." – „Hegst du einen konkreten Verdacht?" – Leutnant Claudio nach einem bedeutsamen Schweigen auf beiden Seiten. „Laß uns nach draußen gehen und dort weiterreden", war die Antwort. – „Ich hege einen Verdacht, aber das heißt noch nicht, daß ich eine konkrete Person im Sinn habe. Das heißt: keinen und alle. Denn ehrlich gesagt: für wen von uns – dich selbst eingeschlossen – kannst du mit perfektem Gewissen die Hand ins Feuer legen? Wir kommen alle von irgendwo her, die wenigsten kennen sich schon lange, und im übrigen ist selbst auf alte Bekannte kein Verlaß. Auf jeden von uns, buchstäblich jeden, können die betreffenden Herren zutreten, oder vielleicht macht es auch der Wolff, und sagen: Dürfen wir im Namen des Schutzes unserer Republik ein persönliches Wort an Sie richten: und anhand deiner Reaktion wissen sie schon recht gut, woran sie sind. Und das ist noch die plumpe Methode. Macht es einer freiwillig, d. h. spielt doppeltes Spiel auf eigene Rechnung, nicht einmal aus staatstragender Gesinnung, sondern weil es ihm so gefällt, ist ihm – sofern er sich nicht verrät – fast nicht beizukommen." – „Diese Überlegungen gibt es längst, ihre Gültigkeit besteht fort. Wen hast du wirklich im Sinn?" – der Leutnant, dem irgend etwas an diesen Worten eine Spur der Ungeduld, der Unruhe bereitete. – „Ich beobachte alles, mache mir meinen Reim auf alles. Je mehr sich von diesem Vorbeuge-Terror häuft, desto enger wird die Schlinge auch für uns. Feine Unterscheidungen sind nicht zu erwarten, sie werfen alles in denselben Topf. Staatsfeinde! Wir wollen sehen, wer am Ende am längeren Hebel sitzt." – Leutnant Claudio hatte schweigsamer zugehört, als es sonst seine Art war; mit einer Mischung aus Bewunderung und Beklemmung, deren Ursachen er sich kaum selbst bewußt zu machen wagte. Die längste Zeit ihrer Freundschaft war er falls nicht der Überlegene, so doch vom Glück und der Natur Begünstigtere gewesen, eine Position, um derentwillen ihn der bis auf seine Größe unscheinbarere, auch verschlossenere Kurt gelegentlich aufzog, ohne jemals den mindesten Neid durchscheinen gelassen zu haben. Im Kreis von Männern fühlte sich Leutnant Kurt, der über seine Herkunft niemals sprach, am wohlsten, die Flachserei vom Vorabend des Balles, mitsamt rotem Kleid und Whiskytaufe, war *seine* gewesen: obwohl er zu anderer Zeit in tiefstes melancholisches Grübeln verfallen konnte. Für einen jungen Mann, selbst wenn er Eide liebt und seinen Ehrgeiz darein setzt, sie zu halten, ist es doch etwas hart, sein Glücksgefühl (wenn nicht Triumph) über einen erotischen Sieg, den er allen Voraussagen und Wahrscheinlichkeiten zum Trotz errungen hat – und selbst wenn Leutnant Claudio in dieser Hinsicht kein Prahler war, auch wenig Gelegenheit dazu gehabt hätte, konnte er nicht umhin, es so zu sehen – nicht einmal mit dem besten Freund teilen, ja es ihm nicht einmal *mitteilen* zu können. Und nicht nur das: er hatte nicht nur geschwiegen, auch eine Lüge war ihm nicht erspart geblieben, eine kurze Lüge, vielleicht, aber das Gewicht von Lügen bemißt sich nicht nach der Zahl der Worte, in denen sie daherkommen. Es wäre gewiß alles anders gewesen, sagte sich Leutnant Claudio, während er seinen Dienst verrichtete und in einem hinteren Winkel seines Denkens mit jenen ganz anderen, privaten und abseitigen Dingen befaßt war, – wenn Mona nicht den Verdacht bestätigt hätte, den die Offiziere auf dem Ball gegen sie gefaßt hatten. Nur ich bin imstande, sie abgesondert von diesen Leuten zu denken, zu denen sie sich hält, an die sie sich klammert, weil sie sonst keine Heimat hat. Kein Heim und keine Heimat. Die anderen – auch Kurt – würden ihre Verachtung, ja Wut über sie ausschütten – ich kenne diese Wut, weil ich sie selbst einmal empfunden habe. Aber es ist ungerecht. Das Schicksal hat sie in dieses Milieu verpflanzt, in einer anderen Umgebung würde sie eine andere – wird sie eine andere sein. –

Wie sehr der Schwur, den seine berechnende Schöne ihm abgenommen, nach *zwei* Seiten hin seine Berechtigung hatte, blieb Leutnant Claudio zunächst insoweit verborgen, als er das Ausmaß, in dem ihre Leute in die aktuellen politischen Geschehnisse verstrickt waren und darin Dinge taten, die auf Seiten ihrer Gegner unversöhnlichen Haß hervorrufen mußten, nicht kannte, d. h. es allenfalls erahnen oder aus dem wenigen, was Mona hierzu sagte, erraten mußte, wovor ein Selbstschutz, der begreiflicherweise ihr Liebesverhältnis nicht antasten wollte, instinktiv zurückschreckte. Nun pflegen die interessanten Äußerungen oft außer der Reihe zu fallen, in unbewachten Momenten und gegen den Willen derer, denen sie entschlüpfen. Wie kamen sie einander auf die Schliche, wie lockten sie sich das Geheimnis ab, das ihnen den Abweg, auf den sie sich mit ihrem Entschluß, sich aufeinander einzulassen, begeben hatten, unwiderruflich deutlich machte? Sie hörten Radio, es liefen Nachrichten, Leutnant Claudio ließ sich eine Regung des Ärgers entschlüpfen – Mona brach in Lachen aus. „Weißt du, was du sagst?" warf sie ihm mit abgründigem Blitzen in den Augen hin. „Das sind meine Freunde, über die du den Stab brichst, sie sind dort unten gewesen, exakt in diesem Boot und haben sich mit der Küstenwache gestritten. Wenn du sie in den Kerker werfen – auspeitschen – untergehen lassen willst, dann mich mit, denn ich gehöre zu ihnen (mit herausforderndem Blick)!" – Nach der Liebe ist ein Mann gewöhnlich zu versöhnlichen Tönen, zum süß-schläfrigen Phlegma geneigt und bereit, seiner Geliebten jegliche Extravaganz nachzusehen – vor allem die monetären –; er verspricht ihr goldene Berge, läßt sich auf alles ein, verzeiht jedem, ist ihr dankbarer Knecht und Sklave. Daß Leutnant Claudio einen Funken jener giftigen Haßflamme spürte, die zwar nicht ihr, aber doch dem, was sie eben gesagt hatte, und vor allem ihren Leuten galt, zeigt, wie sehr das häßliche politische Fieber bereits alles durchdrungen hatte, wie es sich alle Umstände anmaßte, alle Fakten verschlang und selbst das geheimste oder geringste Verhältnis ergriff und zu etwas Teuflischem, wenigstens Niedrigen verzerrte. „Ist dies wahr?" fragte er, nachdem er längere Zeit geschwiegen hatte. „Mehr als wahr", warf ihm seine listige Schöne hin, und mit der abgründigen Koketterie der Abenteurerinnen, die stets noch ein paar Scheite haben, die sie in ein züngelndes Feuer werfen können, gab sie ihm nicht nur die Identität seines Vorgängers preis, sondern ließ ihn auch mit ein paar kühl-geschickten Worten erraten oder vielmehr selber den Schluß ziehen, welche noble Hauptrolle dieser Vorgänger bei der derzeitigen Mittelmeermenschenfischerei spielte. „Du liebst jetzt" – Mona mit spitzem Mund, giftig-süßen Rauch aushauchend, während Claudio, der nicht rauchte, ihr auf dem Rücken liegend, einen Arm im Nacken zuhörte, die Augen unruhig auf sie gerichtet, „– die Frau, die den Mann liebte, der dort unten einer der Anführer ist. Vielleicht (neuerliche gutmütige Bosheit) liebe ich ihn immer noch, einen Mann wie ihn vergißt man nicht so leicht." Leutnant Claudio hatte seine Geliebte genugsam begriffen, um ziemlich genau zu wissen, daß dies ebensowenig ernstgemeint wie ganz und gar dahingesagt war und obwohl er sich an der Gegenwart, die so unzweifelhaft ihm gehörte, zumindest sprach noch nichts dagegen, hätte Genüge sein lassen können, veranlaßte ihn ein Gefühl der Kränkung, von dem er nicht wußte, ob es eher einen allgemeinen oder einen privaten Charakter hatte, zu einer Gegenreaktion. „Er kann unmöglich viel wert sein, wenn er jemanden wie dich freiwillig aufgibt." – „Woher willst du wissen, daß er's getan hat und nicht ich?" – „Wärst du hier" – Claudios Gegenfrage – „wenn er dir alles wäre und du ihm?" – Statt dessen (mit unverhohlener Verachtung) zieht er es vor, das verlogene Spiel mitzumachen, das da unten seit Jahren im Gange ist. Mutig soll das sein, wie? Ich finde keinen Mut daran. Was ihr da tut, das tut ihr mit Billigung einflußreicher und mächtiger Leute, die euch schützen, decken, finanzieren. Sobald ihr ernsthaften Gegenwird bekämt, Lebensgefahr bestünde, würdet ihr auseinanderstieben wie" – der feige Haufen, der ihr in Wahrheit seid – er konnte sich gerade noch daran hindern, dies in wachsender Heftigkeit anzufügen, da es Mona miteingeschlossen hätte. „Ihr stilisiert ein privates Freizeitabenteuer zu humanitärer Hilfe auf und tut euch dicke damit und laßt euch öffentlich loben!" – Sie hatte ihm mit dem leisen Lächeln zugehört, hinter das sie sich zurückzog, wenn sie nachdachte oder unbehelligt sein wollte, sie machte sich jetzt, indem das Lächeln ebensowohl zärtlicher wie geringschätziger wurde, erneut an ihn heran, als sie sagte: „Soso, dummer Claudio, du sagst ja auf einmal richtig vernünftige und kluge Dinge. All das erregt deine Leidenschaft." – „Du nennst mich gerne dumm und ich lasse es dich tun, weil ich weiß, daß es Unsinn ist. Wir sind nicht dumm, wir haben unsere eigenen Gedanken zu alldem, was vorgeht." – „Wer wir. Deine Soldatenkollegen?" – „Meine Freunde und ich." – „Soso, Freunde. Was habt *ihr* getan und geleistet, um *meine* Freunde verachten und hassen zu dürfen?" – „Vielleicht bis jetzt nichts Großartiges, aber es ist auch nicht *nichts*. Auch wir haben Ideale, für die wir leben – und für die wir vor allem auch sterben würden. Jeder von uns hat einen Schwur geleistet –" „Pah, Schwüre!" – mit Stimme und Lachen einer Frau, die weiß, was von männlichen Schwüren zu halten ist. „Das sagst du, weil du eine Frau bist, in der Hinsicht seid ihr alle gleich." – „Pah! Gibt es bei euch etwa keine Frauen? Und leisten sie etwa keine Schwüre, sind sie etwa davon ausgenommen?" – „Sie leisten denselben Eid wie wir. Aber" – nach einer Pause – „sie haben ihn nicht erfunden und sie erheben meines Wissens auch keinen Anspruch darauf." – Neuerliches halb zorniges Lachen. „Und was soll so großartig daran sein, einen albernen Eid ersonnen zu haben, mit denen man den Leuten Fesseln anlegt, sie zu Hörigen und sich selbst zu Herren über ihr Gewissen macht? Sie ins Verderben schickt zu Tausenden, Abertausenden und Millionen um irgendwelcher Abstraktionen willen, weil irgendwelche Politiker sich nicht einigen können, weil die Großindustrie und das Großkapital sich irgendeine Beute, einen Vorteil, eine Einflußnahme nicht entreißen lassen wollen? Du bist ein Träumer, Claudio, und alle, die mit dir schwören, geschworen haben und noch schwören werden, desgleichen. Hat man euch weisgemacht, daß ihr auf das Land schwört? Ihr verkauft euch euren Oberen recht billig – für ein paar alberne Rangabstufungen – vollkommen wertlos – gebt ihr euer Leben hin oder würdet es riskieren! Welch naiven Vorstellungen muß man anhängen, um hierzu fähig und vor allem – um damit zufrieden, davon begeistert zu sein? Ich würde mir meinen Eid – d. h. mein Leben – nicht so billig abluchsen lassen, ich würde meinen Eid nur Gott schenken – aber nicht dem Gott der Bischöfe und Kirchenoberen mit ihrem Direktanschluß an die Regierungsetage – sondern meinem persönlichen, meinem Hausgott!"

Nichts konnte den Unterschied zwischen ihrem bisherigen Liebhaber und seinem Nachfolger besser bezeichnen als die Haltung, die jeder von ihnen zu diesem Passus, vor allem dem allerletzten Satz einnahm bzw. eingenommen hätte, wenn er ihm zu Ohren gekommen wäre. Daß dies, zumal in den exakten Worten, nur auf Claudio zutraf, hatte seine Logik und tiefere Bedeutung. Finn erkannte überhaupt keinen Gott an, weder in sich noch außer sich, und deklarierte stets alles, was auf Religion Bezug nahm oder sich auf sie berief, als ‚Herrschaftsideologie zur Niederhaltung des Volkes‘, nach der alten marxistischen Theorie also, die den neuen Verhältnissen anzupassen er nicht den geringsten Grund sah – immer noch derselbe Hokuspokus wie eh und je, war sein Spruch hierzu; Leutnant Claudio hingegen, so wenig ihm das von Mona Geäußerte gefallen konnte und zu einer wenn nicht Rechtfertigung, so doch Selbstverteidigung nötigte, nahm an dem Wort Gott nicht den geringsten Anstoß und hätte allenfalls, wenn das in seiner Denklinie gelegen hätte, gegen seine Reduzierung auf das Persönliche protestiert.

„Wir sind nicht solch verblendete Narren, wie du uns malst." – „Wie, nicht mal das?" – „Wir wissen, was wir von den Chefs zu halten haben, und daß viele von ihnen Karrieristen und Strippenzieher sind, die ihre Position ihren Verbindungen oder schon gleich ihrem Parteibuch zu verdanken haben." Nach einer Pause, mit Nachdruck, der die solchen Bekundungen gegenüber stets provozierend gleichgültige Mona – und das war noch die positivste Form ihres Hohns – ihre Augen in kurzzeitiger Aufmerksamkeit verengen ließ: „Wir wissen, vor wem wir Respekt haben und vor wem wir uns beugen, weil wir die Pflicht zum Gehorsam anerkennen. Wir setzen diese Dinge nicht gleich, wir sind sehr wohl imstande, sie genauestens auseinanderzuhalten, auch wenn die" – Leutnant Claudio etwas starr vor sich hin sehend – „Scheidelinie in ein und derselben Person verläuft." – „Und was nützt euch das?" Mona, die diese subtile Unterscheidungskunst, die sich auf verachtete Dinge bezog, entweder nicht interessierte oder zum borstigen Widerspruch reizte. „Ändert das an den Resultaten etwas, für euch oder für jene, denen ihr nützlich seid, und die euch hierhin oder dorthin schicken? Das Resultat ist, was ihr tut – Tag um Tag –, nicht, was ihr denkt, was ihr euch im Innern vorbehaltet. Außerdem" – mit plötzlichem Zorn – „sind das Faseleien. Du hast von Idealen gesprochen, die ihr angeblich habt, du und deine Freunde. Ich kann mir schon denken, was das für billige Dinge sind, aber ich habe noch nie einen von euch davon reden hören. Na los doch! Kommt heraus und zeigt euch! Was für Ideale?" – Claudio, der zu befürchten begann, sich auf einen Wortwechsel eingelassen zu haben, der – nicht so sehr im Hinblick auf sie beide, aber auf den ‚großen Zusammenhang‘, wie er die Sache im Stillen nannte, was ebenso verschwiegen wie deutlich genug war – zu einer im Hinblick auf die Folgen gefährlichen Konfrontation führen konnte: nicht zu Äußerungen hinreißen lassen, die man bereuen könnte, war sein Mantra, das er sich immer wieder vorgesagt hatte und vorsagte – Claudio sah sich zum Zurückrudern gezwungen: jedenfalls dazu, seine Überzeugungen, die er vor ihr nicht verleugnen wollte, in so allgemeiner Form auszudrücken, daß sie gerade noch akzeptabel waren.

„Wir glauben" – etwas leise und verlegen, er sah vor sich hin, während er sprach – „an das, was wir tun, und daß es gut ist, weil wir daran glauben *wollen*. Wir glauben immer noch daran, daß wir dem Land dienen und sonst nichts – keinem Abstraktum von Staatenbund oder irgendeiner Charta der Menschenrechte oder sonst etwas, was sich irgendwelche Leute ausgedacht haben, um den ungehinderten Warenverkehr zu ermöglichen: obwohl der ebensowenig den Frieden garantiert wie irgend etwas sonst. Man nennt uns pubertär, wenn Mut, Tapferkeit, Treue keine leeren Floskeln für uns sind, während wir es minderwertig fänden, Dinge aufzugeben, an die man als Kind und Jugendlicher geglaubt hat, um sich in bornierte Besitzbürger zu verwandeln, die alles akzeptieren, was man ihnen als notwendig vorsetzt – alles. Ein Mann, der zur Hälfte Soldat ist, der eine Waffe zu tragen und sich seiner Haut zu wehren gelernt hat, läßt sich vielleicht sein Leben nehmen, aber nicht seinen Schneid abkaufen, er hat immer diesen Moment vor Augen, da man alles riskieren, alles einsetzen muß, da alles zu Ende sein kann – – Ich sage nicht, daß ich dieses Ende wünsche oder herbeisehne – nur, daß er sich dessen bewußt ist und in dieser Hinsicht ein völlig anderer Mensch als der Bürger, der sich schier alles einreden läßt, dem man mit allem Angst machen kann, der zu allem Ja und Amen sagt, sofern man ihm nur seinen Besitz und sein Leben läßt ... Und selbst wenn man ihm beides Stück um Stück wegzunehmen beginnt, duckt er sich trotzdem und nimmt es hin und will lieber den Frieden als den Krieg ..."

„Ja, so seid ihr", sagte Mona, die ihm ungeduldig zugehört hatte, sogar ihre Zigarette vernachlässigend. „Wenn man lange genug auf den Busch klopft, kommen die Wahrheiten ans Licht. In Wahrheit liebt und wollt ihr den Krieg – du und deinesgleichen. Damit ihr endlich wieder jemand sein und etwas gelten könnt. Dabei ist er das Schlimmste, was es gibt. (sie schüttelte sich) Die Lizenz, sich wechselseitig umzubringen. Alles in Stücke zu hauen, was es auch sei: Schulen, Kirchen, Krankenhäuser, Kunst, Bibliotheken, alles! Es ist der Wahnsinn pur." – „Und glaubst du" – Leutnant Claudio finster – „daß sich das alles von selbst erhält, wenn es uns und unseresgleichen *nicht* gäbe? Ist die Polizei nicht genau solch ein Gewaltapparat wie wir und ist sie hier im Land nicht viel präsenter? Hat es jemals auf der Welt ein Gemeinwesen gegeben, das sich nicht gegen innere und äußere Feinde zu schützen gehabt hätte? Allenfalls in den einsamsten, abgelegensten Gegenden: aber entweder gingen sie dann an sich selbst zugrunde, oder der Feind kam *doch*. Früher nannte man Leute wie uns Krieger und achtete sie, heute sieht man auf sie herab und meint, man kann ohne sie auskommen. Träumt nur weiter! U parsim, im besten Fall. Aber vielleicht wollt ihr das ja, die Fremdherrschaft. Deine Freunde meine ich, nicht dich", setzte er verlegen hinzu. –

Einmal aber ließ er sich doch ein Wort entschlüpfen. Kein junger Mann mit empfindlichem Stolz kann es auf die Dauer hinnehmen, daß man ihm immer wieder auf die wunde Stelle tritt: irgendwann einmal mußte das, was er mit soviel verbissener Selbstbeherrschung in sich verschlossen hatte, was einen Teil seiner Gedanken und Gefühle einnahm, sich seinen Weg ans Tageslicht bahnen. Es nahm sogar, als Reaktion auf vorherige Provokationen, die Form einer versteckten Prahlerei an: im Zuge einer ihrer gewohnheitsmäßigen Bosheiten, die sie nicht um ihn zu kränken hinwarf, sondern als ‚heimliche Dauerabwehr zur Wahrung ihrer Souveränitätsrechte‘ absetzte, ließ Leutnant Claudio eine Bemerkung fallen, die sich sonderbarerweise auf nichts Konkretes, was zwischen ihnen geäußert worden war, bezog, sondern nur gleichsam etwas finster und etwas leise in die Luft gesprochen wurde, ein klassisches Beiseite also und doch nicht *nur* Beiseite: daß es in diesem Land sehr wohl kluge Leute gebe, die das Grundgesetz etwas anders interpretierten als offiziell erwünscht sei, und die sich eine andere Staatsverfassung als die bisherige nicht nur vorstellen konnten – – Wenn Mona diese Worte mit ausdrucksloser Miene, gleichsam nur mechanisch aufnahm, ohne daß sie ihren Widerwillen oder Widerspruchsgeist herausforderten, so hatte dies vor allem den einen simplen Grund, daß sie an jenem Tag sehr stark erkältet und entsprechend verdrossener Laune war, sich überdies über verschiedene Leute geärgert hatte – allen voran ihre Mitbewohnerin, die zu Monas vorherigem Glück, aber nun Pech, auch ihre Vermieterin war und sie abwechselnd mit Bosheiten und Geldforderungen traktierte, in beliebiger Reihenfolge. Sie solle doch ihren ‚neuen Liebhaber plündern, um sich zu sanieren‘ war die jüngste und neueste. Der neue Liebhaber, dem das Geld nur insofern etwas bedeutete, als es einen gewissen Status symbolisierte und garantierte, und der für sich selbst ziemlich bedürfnislos war, hatte nichts dagegen, geplündert zu werden, zumal wenn er hierdurch das drohende Unheil: Mona ihre Zelte in H. abbrechen und anderswohin vagabundieren zu wissen, abwenden konnte: Mehr als eine Zuwendung konnte es nicht sein, ihr eine eigene Wohnung zu finanzieren – was ihm das liebste gewesen wäre –, dazu reichten seine Mittel nicht aus. Mona nahm, nach Art aller gewitzten Frauen, die aus ihrer Gunst Vorteil zu schlagen vermögen, die Gabe entgegen oder ließ sie sich vielmehr mit einer Miene aufnötigen, als tue sie ihm einen Gefallen damit, und erwies sich um den einen Hauch besser als andere, als sie, angesichts der Unmittelbarkeit der Hilfe, den Anflug eines schlechten Gewissens verspürte, von seinem Gedanken, um ihretwillen einen Kredit aufzunehmen, vorerst nichts wissen wollte und danach auf eine etwas melancholische Weise zärtlich zu ihm war, weshalb der Leutnant am nächsten Morgen zwar beglückt, aber mit derselben Erkältung aufwachte.

## 6.

Wer sein Tagewerk mit noblen Ideen anfüllt und sich von einem wichtigen Projekt ins andere, von einer entscheidenden Aktion in die nächste stürzt – und es war wirklich eine praktische Einrichtung der Verhältnisse, daß die Gründe für solche Aktionen niemals ausgingen –: ein solcher Mensch hat gewöhnlich gute Laune, und dies umso mehr, wenn es gleichsam Berufshabitus ist. Andere mit seiner Begeisterung, seinen Träumen anzustecken, ist eine Kunst, die man nicht unterschätzen sollte, zumal der Grad persönlicher Überzeugungskraft, der hierzu vonnöten ist und der wie ein Zauber wirkt, dem man sich nur schwer entziehen kann, nur wenigen gegeben scheint. Überdies handelt es sich um ein Kapital, das sich rasch aufzehrt, wenn ihm nicht aus untergründigen mysteriösen Quellen neue Nahrung zufließt und es wieder auffrischt: Keinem geht der Vorrat so schnell zur Neige wie dem Berufspolitiker, der sich schließlich mit seinem gespenstischen Abhub begnügen muß, nachdem das lautere, echte Gold sich längst verflüchtigt hat. Wenn Finn trotz seiner Vorzüge und trotz aller Vorteile, die ihm seine Begabung einbrachte, bislang sämtliche Angebote, ihm ein

Amt aufzunötigen und sich von einem ‚inoffiziellen Anführer mit Sonderrechten‘ in einen offiziellen Chef zu verwandeln, der alle Querelen schlichten, alle Verantwortung auf sich nehmen muß und in seiner Person alle Kritik, allen Neid und alle Häme auf sich zieht, so lag das neben einer womöglich nur halb bewußten Ahnung dieser Gesetzmäßigkeiten vor allem an seiner Vorliebe für die ‚freie Improvisation‘, wie er den von ihm bevorzugten Lebensstil nannte, der sich, die Ziele der Bewegung ausgenommen, auf nichts festlegen will, stets neue Bedingungen aushandelt und unbekümmert das Taugliche mit dem Besseren vertauscht, wenn er hierzu eine Notwendigkeit sah, in normale Sprache übersetzt: wenn es ihm so gefiel. Verhandeln, bis alle in den Seilen hängen, ist nicht meine Sache, pflegte er mit breitem Lächeln, seine gebräunten Handflächen zum Zeichen seiner Aufrichtigkeit emporhaltend vorzuschützen, sobald irgendein Pedant ihm mangelndes Engagement vorwarf, ihm ein Talent zum ‚plötzlichen Aufbruch‘ bescheinigen wollte und eine ingeniöse Neigung, alles, was ihm lästig fiel, subalternen Gemütern aufzubürden: die aber auch gewöhnlich seine Verteidiger waren. Finn selber war uneitel genug, zuzugeben, daß seine Art des Argumentierens nicht jedermann zusagte, weshalb das ‚kleinteilige Überzeugungsgeschäft‘ – denn Überzeugen und Begeistern sind nicht dieselben Dinge – tatsächlich besser von anderen ausgeführt wurde, die ihren Ehrgeiz darein steckten und sich ihm mit ‚unfaßbarem Fleiß‘ (Finn) zu widmen pflegten. Morgens nicht wissen, was der Abend bringt, und allezeit bereit sein (zu was auch immer) – dieses Motto, das ein Spötter ihm einst angedichtet hatte, war insofern tatsächlich seins, als er es in alle Bereiche seines Lebens trug – auch in seine Liebesverhältnisse in dem Sinne, daß sie nie so zu Ende waren, wie es bei Leuten der Fall ist, die nur das Entweder – Oder kennen. Irgendeine Verwendung hatte er stets für die Frauen, mit denen er längere Zeit liiert gewesen war, sei es, daß er ihre Wohnungen – über die Republik verteilt – als Absteigequartiere nutzte, wenn er in anderen Städten zu tun hatte, was ihm zumeist (wenn auch nicht immer) anstandslos gewährt wurde, sei es, daß er sie zu Mitstreiterinnen machte, wenn sie es nicht schon vorher gewesen waren, und so das private Glück, das sich erschöpft hatte, durch einen ,großen Zusammenhang' ersetzte; sei es, daß er etwas anderes, Persönlicheres, auf ihre besonderen Bedürfnisse Zugeschnittenes für sie ersann oder vorschlug: irgend etwas hatte er stets, womit er die Ranküne, die bei einem weniger gut getarnten Egoismus unausweichlich gewesen wäre, nicht aufkommen und das bisherige Verhältnis in ein Art loser Dauerfreundschaft münden lassen konnte. Wer weiß, wie unversöhnlich die Feindschaft von Frauen sein kann, die sich betrogen, ausgenützt, im Stich gelassen fühlen, muß die Kunst bewundern, mit der Finn es verstand und bisher verstanden hatte, diese negativen Zuspitzungen zu vermeiden, und dies selbst dann, wenn er derjenige war, der die Sache beendete oder es wenigstens so hinzustellen wußte, daß es schien, als verhalte es sich in Wahrheit umgekehrt.

Wenn ihm dies bei Mona nicht gelungen war – oder nicht mehr gelang – so hatte dies, wie es aussah, verschiedene Gründe: zum einen womöglich den für Finn schmeichelhaften, daß sie heftiger in ihn verliebt gewesen war als die vorherigen Frauen – daß sie sich beide eine Weile lang als ideales Paar betrachtet hatten (und auch von ihrer Umgebung so gesehen wurden) – daß sie den Streit um das Geld, das er ihr schuldig geblieben war, übelgenommen und nicht vergessen hatte und auf diese Weise die ,bürgerlichen Reflexe' bestätigte, die er ihr bescheinigt und die sie noch nicht hatte überwinden können: vielleicht war es alles dies und doch noch etwas anderes, das diese unsichtbare Barriere erklären konnte, die er in ihr wahrgenommen hatte, nachdem er vom Mittelmeer zurückgekehrt war und sie all seinen Versuchen, an das Bisherige anzuknüpfen, einen tauben, mysteriösfremden Widerstand entgegensetzte. Wie so vieles, womit er sich nicht abzugeben vorhatte, hätte er auch dies mit einem Achselzucken abgetan und vergessen: wenn sie – ebenso wie er – nicht zufällig noch in der Gegend gewesen wäre, so daß sie sich bei einschlägigen Treffen mehr oder minder regelmäßig sahen – weniger oft und weniger regelmäßig als früher, wie Finns Meldesinn vermerkte, dem das Rätsel eine gewisse träge Neugier eingab: als eine der Sachen, die man bei nächster Gelegenheit näher untersuchen muß, ohne in dieser Hinsicht die geringste Eile zu empfinden. Auf dem nächsten informellen Treffen, das der Organisation geplanter Aktionen gewidmet war, war auch Mona zugegen, die Finn erst beim Aufbruch entdeckte: vielmehr kam er ihr nahe, weil sie zur selben Zeit dem Ausgang zustrebten – worauf er sie kurzerhand zum Essen einlud. Er sei hungrig, habe den ganzen Tag über noch kaum einen Bissen gehabt: ob sie nicht Lust habe, mit ihm in ein Lokal zu gehen, warum nicht ihr altes bisheriges Lieblingslokal (das gleich um die Ecke lag)? – er habe das Bedürfnis, sich wieder einmal richtig mit ihr ‚auszukakeln'. Dieses Wort benutzte er tatsächlich, was zusammen mit seinem Jungenlächeln und der alten vertrauten Offenheit, mit er sie ansprach, die gewünschte Wirkung hatte: denn nach kurzem Zögern und Schwanken, einer inneren Unsicherheit, einem Ringen mit sich selbst, das sich in ihren Stirnrunzeln verriet und vielleicht dem Umstand geschuldet war, daß gegen diese entwaffnende Offenheit und Direktheit es weder Möglichkeit noch Grund gab, eine feindselige Haltung einzunehmen und dies umso weniger, wenn man eine solche Feindseligkeit nicht empfindet (ohne sich bei näherer Untersuchung – zu der Mona nicht neigte – völlig frei von negativen Gefühlen sprechen zu können): kurz, nach dieser ebenso blitzartigen wie komplexen Entscheidungsverzögerung willigte Mona ein. Sie setzten sich in das Lieblingslokal, nicht an ihren gewohnten Platz (der besetzt war), aber nicht weit davon entfernt, und während sie ihm zusah, wie er sich über geröstetes Entenfleisch, Mango-Chutney und geschmortes Gemüse hermachte – sie selbst aß nichts, zum einen, weil sie schon gegessen habe, zum anderen, eine kleine Mona-Bosheit, die lammfromm hingenommen wurde: um seine Kasse nicht zu strapazieren; sie nahm nur hin und wieder einen kleinen Schluck der bitteren Limonade, die sie sich bestellt hatte –, brannte Finn, ohne daß ihn dies viel kostete, sein übliches Feuerwerk ab: aß und sprach zur selben Zeit, erzählte muntere Schnurren von seinen letzten Abenteuern, „von denen die Presse nichts weiß und die anderen zum Teil auch nicht", zog über einige der Personen her, über die sie sich beide schon früher, zur Zeit ihrer Zweisamkeit lustig gemacht hatten, bis Monas Reserviertheit allmählich etwas aufweichte, ihr Lächeln offener wurde und etwas von der alten Intimität zwischen ihnen wieder aufkam: wo man ehrlich miteinander ist, ohne verhaltene Rank**ü**ne, und Dinge sagt, die aufrichtig gemeint sind, aufrichtig im Sinne der Freundschaft und für den Augenblick.

„Irgendwann", sagte Finn schließlich mit einem seiner üblichen raschen Themenwechsel, denn so wie er sich in Unterredungen und Verhandlungen schnell langweilte, wenn ‚ewig auf einem hundertmal durchgekauten Punkt' herumgeritten wurde, ohne daß man zu einem Ergebnis geschweige denn vorwärts kam, war er auch in seinen Monologen und Erzählungen sprunghaft und impulsiv, unbekümmert das eine und das andere ergreifend, wenn es ihm wichtiger, drängender, verlockender erschien – „irgendwann hat vermutlich jeder Mensch einmal das Bedürfnis nach einer grundlegenden Veränderung – wo er alles auf den Kopf stellen möchte – gar nicht so sehr aus Zweifel oder nicht in erster Linie, sondern aus Laune – einem Widerwillen gegen alles Bisherige, die einen zu etwas komplett Neuem greifen läßt – so eine Art Sprung ins Unbekannte, in den Nebel: in einen Abgrund, von dem man nicht weiß, wie tief er ist und was es dort unten gibt. Ich glaube (tiefsinnige Miene, mit einem Schluck Wein) – ich glaube, alle kennen solche Anwandlungen, auch wenn sie nicht darüber sprechen."

Er wolle ihr doch nicht weismachen – Mona in freundlicher, etwas unterkühlter Bosheit, nachdem sie das Gesagte einen Moment bedacht hatte –, daß ausgerechnet er, Finn, solche Wünsche in sich trage, dessen Leben eine einzige Veränderung, ein Wechsel von einem Projekt zum andern, von einer

Reise zur nächsten sei? „Ich weiß" – Finn mit der verschmitzten Zerknirschung, die er so überzeugend zu inkarnieren wußte, weil sie, in dem Augenblick, da er sich zu ihr genötigt sah, ‚hundertprozentig ehrlich' war. „Ich sollte mich eher auf die Stetigkeit werfen, wenn ich's drauf anlegte, mich selbst zu widerlegen. Mich für eine Stadt entscheiden, in der ich leben will, eine Frau, der ich die Treue schwöre, eine Wohnung" – die ich selbst bezahle, von Mona eingeworfen – „genau, exakt – lauter solche Sachen." Ein Moment des Schweigens folgte, während dem sie beide etwas voneinander zu erwarten schienen: dann sagte Finn, sie nicht ansehend, mit kaum veränderter Miene, nur mit etwas ruhigerer Stimme als zuvor: „Wie läuft es denn so mit euch beiden? Ich meine – *mit dir und deinem Leutnant?*"

Es gab eine Pause, in der Mona das Manöver erfaßte, dem sie erlegen war: in der ihr das Ausmaß der Falle bewußt wurde, in die er sie gelockt hatte, um ihr das Eingeständnis abzuzwingen: und ebenso rasch begriff sie, daß sie den Beweis in diesem Moment bereits gab. Jeder Menschenkenner weiß den Unterschied zwischen ehrlichem Unverständnis und Überraschung und ihrer gespielten Variante, die stets einen Hauch zu früh oder zu spät oder zu glatt kommt; anhand winziger Anzeichen, die mit dem Willen kaum zu beherrschen sind, errät er sie und ebenso gewiß spürt er in seinem Gegenüber das Bewußtsein, daß die Verstellung nichts mehr nützt, wenn die Gegenseite bereits im Bilde ist. „Ich sehe, du hast dich aufs Spionieren verlegt", sagte Mona, deren Augen ein tödliches Feuer zu versprühen begannen.

„Nein. Nicht ich wenigstens. Laß ab davon, Mona, verschließ dich nicht wieder – bleib hier, damit wir die Sache ruhig miteinander abhandeln können. Wer oder was spioniert hat und zu welchem Zweck ist eigentlich gleichgültig, solange es sich um Fakten handelt und nicht um Lügen oder Verleumdungen. Gewiß ist es deine Angelegenheit, Mona, wenn du dich neu erfinden willst – ich habe das nicht zum Scherz gesagt, und auch nicht meine alte Überzeugung, die ich hiermit noch einmal wiederhole: daß die Erotik Privatsache ist. Solange, heißt das natürlich, unsere gemeinsame Sache davon weder tangiert noch gefährdet ist." Nach kurzem Stocken, gegen ihre sich noch weiter verengenden Augen gewandt: „Zwei von uns sind eingeweiht, ich habe darüber nicht schweigen können. Ich hätte es übrigens vorgezogen, nichts zu sagen und erst recht nicht: den Mittler zu machen, schon um unserer alten – Freundschaft willen. Aber unser anonymer Denunziant war nicht so freundlich, mir über den Weg zu trauen. – Dein Leutnant – Oberleutnant – ist vermutlich ein ganz patenter Kerl, für seine Verhältnisse und nach den Maßstäben seines Metiers. Nichts gegen zu sagen. Aber leider – hat er eine dunkle Seite, von der du nichts weißt oder wußtest, Mona" – sie anlächelnd und dabei genau und auch nicht unzärtlich ansehend –, „denn ich weigere mich zu glauben, daß du unserer Sache absichtlich Schaden zuzufügen imstande wärst. Du würdest uns vielleicht verlassen – aber nicht verraten, soviel könnte ich beschwören – ich hab's auch den andern exakt so gesagt. Nun zu ihm. Er tummelt sich in Kreisen – hier ist ein Foto (es gibt noch andere) – oder hat mit ihnen liebäugelt und Berührung gehabt, die eindeutig auf dem Index stehen, die der Verfassungsschutz im Visier hat, und die eindeutig unsere verschworenen Feinde sind. Ultra-Nationalisten mit latent faschistischen Gesinnungen. Wenn sie jetzt erst auf dem Index stehen, dann nicht, weil sie es damals noch nicht waren, sondern weil die Staatsschützer lahme Enten sind, sonst wären sie denen schon weit eher auf den Fersen gewesen. Oder falls nicht lahm, so doch blind auf den berühmten rechten Auge (nicht ohne finsteren Grund natürlich, ich gebe nichts auf das Gewissen eines Verfassungsschnüfflers), was sich erst in den letzten Jahren durch (mit amüsiertem Hohn) unsere tatkräftige Mithilfe geändert hat. Du mußt wissen, was du tust, Mona. Wenn wir ein vollkommen linientreuer Verein wären – so harmlos wie ein Haufen Kindergärtnerinnen und mit Bürgerapprobationsbescheinigung" – Er brach ab und fuhr fort: „Aber vermutlich selbst *dann*

nicht. Da wir aber sind, wer wir sind, am anderen Ende an-
gesiedelt und viele unserer Aktionen sich im Illegalen bewegen – von unseren Zielen rede ich gar nicht – kann es uns
nicht gleichgültig sein, mit wem jemand wie du – auch wenn
du nie eine zentrale Person warst, so hast du doch Kenntnisse genug, allein schon durch unser einstiges Beisammensein
– jemand wie du sich … ins Bett legt: ich muß es leider so
brutal ausdrücken. Du magst noch so loyal sein und bleiben
wollen, Mona – irgendwie verplappert man sich doch, und
wie jemand wie *er* zu uns steht – – – sans paroles. (Mit be-
ziehungsvoll-verächtlichem Ausatmen) Die Verbindung
allein ist anrüchig und indiskutabel, überdies, ich wieder-
hol's, gefährlich für uns alle. Ich bin also gehalten (sein Glas
austrinkend, ehe er weitersprach, als käme jetzt der schwie-
rigere Part, der einer äußeren Unterstützung, wenigstens
eines Stimulus bedurfte: denn auch seine Miene wurde be-
dachtsam und etwas angespannt, als er sie, in ihrem Stuhl
zurückgelehnt, mit unwandelbar schmalen Augen und ver-
schlossenem Gesicht zuhören sah) – ich bin gehalten, und
sogar das hat mich Mühe gekostet, denn G. und P. wollten
kurzen Prozeß machen – ich bin gehalten und beauftragt, dir
ein Bekenntnis abzufordern, Mona, wie du dich in dieser
Sache – die uns alle angeht – weiterhin verhalten willst.
Willst du sie weiterverfolgen – d. h. weitermachen wie bisher –, so ist die Verbindung zu uns hiermit gekappt, du hättest ab sofort keinen Zutritt mehr zu unseren Versammlun-
gen und Treffen und müßtest alles herausgeben, was sich an
Material bei dir befindet – d. h. ich komme mit in deine
Wohnung und nehme es an mich. Oder du brichst mit ihm,
aber dann umgehend, sofort, auf der Stelle. Für uns gibt es
nur entweder – oder, unsaubere Vermischungen können wir
nicht dulden, wir müssen eine klare Linie halten. Unsere
eigenen Leute erwarten es von uns. Deine Wahl, Mona.«
Es gab eine fast minutenlange Pause, während Mona das
Foto, das er ihr hinübergeschoben hatte, in den Fingern hielt
und mit wortlos-angespannter, zugleich geistesabwesender
Miene betrachtete wie ein Beweisstück, das nicht abhanden

kommen darf, über dessen Wert oder Unwert aber man nicht im klaren ist. Es zeigte eine Gruppe von Männern, darunter einige jüngere in Uniform, unter denen Claudio, weil er sein Gesicht halb dem Fotografen zuwandte, während er jemandem zuzuhören schien, leicht zu erkennen war – eine kurze Zeile unterhalb des Bildes, die auch die Quelle vermerkte, gab an, um welche Art von Treffen oder Veranstaltung es sich handelte und unter wessen Auspizien sie stattfand. Da von Mona nichts kam, durchbrach Finn schließlich das Schweigen, indem er, seine Serviette zerknüllend, mit einer etwas leisen und rauhen, aber unverkennbar seiner alten Stimme, in der die alte Zärtlichkeit durchschimmerte, anhob: „Zum Teufel, Mona – mußte *das sein?* Mit jemand wie ihm, der uns alle wegblasen würde, wenn er könnte? Oder seine Leute würden es tun, daran habe ich wenig Zweifel. (sie scharf ansehend) Es ist einer von diesem Ball, nicht wahr – wann war das, Dezember oder November letztes Jahr – auf den du dich schleichen mußtest wie irgendeine halberwachsene Wohlstandsgöre, die außer Kleidern und Moden nichts im Kopf hat. Dein Hang zum Luxus bricht dir noch das Genick, Mona. Hundertmal habe ich dir gesagt, daß du damit Schluß machen mußt, daß so etwas in unserer neuen Welt keinen Platz mehr haben wird. Du nutzt ihn aus und er willfahrt dir, ist es nicht so? Denn daß das – das! – plötzlich die große Liebe sein soll – komm, Mona, unter alten Freunden soll man sich nichts vormachen. Du sprichst mir das Recht ab, darüber zu urteilen? Ist es deine Rache an mir, an uns allen? Was mich anbelangt, so nehme ich sie auf mich, ich habe mich nicht immer vorschriftsmäßig benommen, das gebe ich zu – aber mich stört die Form, die ich einfach abartig finde – krank geradezu. Und die andern haben mit dem, was zwischen uns war, nichts zu tun.“ Und als sie immer noch schwieg wie nur je eine verstockte Sünderin, die sich nicht bekehren lassen will: „Du reitest dich da in eine üble Sache hinein, Mona, oder steckst schon mittendrin – und wenn du es dir nicht selber sagst oder dein Gewissen – irgendwer muß es tun.

So, das war's. Welche Botschaft soll ich mit zurücknehmen?" –
Dies könnte, sagte sich Mona, während sie zu Fuß durch die nächtliche Stadt zurückging – anfangs mit schnellen Schritten, dann unter ihr gewohntes Tempo zurückfallend wie jemand, der es nicht eilig hat, sein Ziel zu erreichen, überdies warf sie ein paarmal einen Blick zur Seite und hinter sich, als wäre es eine Nacht voller Augen, durch die sie hindurch mußte – dies könnte ein ziemlich teurer Walzer sein, den ich mir da geleistet habe. Wußte ich es nicht damals schon? Jeder Versuch, das Märchen über die zugestandene Zeit hinaus zu verlängern, wird mit Gunstentzug des Schicksals bestraft. Die Erinnyen und Furien machen sich auf unsere Spur: so wie wir es in der Schule gelernt haben: nur daß wir es für eine Erfindung hielten, noch dazu eine langweilige. Überdies habe ich ihn niemals für einen – nicht *meinen* – Prinzen gehalten – er war nur ein einigermaßen schmucker junger Mann, der gut tanzen konnte und zufällig im rechten Augenblick zur Stelle war … Und später … rührte es mich, daß ihm die Sache noch so präsent war, mit allen Einzelheiten … Daß er mir den Brief zeigen konnte, weil er ihn bei sich trug … Und daß er beharrte und beharrte und beharrte, gegen alle Entmutigungen – wie ein Verrückter … Nein, es ist wahr, ich muß es beenden (mit gesenktem Kopf weitergehend). Finn hat recht, ich habe nur an mich gedacht … oder vielmehr war es keine Frage des Denkens und Abwägens, sondern ich habe getan, wozu ich Lust hatte und wozu ich mich berechtigt glaubte, im vollen Wissen (die ganze Zeit), was jeder von euch dazu denken und wie er dazu stehen würde. Alles wahr! Ich habe es drauf ankommen lassen, darauf vertrauend, daß ich mich schon irgendwie herauswinden würde … Tun wir's also, ziehen wir den Kopf wieder heraus. Es ist nicht das erste Mal, daß es ein wenig knapp wird, es wird auch nicht das letzte Mal sein. In Übung bleiben, darauf kommt es an. Aber während sie sich dieses Beruhigungsvokabular aller Leichtmütigen und Unbestimmten zusprach, konnte sie doch nicht verhin-

dern, daß der Zorn in ihr aufglomm, den sie empfunden hatte, als sie Finns Manöver als eine erneute Vorspiegelung durchschaute, ersonnen, um einen bestimmten Zweck, eine Absicht zu erreichen, daß sie erneut einer Selbsttäuschung erlegen war, weil sie, gegen alle Wahrscheinlichkeit und alle bisherigen Erfahrungen, doch kurzzeitig der Hoffnung nachgegeben hatte, er habe sich aufrichtig vorgenommen, die Kränkung, die er ihr zugefügt hatte, wieder ein Stück weit wettzumachen. Dies konnte sie weder ihm noch sich selbst verzeihen, und das Gefühl, das diese beiden Erkenntnisse zu einer finsteren Einheit zusammenschloß, vermischte sich mühelos, nahtlos mit jenem allgemeineren Zorn eines einzelnen, wehrlosen Menschen darüber, der Gegenstand eines geheimen Prozesses, einer Absprache gewesen zu sein, ohne seinen Gegnern und Anklägern auch nur im Augenblick der Urteilsverkündigung (denn es *ist* eine Urteilsverkündigung, sagte sich Mona) ins Gesicht haben blicken zu dürfen. – Andererseits, überlegte sie sich – hätte es wirklich einen Unterschied gemacht? Ich hätte ihnen ebensowenig etwas entgegnen können wie Finn, nichts jedenfalls, was mich freigesprochen hätte. Alles Recht ist auf ihrer Seite, alles Unrecht auf meiner.

Sie hielt, als sie den Fluß überquerte, unwillkürlich auf der Brücke an und sah in das schwarze Wasser hinunter, das bei Tag schlammig-trübe, bei Nacht wie ein finsterer Strom erschien, der alle abgründigen, bösen, unsagbaren Gedanken mit sich führte, die ihm aus allen Poren der Stadt unaufhörlich zuflossen … Denn wozu dient solch ein Fluß noch, wenn er weder schiffbar ist noch uns das Trinkwasser spendet und selbst die Abwässer auf andere Weise abgeleitet werden? – Welche Garantie habe ich denn, daß ihr großzügiges Angebot, das schwarze Schaf *nicht* fallen zu lassen, aufrichtig gemeint ist? Sie haben mich bereits abgeurteilt, sie vertrauen mir nicht mehr, sie müssen mich als ein unzuverlässiges Element betrachten, das bei nächster Gelegenheit abzustoßen ist. Sie könnten es durchsickern lassen und mich auf diese Weise forttreiben. Selbst wenn Finn es ehr-

lich meint, heißt es nicht, daß *sie* es auch tun... Ihm sind
solche Feinheiten egal, er wird bald wieder unterwegs sein
... aber *sie* nicht. –
Aber er hat mich betrogen, sagte sich Mona, als sie weiterging. Oder falls nicht betrogen oder absichtlich getäuscht, so
hat er mir doch Entscheidendes verschwiegen. Ich habe ihm
nichts verborgen, er wußte und weiß, wer wir sind und wofür wir stehen. Gewiß erinnere ich mich an Aussprüche von
ihm, die – ich für die typischen Ansichten eines Soldaten
hielt, der etwas zu gerne Soldat ist – ... die aber auch zu
jenem Foto passen. Aber von einer direkten Beteiligung kein
Wort, kein Anzeichen – nichts! – Und noch immer war Mona nicht zu Hause, weil sie den ganzen trübseligen Weg zu
Fuß zu gehen sich entschlossen hatte – halb auf dem
Sprung, in einen Bus einzusteigen, wenn sie einen sich nähern oder vorbeifahren sah und immer wieder davon ab-
kommend. Das letzte Viertel des Wegs, als sie zu ermüden
begann, war das mißmutigste und verdrossenste. Ich verlas-
se diese Stadt, liefen ihre bitteren Gedanken. Warum bin
ich nicht schon fort? Weil mir nicht recht einfiel, wohin ich
gehen könnte – man braucht doch einen Anreiz, wenigstens
einen Antrieb dazu – etwas, was einem die Sporen gibt. Hat
man den nicht, gibt es schlechthin keinen Ort auf der Welt,
der besser wäre als irgendein anderer. Ein kurzes Überschlagen ihrer diesbezüglichen Möglichkeiten brachte keine befriedigenden Ergebnisse: all ihre Bekannten und Freunde in
anderen Städten waren entweder so eng mit der Bewegung
verbunden, daß auf ihre Loyalität Mona gegenüber kein Verlaß gewesen wäre; andere, einstige Schulfreundinnen hatten
geheiratet und bekamen Kinder, was sie in Monas Augen
selbst dann ungeeignet gemacht hätte, wenn das Verhältnis
außer denn als bloße Reminiszenz noch bestanden hätte,
wovon aber keine Rede sein konnte; weder ihr Vater noch
ihre Mutter fielen ihr überhaupt auch nur *ein*.
Ein einsamer Gang durch eine nächtliche Stadt hat etwas
Ernüchterndes, wenn nicht Trostloses, das allgemeine Le-
bens- und Erkenntniskrisen zu befördern scheint. Dies ist

267

der Gang, denn ich damals hätte gehen müssen und nicht gegangen bin, weil es netter war, mit meinem berauschten Leutnant Taxi zu fahren. Gewiß hätte ich ihn immer noch stehen lassen können, aber das kam mir herzlos und schlecht erzogen vor. Allerdings ist die Sache jetzt um kein bißchen besser, das muß selbst mein leichtfertiges Ich zugeben. Als nächstes grübelte sie mit der Fieberhaftigkeit einer Delinquentin, die nach einem Schlupfloch sucht, wer der Denunziant sein mochte, der sich seiner Sache so sicher war, daß er seine Bezichtigung gleich an drei Adressaten geschickt hatte. Sie hatte in Finns Augen die Unumstößlichkeit gesehen, was ihr Beweis genug gewesen war, wie gut die Gegenseite Bescheid wußte: ihr weiblicher Stolz hatte es verschmäht, nach Beweisen zu verlangen. Nichts, was nach Rechtfertigung oder Verteidigung aussah oder dazu führen konnte, hatte sie ihm gönnen wollen. Hier draußen aber, in der freien Luft, die die Gedanken zugleich klärte und belebte, kehrte der Gedanke an jene unbekannte Person mit Macht zu ihr zurück, deren unberufener Einmischung es zu verdanken war, daß sich die Sache für Mona so bedrohlich zuzuspitzen begann, nachdem sie bis vor wenigen Stunden diesen gewagten Seilakt so elegant und diskret bewältigt hatte wie nur je eine junge Frau, die heimlich einer verbotenen Liebe nachgeht: mit viel reinerem Gewissen zudem, denn mein Privatleben gehört mir allein, niemand hat sich dreinzumischen oder mir etwas vorzuschreiben, das nehme ich übel! War es jemand vom Verfassungsschutz, der nicht so sehr sie, sondern Claudio (und seinesgleichen) beschattete, was nach den Anschuldigungen, die Finn gegen ihn erhoben und mit seinen Fotografien belegt hatte, durchaus plausibel und denkbar war? Aber die Art der anonymen Beschuldigung macht nur Sinn, sagte sich Mona, wenn es jemand aus unsrem Lager ist! Sie hatten sich stets nur unter den strikten, von Mona ersonnenen und von ihr peinlich eingehaltenen Vorsichtsmaßnahmen getroffen, denen sich der Leutnant klaglos unterworfen und gegen die er nur in letzter Zeit, nach der Art eines Mannes, dem die Dauer

Rechte verleiht, ein wenig zu murren begonnen hatte: stets nur außerhalb der Stadt in ländlichen Gebieten oder in seiner Wohnung getroffen, auch nur die allerspärlichsten telefonischen Verbindungen gepflegt, die auf verabredeten Kürzeln basierten. Telefone können abgehört und ausspioniert werden, sagte sich Mona. Irgendwer muß uns gesehen und nicht nur das, auch fotografiert haben, so daß er nach Claudio forschen und Dinge über ihn herausbringen konnte. Wer ist es? Ich finde dieses Aas heraus, das schwöre ich. Ich kann einer anonymen Macht nicht gestatten, über mein Leben zu bestimmen!

7.

„Was würdest du tun", fragte Mona ihre Wohnungsgenossin und Vermieterin, als sie beide spätabends bei einem Becher Tee am selben Tisch saßen, den sie sich notgedrungen teilen mußten, weil es, wie in den allermeisten Gemeinschaftswohnungen, in der Küche nur einen Tisch gab; übrigens hatte sich das Verhältnis der beiden Frauen insoweit gebessert und der einstigen, indifferenten Vertrautheit wieder angenähert, eine Vertrautheit, die, ohne wirkliche Zuneigung zu sein, die fortdauernde physische Nähe zwischen zwei Personen stets früher oder später eintreten läßt, als Mona, einen unbekannten Vater vorschützend, der ein verspätetes Geburtstagsgeschenk geschickt habe und wegen seiner schieren Nebelhaftigkeit und Ungreifbarkeit als Ausrede und Aushilfe in Zwangslagen aller Art sehr nützlich war, ihre Schuld durch Claudios Großzügigkeit längst abgegolten hatte und der Anlaß ihres Zwistes mithin behoben war. „ – was würdest du tun, wie würdest du dich verhalten, wenn du herausfindest, daß eine Freundin, der du nichts Böses getan hast, dich hintergangen, ja verraten hat – ohne Grund und Not (mit einem flüchtigen, halb verschleierten Blick zur anderen Tischseite)?"

„Was heißt verraten?" Carla mit ausdruckslosem Gesicht, während sie Honig in ihren Tee rührte. – „Beim Chef angeschwärzt, ihm negative Dinge über dich erzählt. Die dich in Schwierigkeiten bringen." – Ob sie entlassen sei? – „Noch nicht, aber es könnte demnächst anstehen", sagte Mona. Und setzte hinzu: „Also angeschwärzt und noch dazu anonym. Wie würdest du dich einer solchen Person gegenüber verhalten." – „Anonym", wiederholte Carla, während sie ein Loch in der Sohle ihres Korkpantoffels befühlte. „Dann weißt du ja gar nicht, ob sie es wirklich war. Verdächtigen und wissen ist nicht dasselbe." – „Wenn nur sie in Frage kommt", entgegnete Mona. – „Ich kenne mich rechtlich da nicht aus, bin ja nicht vom Fach, aber aufgrund einer lediglich anonymen Anschuldigung allein kann man dich nicht vor die Tür setzen, wir sind hier ja nicht in Rußland oder – – dein Chef müßte erst einmal beweisen, daß diese Bezichtigungen auf Wahrheit beruhen. Was soll es ein, stiehlst du aus der Kasse, Mona, oder bedienst dich bei den Vorräten, oder was ist es?" – sie etwas zögernd und etwas forschend ansehend.

Mona lachte ihr breites Lachen, mit dem sich soviel verbergen ließ, und erwiderte: „Nein, die Kasse ist eine zu magere Beute, um mich zu verlocken." Ihr Lächeln erlosch, als sie ihrem Gegenüber direkt und kühl ins Gesicht sah. „Aber warum kapriziert du dich auf den Wahrheitsgehalt? Kommt es auf den überhaupt an, ist die Sache an sich nicht schäbig genug? Es ist Spitzelei und Verleumdung in einem!" „Ja, aber vom Standpunkt des Chefs aus ... wenn da wirklich etwas vorgefallen ist – was auch immer – er muß schließlich irgendwie reagieren ..." – „Ja (Mona mit bezähmter Ungeduld), aber mir geht es um diese Frau, um den Vertrauensbruch, den es darstellt. Wie soll ich mich ihr gegenüber verhalten, wenn ich sie sehe? Sie zur Rede stellen? – „Du redest immer von einer Frau (Carla zögernd)." – „Wenn ich festgestellt habe, daß nur sie es sein kann. Weil sie mir offenbar feind ist und ich es nicht wußte." – „Ja, du hast offenbar einen Feind", erwiderte Carla, und nachdem sie etwas nachgedacht hatte, sich an dem frostigen Schweigen, das plötzlich über dem Tisch lag, nicht weiter störend, setzte sie mit bedeutungsvollem Blick hinzu: „Du hast offenbar einen Feind, aber du findest es vermutlich eine unerlaubte Anmaßung von mir, wenn ich dir hier und jetzt sage, daß dieser Feind du selber bist. Mehr als irgendwer sonst jedenfalls." – Was das solle? – drei blitzscharfe Worte, mit funkelnden Augen und sich verschließendem Gesicht. – „Ja, so war das stets, Mona, wenn man sich nur die leiseste Kritik an dir erlaubt, lachst du entweder darüber hinweg oder guckst wie eine Schlange, bevor sie zubeißen will. Wir reden hier doch aufrichtig miteinander, nicht wahr, dann darfst du dir auch eine aufrichtige Antwort von mir anhören. Mir gefällt die luschige Art nicht, wie du dein Leben vergeudest und vertust, als hättest du noch zig andere im Schrank, die du ausprobieren kannst wie Kleider, wenn es dir so gefällt … Du bist in diesem Lokal, diesem Kulturpavillon gelandet, wie man in irgendeinem Bahnhof landet, wenn man ohne Ziel, Absicht und Richtung unterwegs ist: weil sie jemanden suchten, weil sie dich auf Anhieb nahmen, und weil du zu faul warst, dir eine Arbeit zu suchen, die mit mehr Selbstrespekt verbunden ist. Womit ich auch das Geld meine. Du hast studiert, aber so, wie du alles tust, ohne Richtung und Plan, und anstatt die Sache abzuschließen und mit deinem Pfund zu wuchern, wie es unsere Pflicht ist, nachdem wir Jahrhunderte männlichen Vorsprungs aufzuholen haben, springst du vor dem Examen ab und begnügst dich mit einer Tätigkeit, die knapp über Bartresenausschank ist. Oder vielmehr ist es schon Bartresenausschank oder jedenfalls nicht viel besser. Und das alles um jemandes wie Finns willen, dem du hinterherziehen mußtest wie – – Wenn ihr schon – ihr Nicht-Feministinnen – euer Leben auf die Männer ausrichtet, dann sorgt wenigstens dafür, daß sie euch aus den Händen fressen, anstatt daß ihr die Brosamen auflesen müßt, die sie achtlos fortwerfen. Und sich mit irgendwem anders einzulassen, aus Rache oder Laune oder beidem, das heißt immer noch auf Finn beharren und sei es in der Negation. Ich sage dir das alles, weil ich eigentlich eine bessere Meinung von dir habe, weil ich dich für ziemlich clever hal-

271

te – was es nur umso unbegreiflicher macht, daß du deine eigenen Interessen nicht richtig wahrnimmst, daß du auf alles zu pfeifen scheinst, was wichtig für dich wäre. In anderthalb Jahren bist du dreißig, von da bis fünfunddreißig ist es nicht mehr viel, und ab vierzig ist es definitiv nicht mehr lustig, sich mit seinen Einkünften nicht mehr als ein lausiges WG-Zimmer leisten zu können. Ein kleiner Denkanstoß, es mußte einmal gesagt werden. Sind wir noch Freundinnen, oder bist du jetzt auch mir feind, weil ich ehrlich zu dir war?" – „Ich richte mein Leben nicht auf Männer aus" – Mona in schmallippiger Verachtung. – „Es wirkt aber so." – „Dann korrigiere deinen Blickwinkel. Es ist nicht meine Aufgabe, anderen Leuten ihre falschen Vorstellungen auszureden."

Unklarer Befund, sagte sich Mona, als sie wieder in ihrem Zimmer war und den Inhalt ihrer Tasche auf das Bett warf. „Statt einer Reinwaschung ging sie zur Gegenattacke über, was clever von ihr war. ‚Mir gefällt die Art nicht, wie du dein Leben vergeudest ...' das haben mir schon einige gesagt, und es war kein einziger darunter, der mir einen attraktiven Gegenentwurf anzubieten gehabt oder dessen eigene Person als Gegenmodell getaugt hätte ... so seht ihr alle aus, ihr Wanderprediger! So mit mir zu reden habe ich nicht einmal meiner Mutter gestattet, und sie hätte mehr Berechtigung gehabt, mir irgendwelche Wahrheiten zu sagen. – Ich liebe und vermisse dich, stand in verschlüsselten Buchstaben unter der Deckadresse, die der Leutnant und Mona zum Austausch von kurzen Mitteilungen vereinbart hatten. Du wirst mich bald noch mehr vermissen, sprach Mona lautlos in die blanke schwarze Scheibe hinein, auf der seine Nachricht erschienen war und die eine so sonderbare Ähnlichkeit mit der des Fensters aufwies: als wäre es dieselbe schwarze Nacht, die zu ihr hereinsah und eine unerbittliche Forderung an sie stellte.

* * *

„Halt", sagte Mona, dem verdutzten Leutnant die Hand auf den Mund legend, als er, nach Art aller Verliebten, seine Begrüßung in Form von Liebkosungen geben wollte, „– es ist nicht meine Art, wie ihr Männer es gern tut, mit dem Unangenehmen am Schluß herauszurücken, nachdem man sich in aller Seelenruhe noch einmal bedient hat. Wir sind entdeckt, was bedeutet, daß alles zu Ende ist. Ja, diese Birken, diese Wiesen, diese Bank und dieser Weg – alles hat plötzlich Augen bekommen. Ich bin dreimal in eine andere Straßenbahn gestiegen, ehe ich den Bus hierher genommen habe – dennoch könnte es sein, daß wir nicht unbeobachtet sind. Ich bin blank hier – ihre leeren Hände und Jackentaschen vorweisend – hast du meine Nachricht erhalten?" – Und als Claudio, der blaß geworden war, nickte, setzte sie sich auf eine Bank, zündete sich eine ihrer unverzichtbaren Zigaretten an und sagte mit ihrer finstersten, trotzigsten Stimme: „Es spielt keine Rolle oder so gut wie keine, ob es einer von deinen oder von meinen Leuten war. (ihn anblitzend, als er sich neben sie setzte) Willst du wissen, was mir die Sache leichter macht, als sie es unter anderen Umständen vielleicht wäre? – Das hier! (aus ihrer Tasche das Foto herausreißend und ihm entgegenstreckend) Wie kommst du zu solch einer Gesellschaft, was hast du mit diesen Leuten zu tun, die noch um einiges schlimmer sind als eure sich bieder gebenden Verbindungsherren? Du wußtest es die ganze Zeit und hast es mir verschwiegen!"

Der Leutnant sah sich das Bild an, während eine leichte Röte seine Wangen überflog: er schien unschlüssig, was er damit beginnen, ob er es einstecken oder fortwerfen sollte; schließlich gab er es ihr zurück, worauf Mona, mit unwandelbar finsterer Miene, es in allerkleinste Schnipsel zerriß und hinter sich in den Wald streute, als wäre es gerade gut genug, um von Ratten und Kriechtieren gefressen zu werden. Eine Minute herrschte Stille, dann fuhr sie ihn an: „Warum schweigst du? Sprich und rechtfertige dich! Oder fang an zu wimmern, zu betteln und zu lügen, damit ich dich wenigstens verachten kann!" – „Du tust es ja jetzt schon" – von Claudio, mit nicht minder düsterer Miene als ihre – „Du hast dein Urteil schon parat, fix und fertig, was habe ich da zu gewinnen, gleichviel ob ich rede oder schweige. Wir waren bei diesen Leuten, weil sie uns eingeladen hatten – –" „Wen uns?" – „Einen Freund und mich. Wir haben uns angehört, was sie zu sagen haben, was ihre Ziele sind, aber der Kontakt hat sich wieder zerschlagen, weil wir ziemlich genau wissen, daß sie überwacht werden –" „Aha, aus Opportunitätsgründen und nicht aus Widerwillen gegen das, wofür sie stehen –" „Wer hat dir dieses Bild gegeben?" – „Dein Erzfeind, mein Ex-Geliebter. Aber er ist nicht der fanatischste von uns, das sind andere."

Der Leutnant antwortete mit einem Vorschlag, den alle verliebten jungen Männer machen, wenn sie nur den berühmten einen Ausweg sehen: daß er nicht wirkte wie ein Mensch, der den Kopf verloren hat, beweist nicht, daß es nicht doch und noch immer so war; die drei Monate Geheimniskrämerei, gewundener Wege und erstohlener Treffen hatten für seine Heilung nichts bewirkt, im Gegenteil. Er war etwa äußerlich so ruhig, wie in seinem Innern, zäh niedergehalten und beherrscht, gegensätzliche Impulse widereinander stritten. Er erntete zunächst auch nichts als ein zorniges Lachen, das sich in dem Maße steigerte, wie er deutlicher wurde. „Das gäbe ein schönes Debakel! (ihn anfunkelnd) Hör auf, solchen Unsinn zu reden, wenn du mich nicht glauben machen willst, du seiest verrückt geworden! Ich habe in eurem Lager ebensowenig zu suchen wie du bei meinen Leuten: jeder wäre der berühmte bunte Hund da, auf den die anderen Jagd machen. Und" – mit finsterer Emphase hinzugesetzt – „glaubst du, dieser Jemand, der sich in unsere Angelegenheiten mischt, würde mich da etwa nicht aufspüren, wenn er kann und will? Auch du müßtest allem abschwören, was dir bis jetzt lieb und teuer war, und das Ende vom Lied wäre, daß wir es binnen zwei Wochen nicht mehr miteinander aushalten würden, wahrscheinlich schon eher! Ich bin hierhergekommen, um das, was zwischen uns war, zu beenden, und um dir dein Wort abzufordern, daß du diese Entscheidung respektieren wirst. Du wußtest, worauf du dich einließest, und hast dich über nichts zu beklagen." Da er schwieg und, mit gesenktem Kopf dasitzend und, ein Blatt zwischen den Fingern zerrupfend, sie weder ansehen noch das Wort an sie richten wollte, knöpfte sie ihre Jacke zu und machte Anstalten zu gehen; der Leutnant, in dessen Kehle die Verzweiflung emporstieg, hielt sie an der Hand zurück. „Ich beklage mich über nichts und bis zu diesem Tag" – mit bitterem Schlucken – „hattest du keinen Grund, mit mir unzufrieden zu sein. Ich möchte dich eine Sache fragen, ehe du gehst – nämlich was dich so sicher macht, daß du bei deinen Leuten noch willkommen sein wirst, nachdem sie dir bis in dein Privatleben nachspioniert haben. Denn ich schwöre, daß es einer von euren Leuten war. Was erwarten sie von dir, nachdem sie das herausgefunden haben?" – „Nichts, was dich etwas anginge –" „Doch, doch, es geht mich etwas an. Nach allem, was zwischen uns war, habe ich ein Recht, so zu sprechen und dich zu fragen, warum du dem Willen anderer Leute gehorchst und nicht deinem eigenen. Haben sie soviel Macht über dich, bist du ihre Marionette?" – „Das ist alles Unsinn, es *ist* mein eigener Wille –" „Mit allem, was du bis jetzt hier zu mir gesprochen hast, hast du klargemacht, daß du nur deshalb Schluß machen willst, weil wir entdeckt worden sind –" „Es ist das, was ich dir von Anfang an vorausgesagt habe. Fang nicht an, mich mit Worten austricksen zu wollen! Soso" – aufstehend, sich ihre Tasche umhängend und ihn scharf ansehend. „Du schwörst, Leutnant Claudio, auf Dinge, von denen du nichts wissen kannst. Schwöre mir lieber etwas anderes, nämlich, daß du mit Faschisten weder gemeinsame Sache gemacht hast noch jemals machen wirst. Schwöre mir das, dann werde ich dich wenigstens in guter Erinnerung behalten." – „Es gibt nichts zu schwören", sagte der Leutnant. „Was du mir vorwirfst, findet nicht statt, daran laß dir genügen." – „Drauf *schwören* sollst du." – „Ich lasse mir meinen Eid nicht so billig abkaufen", sagte der Leutnant. „Auch nicht von dir. Ich rechtfertige mich vor niemandem, die Zeit, sich zu rechtfertigen, ist noch nicht gekommen."

„Soso", sagte Mona, die ihr eigenes Wort wiedererkannte und der diese Art zu sprechen ebenso gefiel, wie sie sie in ihrem Entschluß nicht umstimmen konnte. Sie mußte ihm den Geist zubilligen, es zu seinen Gunsten verwendet zu haben. „Soso. (nach einem Augenblick) Dann wünsche dir mit mir, daß nicht der Tag kommt, da ich dich an diesen Ausspruch erinnern muß, den du vor mir getan hast – nein, nicht in Person, sondern indem *du* dich erinnerst, denn ich verfüge, daß es so sein soll, daß ich dir erscheinen werde. Wenn es eine Lüge war, so hat sie der Himmel gehört, die Krähen und ich – du kannst selbst entscheiden, wer als Zeuge mehr taugt." – „Du willst nichts mehr von mir wissen, du kannst dir nicht einmal vorstellen, daß wir – – – es gemeinsam durchstehen könnten – –" „Ich will es mir nicht vorstellen, weil es sinnlos ist und weil (Pause, dann heftig) du weder weißt, was du sagst noch was du meinst. Ich kenne die Welt besser als du. Lebwohl!"

Er hatte sich wieder hingesetzt und sah sie nicht mehr an, und seltsamerweise fiel es Mona, obwohl sie sich auf ihre Unabhängigkeit und Entschlußkraft viel zugute tat, merkwürdig schwer, sich von ihm zu entfernen: es war, als müßte sie durch Wasser, hüfthohes Wasser gehen, soviel Mühe kosteten die Schritte. Ich muß nur bis zu jener Hecke kommen, sprach es in ihr, danach wird es mir leichter fallen. Bis zur Hecke ist der Zauber wirksam, danach bin ich frei! Es ist alles sinnlos, sinnlos, sinnlos, meditierte sie im Takt ihrer Schritte, starr und etwas grimmig vor sich hinsehend; als sie an der bewußten Hecke einmal blitzartig über die Schulter zurücksah, sah sie Claudio noch am selben Fleck sitzen, den Kopf in den Händen vergraben. Aus ist's, sagte sich Mona, während sie Richtung Straße hastete.

# 8.

So sehr dem Staat daran gelegen sein muß, in seinen Soldaten und Offizieren, seinen Befehlsempfängern und Befehls-
gebern loyale, taugliche und zuverlässige Diener zu haben,
so wenig pflegt er sich, sofern nicht eine kranke Schwäche
den Staatskörper ergriffen hat, darum zu kümmern, was sie
in ihrem privatesten Bereich tun und treiben, mit wem sie
ihre Zeit verbringen und auf welche Weise. Welche abgründige Variante menschlichen Unterhaltungsbedürfnisses dem
Betreffenden auch zusagen mag, solange sie nicht sittenwid-
rig ist und sich im Rahmen eines Freizeitvergnügens hält,
solange er die Werte, auf die er seinen Eid abgelegt hat, mit
seinem Sein vertritt und verkörpert (was freilich dieses Sein
ausmacht, darüber differieren die Meinungen), darf er seinen individuellen Neigungen nachgehen und sich von seinem soldatischen Alltag auf die Weise erholen und erfri-
schen, die ihm die genehmste ist. Daß dieses Beharren auf
einer Sphäre, in die der Staat sich nicht dreinzumischen hat
und auf die kein unbefugter Zugriff erlaubt ist, sich auf alle
Soldaten erstreckte, sowohl diejenigen, die mit der derzeitigen Politik (keinesfalls nur ihres Landes) einverstanden waren, sich aktiv zu ihr bekannten, wie diejenigen, die sie ab-
lehnten und – heimlich oder untereinander – zum Teil heftig kritisierten, ist ebenso gewiß wie der Umstand, daß beide Gruppierungen sie sich zu verschaffen wissen, auch wenn
sie andere Mittel und Wege dazu ersinnen oder in der Ansicht, worauf sie sich bezog, differiert hätten. In Wahrheit
gibt es diese Sphäre stets: auch im Krieg, in der Diktatur
und im Gefängnis, überall existiert das Alleinsein des Menschen mit sich selbst, das man ihm nicht rauben kann, ohne
ihn zu töten, ihn als Menschen zu negieren. Wenn jemand
diese Antinomie – die so weitreichend wie in ihrer letzten
Konsequenz unauflösbar ist – verkörperte, dieses Auseinanderklaffen von äußerer Anpassung, Gehorsam, Billigung und
innerer Undurchsichtigkeit, so nicht, keinesfalls Leutnant
Claudio, der nach Art aller Leidenschaftlichen selbst an das

glaubte, was er in Grund und Boden verurteilte, sondern sein langbeiniger Freund, Leutnant Kurt, bei dem alles in Nebel gehüllt war, nur er sich selber nicht. Keiner kannte ihn wirklich, nur Claudio, der sein Vertrauen genoß oder vielmehr: ihm seines schenkte im Glauben, es beruhe auf Gegenseitigkeit, hätte es, bei längerer Selbstprüfung, verneinen müssen. Nicht, daß es auf Anhieb etwas Verrufenes gab: Leutnant Kurts Geschmack, im Hinblick auf Musik etwa, war klassisch – viel klassischer als Claudios, der sich, allem Nationalempfinden zum Trotz, den heimlichen Vorwurf machen mußte, Wagner nicht ausstehen zu können; in seinen Regalen standen Bücher von eindeutig intellektuellem Aussehen, manches davon aus der alten DDR, die Leutnant Kurt, der aus Leipzig stammte, noch als Kind gekannt hatte, neben Politikerbiographien, Reisebeschreibungen und den gesammelten Werken von Goethe, Schiller und Heine in ultramodernen Prachtausgaben. Er kochte erstaunlich gut und viel Besseres als Claudio mit seinen Steaks und Fertiggerichten, und wenn er, neben seiner sehr gepflegten Person, auch seiner Wohnung ein modern-attraktives Gepräge zu geben verstand, das Claudio, der sich für solche Aufgaben eine Frau wünschte, bewunderte ohne es nachahmen zu wollen: so weist das mindestens auf zweierlei hin, daß er nämlich zum einen kein kulturloser Barbar war, und daß er den Idealzustand eines ‚Staatsbürgers in Uniform‘, dem die Gesellschaft die Macht über die Gewaltmittel anvertraut hat und vom dem sie – mit schuldigem Recht – die verantwortungsvolle Handhabung dieser Aufgabe erwartet, allen äußeren Anzeichen nach viel überzeugender verkörperte als sein Freund, der sein Temperament und seine Leidenschaften weniger in der Gewalt hatte, der fähig war, sich hin- und mitreißen zu lassen, der seiner Natur straffe Zügel anlegen und sich in manchen Dingen – wo etwa seine Gefühle mit seinem Pflichtempfinden im Streit lagen – Zwang antun mußte.

Wenn es in ihm trotz aller dieser erwünschten und präsentierbaren Eigenschaften und Fähigkeiten jenes Abgründige gab, von dem wenigstens Claudio wußte, weil er es nicht verstand, es war wie eine opake Wand in seinen Augen, hinter der etwas Diffuses, Ungeformtes war, so zeigte es sich vielleicht am deutlichsten in ihren Empfindungen hinsichtlich der Filme, die sie gemeinsam ansahen und ihrer Reaktion darauf: jedenfalls fand es auch darin seinen Ausdruck. Claudio, naiv-poetisch wie nur je ein Sohn, der seine Mutter stolz auf ihn zu machen wünscht und trotz aller Ambitionen hierin auch ein unverbesserlicher Sohn des Volkes, suchte stets und blindlings nach dem Helden, mit dem er sich identifizieren konnte: wie gebrochen auch immer und aller Fehler und Unzulänglichkeiten unerachtet war er Claudios Sympathien gewiß und einer Neigung sogar, sich über das Ende des Filmes hinaus mit ihm zu beschäftigen. Leutnant Kurt hingegen waren sämtliche Helden insofern gleichgültig, als er generell keinen Unterschied zwischen ihnen und den übrigen Personen einer literarischen oder filmischen Fiktion machte und jede ihrer Figuren nur daraufhin ansah, beurteilte oder sich mit ihr befaßte, ob etwas an ihr ihn interessierte oder es nicht tat. Ob dies, diese Art, ein Ideengebilde aufzufassen und sein Denken darauf auszurichten, einen größeren oder geringeren Grad an Realitätsbewußtsein vorstellte, war ein öfters debattierter Streitpunkt zwischen ihnen, der womöglich nur deswegen nicht abschließend geklärt werden konnte, weil keiner von ihnen seine Haltung dem anderen überzeugend zu verdeutlichen vermochte. Selbst mehr Eloquenz – im Hinblick auf tiefsitzende Bedürfnisse – wäre vergeblich gewesen, da es sich unverkennbar um eine innere Veranlagung handelte, die mit dem Selbst, wie es geworden ist, und dies schließt alles ein – Herkunft, Familie, Erziehung, Erfahrungen –, in zu enger Verbindung steht, als daß man hoffen durfte, sie jemals jemandem in aller Aufrichtigkeit veranschaulichen zu können, der nicht von sich aus eine ähnliche Wesensart mitbrachte. Das war zumindest Claudios heimliche Ansicht. Sie behalfen sich, wie Männer es gerne tun, mit Scherzen und Flachserei, die gelegentlich grob und manchmal etwas feiner war: Claudio mußte es sich gefallen lassen, ob seines unerschöpflichen Interesses für ‚heroische Zwickmühlen‘ – moralische und andere – als eitler Romantiker bezichtigt zu werden, der immer groß dastehen will – worauf der so Gescholtene zurückfragte, indem er dabei auf den Fernseher deutete, was das für eine abartige Faszination sei, die Kurt für solche ‚ekligen Wanzen‘ wie den und den da hege? Auch diese Frage war rhetorisch und erhielt so gut wie nie eine andere Antwort als das berühmte kühle Lächeln, hinter das sich der lange Kurt zurückzog, wenn ihm irgend etwas zudringlich erschien; das äußerste, wozu er sich hinreißen ließ, war, außer einer kryptischen Miene, ausgestoßenem Rauch und einem weiteren Schluck Bier: „Wenn du es mitempfändest, müßtest du nicht fragen. Auch die niederen Wanzen gehören zum Leben, nebenbei. Sind auch viel verbreiteter als die Anständigen.“ „Aber man setzt sie nicht mit denen gleich oder behauptet, das eine sei so gut wie das andere. Das ist sträflich.“ Pause. „Ich könnte dich glatt bei der Obrigkeit verpetzen für so etwas.“ – „Das wirst du aber doch wohl nicht tun“ – das lange Ende auf dem Sofa, die Beine irgendwo auf einer Lehne deponiert. – „Heut nicht. Hast Glück gehabt.“ –

An diesem Abend – noch früher Abend zudem –, als Claudio unvermutet vor der Tür gestanden hatte, ohne Verabredung, was auch bei ihnen selten vorkam, sprachen sie nichts dergleichen an, obwohl der gastgebende Oberleutnant, als er den Freund hereinließ, vorwarnte, er sehe gerade einen Film: worauf sein Besuch, seine Jacke abstreifend, zurückgab: das sei ihm gerade recht; und doch wäre nichts vermessener als die Behauptung, daß es sich bei dem Folgenden *nicht* um eine Fortsetzung dieses Themas unter brennenden und womöglich vertauschten Auspizien gehandelt hätte. Das Gesicht seines Freundes – gefroren, düster, in sich gekehrt – war Leutnant Kurt bereits beim Türöffnen aufgefallen, ohne daß er (nach Männerart) ein Wort dazu sagte: sein Film interessierte ihn und reden konnte man auch nachher noch. Nachdem er eine zweite Flasche Bier besorgt und sie sich auf ihren Sitzmöbeln postiert hatten – Claudio auf dem Sofa, Leutnant Kurt auf einem Sessel, seine ewig langen Beine in den Raum gestreckt, verging eine wortlose halbe Stunde, ehe Kurt, in einem Moment mit vielen Detonationen und Explosionen, nach einem winzigen, unmerklichen Handgriff zum Tonknopf hin, sich an seinen Freund wandte. Was ihm sei? – Nichts, und nach einer halben Minute wurde diese glatte Lüge zurückgenommen, indem Claudio mit seiner Beichte herausrückte, nicht achtend, wie es alle von einer Leidenschaft Befallenen tun, auf welchen Boden seine Worte fielen, welche Wirkung sie im Gegenüber hervorbringen mochten. Der Ball – die Schöne – das so unerwartete Wiedersehen – die heimliche Liebschaft von dreieinhalb Monaten (in exakter Zeitrechnung) – der jähe Abbruch aufgrund einer Denunziation von unbekannter Seite – er machte es kurz, aber er ließ nichts aus und ließ, nachdem er geendet hatte, durch seinen hängenden Kopf, sein Schweigen und innerliches Weiterbrüten mehr als deutlich, wie ihm zumute war. Leutnant Kurt hatte seinem Film längst mental Adieu gesagt, hatte sich alles ohne Kommentar angehört, zu nichts – als überraschte es ihn kaum, was auch zutraf – auch nur mit der Wimper gezuckt, hatte nur gelegentlich einen mitleidig-abschätzigen Blick auf den mit stockender Stimme redenden Freund geworfen, von dem Claudio bezeichnenderweise nichts merkte, und falls nicht seine Empfindungen, von denen er vielleicht weniger hatte als andere Leute, so doch seine Gedanken und seine Haltung zu dem Gehörten kamen in dem zynisch-indifferenten Kommentar zum Ausdruck, mit dem er, als Claudio geendet hatte, seine Ansicht zusammenfaßte.

„Sei froh, daß du die Hure los bist" – ohne sich vom Sessel zu regen gesprochen und ein zornig-trotziges Auffahren Claudios mit der emporgekehrten Hand beschwichtigend. „Komm, komm, bleib ruhig, ich weiß, daß sie eine ist, auch wenn du's nicht wahrhaben willst. Die Roten taugen alle nichts, das habe ich dir damals schon gesagt (mit rauhem Lachen) – und da ging's nur um Kleider! Verstehen wir uns recht. Ich hab' nichts gegen Mädchen, die sich auf Bälle schleichen und da Cinderella spielen, wenn's ihnen Spaß macht. Das ist so Frauenart, es steckt halt in ihnen. Aber nicht aus *dem* Lager und in eindeutig provokatorischer Absicht (Claudio hatte, um Mona zu schonen, von ihren Absichten nichts verlauten lassen, der Leutnant hatte sie erraten und es bereitete ihm Genugtuung, sie mit Hohn auszusprechen). Wollte uns vorführen, wie? Als Hirnlose. Sie kann noch froh sein, daß sie an dir ihre Künste erproben durfte – und nicht an einem von uns. (dies allerdings war Prahlerei, wenngleich Leutnant Kurt, dessen Neigungen ohnehin etwas verschleiert nebelhaft blieben, nach eigener Aussage derjenige gewesen sein wollte, der an wenigsten von ihr beeindruckt war.) Was aber auch wieder kein Zufall ist. Du *bist* (mit warnender Betonung) ein unsicherer Kantonist, Claudio, warst es stets, aber jetzt ist die Sache besiegelt." – „*Nichts* ist besiegelt" – Claudio mit Heftigkeit, der sich zusammenzuraffen versuchte. „Ich liebe sie, das ist wahr – oder hab's getan – aber ihren Troß hasse ich noch mehr als du oder manch anderer, dies glaube mir." – „Da ist nichts zu glauben. Dein Haß ist heiß und hitzig, meiner kalt, das ist der Unterschied. Der kalte hält länger und ist verläßlicher." Claudio, wieder mit gesenktem Kopf (er saß vornüber geneigt und guckte den Teppich an) machte eine Handbewegung, die in etwa besagte: daß dies und anderes jetzt doch vollkommen gleichgültig sei? „Glaubst du", sagte Leutnant Kurt. „Ich nicht. Diese Fotografie von uns beiden auf dem Jahrestreffen der Preußenfreunde – – das ist ja womöglich nur der Anfang. Dieser unbekannte Denunziant da hat womöglich noch anderes in petto, womit er aufwarten kann – rein aus diabolischer Freude, um uns reinzureißen. Dann hätte sie uns gewissermaßen in der Hand – dich und sogar auch mich. Du hast dich erpreßbar gemacht, verdammter Esel (lautlos-grimmig hinzugesetzt)." Claudio sah ihn an wie jemand, dem erst in diesem Augenblick bewußt wird, daß es einen Gegensatz zwischen Freundschaft und Liebe gibt, und daß er sich auf ungeahnte Weise offenbaren kann. Er hatte diese Sache im Dunkel seines Geistes bewußt unangetastet gelassen, um sich seinen Gefühlen hinzugeben: so daß Kurt es war, der sie ihm auf den Kopf zusagte, nicht er sich selbst. „Womit? (Versuch zum Widerstand) Indem ich mich mit einer Frau einlasse, in die ich mich verliebt habe, oder indem wir gemeinsam Dinge besprechen und durchdenken, die die Schergen des Staates nicht hören sollen?"

„Von mir aus mit beidem (Ungeduld), aber eins ist klar: in der Konstellation und Färbung paßt es nicht zusammen, tat es nie, und das wußtest du von Anfang an, sonst wär's nicht nötig gewesen, ein Geheimnis draus zu machen. Mir konntest du's sagen, denn ich bin dein Freund. Bei den anderen wäre ich nicht so sicher. Sie könnten dich mit Fug und Recht als Verräter ansehen –" „Pah! (Claudio mit Heftigkeit, die Gewissenszweifel übertönen mußte) Wen oder was habe ich denn oder könnte ich verraten? Irgendwelche Pläne etwa? Irgend etwas, das über ein: was wäre, wenn ... wir-wieder-einmal-die-Oberhand-hätten, hinausginge? Waffen sammeln, irgendwelches konfuses Zeugs lesen, herumfantasieren: so geht das schon seit Jahren. Die Wahrheit ist: unsere Armee ist ein maroder Haufen und von uns aus sind wir zu nichts in der Lage. Wir haben weder die Ausrüstung noch das geistige und physische Vermögen, erfolgreich einen Krieg zu führen (wie klein auch immer), noch uns unserer Haut zu wehren, falls gerade kein Beschützer zur Hand ist. Wenn die Polizei Putschpläne will, muß sie sie selber mitbringen." – „Du hast schon einmal anders geredet –" „Anders *geredet*, aber dasselbe gemeint. Es ist kein Verrat, die Realität anzuerkennen, auch von unserem Standpunkt aus nicht." Und in Leutnant Kurts expressives Schweigen hinein, der hierzu ein *sehr* sardonisches Gesicht zog, setzte er mit finsterem Trotz, die Augen auf die Hände gerichtet, die einen Korken zerpflückten, hinzu: „Vielleicht wollte ich *auch* gern meinen kleinen Triumph, daran ist nichts Ehrenrühriges. Daß es – sich anders entwickeln würde, war nicht vorherzusehen (sich diese Lüge selber glaubend)."

Sein Gegenüber stieß ungeduldig und nicht ohne Geringschätzung die Luft aus, als er sein Fazit abgab. „Dann kannst du dich ja – in Gottes Namen – zufriedengeben. Sie hat einen Strich gemacht, nun mach du auch einen. Es hätte ohnehin nichts Rechtes werden können. Unter den Voraussetzungen. Daß sie's eher eingesehen hat, zeigt, daß die Hexe mehr Verstand hat als du. – Komm!" – mit freundschaftlichem Knuff in die Seite, Schulterklopfen – „mach dich los und schau in die Zukunft. Solche Frauen gibt's auch anderswo – ohne politischen Giftfaktor."

Der Leutnant schwieg längere Zeit, ehe er mit etwas mechanischer Besinnungslosigkeit anhob: „Ja, gewiß. Ich ziehe meinen Strich – ich mache mich los – ich schaue in die Zukunft. Ich übe mich gerade darin – auch mit solchen Sachen wie dem hier." Und damit griff er in seine Hosentasche, zog ein mehrfach gefaltetes Papier hervor, das er Leutnant Kurt zuwarf, der es mit einer Hand im Fluge fing, ohne sich auch nur aufzurichten, es entfaltete, etwas länger studierte, als der Grad seines Beschriebenseins rechtfertigte (es standen nur zwei Zeilen drauf), ehe er, die Hand mit dem Papier auf der Sessellehne ablegend, leicht damit wedelte und fragte: Wann und auf welche Weise Claudio dies zugegangen sei?

„Ist das wesentlicher, als was ich daraus zu machen habe? Es lag in meinem Briefkasten, vor zwei Tagen. Das könnte also bedeuten, daß ich beschattet werde, nicht wahr? Wenn man sich in unserem Zeitalter der Feigheit und Bequemlichkeit solche Mühe macht, ein echtes Schreiben irgendwo zu plazieren, wo's einer finden muß. Es heißt: Wir sind dir nah, wir haben dich aufgespürt – gib nur ja acht!" „Es ist ein Nachtreten", befand sein Freund, indem er das Blatt wieder vornahm und es mit der absorbierten Aufmerksamkeit eines Bewerters von Kriegserklärungen studierte. „Hündisches Gekläff, mit Hinterhältigkeitsfaktor, wie alles, was von *der* Seite kommt. Man hat fast Lust, es drauf ankommen zu lassen. (mit prononciertem Hohn vorlesend) ‚Wenn du dich mit deinem (hier stand ein sehr unflätiges Wort) noch einmal in unsere Kreise verirrst, fackeln wir als erstes deine

Karre ab.' – Nur, um zu sehen, ob sie's wahrmachen würden." – „Spendiere *deinen* Wagen, wenn du Lust auf Experimente hast (Claudio in Verdrossenheit). Es ärgert mich, diesen Dreck zu erhalten und auch nur mit Augen sehen zu müssen, nachdem die Sache beendet ist. Sie haben nichts mehr zu gewinnen –" „Ich habe ja gesagt: sie treten nach. So genau müssen sie ja auch nicht wissen, wie es zwischen euch steht. Sie spielen ein bißchen Katz und Maus mit dir, und mit ihr vielleicht auch, wer weiß. Würde ich nicht ausschließen." – „Du redest immer im Plural. Für mich gibt es bislang nur einen, der im Dunkel sitzt und sich offenbar mächtig fühlt, wenn er solche Botschaften absetzt und sich in anderer Leute Leben einmischt. (den Kopf senkend und mit weicherer Stimme weitersprechend, wie stets, wenn die Rede auf Mona kam) Sie wollte es nicht einmal wahrhaben, daß es einer von ihren Leuten sein muß – nicht einmal das. Was ich nicht verstehe – und was mich krank macht – ist diese Zweigleisigkeit des Lebens: diese Freiheit, die man sich einerseits herausnimmt, zu tun, was man will oder sich wünscht: und auf die erste anonyme Anschuldigung hin macht man kehrt, wird panisch und wirft alles ins Feuer. – Na schön, ich geb's zu: Sie hatte es mir angekündigt, daß sie es beenden würde, wenn es rauskäme. – Aber – –" und in diesem Aber eines jungen Leidenschaftlichen, der seine Gefühle eingesetzt hat und sich um seine Hoffnungen betrogen sieht, steckte das ganze Dilemma dieser sonderbaren und verqueren Liebschaft, die unter gegenseitiger Verkennung begonnen und unter widersprüchlichen, saturninischen Auspizien fortgeführt worden war; er übersah auch auf charakteristische Weise, in der nochmals sein Ehrgeiz und sein Wesen aufschien, den Grad von Unfreiwilligkeit, der, von Monas Seite aus, seine Werbung begleitet hatte und die er zu vergessen geneigt war wie nur je ein junger Mann, dem der Sieg alles reinwäscht, sein eigenes Verhalten obenan. Leutnant Kurt, der immer nur mit halbem Ohr zuhörte, wenn von der Liebe – die ihn womöglich allenfalls als erotische Befriedigung interessierte – und mit sehr intensiver

Aufmerksamkeit, wenn vom Krieg die Rede war, den er, expreß unabhängig von Gut und Böse, ‚im Prinzip als reines Kräftespiel' ansah bzw. definierte, nahm das Schreiben, das ihn sichtlich mehr beschäftigte und fesselte, als das, was als Claudios Erzählung seinem Erscheinen vorausgegangen war, zum Anlaß, seinem Freund, der nach wie vor in Teilen geistesabwesend, niedergeschlagen, mit sich uneins erschien, Dinge zu entlocken, die bislang entweder vage geblieben oder noch nicht zur Sprache gekommen waren – den Namen Finns etwa und seinen Part bei alldem, die Beschaffenheit der Organisation, deren interne Bezeichnung ‚weißer Rabe' war, ihre fernen und nahen Ziele und Bestrebungen, ihre Lokalitäten und Aktionen – soweit Claudio von ihnen wußte, der seine Kenntnisse ja nicht von Mona, sondern, als er seine Werbung erneut aufnahm, auf eigene Hand ein wenig geforscht, gesucht und nachgelesen hatte, um über das Milieu, in dem sie sich bewegte, im Bilde zu sein. Kurts Gedächtnis, das ihn zuweilen selbst erstaunte, vermerkte alles, noch das mindeste Detail, nach der Devise eines Menschen, dem alles verwertbar erscheint, versah, was ihm besonders auffiel, mit mentalen Ausrufezeichen; er pflichtete schließlich Claudio bei, daß es sich bei Schreiben wie dem vorliegenden um Dreck handle, den zu ignorieren das einzige Mittel sei, dann „... erledigt sich das bald von selbst." Ferner brachte er ihn nicht nur dazu, ihm das Beweisstück zu überlassen, sondern handelte ihm auch die Zusage ab, es mit den übrigen, falls noch mehr von der Sorte komme, ebenso zu halten, auf Claudios Frage, was er damit bezwekke, dunkel erwidernd: „Ich schaue mir das an – und vielleicht finde ich etwas heraus, was dir nicht auffällt, weil es dich nicht interessiert. Laß es Sportsgeist sein, ich mochte ihn gerne dingfest machen, dem du es zu verdanken hast, daß eure Liebschaft aufflog – perdu ging – aus – Ende –" Es wirft ein Licht auf Claudios innere Verfassung, die ihn hören und doch nicht hören ließ, sprechen und etwas anderes damit meinen, als was aus seinem Mund kam, daß er den Widerspruch zur vorherigen Bemerkung nicht nur nicht wahrnahm, sondern ihn als eine natürlich und stimmige Ergänzung auffaßte: so sehr nährt der Unglückliche seinen Kummer und würde, wenn dies möglich wäre, die ganze Welt in ihn hineinstopfen. – Die Niedergeschlagenheit hielt an, der Alltag erschien ihm matt und grau nach den geheimen Erregungen und Erfüllungen, die er genossen hatte. Er versah seinen Dienst mit Unlust. Auch das Gespräch mit dem Freund, die längst fällige Beichte, von der er sich Erleichterung weniger versprochen als erwartet hatte, war eine Enttäuschung gewesen: er mußte geraume Weile, ganze Tage grübeln und suchen, ehe er zu wissen glaubte, woran es lag. Aufgrund einer ‚innewohnenden Vertracktheit‘, mit der vielleicht ihre gesamte Freundschaft behaftet war, waren sie nicht bis zum Wesenskern vorgedrungen – dies hätte nach Claudios Auffassung eine Anerkennung von Monas Wert beinhaltet, der das ganze Abenteuer gerechtfertigt, ihm jedenfalls das Anrüchige und Zwiespältige, das man ihm sonst hätte anlasten können, genommen hätte – statt dessen war alles in die altbekannten Versatzstücke zergangen, was ihn selbst, Claudio: seine Gefühle, seinen Schmerz, zum Bedeutungslosen und Nichtigen stempelte. Konnte man dies verzeihen, ohne dem Freund gegenüber, bei äußerlich unverändertem Verhalten, eine heimlich anwachsende Distanz zu empfinden? Seine Leidenschaft ließ ihn schließlich kein anderes Mittel sehen, als ihr nachzugeben: er fuhr zum Programmkino und mußte feststellen, was er insgeheim längst zu fürchten begonnen hatte: daß Mona dort nicht mehr arbeitete, und daß man ihm nichts über sie mitteilen konnte (oder wollte), schon gar ihren derzeitigen Aufenthalt nicht, keine sonstige Adresse – nichts. Einen Tag später fand er, als er zum Dienst fahren wollte, seinen rechten Vorderreifen aufgeschlitzt, an der Windschutzscheibe stak ein Zettel mit den Worten: Erste Warnung; eine Sache, die ihn zu Tränen der Wut und des Zornes reizte: nicht so sehr über den Schaden, der zu beheben war, als über seine Ohnmacht und das widerstrebende Geschick, das ihm das Begehrte – so mußte es seine überreizte Phantasie empfinden – mit einem Ruck entzogen hatte und seinen Versuchen, sich irgendwie zu helfen, einen tauben, unergründlichen Widerstand entgegensetzte.

Das nächste Mal fing er es klüger an, steuerte nicht blindlings auf sein Ziel zu wie jemand, dem alle Rücksichten und aller Takt gleichgültig geworden sind: er hielt an sich, bezähmte sich und dachte nach. Er entsann sich der strengen Mitbewohnerin, die nach Monas Erzählungen Männer verabscheute und unerbittlich auf ihr Geld pochte: falls Mona, was nach seinen Erlebnissen im Kulturcafé durchaus möglich, wenn nicht wahrscheinlich war, dort nicht mehr wohnte, so ließ sich vielleicht aus der Vermieterin etwas herausbringen, ein noch so kleiner Hinweis, mit dem etwas anzufangen war. Mona hatte ihm ihre Adresse nur gegen den Schwur überlassen, sie niemals ohne ihre Zusage dort aufzusuchen: auch dies hatte zu den Dingen gehört, die Claudio klaglos hingenommen hatte: geschluckt wie eine Katze den Fisch, ohne Murren und Widerrede, immer unter der Prämisse, daß die Zukunft regeln würde, was davon einzuhalten blieb und was nicht. Schwieriger, als sich dorthin zu finden, war die Geschichte, die er ersinnen mußte, um die allerersten Momente des Mißtrauens und der feindseligen Abwehr, mit denen er als ein völlig Unbekannter zu rechnen haben würde, zu überwinden, und die nach seinem Empfinden ebenso plausibel wie kurz zu sein hatte: zwar war er wie alle Ehrgeizigen der Schauspielerei fähig, fürchtete aber das Improvisieren, das, wie selbst die Professionellen wissen, die Wahrscheinlichkeit, Fehler zu machen, steigert: um wieviel mehr bei denen, deren Gefühle beteiligt sind, deren innere Nervosität dem Ersinnen weiterer Lügen nicht günstig ist und die eine Angst lähmt, die berühmte *eine* Chance zu verwirken.

Seine Berechnungen gingen zumindest insoweit auf, als die generelle Lage seinem Vorhaben günstig schien: die strenge Carla suchte bereits eine Nachfolgerin, diesmal im eigenen Lager, da sie sich von ihrer Wohnungsgenossin – im Rückblick betrachtet – eben doch auf eine ‚provozierende Weise

gereizt und geärgert gefühlt' hatte. Mehr als einen dürren Abschiedsbrief (alias Zettel) und das strikte Verbot, irgendwem, der sich nach ihr erkundigen mochte, irgend etwas von ihr zu erzählen, hatte Mona ihr nicht hinterlassen – der Auszug war das Werk eines halben Vormittags, in Carlas Abwesenheit natürlich: überdies schuldete sie ihr wiederum Geld, selbst bei mündlicher Kündigung und ohne Mietvertrag hätte sie noch für den laufenden und die beiden nächsten Monate zahlen müssen. Welchen Grund hatte Carla, einer Bitte nachzukommen, mit der sie sich nicht einverstanden erklärt hatte und nicht statt dessen mehr oder minder freisinnig ihr eigenes Spiel zu betreiben, wie sie es, die mindestens so sehr und mit mehr Erfolg auf ihre Unabhängigkeit bedacht war als Mona, stets getan hatte? Trotz aller Sympathie für die Ziele der Bewegung, von denen sie nicht wenige teilte und unterstützte, hatte sie Finn und seiner notorischen Art, sich Frauen dienstbar und unterwürfig zu machen, stets eine unversöhnliche Abneigung entgegengebracht. Leutnant Claudio kam es sehr zupaß, daß er ihm nicht ähnelte und sich sehr respektvoll gab – er hatte keine andere Wahl –: zwar war die clevere Carla sofort auf dem Quivive, als er ihr an der Tür gegenüberstand, hielt die Geschichte, die er ihr angab, sofort, blindlings für ein ‚nettes Ammenmärchen', und war dennoch, in einer Mischung aus Amüsiertheit und Geschmeicheltsein, bereit, sie vorerst für bare Münze zu nehmen und sich anzuhören – sie dirigierte ihn in die Küche, an den Gemeinschaftstisch und sogar auf Monas Stuhl, auf dem der Ahnungslose Platz nahm –, mit welchen Absichten er gekommen war und wie er sein Manöver weiterspinnen wollte: bis ich ihn einfach platzen lasse, sagte sich Carla. –
Am Tisch also: mit Gleichmut und herausfordernder Musterung, die, da die Vermieterin ihn ‚einzusortieren' vorhatte, länger ausfiel, als selbst ein weniger von Skrupeln und versteckten Gefühlen belasteter, völlig unvoreingenommener Mensch behaglich hätte finden können. „Soso. Ein Cousin, wie? Ich wußte nicht, daß Mona überhaupt Onkel oder

Tanten hatte – oder Cousins und Cousinen. Sie hat nie von irgendwelchen Verwandten gesprochen. Soso –" Claudios Bemerkung ignorierend, er habe lange nichts von ihr gehört, sie antworte nicht auf Anfragen oder Nachrichten oder nur, wenn sie Lust habe, sie habe es auch früher selten getan – zeigte sie auf einen verschlossenen Brief, den Claudio in Händen hielt: „Warum schickt er nicht einfach, was er will, per Post, dieser großartige Vater, der es – sie hat's mir lang und breit erzählt, mehrfach übrigens – in zig Jahren nicht für nötig gehalten hat, sich nach seiner Tochter zu erkundigen – bis auf ein lausiges Geburtstagsgeschenk zu einem Zeitpunkt, da sie gar nicht Geburtstag *hat* –? Na schön" – Claudios Erklärungsversuch abschneidend, als sei, was immer er an Rechtfertigung aufbringen mochte, ebenso beliebig wie belanglos – „Du kannst es von mir aus hier deponieren, vielleicht meldet sie sich noch einmal oder jemand aus ihren Bekanntenkreis weiß, wo sie abgeblieben ist. Ich kümmere mich darum (mit großherziger Geste, die eine deutliche Abschiedsaufforderung miteinschloß)."

Der Leutnant – alias Münchner Medizinstudent – ignorierte die Geste mit der überzeugenden Sturheit von Leuten, die in wichtiger Mission unterwegs sind und denen es folglich nichts ausmacht, wenn man sie schlecht behandelt; er gab, auf die Dicke des Umschlags verweisend, an: daß der Brief Geld enthalte und daß er den – verständlichen – Auftrag habe, ihn persönlich zu übergeben. Das nachdenkliche Glimmen in den Augen seines Gegenübers, als sie erneut den Brief und danach ihn musterte, zu seinen Gunsten deutend, fuhr er in einer Mischung aus Nüchternheit und freundlich-pflichtgemäßem Insistieren fort, wie sie die Boten und die Selbstlosen auszeichnet (freilich auch die Kundschafter, Agenten und Kommissare), das peinigende Bewußtsein überspielend, daß die Katze am Küchentisch noch die allerkleinste seiner Regungen – auch seiner Gefühlsregungen – akkurat vermerkte und verzeichnete: ob es irgendeine Möglichkeit gebe, herauszufinden, wo sie sich derzeit aufhalte – ob Carla (mit anderen Worten) ihm diese Information verschaffen könne?

„Also im Hinblick auf diesen Brief da" – Carla, nachdem sie einen Moment meditiert und das Gehörte überdacht hatte – „wäre es (strenggenommen) gleichgültig, ob du oder ich ihn übergebe. Aber um dieses plötzlich liebenden Vaters willen" – ihren Becher Kräutertee vom Tisch nehmend, einen Schluck trinkend: als sie den Becher wieder abstellte, verzog sie schmerzlich das Gesicht, rieb sich die Hand. „Dieser verteufelte Knochen hier – nein, der andere – tut mir ewig weh – vom Schreiben wohl – wie heißt der noch? – ihr Medizinstudenten wißt sowas doch: habt alle Knöchelchen brav durchnumeriert und lernt sie auswendig, gleich mit der ersten Lektion – also wie heißt der noch": ihn ausdruckslos neugierig ansehend, ein Lachen anfügend. Es gab eine peinliche Stille, während der Claudio ‚die Leere seines Hirns' ermaß und sich dafür verwünschte, nicht von einem Politiker die Kunst erlernt zu haben, auf Fragen zu antworten, indem man sagt, was man weiß oder möchte, nicht, was das Gegenüber zu wissen begehrt.

„Handwurzelknochen!" – mit rauhem Auflachen Claudios konfuse Ausflucht abschneidend, daß Anatomie nicht zu seinem Stärken zähle. Und nach einem weiteren, für den Leutnant äußerst peinigenden Moment, nach einem neuerlichen Blick, der im Bewußtsein seines Objektes etwas ungemein Reduzierendes hatte: „Achtundzwanzig rote Rosen und zehn weiße Nelken, falls ich mich recht erinnere." – Leutnant Claudio, dem das Blut in die Wangen stieg, versuchte sich an einem verständnislosen Blick. „Standen hier mal auf dem Tisch, in dieser Küche – bis Mona sie in ihr Zimmer trug. Ist noch gar nicht lange her." – „So?" (schwach-dümmliches Lächeln, das in etwa besagen sollte: Dann hatte sie ja wohl einen Verehrer – er mußte es notgedrungen anfügen) „Ja" – Carla mit dem breiten Raubtierlachen einer Chefin, die den Praktikanten beim Lügen erwischt hat und ‚zappeln' läßt – „und einen, der sich mächtig ins Zeug legte. Ja" – ihm aufs Knie tippend – „du netter

Klaus-Cousin, so einen netten Cousin, der dickes Geld bringt – in bar – möchte ich auch mal haben. Das hätten wir nun geklärt" – sie hatten überhaupt nichts geklärt, aber Claudio, dem auf seinem Stuhl sehr unbehaglich war, hielt es für das Klügste, hierzu gehorsam zu nicken – „nun höre, wie sich die Sache von *meiner* Seite ausnimmt. Ich fände es ganz schön – wirklich ganz schön – im Sinne von angemessen –, wenn du diesen Umschlag da ein wenig öffnest und mir von den Kröten, die darin sind, auch ein paar zukommen läßt. In Anerkennung meiner Verdienste als Vermieterin, die hinterher aufräumt, renoviert und fegt. Ja, deine Süße – ich meine, deine süße Cousine hat sich ziemlich Hals über Kopf davongemacht, ohne mir das Geld zu zahlen, das mir zusteht, solange ich noch keine Nachfolgerin gefunden habe. Und ich bin anspruchsvoll, nehme nicht die erste beste. Ja, das hat sie schon öfter getan, so daß man's getrost ihre *Art* nennen kann, Verwicklungen zu lösen oder sich irgendwie aus der Affäre zu ziehen, auch wenn sie's nicht so weit gebracht hat wie Finn – Finn! –" mit einer Mischung aus Haß und Ekel ausgesprochen –, „der diese Kunst perfektioniert hat wie kein zweiter: sich davonmachen und die anderen den Kram erledigen lassen, ob's Schulden sind oder Zwist oder Berge von schmutzigem Geschirr. Als Gegenleistung mache ich mich erbötig, mich nach dem zu erkundigen, was du herausbringen möchtest. Daß es unauffällig geschehen muß, versteht sich, ich muß dazu ein wenig meine Verbindungen spielen lassen: was bedeutet, daß es nicht von heute auf morgen geschehen kann. Und ohne Garantie. Das Geld möchte ich aber jetzt – und zwar, wie ich sage, aus Angemessenheit. Es gehört sich nicht, es ist eine *zu* faule Sache, wenn Frauen Frauen ausnützen, betrügen, hintergehen. Du mußt dich also auf etwas einlassen, von dem du nicht weißt, was dabei herauskommt – denn es könnte auch eine Niete sein."
Leutnant Claudio ging mit dem Gefühl einer Totalniederlage fort: auch die konkrete Hoffnung, die er mitnahm und die ihm seltsam entwertet schien, änderte hieran nichts:

aber durch wen und was entwertet, durch ihn selbst und sein entlarvtes Manöver, durch die Zweifel am Sinn seines Tuns, die ihm in jener tristen, unansehnlichen Wohngemeinschaftsküche so nachdrücklich gekommen waren, hätte er nicht sagen mögen: es wandelte ihn ein Ekel an, auch nur darüber nachzudenken. Trotz ihrer Abmachung hielt er es jetzt, in seiner eigenen Einsamkeit, für äußerst zweifelhaft, ob überhaupt etwas dabei herausspringen würde. Eher schien es ihm ausgemacht – er machte sich innerlich bereit dazu –, daß noch eine Feindseligkeit von der anderen Seite erfolgen würde. Ein Einmal-Beschatteter sieht die Verfolgung bald überall, es ist eine Gedankensucht, der sich schwer widerstehen läßt, wenn man an Feinde glaubt, von ihnen *weiß*. Ich werde es seinlassen, gelobte er sich schließlich. Es wird nichts kommen und ich lasse es darauf beruhen. Lehrgeld für dich, alter Claudio – im buchstäblichen Sinne. Sie wollte und will es so, und ich habe mich damit einverstanden erklärt. Das, was ich bis jetzt getan habe, war schon verbotenes Terrain – beides. Selbst in unseren schönsten Momenten habe ich sie nicht dazu gebracht, mir zu sagen, daß sie mich liebe. Ich bildete mir ein, es in ihren Augen zu sehen – aber das heißt nur, daß ich es dort sehen wollte – nicht, daß es wirklich dort *war*. Zwar kommen mir derzeit alle Frauen, die ich auch nur sehe, fade bis zum Ekel vor, aber das muß eine verschobene Perspektive sein, die sich zurechtrücken wird, wenn man die Zeit für sich arbeiten läßt. Keiner von uns war bereit, das zu opfern, was bislang sein Leben ausgemacht hat: es wäre auch in der Folge nicht anders gewesen. Das heißt, wenn sie – oder vielmehr ich – – nein, auch dann nicht.

Nach diesem Vernunftsermon an wenn nicht das bessere, so doch das Selbst, das zu wägen und zu rechnen imstande war, ging Leutnant Claudio mit seiner disziplinierten Energie an die praktische Ausführung, besorgte sich weiterbildendes Material für sein Fach, suchte nach Kräften die Scharte bei Kurt, die sein Ausflug in verbotene Gefilde (er muß es so sehen, sagte sich Claudio) hinterlassen hatte, durch intensivierten Einsatz und Eifer für die ‚geheime Sache' – sie nannten ihr Anliegen niemals anders – wettzumachen, besuchte einmal mehr als notwendig war, seine Mutter, hörte sich ihre bis zum Exzeß wiederholten konfusen Klagen an, die alles umfaßten, was ihr in den Sinn kam, vom Wetter über die Ärzte bis zur Politik, ließ sich von seiner Schwester ärgern und ‚einsilbig bis zur Stupidität' schelten, irgendwelcher versteckten Neigungen verdächtigen, die in seiner Sphäre virulent seien (wie jeder wisse), weil er mit bald dreißig immer noch mit keiner Frau liiert sei – alles nach jenem vertrackten Gesetz, daß uns die Außenwelt, was auch die eigene Familie miteinschließt, mit Vorliebe dann zum Objekt ihrer sinnlosen Bosheit und ungerechtfertigten Anschuldigungen macht, wenn wir es am wenigsten vertragen, wenn unser Inneres wund ist und wir der Schonung bedurft hätten. Als er am späten Abend heimkehrte, zog er (es war ein Werktag) einen unscheinbaren grauen Briefumschlag aus dem Postkasten: ohne Absender, nur mit seiner Adresse versehen. Das Herz schlug ihm bis in den Hals, als er bei sich saß, den Brief in der Hand hielt und erneut von außen betrachtete. Wenn du klug wärst, riet ihm sein besseres Selbst, würdest du ihn umgehend verbrennen – ungeöffnet, versteht sich. Entweder kommt er von denen – oder von der Katze am Küchentisch mit ihrer Art, doppeltes Spiel zu spielen – in beiden Fällen enthält er etwas Böses, darauf wette. Ist eine Versuchung nicht etwas Böses? Und wer ist immer klug? – Ich kann das hier auch vernichten, nachdem ich es mir beschaut habe, sagte sich der Leutnant, riß das Papier auf und starrte auf ein paar in Druckbuchstaben geschriebene Worte nieder, auf ein paar Worte und eine Zahl, während das Blut in seinen Ohren zu sausen begann.

9.

Wie klar sah es Leutnant Claudios besseres Urteil und wie wenig half ihm dies. Gegen ein pochendes, ja rasendes Herz ist schlecht ankommen. Der Umschlag enthielt nichts als

einen mageren Zettel, von einem karierten Block abgerissen, wie man ihn für Küchennotizen zu benutzen pflegt, auf dem Carla einen Namen plus Straße und Hausnummer notiert hatte: und doch ist es keine abwegige Bezeichnung, ihn im Hinblick auf die Absichten, die darin verborgen lagen, ein Behältnis des Bösen zu nennen. Sie hatte ein gutes Gewissen dabei. Was Claudio – obschon es ihm theoretisch im Sinn war, nicht bedacht hatte, war, daß die Gerüchteküche niemals untätig ist, daß sie stets eher vergrößert als verkleinert und im ganzen ungenaue Arbeit mit viel Dunst und Feuer vereinigt. Jede Nachforschung, die Carla im Hinblick auf Monas Verbleib unternahm, barg die Gefahr, daß der wahre Grund ihres Verschwindens ans Licht kam, weil irgend etwas ,durchgesickert' war – und damit auch die wahre Identität des Medizinstudenten, den sie ihm schon von sich aus nicht hatte abkaufen wollen. Woher und von wem sie es hatte, ist gleichgültig – die Feministin zählte zwei und zwei zusammen, schlug von sich aus noch zwei drauf und fand es alles in allem eine gerechte Handlungsoption ihrerseits, den Delinquenten, diesen neofaschistischen Bösewicht, wie es im korrekten Jargon hieß, direkt in die Höhle des Löwen zu schicken – ohne Vorwarnung. Dort mag er sich nach Mona erkundigen, wenn er Mumm hat, oder zusehen, wie er sie zu fassen kriegt. Ich wünsche gutes Gelingen. Wir Frauen müssen auch sehen, daß wir auf unsere Kosten kommen. Das fällt sonst einfach zu beliebig oft unter den Tisch!
Löwenhöhle traf insoweit zu, als es die Zentrale selber war, was sie ihm als Monas neue Adresse genannt hatte: diese lag in einem der älteren Stadtviertel, auf halbem Weg zwischen Universität und Innenstadt, von der es nur durch einen großen Platz und eine umgürtende Straße getrennt war, umgeben von Antiquariaten, Kopierläden und jenen kleineren Geschäften, die sich in solchen zentrumsnahen, von ihm profitierenden und doch etwas ruhigeren Gegenden anzusiedeln pflegen; es war in dem Sinne keine hartherzige Lüge und Provokation, als es in der Parallelstraße rechter Hand, auf ungefähr derselben Höhe sogar, ein Haus gab, ein älterer

unscheinbarer Kastenbau aus den Fünfzigern, in dessen erstem Stock die Organisation eine kleine Wohnung angemietet hatte, um Mitglieder oder Gäste der Bewegung dort unterzubringen, wenn sie hier zu Besuch oder auf der Durchreise waren, und in die nun auf Betreiben Finns, der sich für seine alte Freundin ins Zeug gelegt hatte, unter mehrfacher Betonung des Wortes ‚vorübergehend‘ Mona hatte einziehen dürfen, um von dort aus ihr weiteres Fortkommen zu regeln. Denn es sei ihr selber klar, daß es sich nur um eine Übergangsstation handle, bis einigermaßen feststehe, wie und wo sie sich neu arrangieren und zum Nutzen der Bewegung neu engagieren bzw. ihre Kräfte einsetzen werde, hatte der Unermüdliche ebenso flüssig wie glattzüngig wie repetitiv zu versichern gewußt, und man hatte ihm unter Grollen und Munkeln, mit zweifelnden Mienen zudem, schließlich nachgegeben. Wer, wenn auch äußerlich beherrscht und etwas sphinxenhaft freundlich – dies, die Sphinx, konnte und wollte sie aus Gründen des Stolzes nicht ganz verbergen – sich am wenigsten mit diesem Interim abfinden konnte, war Mona selbst, die diese ‚absolute Demontage ihrer Souveränität‘ nach Art aller Frauen, die gewohnt sind, zu tun, wozu sie Neigung haben, äußerst übelnahm und heftig verargte und nur noch nicht recht wußte, wem. Wäre es nach ihrem Stolz allein gegangen – der sich, wie üblich, weitgehend mit ihren Wünschen deckte –, so hätte sie selbst diese Gefälligkeitsmaskerade verschmäht, zu der ihr nicht zuletzt Finn sehr nachdrücklich geraten hatte – du kannst immer noch tun, was du willst, Mona, aber die andern haben *auch* Rechte – und wäre mit unbekanntem Ziel aufgebrochen, wie es ihr, einem vernachlässigten Kind, stets als Glück und Verlockung zugleich erschienen war: wo ich mich wohl fühle, dort lasse ich mich nieder, exakt so lange, wie es mir gefällt; anstatt Leuten, deren latentes Mißtrauen sie spürte, in deren Augen sie jetzt gelegentlich eine gewisse fragende Kälte wahrzunehmen glaubte, ‚und die überhaupt nur um Finns willen bereit sind, mich noch zu dulden, eine bekehrte Sünderin vorspielen zu müssen. Das ist nicht mein Fach, ich sündige lieber ausdrücklich und mit Vergnügen, ohne mir Gedanken um die Folgen machen zu müssen. Wenn das leidige Geld nicht wäre – was glaubt ihr, wo *ich* wohl schon wäre!'

Sie stellte mit einem gewissen Erstaunen fest, daß ihr natürliches Rebellentum durch diese nicht so sehr erneuerte als erzwungene oder zumindest: ebensosehr erneuerte wie erzwungene Nähe zu denen, die sie Claudio gegenüber stets als ,ihre Leute' bezeichnet hatte, eher im Anwachsen als im Schwinden begriffen war, und daß sie, während sie sich von ihnen entfernte und sie scheinbar verneinte (Mona weigerte sich nach wie vor, es Verrat zu nennen) treuer gewesen war, weil sie nach wie vor an sie glaubte und sie hochhielt, als jetzt, da sie durch den Zwang, den sie sich zum Teil selbst antun mußte und dem sie sich gleichzeitig ausgesetzt sah, gereizt und erbittert, in ihrem Innern ebenso heftig wie lautlos zu kritisieren begonnen hatte. Dieses Selbstlob! Diese Engstirnigkeit! Dieses fanatische Beharren auf Zielen, denen alles unterzuordnen sei – ohne deren Anvisieren der Planet, die ganze Menschheit dem Untergang geweiht war. Die Geringschätzung und Verachtung all derer – die Feindschaft gegen sie sogar –, die sich nicht zu denselben Zielen bekannten und mit allen Kräften an ihrer Verwirklichung arbeiten wollten. Die von Zwangsbeglückung sprachen, wo man mit Überzeugung (womit sie Überredung) meinten, nicht weiterkomme, von der temporären Aushebelung demokratischer Prinzipien, wenn sie sich als dem allgemeinen Wohl als nicht förderlich erwiesen, und die man ja nachher, wenn man seine große Reform und allgemeine Umwertung durchgezogen habe, wieder einsetzen könne – zu irgendeinem nebelhaften Zeitpunkt und falls es dann überhaupt noch notwendig und erwünscht sei: in der von ihnen anvisierten Großen Weltgemeinschaft und Menschheitsfamilie, in der man einander brüderlich und schwesterlich liebte, sich wertschätzte und respektierte, in der man alles freiwillig hergab, sich zugestand und tauschte, was man brauchte, anstatt es sich in zähem und mühevollen Ringen wechselseitig abzuhandeln, immer schön mit Mehrheitsvotum und unter Androhung von staatlicher Gewalt: die man doch so gerne los wäre, als Relikt des Einstigen endgültig hinter sich zu lassen träumte. Wozu Demokratie, die ein so profundes Mißtrauen gegenüber dem Menschen und seiner unaustilgbaren Neigung zum Machtmißbrauch miteinschloß, wenn man sie nicht mehr benötigte, wenn die neue Menschheit, an deren Heraufkommen man arbeitete, von sich aus genug Einsicht, Vernunft, Weisheit und Liebe besaß, um freiwillig auf ,Zwangsstimmrechte' zu verzichten? Mit solchen Visionen konnte man – ohne die mindesten Gewissensskrupel – das demokratische Votum sehr wohl dazu benutzen, seligen Angesichts seine eigene Abschaffung zu betreiben, um etwas Besseres und Nobleres an seine Stelle zu setzen – wie denn nicht? Daß diese törichten und verstiegenen Einbildungen nicht als solche erkannt, sondern in den Unterorganisationen der Bewegung kursierten, dort aufgenommen, bedacht und besprochen wurden, daß sie bei einer hereinströmenden Jugend damit auf offene Ohren und kritiklose Zustimmung stießen, rief bei Mona, nachdem sie, was immer sich davon in den letzten Jahren herangebildet, allenfalls mit Gleichmut betrachtet hatte, als die Überspitzung einer Idee, die als solche groß und wirkungsmächtig war, nun, mit ihren durch die jüngsten Ereignisse geschärften Augen, zornigen Widerwillen hervor, der durch den Ärger über unbezahlte Dienste, die von ihr verlangt wurden, wuchs. Ihr seid nicht besser als Claudio, sagte sie sich gelegentlich, die Lippen aufeinanderbeißend, – auch wenn ihr euch das gerne einbilden wollt! –

In diese brisante Gemengelage fiel Claudios erneutes Erscheinen: und es heißt keineswegs eine unerlaubte Übertreibung, wenn man feststellt, daß sie nach Art eines Brandbeschleunigers wirkte. Er war klug genug gewesen, dem Behältnis des Bösen nicht blindlings auf den Leim zu gehen: er hatte nachgeforscht, was das für eine Adresse sei, wo sie lag, was es dort gab, er hatte das auf gültigen und aktuellen Karten nachgesehen, worauf ihm die bewußte Zentrale unmißverständlich in die Augen stach, ohne daß er hierüber zu einem Entschluß kommen konnte. Daß ihn die feministische Kratzbürste – ihm sehr gründlich unsympathisch und nun, nach dieser Entdeckung noch mehr – ausgetrickst hatte, lag auf der Hand – aber ließ sich daraus, wenn man es abwägend betrachtete, nicht doch irgendein noch so geringer, aber hintergründiger Vorteil ziehen? Sein Zustand schwankte zwischen dem eines Mannes, der nichts mehr zu verlieren zu haben glaubt und folglich in seinen Handlungen frei ist – nur worauf sich diese Freiheit eigentlich erstreckte, war ihm nicht ganz klar: auf die Liebe allein, auf sein weiteres Leben, was doch nicht dasselbe sein konnte? – und der törichten, irrwitzigen Hoffnung, es könne ihm doch noch gelingen, Mona zum Einlenken, d. h. zum Abfall zu bewegen. Das waren zwei Dinge, die sich nicht gut zusammenbringen ließen: seine Vernunft sah es ein, aber seine Gefühle verweigerten die Gefolgschaft, wollten sich nicht befrieden lassen. Alles, was geschehen war, war mit dem Makel der Wert- und Sinnlosigkeit behaftet: es konnte keine liebreiche oder wehmütige Erinnerung werden, es war nur ein flaues Impromptu, das man den Umständen abgetrotzt hatte, ohne Zusammenhang mit dem Großen Menschlichen, der es hätte reinwaschen und wiederherstellen können; es blieb der abgewürgte Versuch einer im Halben steckengebliebenen Annäherung, blindes Überbleibsel eines Geschehnisses, das nur zwei Leute anging und sonst niemanden, für sich fast ohne Bedeutung, einer von den unzähligen Zwischenfällen, Zufällen, Ereignissen, Halb- und Viertelgeschichten, von denen der Erdball voll ist und die wieder ins Feuer müssen, weil sie in sehr buchstäblichem Sinne nichts geworden sind, weil kein nobler und ausdauernder Wille sich ihrer angenommen hat. Allein sich dies einzugestehen war mit einem Gefühl tiefer Erniedrigung und Demütigung verbunden, das ihn nochmals mit den Tränen kämpfen ließ. Doch waren es, trotz ihrer Heftigkeit, nicht diese Gefühle, was ihn schließlich zum Handeln veranlaßte, sondern der Zorn, der immer ein guter Antriebsgeber ist, wenn die anderen Gefühlsquellen versagen oder in ihrer Beschaffenheit schwanken: der Zorn darüber, *wie* das Ganze zu diesem jähen Abbruch gekommen war, die Unfreiwilligkeit, die ihm innewohnte und die in seinen Augen auch nicht der stattgehabte erotische Triumph tilgen konnte. Es gab immer noch die Briefe, die Denunziation, die Schmähung und den aufgestochenen Reifen. Ihr habt jemanden auf unser Territorium entsandt, sagte sich der finstere Stolz, sich nicht daran störend, während er seinen verbissenen Entschluß nährte, daß dies eine sehr ‚kleinzeilige‘ Version der Wahrheit war: überdies konnte er mit Recht hinzufügen, daß die wahren Wünsche derer vom anderen Lager, was immer die leichtfertige Mona bezweckt hatte, um ein Vielfaches in den Schatten gestellt haben würden, – jetzt ist es nur recht und billig, daß wir euch Contra geben: und sei es durch die sichtbare Verachtung eurer Existenz! Du handelst gegen ihren Willen, gab ihm sein besseres Ich zu bedenken. Das *war* nicht ihr Wille, argumentierte Claudio – sondern etwas anderes. Womöglich kennt sie ihren wirklichen Willen überhaupt nicht – wie soll das möglich sein, wenn man immer nur nach Lust und Neigung handelt. Vielleicht lernt sie ihn durch *mich* kennen. Weil ich dazu berufen bin!

Trotz aller kühnen Ansagen, zu denen man sich einen trotzigen Mut, den das Leben uns versagen will, herbeiargumentieren muß, wie es noch stets alle Kämpfer und Siegernaturen getan haben – wie nahm sich dieser verkrampfte Halb-Heroismus in der Praxis aus, falls er nicht direkt darin bestehen sollte, geradewegs in die Zentrale zu marschieren und dort mit soldatenmäßiger Emphase auf der Herausgabe Monas zu bestehen, zumindest auf der Preisgabe ihres Aufenthaltes?

Daß man es, seine hitzigen Wünsche bezähmend, ein wenig klug anfangen mußte, damit bei diesem Wagnis, das womöglich die einzige Chance barg, sie überhaupt noch einmal zu sehen, etwas heraussprang, war ihm nur zu deutlich, sein Verstand mühte sich ab, eine Lösung zu finden: freilich lief alle Denkarbeit darauf hinaus, zu unterscheiden, ob er mit oder ohne Deckung hingehen sollte und wie nach Lage der Dinge diese Deckung überhaupt beschaffen sein konnte? Wenn sie mich im Programmkino erkannt und gemeldet haben – wie denn nicht dort, in der Zentrale selbst? Und wenn ich Kurt hinschicke? Nicht so sehr die Frage selbst, sondern daß sie ihm überhaupt einfiel, stürzte ihn in einen tieferen Denkabgrund als alles Bisherige. Das Ausmaß, in dem diese Geschehnisse sein Denken zu beherrschen begonnen hatten, wurde ihm bewußt. In Wahrheit waren diese Dinge ja gar nicht vereinbar, nur sein verblendeter Wille stellte sie ihm so dar: sobald eine unerwartete Einsicht hineinblitzte, geriet er in bitteres Straucheln und erschrak über sich selbst – über die Selbstverständlichkeit, mit der er offenbar alles Bisherige, was bis dahin sein Leben erfüllt und ausgemacht – bis in den verborgensten und geheimsten Teil davon ausgemacht hatte, zu riskieren bereit schien, so daß es jetzt bis auf ein Weniges – es fehlte nicht mehr viel, nicht so sehr, weil es dies tatsächlich nicht tat, denn seine Ansichten und Ideale waren, nach Claudios Sicht, unverändert, sondern weil man es von außen so sehen konnte – Kameradschaft und Freundschaft gegen Liebe stand – und welch verzerrter Abglanz von Liebe zudem, von dem man sich billigerweise fragen konnte, ob etwas daran den Verlust auf der Gegenseite aufwog. Kurt ist mein Freund, sagte sich Claudio, und wenn ihm hierfür auch das Verständnis abgeht, weil er kühl ist und über die Liebe die Achseln zuckt, so hält er doch sein Wort und deckt mich. Aber in andern Augen könnte es wie Verrat aussehen. Ist es nicht schon welcher – bei Leuten, die nur das Entweder-Oder kennen? Selbst Kurt denkt so, auch wenn er's mir nicht sagt.

Wie ließen sich diese lähmenden Gedanken abwürgen wenn nicht durch den Entschluß, lieber das Unmögliche als gar nichts zu tun? Es war also weniger überraschend als zwingend, wenn das Auge der beiden Sub-Chefs von H., Pia und Georg, verdienstvolle und tatkräftige Leute von hohem Ethos und Engagement, die sich die Bezirksarbeit teilten, über viel politische Erfahrung verfügten und ,die Sache' so ernst nahmen wie alle, die sich mit Haut und Haar einer Ideologie verschrieben haben, bei einer der nächsten öffentlichen Veranstaltungen, einem jener Informationsabende, auf denen um neue Mitglieder und Förderer geworben wurde, auf einen dunkelhaarigen jungen Mann fiel, der, ohne daß man ihn vorher bemerkt oder gesehen hätte, woher er gekommen war, in einer Ecke plötzlich mit Mona sprach, die beim Kaffee- und Weinausschank geholfen und eine Weile lang nichts zu tun hatte, und deren gefrorene Miene, an der nur die Augen zornig funkelten, um einige entscheidende Sekunden zu spät aus ihrem Blickfeld gedreht wurde; wenig später verließ der junge Mann den Raum, kurz nach ihm Mona, um nach einer Viertelstunde, mit derselben starren Miene wie zuvor, wiederzukehren; sie sprach danach mit niemandem und verschwand noch vor Ende der Veranstaltung. –

Was folgte, war etwas, was die beiden Sub-Chefs in ihrer bevorzugten Sprechweise als ‚wohlwollendes Ultimatum' betitelten, zu dessen sachlicher Unerbittlichkeit sie sich umso berechtigter fühlen konnten, als Finn nicht zugegen war, der ‚immer noch etwas zugunsten Monas hätte drehen können': es wird Zeit, daß Finn verschwindet, war eine unausgesprochene Abmachung zwischen ihnen, – während diejenige, die seine Ursache bildete, es kurz und spitz als Verhör bezeichnete und mit entsprechend viel funkelndwachsamer Kampfeslust quittierte. Es fand in Monas derzeitiger Wohnung statt, die sie ja nur von Gnaden der Bewegung hatte beziehen dürfen, so daß sich dort heimisch zu machen einen durch nichts zu rechtfertigenden Optimismus bedeutet hätte, an den Mona selbst keine Gedankenkraft vergeudete: das Verhältnis, von Anfang an prekär und durchwachsen, war aufgekündigt, sie wußte es, noch ehe die drei sich am Küchentisch gegenübersaßen. „Wenn du nicht bereit bist, zu sagen, was er von dir wollte, sind wir hier durch, Mona." Monas höhnisches Konter: Ob es nicht reichlich lächerlich wäre, zu wähnen, sie hätten die Stirn, vor aller Augen geheime Absprachen zu treffen oder sogenannte

Geheimnisse auszuplaudern: wie töricht könne man sein, um das anzunehmen? – Dann habe sie ja erst recht keinen Grund, es ihnen zu verweigern. – Doch – Mona finster – da es etwas Privates sei, über das Auskunft zu geben sie nichts und niemand zwingen könne. „Wir müssen dich noch einmal darauf hinweisen, daß du selbst es so gewollt hast, Mona, da du nicht zu kooperieren bereit bist. Was weißt du über ihn, das du uns mitteilen könntest. Du kannst dich nur reinwaschen, indem du uns ins Vertrauen ziehst. Weigerst du dich, so weißt du selbst, was die Konsequenzen sind. Diese Bude hier wird benötigt – pack deine Koffer!" – Was war es denn gewesen, worin hatte er bestanden, dieser so kurze wie intensive Austausch, mit weniger als halblauten Stimmen und abgewandten Gesichtern vollzogen, deren Bedeutsamkeit selbst Monas Zorn nicht verleugnen konnte – verleugnen nicht vor den anderen, aber vor sich selbst – in welchen banal-alltäglichen Worten fand er statt, die die Gefühle, denen sie Ausdruck gaben, mit vibrierender Energie aufluden?

„Wie kannst du es wagen" – von Mona, in deren Augen dasselbe tödliche Feuer aufglomm, das sie Finn einst zugewandt hatte: aber diesmal war Absicht dahinter, was es damals nicht war, Absicht, die etwas verbergen und niederhalten mußte. Sie hatte damit gerechnet, daß er kommen, sie wiederfinden würde, und selbst das war noch zu wenig ausgedrückt: da ihr selber schien, als ob sie darauf gewartet hätte, als könnte sie sich zu nichts Definitivem entschließen, ehe es nicht geschehen war. Mit einer plötzlichen Hellsicht, wie sie auch diejenigen ergreift, die sich ihren eigenen inneren Vorgängen gegenüber blind zu stellen vermögen, hatte sie begriffen, daß man begonnene Dinge nicht immer beenden kann, wie man eine Tür zuschlägt und einen Raum abschließt: das Gewesene, wenn es nicht erlöst worden ist, quillt durch die Ritzen und schleicht sich in die Gegenwart zurück: und daß jeder Glaube, man könne nach Belieben und rein nach eigenen Regeln damit umspringen, zu zündeln und mit Explosivstoffen hantieren bedeuten kann. Und zeigte seine Antwort in ihrer Kürze und Entschiedenheit nicht, die sich nicht nur auf das Buchstäbliche, sondern auch auf das Verborgene bezog, daß er all dies erriet, daß es ihm so gegenwärtig war wie ihr? *„Du weißt, warum ich es wage"* – waren Claudios Worte – „komm nach draußen und laß uns dort sprechen, wenn du nicht willst, daß ich nach vorn gehe, mich vorstelle und bleibe, bis man mich von hier fortholt!"

Gewiß hatte das ganze Vorgehen einen fast prononciert soldatischen Anstrich, der kühn und unvermittelt auf sein Ziel losgeht, ohne Listen und Umschweife, die Claudio, zumal in dem Zustand, in dem er sich jetzt befand, unwürdig vorgekommen wären. Gab ihm der Erfolg nicht recht – freilich nur der temporäre? Sie mußte ihm willfahren, schon um ihn aus der Lokalität zu entfernen, um zu verhindern, daß sein Erscheinen, seine Gegenwart noch mehr Unheil anrichtete, als schon jetzt fast unumgänglich war. Was sich draußen, in einem unbeobachteten Winkel zwischen zwei vorspringenden Ladeneingängen abspielte, war derselbe Dialog wie zuvor, in bitteren, zum Teil leidenschaftlichen Varianten intoniert, die zeigten, daß jede Seite sich auf das Äußerste eingeschworen hatte. Das Ungewöhnliche daran waren die verschobenen Perspektiven, die sich in etwas krampfhaftem, aber doch, auf Claudios Seite ehrlichem Empfinden – zumindest glaubten beide sie sich selbst – an einer historischen Rechtfertigung versuchten, die den Fehler aller ihrer Vorgänger hatte, ein reales und gegenwärtiges Dilemma durch Theorie zurechtrücken zu wollen.

„Du willst mir also mit deinem Kommen beweisen, daß du ein Lügner und ein Unwürdiger bist" – von Mona, im Ton abgrundtiefer Verachtung, zu der sie sich keine besondere Mühe geben mußte: es sprudelte nur so aus ihr heraus. Claudio, etwas erbleichend unter diesem Anwurf, hielt sich aufrecht, als er ihr entgegenwarf: „Es ist nicht an dir, darüber zu befinden. Man kann einen Vertrag nicht mehr brechen, der bereits aufgekündigt ist. Ich bin, was dich anbelangt, an nichts mehr gebunden, du selbst hast dafür ge-

sorgt." – „Und welchen Gebrauch" – ihm entgegenge-
schleudert, mit blitzenden Augen, während sich der so Beschuldigte zur Gegenwehr bereitmachte – „machst du nun
davon, außer dem, mich in uferlose Schwierigkeiten zu
bringen, wie du es stets getan hast – von Anfang an!" „Von
Anfang an! Ich habe stark den Eindruck, als ob der Schaden
bislang auf meiner Seite ist. Drohbriefe, Bezichtigungen,
aufgestochene Reifen: ich kann das auf mich nehmen und
noch anderes: ich würde mich selbst verachten, wenn so
etwas mich davon abhielte, nach dir zu sehen, wenn ich es
will, wenn es mich danach verlangt –" „Nach mir" – „Ja:
*nach* dir und nicht nur: *dich.* Du bist mir noch eine Antwort
schuldig, Mona – nämlich, warum du so versessen darauf
bist, in ein Gehäuse zurück zu kriechen, das – sogar nach
deinem eigenen Empfinden – zu eng für dich geworden ist.
Durch diesen Schritt, den du getan hast – nein, bleib hier
(ihr Handgelenk ergreifend) – du darfst dir das, was ich
sagen will, bis zum Ende anhören – mit mir – hast du's be-
wiesen, gleichviel, wie sehr du es jetzt bestreiten oder als
Zufallslaune hinstellen willst. Was war das für ein Manko,
das du bei uns auffüllen mußtest, da der Artikel bei euch als
verbrecherisch und gemeinschaftsschädlich gilt. Lächle nur
höhnisch, du kannst, was gewesen ist, nicht aus der Welt
schaffen. Was glaubst du, wo für jemand wie dich noch
Platz sein wird, wenn die da" – mit unaussprechlich verach-
tender Geste Richtung Zentrale weisend – „mit ihrem Zu-
kunftsparadies Ernst machen: Haft, Umerziehung, Zwangs-
arbeit, such's dir aus – *Die* wären die ersten, denen der
Zweck nicht die Mittel heiligen würde." „Soso" – Mona mit
kalter Miene, sich rückwärts gegen die Mauer lehnend –
„solche Gedanken machst du dir also, Claudio, da du nichts
mehr zu gewinnen hast –" „Ich habe sie mir schon vorher
gemacht – lange ehe wir voneinander wußten. Es ist nicht
meine Schuld, daß du – –"
Er brach ab, in dasselbe Stocken geratend, das sämtlichen
Austausch mit ihr wenn nicht bedroht, so doch beeinträchtigt hatte: immer war da eine Schranke gewesen, die das,

was sagbar, von dem trennte, was unter keinen Umständen zu sagen war. Falls sie es bemerkt hatte – denn sie konnte, wie alle Frauen, noch die winzigste Regung deuten, in Blitzesschnelle zudem –, so zuckte sie in zornigem Gleichmut die Achseln darüber. „Wie die Welt aussehen würde, wenn deine Gesinnungsgenossen, deren Existenz und Umtriebe du mir diskreterweise verschwiegen hast, wieder einmal freies Spiel hätten, das zeigt die Geschichte, und es gibt noch genügend gegenwärtige Beispiele. Wenn du immer noch daran glauben willst, trotz aller Worte, die du mir ins Ohr gesprochen hast, als – –, so ist das eine törichte Verblendung, die ich um deinetwillen bedauere, nicht weil irgend etwas daran noch mich betreffen kann. Und nur deshalb – und nicht, um dir irgend etwas über mich mitzuteilen, das dich nichts mehr angehen kann – bin ich mit dir hier nach draußen gekommen, was sich unter allen sonstigen Aspekten schwer rechtfertigen läßt. Weil irgend jemand es dir einmal sagen mußte." Mit einer Stimme, die etwas von der Intimität beschwor, die sie miteinander gekannt hatten und die Frauen von Monas Naturell, die ihr Herz niemals völlig aus den Händen geben, keine Skrupel haben zu ihren Absichten einzusetzen, wenn sie eine Notwendigkeit dazu sehen: „Mach dich frei davon – aber nicht um meinetwillen, sondern weil es in sich nichts taugt, weil die Geschichte es verworfen hat und du alle guten Menschen gegen dich haben wirst: und weil man für so etwas sein Leben nicht vergeuden soll."

Eine bittere Woge hatte den Leutnant überschwemmt, als er bei ihr stand und dies in düsterem Schweigen anhörte – schweigend, weil es ebensogut sehr viel wie – nichts gab, was sich nach seinem Dafürhalten dazu sagen ließ; nun aber brach sich ein Gefühl der erlittenen Ungerechtigkeit und Empörung Bahn, die immer der Zunge Worte verleihen, oftmals treffende. „So! Du redest da von Menschenpflichten, vom Höheren und Besseren, über das euresgleichen zu befinden hat. Es ist doch sonderbar, daß es weniger wert sein soll, wenn ich aus Liebe täte, was du verlangst, anstatt rein um meinetwillen – denn es könnte der reine Egoismus sein: weil man seine Karriere heute mit anderen Mitteln befördert, das sehe ich wohl – während du um meinetwillen zu keinerlei Konzessionen bereit bist, schon gar solchen, die deine Freunde und ihre hehren Ziele angetastet hätten. Ihr beruft euch auf die Geschichte: das hält offenbar davon ab, sie auch zu *kennen* – sonst müßt euch eine Wahrheit aufgegangen sein, die jedem, der auch nur ein Buch über diese Zeit aufschlägt, sofort ins Auge sticht. Die von einst, deren Wiedergänger ihr austreten und austilgen möchtet, wo ihr sie auch nur vermutet, nannten sich National*sozialisten* und so war ihr Programm, und dies, der Zwangsbeglückungsfaktor zieht sich über das ostdeutsche Intervall wie ein roter Faden bis zu *euch*. Denn mit Hedonisten und einer Handvoll Märtyrern schafft man weder einen Staat noch eine Zukunft. Im übrigen sucht man sich seine Ideale nicht aus, sondern man wird von ihnen ergriffen und macht sie sich zu eigen, wie sehr man auch dafür bespuckt wird. Das interessiert dich nicht, da ja ohnehin dein Urteil über uns feststand und du uns für Dummköpfe, Maulhelden und Fasler hältst, die davon träumen, die deutschen Orden wiederzubeleben und den Lauf der Geschichte zu korrigieren. Du warst mit Geld und Geschenken zufrieden und wirst es auch weiterhin sein, auch wenn ich fürchte, daß du dir einen reichen Gönner wirst suchen müssen, du *Metze*" – mit diesem alten Wort auf den Lippen, für das ihn sein Herz anklagte, und einem Blick voll zorniger Verachtung ging der verschmähte Liebende fort, in der niederschmetternden Erkenntnis – seine Gefühle wollten ihm einfach nichts anderes zurückmelden – seine Sache verloren zu wissen. Ein verzweifelter Haß, der ihn gleichsam von ihr fortriß, ließ ihn vorerst nur dunkel ahnen oder allmählich in sein Bewußtsein treten, daß er mit seinen letzten Worten, so allgemein sie gefaßt gewesen sein mochten, in gewisser Hinsicht wenigstens ein halbes Geständnis abgelegt hatte: aber da er ihr, soviel hatte er ihrer Miene, ihren Augen, ihrem Verhalten entnommen, offenbar auf keine Weise mehr akzeptabel war, ob mit rei-

ner Seele – sofern ein Soldat eine reine Seele haben kann –
oder mit besudelter: was machte es für einen Unterschied?
*Keinen*, sagte sich Claudio und biß die Zähne zusammen. –
Und Mona? Sie hatte ihm nicht nachgeblickt, aber im
Schutz der Hausmauer noch eine hastige, sehr hastige Ziga-
rette rauchen müssen, halb um sich zu stählen für das, was
sie voraussah, halb um den nötigen Gleichmut auf ihrer
Miene verkörpern zu können, der bei ihr eine Sache des
Stolzes und der Selbstachtung war, denn sie wußte sich
nunmehr so zwischen den Stühlen, daß irgendein wildes
Lachen in ihr über diese ,schicksalhafte Verkettung von
Blödsinnigkeiten‘ abwechselte mit fieberhaften Denkanfäl-
len, ob und wie, durch welche kunstvollen Manöver sie ihren Hals doch noch aus der Schlinge würde ziehen können:
nur daß sie in Pias und Georgs Augen, als sie in die Zentrale
zurückkehrte, keinen Anreiz dazu fand; erst recht nicht, als
sie ihr über den Tisch hinweg mit befremdet-strengen Mienen entgegenblickten, was Mona wiederum mit heimlicher
Lachlust erfüllte, die erst dann wich, als sie ihnen ihre kom-
plette Weigerung, etwas über den Verlauf und den Inhalt
der Unterredung, die sie ja nicht ohne Grund und Recht
vermuteten, verdeutlichen mußte. Ein schönes Renkontre,
um dafür von seinen einstigen Freunden zu hören: Pack
deine Koffer! Wir wollen dich hier nicht mehr. Vielleicht
hat man in Berlin noch etwas für dich, wenn Finn sich ins
Zeug legt – aber wo er überhaupt sei? Wenn er zurück-
komme, werde man mit ihm über diese Sache reden müssen: aber ob Mona dies überhaupt noch für wünschenswert
halte? –
Eine knappe Woche nach diesem letzten Versuch einer Verständigung, dem das Scheitern zu deutlich bestimmt gewesen war, erhielt Leutnant Claudio einen unauffälligen Brief,
den er erst zwei Tage nach seinem Eintreffen öffnete, weil
er ihn für eine weitere Schmäh- oder Drohsendung hielt. Es
war nur ein einziges Blatt, auf welchem in Monas Schrift
folgende Worte standen: Sie sind auf deiner Spur und damit
meine ich nicht die unsrigen. Bedenke, was ich dir gesagt

308

habe und handle danach. – Und warum, sagte sich Claudio bitter, während er auf den Zettel niedersah, den er zerknüllt, glattgestrichen hatte und nun noch einmal zerknüllte, bis eine feste kleine Kugel daraus wurde, die ihm seinen Entschluß versinnbildlichte – warum sollte ich das tun, welchen Anreiz habe ich dazu, nachdem du mich hast fallenlassen, als wäre ich nicht mehr wert als das hier – die Kugel in hohem Bogen hinter sich werfend, seine dunklen Brauen verzogen sich finster dabei, sein Gesicht entstellend, das, wie nicht nur seine Schwester, sondern auch Mona ihm bescheinigt hatte, eigentlich ein offenes, auf seine Weise ansprechendes Gesicht war, dem man das, was sein Besitzer im Herzen verborgen hielt, weder ansah noch eigentlich zutrauen: ja, für eine sonderbare launische Verkehrtheit halten wollte, ohne Grund und Not, und doch gab es diese Gedanken darin, die man ‚nur seinesgleichen, nur denen mitteilen kann, die sie teilen und verstehen'. – Daß eure Sache obenauf steht, während man uns verfolgt und belauert? Das kann auch wieder anders sein, irgendwann senkt sich die Waagschale wieder und dann sind wir unten und ihr oben und werdet wie Spreu fortgepustet und dürft euch für diese friedliche Lösung noch bedanken! Man sucht sich seine Ideale nicht aus, man kauft sie nicht ein wie etwas x-Beliebiges, man wechselt sie nicht, nur weil der Zeitenwind anders weht – sondern man wird von ihnen ergriffen und muß ihnen fortan dienen durch dick und dünn. Dies ist mein letztes Wort. Durch dick und dünn!

## 10.

„Claudio Ardant", sagte der Vorsitzende Richter, ein Hüne in Menschengestalt, dem eine runde goldene Brille, eine rosige Gesichtsfarbe und eine Grundsolidität, die seine Massigkeit ausstrahlte, eine die Strenge seines Amtes wohltuend herabmildernde Gemütlichkeit verlieh: während er von der Seite eine bestürzende Ähnlichkeit mit den Figuren von George Grosz aufwies; eine Tücke der Dreidimensionalität, die ihm, da niemand ihm etwas anderes als ein äußerst lauteres Gebaren und streng-korrekte Gesinnungen attestieren konnte, gleichsam von der Seite ins Handwerk pfuschen wollte: gleichwohl sieht ein Angeklagter in den entscheidenden Momenten seiner Verhandlung den Richter immer von vorn – „Sie stehen hier vor Gericht wegen Verstoßes gegen das Kriegswaffengesetz, wegen einer Morddrohung gegen Ihre einstige Geliebte, der Sie, als die Polizei, der Sie den Zutritt zu Ihrer Wohnung verweigert haben, sich gewaltsam Einlaß verschaffen mußte, mit einer geladenen Pistole in der Hand gegenübergestanden haben, und weil, zum dritten, die Staatsanwaltschaft es aufgrund der bei Ihnen vorgefundenen Beweisstücke als erwiesen ansieht, daß Sie an der Vorbereitung einer schweren, staatsgefährdenden Gewalttat mittelbar oder unmittelbar beteiligt gewesen sind oder diese in eigener Person auszuführen geplant haben. Bislang haben Sie zu keinem dieser Punkte eine schlüssige Erklärung abliefern können geschweige denn eine, die das Gericht oder die Staatsanwaltschaft zu Ihren Gunsten hätte beeinflussen können bzw. von Ihrer Unschuld überzeugt hätte. Vielmehr erwecken Sie den Eindruck eines Menschen, der sich der Rechenschaft, die er der Gesellschaft schuldig ist, durch Finten, Volten und Ausweichmanöver zu entziehen versucht. Ihre nationalistischen und extremen Gesinnungen sind bekannt; auch wenn Sie einzelne Punkte zu revidieren oder anders darzustellen versucht haben, als es die Anklage tut, so entsprechen sie doch einer Weltanschauung, die von der Weltgemeinschaft als völkerrechtswidrig und inhuman eingestuft worden ist, die auf angemaßtem, durch nichts gerechtfertigten Überlegenheitswillen fußt, die die Menschheit nach Herren und Sklaven, Unterworfenen und Beherrschern aufteilt und dieses Vorgehen ausdrücklich bejaht. Im besten Fall kann ich, was Sie bisher vor Gericht geäußert haben, als unklar und verworren bezeichnen: als eine Methode, die Wahrheitsfindung, zu der wir uns alle hier eingefunden haben und der wir verpflichtet sind, zu unterbinden und zu hintertreiben. Was an schriftlichen Zeugnissen von Ihrer Hand existiert, spricht eine andere Sprache, ebenso mehrere Zeugenaussagen. Sie haben bislang, gegen die Empfehlung Ihres Rechtsbeistandes, von Ihrem Recht Gebrauch gemacht, sich selbst zu verteidigen. Wenn wir Sie heute, am … Verhandlungstag, erneut zu den einzelnen Punkten befragen, mache ich Sie vorab darauf aufmerksam, daß ich im Hinblick auf Ihre Antworten nichts dulden werde, was den von unserer Gesellschaftsordnung vertretenen Werten widerspricht, diese besudelt, herabzieht oder in unzumutbarer Weise in Frage stellt. Ich erteile jetzt dem Herrn Staatsanwalt das Wort …"

An dieser Ansprache, die hier in etwas gedrängter, abgekürzter Form dargeboten wird, war neben ihrem Gehalt vor allem der eine Umstand bemerkenswert, daß sie, mit leichten Abwandlungen, zum wiederholten Mal erfolgte: Stand zu erwarten, daß der Angeklagte, der auf seinem Stuhl, die Arme auf den Tisch gelegt, dem Sprecher in gerader Linie gegenübersaß, sich von dieser Strategie allmählich mürbe machen ließ – zumal, wenn man bedachte, was dahinter stand: der ganze Staatsapparat, die mitleidlose Maschinerie, die hier in Bewegung geraten war, ihr Objekt ergriffen hatte und zwischen ihre Mühlen nahm, um aller Welt und nicht zuletzt sich selbst zu demonstrieren, daß man mit derlei Dingen nicht zu scherzen pflegte? Was unterschied den jungen Mann, der sich in der Untersuchungshaft einen rötlichen Bart hatte wachsen lassen – unzweifelhaft der Bedeckung halber, da solch ein Bart die Gemütsregungen, wie sie sich in der Miene widerspiegeln, zu verschleiern pflegt allein dadurch, daß er die Aufmerksamkeit auf sich zieht – und der den Ausführungen seines doppeltgesichtigen Richters mit unbewegtem Gesicht, das aber das Gepräge intensiven Zuhörens trug, wovon die Augen den deutlichsten Ausdruck vermittelten, folgte, von dem schmucken Oberleutnant, der sich mit seiner Ball-Schönen dem Schostakowitsch-Rausch hingegeben hatte, der seine Mutter stolz auf ihn zu machen wünschte und der, als seine Schöne längst ihr Fluchtmanöver ausführte, sich getreulich seinen Schwur wiederholte:

lieber brav als verkommen? Was war aus seinem Ehrgeiz geworden: war es etwa hierher, wohin er ihn hatte führen sollen, in diese nüchtern-sterile, staubtrockene, sachlich-strenge Atmosphäre eines Oberlandesgerichts, wo Rechts-funktionäre mit gleichgültig-konzentrierten Mienen in Ak-tenbündeln blätterten, sich mit leisen Stimmen ins Ohr sprechend, wenn sie sich einer Sache vergewissern wollten – in das Blitzlicht einer erbarmungslosen Verwertungs- und Verwurstungsmaschinerie, die seine vermutete, also tatsäch-liche Schuldhaftigkeit in Sekundenschnelle in die letzten Winkel der Republik trug, denn in den Gemütern der Neu-igkeitsbesessenen und Neuigkeitenverschlinger sind erwie-sene Schuld und vermutete Schuld insofern dasselbe, als der Makel, der sich an die Person haftet, es ist, der sich dem Gedächtnis einprägt, nicht die tatsächlichen Umstände, das Auf und Ab der Beweise und Entkräftungen. Er war ein wenig blaß geworden während seiner Haft, dies traf wohl zu, aber der Bart kaschierte es weitgehend; im Aussehen war er ansonsten wenig verändert, sein Gebaren war ruhig, auf seiner Miene wechselte gelegentlich ein Ausdruck selbstbewußter Keckheit, die bereits den Trotz streifte oder eine Variante davon war und von der ihn die richterliche Bulldogge auf ihrem Vorsitzendenstuhl mit ihrer strengen Unerbittlichkeit zuverlässig zu kurieren verstand, ab mit dem der Nachdenklichkeit, in dem sich die dämmernde Einsicht verbarg, sich durch zu wenig beherrschte Impulse, mangelnde Vernunft und Weitsicht in etwas verstrickt zu haben, dem *ohne* Einbuße an bürgerlicher Ehre und folglich Zukunft sich wieder zu entwinden äußerst schwerhalten mochte – wenn es nicht schon jetzt faktisch unmöglich war. Dies von außen gesehen: aber wenn ihm, ohne daß er selbst es bis zu diesem Zeitpunkt ganz genau gewußt hatte, gar nichts daran lag, wenn sein Ehrgeiz ihm auch dies, genau dies hier, als eine mögliche, wenn nicht zwingende Variante des Heroismus vorgaukelte: komplett mit Gegnern, Publi-kum, Aufsehen, Ansprachen?

Ein Angeklagter, der sich in einem politischen Prozeß vor Gericht zu verantworten hat, kommt gewöhnlich früher oder später zu der Auffassung, wenn er sie nicht von Anfang an gehegt hat, daß sich Richter und Staatsanwalt gegen ihn verschworen haben, jedenfalls im geheimen Einverständnis miteinander sind, und dieses Verdikt einer unüberwindlichen Voreingenommenheit trifft sogar noch den Verteidiger, den man ihm beizugeben oder vielmehr aufzunötigen nach geltendem Recht verpflichtet ist: auch ihm gilt jene Mischung aus Abneigung und Mißtrauen, die der Angeklagte den Exponenten eines Staates entgegenbringt, den er sich feindlich gesinnt wähnt – ihm und allen redlich denkenden Menschen. Hör zu, Bürschchen, sagte folglich der Erste Anwalt oder hatte es – falls er etwas ziviler redete – mit Miene und Gebaren zum Ausdruck gebracht: ein Alt-Achtundsechziger mit stark ergrautem Haar und verwittertem Teint, aber noch jugendlich federnd in Gestalt und Mimik, der sich, soviel garantierte ihm sein Ruf in der Branche, ein winziges Pferdeschwänzchen leisten durfte, das, wenn man es ganz genau betrachtete, eher ein Rattenschwänzchen war, ein Routinier und Lebemann in einem – hör zu Bürschchen von mir aus Oberleutnant ich hab's übrigens auch zum Gefreiten gebracht auch wenn du's nicht glauben willst, ich hau dich raus, wenn du nur hübsch kooperierst, und nebenbei ist das ganz schön sportlich von mir, sportlich und großmütig bis zur Selbstverleugnung, denn ihr – du und deinesgleichen – würdet uns – und unseresgleichen – ja so quasi am liebsten über die Klinge springen lassen komm mach mir nichts vor ich kenn mich da aus hab die Geschichte etwas länger studiert als du schneidiger Grünschnabel seit Arco-Valley ist das so Morde begehen und straflos davonkommen hieß damals die Devise war auch weitgehend erfolgreich. Sich für Vorsätze einknasten lassen hingegen verbindet das Dumme mit dem Sinnlosen, das Bösartige mit dem Verstiegenen und spricht nicht für eine gesundes, d. h. ausgeprägtes Realitätsbewußtsein. Denn ein solches müßte euch doch dringlich zurückmelden, daß kein

313

Gewaltstreich mehr die geringste Chance auf dauerhaften Erfolg hat, wo ihr die Massen nicht für euch gewinnen könnt, und *daß* ihr sie nicht gewinnen könnt, dafür tragen wir schon Sorge. Zynismus beiseite. Ich pauk dich raus – denn das Recht steht über allem, auch über Parteien und Parteilichkeit wo kämen wir denn da hin – ich verschaffe dir die Chance, dein Leben wieder auf Kurs zu bringen, statt daß du hinter Schloß und Riegel darüber nachsinnen darfst, wie du die Sache beim nächsten Mal geschickter anstellst, von der erbaulichen Gesellschaft, die deiner harrt, zu schweigen. Ich pflege aber nichts dem Zufall (und der Laune) zu überlassen, erst recht nicht die Psyche und das Gehabe meines Mandanten. Das heißt im Klartext: die Karten auf den Tisch. Das Improvisieren überläßt du mir, du memorierst deine Stichworte und wirst dich schön hüten, mir in die Parade zu fallen. Meine Verteidigungslinie über den Haufen zu werfen: als wäre nicht auch vor Gericht strategisches Geschick vonnöten. Es gibt zwei Kardinalfehler der Jugend und solcher Leute wie dir und noch 'ner Menge anderer: das Gericht für dumm und es für bösartig zu halten. Sich (von allen Orten) auf der Anklagebank vom Gegenteil überzeugen zu wollen kann ins Auge gehen. Für uns zwei ist aber ein kleiner Teufelspakt unerläßlich: nichts – und nichts heißt nichts – ohne Absprache. Die Sache ist derzeit politisch zu brisant, brisant bis zum Finger und mehr Verbrennen, als daß wir's riskieren dürften, uns von der Anklage am Nasenring führen zu lassen. Warum wir euch überhaupt verteidigen wollen? Weil's uns in den Fingern juckt – – Ach so, du willst selber sprechen? Meinst: soviel Beredsamkeit, um hier vor Gericht zu bestehen, meine Sache höchstpersönlich zu verfechten und meine Theorien, auf die die Welt gerade gewartet hat, auszubreiten, bringe ich allemal zuwege? Na dann Glück auf und gute Nacht, junger Herr – das eine brauchst du, das andere wirst du kriegen. Ein Gerichtssaal ist keine Talk-Show, das hat sich bei euch Jüngeren noch nicht herumgesprochen. Ich überlasse es meinem Kollegen – ist schon auf dem Weg! – dir das zu verdeutlichen" – nahm seine Mappe und war fort, im Sturmschritt aus der Tür! – Was konnte (nach solcher Ankündigung) sein Nachfolger sein als sein erzkorrektes Gegenteil vom Scheitel bis zur Sohle: trocken, sachlich, altväterisch, bieder, ein Aktenmensch von Akribie und Methodik, der in Präzedenzfällen und Argumentationssträngen dachte, ein keimfreies Juristendeutsch sprach, die Revision ins Spiel brachte, falls man in der ersten Instanz nicht durchkomme, es offenlassend, ob sich in seinem kühlen Gleichmut Indifferenz oder Langeweile verbarg; er nickte nervös, wenn Claudio zu ihm sprach, als läge ihm generell nichts daran, mehr zu hören, als was sich verwerten ließ, traute dem Gedruckten sichtlich mehr als dem Gesprochenen, an dem ihn das Unklare, Improvisierte, Nicht-Klassifizierte zu stören schien, blätterte in Schriftstücken, Anlagen, Ergänzungsblättern, Vermerk auf Vermerk machend, ohne seinen mystifizierten, argwöhnischen Mandanten über den Sinn dieser Notizen aufzuklären, ihn ansehend ohne ein Zeichen des Erkennens oder der Sympathie, bis der Leutnant, der sich erniedrigt und nicht respektiert fühlte, die Kommunikation verweigerte und nach einem anderen Rechtsbeistand verlangte: diesem hier vertraue er nicht. Nummer Drei, die das Gericht ihm stellte, hatte nichts von den Fehlern bzw. Sonderbarkeiten seiner Vorgänger, was solange ein Gewinn schien, bis sich herausstellte, daß er auch nichts von ihren Tugenden besaß: er war jünger als sie, und jünger, das bedeutet: umgänglich, angenehm, engagiert, höflich, mitfühlend, verständnisvoll, geradesoviel Kompetenz ausstrahlend, um sich bei ihm gut aufgehoben zu fühlen. Daß seine Loyalitäten ebenso schwankend waren wie sein Selbstgefühl, daß er eine Position weniger zu behaupten als zu schaffen und zu befestigen hatte, blieb hinter dieser Verbindlichkeit erst einmal völlig verborgen: vorderhand wiegte sein unerfahrener Mandant sich in dem eitlen Empfinden, daß sein Zurückweisen der Unwürdigen und Beharren auf einem Verteidiger, der *ihm* genehm war, bereit ein günstiges Zeichen im Hinblick auf den Ausgang des Verfahrens darstellte.

„Sie haben", sagte der Staatsanwalt, ein hochgewachsener Mann mit schneidigen Kinnbacken, die gleichsam aus eigenem Recht zu mahlen vermochten, was man ihnen vorsetzte: Ansichten, Darlegungen, Prinzipien, Argumente, „bisher noch nicht überzeugend darzulegen vermocht, woher die Schußwaffen stammen, die man in Ihrem Besitz gefunden hat, darunter auch jene Armeepistole, die Sie bei Ihrer Festnahme mit nach Überzeugung des Gerichts eindeutiger Tatabsicht in Händen hielten, noch zu welchem Zweck Sie diese Kriegswaffen in Ihrer Wohnung aufbewahrten. Nach Ihrer eigenen Aussage haben Sie Ihre einstige Geliebte zum Zeitpunkt, da die Polizei Einlaß verlangte, mit geladener Pistole daran hindern wollen, die Wohnungstür zu öffnen. Ihre Geliebte hat angegeben, Sie aufgesucht zu haben, um Sie vor einer möglichen Verhaftung zu warnen: Sie haben dies bestätigt und zur Erklärung Ihres Verhaltens angegeben, Ihre einstige Freundin eines doppelten Spiels verdächtigt und sich verraten geglaubt zu haben. Leutnant Ardant, stehen Sie noch zu dieser Aussage, obwohl Ihnen klar sein mußte, daß dies ein ganz unsinniges Verhalten war, da Sie zu diesem Zeitpunkt das Eindringen der Polizei in Ihre Wohnung nicht mehr verhindern konnten und jede Form der Gewaltanwendung oder auch nur Gewaltandrohung Ihre Situation erheblich verschärfen und belasten mußte?"

„Ich halte diese Aussage aufrecht", erwiderte der Leutnant.

„Hätten Sie geschossen?" – des Staatsanwalts nächste Frage, in dürrer Akribie vorgebracht. Der Verteidiger warf seinen Einspruch ein gegen diesen seiner Ansicht nach nicht statthaften Versuch, die Anklage durch Konstruierung einer Doppelschuld zu verschärfen, auf die Situation ‚in extremis‘ verweisend, in der sich sein Mandant befunden habe, die offenbar durch ein Korrelat von Mißverständnissen und Fehlschlüssen zu einer ‚kurzzeitig überhitzten Reaktion‘ habe führen können, welche überdies dem Charakter des Mandanten, der ihm von mehrerlei Seite attestiert worden sei, nicht entspreche. „Die Frage ist legitim", befand der Vorsitzende Richter. „Er soll antworten!"

316

In Claudios Schweigen hinein der Staatsanwalt, ihn mit unnachgiebigen Augen betrachtend: „Ihre Geliebte, von der Sie seit längerem getrennt sind, hat eine günstigere Meinung von Ihnen als Sie von sich selbst. Sie hat diese Frage verneint, während Sie sie in Ihrer ersten Aussage vor dem Ermittlungsrichter bejaht und diese Aussage später widerrufen haben. Haben Sie uns ein Theater vorgespielt, um etwas Wesentlicheres zu verschleiern? Kommen wir (fuhr er fort), zu der Liste, die wir in Ihrem Besitz gefunden haben und die nachweislich von Ihrer Hand stammt. Ihre Handschrift ist eindeutig identifiziert worden, dennoch streiten Sie ab, jemals eine solche Liste angefertigt noch von irgendwem entgegengenommen zu haben. Sie können uns keine schlüssige Erklärung liefern, warum sie sich bei Ihnen vorgefunden hat. Auf dieser Liste befinden sich die Namen von zwölf einflußreichen Persönlichkeiten aus Politik, Medien, Wissenschaft, darunter drei Gründungsmitglieder der … Stiftung, die sich der Erörterung geopolitischer Fragen widmet und Experten aus aller Welt ein Forum bietet. Sie sind vor drei Monaten im Foyer des Stiftungsgebäudes in M. gesehen worden, per Kamera aufgezeichnet und zweifelsfrei identifiziert. Sie konnten kein anderes Motiv für Ihren Aufenthalt dort vorbringen als ein – angebliches – generelles Interesse an der Arbeit dieser Organisation, was angesichts der von Ihnen vertretenen politischen Meinungen und Gesinnungen absurd anmutet. Es ist die Überzeugung der Staatsanwaltschaft, daß Sie des Sondierens halber vor Ort waren, um das Terrain auszukundschaften, das sich zu einem Anschlag eignen würde, den Sie bzw. Ihre Gesinnungsgenossen und Spießgesellen auszuführen entschlossen waren …"
Die richterliche Bulldogge auf ihrem Stuhl, die während der staatsanwaltlichen Ausführungen exakte runde Kringel auf ein Blatt gemalt hatte, wie man es macht, wenn man halb zuhört, halb nachsinnt, sah etwas irritiert drein angesichts dieses etwas abenteuerlichen Konstruktes, enthielt sich aber jeden Kommentars und bemerkte, indem sie das Wort wieder an sich nahm: „Claudio Ardant, das Gericht interessiert

sich für die Aufzeichnungen, die man bei Ihnen gefunden hat, die augenscheinlich aus der jüngsten Zeit stammen und in denen es ausdrückliche politische Verweise und Anspielungen gibt. Wir reden hier nicht von Ihrer Abschlußarbeit aus L. und den expliziten Passagen darin, von denen Sie sich nach Ihrer eigenen Aussage distanziert haben wollen. Wir akzeptieren Wandlungen und Einsichten, zumal wenn sie überzeugend belegt werden. In einer Notiz vom 15. des letzten Monats schreiben Sie vom ‚desolaten Zustand unserer Republik‘ und daß die derzeitige Regierung ‚das Land in den Abgrund führe‘. Wir wünschen, daß Sie uns erläutern, welche Art von Abgrund Sie meinen. Den moralischen, spirituellen, materiellen Ruin, von dem in einer anderen Notiz die Rede ist? Oder den Bürgerkrieg?" „Auch den", gab der Angeklagte nach einem Moment zur Antwort, nachdem er zu beidem genickt hatte; seine Stimme war jetzt zögernd und sein Blick wachsam geworden, während sein Verteidiger, bei konzentrierter Miene, sich in seiner Robe regte wie ein Mensch, den unbehagliche Empfindungen überlaufen. „Sie haben angegeben, bewaffnete Konflikte bzw. Unruhen im Innern zu erwarten und daß Sie für diesen Fall gerüstet sein wollen. Es ist Ihnen aber doch genugsam bekannt, daß Ihnen als Armeeangehörigem das Horten von Kriegswaffen außerhalb des Kasernengebietes strengstens untersagt ist. Sie haben mit Ihrem Eintritt in die Bundeswehr die für Ihren Dienst gültigen Bedingungen und Bestimmungen unterzeichnet und damit als bindend anerkannt. Wieweit erstreckt sich Ihre Überzeugung, daß es Regeln gibt, die Sie einhalten und andere, die Sie zu brechen oder zu ignorieren berechtigt sind, und wo verläuft in Ihrem Bewußtsein die Trennlinie?"
Ein simpleres Gemüt hätte sich die Frage wiederholen lassen müssen, Leutnant Claudio zeigte sein Mark und daß er von der Großen Nation[2] sein Teil abbekommen hatte, indem sie ihm auf Anhieb durchsichtig und gegenwärtig war.

---

[2] Mit der Großen Nation ist die französische gemeint.

War es nicht dies, worauf all das hier zulief, wozu er sich gestählt und worauf er gewartet hatte, und was das ganze Prozedere, das seinem versteckten Hochmut in so gut wie jeder Hinsicht bis auf diese eine völlig unsinnig und nebensächlich erschien, rechtfertigen konnte? Er straffte sich zu einer Antwort, die Elektrizität, die durch seine Adern lief, teilte sich seinem Anwalt mit, der warnend und vergeblich mit den Fingern zu trommeln begann. Den Vernunftmenschen der republikanischen Gesellschaften ist es schwer begreiflich, daß zu jeder beliebigen Zeit junge Männer existieren und unter ihnen weilen, die mit der bestehenden Ordnung unzufrieden sind und sich eine andere wünschen, in der sie die Herren sind, nicht Unternehmer, Finanziers, Konzernchefs und Politiker, sondern sie, und Ehre und Ansehen genießen. Es hilft auch nichts, sie vorsorglich und zur Besänftigung mit Ehre und Ansehen zu überschütten, zumal wenn diese nicht auf realen Machtverhältnissen beruhen: sie verschmähen dieses billige Lob, in dem sie den durchsichtigen Betrug wittern, sie wünschen, was ihnen vorschwebt, auf ihre Weise zu erlangen, und wenn dabei Gewaltmittel, Militär, Paraden, Herrschergesten, Waffengänge und Imponiergehabe eine Rolle spielen, so ist das unter anderem auch eine Geschmacksfrage. Ebenso wie der Krieg, auf den diese Dinge zulaufen, durch den sie sich herleiten und rechtfertigen lassen, weil der Krieg das große Menschheitsdrama und Menschheitsspektakel ist: er ist das Große Theater: die flammenden Reden und verzweifelten Appelle, der Durchhaltewille und das Untergangspathos, die tragischen Abschiede, die Tränenfluten, das unendliche Leid in unendlichen Variationen, die Götterdämmerung, das verhüllte Haupt, die endlosen Grabkreuze der Soldaten, das elende Massengrab der namenlosen Opfer. Es kann nicht anders sein als daß, wer den Rausch liebt, auch den Krieg liebt, und daß es eines gewaltigen Katers bedarf, um im grauen Licht einer vollständigen Zerstörung seine Besinnung wiederzuerlangen. Ist denn nicht jedermann zu kaufen? – so fragt der trockene Realist und Vernunftrepublikaner, und wer ehrlich sein will, muß ihm antworten: Es ist vielleicht jedermann zu kaufen, aber nicht jedermann durch Geld und materiellen Vorteil, so sehr diese auch die Existenz auszumachen scheinen. Kaum hat er all dies, sucht sich der Mensch einen Gott oder macht sich einen, und wehe, wenn dieser Gott mit dem eines anderen in Konflikt gerät! – Leutnant Claudio hatte nicht vor, sich wie ein Fuchs in einer Falle fangen: d. h. erst hineinhetzen und dann herauszerren zu lassen. Er wußte, daß er nicht nur Mona sondern auch sich selbst belogen hatte, aber erst, seitdem er auf seinem Angeklagtenstuhl, der richterlichen Bulldogge gegenüber, Platz genommen hatte, war es ihm völlig bewußt: daß auch die Liebe ihn nicht dazu gebracht hätte, auf diese Dinge zu verzichten. Er wünschte seine Freiheit wiederzuerlangen. Er war mit seinem Anwalt gerade so explizit gewesen, wie notwendig war, um sich auf eine gemeinsame Linie, ein Prozedere zu einigen: Fragen nach seiner Gesinnung waren ihm nicht gestellt worden, und Leutnant Claudio war durch die vorangegangene Erfahrung insoweit schon um einiges klüger, als ihm ziemlich deutlich geworden war, wie schwer vor Gericht die Worte wiegen – als hingen bleierne Zapfen daran, und daß trotz der tötenden Langeweile solcher sich dahinschleppenden Verhandlungen, in denen ein Tatbestand erst konstituiert, eine Schuld eruiert werden muß, die Aufmerksamkeit seiner Ankläger stets zur Stelle und auf den Punkt gerichtet war – von einer unerbittlichen Gegenwärtigkeit. Sie lauern auf jedes Wort, aus dem sie mir einen Strick drehen können, sagt sich der Angeklagte – sagen sich alle Angeklagten. Das Leben in Untersuchungshaft behagte ihm nicht, obwohl er mit Besuchern sprechen, sich mit Büchern und Medien ablenken und im Innern mit allen Gefangenen aller Zeiten identifizieren konnte, die jemals aus Gründen der Staatsräson inhaftiert worden waren – in finsteren Kerkern schmachten mußten, weil sie etwas geäußert oder geschrieben hatten, was der Obrigkeit, verkörpert in wechselnden Formen, Personen, Gewändern, mißfiel, oder weil man sie heimlicher staatsverräterischer Umtriebe verdächtigte, zu Recht oder Unrecht: der Kerker blieb derselbe, und die schwindende Hoffnung, jemals das Tageslicht wiederzusehen. Leutnant Claudios Zelle war eine nüchterne Angelegenheit, hiermit verglichen, hatte an Tageslicht eher zuviel als zuwenig, es drang in alle Ritzen und schien insoweit die Selbsterkenntnis befördern zu wollen, als es, eine einzige Ecke abgerechnet, keinen dunklen Winkel übrig lassen zu wollen schien, wo man seine Bosheit pflegen und seinen Widerstand stählen konnte. Kooperiere und sei friedlich, sprach die Zelle, dünstete es von den Wänden herab. Das ist für dich und für uns alle das Beste!

Und sagte sein engagierter Verteidiger nicht dasselbe, nur in andern Worten: in seinem makellosen Juristenjargon, der jeden zwischen Menschen möglichen Vorgang, ob er die Sitte oder das Verbrechen betraf, in die präzisesten Formeln brachte, ohne jemals wirklich in die Abgründe der Seele vorzustoßen, die den Juristen wie den Bürgern ebensoviel Grauen wie Faszination einflößen, so daß sie sie von ihren sicheren Bastionen aus beäugen müssen? Sie reden von Tatvorsatz, Tatabsicht, Tathergang und Schuldverschleppung, aber das Verhältnis von Gott – Mensch – und Staat, diese Dreierkonstellation, in die sich das moderne Leben gliedert und deren Eckpunkte in die unvereinbar verschiedenen, heillos auseinanderstrebenden Richtungen weisen, hat in ihrem Denken nur insoweit Platz, als es nicht ihre persönliche Gegenwart betrifft. Diese zärtliche Daseinsfürsorge trägt dazu bei, wenn sich in den Gemütern ihrer Mandanten Geringschätzung abwechselt mit dem Gefühl, auf diese versierten Handlanger im Geschäft des Überredens, Argumentierens, Überzeugens notgedrungen angewiesen zu sein. „Ich schlage eine mittlere Linie vor", hatte der Verteidiger geraten. „Wir begeben uns exakt soweit auf das gegnerische Feld – vulgo Staatsanwalt –, wie möglich ist, ohne Bauchschmerzen zu bekommen, und nur gerade soviel wie nötig, um der Anklage ihre stärksten Gewichte weitestgehend zu entziehen. D. h., Sie bekennen sich zu den Werten unseres Staates, unserer Zivilgesellschaft, wie sie im Grundgesetz niedergelegt und festgehalten sind. Sie haben stets an diese Werte geglaubt und sind als Soldat bereit, mit Ihrem Leben für sie einzustehen. Sie glauben an die Charta der Menschenrechte, an Toleranz und Freiheit etc. Sie hegen keinerlei Pläne, etwelchen Vertretern des Staates bzw. öffentlichen Personen irgendwelchen Schaden zuzufügen, und haben niemals solche Pläne gehegt. Wenn Sie das überzeugend verkörpern und noch einen wenn nicht legitimen, so doch vertretbaren Grund für den Besitz Ihrer Kriegsgerätschaften abliefern (wenigstens eine akzeptable *Geschichte*, ich bitte um mehr Kooperation): dann sehe ich eine faire Chance, mit einer Bewährungsstrafe davonzukommen. Der Vorsitzende Richter ist kein Unmensch, er ist auch kein Scharfmacher – das sind andere Leute, ich könnte Ihnen welche zeigen –, hinter seinem bulldoggenhaften Äußeren verbergen sich Wohlwollen und Menschenfreundlichkeit: ein generelles, wohlgemerkt, aber es könnte auch Ihnen zugute kommen, zumindest spricht nichts dagegen. *Nur reizen Sie ihn nicht.*"

Dem mochte sein, wie es wollte: aber sei es, daß es ein schlechter Tag war, daß alle sich bereits gereizt fühlten ohne zu wissen, durch wen und warum, sei es, daß der Vorsitzende Richter sich geärgert hatte, ob über häuslichen oder anderen Verdruß, daß ihm der zähe Verlauf der Verhandlung auf die Nerven zu fallen begann, da noch so und so viele Prozesse abzuarbeiten waren – er war nicht gewillt, es dem Angeklagten allzu leicht zu machen, ebenso wie er bislang mit untrüglichem Empfinden jedem Anzeichen, jedem Verdacht auch nur eines die Sache herunterspielenden Leichtmutes mit verdoppelter Strenge begegnet war. „Sie mögen vielleicht denken, daß all dies hier ziemlich bedeutungslos sei, weil irgendwelcher Zuspruch aus dunklen Ecken, dessen Minderwertigkeit zu erkennen ein Mangel an Vernunft Sie offenbar hindert, Ihnen einen trügerischen Optimismus suggeriert. Ihnen Beifall für die Rolle spendet, die Sie hier einnehmen. Wir nehmen diese Dinge *äußerst* ernst und

werden nicht dulden, daß man unsere Werte verhöhnt oder bedroht. Antworten Sie!" Und was antwortete Leutnant Claudio auf diese Kernfrage der menschlichen Existenz, die im alltäglichen Bewußtsein des Bürgers gar keine Rolle spielt, in jeder Form von Diktatur hingegen eine finstere Bedeutsamkeit erlangt: während sie in republikanischen Gesellschaften, die dem Einzelnen Schutz vor staatlicher Willkür garantieren, leicht ein verstiegenes, grundloses Pathos ausströmt? „Ich halte mich an die Regeln, die mir sinnvoll und vernünftig erscheinen und bin oder vielmehr wäre bereit, diejenigen *nicht* einzuhalten, die meinem Gewissen oder meinen Überzeugungen widersprechen."
„Nicht einhalten" – vom Staatsanwalt, der es gründlich wollte – „das heißt also: brechen?" – „Ich weiß nicht" – vom Leutnant, mit Schweijkscher Unschuldsmiene, d. h. glattfromm: der Staatsanwalt *war* ein erklärter Feind, wie konnte man es anders sehen? – „ich weiß nicht, ob nicht einhalten und brechen dasselbe sind. Es sind zwei verschiedene Worte, die jeweils etwas anderes bezeichnen." – „Ich protestiere gegen diese Wortklauberei. Antworten Sie klar und deutlich, ob Sie zum einen wie zum anderen bereit sind oder wären." – „Ja", sagte Leutnant Claudio. – „Sind oder wären?" (mit lauernder Miene) – „Beides."
Der Staatsanwalt, mit einer Miene, die für sich schon unmißverständlich war, zum Richterstuhl gewandt: „Ich werte das als Schuldeingeständnis." – „Schön", sagte der Vorsitzende Richter etwas kurz, der das Interim mit ausdrucksloser Miene, seinen Kugelschreiber auseinander- und wieder zusammenschraubend verfolgt, hatte. „Aber von was?" – „Ich bitte. Von dem, was hier seit zweiundzwanzig Tagen verhandelt wird. Einem gegen den Staat in seiner jetzigen Form gerichteten Tatvorsatz. Dessen Einzelheiten noch zu klären bzw. zu konstituieren sind, dessen Vorhandensein unserer Ansicht nach unbestreitbar feststeht." – „Hm", sagte der Vorsitzende Richter und wandte sich nach einem Augenblick des Bedenkens und Innehaltens dem Angeklagten zu,

ihn durch seine goldene Brille mit prüfendem, unverwandtem Gleichmut betrachtend. „Claudio Ardant, Sie haben uns noch nicht verraten, auf welche konkreten Dinge sich Ihre inhärente Bereitschaft, die Regeln der Gemeinschaft, in der Sie leben und deren Schutz Sie sich ausdrücklich verpflichtet haben, zu brechen und Ihre eigenen bzw. andere dafür einzusetzen, überhaupt bezieht. Nach allem, was man von Ihnen weiß, nach den Aussagen Ihrer Freunde, Vorgesetzten, Kameraden bzw. Kollegen sind Sie, trotz Ihrer sehr guten Leistungen, die man Ihnen allgemein attestiert, weder ein nüchterner noch ein kühler Mensch. Nicht wenige haben Sie als jemanden geschildert, in dem Leidenschaften verborgen liegen. Ich werte das dahingehend bzw. verstehe dies so: daß manche Ihrer Handlungen in einem Maße von Gefühlen bestimmt sind, das Ihnen offenbar nicht bewußt ist, und daß Sie ebenso bereitwillig zur Rechtfertigung dieser Handlungen ebensosehr wie der sie begleitenden bzw. veranlassenden Gefühle rationale oder rational erscheinende Gründe anzuführen bzw. sich einzureden fähig sind, wie es das Gros Ihrer Mitmenschen ist. Auch Sie werden nicht bestreiten können, daß die Situation, in der man Sie bei Ihrer Festnahme angetroffen hat, diese Beurteilung eher erhärtet als widerlegt. Auch wenn Ihre einstige Geliebte glaubhaft verneint hat, daß Sie des Mordes an ihr fähig gewesen wären, so spricht doch Ihr Verhalten für sich, das, selbst unter dem mildesten Aspekt, eindeutig irrational, widersprüchlich und von Konfusionen geleitet war."

„Folgen Sie ihm auf diesem Weg", sprach der Verteidiger mit Mäusestimme in das richterliche Räuspern hinein und seinem Mandanten in das nicht allzu aufnahmewillige Ohr: die Miene des Leutnants, der bei diesen letzten Worten errötet war, hatte sich gespannt und gepanzert, wie es bei allen Verstockten, allen, die sich ungerecht bewertet und beurteilt sehen, zu beobachten ist, „der Weg ist gut. Folgen Sie ihm und Sie kommen hier heraus, ich garantiere es Ihnen."

„Dem Gericht erscheint es überdies etwas sonderbar", fuhr der Richter mit seiner Gleichmutsstimme und -miene fort, den Angeklagten, während er sprach, mit einem flüchtigen Blick streifend: als breite er jetzt seine richterlichen Gedanken aus, in die sich das Geschehen einfügte und präsentierfähig wurde, „– sonderbar in dem Sinne, daß auch hier ein Widerspruch aufscheint –, daß trotz der Unwandelbarkeit Ihrer politischen Ansichten und Neigungen bzw. Gesinnungen, die Sie – Ihrer eigenen Aussage nach – seit wenigstens zehn Jahren gehegt haben wollen, Sie sich – wenn auch nur kurzzeitig – mit einer jungen Frau verbunden haben, deren politische Affinitäten nach der exakten Gegenseite hin liegen. Ich füge das unter der Prämisse an, daß Ihr Privatleben das Gericht nur insoweit und in den Punkten etwas angeht, die ein Licht auf den hier erörterten Sachverhalt werfen können oder mit ihm in direkter Verbindung stehen. Es gibt hier also einen Widerspruch, über den wir uns Aufklärung erhoffen. Entweder *sind* Ihre Positionen nicht so streng, wie Sie behaupten, oder es gibt Bereiche Ihres Daseins, die davon ausgenommen sind, für die sie nicht gelten. Sie haben beides bestritten. Ich verschweige nicht, daß es zu Ihren Gunsten sprechen würde, wenn das Gericht zu der Auffassung käme, daß eine (begreifliche) Erbitterung über eine (Räuspern) eventuelle Zurückweisung und das hiermit verbundene Gefühl der Demütigung Sie dazu veranlaßt hat, sich in Ihre Position zu verrennen und nichts anderes mehr kennen noch wissen zu wollen … Nun gut", in nüchterntrockenem Ton, nachdem Claudio mit steinerner Miene zum Ausdruck gebracht hatte, daß nichts hiervon zutreffe und daß er weiter keine Aussage hierzu zu machen habe – „dann wollen wir uns die Sache einmal von der anderen Seite ansehen. Was gefällt Ihnen an unserer Gesellschaftsform nicht – an der Sie partizipieren, von der Sie profitieren, die Ihnen Rechte gewährt, die Sie anderswo nicht hätten – die sogar denen diese Rechte garantiert, die sie ablehnen und heimlich oder öffentlich an ihrer Abschaffung arbeiten. Erklären Sie, was Ihnen an unserer derzeitigen Gesellschaftsform mißfällt, zählen Sie die Dinge auf, die Sie stören, von denen Sie sich in Ihrem Schamgefühl, Ihrem moralischen Empfinden, Ihrem Selbstrespekt verletzt fühlen. Hier vor mir – vor den Richtern, den Beisitzern, den Anwälten, den Zuhörern, den Journalisten, die Ihre Worte notieren und der Öffentlichkeit mitteilen werden. Mit anderen Worten: Sie haben ein großes Publikum. Was wünschen Sie reformiert, behoben, verändert oder abgeschafft?"

„Mit Verlaub, und bei allem Respekt vor Ihnen, Herr Vorsitzender" – der Staatsanwalt in einer Attitüde der Verblüffung, in der er sich sichtlich unwohl fühlte – „ich glaube nicht, daß es uns allen zuträglich wäre, wenn Sie diesem jungen Mann hier erlauben, sich (öhem) lang und breit über unseren Staat auszulassen. Die Zeit ist kostbar. Wir haben – " – „Es ist", erwiderte der Richter, „wie Sie bemerkt haben, der dreiundzwanzigste Verhandlungstag. Die Chance, daß wir uns innerhalb der uns für heute verbleibenden Zeit auf einen Tatbestand einigen, sehe ich als eher gering an. Wir dürfen uns also diesen Exkurs – wenn es denn einer werden sollte – ruhig gestatten" – mit einer ermutigenden Geste zum Angeklagten hin, der, ohne daß er den Kopf zur Seite hätte wenden müssen, den bohrenden Blick seines Verteidigers auf sich lasten fühlte mitsamt der darin zum Ausdruck kommenden Warnung: Er läßt Sie reden, also sagen Sie in Gottes Namen etwas, aber machen Sie jetzt *bloß – nichts – falsch!*

Vor Claudios innerem Auge waren, wie unzählige Male vorher, die Varianten eines möglichen Ausgangs dieser sich so zäh dahinschleppenden Verhandlungsqual vorübergezogen: seitdem sich alles festgefahren hatte, empfand er es als physische Qual – sein Geist hatte sich gegen jede zu wappnen versucht. Was tut es, wenn sie mich aus der Armee werfen, weil ich mehr als ein Jahr absitzen muß? Ich kann in ein anderes Land gehen und dort ins Heer eintreten und werde willkommen sein … Was bleibt mir hier noch außer Ekel und Verdruß?

„Die Lüge", sagte er schließlich, indem er den Kopf hob und die Reihe seiner Ankläger ins Auge faßte. „Die Lüge ist von allen Übeln, die ich nennen könnte und mit denen ich den Staatsanwalt nicht langweilen will, das Schlimmste." „Erklären Sie, was Sie mit Lüge meinen." „Der Gegensatz zwischen dem, wie die Dinge genannt werden, und dem, was sie eigentlich sind. Diesen Gegensatz empfinde ich als am schwersten zu ertragen. Jedes Unrecht und sogar Sklaverei lassen sich noch hinnehmen, wenn sie auch so genannt werden dürfen: aber dann nicht, wenn die Opfer selbst sie als Wohltun, Recht und Freiheit bezeichnen und bejahen sollen. Der Zwang, die Sprache der Unterdrücker sprechen zu müssen: das ist es, was ich die Lüge nenne, die allgegenwärtig ist."

Die Journalisten auf ihren Bänken, die sich etwas Verwertbares erhofft hatten, sahen düpiert drein und ließen ihre Stifte ins Leere sinken, unter den Zuhörern hingegen war zwar kein Applaus, aber jene leise Bewegung der Unruhe zu spüren, die stets darauf hinweist, daß die Koordinaten neu ausgerichtet werden, daß ein Sinneswandel sich vorzubereiten beginnt. „Sie wollen doch nicht im Ernst behaupten" – der Staatsanwalt, sich in die Bresche werfend, die ‚die unkonventionelle Methode des geschätzten Herrn Kollegen' bloßgelegt hatte – „daß Sie jemals in *Person* von einer solchen – Pah! – Sprachverdrehung etwas auszustehen gehabt hätten und nicht vielmehr – in Person – ihr schamloser Profiteur und Ausnützer gewesen sind. Hier" – ein Papier emporfischend – „Sie haben in den Aufzeichnungen, die man bei Ihnen gefunden hat, Frau N. N., eine überaus anerkannte und verdienstvolle Persönlichkeit, die sich aufopfernd um die Belange der … wie auch der … und der … kümmert, als eine öffentliche Hure und Propaganda-Lakaiin der internationalen Unternehmen bezeichnet. *Haben* Sie dies geschrieben oder nicht?" – „Ist es meine Handschrift?" – „Wir haben Ihre Handschrift identifiziert, aber wir möchten von Ihnen wissen, ob Sie diese vulgäre, menschenfeindliche Sprache benutzt haben." – „Warum fragen Sie mich, wenn Sie es

doch wissen?" – „Sie haben keine unverschämten Fragen zu stellen, sondern zu antworten. Haben Sie dies verstanden?" – „Ja, Herr Freisler" – – –
De Staatsanwalt wurde dunkelrot, der Verteidiger griff sich an die Stirn, die Journalisten kritzelten eifrig und der Richter schloß die Verhandlung – übrigens mit dem menschenfreundlichen Zusatz: weil wir alle für heute genug haben.
Das war der dreiundzwanzigste Verhandlungstag. Stand zu erwarten, daß es am vierundzwanzigsten, fünfundzwanzigsten, sechsundzwanzigsten anders ausgehen würde?

## 11.

Und Mona? Claudios Mutter und Schwester? Hatten *sie*, zumal die beiden letzteren, keinen Zugang – außer dem offiziellen – zu Sohn und Bruder, um auf ihre weibliche Weise auf ihn einzuwirken? Daß die Worte, die der Staatsanwalt mit einer gewissen Genüßlichkeit – hauptsächlich, weil er keine besseren besaß, aber auch die Juristen haben Sinn für Theatralik, und sogar dann, wenn sie ihrem Argumentationsstrang zuwiderläuft – als Monas Aussage mehrfach zitiert hatte, daß diese Worte der letzte Gefallen waren, den die leichtfertige Schöne ihrem Dreimonatsgeliebten zu erweisen beschlossen hatte, ist ebenso plausibel wie gewiß und ebenso ferner: daß es tatsächlich ein Gefallen gewesen war. Schließlich (sagte sich Mona) hat mich der Staatsanwalt *nur* gefragt, ob ich glaube, daß er geschossen hätte – nicht, ob er dazu fähig gewesen wäre. Leute, die die Strafkolonie und ihren sich darüber ausschüttenden Verfasser kennen, haben gewöhnlich, selbst wenn sie den Gedanken als solchen nicht denken (d.h. die Idee nicht konkret bilden), doch in ihrem Geist erfaßt, daß es zwar wünschenswert wäre, aber nicht immer möglich ist, Leute auszulachen, die von einer tödlichen Einbildung besessen sind. Ah, deine bleichen Wangen, Claudio, und dein starrer Blick! So nobel sie es von sich gefunden hatte, ihrem ‚heroischen Dummkopf' noch eine allerletzte Warnung zukommen zu lassen und dies, da ihr geschriebene Worte zu schwach erschienen, in eigener Person zu tun – so zornig und aufgebracht bis zur Wut und zum Ekel war sie, in ein hysterisches Polizeispektakel gezogen zu werden, womöglich ohne ihr Wissen als Lockfigur gedient zu haben – ja, mißbraucht worden zu sein – sie fauchte, immer noch außer sich, Finn an, der die Dreistigkeit hatte, sich telefonisch nach ihr zu erkundigen (er war längst wieder anderswo, wo es etwas für ihn zu tun gab): „Wenn *ihr* das initiiert habt oder damit zu tun hattet – durch welche Verbindungen auch immer – dann erwarte ich, daß du mir heraushilfst, und zwar mit *allem*: mit Geld, Unterschlupf, *allem* – und er hatte alles großmütig versprochen, wohl wissend, wie wenig dies bei ihm hieß. Was konnte es konkret heißen? Sie hatte sich innerlich längst losgelöst, ihre Koffer gepackt, einen heimlichen Schwur geleistet. Mein Wunsch, einen Gerichtssaal von innen und noch dazu von der Zeugenbank aus zu beschauen, ist hinreichend erschöpft, ich wünsche die Bekanntschaft nicht zu erneuern. Was aus Claudio wird, ist mir gleichgültig. Mag er reden oder schweigen, lügen und sich in seinen Stricken verfangen – oder in *deren* Stricken fangen lassen, es geht mich nichts mehr an, ich will es weder hören noch sehen müssen. Diesen jungen Mann kenne ich nicht mehr. Du hast dir einen falschen Bart wachsen lassen und er steht dir nicht. Weh deiner Mutter! Kann sie an alldem unschuldig sein?

Die Frage war insofern keine bloße Rhetorik, als sie zwar während ihrer Anwesenheit im Gerichtssaal jeden Blickkontakt mit Claudio eisern vermieden, aber dafür unter den Zuschauern – es trug sich dies während der ersten Tage der Verhandlung zu, da alles noch frisch ist: Neugier, Elan, guter Wille, aber auch: Schmerz und Beklemmung – jene beiden Frauen identifiziert hatte, die das Schicksal des Angeklagten am meisten angehen mußte, denen es zumindest nicht gleichgültig war. Es geschah ebensowohl aufgrund einer feststellbaren physischen Ähnlichkeit wie ihres Verhaltens: und man mag sich vorstellen, daß dieses Interesse reziprok war, auf der anderen Seite freilich mit Mißtrauen, Feindseligkeit, Ablehnung untermischt. Sie hatte nicht mit ihnen gesprochen, die Anklage, die sie in ihren Augen las, hatte Mona genügt, um sich zu sagen, daß die beiden Frauen offenbar einen rein gefühlsmäßigen Anteil an dem Geschehen nahmen, daß es sich in ihrer Vorstellung verkürzt und unvollständig abbildete, mit Vorurteilen, halben Einsichten und unzureichenden Schlüssen versetzt. Lag sie hierin völlig falsch? Es war Claudios Strafe, und nicht die geringste von denen, die er, noch unabhängig von allen juristischen Folgen, auf sich genommen hatte, daß die Empathie und Parteilichkeit, die das Familiengefühl, allen vorhandenen Konflikten zum Trotz, bei nächster Verwandtschaft erzeugt und das den Delinquenten bis in seine Zelle zu begleiten pflegt, mit soviel Unwissenheit und mangelnder Lebenskenntnis zu koexistieren pflegen: gleichsam als sei das eine die Bedingung des andern, als gäbe es den geheimen Ratschluß einer überweltlichen Weisheit, nach der die Loyalität und Treue, weil kostbar und gefährdet, mehr wert als die Wahrheit seien, und folglich als moralische Pflicht höher im Kurs stünde. *Zusammen* mit der Wahrheit hätten sie den allerhöchsten haben müssen, aber es lag nicht in der Konstitution von Mutter und Schwester, ihm dieses Geschenk – das Furchtbares beinhaltet hätte – machen zu können. In seiner Zelle auf magere Kost angewiesen, ließ er sich ihren Zuspruch und ihre Teilnahme, ihren konfusen Invektiven und die darin zum Ausdruck kommende Überzeugung von einem allgemeinen Komplott, das gegen ihn im Gange sei, notgedrungen gefallen, wenngleich noch Vernunft genug in ihm war, die ihm sagte, wenigstens empfinden ließ, wie ungesund und töricht diese Äußerungen waren; auch was sie gegen Mona vorzubringen hatten, die sie nach Frauenart mit unnachsichtiger Strenge beurteilten, ließ er in einer Mischung aus Trotz, Stolz und Niedergeschlagenheit hingehen, die im Hinblick auf sie die einstige Leidenschaft abgelöst, vielmehr: in die sie sich verwandelt hatte, denn die Gleichgültigkeit tötet schließlich alles: auch und erst recht die

Liebe; er schwieg nur düster dazu, sich jedesmal, wenn er eine hitzige Ungeduld zurückkehren spürte, ihre gefrorene Miene im Gerichtsaal vor das Auge rufend, die eine absolute Weigerung verkörperte, ihn jemals wieder mit Augen anzuschauen. Das Gericht und seine so tödlich langsam mahlenden Organe besiegeln alles: was vorher noch lebendig war, selbst in einer verhetzten, entstellten, verbrecherischen Weise, wird hier in eherne Formen gegossen. Daß seine Mutter um seine Karriere besorgt war und all ihr Sinnen darauf gerichtet, daß er möglichst unbeschadet aus alldem hier herauskäme und sein Lebensweg keine Behinderung oder Beeinträchtigung erleiden würde, während seine Schwester, kriegerisch-kämpferisch veranlagt, spitz und kritisch bemerkte, man wolle wohl an ihm ein Exempel statuieren, das sei gleichsam mit Händen zu greifen: im ganzen brachten sie das Kunststück zuwege, zwei Widersprüche zu vereinen, ohne daß es ihnen im Geringsten auffiel: nämlich ihn erstens völlig schuldlos zu finden, aber von der Rache des Gesetzes bedroht, zum anderen, daß alles, was man ihm vorwarf, bis auf das, was auch ihnen ganz unklar blieb, weil Claudio hierüber kein Wort zu entlocken war, im wesentlichen und zwar durch die allgemeinen gesellschaftlichen Tendenzen gerechtfertigt war.

Zum Glück für Claudio (er verhehlte sich seine Erleichterung nicht) hinderte ihr labiler Gesundheitszustand seine Mutter daran, den weiteren Verlauf der Verhandlung als Zuschauerin zu verfolgen, umso mehr, als dies nur in Begleitung seiner Schwester möglich war, die aber werktags arbeiten mußte. Das, was sie hätten tun oder leisten sollen, konnten sie nicht leisten, konnten es noch weniger als Mona, die sich innerlich wie äußerlich abgekehrt hatte und längst zwar nicht ‚zu Schiff‘ – aber im Zug nach Frankreich saß, um dort das ganze unliebsame Intermezzo hinter sich zu bringen, bis ‚kein Hahn mehr danach kräht und auch keine Henne‘ – nichts hätten sie zuwege gebracht, was nicht auf sinnlose Vorwürfe hinausgelaufen wäre, warum ihr begabter, ehrgeiziger Claudio sich auf Dinge kapriziert hatte, die derzeit nun einmal geächtet und verboten waren. Die Frage, die viel relevanter ist als Verurteilung, Strafmaß und Karriereabbrüche: ob diese Zuspitzung seiner Lebenslage, in die er durch eigenes Verschulden hineingeraten war, auf die er es willentlich hatte ankommen lassen, und die unersprießlichen Konsequenzen in ihrem Gefolge etwas dazu beitrugen, die Konfusionen, die in seinem Innern herrschten, zu klären, wenn nicht zu beseitigen, und ihn dazu veranlaßten, sich den Widersprüchen und zum Teil obskuren Antrieben zu stellen, die sein Denken zu beherrschen begonnen hatten: oder ob seine Situation, die Bedingungen der Haft ebenso wie der öffentlichen Anklage gerade das Gegenteil bewirkte und ihn in seiner Haltung einer rebellischen Wut gegen den Staat und diejenigen, die ihn derzeit beherrschten, seine öffentlichen Wortführer machten, noch bestärkte, diesen Geisteszustand verschlimmerte: diese Frage blieb nach wie vor ungelöst. Wer vor Gericht die Lüge anprangert, sollte sie nicht vor sich selber dulden wollen, doch ist selbst dies unter anderem eine Sache der Auslegung. Das Gericht begnügt sich gewöhnlich damit, den Missetätern durch die praktischen Folgen ihrer Straftaten ein anderes Verhalten im Hinblick auf die Zukunft nahezulegen, läßt sich durch Kooperation und Lippenbekenntnisse insoweit besänftigen, als es die äußeren Zeichen der Besserung und Unterwerfung für die Sache selber nimmt, was vom pragmatischen Standpunkt (der hier allein zählt) etwas für sich hat. Mit den politischen Straftaten, den vermuteten und den realen, hat es notwendigerweise eine andere Bewandtnis: das Sujet ist edler, und Leute, die um ihrer Überzeugungen willen handeln, nicht aus Besitzgier, Raublust oder anderer niederer Leidenschaften willen, sind zähe Gegner, mit denen sich lange ringen läßt; die Gewalt, die man ihnen antut, der Widerstand, dem sie begegnen, ist ihnen Ausweis *ihrer* Sache und macht sie ihnen erst recht real. Lassen sich Überzeugungen, und wenn es noch so viele Einbildungen sind, durch Argumente aus der Welt schaffen? Je mehr einer spricht und dabei den salbungsvollen Ton des

Priesters, des Politikers, des Argumentierers aus Leidenschaft und Rechthaberei annimmt, desto mehr haßt ihn der andere, der sich dadurch erniedrigt und gekränkt fühlt – und zu den Dingen, die kränken, zählt schon die bloße Absicht des Überzeugenwollens. Ein ‚Faustschlag Gottes' hat oftmals mehr vollbracht, um Menschen von ihren Meinungen zu kurieren, als das ganze Arsenal der Humanität, der Biederkeit und des guten Willens zusammengenommen. Die Frage bleibt freilich immer: woraus er besteht und wer ihn auszuführen hat.

## 12.

Im verglasten Wintergarten eines schmucken Einfamilienhauses im ländlichen B. saß, an einem Sonntagmorgen von feuchter, aber Besseres versprechender Witterung, etwas ganz Seltenes beisammen: drei philosophierende Generäle. Sie hatten ihre Frauen zu irgendeinem Treffen geschickt – eine Landfrauen-Tagung, ein Wohltätigkeitskonzert, eine kirchliche Spendenaktion – und sich hier zu einem informellen zweiten Frühstück eingefunden, wo sie – mit wem sollen Generäle Umgang haben, wenn nicht mit ihresgleichen? – man hat seine geselligen Bedürfnisse und ist seinem Rang und Bildungsgrad verpflichtet, zu schweigen von ethischer Verantwortung und geschichtlicher Aufgabe, über die sie zwar nicht zu schwafeln pflegten, der sie sich aber ‚bewußt' waren –: ein zweites Frühstück also, wo sie ihre Zeitungen studierten, Neuigkeiten und Bewertungen austauschten und die allgemeine, die spezifische und die Weltlage erörterten und sich darüber ausließen, auf jene sachlich-nüchterne, präzis-pragmatische Weise, wie sie das Militär entwickelt hat, um sich auch sprachlich auf der Höhe der Zeit zu halten und sich mit jenem Duktus auszustatten, der alles, was diese Technokraten des Krieges und der Gewalt beschließen, unter das Diktat der absoluten Notwendigkeit stellt – mit allem gebotenen Ernst, den dies beinhaltet, versteht sich. Daß sie, im Gegensatz zur offiziellen Verlautbarungs-

sprache, privatissime ‚normale Sprache' bevorzugten ist
mindestens so gewiß, denn ohne einen kleinen Einschlag von
Laune und Launigkeit macht das Leben keinen Spaß, auch
nicht unter Generälen.

„Zum Donnerwetter", sagte folglich der eine, ein Drei-
Sterne-Mann mit Technokratenbrille und streng rasiertem
Kinn, der minutenlang hinter seiner Zeitung – von allen
übriggebliebenen konservativen Blättern der Republik das
konservativste und respektabelste – verschwunden war, sie
nun mit krachendem Blättergeräusch sinken ließ, nach seiner auf dem Teller gebliebenen Brötchenhälfte fischte und
in verärgertem Selbstgespräch, zu dem alle Zeitungsleser
neigen, anhob: „Jetzt zieht doch mal diesen jungen Mann da
aus der Schußlinie ... Ist ja fürchterlich, was da abläuft –
dieses Mahlen von Mäusen im Zeitlupenmodus. Sieht doch
ganz manierlich aus, der Junge. Breite Schultern, offener
Blick. Studiert, gute Leistungen – exzellente sogar. Elitepo-
tenzial. Das bißchen extremistische Weltanschauung kann
nicht im Ernst das Problem sein, das schleift sich zurecht.
Man bürstet ihn ein bißchen und bringt ihn auf Linie (wenn
man ihm sein Interesse klarmacht, wird er schon klein bei-
geben), und damit hat es sich. Herr Kollege – das fällt in
Ihren Beritt. Läßt sich da nichts machen (in die Runde gesprochen)?"

Die beiden anderen waren, obschon eben noch im Gespräch
über ein gänzlich anderes Thema, doch sofort auf der Höhe,
nachdem sie nur einen Blick auf den Artikel – mitsamt Bild
–, auf den sie zur Veranschaulichung dieser Ansprache hingewiesen wurden, geworfen hatten: doch während der eine
mit zweifelnder Miene den Kopf wiegte (er war der Ange-
sprochene) und zu bedenken gab, daß das Gericht sich seine
Beute nicht so leicht streitig machen lassen werde, sagte der
dritte, er sei auch nicht für ‚Schauprozesse und Hysterie'
und ‚wenn wir den einen nicht kriegen, arbeiten wir uns
eben am anderen ab', aber: „Wir wissen doch alle, wie derzeit der Hase läuft. Unsere Jungs haben nun einmal ihr bißchen Saft, Kraft und Leidenschaft, das wollen wir doch auch

so, nicht wahr, sonst wären es ja keine, sondern – – Wollen
nicht ewig und drei Tage die Krankenpfleger machen, die
Sandsackstapler und Transporteure, jedenfalls wollen sie das
nicht im Hauptberuf. Fühlen sich nicht genügend respektiert und gewürdigt. Und haben sie etwa unrecht damit?
Man muß sich entscheiden, will man eine Armee oder ein
Sanitätshaus? Dann soll man aber nicht ankommen und
jammern, wenn plötzlich Not am Mann ist, und sagen: Wo
bleiben die Soldaten, die uns schützen sollen, warum
schickt ihr nur Ärzte und Therapeuten? So ist der Bürger
(mit Emphase)."
Sein Dreisternegegenüber hatte längst seine Zustimmung,
will sagen: seine unumschränkte Billigung signalisiert, ehe er
sich nochmals, dezidierter als beim ersten Mal, an den General-Zweifler wandte. „Sie kennen doch den Richter H.
vom Oberlandesgericht oder könnten da eine Verbindung
herstellen. So ganz inoffiziell und hinter den Kulissen, ohne
daß die Öffentlichkeit etwas mitkriegt, und vor allem die
Presse/ Medien nicht. Wie man's mit allen wichtigen Dingen macht. Man läßt irgendein mildes Urteil ergehen, wegen Waffenbesitz, na in Gottes Namen, und dann schickt
man den Jungen nach A. oder M. und läßt ihn dort seine
Hörner abschleifen und sich den nächsten Dienstgrad erwerben. Alles machbar und gesichtswahrend. Was spricht
dagegen?" – „Justitia. Die ist nicht nur blind – immer mal
auf dem einen oder andern Auge, wie wir wissen –, sondern
vor allem eifersüchtig auf ihre Unabhängigkeit bedacht. Die
dritte Macht im Staat, und wenn's nach ihnen ginge: die
erste. Das Recht ist heilig –" – „Alle Wetter, jetzt hättest du
mich wirklich bald an der Nase geführt. Ich hab' gedacht,
du sprichst im Ernst. Das Recht ist heilig. Seit wann das
denn? Wenn du gesagt hättest: das Militär ist ewig – da hättest du zumindest eine Wahrheit ausgesprochen und kein
absurdes Postulat … Sagen wir es so: *Ihr* Recht (im Sinne
von Rechtsklauberei und Paragraphenseligkeit) ist ihnen
heilig – das läßt man sich zur Not noch gefallen. Ändert aber
an der Sache nichts. Wir sind uns doch schon lange einig,

daß diese Fälle und Prozesse aufhören sollten. Macht nur böses Blut und schadet dem Ansehen unserer Armee. Die besten machen's nicht unter dem Vaterland – und ob's nun verpönt ist oder wieder im Kurs steigt: es bleibt immer noch das beste Mittel, sie in Marsch zu setzen, zumal wenn wirklich einmal die Lunte brennt. Und was das Putschen anbelangt – von der Hysterie abgesehen, die schon das Wort erregt (von Möglichkeiten will ich gar nicht reden) –, also da möcht' ich mich doch bitte schön auf unseren guten Ahnherrn berufen dürfen: Wenn hier einer putscht, dann sind wir es – und wir putschen nicht. Punkt, aus, Ende."

„Naja, Herr Kollege" – vom General-Zweifler, nachdem sie über den derben Scherz weidlich gelacht hatten, „und Ihre feinst gemahlenen Mäuse in allen Ehren, aber *so* harmlos scheint der Junge, nach allem, was man hört (oder weiß), doch nicht zu sein … Da gibt oder gab es doch sogar eine Verbindung in linksextreme Kreise, ich erinnere mich genau, obwohl's in dem Artikel da gar nicht mehr erwähnt wird –" „Wegen der Frau. Suchen Sie die Frau, Sie werden immer eine finden. Aber es war, was die Hauptanklage angeht, eine tote Spur. Ist nichts dabei herausgekommen." – „Dem Anschein nach. Ich wäre *nicht* so sicher. Die Sache an *sich* ist doch schon äußerst verdächtig –" „Also verehrter Herr Kollege, das kann ja schon deswegen nicht sein, weil die Leute, auf die die Rechten, und die, auf die die Linken es abgesehen haben, gewöhnlich nicht dieselben sind. In dem Fall können Sie's sogar nachlesen (auf den Artikel weisend)." – „Er soll sich bislang (sagte der verbindliche General) ja ganz geschickt aus der Affäre gezogen haben. Sie kriegen ihn nicht recht zu fassen. Spricht von der Lüge, die überall herrscht und alles ganz anders bezeichne, als es sei – aber wenn man mal konkret und im Detail wissen will, was es damit sei und was er meine, so findet man nichts. Kaum wird er konkret, schneiden sie ihm das Wort ab –" „Die Zeitungen drucken es nicht, etwas gesagt haben wird er schon –" „Nicht nach dem, was *ich* weiß. Ist vielleicht auch besser so. Wir stellen unsere Soldaten ja nicht als Denker ein und richten sie ab, sich in der Öffentlichkeit hervorzutun und Theorien zur Weltlage zu verbreiten. Das gibt nur Konfusionen und eine schlechte Presse, falls sie sich in der Wortwahl vertun – was fast zwingend ist. Eine Beleidigungsklage hat er auch schon am Hals, weil er den Staatsanwalt mit Freisler angeredet hat, mehrfach natürlich." – „Unsere Jungs haben dazugelernt" (vom Dreisternegeneral, der das Prägnante und Robuste schätzte) – „Na (vom diplomatischen General, mit ärgerlichem Abwinken), das stelle ich in Abrede. Dazugelernt, mag wohl sein, aber doch nicht *genug* gelernt. Man soll das auch nicht befördern und die Gemüter noch weiter erhitzen, um nichts und wieder nichts –" „Ist historisch ja auch nicht ganz akkurat (der Zweifler-General, der im Gegensatz zu den beiden andern nichts dagegen hatte, in Talk-Shows herumzusitzen und das Militärische dem Volk nahezubringen, übrigens mit der Miene eines freundlichen Pedanten) – nicht ganz akkurat, weil Freisler ja der Richter war und nicht der Staatsanwalt – " „Exakt, Herr Kollege. Sachlich einwandfreie Richtigstellung. Wir sollten ihn also aus dem Verkehr ziehen, meine ich, bevor er noch weiter Unheil anrichtet. Beziehungsweise: sich noch tiefer in den juristischen Treibsand wühlt. Und wenn wir ihn ins Manöver schicken. Ich werd' mal sehen, ob sich da irgend etwas machen läßt. (sich Kaffee nachschenkend) Haben Sie übrigens gehört, daß wir unsere neuen Haubitzen vorerst doch nicht kriegen, weil allein das Beraterhonorar wieder Unsummen ..." (rauchende Köpfe) Das vorläufige Resultat all dieser Entwicklungen und der sie begleitenden Umstände und Gegebenheiten war, daß Leutnant Claudio zwar aus der Untersuchungshaft entlassen wurde, aber mit strengen Auflagen, was seine Bewegungsfreiheit anbelangte, und daß er in dem Interim, das zwischen dem Tag seiner Entlassung und dem der Urteilsverkündung lag, noch reichlich Zeit hatte, darüber nachzusinnen, ob er seine Seele retten oder verderben lassen wollte bzw. auf welchem Weg das eine oder das andere das Wahrscheinlichere war. Die Ansprache seines Hauptmanns – des einzigen seiner Vorgesetzten, der ein privates Wort an ihn zu richten für geboten hielt und ihm folglich ins Gewissen redete, mehrfach zumal – blieb, obwohl von Wohlwollen gespeist und redlich gemeint und empfunden, doch in ihrer Wortwahl zu konventionell, nahm das derzeit Gegebene als ‚Resultat einer historischen Entwicklung, die ihre Gründe und Ursachen hat' zu klaglos-pragmatisch hin, als das sie das Herz des jungen Mannes hätte erreichen, d. h. die Verkrustungen lösen können, die sich bereits darin gebildet hatten.

Was konnte er ihm bieten, an Aussichten vor Augen stellen, die er nicht bereits gekostet und die irgendein innerer Sinn, den alles Bisherige und Erreichte nicht befriedigte, als unzulänglich, vielleicht sogar als nebensächlich verworfen hatte? Es entging dem Delinquenten nicht, als er seinem Hauptmann gegenübersaß und in sein biederes Gesicht blickte, daß dieser in seinen übrigens kurz gehaltenen Ausführungen und Ermahnungen sich peinlich hütete, auch nur den *Namen* des Landes, dem er diente, auszusprechen, als sei irgendein Gift daran, das auch nur mit dem Finger zu berühren man sorgsam vermeiden muß: eine diplomatische Vorsicht, die seiner kräftigen Natur und Stimme widersprach und eher auf das Konto sorgsamer Überlegung ging, das jetzt Anstehende zu tun, die aber Claudio, der sich für sein Auftreten vor Gericht eine Panzerhaut hatte wachsen lassen (zumindest glaubte er daran) als opportunistische Feigheit verachtete. Was eher geneigt war, ihn zum Nachdenken zu bringen, lag nach der negativen Seite hin, die aber ihrerseits ihre Gefährdungen und Tücken hatte, und bestand in den Reaktionen auf seinen Prozeß, der ja in der Öffentlichkeit Aufmerksamkeit erregt und den die Medien überreichlich kommentiert hatten, Reaktionen, die ihm – man muß schon sagen, aus allen niederen Rängen der Republik zugegangen waren und in der überwiegenden Mehrheit von Leuten stammten, die irgendeine Wut auf den Staat bzw. seine öffentlichen Institutionen hatten, und nun ihm, dem Anfechter dieses Staates Beifall spendeten, zum Weitermachen animierten, ja nachdrücklich aufforderten. Konnte es einem jungen Mann von einer gewissen Reizbarkeit, Intelligenz und Sensibilität, der studiert und Selbstachtung erstrebt hatte, gleichgültig sein, wenn ihn das mindere Gelichter auf den Schild hob: in Wahrheit zu sich hinabzog, in die Niederungen des Gemeinen, Bösartigen, Rankünösen? Mußte ihm nicht wenigstens dies, die Einsicht, daß er nicht auf dieses Niveau sinken wollte, die Kraft geben, sich mit einem entschlossenen Ruck loszureißen, indem er sich sagte: Lieber trage ich mein Los allein als in solcher Gesellschaft? Daß der Gedanke ihn mehrfach anflog ist beinahe gewiß und ebenso: daß er ihn ungeduldig von sich schob, sich sein Recht herbeiredend, wie es alle tun, die sich verworfen, verhöhnt und ungerecht behandelt fühlen. „Wir halten zu dir, alter Knabe", tröstete ihn Kurt, der freilich, diesen und anderen Versicherungen zum Trotz, sich eine Weile lang sehr bedeckt gehalten hatte, auch vor Gericht nicht erschienen war und darauf drang, die Kommunikation auf das Nötigste (das Nötigste war beinahe nichts) einzudampfen, „solange du im Fadenkreuz stehst – – keiner hat Lust, in den Knast zu wandern für etwas, was er noch gar nicht getan hat."

Eine ausgleichende Gerechtigkeit, auf die im Gegensatz zur juristischen gewöhnlich Verlaß ist, wenn sie auch oftmals später oder in anderer Form auftritt, als die Rach- oder Strafsucht möchte, brachte es mit sich, daß das gewohnte Glück zwei anderen Protagonisten dieser Erzählung erst einmal nicht mehr hold war. Zwar bummelte die Abenteurerin Mona, solange Geld (das sie einem verliebten Juristen abgeluchst hatte) und Lust ausreichten, ein wenig durch den Süden Frankreichs, schaffte es bis zur blauen Küste und verdingte sich dort als Kellnerin, Schmuckverkäuferin, Rezeptionistin, doch nur um festzustellen, daß die dortigen Chefs ebensolche Ausbeuter waren wie zu Hause, daß die Vermieter ihr Geld sehen wollten und die Liebhaber – en gros – sogar weniger großzügig waren als ein Soldat, der sich einbildet, die Liebe seines Lebens gefunden zu haben: als einer ihr sogar Geld stahl, das Finn-Phänomen auf noch

unangenehmere Weise wieder einsetzte und sie Ärger mit
der Polizei bekam, weil sie ahnungslos in seinem gestohle-
nen Wagen fuhr, mußte sie Hals über Kopf die Flucht ergreifen und sich über die Grenze nach Brüssel retten, wo ihr
Vater, ein EU-Beamter, alles war, was man sich an Eigenschaften nur vorstellen mochte – nur nicht so, wie Mona ihn
gemalt hatte. Etwas wahrhaft Abgründiges, sowohl was die
Sache wie die Folgen anbelangt, erlebte Finn, der ebenso
unbekümmerte wie kummerlose Prinz des neuen Sozialismus und der allgemeinen Menschheitsverbrüderung: er trat
an Bord seines Rettungsschiffes, der …, auf einen rostigen
Nagel, als hoher Wellengang das Gehen unsicher machte,
und ging, als der Schmerz ihn eine zu starke Ausweichbewe-
gung machen ließ, mit der nächsten Welle über Bord: und
fand sich, zu seinem sonderbaren Entzücken, in exakt derselben Situation wie seine Schützlinge: im Wasser treibend,
bei Nacht und starkem Wind, mit den Armen rudernd und
um Hilfe rufend, während sich vom Schiff aus die Hände
derer, die ihm ihr Leben verdankten, nach ihm ausstreckten.
Das Delirium dieser Grenzerfahrung, das fortwirkte, nachdem man ihn aus dem Wasser gefischt hatte, veranlaßte ihn
dazu, seiner Wunde zu wenig Aufmerksamkeit zu schenken,
darauf vertrauend, wie es seine Art war, daß sie von selbst
heilen würde: sie war nicht genug gereinigt worden, entzün-
dete sich, da nicht ausreichend Medikamente an Bord waren
und sie nicht schnell genug einen Hafen anlaufen konnten;
die Sache endete damit, daß ein indifferent-geschickter
italienischer Arzt mit knapper Not seinen Fuß rettete: ein
hinkender sozialistischer Prinz war nicht mehr ganz so überzeugend wie einer, der in jede Want klettern konnte.
Und all dies – sagt sich der seine Augen reibende Zweifler –
soll letztlich auf einen einzigen anachronistischen Walzer
zurückzuführen sein, der strenggenommen nie hätte getanzt
werden dürfen, zumal in *der* Formation? Mag sein, daß die
nicht ganz Unrecht haben, die der Musik ein bohrendes
Mißtrauen entgegenbringen, ja: sie verbieten lassen würden,
wenn sich das machen ließe, denn die Musik pflegt sich

nicht darum zu kümmern, welche Schismen und Dogmen gerade erwünscht und opportun sind, welche Einteilung nach Gut und Böse gerade unabdingbar ist, unter strenger Beobachtung steht: sie entzückt und reißt hin, löst auf und verbindet, wie es ihr gefällt, sie kann bewirken, daß selbst tödliche Feinde, wenn sie einander ahnungslos gegenübertreten, sich höchst akzeptabel finden, freimütig die besten Eigenschaften anerkennend. Heißt es nicht, dem göttlichen Wirken, zu dessen Erscheinungsformen die schönste Musik zählt, gegenüber unempfindlich und undankbar sein, wenn man mit zu eiligem Willen das eine für Illusion, jenes andere hingegen für die Wirklichkeit und Wahrheit erklärt? Noch immer und immer wieder arbeiten die Dichter, die Komponisten, die Künstler und die Träumer daran, die Gegensätze aufzuheben, die Vorurteil, Egoismus und Eigensinn zwischen die Menschen bringen, und eine Harmonie wiederherzustellen, in der das Unmögliche möglich wird: und immer wieder füllen die Technokraten der Herrschaft, die Lenker der öffentlichen Meinung und bezahlten Pädagogen die Köpfe mit dem zulässigen Denkstoff, ohne verhindern zu können, daß die Jugend sich von irgendwoher ein Ideal fischt, und sei es aus der Gosse, daß sie es heimlich und begierig besieht und selbst in seiner entstellten, besudelten Form noch Schönheit und Würde sieht, gleichviel was dabei herauskommen mag, denn wer verschenkt großmütiger sein Herz und seine Kraft als die Jugend – oder vielmehr nur sie? Der Verteidiger plädierte auf Freispruch, denn dies war sein Metier. Der Staatsanwalt, seiner Pflicht und seiner mahlenden Kinnbacken eingedenk, forderte fünf Jahre. Der Richter machte zweieinhalb daraus, ohne Bewährung freilich – ob in seiner Funktion als wohlwollend-strenger Beurteiler menschlicher Verirrungen und Fehltritte (vulgo Verbrechen) oder weil ihm sein George-Grosz-Double über die Schulter sah, ist nicht zweifelsfrei festzustellen. Verbürgt ist hingegen, wie der Angeklagte seinen Spruch aufnahm: mit der üblichen unbewegt-angespannten Miene, aber sichtlich erbleichend. Man muß zerknirscht sein, ehe man wieder

Mut fassen kann. Während das Strafmaß teils als angemessen, teils als zu milde angesehen wurde, ist davon auszugehen, daß, da der Leutnant von einem deutschen Gericht verurteilt wurde, die guten Genien, die es jederzeit und in jeder Ausprägung gibt, ihn nicht vollständig im Stich lassen würden. Er bekam einen Wäschekorb Briefe von weiblichen Absendern, die sein Auftreten vor Gericht verfolgt, sein Gesicht und seine Gestalt betrachtet und sogar die Presseartikel über ihn gelesen hatten, die ja, je tendenziöser sie sind, d. h. je mehr Geifer und Hohn oder auch nur absprechende Urteile sie enthalten, oft erstaunlich gegenteilige Wirkungen hervorbringen: und ob unter all diesen weiblichen Interessenten sich nicht mindestens *eine* fand, die ihn hier herauszubringen fähig war – aus einer Haft im buchstäblichen und im übertragenen Sinne – darf als keinesfalls ausgeschlossen betrachtet werden.

# Madame Minerva

## 1.

Es ist ein alter Spruch: daß die Mörder wahnsinnig seien. So verlockend es ist, sich vorzustellen, daß nur eine Geistesstörung den Menschen befähigt, seinesgleichen umzubringen und daß der Vollbesitz der Vernunft dergleichen ausschließt, so habe ich doch dieser wie anderen Verallgemeinerungen stets mißtraut, zum Teil aus einer vielleicht angeborenen, vielleicht meinem Zeitalter entstammenden Skepsis gegen zu einfache Wahrheiten, zum Teil, weil die Vorsicht unter Juristen Berufshabitus ist; man infiziert sich gleich zu Anfang seines Studiums mit dieser Krankheit und trägt anschließend ihr Kainsmal auf der Stirn und in den Gesichtszügen: ich weiß, daß auch ich es habe, ein berufener Mund hat es mir gesagt. Ich wäre vielleicht niemals auf den Gedanken gekommen, im Spiegel nach Anzeichen dieser bitteren Wahrheit zu suchen, wenn nicht ein Ereignis, das zu denen gehört, die man später, aus der Rückschau, die schicksalhaften nennt, mich dazu gezwungen hätte. Ich hatte gerade mein zweites Staatsexamen abgelegt und meine erste Stelle als Beisitzer am Amtsgericht in T. angetreten, mit insgesamt soviel Aussichten auf mehr und Besseres, wie sie ein Jurist, der sein Metier schätzt und sich darin auszuzeichnen wünscht, für sich in Anspruch nehmen kann. Ich hatte immer davon geträumt, Richter zu werden, und dies war nun die erste Stufe hierzu: mir einen praktizierenden Richter anschauen, ihm assistieren und mir zu überlegen, ob ich es so halten wollte wie er. Ein Freund, ebenfalls Jurist, hatte mich und andere Studienkollegen zu seiner Geburtstagsfeier eingeladen, in eines jener Landhotels, wie sie zu solchen Zwecken gern genutzt werden. Es lag mitten in der Lüneburger Heide, in der Nähe des Wilseder Berges, und nachdem wir, allesamt von einer Zukunft berauscht, die wir, unseren Plänen und Erwartungen gemäß, in sehr rosigem Licht sahen, dort sehr fröhlich beieinandergesessen, gegessen, gescherzt, gefeiert und gezecht hatten, verabschiedete ich mich, nüchterner als der Rest, weil ich wegen einer Verabredung am nächsten Tag nicht dort zu schlafen, sondern in meine Wohnung zurückzukehren vorhatte, gegen zwei Uhr nachts von den übrigen, die mich mit viel Schulterklopfen vor die Tür geleiteten, mich zu meinem neuen Auto beglückwünschten und im übrigen bedauerten, weil ich ihr Sektfrühstück am nächsten Morgen nicht mitmachen würde. Ich muß hinzufügen, daß Juristen nicht mehr trinken als andere Leute, sondern eher weniger, und daß sich das alles in sehr gesittetem Rahmen abspielte.

Es war eine frostige, bitterkalte Januarnacht, und ich fuhr über Land, das, wie alle Landfahrer wissen, in solchen Nächten noch schwärzer, einsamer, verlorener wirkt als zu anderer Zeit. Die Finsternis ist undurchdringlich: kaum tritt etwas, das man eben noch sah, aus dem Lichtkegel der Scheinwerfer zurück, ist es wie weggehext, als hätte die Schwärze es aufgeschluckt. Die Straßen, die Adern gleich das Land durchziehen, sind wie befestigte Bahnen, die man nicht verlassen darf, um nicht die unheimlichen Geister, von denen die Dunkelheit voll ist, herbeizuziehen: kaum biegt man in einen holperigen Weg ein, um zu einem einsam stehenden Haus zu gelangen, sind sie zur Stelle: das Käuzchen ruft, der scharfe Wind bläst einem entgegen; wenn man aus dem Auto steigt, tritt man in eine Pfütze. Ich zweifle, daß ich solche Gedanken zu jener Zeit schon hatte, vielleicht gefällt es mir nur, den Kontrast zu beschwören, den zwischen drinnen und draußen, der außerordentlich ist. Ich saß in meiner geheizten, blitzenden Zauberkapsel, die mich in magischer Schnelle durch den Raum trug, und fühlte mich sehr behaglich darin: ich war – ich will es zugeben – so kindisch stolz auf mein Auto, wie man es nur in jenen Jahren ist, da die Freuden, auch die des Luxus, noch vergleichsweise frisch sind oder man sie jedenfalls noch intensiv empfindet. Es war dunkelblau – was mir als Farbe der Meditation gefiel –, hatte silbergraue Polster, fuhr seidenweich, ausgewogen, zuverlässig, gehorchte wie ein wohldressiertes Pferd dem leisesten Wink, war, es versteht sich, mit der neuesten, leicht zu bedienenden Technik und aller notwendigen Automatik ausgestattet, und dabei roch es sogar gut – jedenfalls bildete ich mir das ein – es gab im Innern nicht dieses Gemisch aus Kunststoffen, Benzin und Lack, gegen das die empfindlichen Mägen revoltieren, sondern es roch auf gewisse Weise nach nichts Bestimmten und dennoch angenehm; ich meine: viel mehr kann man von einem Auto nicht verlangen. Ich liebe seit meiner Jugend klassische Musik und eine meiner ersten Handlungen der Inbesitznahme war es gewesen, mein Gefährt mit genügend Musikproviant zu versehen, um damit einmal um die Erde zu fahren, ohne jemals etwas doppelt hören zu müssen. Die Finsternis, Schwärze und Kälte dort draußen verstärkte das Gefühl wohliger Geborgenheit, das mir mein von den herrlichsten Instrumentalklängen erfülltes, gepolstertes Blechgehäuse gab; sogar die roten und blauen Leuchtziffern auf dem Armaturenbrett erschienen mir schön in ihrer Klarheit und Sinnhaftigkeit, in der Präzision und Verläßlichkeit, deren Ausdruck und Symbol sie waren, und zugleich ähnelten sie einer geheimnisvollen Hieroglyphenschrift, die der Dunkelheit auf ihre Weise Widerpart bot. Ich war einverstanden mit meinem Auto, mit mir selbst und meinem Leben, als ich in jener Nacht heimwärts fuhr; ich sah mit Zuversicht in die Zukunft, selbst der Umstand, daß ich noch keiner Frau begegnet war, mit der ich mich länger hätte verbinden mögen, störte mich nicht allzusehr, weil ich nicht so sehr die Hoffnung als die Überzeugung hegte, daß, da keine gewichtigen Gründe dagegen sprachen, dies zwangsläufig früher oder später der Fall sein würde, auf ganz unspektakuläre Weise vermutlich, wogegen ich aber nichts einzuwenden hatte. Sie würde einfach irgendwann in mein Leben treten, wie man durch eine Tür tritt – dies empfand ich und war zufrieden damit, zufrieden, in meiner von magisch-dunklen Klavierklängen erfüllten Kapsel durch die Lande zu fahren und zu den vernünftigen Leuten zu gehören, die ihr Leben bewältigen, ihre Steuern zahlen und keine tollwütigen Ansprüche oder Anschuldigungen erheben oder anderen eine Verantwortung zuschieben, die ihnen selbst obliegt. So war es, und dann kam jemand, öffnete die Wagentür und warf mir zwei Hände voll Schmutz auf meine funkelnagelneuen samtiggrauen Polster.

Ich habe eine Metapher verwendet, die man mir nachsehen mag – zum einen, weil man auf diese Weise das Geschehen beherrscht, anstatt von ihm beherrscht zu werden; zum anderen, weil sie von der tatsächlichen Wirklichkeit nicht einmal gar so weit entfernt ist. So war es, und nun muß ich erzählen, wie sich dies zutrug, muß die Umgebung wiederfinden, wo diese Begegnung stattfand, die schon damals, als sie geschah, im buchstäblich allerersten Augenblick den Schauer des Unheimlichen hatte. Des Unheimlichen? Ich hatte gerade einen Ort passiert – lassen wir den Namen, der nichts zur Sache tut, beiseite, ich darf, da einige ihrer Protagonisten noch leben, in dieser Erzählung überhaupt keine exakten Namen nennen –, eines jener einsamen Heidedörfer, die zu dieser Jahreszeit, in der allertiefsten Nacht zudem, wie verhext und ausgestorben wirken; man sieht dort nichts und niemanden, nicht das allerkleinste tröstliche Licht irgendwo; die Häuser wirken dunkel, leblos, verlassen, selbst die Straßenlaternen schalten sie in diesen Stunden ab oder haben es eine Weile lange getan, bis genügend Bürger dagegen protestierten. Ich war abgebogen und setzte meine Fahrt auf der Landstraße fort, pflichtgemäß in langsamem Tempo, da ein Schild mir den häufigen Wildwechsel, der auf dieser Strecke stattfand, anzeigte. Ich wollte weder ein unschuldiges Reh töten, nur weil mir zufällig eins in die

Quere kam, noch mein Auto durch den Anprall einer Wildsau oder eines Ebers ruinieren lassen; überdies hatte ich vor kurzem gelesen oder gehört, daß just in dieser Gegend, vielleicht auf derselben Strecke ein Hirsch durch die Windschutzscheibe eines herannahenden Autos gesprungen war und den Fahrer schwer verletzt hatte. Zweifellos, sagte ich mir, während ich mit wachsamen Augen vorausspähte, haben auch die Tiere ein Recht, wenigstens bei Nacht ihre angestammten Gebiete durchqueren zu dürfen, die der Mensch ihnen mit soviel tödlicher Konsequenz streitig macht: denn diese Bahnen und Straßen, auf denen wir so behaglich dahingleiten, als gäbe es nur uns auf dieser Welt, sind in Wahrheit mörderische Schneisen.

Da stutzte ich. Ich hatte in der Ferne eine Gestalt erblickt, die sich durch meine Fahrbewegung rasch näherte, obwohl sie ihrerseits mit ziemlich stracken, geschwinden Schritten in dieselbe Richtung ging, ja förmlich marschierte, denn der Gang hatte etwas Soldatenhaftes, bis auf etwas Unregelmäßiges darin, ebenso in den Bewegungen wie in der Geschwindigkeit, als werde die Person, die da ging, von wechselnden Impulsen und Entschlüssen vorangetrieben. Ich weiß nicht, woher ich die Gewißheit nahm, die ich gleichsam intuitiv und von Anfang an hatte – daß es sich um eine Frau handelte: vielleicht war es wirklich nur die Kleidung, denn die Gestalt trug einen langen schwarzen Mantel und eine ebenfalls schwarze, ziemlich große Kapuze, die von hinten das Haupt völlig einhüllte, was bei einem Mann – sämtliche Spukgeschichten beiseite gesetzt – eher ungewöhnlich, wenn auch nicht unmöglich gewesen wäre. Ich konnte all dies sehen und bemerken, da ich mein Fernlicht eingeschaltet hatte und langsam fuhr, und ich konnte, als ich sie passierte, einen Blick auf ihr Gesicht werfen: ich hatte genau den Moment abgepaßt, da dies möglich sein würde, da das Licht der Scheinwerfer, obwohl nach vorn gerichtet, hinreichen würde, die Gestalt zu beleuchten, zumal falls sie den Kopf wendete. Das tat sie nicht, aber ich hatte dank meiner Berechnung keine Mühe, unter einer schwarzen Pel-

347

zumrandung helles Haar und ein weißes Gesicht wahrzunehmen, in dem ein Paar schwarzer Augen groß und starr entweder ins Leere oder, jenen Tieren gleich, die im Finstern sehen können und dort alles finden, was sie brauchen, in die Dunkelheit blickte. Dies sah ich – einen Augenblick lang, dann entfernte sie sich wieder von mir wie jemand, der von einer unbekannten Macht zurück in die Unsichtbarkeit gezogen wurde.

Ich muß gestehen, daß sich noch niemals so viele Gedanken in mir zusammendrängten wie in der kurzen Zeitspanne, die nun folgte. Wer war dies? – das war die erste und eigentlich sinnloseste Frage, die nur durch die folgenden Gewicht erhielt. Wieso marschierte sie hier mutterseelenallein durch die Dunkelheit, durch Nacht und Frost, kilometerweit – das Dorf lag schon eine weite Strecke hinter mir – von jeder menschlichen Ansiedlung entfernt? ... Ich weiß nicht, was mich zuerst zum Anhalten und dann zum Umkehren zwang: zwang oder nicht vielmehr bewegte? Irgend etwas in meinem Innern flüsterte mir zu, daß ich die Pflicht hätte, noch einmal etwas genauer nachzusehen – nach ihr zu sehen, mich zu vergewissern, daß sie bei Sinnen, daß es keine Verirrte, Wahnsinnige war und ihr sogar – womöglich – meine Hilfe anzubieten. Sie lief am Straßenrand, was schon für sich nicht ungefährlich war – sie konnte recht wohl durch einen unbedachten Schritt stürzen, sich etwas brechen und dann liegenbleiben. Dies war keine Spaziergängerin noch jemand, der einen Auftrag oder eine Arbeit verrichtet hatte und jetzt zu Fuß – wohin? – zurückkehrte: niemand, der in den ländlichen Gegenden arbeitet, an verschiedenen Orten, würde diese Entfernungen zu Fuß zurücklegen, schon gar bei solcher Witterung – selbst die Putzfrauen und erst recht die Hebammen fahren Autos, oftmals die neuesten Modelle. Die Person, die ich gesehen hatte, ging mit Absicht, sie hatte Energie, sie strahlte einen finsteren, unbeugsamen Willen aus. Oder hatte ich mir dies nur eingebildet, weil meine Phantasie durch die vor kurzem verlassene Festlichkeit – die schon merkwürdig verblaßt war – wie durch das

Fahren durch die frostige Einsamkeit und eine leichte Beeinflussung durch den Rest Alkohol in meinem Blut in Tätigkeit gesetzt war? Ich wendete und fuhr zurück. Irgendein Dämon hatte mir eingeflüstert, daß ich dies tun *müsse* und daß ich nach erledigter Pflicht schließlich einfach weiterfahren könne, im wohligen Bewußtsein, mich wie ein korrekter Mensch, human und hilfsbereit verhalten zu haben. Es gab sogar eine leise Neugier in mir: ob ich sie überhaupt wiederfinden würde und ob sie nicht gar, wie das scheue Wild, das an ungezählten Stellen sacht und fast lautlos die Straßen kreuzt, längst in die Finsternis entschwunden war – in welchem Fall ich mir nichts vorzuwerfen haben würde. Mein Fatum ließ mich nicht so leicht davonkommen. Die Gestalt war noch vorhanden, ich sah sie sehr bald durch meine Scheinwerfer, und sie marschierte wie zuvor, mit langen, geraden Schritten, die gelegentlich etwas aus dem Takt gerieten. Ich glitt heran, hielt an, noch ehe ich sie ganz erreicht hatte, um zu verhindern, daß sie einfach weiterging, ohne mir Antwort zu geben, ließ das Fenster heruntergleiten und rief sie in den höflichsten Worten an. Ob sie Hilfe benötige, die ich ihr leisten könne? Es sei noch so weit bis zum nächsten Ort – und dergleichen mehr, was immer Vertrauen erwecken und ihr den Eindruck vermitteln konnte, daß ich nichts Böses im Sinn hatte. Ein strenges Kopfschütteln, ein etwas undeutliches Nein war die Antwort, da sie mit abgewandtem Gesicht gesprochen hatte und ihren Schritt, nach einem kurzen Zögern, das dem Verstehenwollen geschuldet war, wiederaufnahm. Ich wendete erneut, holte sie ein und sprach, mich so weit hinüberbeugend, wie ich konnte, durch das Fenster auf der Beifahrerseite: Ob sie sicher sei? Ob dies ihr Ernst sei, hier noch weiter marschieren zu wollen, mitten in der Nacht, bei sechs oder acht Minusgraden (in der Heide ist es fast stets kälter als anderswo)? Ob ich, da wir doch offenbar dieselbe Richtung hätten, sie irgendwohin mitnehmen könne?

Ob ihr dies viel Zutrauen zu mir geben konnte, blieb zweifelhaft, aber sie hatte jetzt immerhin angehalten und zögerte. Ich verstand dieses Zögern und Schweigen nicht und redete deshalb mein törichtes Zeug immer weiter, bis ich mit einem Mal begriff, daß sie auf die Musik lauschte, die aus meinem Auto drang und die ich zwar leiser gestellt hatte, als ich zurückfuhr, aber nicht völlig hatte verstummen lassen. Ich konnte sie jetzt besser sehen, aber ich hielt sie immer noch für eine jüngere Frau, ich erkannte meinen Irrtum erst, als sie ins Auto stieg und die Pelzkapuze von ihrem Haupt herunterglitt. Gott im Himmel, das Haar, obschon lockig und leicht, war weiß, vollkommen weiß, das bleiche Antlitz hatte tiefe Furchen um Auge, Stirn und Mund, die schwarzen Augen waren eingesunken in ihren Höhlen und glichen in ihrer Größe und Starrheit den Augen einer Eule. Ich versuchte zu lächeln und die Contenance zu bewahren: schließlich war nichts geschehen, außer daß ich mich in einer weiblichen Erscheinung getäuscht hatte; im Hinblick auf unser gemeinsames Dahinfahren war dies hier sogar besser, denn wir waren – ich schätzte sie auf weit über vierzig, vielleicht schon den Fünfzig näher – sicher voreinander. Glaubte ich. „Wo müssen Sie hin, wo kann ich Sie absetzen?" fragte ich, als ich erneut Gas gab. „Fahren Sie nur", kam die Antwort, mit unbewegtem Gesicht, das nach vorn blickte –„ ich werde Ihnen sagen, wann ich aussteigen möchte." Sie hatte eine Tasche bei sich, eine Umhängetasche aus schwarzem Leder, die ich wegen ihrer Unauffälligkeit vorher nicht bemerkt hatte; sie schien geräumig und doch leicht genug, um bei einer längeren Fußwanderung nicht beschwerlich zu werden. Ehe ich noch Zeit hatte, Vermutungen anzustellen, zu welchem Zweck meine Mitfahrerin diese Tasche bei sich trug – es schien wenigstens, als hätte sie einen –, sah ich von der Seite, wie sie ihren Mantel aufknöpfte, ein großes Küchen- oder Fleischermesser hervorzog und es ohne Hast, als handle es sich um einen völlig selbstverständlichen Vorgang, in die Tasche bugsierte,

weil es ihr an der vorherigen Stelle verständlicherweise lästig war.
Ich muß gestehen, daß mir an diesem Punkt der Schweiß ausbrach. Alles, was ich soeben noch für gesichert angesehen hatte, hatte sich ins Gegenteil verkehrt: statt daß ich der Großmütige war, der einer bedürftigen weiblichen Person Schutz vor Nacht, Kälte, Dunkelheit bietet, war ich auf einmal der Tor, der Narr, der Tölpel, der seiner eigenen Einbildung auf den Leim gegangen war und einen weiblichen Vampir, eine Verrückte, womöglich eine Mörderin auf dem Beifahrersitz hatte. Das Unheimliche ihrer Erscheinung, ihres Aussehens, ihre Schweigsamkeit, die fehlende Erläuterung ihres so sonderbaren Verhaltens gaben mir ein Recht zu diesen zweifellos hysterischen Vermutungen (wenigstens erklären sie sie). Ich ermannte mich, zwang mich, mir meine Bestürzung nicht anmerken zu lassen und sprach mir selber zu: Reden wir, reden! Versuchen wir, ob wir sie zu einer Antwort bewegen können.
„Glauben Sie, daß dieses Messer Sie schützen würde?" fragte ich. „Im Falle eines Angriffs, meine ich?" – „Ich fürchte nichts", sagte meine Begleiterin, ohne den Kopf zu wenden.
„Haben Sie die Gewohnheit, so über Land zu wandern, mitten in der tiefsten Nacht? Verzeihen Sie, aber es ist eine sonderbare Art, seine Zeit zu verbringen, zumal für eine Frau ..." Sie fragte nach meinem Alter, und als ich es ihr genannt hatte, sagte sie: „Sehen Sie, das unterscheidet uns beide. Sie sind jung und beurteilen alles aus den Augen der Jugend, die nach einem Sinn hinter allen Erscheinungen sucht. In meinem Alter ist meine Tätigkeit nicht sonderbarer als das allermeiste, womit Menschen sich abgeben, wenn sie ..." „Wenn sie ...?" – „Den Sinn des Lebens verfehlt haben, vielleicht? Oder daran zweifeln, daß es einen solchen Sinn überhaupt gibt? – Kennen Sie den Rächer von Ernst Barlach?" fragte sie plötzlich weiter, mit drängender Stimme. „Diese merkwürdige Gestalt, die barfuß, mit erhobenem Schwert, im Geschwindschritt und fast in der Waagerechten über Land läuft? Niemand, der ihn sieht, zweifelt,

daß er den, den er sucht, ereilen wird – solch ein Zielbewußtsein ist in ihm … Er ist, was er ist: die verkörperte Rache und Strafe Gottes, der es gleichviel ist, was draußen ist, welche Stunde, welche Jahreszeit, welche äußeren Gegebenheiten … Er vollzieht das Gesetz …"
Ich sagte, da mir diese Bemerkungen so beunruhigend wie rätselhaft erschienen, so daß eine hierauf bezügliche Frage zu tun noch mehr von der Art heraufzubeschwören bedeuten mochte (als öffnete man aus freien Stücken die Tür zu einem Labyrinth): daß ich diese Skulptur vermutlich schon einmal gesehen, sie aber nicht bewußt betrachtet hätte: denn tatsächlich (leichte Verlegenheit) zähle Barlach nicht zu meinen Favoriten, der expressionistisch starke Gefühlsausdruck seiner Figuren sei mir *zu* stark, trete zu deutlich hervor.

„Sie werden reifen und eines Tages werden Sie seine Gestalten verstehen, sie werden Ihnen völlig natürlich vorkommen", sagte die Eulenfrau auf dem Beifahrersitz, ohne mir das Gesicht zuzukehren.
Wiederum überlief mich ein Frösteln angesichts der apodiktischen Schicksalsbestimmtheit, die mir aus diesen Worten entgegensah. Oder war ich es, der sie hineindeutete, weil mir bewußt war, daß hinter jeder ihrer Antworten ein Grund war, etwas, das allem, was an ihr befremdend und unheimlich war, einen Sinn und eine Klarheit geben konnte – eine schreckliche Klarheit womöglich?
„Wollten Sie" – hörte ich mich plötzlich mit einer mir ganz fremden Stimme sagen – „mir zu verstehen geben, daß Sie selber dieser Rächer sind und aus dem nämlichen Grund über Land laufen, mitsamt Ihrem Messer, das Sie eben in Sicherheit gebracht haben?"
Es gab eine Stille.
„Ich würde Ihnen die Sache gern erklären", sagte die Schwarzgewandete, „wenn ich nicht fürchten müßte, Ihre Zeit über Gebühr in Anspruch zu nehmen. Sie waren bereits so freundlich, mich mitzunehmen … Ich hätte nicht in Ihr Auto steigen dürfen. Wissen Sie, warum ich es getan

habe? Nicht wegen Ihres angenehmen Gesichtes oder Ihrer Worte, sondern wegen Ihrer Musik … Sie haben Chopin gehört, als Sie angehalten und die Wagentür geöffnet haben, obwohl es ganz leise gestellt war, konnte ich es hören. Ich habe Chopin immer sehr geliebt – vielleicht zu sehr. Ich schloß daraus, daß Sie kein böser Mensch sein konnten. (Nach einer Pause) Ich müßte Sie in mein Haus bitten – es ist nicht mehr weit, Sie müßten da vorn einmal abbiegen – um Ihnen etwas zu zeigen, was noch so viele Worte nicht besser schildern könnten. Aber ich habe kein Recht dazu. Leute, die Autos fahren und auf ebenen Straßen ihren Zielen zustreben, lassen sich gewöhnlich nicht gerne aufhalten oder mit Dingen belasten, die keinen Bezug zu ihrem Leben haben.«

Abgesehen davon, daß diese letzte Bemerkung mich etwas stutzig machte – allerdings war es kaum möglich, noch stutziger zu werden, als ich ohnehin schon war, befremdet und bedrückt durch diese Begegnung in der Finsternis – habe ich später öfter überlegt, ob ich damals nicht entweder zuviel oder zuwenig getrunken hatte. Wäre es mehr gewesen, so wäre ich gar nicht losgefahren: wäre ich völlig nüchtern geblieben, vermutlich um einiges eher, so daß ich diese Stelle passiert hätte, ohne an ihr vorbeizumüssen. Aber was helfen solche Überlegungen, die eine Wahlfreiheit vorgaukeln, die in Wahrheit gar nicht bestanden hat? Nur die, die an ein Schicksal absolut nicht glauben wollen, halten sich damit auf.

Wir traten in ein düsteres Haus (mir erschien es düster, was aber wohl nur eine Wirkung meiner Stimmung und beklommenen Erwartung, was ich hier finden würde, sein mochte) vom Zuschnitt und der Bauweise jener modernen Einfamilienhäuser, wie sie in den letzten Dekaden gebaut wurden, und das, so schien mir, bessere Tage gesehen hatte. Dem Interieur, der Stille, den Gegenständen, auf die mein Blick fiel, entströmte eine gewisse Verlassenheit und Kargheit, als ob hier jemand in Armut lebte, aber war es eine selbstgewählte oder erzwungene? Sie öffnete die Tür zu

einem Zimmer auf der rechten Seite, winkte mich heran und sagte: „Treten Sie ein, hier ist es."
Ich sah, daß es ein Heiligtum war, daß es einen Altar gab und daß hier gebetet wurde ... Es war ein Kinderzimmer, es hatte die hellen Farben, das Bunte und Fröhliche, das man solchen Zimmern zu geben pflegt; es war überdies musterhaft aufgeräumt, aber allein dieser Zustand, zusammen mit der Kühle, Stille, Leblosigkeit, die auch hier, wie im übrigen Hause herrschten, war bereits ein bedenkliches, wenn nicht unmißverständliches Anzeichen. Alles – das hübsch bezogene, mit hellblauen Kissen belegte Bett, der gestreifte Teppich davor, die Bücherregale, die ordentlich aneinandergereihten Plüschtiere aus der frühesten Zeit, der Schrank und der Schreibtisch mit dem Kinderstuhl davor, die kleinen Dekorationsobjekte, die kindliche Herzen beglücken und von denen mir ein in der Nähe des Fensters hängendes Mobile mit Porzellanengeln in Schwebeposition auffiel: alles sprach von der Liebe und Sorgfalt, die Eltern denjenigen Räumen zu widmen pflegen, die das ihnen Liebste und Beste beherbergen, das auf jede Weise zu hegen und zu pflegen, zu stärken und zu beschützen ist, und doch – das Gefühl wußte es unmittelbar, noch ehe der Verstand die Bestätigung nachlieferte – war alles hier drinnen, noch das Kleinste und Geringste, zur Reliquie geworden, Zeichen und Erinnerung an eine glückliche Zeit, die zurückzubeschwören außer seiner Macht stand. Ich sah auch die Gegenstände der kindlichen Vorlieben und Neigungen, die so untrüglich auf eine heranwachsende Individualität hindeuten: ordentlich gestapelte Märchenbücher mit detaillierten und (nach meinem Empfinden) sehenswerten Illustrationen, deren Qualität zu eigenen Schöpfungen angeregt zu haben schien, von denen einige, die mit unermüdlicher Sorgfalt ausgemalte Drachen, Schlangen, Vogel- und Fabelwesen zeigten, hinter Glas an den Wänden hingen; es hing da auch ein Paar weißseidener Ballettschuhe, und an der Schmalseite des Schrankes ein Faschingskostüm, dessen Gaze, Gold und Flitter, vor allem auch die zarten zerbrechlichen Flügel,

die daran befestigt waren, an Titania aus dem Sommernachtstraum erinnerten: zart und poetisch glomm es aus dem Halbdunkel, das hier drinnen herrschte, hervor. Auf dem Schreibtisch, zu dem mich meine Gastgeberin, die an der Tür zurückgeblieben war, mit ihrer leisen ruhigen Stimme hinwies, stand, in einfachem silbernen Rahmen, eine Fotografie der einstigen Bewohnerin dieses liebenswerten Interieurs: ein blasses reines Kinderantlitz mit hoher Stirn und träumerischen blauen Augen, die ebenso ernst wie aufmerksam ins Ungewisse zu blicken schienen, als wäre es noch uneins mit sich, ob es eher dem Vater oder der Mutter nachstreben sollte, diese für einzige Kinder so wichtige Frage, während sie bei Geschwisterkindern gar keine Rolle zu spielen scheint. Es stand ein Keramiktopf mit reichblühenden Alpenveilchen daneben, davor ein silberner Behälter mit ausgeschnittenen Tauben, die nun gleichsam als Lichtwesen ein brennendes Doppelteelicht umkreisten; zur Linken lag ein Oktavheft mit der mädchenhaft-akkuraten Bezeichnung ‚Englisch-Vokabeln‘, zur Rechten freilich ein Ordner mit der Aufschrift ‚Gericht‘, der trotz dieser dräuenden Ankündigung und einer gewissen Dicke, die solche Aktenmappen von sich aus besitzen, keinen übermäßig großen Stapel Papiere zu enthalten schien; eins davon, einen kopierten Zeitungsartikel, zog meine Gastgeberin hervor, um ihn mir wortlos zu überreichen: die wenigen Stichworte, die ich, mehr überfliegend als lesend, auf Anhieb erfassen konnte, reichten hin, um mir, was hier geschehen war, zu verdeutlichen: d. h. der Ahnung die Gewißheit zu geben.
Was sagt man in solchem Fall, zwischen Tür und Angel zur Teilnahme aufgefordert, die zu verweigern unmenschlich gewesen wäre: mit welchen flauen Worten behilft man sich, da man doch sprechen muß, da das Schweigen, selbst ein mitfühlendes, als Kälte mißverstanden werden mußte? Aber meine Gastgeberin stand bereits über solchen bürgerlichen Konventionen und Bekundungen, deren Verlegenheit und Bemühtheit sie mit untrüglichem Gespür erriet. Sie bedurfte ihrer nicht mehr, und ihre Eulenaugen sahen mich halb

durchdringend, halb mitleidig an, als ich zu stammeln anhob: wie furchtbar dies doch sei und wie leid es mir tue … Ich weiß nicht, wie es kam, daß wir irgendwann in ihrer Küche saßen – die so leblos und aufgeräumt war wie alles übrige – es scheint, als hätte ich nach dieser kargen, aber völlig ausreichenden Andeutung eines zerstörten Lebens nicht einfach gehen können, weil ich es schlicht nicht fertigbrachte: ich muß gezögert haben, und in dieses Zögern hinein hatte sie mir einen Kaffee angeboten. Der Kaffee bewirkte ein gewisses Auftauen auf beiden Seiten. Ohne daß ich hätte fragen oder mehr als zuhören müssen, gab sie mir nach und nach immer mehr von sich preis: mit ihrer leisen, erloschenen und doch von einem inneren Feuer erfüllten Stimme, die mich seither nicht mehr losgelassen hat. Ihren Namen hatte sie bereits genannt, als sie mich ins Haus ließ, da ich ihre Person schützen möchte, werde ich sie hier nur Madame Minerva nennen, nicht nur wegen ihrer Eulenaugen, sondern weil sie schon damals nicht mehr ganz von dieser Welt war. Sie erzählte mir, daß ihr Mann sie verlassen habe, weil er die Trauer und Leere nicht habe ertragen können: irgendwann kam die Bitte um Auflösung der Ehe, weil er, anderswo und mit einer anderen Frau, ein neues Leben beginnen wollte. Sie sei einst Lehrerin gewesen, sagte die Schwarzgewandete, habe aber nach jenem Ereignis ihren Beruf nicht mehr ausüben können, aus seelischen und körperlichen Gründen. Das karge Leben, das ihr nun auferlegt sei, mache ihr nichts aus. Sie habe alles gehabt, was man sich wünschen könne, und begehre nichts mehr.
„Ich befinde mich wohl", sagte sie mit ihrer tonlosen Stimme, die Wände, die Fenster und zuweilen auch mich (aber nur flüchtig) fixierend, während sie sprach. „Ich empfinde weder Angst noch Schmerz, hege weder Hoffnungen noch Befürchtungen, auch das ist mehr, als die meisten Menschen sagen können. Ich habe in Abgründe geblickt, und von ihrem Anblick haben sich meine Augen geweitet, so daß sie in der Finsternis sehen können. Ich gehe zuweilen hinaus in die Kälte und die Dunkelheit, um das Fieber zu beruhigen, das

in mir noch nicht erloschen ist." Da sie hierauf schwieg, sah ich mich zu der beklommenen Frage genötigt: was für ein Fieber dies sei?

„Der Wunsch, daß die drei Mörder ihre Strafe finden mögen", erwiderte sie nach längerem Schweigen.

Erneut befiel mich ein Frösteln, nicht allein, weil es in diesem Haus, das von nichts Lebendem mehr erfüllt schien, kalt war: selbst meine Gastgeberin erschien mir mehr wie eine Priesterin, eine Hüterin, die an der Schwelle einer Totenwelt wacht, denn ein Wesen aus Fleisch und Blut; auch der starke Kaffee kam auf die Dauer nicht gegen dieses Frösteln an, dessen wesentlicher Teil von innen herrührte und mit einer gewissen – – ich muß es Unbarmherzigkeit ihrer Aussprüche und Urteile nennen zusammenhing, in denen exakt jenes Fieber, jenes unheimliche, untergründige Feuer zu spüren war, das sie eben beim Namen genannt hatte und das auch im Wagen, auf der kurzen Fahrt hierher mich in solche Verwirrung und Beklemmung gestürzt hatte: so sehr, daß ich im nachhinein froh war, sie und mich sicher hierher gebracht zu haben. Das Mindeste, was man ihren Worten entnehmen konnte, war, daß ihr Urteil und das der Justiz nicht dieselben waren, worauf schon die Bezeichnung der drei Schuldigen, die nach juristischen Begriffen unzutreffend war, unmißverständlich hinwies.

„Haben sie" – ich zögerte – „diese drei jungen Männer – ich meine nicht, sich entschuldigt, aber ... Ihnen gegenüber zum Ausdruck gebracht, wie leid es ihnen tat ... was sie da – unwissentlich – verursacht hatten ..." Meine Stimme erschien mir fahl, so daß ich den Satz nicht einmal richtig beenden konnte. „Warum hätten sie das tun sollen?" fragte Madame Minerva zurück. „Es wäre ein Schuldeingeständnis gewesen, und sie hielten sich nicht für schuldig: nicht schuldig im Sinne einer absichtlich begangenen Untat. Sie waren der – für Leute ihres Schlages vermutlich zutreffenden Ansicht, daß dergleichen – im Sinne einer unglücklichen Verkettung von zufällig zusammentreffenden Umständen – jedem anderen ebenso hätte geschehen können."

Ich nahm diese letzte Bemerkung, die doch immerhin der Erörterung fähig schien, zum Anlaß einiger behutsamer Erkundigungen, um mich in die Wahrheit der Sache so weit vorzutasten, wie es einem fremden Menschen, der seine Aufmerksamkeit und seine Teilnahme schenkt, gestattet sein konnte; sie gab mir mit derselben tonlos-ruhigen Stimme und ohne die mindesten sichtbaren Hemmnisse Antwort. „Sie sind nicht verurteilt worden. Das Gericht hat in Anbetracht aller erörterten und von Zeugen geschilderten Umstände des Geschehens auf nicht schuldig erkannt. Ihre Fahrgeschwindigkeit lag – aber man hat sie nicht mit Exaktheit messen können – nur minimal höher, als innerhalb Ortschaften zulässig, aber das war noch um einiges höher als heute. Ich hatte meiner Tochter eingeschärft, stets auf dem Bürgersteig zu fahren, und sie hatte sich immer sehr brav daran gehalten, bis zu jenem Tag. Sie war auf dem Weg zu einer Freundin, die nur ein paar Straßen entfernt lebt. Sie mußte die Hauptstraße entlang, die, wie Sie gesehen haben, eine Kurve beschreibt. En Mann kam ihr entgegen mit einem Hund an der Leine. Sie fürchtete sich nicht vor Hunden, aber dieser hier war sehr groß und schwarz und dem Anschein nach unruhig ... Der Mann schwor mir später, mit Tränen in den Augen, er hätte ihr natürlich Platz gemacht ... Was man so sagt, wenn man etwas ungeschehen machen will, was unwiderruflich ist. Übrigens" – nach einer Pause, während sie mich mit durchdringenden Augen ansah – „haben diese drei Männer ihre Bestürzung zum Ausdruck gebracht. Sie haben einen großen Kranz gestiftet und mir über ihren Anwalt ein Schreiben zugeleitet, in welchem sie mit vorsichtigen Formulierungen ihre Anteilnahme ausgedrückt haben. Aber was" – fuhr sie wiederum nach einer Pause fort, mit einem flackernden Blick, in dem sich erneut das unterdrückte Fieber verriet – „sind solche Bekundungen, deren Aufrichtigkeit zumindest im Moment, da sie ausgesprochen oder niedergelegt werden, ich nicht einmal anzweifeln will – was sind sie gegen ein zerstörtes Leben? Sagen Sie es mir, wenn Sie eine Antwort darauf wissen."

Das konnte ich natürlich nicht, mir fiel nichts ein als eine leise Frage, um die Beklemmung, die dieses Manko in mir verursachte, irgendwie zu vertreiben. „Es ist vier Jahre her", erwiderte sie und fuhr, mich nicht einmal ansehend, fort: „Ich errate, was Sie hierzu denken, man kann es Ihren Augen deutlich ablesen. Sie versuchen, die Relation zu ermessen, die zwischen jenen vier Jahren und dem, was Sie hier (ins Haus weisend), in mir und an mir sehen, besteht, und fragen sich heimlich, ob es gerechtfertigt ist. Sie sagen sich: Gibt es nicht Hunderttausende von Menschen, die etwas ähnlich Schweres, einen Schicksalsschlag erlitten und sich doch wieder gefangen haben – die nach einer Phase der Trauer und Hoffnungslosigkeit zurück ins Leben gefunden, sich aus der Umklammerung des Todes wieder befreit haben: ihr Tun mit neuem Sinn erfüllt, bereichert um etwas Überwundenes, so daß sie nun andern den Trost und die Kraft spenden können, deren sie selbst einst bedurft hätten? Warum nicht wenigstens dies – das doch noch einen Sieg bedeutet hätte – im Gegensatz zu einem tausendfach verlängerten Schmerz? Die Gesellschaft macht es ebenso. Sie verschlingt die Toten und rechnet sie den Lebenden zu. Und nicht nur dies: Sie verlangt von uns die Bejahung dieses Prinzips, das letztlich doch den Stärksten triumphieren läßt – bei Strafe der Lebensunfähigkeit."

In meine Beteuerungen hinein, daß ich mich auf keine Weise berechtigt sähe, ihr irgendwelche Vorwürfe zu machen, entgegnete sie, mich brüsk, aber nicht ohne Freundlichkeit unterbrechend: „Dann wartete dieser Gedanke darauf, von Ihnen gedacht zu werden. Andere haben diese Worte zu mir gesagt, ich selbst habe es getan, oft genug. Aber" – mit einem Blick, in den eine gewisse Leere trat, weil er sich offensichtlich nach innen kehrte, und einer jähen Drehung des Kopfes, mit der man Zumutungen und mißliebige Empfindungen zu verscheuchen pflegt: „– es gibt auch andere, es gibt auch Leute – vielleicht gar nicht so wenige –, die sich *nicht* wieder fangen, deren Leben durch solch ein Ereignis aus den Fugen gerät, weil etwas in ihnen – etwas Elementa-

res, Sinnstiftendes, die Wurzel ihrer Existenz vielleicht –
zerstört worden ist. Was ist mit ihnen? Wer wird ihr Fürsprecher? Sie taugen nicht als Helden von Erbauungsgeschichten ... Was nützen ihnen die erhobenen Hände, das
Bedauern und die Schuldlosigkeit? Was für ein seltsames
Bestreben ist es, jeden als möglichst schuldlos dastehen zu
lassen, sofern er sich nur genügend erklären kann – während
die Welt nach wie vor von Leiden, Tod, Brutalität und Korruption erfüllt ist. Frühere Zeiten hätten einen solchen Anspruch absurd gefunden – ihn eine Versuchung des Teufels
genannt. Das Leben – so hätten sie gesagt – das Leben selbst
ist die Schuld, die abzutragen ist. Und damit sieht die Sache
schon ganz anders aus. Wenn niemand schuldig ist – wer soll
dann sühnen? Sehen Sie," fuhr sie mit einem ihrer durchdringenden Blicke fort „Sie fahren, wie Sie mir gesagt haben, gelegentlich über Land, Ihnen müssen die Kreuze aufgefallen sein, die hier und dort an den Landstraßen zu sehen
sind – an dieser und jener Biegung, unter einem Baum, neben einer Mauer. Man kann finden – ohne es im einzelnen
untersucht zu haben –, daß die allermeisten dieser Unglücklichen (vielleicht sind sie gar nicht so unglücklich) sich
durch eigene Schuld, d. h. durch ihre unbedachte Fahrweise
ins Jenseits befördert haben ... Der gewöhnliche Autofahrer
gleitet an ihnen vorüber, vielleicht streift er sie mit einem
Blick, ohne daß ihm ihre Bedeutung ins Bewußtsein dringt –
das Autofahren ist eine der Kontemplation konträre Tätigkeit – überdies ist er mit seinen Gedanken anderswo – bei
seinem Ziel, bei seinen Vorhaben und Tätigkeiten, für die er
energisch auf glatte, gutausgebaute Straßen pocht. Die
Straßen und die rollenden Motoren beherrschen das Land
... und gerät einmal etwas Unbedachtes drunter, so kommt
das Bedauern stets hinterher ..."
Neuerliche Stille. Ich hatte ihr, sie nicht ansehend, schweigend zugehört, im wachsenden Bewußtsein, hier das bittere
Fazit vierer in zunehmender Einsamkeit verbrachten Jahre
zu hören, das bei denen, deren Bildung und Intelligenz sie
zu philosophischen Erwägungen befähigt oder hinneigen

läßt, zu Urteilen von apodiktischer Schärfe führt, denen gegenüber sich zu rechtfertigen, wie ich dunkel empfand, denjenigen, die noch auf der anderen – ich definierte das optimistischerweise als die Seite des Lebens – stehen, kaum möglich ist. Ich wollte weder zustimmen noch dagegen anreden und war doch arg im Zweifel, ob ich mich auf ein Gespräch von solcher Tiefe und Tragweite, mit unvermuteten Fallstricken, einlassen sollte. War nicht auch ich einer jener unzähligen Autobesitzer und Autobenutzer, die auf ihren rollenden Gefährten das Land durchqueren, den Kopf voller zu besorgender Dinge, die sich ja mit den Möglichkeiten ihrer Erledigung zu vermehren pflegen, und die ungeduldig werden, wenn man ihnen die Durchfahrt verwehrt oder sie zum Schrittempo nötigt? Was konnte ich sagen, ohne mich entweder der Heuchelei oder der Gefühllosigkeit schuldig zu machen? Die Eulenaugen meiner Gastgeberin aber waren mir wieder einmal über, als sie – sie hatte mich offenbar unauffällig angesehen – mich mit einem Mal um Verzeihung bat. „Nach Ihren Maßstäben ist es tiefste Nacht. Sie müssen, trotz Ihrer Jugend, allmählich müde sein und meine Worte tragen schwerlich dazu bei, Sie aufzumuntern. Ich danke Ihnen für Ihre Gefälligkeit und Geduld, mit der Sie meine Geschichte angehört haben. Sie haben ein gutes Gesicht. Fahren Sie nun nach Hause, in Ihr gewohntes Leben, und seien Sie dort glücklich. Ich gebe Ihnen meinen Segen mit – die Fähigkeit zu segnen oder zu verfluchen ist eine, die uns bis zum Ende erhalten bleibt – ja, die wir vielleicht erst dann, wenn wir allem anderem, was uns an das Leben bindet, entsagt haben, wirklich besitzen. D. h. sie hat erst dann ihre volle Wirkung, wenn sie in unmittelbarem Zusammenhang – –" Sie brach ab und nickte mir nur freundlich zu, als sie mir die Tür öffnete und mich in die Nacht entließ: ich hatte gezögert, ob ich ihr die Hand geben sollte, aber da sie es nicht zu wollen schien, behielt ich meine bei mir, da ich sie nicht gern umsonst ausgestreckt haben wollte. Das Haus, als sie die Tür schloß, lag so dunkel und leblos vor mir wie zu dem Zeitpunkt, da wir hier angekommen waren; falls dort drinnen noch ein Licht brannte, so war es von außen nicht zu sehen: was mir sonderbar vorkam, als ich bei meinem Wagen stand und zurückblickte: als wäre sie in dieselbe Finsternis entschwunden, aus der sie mir erschienen war.

## 2.

Ich muß bekennen, daß ich mit einem Gefühl großer Erleichterung heimwärts fuhr, froh, mehr als froh darüber, diese trostlose Stätte hinter mir lassen zu können und die Erinnerung an diese wenigstens in Teilen unheimliche Begegnung – das Messer war schließlich real gewesen, keine Einbildung – zwar nicht vergessen, dies schien nicht möglich, nicht so leicht jedenfalls, aber das ganze Geschehen in all seiner Betrübnis und unentrinnbaren Trauer als etwas zu verbuchen, eines jener zufälligen Erfordernisse, denen wir unseren Tribut an menschlicher Anteilnahme und Empathie zu entrichten haben, ohne uns in unserem Sein, unserer Lebensweise, unseren optimistischen Zukunftsvisionen davon beeinträchtigen lassen zu müssen. So lief mein inneres Räsonnement, das umzusetzen mir schwer genug wurde. Das Erlebte lag mir wie ein Gewicht auf der Brust, es bedurfte energischer Gegenmaßnahmen, um mich davon zu befreien; es bedurfte Radiogedudels – den Chopin verbannte ich erst einmal tief ins Handschuhfach –, Moderatorenansagen, es bedurfte eines eingeschalteten Fernsehers und vieler brennender Lampen, als ich in meine Wohnung zurückgekehrt war; ich verschlang sogar ein Stück Brot mit eingelegtem Fisch und trank ein Glas Whisky dazu, um die Vorstellung jenes Totenhauses und seiner auch nur noch halb lebendigen Hüterin in mir abzutöten, damit sie mich nicht bis in meine Träume verfolgen konnte. Alkohol und salzige Nahrung taten ihre Wirkung, nur als ich, bereits im Bett, mir das Geschehen noch einmal vor Augen führte, konnte ich mich des Empfindens nicht erwehren, als ob es trotz ihrer Intensität und Entrücktheit der Begegnung als solcher an etwas Entscheidendem gefehlt habe, und daß dieses Manko, obwohl ich mir nichts vorwerfen zu können glaubte, mit mir zusammenhing, nicht mit ihr: ein Gefühl, das sich schließlich zu der mich seltsam peinigenden Vorstellung verdichtete, daß meine Gastgeberin mich um meinetwillen und aus Barmherzigkeit entlassen hatte – nicht weil ich ihr lästig oder sie meiner überdrüssig gewesen wäre.

In den nächsten Tagen, als ich meine Arbeit wiederaufnahm, verging die Vorstellung wieder, die Anforderungen des Berufes vertrieben die Gespenster sehr zuverlässig, überdies mußte ich mir die mahnende Frage zusprechen, ob irgend etwas davon überhaupt noch von Belang war. Die Chance, daß ich sie wiedersehe, ist – wenn auch nicht Null – so doch eher gering, sagte ich mir. Und von einem Wunsch danach kann erst recht nicht die Rede sein.

Aber was kehrt sich das Leben an unsere Wünsche? Es löst, verbindet, trennt und führt erneut zusammen, nach Prinzipien, die in uns verborgen liegen und im Zusammenhang mit dem großen Weltganzen stehen, an dem unser Sein wie jedes Sein teilhat. Es war beschlossen, daß ich sie wiedersehen sollte, und so geschah es. – Das Landstädtchen, in dem ich damals wohnte und das von meinem Arbeitsort, der das Landgericht beherbergte, etwa zwanzig Minuten Autofahrt entfernt war, bildete etwas wie das Zentrum jener gesamten Heidegegend: wer immer aus den umliegenden Dörfern etwas zu besorgen hatte, was es nicht im Supermarkt gab, wer einen bestimmten Arzt aufsuchen wollte, Notar oder Anwalt, oder mit dem Zug in irgendeine Großstadt oder überhaupt verreisen wollte, fand und findet sich hier ein: wer kein Auto hat, nimmt einen der zahlreichen Busse, die anderen kommen mit dem Wagen her. Die Lage ist gut, das Städtchen liegt auf einem sanften Hügel und bietet von oben gute Fernsicht, mit schönen Wäldern an der Peripherie, es hat ein Kino und mehrere Einkaufsstraßen und einen gut besuchten Wochenmarkt, den auch ich gelegentlich nutzte, wenn ich wie an jenem Samstagmorgen, etwas Besonderes vorhatte und, eine strategische Liste abarbeitend, von Stand zu Stand wandernd meine Tasche mit sorgsam ausgesuchten Leckereien füllte. Ich hatte eine neue, sehr attraktive Kollegin zum Essen eingeladen und wollte ihr und mir nur die köstlichsten Dinge vorsetzen. Es sollte ein denkwürdiges Diner werden, mit Kerzenschein und romantischer Musik – der Chopin war längst rehabilitiert –, mit jener Art intim-privaten Austausches, zu dem man tagsüber, in der Nüchternheit der Berufswelt und der alltäglichen Besorgungen nicht kommt oder den einzuleiten man nicht wagen würde, weil der schützende Rahmen für das Geheime und Verschwiegene fehlt. Ich fand sie schön, aber ich wußte noch nicht, ob ich verliebt war – und sie womöglich auch nicht –: ich hatte vor, es an diesem Abend herauszufinden. Ich kaufte also ein in sehr beschwingter Laune: mein Vorgesetzter Richter hatte mich gelobt und mich des Zuhörens bei der Darlegung seiner Erörterungen – über das hiesige Justizwesen und die Notwendigkeit oder Nicht-Notwendigkeit seiner Reformierung – wert befunden. Ich fühlte mich auf der Gewinnerseite des Lebens. Als ich am letzten Stand, als mir nur noch ein paar Äpfel fehlten, der Eingebung eines inneren Dämons folgend mich ohne Ursache umdrehte, sah ich in Madame Minervas Eulenaugen, die mich ernsthaft anblickten, und mein Herz tat einen schmerzhaften Sprung.

Ja, sie war es. Es waren drei Wochen vergangen, und obwohl der helle Tag allem ein freundlicheres, wenigstens milderes Aussehen gab, erkannte ich alles wieder: den schwarzen Mantel mit der Pelzumrandung, die Umhängetasche, aus der nur ein dünnes Brot hervorsah, ihr bleiches Gesicht, das das Gepräge des Winters trug, so wie die ganze Gestalt eine Wintergestalt war. Ich meine, sie hätte auf einem Bild von Breughel figurieren und dort überhaupt nicht auffallen können: irgendwo in der Nähe eines rauchenden Holzschuppens hätte sie stehen können und mit strenger Miene und ausgestreckter Hand auf zwei Narren weisen, die sich kopfüber in einen Fischzuber zwängen wollen. Ein Hauch von Ironie ging von ihr aus, machte sich in ihrer Miene bemerkbar, am meisten in dem scharfen, wenn auch nicht unfreundlichen Blick ihrer dunklen Augen, mit dem sie meine gesamte Existenz bis hin zu meinen Plänen für den Abend erfaßt zu haben schien – und dies womöglich, noch ehe ich mich umgedreht hatte. Vielleicht fühlt sich jeder Mensch, der das Leben liebt und das Fasten, als eine unnatürliche Selbstkasteiung, auf das Kranksein vertagt, wo es leichtfällt und keiner Selbstverleugnung bedarf, ertappt und beschämt, wenn er sich der Musterung durch ein Gegenüber ausgesetzt sieht, das sich aus freiem Willen der Askese verschrieben hat, noch mehr sogar: der Abtötung aller irdischen Begierden, um der Erreichung eines höheren Seinszustands willen – was zweifellos ein anbetungswürdiges Ziel ist – nur daß man, solange die Fäden, die uns an das Leben, das ganz gewöhnliche und alltägliche Leben knüpfen, noch intakt sind, seine Anvisierung auf die unbestimmte Zeit vertagt, da die Freuden endgültig von uns gewichen sind und auch nicht wiederzukehren vorhaben. Kurz, man steht als unbedarfter Lehrling vor den Augen einer Wissenden. Ich gab das törichte Zeug von mir, das meinen Empfindungen entsprach: welche Überraschung – welcher Zufall etc., bis sie mein Gestammel unterbrach, mich auf meinen noch nicht zu Ende geführten Kaufakt hinwies – die Äpfelfrau sah uns zu, die vollen Hände schwebten unentschlossen über der Waage, sie sah von einem zum andern, während wir sprachen – und mir, als wir uns von dort wegwandten (sie kaufte nichts mit der Bemerkung, sie habe in ihrem Leben genug Äpfel gegessen) zu verstehen gab, sie habe mich aus der Ferne bemerkt und sei herangekommen, um mich zu grüßen bzw. um herauszufinden, ob ich es sei.

Auf bestimmte Weise war das schmeichelhaft, wenn auch die Form mir etwas mißfiel – möglich aber auch, daß dieses Mißfallen, dieses leise Stutzen nur von einer Unfreiheit in *mir* herrührte: jedenfalls war es ein Impuls meinerseits, zumal dieses Landstädtchen, ich sah es so, doch gewissermaßen *mein* Territorium war, jetzt den Gastgeber zu spielen und ihr und mir einen Mokka zu spendieren. Übrigens auf

Drängen meines inneren Dämons hin, das nachzutragen, was ich bei unserer ersten Begegnung versäumt hatte. Mein Hintergedanke – den ich aber legitim fand – war, daß sich dies in einer schnöden, prosaischen öffentlichen Bäckerei, als einem unbestreitbar dem Leben und zwar dem Leben mit und unter Menschen zugehörigen Ort leichter würde bewerkstelligen lassen als in der frostigen Stille, in der sie sich ein- und abgeschlossen hatte: alles hier, so banal und alltäglich es war, der Kaffeedunst, die süße Backofenwärme, das Getriebe, die Hinaus- und Hereineilenden, die Menschen draußen, der blaue Himmel sogar, den wir von unserem Tisch aus sehen konnten: all das stützte mein Vorhaben und mußte es mir leichtmachen.

Nur hatte ich nicht mit den Besonderheiten der weiblichen Psyche gerechnet, auch nicht mit ihrer Wandlungsfähigkeit. Ich weiß nicht, wie es kam – ob es das Licht war oder der Morgen oder die Wahrnehmungsbereitschaft meiner Augen, die offenbar auch oder stärker, als ich es mir hätte vorstellen können, mit der Tageszeit und dem Wechsel meiner geistigen und seelischen Verfassung variierte – daß sie mir mit einem Mal jünger, jedenfalls nicht mehr so verwelkt und erloschen erschien, wie in jener eisigen Januarnacht, als mein literaturliebender Geist (ich habe es wohl noch nicht erwähnt) geneigt gewesen war, sie für einen weiblichen Untoten anzusehen, eine Gestalt aus der Sage, zumindest eine Besessene. Oder besaß sie nur eine besondere Form der Mimikry? Hier im Städtchen, in der Bäckereiatmosphäre wirkte sie haargenau wie eine Frau aus falls nicht wohlhabendem, so doch bürgerlichem Milieu, die Ansprüche an sich und ihre Umgebung stellt, die auf sich achtet und ebenso auf andere. Die Kleidung, die sie unter ihrem Mantel trug, drückte dies aus; sie hatte Schmuck an ihren Fingern und ich glaubte sogar, die Spur eines eleganten Parfüms wahrzunehmen. Ah, wie wurde ich hinters Licht geführt! Statt selber zu sprechen, ließ sie mich reden, fiel mir auch nicht ins Wort, obwohl ich mir das gewünscht hätte, da ich auf diese Weise gezwungen war, immer weiter zu sprechen, immer weiter bis zu dem Punkt, da sie etwas von mir Geäußertes endlich einer Entgegnung wert befinden würde. Das, was mir unklar im Sinn schwebte, konnte ich zu diesem Zeitpunkt noch nicht sagen, ohne seine Wirkung aufs Spiel zu setzen, ohne zu riskieren, daß es nur wie eine banale Floskel erschien – ich brauchte eine innere Verbindung dazu, die noch nicht da war und die sich auch nicht gewaltsam herbeibeschwören ließ. Jeder kennt die Selbstentblößung, zu der dies führen kann: ehe ich mich versah, hatte ich das von mir angestrebte Berufsziel verraten, und daß mich nur noch anderthalb Jahre davon trennten: da trat wieder jener scharfe und brennende Ausdruck in ihre Augen, der mir von unserer ersten Begegnung noch exakt und peinvoll in Erinnerung war: sie musterte mich wie eine Wölfin, die ihr Junges sucht und einen Versuch machen will, es zu retten, ehe sie (sich plötzlich besinnend) ihre Brille (eine Eulenbrille) wieder aufsetzte, die sie eine Weile lang neben sich abgelegt hatte, und mit dem Schatten eines Lächelns zu mir sprach: Sie hätte aufgrund meiner Sprechweise und Gewohnheiten bereits die Vermutung gehegt, daß ich Jurist sei. Was mich zu dieser Entscheidung bewogen habe – ob es die Aussicht auf eine verantwortungsvolle und angesehene Anstellung im Staatsdienst sei oder ob irgendwelche persönlichen und individuellen Neigungen oder Erfahrungen mich dazu bestimmt hätten?

Eine leise Spur der Geringschätzung, die ich aus diesen Worten herausgehört zu haben glaubte und die Verlegenheit, die sie mir bereitete, erschwerten mir die Suche nach einer angemessenen Antwort. Ich konnte, so glaubte ich, ja nicht gut so naive Gemeinplätze vorbringen wie: Ich hätte immer gern abgewogen, oder: die Suche nach ,Recht' begeistere mich, oder: es sei mein Wunsch, auf diese Weise zum Gelingen einer friedlichen und harmonischen Gesellschaft beitragen zu können, und ähnliche Sonntagsschulweisheiten mehr, von denen mir übrigens keine ganz fremd war. Alles in allem war es eine Synthese dieser Dinge mit ihrer, Madama Minervas Vermutung plus eine Portion Opportunismus, da alles so glatt ging und ganz in der Art und Weise, wie ich es mir vorgestellt hatte: nur daß mir diese Version nicht präsentabel erschien. Der Gerichtsalltag hatte sein übriges getan, eine gewisse Abgeklärtheit und Ernüchterung eintreten zu lassen, ohne mich in meinem Entschluß zu beirren, da ich bereits eine Vorstellung davon besessen hatte und mich also nicht irgendwelchen argen Enttäuschungen ausgesetzt sah. Wir hatten es mit den kleineren oder, wenn man will, alltäglichen Delikten zu tun, wie sie an den Landgerichten verhandelt werden: mit Diebstahl, Einbruch, Raub, Betrug, mit Körperverletzung, Schlägereien und Verkehrsdelikten; die Delinquenten sind oftmals, sofern es sich nicht um gewerbsmäßige Banden handelt, was man ‚kleine Lichter' nennt, zum Teil ungebildete junge Leute ohne Berufsausbildung und Perspektiven: ein spielsüchtiger Bürger, der nicht nur sein Hab und Gut, sondern das Vermögen seiner Familie verspekuliert hat und den seine Verwandtschaft auf die Anklagebank bringt, zählt da schon zu den interessanteren Figuren, freilich nur, was das Spektakuläre des Falles anbelangt, denn weder die Spielsucht noch die Geldgier sind, vor allem aus der Nähe betrachtet, ergötzliche, geschweige denn unterhaltsame Dinge. Einem Außenstehenden mögen solche Verhandlungen zäh und langweilig erscheinen oder sogar ein peinigendes Schauspiel sein, wenn solch ein Elend von Mensch, eine niedergedrückte, gescheiterte Existenz auf seinem Armesünderstuhl hockt, mit leiser verhaspelter Stimme spricht, wenn er sich herauszuwinden versucht oder in seine Lügen und Widersprüche verwickelt, die nach den Spielregeln des juristischen Gewerbes nicht einfach beiseite gewischt, sondern aufmerksam angehört, untersucht und zerlegt werden müssen, bevor man sie abtut: ich war noch Neuling genug, um dies, wenn auch nicht angenehm, so doch spannend zu finden, es hatte noch nicht jenen Charakter alltäglicher Routine und ‚Moralverwaltung', wie er sich den Gesichtern und dem Gebaren der älteren Beamten so unübersehbar eingeprägt hat. Auch mein Vorgesetzter Richter, den ich übrigens wegen seiner Kenntnisse,

seiner Erfahrung und seinen Interessen – er besaß eine Instrumentensammlung und war ein passionierter Freizeit-
Musiker – aufrichtig bewunderte, war davon nicht frei: nur
daß es bei ihm die Form liebenswürdiger Abgeklärtheit annahm, einer Gewieftheit des Erkennens und Beurteilens
ebenso von Situationen wie von Menschen, die natürlich
auch mich betraf, den er mit einer Mischung aus Nachsicht,
väterlicher Strenge und wohlwollendem Entgegenkommen
behandelte – und einer kategorischen Weigerung, sich mehr,
,als uns von Staats wegen auferlegt ist‘ (ein bedeutungsvolles
Kopfnicken in meine Richtung, damit ich es auch ja richtig
verstand) das berühmte X für das berühmte U vormachen
zu lassen.
„Sie sind noch jung", hatte er mir schon mehrmals, bei
wechselnden Gelegenheiten gesagt, „– Sie engagieren sich
zu sehr. Ich kann es in Ihren Augen lesen, ich kann es sogar
spüren – solche telepathischen Fähigkeiten besitze ich. Ihnen tut der Mensch leid, der da auf seinem Delinquenten-
stuhl sitzt und uns mit mehr oder minder viel Begabung und
Überzeugungskraft einen Sünder vorspielt, den zwar nicht
die Sache reut (denn das tut sie nie), die er auf dem Kerb-
holz hat, dem aber die Situation höchst ärgerlich ist, in der
er feststeckt, und der – oftmals wider alle Vernunft – auf
glimpflichen Ausgang hofft. Sie sagen sich: Dieser Mensch
da – so wenig vertrauenswürdig, so infam oder minderwertig
er erscheint – das bin doch in Wahrheit *ich*: ich bin es, der
sich von der Gesellschaft ausgestoßen, verfolgt und angeklagt fühlt: wäre ich in derselben Situation gewesen wie
jener, wäre ich aufgewachsen wie er, denselben Versuchun-
gen ausgesetzt und ohne Hilfe in mir oder außer mir, um
ihnen zu widerstehen – so hätte ich dieselben Dinge getan.
Alte marxistische Theorie, nichts gegen zu sagen – wenn
auch schon reichlich breitgetreten – mehr als ihr und wohl
überhaupt *jeder* Theorie guttut. Es ehrt Sie als Mensch,
solch ein zartfühlendes Gewissen, aber auf dem Richterstuhl hat es nichts zu suchen. Das Engagement müssen Sie
der Verteidigung überlassen, da gehört es hin, die wissen,

wie sie damit umzugehen haben, nämlich höchst ökonomisch und professionell: wie man das Licht aus- oder anmacht: während es bei Ihnen, als menschliche Anteilnahme, nur das Gemüt belastet und Sie am Ende untauglich machen könnte – stumpf oder untauglich, und das wollen wir nicht. Sie sind ein hoffnungsvoller junger Kandidat und sollen Ihren Weg machen!" So sprach mein Richter, und obwohl er, wie alle Leute von Erfahrung und Weltkenntnis, gelegentlich etwas weitschweifig wurde und etwas zu gern alte Juristenwitze erzählte – in geselliger Runde, um die Stimmung aufzulokkern, sonderbar immun gegen die unübersehbare Tatsache, daß in erster Linie aus Respekt und Pflichtgefühl gelacht wurde, nicht weil wir die Witze so lustig fanden – abgesehen hiervon schätzte ich ihn doch sehr und fühlte mich geehrt, schon zum zweiten Mal in sein Haus zum Abendessen geladen worden zu sein, wo er mir seine Instrumentensammlung zeigte, vieles davon Nachbauten alter Modelle, in denen er sein Geld anlegte, mir von seinen Reisen erzählte und einen Vortrag über Orchideen hielt, mit denen er, in den leuchtendsten, farbenprächtigsten Exponaten, ein ganzes Gewächshaus gefüllt hatte; im Ganzen war (und blieb) ich noch lange der Auffassung, daß ich keinen besseren Mentor, der mich in die Erfordernisse meines künftigen Berufes einweihte, hätte finden können. – immer unter der Prämisse, daß es zwar vieles gibt, was man sich durch Fleiß, Lerneifer und Ausdauer aneignen, anderes aber, und unter diesem womöglich das Eigentliche und Wichtigste nur durch *Personen,* zu denen wir aufsehen, die unsere unbedingte Achtung besitzen, erwerben kann.

Ich weiß nicht, wieviel von alldem, das in Anbetracht ihrer Frage mir durch den Geist blitzte und mich, als ein zu heterogenes, überdies bewegliches Gemisch komplexer Gedanken und Empfindungen an der Formulierung einer flüssigen Antwort hinderte, ich meiner mich ernsthaft anblickenden Tischgenossin offenbarte: ich nehme an, daß ich versuchte, das alles oder jedenfalls den Gehalt in ein paar eingängige

Formeln hineinzupressen – nicht im Sinne der Phrasenhaftigkeit, sondern um vor den Augen meiner Examinatorin zu bestehen, denn sie gehörte zu den Frauen – nein, sie *war* vielmehr die einzige Frau, der ich bislang begegnet war, die absolut unzugänglich gegenüber allem schien, wodurch sich das Dasein oder vielmehr das, was uns darin an Schrecken und Widersprüchen entgegentritt, übertünchen und beschönigen ließ. Alle anderen Frauen, die ich gekannt hatte oder kenne, ließen sich besänftigen, trösteten sich über Enttäuschungen, Kummer oder Zwiespalt durch kleinere oder größere Konzessionen an das, was sie Realität und vernünftige Ökonomie (ihrer Gefühle) nennen, hinweg und wählten – instinktiv, möchte ich sagen – – die Lüge und das Leben, nur Madame Minervas Eulenaugen, die zu sehr in die Schwärze, die Weite und die Tiefe geblickt hatten, wiesen das von sich, waren hierdurch nicht zu bestechen noch zu bewegen: wohl wissend (so glaubte ich), wie sehr sie damit Gott herausforderten. Ich zweifle, daß ich mich auch nur akzeptabel schlug, etwas Akzeptables vorbrachte, während sie, offenbar um mir die Sache zu erleichtern, in ihrer Tasse rührte (pechschwarz getrunken, muß ich das noch hinzufügen?), aber das Gefühl des Versagens verging blitzartig, als mir klar wurde, daß wir jetzt gleichsam beim Thema waren und daß ich – mit aller Behutsamkeit – die Gelegenheit ergreifen konnte, das Manko, mit dem ich damals, bei unserer ersten Begegnung, von ihr fortgefahren war, wettzumachen. Es war auf seine Weise nicht leichter als das Vorherige. Ich hätte, so hob ich an, des längeren und breiteren über unser Zusammentreffen und über das, was sie mir in jener Nacht offenbart habe, nachgedacht und bereits damals – nur hätte ich es nicht in Worte fassen können –, das deutliche Empfinden gehabt, als Exponent bzw. Repräsentant einer Justiz bei ihr zu sitzen, die ihr, Madame Minerva, falls nicht die Gerechtigkeit als solche – was bei einem solchen Unglück, das auf einer Verkettung mehrerer fataler Umstände beruhe, schwierig, wenn nicht unmöglich sei: und dies habe, wie mir schiene, die Entscheidung des Gerichtes auch abgebildet –, aber doch eine *Form* der Gerechtigkeit verweigert habe. Ich hätte deshalb das Bedürfnis – nicht im Sinne der Wiedergutmachung von etwas, das nicht wiedergutzumachen sei, aber im Sinne der Menschlichkeit, der Empathie und Anteilnahme – das Bedürfnis, sie zu fragen, ob es irgend etwas gebe, was ich – ich persönlich – für sie tun könne: wenn es mir möglich sei, dann wolle ich es gern vollbringen. Fatales Angebot, das mir da über die Lippen kam: und mehr war, als ich eigentlich hatte sagen wollen!

Sie aber wandte mir ein Lächeln zu, als ich geendet hatte, sah mich mit dem Ausdruck einer Lehrerin an, deren Schüler Fortschritte macht, und sprach mit freundlicher Stimme die folgenschweren Sätze: „Wissen Sie – ich würde mich freuen, wenn Sie mich einmal besuchen kämen. Falls Ihnen mein Haus im Winter zu düster ist – der Winter endet bald – kommen Sie im März oder zu Ostern, dann blühen auch in meinem Garten die Blumen. Spätestens zu Ostern erwarte ich Sie."

## 3.

Was soll ich da groß beschönigen? Ich fuhr hin und es wurde (wie sie prophezeit hatte) Ostern darüber. Mein romantisches Diner war ein Reinfall gewesen und ich war, im erotischen Sinne, erneut solo und ohne direkte Aussichten, was mich nicht allzusehr schmerzte, weil man sich an einen solchen Zustand gewöhnen kann. Es war nicht das erste Rendezvous in meinem Leben, das keine befriedigenden Resultate brachte, aber dieses Mal hatte ich doch nicht umhin gekonnt, mir einzubilden, Madame Minervas neuerlicher Einbruch in mein Dasein könne etwas damit zu tun gehabt haben, und ebenso das – mir im nachhinein ziemlich ominös erscheinende Versprechen, das ich ihr gegeben hatte – denn tatsächlich lief es auf ein Versprechen hinaus. Mein Essen mißriet mir, ich war nachdenklicher, als die Höflichkeit gestattete, und das Lachen meines Gastes, das ich als unwiderstehlichen weiblichen Optimismus und Lebensbejahung bis dato bewundert hatte, klang mir schrill und mißtönend in den Ohren – umso mehr, als doch evident war, daß es bei diesem Zusammensein, trotz redlicher Bemühungen auf beiden Seiten, nicht viel Anlaß zu echter Heiterkeit gab, denn ich war so tumb, wie man nur sein kann, wenn man in Gedanken schon mit der Zukunft befaßt ist, an anderem Ort, in anderen geistigen Räumen unterwegs. Mein Entschluß stand zu diesem Zeitpunkt längst fest, *keinesfalls* erst mildes Wetter und Sonnenschein abzuwarten, ehe ich mein Wort einlöste, als mangelte es mir an Mut und Mannhaftigkeit, das in der Totenstarre befindliche Haus und seine Hüterin unter weniger einladenden Bedingungen, ohne diese äußeren Hilfsmittel, die den Tröstungen ähneln, die man den Kindern verspricht, wiederzusehen: sie hatte meiner Eitelkeit einen Stich versetzt, den ich wieder auszugleichen wünschte. Aber wie leicht macht es uns das Leben, Ausflüchte und Entschuldigungen für unsere Unterlassungen und Versäumnisse zu finden! Ich hatte Verwandtschaft zu besuchen, Freunde luden mich ein, in der Woche ging ich zum Sport und zum Schwimmen, an den übrigen Abenden bildete ich mich weiter, las meine juristischen Wälzer, es gab den einen und andern Theater- oder Kinobesuch; überdies hielt mich meine Arbeit stark beschäftigt, am Gericht hatten wir, da zeitweise Personal fehlte, alle Hände voll zu tun, weil wir mehr Fälle aufgebürdet bekamen, als ‚eine gutwillige Mannschaft bewältigen kann‘, sagte mein Richter, der auch sehr dafür war, daß ich mich ‚schonen‘, d. h. mir nichts zumuten sollte, was mich mental aus der Bahn werfen konnte. „Denn bei Ihnen besteht eine gewisse Gefahr." Ich hatte ihm (ich muß es bekennen) in einem Moment wenn nicht der Niedergeschlagenheit, so doch der starken inneren Zweifel, als wir eines Abends zusammen aßen, die ganze Sache, d.h. mein Erlebnis mit Madame Minerva erzählt, in einer offiziellen, folglich bereinigten und präsentablen Version, teils um mir das Unbehagen, das mich bei dem Gedanken daran immer wieder beschlich, von der Seele zu reden, teils weil mir mein umgänglicher Mentor, falls überhaupt irgend jemand ins Vertrauen gezogen werden durfte, die geeignete Person dazu erschien: auch aus Berufsgründen. Denn er kannte den Fall, konnte sich zumindest gut daran erinnern, obwohl dieser nicht an unserem, sondern am Gericht von L. verhandelt worden war. „Natürlich ist das tragisch, äußerst tragisch sogar, wie alles, was man als Einzelschicksal betrachtet. Aber natürlich sind wir Juristen gerade diejenigen, die am besten wissen, daß es *keine* Einzelschicksale sind. Wissen Sie, Ihre respektgebietende Dame, die Sie sehr eindringlich geschildert haben, hat wenigstens drei fatale Fehler begangen. Sie hat nur ein Kind in die Welt gesetzt, wenn es ihr so äußerst wichtig war, hätte sie mehrere haben müssen: denn eins ist zuwenig für die Fährnisse des Lebens (war früher gängige Weisheit). Überdies hätte sie nicht aufhören dürfen zu arbeiten, denn es verbindet uns mit der Welt und mit den Mitmenschen: nichts ist so gefährlich wie die Muße, wenn man etwas Furchtbares zu verkraften hat. Zum dritten hätte sie es machen müssen wie die Leute, die man des Leichtsinns oder der Oberflächlichkeit zeiht, die aber ins Wahrheit äußerst vernünftig sind und sich an die probaten Mittel halten: ihr Haus verkaufen und anderswo, unter neuen Bedingungen, neuen Gesichtern, neuen Eindrücken ein neues Leben beginnen: denn dazu ist es nie zu spät, es gibt genügend Beispiele. – Fahren Sie also hin, wenn das Wetter taugt und Sie in guter Stimmung sind, denn das muß man von den Heilsboten verlangen dürfen, nehmen Sie ein paar Blumen mit, das freut die Frauen und nimmt gleich für uns ein, und versuchen Sie, ob Sie die tragische Dame nicht zu einer der beiden letztgenannten Optionen bewegen können: denn das ist etwas Reelles, das können Sie bewältigen. Lassen Sie sich nicht auf Dummheiten ein! Seit meiner Scheidung weiß ich es verbürgt, daß es mit den gebrochenen Herzen von Frauen weniger auf sich hat, als sie sich und aller Welt weismachen wollen ... Eisenharte Verhandlerinnen, das trifft es schon eher. Mit Kindern und ohne. Veritable Hyänen, wenn es um ihre Rechte geht. Ein Mann mit seinem bißchen Grips kommt nicht dagegen an. – So (sich sein Glas nachschenkend), und was machen wir nun mit unserem Mehrfachstraftäter, verkommenen Tunichtgut und Schönwetterlügner, zu was verdonnern wir ihn? Machen Sie mal einen konstruktiven Vorschlag, junger Freund!" Ich nahm mich zusammen, wohl wissend, daß Humor bei ihm keineswegs eine laxe oder träge Aufmerksamkeit bedeutete, erörterte kurz den Sachverhalt, und nach einer Zusammenfassung der bisher gewonnenen Erkenntnisse legte ich, indem ich zu ermessen versuchte, welches Strafmaß *er* verkünden würde, in behutsamen, gleichsam tastenden Worten meine Ansicht dar – und wurde weidlich ausgelacht. „Das klingt ja alles wie aus dem Lehrbuch bei Ihnen, oder aus dem Oberseminar ... Vergessen Sie, wie F. oder P. es machen bzw. Ihnen weismachen wollen, das ist der pedantische Durchschnitt, an dem werden wir uns kein Beispiel nehmen. Die nehmen das Recht wie eine Rechenmaschine: oben füllt man den Fall hinein, in der Mitte rattert und klackt es, und unten fällt der Urteilsspruch heraus. Sie müssen lernen, die Sache etwas eleganter aufzufassen, mehr in der Art eines Kunstwerks – oder eines Kochrezeptes. Doch, doch, die Rechtsprechung und die Kochkunst haben mehr gemeinsam, als man auf Anhieb vermuten möchte. Bei beiden handelt es sich um einen komplexen Vorgang, bei dem es darauf ankommt, wesentliche Teile des Geschehens gleichzeitig ablaufen zu lassen, damit durch eine subtile Verbindung, Verschmelzung der Teile untereinander ein Ganzes, nämlich das Gericht entsteht, zu dem der Urteilsspruch sich wie das I-Tüpfelchen verhält. Er ist die Gewürzspur, die obendrauf kommt – – ich sehe, mein Humor schmeckt Ihnen noch nicht so ganz. Ihnen als Jungspund kommt er frivol vor. Vergessen Sie nicht, daß sich hinter jedem guten Scherz etwas Grundsätzliches verbirgt. Sie haben so etwas in sich – wie soll man es nennen – etwas, was an eine *absolute* Gerechtigkeit glauben will. Doch, doch, leugnen Sie es nicht (ich hatte nicht vorgehabt, es zu leugnen). Es gibt aber nur eine relative – – und Gerechtigkeit wollen wir das auch nicht nennen, wir müssen uns am

Rechtsfrieden Genüge sein lassen. Sie hätten es eigentlich schon hinter sich haben müssen, ehe Sie hier angetreten sind: das ist nun Pech, Sie müssen es nachholen. Und deshalb, mein Bester – keine Dummheiten, passen Sie auf sich auf. Und demnächst kommen Sie vorbei und schauen sich meine neueste Orchideenerwerbung an. Feuerzauber, eine Rarität (mit dem Augenblitzen eines Gourmands, ekstatisch verzogenen Augenbrauen). Wenn man das Zeitalter der Frauen hinter sich gelassen hat, kommt das Zeitalter der Orchideen. Die sind *auch* schön bunt, manche duften exquisit und keine von ihnen setzt Ihnen irgendwelche Flöhe ins Ohr."

Zweite Warnung. Daß er seine Sache *so* ernst meinte, um sie mir gegenüber, mit wachsenden Graden von Freimütigkeit und Dringlichkeit zwei Male hintereinander auszusprechen, mußte mich stutzig machen, wenn nicht befremden, zumal ich ihm das Aussehen Madame Minervas bei aller schonenden Diskretion doch deutlich genug geschildert hatte. Wenn sie nicht im erotischen Sinn verstanden werden konnte – wie denn dann? Wußte er etwas, was ich nicht wußte und was herauszufinden er mir überlassen wollte? Übrigens wäre ich aus eigenem Antrieb beinah entkommen – in jedem beinahe verbirgt sich eine Niederlage –, weil zwei Freunde, die ich länger nicht gesehen hatte, mich ohne viel Mühe zu einer Klettertour im Gebirge überredeten – ehe ich mich versah, hatte ich blindlings zugesagt: so daß (ich gestand es mir später ein) der Himmel eingreifen mußte und den einen mit Fieber aufs Bett warf, den andern mit schwer verstauchtem Knöchel in die Notaufnahme schickte: worauf ich sämtliche Ostertage bis in die Osterwoche hinein zu meiner freien Verfügung hatte. Ich ließ den Karfreitag verstreichen, der melancholische Leute noch melancholischer stimmt, und wählte den Ostersamstag für mein Vorhaben, was mich in meinen Augen insoweit rehabilitierte, als es ein echtes Opfer darstellte, da von allen besonderen Tagen des Jahres dieser mir immer der liebste gewesen ist, zumal bei warmer Witterung. Der Geruch der Osterfeuer, der sich bei beginnender Dämmerung mit dem des jungen Grüns vermischt, der von der Erde aufsteigt, hat mein Herz stets unwiderstehlich ergriffen, und ich hatte das auf das heidnische Erbe geschoben, das in uns Menschen der nördlichen Hemisphäre schlummert und von den christlichen Missionaren, als sie (die in ihren Mittel nicht zimperlich waren) sich diese Gegenden anzueignen begannen, gleichsam einverleibt, veredelt und umgedeutet wurde, um das, was darin an natürlichen, mit den Tiefen des Erdendaseins verbundenen Kräften lebt, nutzen und sich davon nähren und befruchten zu können. Ich meine, es war eine Mischung aus Menschenfreundlichkeit, Politik und Pragmatismus, was die rustikalen Bischöfe da getrieben haben. Zu Ostern nimmt man die christliche Botschaft an, weil alles Äußere sie begünstigt und weil es die Wiedergeburt der Natur ist, die die uralten heidnischen Feste begingen: der Winter ist überstanden, die Rückkehr der Sonne und damit der Vegetation und des Lebens ist nicht mehr aufzuhalten; zu diesem Zeitpunkt ist es leicht zu verzeihen, alten Groll, alten Schmerz und erlittene Kränkungen von sich zu tun, da die sich erwärmende Luft und die länger werdenden Tage mitsamt dem stimulierenden Schwung, den sie, als Symbol unsterblicher Hoffnung, dem Blut, dem ganzen physischen Organismus verleihen, zu neuen Plänen, Aussichten, Werken und Taten drängen. Ich hatte mich ein wenig verspätet – wenigstens im Hinblick auf meine eigene Zeitplanung gesehen, da ich ja keine Verabredung einhalten mußte –, weil ich in einem der Nachbardörfer, in dem ich etwas zu besorgen hatte, kurzerhand in die sehr schmucke und große Kirche eingetreten war: Musik hatte mich dorthin gelockt, die mich überall hinzulocken vermag; ein Ensemble junger Leute, fast Schüler noch, probte dort für die Osterkonzerte: alle mit verschiedenen Instrumenten, unter denen die Bläser vorherrschten, alle mit konzentrierten Mienen, freudig und bei der Sache, wie es den Musikern natürlich ist. Ich beneidete sie um ihre fröhliche Ungezwungenheit, um dieses Privileg, das die Musiker am reinsten genießen: gemeinsam an etwas Schönem zu wirken, das ganz Gegenwart ist und dem man sich völlig hingeben kann. Auf dem Kamm des Hügels, jenseits dessen das Dorf (ihr Dorf) lag, hielt ich noch einmal an, um den frischen Wind und den Ausblick auf das sich eben erst begrünende Land zu genießen, erleichtert, die eisig-starre Winternacht, in der alles seinen Anfang genommen hatte, gebannt, hinter mir zu wissen, und doch von einem leichten Frösteln ergriffen, was mich erwarten mochte. Mußte nicht auch sie von der allgemeinen Verwandlung betroffen sein, da der Frühling niemandem seine Milde und seinen Trost entzieht, erst recht nicht den Unglücklichen? Das Postulat meines richterlichen Mentors erschien mir wie die Weisheit pur, ich begann, mich als Abgesandten dieser Weisheit zu fühlen. In jener Nacht hatte ich gehandelt wie jemand, der von fremden Geistern bewegt und vorangetrieben wird, alles ging wie von selbst: nun aber wurde mir alles schwer. Hätte ich das Gewicht all meiner Gedanken und Empfindungen hierzu so stark empfinden können, wenn nicht eine Ahnung, die bereits mehr als eine Ahnung war, mir deutlich vermittelt hätte, daß alles, worauf ich jetzt zusteuerte, einen so dringenden wie unwiderruflichen Einfluß auf mein Leben haben würde – unwiderruflich, ich wiederhole es?

Das Haus lag oder vielmehr stand noch da, wie ich es vor drei Monaten zurückgelassen hatte: ich konnte nun, bei vollem Tageslicht, ja Sonnenschein sogar, diejenigen Wahrnehmungen, Beobachtungen nachholen, zu denen ich damals, in der Anspannung von Erwartung und Beklemmung, nicht imstande gewesen war. Ich sah, daß es von großzügigem Zuschnitt war und daß seine Anlage einen individuellen Geschmack verriet, wie es bei Leuten der Fall ist, die, wenn sie sich ein Haus bauen wollen, Architekten mit Sonderwünschen und Extras beauftragen: ich weiß nicht, was mir daran als merkwürdig erschien, wenn es nicht der Gedanke war, daß (nach meiner Erfahrung) die Wohlhabenden einen leidenschaftlicheren Anspruch auf das Glück machen als die Armen, die sich mit einem geringen Los begnügen müssen, und daß sie folglich, wenn es ihnen genommen wird oder wenn sie es einbüßen, dies als ein stärkeres Unrecht empfinden. Es gab einen Garten, der ebenfalls nicht klein war, und dessen Bepflanzung, noch in ihrer winterlich-struppigen Unansehnlichkeit, einstmals der Anlage des Hauses entsprochen haben mochte, jetzt aber nur noch das Bemühen erkennen ließ, mit zwei Händen und der Kraft eines einzelnen Menschen einen Dauerzustand von Ordnung und Respektabilität aufrechtzuerhalten, keinen Wunsch nach sichtbarer, gestalteter Schönheit. Ein paar Gartenwerkzeuge standen gegen eine Hängebirke gelehnt, davor befand sich ein Haufen zusammengekehrten Laubes, abgeschnittener, vertrockneter Zweige, verdorrten Geästes und anderen Gartenabfalls, der vielleicht in einem privaten Feuer, wie sie an jenem Tag gestattet sind, verbrannt werden sollte. All dies zeugte jedenfalls unmißverständlich davon, daß hier Arbeit im Gange war.

Die Hausherrin öffnete mir die Tür mit der Miene eines Menschen, der einen langerwarteten Gast zu begrüßen hat: freilich war es nicht so sehr das Aufblitzen der Freude, das mir dies verriet, sondern eher einer gewissen Genugtuung oder Befriedigung, das dem Sinne nach zu besagen schien: Gut, daß Sie endlich hier sind, da können wir gleich alles Wesentliche besprechen. Ich empfand es nicht sogleich so, ich reimte es mir im nachhinein so zusammen. Sie hielt sich aber streng an das Zeremoniell, schien nichts übereilen noch überstürzen zu wollen, sie nahm meine überflüssigen Narzissen entgegen (es gab im Garten welche) und deponierte sie in einer Vase, entschuldigte sich kurz und kehrte in besserer Kleidung zurück, servierte mir und sich in ihrer kargen Küche eine Suppe, die vielleicht etwas dünn, aber wohlschmeckend war, und etwas Osterbrot zum Nachtisch, eine griechische Teigspezialität in Form eines Zopfes mit Nüssen und Mandeln darin und äußerst nahrhaft, die sie, wie ich ihren Worten entnahm, eigens für mich angefertigt zu haben schien. Habe ich schon gesagt, daß, kaum daß ich die Schwelle ihres Hauses überschritten hatte, die Ratschläge meines wohlwollenden, aber in den Künsten der Frauen sehr unbeschlagenen Mentors sich umgehend in Luft aufgelöst hatten, als hätten sie überhaupt keine Realität mehr und auch niemals welche besessen?

Sie fragte mich, was ich in der Zwischenzeit getrieben hatte und ob es irgendwelche Erkenntnisse gab, zu denen ich gekommen sei – nicht so sehr, schien es mir, weil sie das zu wissen wünschte: denn ich hatte den deutlichen Eindruck, daß ihr alles, was mich bisher am Kommen gehindert oder was ich vielmehr vorgeschoben hatte, auf eine für mich blamable Weise bereits bekannt war: als hätte sie es schon damals im Café gewußt, als sie ihre Einladung aussprach – sondern um mich dazu zu bringen, mich zu öffnen und etwas von mir preiszugeben. Erkenntnisse! Mit etwas Geringerem konnte sich diese gebildete Priesterin und Hüterin nicht zufriedengeben, sie nickte jedenfalls (höflich oder zustimmend), als ich ihr, um etwas Passendes verlegen, mein Heidentum offenbarte: zwar war die Erkenntnis noch frisch, aber es war doch unbestreitbar eine: jener stille und geheime Jubel des Herzens, den mir die Osterluft verschaffte und nur sie, nur mit meiner Schlußfolgerung, die darin eine Wirkung der physischen Natur sah, nicht so sehr der Glaubensintensität, war sie nicht zufrieden.

„Das suggeriert Ihnen Ihre Jugend, die ihre Lust an Zweifeln und Paradoxien hat und die ein Heidentum, das sie selbst mit Inhalten füllt und beherrschen zu können wähnt, verlockender findet als die christliche Tradition mit ihren feststehenden Riten und Formeln. Was würde es konkret bedeuten, wenn Sie zwölf Jahrhunderte Christentum, die Sie als nördlicher Abkömmling in sich tragen, verleugnen oder ignorieren wollten? Sie würden, sobald Sie das Alter der Gesundheit und rekurrierenden Freuden überschritten hätten, allmählich in Düsternis versinken wie nicht wenige Ihrer Landsleute, die weder jemals Christen noch jemals Heiden gewesen sind, sofern Sie Ihr Leben nicht mit kleinlichen Beschäftigungen und Ersatzsinngebungen ausfüllen: beides ist aber doch eines denkenden Menschen unwürdig und bedeutet in jedem Fall ein Zurücksinken unter eine bereits einmal besessene Höhe. Wer mag sich dessen anklagen wollen? Gewiß ist es die Rückkehr des Lichtes, das Wärme und Leben bringt, was uns im Frühjahr unwiderstehlich ergreift, aber die Menschheit feiert das Osterfest auch bei Eis und Schnee, unbeirrbar und streng nach Kalender. Der Glaube kommt *vor* den äußeren Anzeichen – vergessen Sie das nie." – Ich nahm das hin, es machte mir nichts aus, auf so freundliche Weise gemaßregelt zu werden und auf meine leicht dahingesagten Worte streng-ernste Antworten zu bekommen: ich nahm all dies, zusammen mit dem, was ich hier an Tätigkeiten und Verwandlungsprozessen wahrnehmen oder erahnen konnte, als Indizien, die meine geheime Hoffnung beförderten: sie könne sich wieder dem Leben zugewandt und den ungesunden und unheimlichen Beschäftigungen entsagt haben, bei deren einer ich sie in jener Winternacht betroffen hatte: so daß sie in Wahrheit, während sie meine These zurückwies, für sich selbst sprach. Das einzige, was diese Annahme, mit der ich mich im Bewußtsein einer erfüllten Pflicht so gern beschieden hätte, *nicht* bestätigen wollte, war ihre Person selbst, die, obschon mit der äußeren Welt befaßt, mit der Tageswelt, heißt das, und sie aufmerksam ins Auge fassend, doch immer noch dieselbe vom Winter war; sie trug noch ihre dunkle Kleidung, sie hatte ihr weißes Haar und jenen durchdringenden Blick, in dem das untergründige Feuer, das damals so merklich gewesen war, immer noch nicht ganz erloschen schien: es brannte weiter wie es die Kerzenflammen tun, die man bei Tageslicht kaum wahrnimmt.

Wir saßen mittlerweile draußen, auf einer Bank an einem kleinen Teich, und sahen auf die Felder hinaus, es ging auf Abend zu und war ein wenig diesig geworden, ein leicht brandiger Hauch, die Ankündigung der Feuer, lag in der Luft. Sie erwähnte plötzlich ein Bild Caspar David Friedrichs mit dem Titel ‚Osternacht' und fragte mich, ob ich es kenne? – es zeige drei Frauen, die Krüge mit Osterwasser tragend durch einen dunklen Wald gehen, durch dessen

Dickicht die aufgehende Sonne glomm – der Botschaft nach war es die aufgehende, obwohl man es nicht mit Bestimmtheit sagen könne. Es sei ein atmosphärisch überaus dichtes Bild, das man nicht ohne innere Bewegung ansehen könne, nirgendwo sei (nach ihrer Kenntnis, sie sei immer kunstinteressiert gewesen) der Zauber – jener unirdische, magische Zauber der Osternacht – den man freilich aufsuchen müsse, er habe sich tief aufs Land zurückgezogen, in den Städten sei er völlig unbekannt – so in ein Werk gebannt, trete einem so deutlich entgegen wie hier. Ich kannte das Bild zu jener Zeit nicht, ich schlug es erst später, viel später in einem Bildband nach und fand alles bestätigt, was sie darüber zu sagen hatte; ihre sparsamen, aber sehr präzisen Angaben hatten es überdies vermocht, in mir eine so lebendige Vorstellung davon zu erwecken, daß mir, als es mir schließlich vor Augen trat, war, als ob ich es gleichsam nur wiedersah – so wie es einen Gegensatz zwischen Suchen und Finden gibt. In jenem Augenblick aber gab es mir den Mut, jener Hoffnung Ausdruck zu geben, mit der ich hergekommen war: daß die Versöhnung mit dem Leben, die dieses Fest bedeute, auch für sie und ihr eigenes Schicksal gelten möge: ich versuchte, das so behutsam und diskret und doch so deutlich wie möglich auszusprechen.

Sie hörte mich an, ohne etwas zu erwidern, sah eine Weile mit angespannter Miene und sehr konzentriertem Blick in die Gegend hinaus – wir konnten aus ihrem Garten bis zum Horizont sehen –; als sie erneut zu sprechen begann, geschah es auf jene zugleich drängende und stockende Art wie in jener Nacht, und es war dieselbe Art mysteriös-schauriger Beklemmung, die mich erneut ergriff. „Sie erinnern sich gewiß an das, was Sie mir sagten, als Sie mir in Ihrem hübschen kleinen Landstädtchen wieder über den Weg gelaufen sind: Sie fragten mich, ob, nachdem es der Justiz nicht möglich gewesen sei, mir Gerechtigkeit geschweige denn eine Form der Wiedergutmachung zu verschaffen, es irgend etwas gebe, was Sie – in Ihrer Person – für mich tun könnten … Ja, in der Tat, es gibt etwas – es gibt etwas, das ich von

Ihnen erbitten möchte, falls Sie sich dazu bereit erklären wollen ... (die Eulenaugen: groß und starr ihr Ziel verfolgend) Es würde mir eine große Erleichterung verschaffen, es würde ein Gewicht von mir nehmen und mir das Gefühl geben, daß jenes furchtbare Opfer nicht umsonst, eine sinnlose Vergeudung gewesen ist, wenn ich die Überzeugung gewinnen könnte, daß jene drei Männer irgendeine Form der Reue angesichts dieses Bösen, dessen Verursacher sie waren, dieser Schuld, mit der ihre Existenz nun für immer behaftet bleibt, entwickelt hätten – nicht Bestürzung und Bedauern, die sich rasch wieder verflüchtigen, sondern echte Reue – die sie dazu veranlaßt hätte, über sich selbst und ihr Leben nachzudenken und welche Art von Leben sie fortan führen wollten. In Zeiten der Frömmigkeit (fuhr Madame Minerva fort) wäre es schlechthin unmöglich gewesen, über einen solchen Vorfall nicht bis ins innerste Herz zu erschrecken. Man hatte wider das göttliche Gesetz – wider die Götter gefrevelt, man konnte nicht ruhen, bis man sich wieder reingewaschen, bis man sie durch Opfergaben, Riten und Gebete wieder gnädig gestimmt hatte. Die gesamte Existenz stand auf dem Spiel. Manche gingen auf Pilgerschaft, andere spendeten große Summen an die Kirche oder widmeten sich den Armen, wieder andere leisteten heroische Gelübde und boten all ihre Kräfte auf, um sie zu erfüllen, aber allen war eines gemeinsam, eine Überzeugung einte sie alle: daß man nicht einfach so weiterleben konnte wie bisher – so dumm und gedankenlos wie vorher. Man mußte etwas *tun.*"

Sie wandte sich nach einer Pause zu mir hin, sah mich genau und prüfend an und fragte: ob ich dies verstünde? – Wie konnte ich es nicht? Ich nickte und sah, wie sich die Falle über mir schloß, wie sich etwas Unklares, Ungeformtes aus dem, was sie durch ihre Worte beschworen hatte, herauszubilden begann – etwas, was mich betraf, und was alle meine rumorenden Ahnungen, mit denen ich diesen Besuch hier aufgeschoben und die mich schließlich hierher begleitet hatten, bestätigte.

„Gehen Sie zu ihnen, suchen Sie sie auf und finden es heraus", sagte Madame Minerva. „Hier sind ihre Adressen (zu meiner Bestürzung einen Zettel aus ihrer Jackentasche ziehend und ihn mir überreichend) mitsamt weiteren Instruktionen, die Sie benötigen oder die Ihnen nützlich sein könnten. Bedenken Sie ferner, daß ich mich mit wenig zufriedengebe – mit weitaus weniger als dem, was ich soeben geschildert habe –, bevor Sie protestieren, daß diese Aufgabe Ihr Vermögen übersteigt. Das tut sie keineswegs, Sie haben die Fähigkeit, ins Innere anderer Menschen zu blicken, nur machen Sie nur eingeschränkten Gebrauch davon, auch diktiert Ihnen Ihr Dasein als Amtsrichter einen bestimmten Gebrauch Ihrer Befugnisse, der auf Ihr privates Leben zurückwirken wird. Die Reue gehört zu den Dingen, die sich von außen nur schwer beurteilen lassen. An ihren Wirkungen mag sie noch am leichtesten zu erkennen sein – aber sind es die richtigen Wirkungen, gehen sie auf eine eindeutige Ursache zurück? Deshalb habe ich gesagt, daß ich mit wenigem zufriedenzustellen bin – ein einziger von den dreien, der das Zeichen des Nachdenkens und der Selbstprüfung an der Stirn trägt, soll genügen, um auch die beiden andern freizusprechen – wie wenig sie es von sich aus verdient haben mögen. Sie leben alle noch in der Gegend, zumindest sind keine allzu weiten Wege erforderlich, im übrigen haben Sie ja (mit milder Ironie in ihrem Blick) Ihr komfortables neues Auto. Suchen Sie sie auf, sorgen Sie dafür, daß eine Begegnung stattfindet, sprechen Sie mit jedem (einzeln), beobachten Sie und ziehen Sie Ihre Schlüsse daraus. Nur als *mein* Abgesandter dürfen Sie sich nicht ausgeben, wenn Sie die Wahrheit herausfinden wollen, ansonsten aber – als jedermann. Ich nehme an, es wird eine Weile dauern. Lassen Sie sich Zeit und überstürzen Sie nichts, fallen Sie auch niemals mit der Tür ins Haus. Sie sind ein diskreter und zurückhaltender Mensch, Sie werden wissen, wie Sie sich zu verhalten haben. Ich gebe zu, daß es eine schwierige Aufgabe ist, die ich Ihnen gegeben habe: schwierig, wenn auch nicht unlösbar. Wenn Sie damit durch sind, kommen Sie her und erstatten mir Rapport. Ich werde hier sein, wie ich es immer bin, und mich in Geduld fassen, wie ich es immer tue." Sie stand auf, mich damit nötigend, es ebenfalls zu tun, und entschuldigte sich, auf den Haufen Gartenabfälle weisend, der weiter vorne aufgeschichtet lag: sie müsse nun darangehen, ihr kleines ‚Vernichtungswerk' in Gang zu setzen.

## 4.

Ich weiß nicht, ob ‚von allen Furien gehetzt' der richtige Ausdruck ist, um die Gefühle zu beschreiben, mit denen ich mich diesmal auf den Heimweg machte; jedenfalls gibt er den Zustand der Bestürzung, ja Verstörung wieder, der mich veranlaßte, oben auf dem Hügel, kaum daß ich losgefahren war, erneut Halt zu machen und ein paar heftige Atemzüge in die freie Luft hinaus zu tun, ehe ich mich soweit beruhigt bzw. gesammelt hatte, daß ich weiterfahren konnte. Mein Herz raste, ich wußte nicht, ob ich mich betrogen, erniedrigt oder geknechtet fühlen sollte, oder ob es eine Mischung aus allen dreien war. Die Sache erschien mir ungeheuerlich. Von der Schwierigkeit abgesehen, die allein die Ausführung darstellte – wie konnte man, als ein völlig Unbekannter, mit diesen drei Leuten so vertraut werden, daß man sich ein Urteil über ihre innersten Seelenregungen erlauben durfte –, kam mir das ganze Vorhaben verquer und absonderlich vor, es wollte sich, nach meinen Vorstellungen, weder mit meiner juristischen Ausbildung noch meiner Funktion als Richter vertragen, besonders der Spioniercharakter, der dem Ganzen anhaftete, stellte in meinen Augen wenn nicht eine schwere Verfehlung, so doch etwas Illegitimes, Anrüchiges dar, das sich mit meinem Berufsethos nicht vereinen lassen wollte: hingegen sah ich sehr deutlich eine Verbindung zu jenem Treiben in der Winternacht, bei dem ich sie damals gleichsam unterbrochen und zu der Erklärung, die sie mir damals für ihr Verhalten gegeben hatte. Das Fieber wühlt noch in ihr, dachte ich und ermaß zum ersten Mal in ihrer ganzen Tiefe die Macht jener, denen ein Unrecht widerfahren ist: vom Bewußtseins dieses Unrechts aus fangen sie an, die Welt beherrschen zu wollen. War es das Vorbereitete dieses Coups, das mich so erregte, oder ihre Art, mich wie einen Sklaven oder Diener mit meinem Auftrag fortzuschicken, ohne auch nur meine Einwilligung einzuholen, ob ich ihn überhaupt ausführen wollte? Verstand sich das etwa von selbst? – so wütete es in mir. Aber: je heftiger der Widerstand, desto stärker gewöhnlich das Pflichtgefühl. Nur die Glatten, Höflichen, Geschmeidigen, Zivilen und Galanten wissen, wie man sich ungeliebter Dinge, unangenehmer Verpflichtungen entledigt. Sie lächeln, nicken, versprechen alles – und tun nichts. Ich kürze die Zeit ab, die ich brauchte, um mich auf eine Herangehensweise zu besinnen und meine Zweifel niederzuringen, wozu das Ganze – ich nannte es abwechselnd Aufwand, Spektakel, Theater, Dummheit, Grille und was weiß ich nicht noch alles – überhaupt dienen sollte: denn auch der Grund, den sie mir angegeben hatte, erschien mir im Lichte meiner eigenen Betrachtungen nicht mehr so einleuchtend und verständlich wie in dem Augenblick, da sie ihn ausgesprochen hatte: hieß es nicht, das von fehlbaren Menschen zu erwarten, was aus uns selbst kommen muß? Nach christlichem Gebot hängt die Pflicht zum Vergeben ausdrücklich nicht vom Verhalten des Täters oder Schuldigen ab: sie betrifft uns allein. *Sie* war also die Heidin von uns beiden. Nach unsäglichem Bemühen – womit ich meine Denkarbeit meine, denn ich zerbrach mir lange Zeit den Kopf darüber – brachte ich es tatsächlich zuwege, mich diesen drei Männern – sie lebten alle entfernt voneinander und der Kontakt schien, wenn nicht abgerissen, so doch nur noch spärlich zu sein – soweit zu nähern, daß ich einen Blick auf ihr Leben, ihre Gemütsbeschaffenheit und seelische Verfassung werfen und sogar auf einer privaten Ebene mit ihnen sprechen konnte, ohne Mißtrauen oder Verdacht zu erregen. Es blieb mir erspart, mich wie der Graf von Monte Christo in verschiedene Verkleidungen hüllen zu müssen, zumal die äuße-

ren Umstände, sobald ich mich in die Sache, d. h. meine strategische Annäherung einzuarbeiten begann, mein Vorhaben seltsam begünstigten. Bei dem einen war es der Tennisverein und dessen Veranstaltungen, bei dem anderen eine öffentliche Gemeinderatsitzung, die mit einem Gang in die nächstgelegene Kneipe endete, bei dem dritten schließlich half mir der Zufall, der den Gesuchten des Weges kommen und ihn mich direkt ansprechen ließ, als ich in seiner Straße stand und mit der Miene eines müßigen Spaziergängers mir sein Haus besah, als fände ich die Bauweise nachahmenswert: ob ich nicht der und der sei, ich erinnerte ihn an einen Mitschüler aus Gymnasialzeiten? Selbst als er seinen Irrtum einsehen mußte, blieb er mir noch seltsam gewogen: holte seinen Hund und zeigte mir die Gegend, nachdem ich mich als Immobilieninteressierten ausgegeben hatte; zeigte sich auch im folgenden, denn ich sorgte dafür, daß ich jeden dieser drei Männer wenigstens dreimal sah, bei verschiedenen Gelegenheiten und in wechselnden Situationen, so offenherzig und sogar redselig, wie man es oftmals Fremden gegenüber ist, die sich verständnisvoll, interessiert und aufgeschlossen geben: nur sollte dies wiederum den Fremden nicht zu dem voreiligen Schluß verleiten, daß die präsentierte Seite bereits die volle Wahrheit darstelle. –
Ich übergehe die Manöver, die ich ausführen mußte, um, als der Moment ‚reif‘ war, das Gespräch zu jenem Vorfall hinzulenken bzw. darauf einzuwirken, daß es sich wie von selbst so ergab: teils indem ich eine eigene Schuld – ein überfahrenes Reh etwa – eingestand oder andeutete, indem ich von irgendwelchen jüngst vorgekommenen Ereignissen dieser Art sprach oder Bekannte erfand, denen etwas Ähnliches, Tragisches widerfahren war: und dann (falls sie nicht reagierten) sprach ich mit der Miene eines professionellen Absolutionserteilers: ob sie auch einmal etwas Derartiges erlebt hätten und wie sie damit zurechtgekommen seien? Es war mir klar, daß dies nicht die Methode war, um auf Anhieb zur vollen Wahrheit durchzudringen – immer unter der Voraussetzung, daß es eine volle (d. h. statische) Wahrheit

überhaupt gibt – aber auf irgendeine Weise mußte ich beginnen: die Kunst des Verhandelns und Untersuchens besteht nicht im ersten Ansatz, der oftmals behelfsmäßig und improvisiert ist, sondern in den Modifikationen, Ableitungen und Seitenwegen, die sich eröffnen, neue Perspektiven freigeben und auf weitere hinleiten. Es war mir ebenso klar, ich hegte die unumstößliche Gewißheit, daß mein Vorgesetzter Richter und wohlwollender Mentor dieses Vorgehen, diese Selbstermächtigung mit allen Freiheiten, die ich mir herausnahm, schwer tadeln, sie ungeheuerlich finden und mich dafür zur Rechenschaft ziehen würde. Was tun Sie da, Sie Narr, hörte ich ihn zürnen, denn ich kannte ihn mittlerweile gut genug, um mir vorsagen zu können, was *er* sagen würde, wenn er davon erfuhr – sind Sie von Sinnen? Sie sind weder Privatdetektiv noch Gerichtspsychologe noch ein Seelsorger – nichts, aber auch gar nichts berechtigt Sie, sich in anderer Leute Leben einzuschleichen und dort auf eigene Hand Untersuchungen anzustellen, ob irdische Schiedssprüche und göttliche Fügung zufällig konform gehen. Wer sich mit dem Urteil des Gerichtes nicht zufriedengeben will, hat die Möglichkeit, Revision zu beantragen: ist die Sache, wie hier, abschließend verhandelt, so muß er sich bescheiden und damit abfinden – wie schwer es ihm werden mag. Ihre Dame ist Ihnen schlecht bekommen. Ich weiß gar nicht, wie Sie die Stirn haben, im Gericht tagsüber mit Ihrer harmlos-konzentrierten Miene, d. h. mit Ihrem gutmütigen Schafsgesicht neben mir zu sitzen, wenn Sie in Ihrer Freizeit solche Dinge treiben. Stellen Sie das umgehend ein und kehren Sie zu vernunftvollen Beschäftigungen zurück!

So sprach mein Richter, so sprach ich zu mir selbst: und was waren die Resultate meines Tuns, konnten sie mich wenigstens vor mir selber rechtfertigen? Keiner der drei hatte den Vorfall vergessen, alle drei bedauerten ihn, und alle fühlten sich unschuldig. „Wir konnten doch nichts dafür", beteuerte mir einer nach dem andern, und der letzte – das war der, der mich für einen Klassenkameraden hatte halten wollen –

vergoß sogar Tränen, als er mir gestand, er habe wochenlang nicht schlafen können, so sehr habe ihn das angegriffen. „Wir konnten doch nichts dafür, wir fuhren doch ganz zivil und manierlich", so ging die Litanei, von allen dreien auf dieselbe Weise intoniert. „Wir kamen von unserer Vereinssitzung und hatten es nicht einmal eilig, waren auch nicht betrunken oder auf sträfliche Weise abgelenkt ... Ja, gewiß, man unterhält sich im Auto, wenn man zu dreien ist, es gibt immer etwas zu besprechen oder zu diskutieren ... da war diese Kurve, das Kind, das plötzlich vom Bürgersteig auf die Straße bog ... Man weiß ja, wie Kinder sind, aber dieses hier ging ja schon aufs Gymnasium, es hätte es besser wissen müssen ... Schlimm, ganz schlimm. Einfach furchtbar!" Sich in Gefühlen wälzen: heißt dies, das Zeichen des Nachdenkens und der Selbstprüfung an der Stirn tragen? Ich bekenne, daß ich darob – um diesen Zwiespalt entscheiden zu können – zum Schauspieler wurde. Ich vergrößerte das Gewicht meiner Schuld oder die Reue meiner vermeintlichen Bekannten, um sie zur Nachahmung anzuregen: ihnen den Mut zu geben, ihre innersten Gefühle, Zweifel, Beklemmnisse einzugestehen, in der Gewißheit, auf Verständnis und Mitgefühl zu stoßen, in seiner Fehlbarkeit und Verstrickung in ungewollte Schuld weder ver- noch abgeurteilt zu werden. Statt dessen bemerkte ich Zeichen des Unbehagens und der Ungeduld, schließlich kamen sogar Ermahnungen. Man dürfe sich da nicht so hineinsteigern – bekam ich auf verschiedene Weise zu hören. Man solle nicht übertreiben, sonst werde man ja geradezu trübsinnig. Das Leben gehe weiter, mit und ohne Schuld – und dergleichen mehr. Ich brachte schließlich, in meiner wachsenden Verzweiflung, die Mutter ins Spiel, was ausdrücklich gegen meine Absicht und meinen ursprünglichen Plan war: es hieß ganz klar, das stärkste Geschütz aufs Feld zu zerren und eigentlich schon den Anteil unerlaubt zu vergrößern, den ich in sie hineinpumpte: während es doch ausdrücklich mein Auftrag war, herauszufinden, wieviel Einsicht und Nachdenken und womöglich Schrecken über sich selbst das Ereignis bewirkt hatte, nicht, was äußere Stimuli und Beeinflussung kurzzeitig hervorzulocken vermochten. Und wer außer Gott (sprach mir mein Richter ins Ohr) wäre imstande zu entscheiden, wo innerhalb eines einzigen menschlichen Herzens die Trennlinie verläuft zwischen dem, was dieser Mensch aus eigener Kraft vermag und dem, wozu die äußeren Dinge, zu denen auch die gesellschaftlichen Konventionen zählen, ihn veranlassen – und warum, zumal aus unserer Sicht, das eine besser sein soll als das andere? Das würde ja bedeuten, daß jemand, der vor Gericht lügt, aber vor sich selbst seine Schuld bekennt und an ihr leidet, moralisch höher steht als einer, der sie vor Gericht zugibt, dem sie aber ansonsten egal ist, der sie nur im Hinblick auf sein Davonkommen bedenkt ... Hören Sie auf, junger Kollege, Gott ins Handwerk pfuschen zu wollen! Ja, die Eltern! (mit Blicken der Leere und Verlegenheit) Für die sei das natürlich furchtbar gewesen. ... Aber sie hätten ja getan, was sie konnten und wozu ihnen ihr Anwalt geraten hatte. Der Kranz sei sehr teuer gewesen. Ich mußte an dieser Stelle abbrechen bzw. es bei dem Gehörten bewenden lassen, zum einen, weil ich nicht gut weiterbohren konnte, ohne Argwohn oder Verdacht zu erregen, zum anderen, weil ich in Gefahr stand, aus der Rolle zu fallen und in meiner hilflosen Wut, die ich in mir aufkommen spürte, herauszuschreien: Um Himmels willen, ist es Ihnen in fünf Jahren denn niemals eingefallen, sich einmal konkret vorzustellen, *was* Sie da angerichtet haben – ich verzichtete auf die letzte Frage, die mir noch im Sinn lag: ob sie jemals daran gedacht hätten, die Eltern in Person aufzusuchen; ich glaubte zu wissen, welche Art Ausflüchte gekommen wären. Ich hatte mich weiter vorgewagt, als ich vorgehabt hatte, und mußte nun sehen, wie ich zurückruderte; die beiden ersten waren sichtlich froh, das Thema fallen bzw. hinter sich lassen zu können; der dritte hingegen, der Rühr- und Tränenselige, begann, vielleicht doch stutzig geworden, *mir* mit Fragen auf den Pelz zu rücken; vielleicht schien es ihm plötzlich nur verlockend, jemand zu haben, im Vergleich zu dem er sich weniger schuldig finden konnte – einen Pechgenossen gleichsam.

Es dauerte drei Monate, bis ich die Kraft fand, Madame Minerva (meiner Auftraggeberin) wieder unter die Augen zu treten und ihr zu berichten, was ich auf meiner Erkundungstour herausgefunden hatte. Es war mir völlig klar, daß dieses Versagen mit mir zusammenhing, mit mir allein, da ich mich einfach zu keiner Haltung in dieser Sache aufraffen konnte: es war, als müßte ich vor einer sehr strengen Richterin um Vergebung für drei Dummköpfe bitten, mein Inneres revoltierte dagegen. Ich war überzeugt gewesen, daß solch ein Erlebnis Spuren hinterlassen haben mußte und daß ich wenigstens mit einer halben frohen Botschaft würde zurückkehren können: statt dessen hatte ich drei Durchschnittsbürger angetroffen, die der Meinung waren, daß das Leben ihnen übel mitgespielt und eine Schuld aufgebürdet habe, mit der sie nichts zu tun haben wollten. Ich haderte damit, mit diesem mageren, ja: erbärmlichen Ergebnis meiner Nachforschungen, mit mir selbst und mit der Rolle, die ich hierbei eingenommen hatte, und die, ich fand es selbst, einem Doppelleben gefährlich nahekam; das einzige, was mich zu Madame Minerva trieb, war der Wunsch, sie möchte mich von der Verpflichtung entbinden, die sie mir auferlegt hatte, mir die Ketten wieder abnehmen, die ich seither auf mir lasten fühlte. Was mich dazu bewog, ausgerechnet den Heiligen Abend zu wählen, um mich zu ihr aufzumachen, ist mir jetzt beinah rätselhaft, wenn es nicht die Vorstellung war (im nachhinein schreibe ich sie meiner Jugend zu), daß an diesem Abend alle Einsamen noch tödlicher einsam sind als an den übrigen Abenden des Jahres, daß sie sich in ihren kalten Zimmern und trübseligen Behausungen nach Wärme, Licht und froher Geselligkeit verzehren, nach festlich geschmückten Räumen, reichgedeckten Tafeln und dem Widerschein der Freude auf allen Gesichtern: während sie selbst, ob durch göttlichen Ratschluß, ein widriges Geschick oder eigene Verfehlung davon ausgeschlossen sind und bleiben. Ich hatte Einladungen für die Festtage und wollte auch die folgende Zeit zu Besuchen nutzen: exakt diesen einen Tag hatte ich mir freigehalten, obwohl ich bis zu seinem Anbrechen zögerte, ob sich das, wofür er stand, und das, was ich zu verkünden haben würde, miteinander vereinen ließen. Konnte der Zauber und die Weihe der Heiligen Nacht nicht auch *meinen* dürren Rapport verwandeln, ihm das Erbärmliche und Platte nehmen, das ihm so unschön anhaftete und meinen drei Dummköpfen eine Barmherzigkeit verschaffen, wie sie in jener Nacht – unabhängig von eigener Sühne und Reue, wie ich die christlichen Prediger stets verstanden hatte – aller Welt zuteil wurde? Meine naive Berechnung sollte mir schlecht bekommen. Ich hatte mich in der Dämmerung auf den Weg gemacht und erreichte das Dorf bei Dunkelheit, das, wie die übrigen, die ich durchfahren hatte, in seinem Tannenbaumschmuck dalag, die fern und nah in den Vorgärten standen; freilich waren gleich mir Leute unterwegs, auch zu solcher Stunde: nirgendwo, wo Motorengeräusch zu hören ist, ist es jemals völlig still. Das Haus erschien mir, im Gegensatz zu jenen der Nachbarn, so verlassen, daß mich starke Zweifel befielen, ob ich überhaupt jemanden antreffen würde: als ich um die Hausecke ging, wozu ich mich durch meine Bekanntschaft mit dem Garten und seiner Besitzerin berechtigt glaubte, aber sah ich in einem Fenster ein Wachslicht brennen, was mir so lange ein tröstliches und optimistisches Anzeichen schien, bis ich bedachte, daß dies das Zimmer des Kindes war, jener kleinen Sophie, die wenn nicht auf Beschluß einer göttlichen Macht, so doch durch die Einwirkung einer indifferenten Außenwelt nicht älter als zehn Jahre hatte werden dürfen. Bestätigte das Folgende nicht meine rumorende Ahnung? Ich mußte mehrmals die Klingel betätigen, bis Madame Minerva mir öffnete: bleich und streng, mit exakt jener Miene, jenem unirdischen Gesichtsausdruck, mit dem ich sie damals, bei unserer ersten Begegnung betroffen und den ich – offensichtlich zu Unrecht – überwunden geglaubt hatte. Sie sprach nur zwei Sätze zu mir. „Sie hätten nicht in dieser Nacht kommen dürfen, es ist nicht die rechte Zeit. Gehen Sie und kommen Sie an einem der folgenden Tage wieder. " Damit schloß sie die Tür und mir blieb nichts übrig, bestürzt und verwirrt, wie ich war, mich diesem apodiktischem Bescheid zu beugen und unverrichteter Dinge wieder abzuziehen, sogar mein kleines Christpäckchen mit ungesüßten Oblaten nahm ich wieder mit zurück und aß sie, da ich keinen rechten Adressaten dafür fand – die übrige Welt verlangt nach reichhaltigerer Kost – schließlich selbst. Ich fand keine Erklärung für ihr Verhalten und erhielt auch von ihr keine: was freilich damit zusammenhängen mochte, daß ich keine zu erbitten wagte. Auch ihr Gebot, an einem der Folgetage wiederzukehren, stürzte mich erneut in Verlegenheit, da ich sie bereits großzügig verplant hatte. Aber wie schon einmal zuvor, wenn der Himmel und Madame Minervas Interessen sich zusammentaten, platzte die eine Verabredung und die andere wurde verschoben und ich hatte zwei Tage zur freien Wahl.

## 5.

Es begann zu schneien in jener Woche zwischen dem Christfest und dem Neujahrstag – nicht so viel und so ausgiebig, daß alles äußere Leben dadurch behindert oder beeinträchtigt worden wäre, aber doch genug, um der Landschaft jenes winterliche Gepräge zu geben, das als Symbol für einen Neuanfang unter veränderten Auspizien besonders jene magische Zeitspanne zwischen den Jahren, da das alte Jahr gleichsam ruht (aber offiziell noch herrscht), während das neue noch nicht angebrochen ist, seltsam verzaubert, in eine träumerische Zwischenzeit verwandelt, die man als Kind zu tausend Spielen, Mythen, spannender Lektüre, heimlichen Naschfesten und phantastischen Ausschweifungen nutzt, sich wünschend, brennend wünschend, sie möge niemals enden und doch den Silvestertag fiebrig herbeisehnend: während man als Erwachsener sich zwar gern an diese Dinge erinnert, sich aber mehr zum Nachdenken, zur Meditation und Selbstbesinnung gestimmt fühlt. Schon als Kind hatte ich den Anblick der schneebedeckten Felder geliebt, mit den graubraunen Waldstreifen in der Ferne und den Krähenschwärmen, die unter düsteren Wolken dahinzogen; die Linien der aus dem Schnee ragenden Zaunpfähle, die kahlen schwarzen Baumstämme in ihrer Stille und Reglosigkeit, die sie Zeichen und Wegweisern ähneln ließen, stummen Posten der Ewigkeit und Unvergänglichkeit, die eine Botschaft an uns zu richten hatten. Als Kind freute man sich an dieser Verwandlung der Welt, diesem temporären Ausgesetztsein der Welt der Arbeit und der Nöte, des sich Bewähren und Anstrengen Müssens. Jetzt hieß es hingegen: Ausharren und Standhalten und sich, so gut es ging, die Zeit vertreiben.

Die Straßen waren nicht vereist, als ich meinen zweiten Versuch unternahm, mit nüchternem Herzen dieses Mal und im Bewußtsein der Möglichkeit ungeahnter Verwicklungen und Zwischenfälle. Die einzige Extravaganz, die ich mir erlaubte, war ein Abstecher zur Dorfkirche und zum Friedhof, wo ich unter den zugeschneiten Gräbern dasjenige der kleinen Sophie suchte, das ungeachtet seiner geringen Größe meinen Erwartungen gemäß anhand der frischen Blumen, die darauf lagen, leicht zu finden war. Ich weiß nicht, ob ich dies zur Einstimmung nicht so sehr auf meinen Besuch als auf meine Aufgabe tat, ob ich aus dem Anblick Kraft zu schöpfen hoffte oder ob es der Wunsch nach Selbstvergewisserung war, was mich hierher getrieben hatte. Ein Grab ist immer ein Zeichen, dessen Unwandelbarkeit zugleich erschreckt und tröstet, zugleich beruhigt und bewegt – je nach dem Gemütszustand, in dem wir ihm gegenübertreten. Es gibt keinen verlasseneren Ort als einen winterlichen dörflichen Friedhof: außer mir und ein paar Krähen war kein lebendes Wesen dort, trotz des Getriebes der äußeren Welt (den Straßengeräuschen) war es hier drinnen im buchstäblichen Sinne totenstill. Ich war auf alles gefaßt, aber der Empfang, den Madame Minerva mir bereitete, war freundlich und wohlwollend, sie war wieder die Gastgeberin, die einen erwarteten Besuch willkommen heißt, äußerte sogar (wenn auch etwas obenhin) ihr Bedauern darüber, daß ich den Weg zweimal hatte machen müssen. „Ich hoffe, daß Sie Ihre Zeit dennoch angemessen genutzt haben", sagte sie, was mir nach meiner Trockene-Oblaten-Heiligen-Nacht mit indifferenter Fernsehunterhaltung eine leise Verlegenheit bereitete, bewirtete mich mit Tee und Gebäck, und schlug, als wir noch kaum über Höflichkeiten und allgemeine Bemerkungen hinausgekommen waren und mir die Schwierigkeiten, die rechten Worte, den rechten Beginn zu meinen Eröffnungen zu finden, deutlich im Sinn waren und meine Spontanität lähmten, vor, einen kleinen Spaziergang zu machen, solange es noch hell sei, die frische, frostklare Luft belebe und befördere die Gedanken und den Austausch. Wir hüllten uns in unsere Mäntel und Schals und ich hatte nun die Ehre, um es nicht das sonderbare Vorrecht zu nennen, Madame Minerva auf einem jener zahllosen Gänge zu begleiten, wie sie sie bereits vor unserer Begegnung und vermutlich auch danach noch (es gab keinen Grund, das Gegenteil zu vermuten, nur daß sie *vielleicht* in der Mehrzahl nicht mehr nachts stattfanden) abgeleistet hatte. Ich konnte nicht umhin, dies bei mir zu bedenken, als ich sie mit jenem stracken Schritt, der mir damals so rasch aufgefallen war, einen kleinen, unter dem Schnee jetzt unsichtbaren Pfad einschlagen sah, der uns umgehend aus der bewohnten Gegend heraus und auf das freie Feld hinaus brachte, wo wir zum Teil auf gefrorenem Ackerboden gingen, an überschneiten Gräben und eingezäunten Weiden entlang, die nur aufgrund ihrer Begrenzungen auszumachen waren, ansonsten war alles, was wir sahen, unberührte Schneefläche unter einem Himmel, der sich allmählich aufzuklaren begann, die Wolken zerteilten sich in feine Sreifen und das reine Himmelsblau trat hervor, das mich stets befreit und beglückt hatte, wenn ich zu ihm emporsah: warum konnte es nicht dieses Mal so sein?

Wir waren eine Weile nebeneinanderher gegangen und hatten jene Fußspuren im Schnee hinterlassen, die den aufmerksamen Betrachter immer nachdenklich stimmen, weil

sie an eine Zeit gemahnen, da solche Spuren weitreichende-
re Bedeutung besaßen als nur die augenfällige, daß etwas
Festes sich etwas Weichem aufgeprägt hat und daß dieses
Weiche davon den Abdruck zurückbehält: als sie auf unberührte Gegenden verwiesen, die noch kein menschlicher
Fuß betreten hatte, oder auf Eindringlinge, denen man folgt,
um sich ihrer Identität zu vergewissern, auf Fremde, Jäger,
Diebesvolk und womöglich sogar auf Mörder, die man sucht
und findet. „Sie sind noch jung und das Sprechen sollte
Ihnen ein Bedürfnis sein. Welche Nachrichten haben Sie
mir mitgebracht? Falls Sie nicht sicher sind, wie Sie beginnen wollen: fangen Sie einfach mit irgend etwas an, wir
werden uns schon darin zurechtfinden."
Ich sagte, daß sie alles hören solle, was irgend von Interesse
für sie sein könnte, und äußerte zugleich meinen Wunsch,
sie möge unabhängig bleiben sowohl von meinem Rapport,
der fehlerhaft und unvollständig sein mochte, wie sogar von
der Wahrheit der Sache selbst. Mir schiene es, daß nur darin wahre Freiheit und Frieden der Seele zu finden sei, wenn
man nichts zwischen sich und Gott dulde: kein temporäres
Urteil, keine schwankenden Beschlüsse, kein Zweites, Drit-
tes, Viertes von fehlbaren Menschen, über das unser Sein
keine Gewalt habe, das Gott allein unterstellt sei und von
Gott gerichtet werde.
„Ich schließe aus alldem, daß Sie nichts Positives zu berichten haben", war Madame Minervas Antwort. „Sonst wäre
schwerlich eine so lange Vorrede vonnöten gewesen. Aber
das macht nichts. Sprechen Sie frei heraus. Was haben Sie
über diese Leute herausgefunden?" Sie sah mich von der
Seite an und nickte mir freundlich zu; sie trug wieder ihren
langen schwarzen Mantel mit der pelzumrandeten Kapuze,
aus der ihr feines und gewelltes Haar hervorsah, einen großen, mit Sternen bestickten Webschal aus schwarzer Wolle,
jene pelzgefütterten Fäustlinge, die auch schon auf Breug-
hels Bildern zu sehen sind und über Jahrhunderte der Mode
getrotzt haben, dazu die derben schwarzen Wildlederstiefel
vom Dreikönigsabend, jener allerersten Nacht unserer Be-

kanntschaft. Umrahmt von jener Schneelandschaft, in der wir uns bewegten, von Schneeluft umweht und selber (so wie ich) beim Sprechen feine Fahnen ausstoßend, wirkte sie wie eine Gestalt aus Märchen und Sage mit ihren dunklen großen Augen, die mich zugleich durchdringend und mit einem Ausdruck der Barmherzigkeit ansahen, der mir den Gedanken durch den Sinn schießen ließ, ob sie nicht manches (wenn nicht alles) von dem, was ich ihr zu offenbaren haben würde, bereits wußte und mir mit ihren Blicken, Gesten und Worten den Weg hierzu ebnete – so eben wirken ließ wie diese schneeige Weite, auf die wir blickten und in der wir uns wie Gestalten bewegten, die einer geistigen Wahrheit auf der Spur sind, von der nichts ablenken darf, von der alles, was vorher die Sinne und die Aufmerksamkeit in Beschlag genommen hat, so gut wie völlig geschwunden ist.

Ich erwiderte – und es wurde mir schwer genug – daß ich ihre Annahme, ich hätte nichts Gutes zu berichten nicht in jeder Hinsicht bejahen könne. „Sie sind alle ordentliche Bürger – ob geworden oder immer schon gewesen, kann ich nicht beurteilen. Ich habe nur die Ergebnisse ihres Tuns gesehen. Sie leben in geordneten Verhältnissen, arbeiten, zahlen Steuern und kommen ihren Verpflichtungen nach. Sie leben in Häusern, haben Familie, Angehörige, Freunde. Keiner von ihnen ist – nach allem, was ich sehen konnte, eine verkrachte Existenz, keiner trägt den Stempel eines verfehlten, aus der Bahn geworfenen Daseins an sich. Ich muß dies vorausschicken", fügte ich hinzu, während sie neben mir ging und schwieg: ein furchtbares Schweigen war das – „weil es meines Erachtens zur Wahrheit gehört, auch wenn es nichts oder wenig mit dem zu tun hat, was Sie mir aufgetragen haben. Ihr Auftrag hat gelautet, herauszufinden, ob sich an ihnen irgendwelche Zeichen der Reue, der nachwirkenden Erschütterung und einer damit einhergehenden Schuldanerkennung würden finden lassen. Alle drei haben auf mich den Eindruck von Leuten gemacht, denen etwas Häßliches anklebte, wie ein schmutziger nasser Zettel, den endlich losgeworden zu sein große Erleichterung bereitet. – Aber", fuhr ich, mich sammelnd und tief atmend, als gelte es, einen Berg zu besteigen, fort, „dies ist nur, was ich nach einer vergleichsweise kurzen Bekanntschaft zu ermitteln vermocht habe, nachdem ich ihr Vertrauen erwirkt und mich ihnen gegenüber als ein Mensch dargestellt habe, der mit einer gleichen oder ähnlichen Schuld behaftet ist. Ich halte für denkbar, daß dieses unlautere Manöver, für das ich mich anklage und das meinem juristischen Empfinden widerspricht, mir kein Glück bzw. keinen Erfolg gebracht hat. Sie mögen, nicht als verstandesmäßiges Geschehen, sondern auf der Ebene des Gefühls, der Empathie, gespielte (d. h. behauptete) Schuld von wahrer zu unterscheiden vermocht haben und sind mir nicht auf den Leim gegangen. Sie sind offensichtlich immer noch der Meinung, daß ein Schuldbekenntnis zugleich ein Schuldeingeständnis wäre und haben sich davor gehütet, alle drei. Und doch. Wer schaut wirklich auf den Grund eines Herzens, wenn die Besitzer dieser Herzen es nicht vermögen? Viele Leute, die allermeisten womöglich, kennen ihr Selbst nicht, machen auch keine Anstrengungen, es zu ergründen, sondern ziehen diejenige Daseinsform vor, die ihnen von der Außenwelt zurückgespiegelt wird. Sie mögen recht wohl, in dunklen und nicht so dunklen Stunden, Entschlüsse gefaßt haben, auf ihre Weise Gutes zu tun, von denen nur sie und Gott bzw. ihr Gewissen Kenntnis haben. Ich habe nichts gefunden, um dessentwillen ich mich zum Verurteilen berufen hätte finden mögen: nur jenes Zeichen, nach dem Sie so explizit gefragt haben, das Zeichen des Nachdenkens und der Selbstprüfung habe ich nicht gesehen – nicht in irgendeiner äußeren Ausprägung."

„Mir scheint", sagte Madame Minerva, nachdem sie eine längere Weile zu meinen Ausführungen geschwiegen hatte: nur das Knirschen unserer Fußstapfen war im Schnee zu hören, „jetzt sind Sie tastender und behutsamer, abwägender, vorsichtiger und minutiöser in Ihren Formulierungen als selbst der gewiefteste Verteidiger, der als Hase den Hunden des Staatsanwaltes zu entgehen wünscht, es fertigbrächte. Sie legen dar und mildern ab, bekunden, vermuten und bezweifeln im selben Moment, im selben Satz sogar. – Ich tadle Sie ob dieses Vorgehens nicht, Sie hätten eher Grund, *mir* Vorwürfe zu machen, Ihnen eine Aufgabe aufgebürdet zu haben, deren Schwierigkeit und Vertracktheit Sie zu falls nicht unlauteren, so doch Ihnen widrigen Methoden verleitet hat. Streiten Sie es nicht ab, ich weiß es selbst nur zu gut. Alles, was jetzt noch zu tun bleibt (sie sah scharf und gerade voraus, während sie so sprach), ist, mir Ihre Ansicht darzulegen, ob das Gericht damals diese drei Leute *zu Recht* freigesprochen hat."

Diesmal war es an mir, mit der Antwort zu zögern. Es hatte zu dämmern begonnen, und in der leuchtenden Stille, die rings um uns her herrschte, unter der Kuppel des Himmels, der sich klar und rein über uns wölbte, von silbrig durchscheinendem Blau, war es, als trüge alles, was darunter geschah, ob es Worte, Gesten oder Verkündigungen waren, ein ungeheures Gewicht; überdies wurde es kälter und kälter, ich war für einen längeren Gang bei Frost nicht ausgerüstet gewesen und trotz unseres vergleichsweise raschen Vorankommens war es, als ob die Kälte allmählich durch meine Kleidung drang, von mir Besitz ergriff.

„Diese Frage", sagte ich schließlich, mit schon etwas steifen Gesichtszügen, „erscheint mir noch schwieriger und zwiespältiger als die Aufgabe, die Sie mir gestellt haben und die ich offenbar nicht zu Ihrer Zufriedenheit habe lösen können. Es stand im Ermessen des Gerichtes, diesen Urteilsspruch zu wählen, und es lagen offensichtlich triftige Gründe hierzu vor. Mir scheint, der einzige Punkt, der hierbei noch relevant sein kann, ist, ob es Ihr Leid gemildert oder Ihr Leben bereichert, ihm irgendeinen Gewinn gebracht hätte, wenn Sie einen von jenen oder auch alle drei in Haft gewußt hätten. Man glaubt es vielleicht, man tröstet sich mit einem Gefühl der Befriedigung. Aber wie lange hält es und was kommt danach? Unser Recht kennt die archaische Praxis nicht mehr, nach der bei Verlust von Personen durch

Gewalt oder Mord ein direkter Ausgleich durch die verursachende Partei (oder ihre Angehörigen) zu leisten ist, gewöhnlich in Form einer Ablösungssumme. In anderen Kulturkreisen mag dergleichen noch vorkommen, innerhalb ihrer Rechtsbräuche oder nebenher; die moderne Auffassung hat sie als unethisch verworfen." Es geschah mehr aus Verlegenheit, als weil ich sie in diesem Zusammenhang für relevant hielt, daß ich diese letzte Erwägung anführte: ich sah auch gleich, daß sie Madame Minervas Unmut erregte, sie hatte ihre Eulenbrille (die sie immer bei sich trug) wieder aufgesetzt und sah mich streng und unerbittlich an, als sie mir Contra gab. „Mir scheint, Sie gehen ein wenig zu obenhin über das Gefühl der Befriedigung hinweg, das es dem Rechtsempfinden, das im wesentlichen unserem Maßstab für Gut und Böse entspricht und als solches ein innerer Besitz ist, nicht eine veräußerlichte Konstruktion, bereitet, ein Verbrechen als solches benannt und verurteilt zu wissen. In Ihren Worten spiegelt sich der Hochmut, den die juristische Fakultät für ihre Jünger bereithält, menschliche Taten, Beziehungen und Vergehen nur noch unter dem Aspekt, in der Einkleidung ihrer Berufswerkzeuge zu beurteilen, zu deren Termini und Denkfiguren das Rache- und Strafbedürfnis des von niederen Instinkten und Trieben beherrschten Volkes im selben Verhältnis steht wie die Regungen unmündiger Kinder zu den Äußerungen und Überlegungen erwachsener, abgeklärter Leute. Der Nutzen, den ich, als sogenannte Geschädigte, von einer Verurteilung gehabt hätte, ist, was den Tatbestand als solchen anbelangt, einerseits nebensächlich, ja völlig irrelevant, zum anderen freilich ein Punkt von großer Tragweite und Bedeutung, die man nicht vorschnell herunterreden darf, indem man pragmatische Aspekte mit ins Spiel bringt, die dort, wo es um geistige Werte geht, eine Beleidigung der Menschenwürde darstellen. Ist es etwa geringzuschätzen, wenn der Umstand, daß ein solches Geschehen nicht ungesühnt bleibt, mein Vertrauen in die Gültigkeit und Beständigkeit der menschlichen Ordnung, die den Schutz der

Schwachen und Bedürftigen ausdrücklich so hoch stellt, stärkt und den Glauben an ihre Rechtmäßigkeit bekräftigt? Hätten jene drei Männer den Sachverständigen bestochen, die ermittelte Geschwindigkeit niedriger anzugeben, als sie tatsächlich gewesen ist, oder den Richter, das Gutachten verschwinden zu lassen, wären sie – nach Ihrem und allgemeinem Verständnis – schuldiger, als wenn sie sich, wie es in Wirklichkeit war, wie es sich ergab, auf ihr Glück, auf die geltenden Regeln und die allgemeine Praxis verließen – während von meinem Standpunkt aus beides gleichgültig ist. Sehen Sie (noch ein scharfer Blick, nicht unfreundlich, aber ohne die mindeste Konzilianz oder das, was man als weibliche Milde zu bezeichnen geneigt wäre), je weiter Sie im Leben voranschreiten, desto mehr werden Sie bemerken, an sich und auch an anderen (in Ihrem Fall womöglich mehr an den anderen), daß *nichts* dem Menschen eine stärkere Befriedigung bereitet: im Sinne einer Erleichterung des Herzens, eines Trostes und einer Stärkung seines Glaubens an die Unterscheidbarkeit von Gut und Böse, die irgendeine diabolische Kraft, in ihm und außer ihm, immer wieder zu unterminieren, zu verschwimmen und zu verwischen bestrebt ist – als wenn göttliche und menschliche Gerechtigkeit nicht allzuweit auseinanderklaffen oder vielmehr, da sie fast niemals identisch zu sein pflegen: wenn die erste nicht allzulange säumt, das zu sühnen, zu richten oder geradezurücken, was die letztere mißachtet oder verfehlt hat oder wozu sie nicht fähig gewesen ist."
Ich hätte es lieber gehabt, wenn es nur die Kälte gewesen wäre, die mir bei diesen Worten einen Frostschauer nicht nur über den Nacken, sondern durch alle Glieder gehen ließ: so sehr gemahnten jene Worte und das Echo, das sie erweckten und sogar auch die Situation, in der wir uns befanden, an jenen Abend, da ich sie auf der Landstraße angetroffen, und die furchtbaren Sätze, die sie im Auto gesprochen hatte; nur daß wir jetzt zusammen durch die Kälte und Einsamkeit stapften und auf in der Dämmerung sich endlos erstreckende Schneefelder blickten; das Dorf war schon

lange nicht mehr zu sehen, auch kein Licht eines Nachbardorfes wollte sich blicken lassen, und in der Intensität unseres Gespräches hatte ich versäumt, mir den Weg zu merken, den wir gegangen waren – ich zweifle allerdings, daß es mir selbst bei mehr Aufmerksamkeit möglich gewesen wäre unter diesen Witterungsbedingungen, da der Schnee alles verwandelt hatte: mit andern Worten, ich hatte das Empfinden einer zeitweiligen Orientierungslosigkeit, die, obwohl ich mich innerlich dagegen sträubte, einer geistigen zu entsprechen schien; jedenfalls war klar, daß ich zu folgen hatte, wohin sie mich führte.

„So arg ist es nicht", sagte Madame Minerva, die auch dies (wie so vieles) wohl anhand gewisser unruhiger Blicke meinerseits erraten zu haben schien; sie strich sich mit ihren Fausthandschuhen ihr weißes lockiges Haar aus der Stirn, als sie hinzusetzte: „Wir sind bereits – mehr oder minder – auf dem Rückweg. Wann haben Sie das letzte Mal eine Bibel aufgeschlagen?"

Wieder solch ein Satz, der wie aus dem Nichts kam, und doch so scharf und präzise, als würde man mental am Kragen gepackt. Ich antwortete: daß es wohl zur Zeit meiner Konfirmation gewesen sei, vor reichlich fünfzehn Jahren also, an ein anderes (späteres) Mal könne ich mich nicht erinnern. „Sie sind also konfirmiert, sehr gut. Sie kennen also wenigstens das Neue Testament, da es Pflichtlektüre ist. Ist Ihnen jemals jener Passus aufgefallen, da Jesus, als die römischen Schergen kommen, um ihn zu ergreifen, seine Jünger daran hindert, ihn mit Gewalt verteidigen zu wollen?" „Ich erinnere mich an diese Stelle", sagte ich. „Er sagt ihnen: Wer das Schwert zieht, wird durch das Schwert umkommen."

„Nicht nur dies", sagte Madame Minerva. „Es steht noch etwas anderes da, im Matthäus-Evangelium, bei den andern findet es sich in diesem Wortlaut nicht. Die Stelle lautet: Oder meinst du, daß ich nicht könnte meinen Vater bitten, daß er mir zuschickte mehr als zwölf Legionen Engel (um mich zu retten)? Was meinen Sie? Ist es nur eine Ausschmückung oder soll es eine reale Möglichkeit sein? Er verzichtet ausdrücklich auf Rettung, damit sich die Prophezeiung erfüllen kann." – „Ich meine", sagte ich „ – daß es eine reale Möglichkeit war, aber real in unserem Sinne: und sei es, daß man einen Aufruhr angezettelt hätte, Lärm und Verwirrung, durch die ihm die Flucht hätte gelingen können – wenn er gewollt hätte. Der Verfasser des Evangeliums hat ihn sich bildhaft ausdrücken lassen, weil er ohnehin viel in Bildern und Gleichnissen sprach, und weil das Mythische und Bildhafte dem damaligen Denken und Empfinden näher war und es mehr befriedigte, weil man generell die Grenze zwischen dem Vorgestellten und dem Tatsächlichen nicht so scharf zog, wie wir es heute gewohnt sind."

„Einigermaßen schlüssig dargebracht", befand meine Examinatorin. „Aber trifft es auch zu? Ich neige eher der Ansicht zu, daß die Leute jener Zeit den Unterschied zwischen etwas Heiligem (die Engel), das etwas Heiliges dem Zugriff des Profanen entzieht, und einem Aufruhr mit seinen unausbleiblichen Folgen von Gewalt, Blut und Mord, die ihrerseits nur wieder zu neuer Gewalt, Blut und Mord führen, so gut kannten wie wir. Besser als wir womöglich, denn wir sind so erpicht darauf geworden – besessen geradezu –, jede Erscheinung, jedes Phänomen auf seine *erklärbarsten* Aspekte zurückzuführen bzw. zu reduzieren – denn jedes Zurückführen *ist* ein Reduzieren – und jenen Zwischenzustand, jenes magische Vibrieren nicht dulden zu wollen, in dem eine Sache sowohl dies wie auch jenes sein kann – daß uns das Heilige, als dem Reich der Transzendenz angehörend, völlig entglitten ist. Oder spielt es in Ihrem Leben noch eine Rolle? Man kann heutzutage sehr gut ohne jeden Bezug dazu auskommen – niemand stellt Sie darob zur Rede, niemand macht Ihnen Vorhaltungen – sofern Sie es nicht selber tun. Ich meine freilich das *wahrhaft Heilige* – das nichts mit Staatsformen, Zivilrechten und Ersatzprodukten zu tun hat." Sie nickte mir erneut einmal kurz und scharf zu, als erübrigte sich die Antwort – zu der ich mich erst hätte sammeln müssen –, und ging, ihre Pelzhandschuhe wie einen Muff an sich drückend, mit strenger Miene und etwas rascheren Schritten weiter, nur einmal ein „reale Möglichkeit des Entkommens" vor sich hin sprechend, was umso sonderbarer war, als es ihr vorerst letztes Wort blieb, sie hüllte sich in hartnäckiges Schweigen, bis wir ihr Haus erreicht hatten, was zu meiner Erleichterung, ich verhehlte es mir nicht, es war nun beinahe dunkel geworden, rascher eintrat, als ich befürchtet hatte. Sie setzte mir, „um Sie etwas aufzutauen", ein Glas schon etwas angejahrten Glühweins vor, den ich widerstandslos austrank und der feurige Wärme durch meine Glieder sandte, und ermahnte mich, öfter einmal einen längeren Gang über Land zu tun, denn „Ihre Kondition läßt noch etwas zu wünschen übrig. Es mag vielleicht an Ihrem komfortablen neuen Auto liegen. Es ist so hübsch ausgestattet, man vergißt darin, daß man ein Mensch ist, der zwei Beine hat, und daß sich die Welt auch auf andere Weise erkunden läßt als von einem fahrenden Gehäuse aus."

„Haben Sie nie eins besessen?" fragte ich, gottlob wieder im Besitz meiner selbst und in jener etwas dröseligen Unbekümmertheit um den Verlauf des Gespräches, die eine der gewöhnlichen Wirkungen des sich ins Blut verteilenden Alkohols ist. „Gewiß", sagte Madame Minerva, diesem Wort, das ohne Folge blieb, ein drückendes Gewicht verleihend. Sie hatte auch sich einen Becher Glühwein eingeschenkt und trank daraus – ich weiß nicht wie: mit der Miene und Haltung, als tue sie es aus Gründen des Gleichgewichts und der Harmonie – nicht weil sie es auf irgendeine Weise nötig hatte. Die unausbleibliche Folge war – ich glaubte dies deutlich zu erkennen –, daß das Ungewohnte des alkoholischen Getränkes (ich wußte ja, welch nüchternes und karges Leben sie führte) jenes untergründige Feuer, das sie in sich trug, wieder an die Oberfläche brachte: ich weiß nicht, ob sie es nicht mit Absicht selbst so herbeigeführt hatte oder es einfach nur geschehen ließ: manches von dem Folgenden mag dies erhellen. Ich leugne nicht, daß es mir lieber war, es auf den Glühwein zu schieben, als es natürlich zu finden, daß man bei völlig nüchternem Geist solche Worte und Gedanken ausspricht.

„Ich sagte Ihnen bereits (aber wie lange war das her, durchfuhr es mich, beinahe ein volles Jahr)", fuhr meine Gastgeberin fort, „daß ich alles besessen habe, was zu unserem modernen Leben gehört und was nach gängiger Ansicht das Glück, den Lebensgenuß ausmacht. Das Glücksmodell, das unsere Gesellschaften zu bieten haben, besteht darin, möglichst lange am Leben zu bleiben, bei uneingeschränktem Gebrauch seiner Körper- und Verstandeskräfte alle Rechte und Freiheiten zu genießen, auf die man Anspruch zu haben wähnt, und sich nach einem komfortabel verbrachten Alter – das man aber nicht Alter nennt, sondern man stellt es sich als das fortgesetzte vorherige Leben vor, mit seinem Tod in der Überzeugung abzufinden, daß man all diese Dinge, alles Wünschenswerte besessen hat. Es ist das Modell einer ewigen Jugend. Ich erstaune dennoch über eine Jugend, die sich damit zufriedengibt. Sehen Sie – das Leben in einer anderen Gestalt wollen – diese politische Falschmünzerei, zu der man die Jugend so leicht verführen und manipulieren kann – das ist ja keine Alternative: es ist noch immer Materialismus, die Sehnsucht nach einer behaglichen irdischen Existenz." Ich sah mich zum Einspruch gezwungen. „Aber Freundschaft, Liebe, menschliche Bindungen, die Künste, der Ruhm, die Gerechtigkeit – Sie wollen doch nicht leugnen, daß all dies den Menschen etwas bedeutet und immer bedeutet hat, und daß sie um derentwillen große Anstrengungen auf sich genommen haben." „Für die Liebe – mag sein", entgegnete Madame Minerva, die sich durch meine Worte ziemlich unbeeindruckt zeigte. „Um ihretwillen begeht der Mensch tausend Torheiten, in der Jugend zumal, und manche noch in späteren Jahren. Aber um dieser anderen Dinge willen, deren Existenz und Bedeutung ich übrigens nicht leugnen will – ich weiß, daß es junge Künstler gibt, die um ihrer Kunst willen darben, klaglos und begeistert, wie es den Künstlern ziemt, und unerschrockene Altruisten, die in Kriegsgebieten unterwegs sind, und sogar auch unzählige verblendete Narren, die sich geschworen haben, irgend etwas Spektakulär-Unaussprechliches zu tun, das ihnen irgendeinen wertlosen, flüchtigen Ruhm beschert, dessen Vorstellung ihr Gemüt ausfüllt – doch all dies meine ich nicht. Ich meine die Bedingungen des Lebens, die uns auferlegt sind und nach denen es gemessen wird – und Ihre (ein flackernder Blick traf mich) eigene Existenz. Sie sind zwar noch jung, aber nicht mehr *sehr* jung. Sie haben beobachtet und Erfahrungen gesammelt. Ist Ihnen, in Ihrem eigenen Leben, einmal ein Mensch begegnet, der um etwas Geistigen willen wirklichen Verzicht geleistet hat – auf nacktem Boden schlief, hartes Brot gegessen und Bequemlichkeiten ausgeschlagen hat, die das alltägliche Bewußtsein für unverzichtbar hält? Pflegt es nicht viel öfter, mit tödlicher Konsequenz, umgekehrt zu sein – daß das Geistige geopfert wird, Stück um Stück und unwiederbringlich, um die materielle Existenz zu sichern, und daß man sich dieses Opfer (sofern man es sich überhaupt bewußt macht) als unausweichlich schönzureden pflegt? Mit dem Geistigen meine ich das, was uns in eine Verbindung zu Gott (das es ist) treten läßt, um dessentwillen wir Leiden auf uns nehmen – nicht der Umstand, daß es uns im Leben aufgrund von Pech oder Ungeschick schlecht ergangen sein mag. Viele verwischen diese Dinge: ich bin bestrebt, sie auseinanderzuhalten."

Niemand außer Ihnen, hätte ich antworten mögen, trotz ihrer letzten Worte, die möglicherweise auch einen Bezug auf sie selbst beinhalteten: ich tat es nicht, zum einen, weil ich glaubte, daß sie es von sich gewiesen hätte, zum anderen, weil mir ein solches Geständnis unendlich blamabel erschien, weil ich das Gefühl hatte, in meinem Gedächtnis graben zu müssen, ob ich nicht doch noch irgend etwas, irgend jemanden finden würde.

„Warum haben Sie mir diese Frage gestellt?" sagte ich plötzlich in einer etwas krampfhaften Anstrengung, den lähmenden Zauber, der mich ergriffen und zweifellos mit ihrer Gegenwart zu tun hatte, abzuschütteln. „Vorhin, im Schnee

… Sie wissen, was ich meine – das von jener Bibelstelle und den Worten Christi? Sie hatten einen Gedanken, der Sie veranlaßt hat, diese Worte zu mir zu sprechen – aber den Gedanken haben Sie mir vorenthalten. Ich meine, Sie müßten so aufrichtig zu mir sein, wie ich es zu Ihnen gewesen bin. Ich habe, um Ihrer Bitte zu entsprechen, Dinge getan, tun müssen, die mich schwere Überwindung gekostet haben. Haben Sie diesen drei Leuten verziehen? Nichts anderes kann doch jetzt mehr zählen und zum Verzeihen sind wir doch aufgerufen."

Es gab eine Stille, die nach meinem Empfinden eine Ewigkeit andauerte, dann sagte Madame Minerva, mir klar, ruhig und fest ins Gesicht sehend, – bis ich den Blick niederschlug – mit einer Stimme, deren Gelassenheit etwas Grauenhaftes hatte: „Nein".

„Nein?" stammelte ich, und sie wiederholte, unbeirrt, vollkommen unbeeinflußt von allem, was wir zuvor besprochen hatten: „Nein. Selbst nach fünf Jahren kann ich nicht einsehen, warum mein zartes, gutes und begabtes Kind hat sterben müssen, nur weil drei beschränkte Bürger das Recht haben, auf ihren reservierten Fahrbahnen daherzubrausen und, was ihnen unvermutet in die Quere kommt, plattfahren zu dürfen. Ich kann akzeptieren, was geschehen ist und mich damit abfinden, und dies habe ich getan … es vergeben hieße letztlich, es gutheißen … Nein, Gott und ich sind anderer Meinung."

„Welcher Meinung *sind* Gott und Sie?" stammelte ich, innerlich nach Luft schnappend.

„Wissen Sie", sagt sie nach einer langen Weile, während der sie fast unbeweglich dagesessen und vor sich hingeblickt hatte – zuweilen mit streng gefurchter Stirn, die ein schmerzlicher Ausdruck, der in ihre Augen trat, gleichsam auflöste, und, als er verschwand, wieder zurückkehren ließ – „– ich habe in diesen fünf Jahren, die seit dem Tod meines Kindes verstrichen sind, über viele Dinge nachgedacht, die denjenigen, die noch mitten im Leben stehen, kaum einen Gedanken, kaum eine Ahnung wert sind – ja ihnen völlig verschlossen bleiben ... die aber dem, der in die Ewigkeit hinaussieht, auf eine betörende Weise durchsichtig werden ... ja, auf eine betörende Weise. Ich habe eine Erkenntnis gewonnen ..."

Ich fragte: Welcher Art diese Erkenntnis sei?

„Daß Gott geschehen lassen wird, worum wir ihn bitten", antwortete sie, „– wenn es uns gelingt, dies ohne Leidenschaft zu tun und wenn wir ein *Recht* zu unserer Bitte haben. Dies sind die zwei Bedingungen, die beide erfüllt sein müssen, eins ohne das andere ist hinfällig. Ein Recht, das bedeutet: der Wunsch nach Gerechtigkeit, nicht nach Vergeltung für etwas, was einem persönlich angetan worden ist. Warum fragen Sie mich, ob ich diesen drei Männern vergeben habe? Ich habe die *Sache* nicht vergeben ... Ich wünsche, daß das Rohe, Gemeine, Achtlose und Brutale, das nur sich selbst will und nach Selbstvergrößerung strebt, welche Form es auch annehmen mag und wie es sich zeigt, sich nicht folgenlos und ungesühnt breitmachen darf, daß die Opfer gezählt, geahndet und aufgerechnet werden, die es sich gedankenlos einverleibt oder um seiner eigenen Existenz willen in den Kauf nimmt, und daß es seine Strafe finden soll. Dies soll geschehen im Namen des allmächtigen Gottes, der da ist von Ewigkeit zu Ewigkeit, Amen."

Sie mußte wohl den Ausdruck eines wachsenden Befremdens, wenn nicht der Entgeisterung auf meinem Gesicht bemerkt haben, er spiegelte sich wohl allzu deutlich darauf wider. Es waren nicht allein die Worte – obwohl diese für mein Empfinden schon genügt hätten – sondern mindestens so sehr die sonderbare, beklemmende Ruhe und die unerschütterliche Überzeugung, die sich darin aussprach, die in meiner womöglich durch den Glühwein überhitzten Wahrnehmung den Hauch des Verstiegenen, wenn nicht Wahnsinnigen hatte: denn sind nicht auch die Wahnsinnigen oftmals ganz ruhig und bei sich und von ihren Einbildungen und krankhaften Vorstellungen überzeugt? Es war mir in jenem Augenblick eindeutig klar, daß sie besessen war, daß diese Jahre in Isolation und Armut ihr schweren Schaden zugefügt hatten. Ich zögerte, rang um Worte, in mein Schweigen hinein, dessen Grund sie offensichtlich erriet, sagte sie mit kühlem Gleichmut: „Wissen Sie – ob Sie einen äußeren Gott annehmen, der sich im Universum manifestiert, oder ob, falls eine solche Vorstellung Ihrem wissenschaftlichen Denken widerstrebt, Sie nur den inneren gelten lassen wollen, den jeder Mensch in Form falls nicht eines Gewissens, so doch eines Maßstabs für Gut und Böse in sich hat – und Milliarden solcher Maßstäbe, milliardenfach existierend, bilden schließlich *auch* einen Gott, einen ziemlich gewaltigen sogar – ist am Ende eins, zumal was das Verhältnis von Ursache und Folge anbelangt. Auch wenn meine Worte Sie befremden: zumindest dies müßte Ihnen geläufig sein."

Wieder so ein Satz wie eine stachelige Geldbörse: von der man nicht weiß, wie man sie in Händen halten soll! „Aber Sie haben", begann ich, kaum wissend, was ich sagte, aufs Geratewohl formulierend, was sich mir unklar aufdrängen wollte, „mir zu verstehen gegeben, daß Sie diese drei Männer –" „Ich habe Ihnen zu verstehen gegeben, daß ich keinerlei persönliche Ranküne gegen sie hege. Aber das ändert nichts daran, daß … Gottes Mühlen mahlen und daß geschehen wird, was zu geschehen hat …" Ich fragte, mit vor Erregung rauher Stimme, was dieser kryptische Satz zu bedeuten habe? „Der Rächer ist unterwegs", sagte Madame Minerva, mir kühl ins Gesicht sehend, während sie diese ungeheuerlichen Worte sprach. „Ich habe Ihnen bei Ihrem Osterbesuch zu verstehen gegeben, wie man ihn abwendet und wie er aufzuhalten gewesen wäre. Nachdem all dies – sogar in seiner geringsten Form – versäumt worden ist – weil man es nicht nötig zu haben glaubte –, nimmt die Sache ihren Lauf …"

Trotz meiner Bestrebungen, die, ich leugne es nicht, sogar heftig wurden, gelang es mir nicht, ihr etwas Genaueres über diese beklemmende und ja, aus meiner Sicht monströse Ankündigung (falls es eine sein sollte) herauszubekommen: statt dessen drängte sie mich mit unerschütterlicher

Gelassenheit – Sanftheit geradezu, heuchlerische Sanftheit – zum Aufbruch, mich – fast ohne daß ich es selber merkte – zur Tür bugsierend. „Sie haben alles gehört, was für Sie von Interesse ist oder wesentlich sein kann, und nun ist es Zeit für Sie zu gehen. Es hat wieder zu schneien begonnen, wenn Sie noch länger bleiben, laufen Sie Gefahr, auf vereisten Straßen fahren zu müssen. Lassen Sie sich schenken, was Gott Ihnen zugedacht hat; versuchen Sie nicht, zuviel auf einmal zu begreifen. Halten Sie die Hände auf, anstatt etwas fangen zu wollen." Sie nickte aufmunternd (und abschließend), gab mir meinen Schal, den ich, ein Gefühl der Verwirrung und, schlimmer noch, schieren Demütigung niederkämpfend, mir stumm um den Hals wickelte, und ließ mich in die Nacht hinaus, deren feuchtkalte Luft von feinem Schneegriesel erfüllt war. Durch diese unaufhörlich heranwehenden feinen Kristalle sah ich ihre Gestalt zum letzten Mal, als sie im Eingang ihres Hauses stand und mir nachwinkte: ihre Eulenbrille, ihr weißes Haar, der schwarze Mantel mit der Pelzkapuze, den sie sich umgeworfen hatte, die unverwandte Aufmerksamkeit ihres Blickes. All dies hat sich mir unauslöschlich eingeprägt. Man hat Ahnungen, was die Bedeutsamkeit von Augenblicken und Situationen anbelangt, und ist doch immer geneigt, den Verstand einer Mittäterschaft zu zeihen: du *glaubst* vielleicht (sagt der Verstand), daß du es damals schon wußtest, aber das liegt nur daran, daß deine Gedanken aus Mangel an weiterer Nahrung immer wieder zu jenem Punkt zurückkehrten und ihn auf diese Weise mit Bedeutung aufluden. Warum befriedigen einen die prosaischen Erklärungen nicht, egal wie schlüssig sie sind? Warum möchte der Geist lieber an Ahnungen glauben, ist es Stärke oder Schwäche, die sich darin manifestiert?

## 6.

Ich bekam noch einmal einen Brief von ihr – zur Antwort auf einen, den ich ihr geschrieben hatte. Ich will nicht ver-

hehlen, daß mich eine unbehagliche Überraschung erwartete. Zwei Wochen nach diesem Besuch bei ihr, als ich es
schließlich aufgegeben hatte, noch weiter darüber nachsinnen zu wollen und mir über Madame Minervas ‚mystische
Aussprüche‘ den Kopf zu zerbrechen, als ich darauf verzichtete, nicht nur ihren Sinn zu ergründen, sondern überhaupt
einen Sinn darin sehen zu wollen, und sie aus dem Bewußtsein schob, was doch auch eine Methode ist, mit dem Unerklärlichen und Unheimlichen fertig zu werden und wozu ich
mich übrigens berechtigt glaubte – just an einem dieser Tage, da man seine Arbeit tut und nichts Böses vermutet, zog
ich, als ich am Abend vom Gericht heimkehrte, einen Brief
ohne Absender aus meinem Briefkasten, der, wie ich oben
feststellte (man sieht ja einem Brief oftmals schon von außen an, daß etwas mit ihm nicht stimmt oder daß er zumindest etwas Sonderbares, Ungewöhnliches ankündigt) nur
zwei Blätter enthielt, ein weißes, gefaltetes, und, ebenfalls
gefaltet, ein Zeitungsausschnitt mit Text und einer Fotografie des Schwimmkurses von B., auf dem, ziemlich einwand-
frei zu erkennen, auch ich zu sehen war, wie die anderen
namentlich genannt, dessen Kopf überdies mit einem dicken
roten Filzstift umrahmt worden war. Auf dem Beiblatt
stand, ohne Anrede und Unterschrift (als erübrigten sich
beide) nur ein einziger Satz, ein – wahrlich – ominös nach-
hallendes Was wollten Sie von uns? – alle fünf Worte unterstrichen. Ich muß zugeben, daß mich die Lektüre dieser
Sendung – der Gedanke, daß ich entdeckt, ja: enttarnt war,
daß meine Tricks und Vorspiegelungen nicht ausgereicht
hatten, um meine Identität geheimzuhalten – in einen leicht
delirösen Zustand versetzte. Ich begann zu ermessen, wie es
einem Detektiv zumute sein mochte, der, auf eigene Hand
arbeitend, drei Mördern auf der Spur ist und nun erleben
muß, daß sich die Vorzeichen umgekehrt, die Gesuchten,
Verdächtigen zusammengetan haben und nun *ihn* jagen …
Obwohl meine Vernunft meine Phantasie zu zügeln vermochte und mir äußerst dringend kaltes Blut anriet, um
diese Sache, ehe sie aus den Fugen geriet, wieder einzuren-

ken (sofern dies möglich war), ohne Aufsehen und ohne Mitwisser, war ich mir noch keinesfalls, nicht im mindesten über eine Vorgehensweise im klaren, ich schwamm buchstäblich und zappelte in der Luft, als am nächsten Abend die Nemesis in Person auf mich wartete – es war jener, der mich, als vermeintlichen Klassenkameraden, ins Herz geschlossen hatte, und der nun, kaum daß er mich sah, ohne Anrede noch Begrüßung mich mit Vorwürfen, Anklagen, Invektiven sogar zu überschütten begann, als müsse er einem gewaltigen Druck Luft machen. Meine Bemühungen, ihn dazu zu bewegen, mit mir in meine Wohnung zu kommen anstatt die Sache in einem öffentlichen Hausflur besprechen zu wollen, der hierzu überhaupt nicht geeignet sei, überhörte er oder wollte nichts davon wissen. Erst meine Versicherung, daß ich Assessor sei, und eine Gehaltsbescheinigung, die ich ihm zufällig vor die Nase halten konnte, vermochten ihn umzustimmen, wenn sie auch auf der anderen Seite sein Mißtrauen steigerten. Ich hätte ihnen allen einen Bären aufgebunden – mich unbefugterweise in ihr Vertrauen geschlichen – man werde mich zur Rechenschaft ziehen und anzeigen – was das Ganze solle …

Es war mir klar, daß hier nur die Wahrheit etwas ausrichten konnte, und selbst die Wahrheit hatte es schwer genug. Ich konnte das Ganze nicht so darstellen, wie ich es hier berichtet habe, wo ich zu mir selbst spreche, mit all den Gefühlen des Unheimlichen und Außerordentlichen, die damit einhergegangen waren, den Gedanken und Zweifeln, die halb aus der Sache selbst herrührten, halb mit mir, meiner Person zu tun hatten. Zum einen hätte es viel zu lange gedauert, zum anderen war er nicht die Person, die einer solchen vollen Wahrheit überhaupt zugänglich gewesen wäre. Ich mußte verdünnen und es ihm in Aufgüssen servieren; ich mußte, ähnlich wie ich es mit meinem Mentor gemacht hatte, der doch im Rahmen seiner richterlichen Existenz ein weitaus besseres Vorstellungsvermögen und einen weniger egoistischen Intellekt hatte, alles Unheimliche und Beklemmende aus meiner Geschichte tilgen, bis nur noch das nackte Gerüst übrigblieb, und dies dann in banale und neutrale Alltagssprache kleiden, damit es diesem Menschen, der mir da gegenüber saß und zu drohen versuchte, verständlich war. „Sie haben im Auftrag der Mutter gehandelt", wiederholte er schließlich mit der Besinnungslosigkeit eines Menschen, dem Gefühle und Gedanken, Verdächtigungen, Ängste und Visionen das Aufnehmen erschweren und der sich eine Äußerung vorsprechen muß, damit sie ihm in den Sinn dringen, dieses äußere Durcheinander durchdringen kann. Der *Mutter?* (eine Mischung aus Grauen und Verständnislosigkeit in den Augen) Ich gebe zu, daß mir dieses Wort, dem in unserem Land, unserer Sprache (es gilt für beinah alle) etwas äußerst Bedeutungsschweres, etwas Heiliges anhaftet, das etwas von Unantastbarkeit umweht, noch nie so gewichtig erschienen ist wie in diesem Moment, da dieser verstörte Holzkopf es aussprach, voller Unglauben und voll heimlicher Abwehr – es war, als dröhnten Glocken um uns her. Doch wie schnell änderte sich dies, nachdem er den Sinn erfaßt, nachdem er begriffen zu haben glaubte, daß, wie damals vor Gericht, eine Form der Unterwürfigkeit von ihm verlangt wurde: er verzog schmerzlich das Gesicht, fing an zu klagen und zu lamentieren: wie sehr sie alle darunter gelitten hätten, wie sie schwer sie noch heute daran trügen, wie sehr dieses – dieses Unglück – ihr aller Leben ruiniert habe, auch wenn man es ihnen äußerlich nicht anmerke. Ich weiß nicht, ich erschrak im nachhinein über mich selbst, was mich daran so sehr in Wut versetzte, wenn es nicht der Ton war, immer noch der der wehleidigen Selbstgerechtigkeit, aus der ihn einfach nichts herauslösen zu können schien, keine noch so lauten, unmißverständlichen Warnrufe. Ich hätte ihn (noch einmal) beim Kragen packen und schütteln mögen und ihn anfauchen: Du hast nicht einmal den Mut, ein Verbrechen zu begehen, und nun kriechst du vor mir herum? Du bist ein braver Bürger dieses Landes und das heißt: ein Nichts! Er kriegte das irgendwie spitz: er spürte meine Wut und veränderte sich ebenfalls. Der Sinn des Prozederes, den ich

413

ihm (bislang vergeblich) zu verdeutlichen versucht hatte, drang allmählich in sein Bewußtsein: in dem Maße, wie er zu verstehen begann, formierte sich die Abwehr. Das Mißtrauen kehrte zurück. Wie ich überhaupt dazu gekommen sei, mich persönlich in Sachen einzumischen, die mich nichts angingen? Und was ich dieser – dieser Frau (er wollte nicht Mutter sagen und tat es auch im folgenden nicht mehr) über sie alle erzählt hätte? Ob es ein Bestreben gebe, den Fall noch einmal aufzurollen (er mußte wissen, daß dies unmöglich war)? Ich verneinte es energisch und mehrfach und setzte in beherzter Dreiviertelwahrheit hinzu: „Ich habe nur Gutes über Sie – alle drei – erzählt." Etwas anderes hätte überhaupt nicht in meinem Interesse gelegen. Es sei meine Absicht gewesen, dieser Frau den inneren Frieden zu verschaffen, den sie so bitter (dieses Wort verkniff ich mir nicht) benötige. Soso (mich mit leeren Augen ansehend, sich den Kopf kratzend, das Kinn schabend). Er saß eine Weile mit hängenden Schultern da, ehe er, nachdem er bemerkt hatte, daß ich ihn betrachtete, sich zusammenraffte und die Achseln zuckte. Das tue ihm zwar irgendwie leid – wenn es stimme, was ich da andeutete – aber ... es gebe nun einmal Leute, die sich mit ihrem Unglück gleichsam verheirateten – eine Zwangsgemeinschaft bildeten – und nichts anderes mehr kennen noch wissen wollten. Damit hätten sie nun wirklich nichts zu tun, das wollten sie sich nicht aufbürden lassen. Es gebe so etwas wie – eine schicksalhafte Verstrickung aufgrund zufällig zusammentreffender unglücklicher Umstände, die die Frage nach persönlicher Schuld ganz nebensächlich machten ... Ob ich der Dame dies klargemacht hätte: das sei der nützlichste Dienst, den ich ihr hätte erweisen können – ein weitaus besserer jedenfalls als das faule Manöver, dessen ich mich schuldig gemacht hätte. Er betonte noch einmal, auf seine Vorwürfe vom Anfang zurückkehrend, wie sehr er sich von mir getäuscht und hintergangen gefühlt habe, nachdem er mich persönlich gemocht und es bedauert habe, daß ich so plötzlich aus seinem Blickfeld verschwunden sei ... Ich solle so etwas nicht noch einmal tun – sie seien ja harmlose Leute – aber das könne mir einmal schlecht bekommen – schlecht bekommen. Worauf er mit dem umständlichen Nachdruck der kleinen Geister mir auseinanderzusetzen begann, wie sie mir ,draufgekommen' seien, darauf beharrend, als habe es sich um einen Wettbewerb der Trickserei und Schlauheit gehandelt. Ich mußte mir das notgedrungen anhören; es lag auf der Hand, daß er sich für die Angst und Unruhe, die ich ihnen bereitet hatte, zumal so lange sie nicht wußten, wer ich war und in wessen Namen ich handelte, schadlos zu halten wünschte, und daß er den Triumph auskostete, mich dies fühlen zu lassen.

Es war eine elende Angelegenheit und ich weiß nicht, woher ich die Diplomatie nahm, sie einigermaßen verträglich und passabel enden zu lassen. Er gab mir zwar nicht die Hand, als er ging – „das haben Sie nicht verdient" –, aber der aggressive Argwohn, dieses diffuse Gemisch aus als Wut getarnter Angst, persönlicher Gekränktheit, Drohung und Erpressung, mit dem er aufgetreten war, hatte sich durch meine freundlich-banale Neutralität (sie war mir schwer genug geworden) weitestgehend verflüchtigt: d. h. er bekam einfach keine Reaktion von mir, mittels derer er ihr Nahrung hätte zuführen können. Er lief also Gefahr, vor sich selbst dumm und albern zu erscheinen, wenn er noch weiter in seiner künstlichen Aufgeregtheit verharrt hätte, beruhigte sich und wurde manierlich – beinahe auf einen Moment wieder zutraulich, als er einräumte, daß – so etwas für die Frauen immer sehr hart sei – – aber die meine, d. h. die, die mich geschickt habe, sei ja eine regelrechte Fanatikerin. Nachdem er mir mein Wort hatte abnötigen wollen, daß ich in allem die Wahrheit gesprochen und nichts gegen sie im Sinn hätte – nachdem ich mit erhobenen Händen immer wieder beteuert hatte, es gäbe nichts, absolut nichts –, gab er sich zufrieden, gönnte mir einen Abschiedsgruß, den ich höflich erwiderte und dessen eigentliche Botschaft – gewiß auf beiden Seiten – lautete: Auf Nimmerwiedersehen – und ich war ihn los, zu meiner unaussprechlichen Erleichterung.

Ich atmete tief aus und ein, öffnete alle Fenster, um den stickigen Geruch loszuwerden, der sich hier drinnen angesammelt hatte und in dem ich Angstschweiß wahrzunehmen glaubte – fairerweise muß ich hinzufügen, daß ein Teil davon von mir stammen konnte.

Aber war die Sache damit etwa zu Ende? Ich selbst war es, der sie nicht aus seinem Sinn bringen konnte, dessen Denken immer wieder zu den einzelnen Geschehnissen zurückkehrte und sie begrübelte, der die Unruhe nicht loswurde, von der er nicht wußte, wo sie herrührte und deren Gegenstand einmal diese, einmal jene Person war – ich selbst, Madame Minerva, die drei Gesellen, die nach diesem existentiellen Schrecken, den ich ihnen offenbar bereitet hatte, wieder in die Banalität ihres Lebens zurückgekehrt waren. Meine eigene Rolle erschien mir immer dubioser, ich hatte das Gefühl schwerer Pflichtverletzungen, deren ich mich schuldig gemacht hatte – aber wenn ich genauer hinsah, konnte ich nichts finden. Es gab nicht einmal einen Namen für dieses dunkle, merkwürdige Geschehen, in das ich mich verstrickt hatte, es gab kein Delikt, es waren keine Rechtsbrüche begangen worden, mit den Zangen des Rechtsvokabulars war das Ganze nicht zu fassen, ohne daß einem das Eigentliche entglitt – ohne welches wiederum das übrige keinen Sinn ergab.

Dennoch sah ich sehr gut, wie weit und wohin ich mich durch Madame Minervas Einfluß hatte treiben lassen und daß ich dem ein Ende bereiten mußte, falls ich überhaupt noch in meinen Beruf reüssieren und weiterkommen wollte. Mir schien, als ob ich ihr gewisse Vorwürfe nicht ersparen konnte, und ich schrieb ihr schließlich einen kurzen Brief, vielleicht, um diesen Gefühlen, die ich unklar in mir herumgeistern wußte, auf irgendeine Weise Ausdruck zu geben. Ich stellte darin diesen jüngsten Vorfall kurz und prägnant dar und schloß daran die Frage: Warum sie mich, unter Vorspiegelung falscher Möglichkeiten, zu jenen drei Männern geschickt habe, wenn ihr doch, wie ich wenn nicht ihren Worten, so doch ihrem *Verhalten* bei unserer letzten

Begegnung hätte entnehmen können, der Ausgang bereits bekannt gewesen sei? Warum habe sie dies getan? schrieb ich und sandte den Brief ab in der Überzeugung, bald, wenn nicht umgehend Antwort von ihr zu erhalten. Es vergingen aber reichlich drei Wochen darüber, während derer ich mehrfach versucht war, hinzufahren und mir die Antwort persönlich abzuholen, und jedesmal hielt mich etwas davon ab, das ich nicht mit Namen benennen konnte, wenn es nicht die Einsicht war, die ich während meiner so denkwürdigen wie nicht ganz geheuren Bekanntschaft mit ihr gewonnen hatte: daß ihre Antworten nie so blank, eindeutig und durchsichtig ausfielen, wie die naive Direktheit es sich wünschte. Lieber schriftlich, befand ich und nickte weise dazu. Schwarz auf Weiß läßt sich nicht manipulieren, man muß die Karten auf den Tisch legen. Sehr lustig, solche Hirngespinste. Eine Woche später kam der Brief. Madame Minerva gehörte nicht zu den Leuten, die als erstes den Briefumschlag wegwerfen und dann die Adresse (des Absenders) vermissen: eher zu den Alles-Bedenkenden, Alles-Vermerkenden. Ihre Schrift war steil, mit riesenhaften Oberlängen, als wollte sie den Leser ermahnen: Schau und streb in die Höhe! Dein Schwergewicht zieht dich von allein nach unten. Als Lehrerin mußte sie beeindruckend gewesen sein: doch fiel mir in diesem Zusammenhang ein, daß ich weder wußte noch jemals gefragt hatte, welches Fach sie unterrichtet hatte: ich konnte sie mir nur als Überbringerin einer Gesamtschau denken – woran ihre Eulenaugen solchen Anteil hatten – nicht als Vermittlerin kleinlicher Fertigkeiten und Wissenshäppchen. Was also hatte sie mir zu sagen? Lieber M., schrieb sie, Ihr Brief hat mich nicht mehr überrascht als das übrige, was ich von Ihnen zu sehen und zu hören bekommen habe. Dennoch ist er in Teilen ungerecht und basiert auf falschen bzw. unvollständigen Annahmen. Ich habe Sie nicht zum Spaß losgeschickt, um sich in eigener Person zu überzeugen, was von einem Urteil übrigbleibt, zumal wenn es auf Freispruch lautete. Als ich Sie in jener Nacht zum ersten Mal sah, als Sie neben mir anhielten und mir anboten, mich mitzunehmen, und ich in Ihren Wagen stieg, schienen Sie mir wie ein junger Mann von solidem Wesen und glücklicher Veranlagung, mit einem leisen, aber nicht sonderlich tiefgehenden Hang zum Melancholischen, dessen Ausdruck auf die Kunst beschränkt bleibt, ein junger Mensch, dem eine ausgeglichene Gemütsverfassung sowie günstige äußere Bedingungen einen glatten Lebensweg eröffnet haben und der ohne Schwankungen noch Hindernisse, ohne Fehlen und Stocken auf ein behagliches Dasein zusteuert, wie es der Staat seinen höheren Beamten, sofern sie ihm nur zuverlässig dienen, zu bereiten pflegt. Vielleicht habe ich Sie davor bewahren wollen, sich allzuleicht in eine jener Personen zu verwandeln, denen ihr Beruf (der doch eine Berufung sein sollte) zu leichtfällt und deren Leben an einer geheimnisvollen Langeweile krankt, deren Ursache, obwohl sie sie ahnen, sie niemals recht auf die Spur kommen können. Ich möchte Sie weder als orchideenzüchtenden Routinier sehen, der die Rechtspflege wie Haute Cuisine betreibt, der sich vor Frauen fürchtet und die Mängel seines Daseins wie seiner Person mit kostspieligen Liebhabereien ausfüllt, noch als überforderten Fleißarbeiter, der seine Fälle streng nach Buch und Vorschrift abarbeitet, der von seiner Denkfreiheit keinen Gebrauch macht, sich weder Meinungen noch Ansichten noch Zweifel gestattet, – noch auch – lesen Sie dies aufmerksam – als einen Mitleidigen und Verständnisvollen, der nach einem Prozeß profunder Desillusionierung von seiner Laune, Zufällen und seiner Tagesverfassung beherrscht wird, denn so enden alle Gefühlsmenschen. Kurzum, Sie haben lauter Verkörperungen des Mangels und der Unvollkommenheit um sich und vor Augen, vor deren Nachahmung Sie sich hüten müssen. Sie sind aufgerufen, ein besseres Sein zu suchen – ohne Gewißheit, daß Sie es auch finden werden, ohne anderen Leitstern als Ihr Gewissen, dessen schwankende Beschaffenheit Sie bereits kennengelernt haben, und eine Vorstellung von Gerechtigkeit und Vollkommenheit, zu denen sich das geltende Recht verhält wie die blasse, verschmuddelte Behelfsabschrift einer Übersetzung zu einer in reinstem Gold glänzenden Illumination. Sie sind fortan Ihr eigenes Orakel und müssen sich selber Rede und Antwort stehen. Mein Haus hat einen Käufer gefunden, wenn Sie diesen Brief in Händen halten, werde ich dort nicht mehr sein.

## 7.

Ich muß bekennen, daß mich eine Art Raserei ergriff, nachdem ich dieses so explizite wie ungenügende, so sorgsam formulierte wie provozierend mysteriöse Schreiben (ich jedenfalls fühlte mich mystifiziert davon) gelesen hatte. Ich fuhr hin (es war zufällig Samstag) und rüttelte wie ein Besessener an Fenstern und Türen, bis ich einsehen mußte, daß sie die volle Wahrheit geschrieben hatte. Das Anwesen atmete die äußerste Verlassenheit, die Jalousien waren herabgelassen (auch das Fenster der kleinen Sophie, in dem *immer* das Licht gebrannt hatte) und zu allem Überfluß kam schließlich ein Nachbar herbei und rief mich an: Was ich da triebe, das Haus hätte einen neuen Besitzer und ich sei nicht befugt, mich dort aufzuhalten. Den konnte ich immerhin nach der Verschwundenen fragen und tat es, nur daß ich nicht viel aus ihm herausbekam; er zuckte die Achseln, murmelte undeutlich, daß sie ‚krank' gewesen sei und wußte nichts über ihr Verbleiben oder wollte nichts davon sagen; gewissen Blicken entnahm ich, daß sie ihm ebenso fremd und sonderbar erschienen war wie mir, wenn auch vermutlich aus anderen Gründen.

Mein inneres (und äußeres) Schwanken wirkte fort, ich konnte mich so rasch nicht beruhigen: und vermutlich war es dieses Empfinden, auf irgendeine Weise – ich hoffte, daß es nur vorübergehend war – aus der Spur geraten zu sein, was mich nach einer Person suchen ließ, der ich diese ganze Geschichte anvertrauen und die mich wieder zu mir selbst zurückbringen konnte: in die Person womöglich, die ich *vor* Madame Minervas Eintritt in mein Leben gewesen war. Ich ließ mich eine Woche krankschreiben und stellte fest, daß es mir schlechter ging als vorher: die Gespenster, vorher noch halbwegs gebändigt, hatten freies Spiel: ich grübelte, hing diffusen Vorstellungen nach, fing an, im Zimmer auf und ab zu wandern und laut vor mich hin zu sprechen. Überdies machte ich mir Sorgen, eine quälende Unruhe hatte mich ergriffen, ob das unangenehme Vorkommnis von vor drei Wochen und der Umstand, daß die drei Lumpen (eigentümlicherweise hatte ich mir angewöhnt, sie die drei Lumpen zu nennen) meine Identität herausgefunden hatten, nicht doch noch unangenehme Folgen haben würde – für mein berufliches Fortkommen, meine gesamte Existenz. Am Ende, dachte ich, werfen sie mir doch noch Steine in den Weg. Ihr Vorgehen bewies schließlich, daß sie über einen gewissen Prozentsatz krimineller Energie verfügten. Kurzum: ich faßte schließlich den Entschluß, noch einmal meinen Mentor zu bemühen, mochte seine beschränkte Bonhomie und Feinschmeckerei in Sachen Musik und Blumen auch noch so sehr Madame Minervas herbe Kritik herausgefordert haben. Nicht nur wegen seiner Sach- und Fachkenntnis (etwa auch juristischer Fallstricke), sondern weil er immer noch diejenige Person in meinem Umfeld war, zu deren Urteil ich das größte Zutrauen hatte; wenn er zu dem Schluß kommt, sagte ich mir, nein: gelobte es feierlich, oder der Ansicht ist, daß dieser – dieser Ausrutscher – meine mangelnde Befähigung erweist, mein Richteramt auf verantwortungsvolle Weise auszuüben, dann will ich mich diesem Urteil beugen, meine Ambition aufgeben und mir eine mindere Stellung suchen, in der ich dem Staat dienen kann. Mein Vertrauen erwies sich als gerechtfertigt, wenngleich ich mir einiges von ihm anhören mußte. Ich war diesmal explizit gewesen, sehr explizit, und da man beim Orchideensortieren, Zupfen, Blatt Polieren und Dünger Verabreichen gut zuhören kann – „Junge, Junge, Junge, was haben Sie denn da für einen Blödsinn gemacht (Blödsinn gemacht … gemacht echote es in mir). Sie sind ja ein ganz Ausgebuffter – mit Ihrem Allerweltsschafsgesicht und Ihren Jünglingslippen … Laufen da als Racheengel durch die Gegend

420

... wieso übertrieben ... warten Sie mal ab ... Jetzt müssen wir uns was für Sie ausdenken. – Wissen Sie, was halten Sie von einem Tapetenwechsel ... ich hab das Gefühl, Sie müssen aus dem Bannkreis der Dame raus, vorher sind Sie nicht kuriert ... da besteht immer die Gefahr eines Rückfalls ... Sie fahren irgendwann wieder hin oder suchen nach ihr ... wer weiß, was sie Ihnen beim nächsten Mal ins Ohr träufelt ... Schierling oder so was ... Wohin zieht es Sie, in welche Ecke Deutschlands wollten Sie schon immer mal hin, womit könnten Sie sich anfreunden ... ach was Nordlicht ... ich schlage was Städtisches vor, Großstädtisches ... das hier kann man ja nicht Stadt nennen – lassen Sie sich Asphaltluft um die Nase wehen, gehen Sie ins Kino, Theater, Kabarett, Ausstellungen, mit Frauen aus – das bringt Sie auf andere Gedanken – vernünftige, alltägliche, solide Gedanken ...

Für diese Geschichte ist es unerheblich, wohin es mich verschlug, d. h. wohin ich mich auf seinen Rat und seine Vermittlung bzw. Empfehlung hin aufmachte: es war eine Großstadt, soviel sei gesagt, im mitteldeutschen Raum, wo es mir, nach anfänglichen Eingewöhnungsschwierigkeiten, einigermaßen gut gefiel – so gut wie in irgendeiner andern, schätze ich, wo man sich seinen Gewohnheiten und Neigungen gemäß einrichtet und seine Ansprüche seiner Umgebung anpaßt. Überdies haben Juristen gewöhnlich Freunde in allen Himmelsrichtungen – denn überall braucht und schätzt man Juristen. Sogar das Kulturprogramm absolvierte ich brav, wurde auf mehrere Jahre hin Theaterabonnent und (nach meinem Empfinden) sogar Theater*kenner*, der im Unterschied zu den allermeisten Zuschauern die Stücke (auch die modernen, gerade sie) nicht nur anschaute, sondern sogar las und sogar auch alle Kritiken las – getreu meinem Widerwillen gegen das Oberflächliche. Zweimal verliebte ich mich und zweimal – nach anfänglicher Euphorie auf beiden Seiten – zerschlug es sich wieder: zweimal vertröstete mich die Betreffende mit ganz ähnlichen, ja fast identischen Worten: Sie habe festgestellt, daß ich – irgendwie – doch nicht der Richtige sei, ich möge das nicht per-

sönlich nehmen, denn menschlich sei ich großartig, nur ...
Und ließ sich mit dem ersten besten hergelaufenen
Stumpfkopf ein, der vielleicht besser paßte. Wenn ich darob
nicht untröstlich war, so nicht nur deshalb, weil ich das
Zeitalter potentieller Untröstlichkeit – entweder gar nicht
durchgemacht hatte oder es unbemerkt an mir vorbeigegan-
gen war, sondern weil ich im Herzen fühlte, daß sie recht
hatten – alle beide. Offenbar gab es etwas in mir, was auf
diese zwei jungen Frauen, vielleicht auf die Damenwelt en
gros, erkältend wirkte, und es schien, als konnte es hierzu
keine Abhilfe geben, ehe ich nicht selber wußte, was es war
– ehe ich es nicht auf irgendeine Weise zu fassen bekommen
hatte. Gelegentlich – obwohl die Erinnerung, wie es kaum
anders sein kann, schwächer wurde – überfiel mich doch
noch der beklommene Gedanke, daß dies mit Madame Minerva zusammenhängen mochte, die mir immer noch im
Sinn herumspukte; ich konnte ihre Gestalt, unsere Begegnungen, das, was sie bei diesen Gelegenheiten gesagt und
zum Ausdruck gebracht hatte, diese ganze sonderbare Geschichte, in die ich gegen meinen Willen hineingezogen
worden war, noch immer lebhaft zurückbeschwören, wenn
ich wollte, so starken Eindruck hatte das alles auf mich gemacht, nur zog ich gewöhnlich vor, es nicht zu tun (der
Weisungen meines Mentors eingedenk), ohne wiederum
verhindern zu können, daß das gleichsam Unabgeschlossene
dieser Sache mich quälte wie es die Geschichten tun, die
uns in Atem gehalten haben und deren Auflösung man uns
vorenthält: ohne Lösung kein Sinn, lautet die Regel, und ein
Mensch, dem man den Sinn vorenthält, ist wie ein Fisch,
der auf dem Trockenen zappelt.
Nach vier Jahren erhielt ich einen Brief, der nach Art der
russischen Puppen einen weiteren enthielt und dieser noch
einen, den eigentlichen, der folglich nach meiner Rechnung
viermal auf die Reise geschickt worden war. Der letzte Absender war mein wohlwollender Mentor, dem ich nach wie
vor zum Geburtstag und zu Weihnachten zu schreiben
pflegte (Grußpostkarten) und der mir dies Päckchen mit

der Anmerkung übersandte, dies sei ihm vom Landgericht in T. (meiner alten Arbeitsstätte) während eines längeren Krankheitsurlaubs zugegangen mit der Bitte, es an mich weiterzuleiten, da man davon ausgehe, daß er über meine derzeitige Adresse verfüge; mein alter Richter hatte auf seine launige Art hinzugesetzt: er könne sich irren und sein Gedächtnis sei nicht mehr ganz zuverlässig, aber der Name des Absenders erinnere ihn stark an einen jener drei Vögel, mit denen ich es einst (beziehungsvolle Auslassungspunkte) zu tun gehabt habe: schauen Sie doch mal nach (jetzt ganz unverblümt), was der Ihnen zu sagen haben will. Wie konnte eine solche Ankündigung, von deren Wahrheit ich mich bereits überzeugt hatte, noch ehe die Zeilen meines Mentors in mein Bewußtsein gedrungen waren, und die folglich nur bestätigten, was meine Intuition und mein Verstand bereits erfaßt hatten, keine beklommenen Gefühle erwecken? Ich starrte den Brief an und konnte mir einfach nicht vorstellen, daß er etwas Gutes enthalten sollte – so viele negative Assoziationen hatten sich in der Folge mit dem damaligen Geschehen und meinen Empfindungen dazu verknüpft, daß ich auch jetzt noch, volle vier Jahre später, ihr ganzes Gewicht spürte – stärker als das damalige, als wäre es (ohne mein Zutun) in der Zwischenzeit noch schwerer geworden. Sollte ich – die Versuchung war mächtig – das Schreiben nicht einfach vernichten und mir einzubilden versuchen, ich hätte es nie erhalten? Oder stellte das eine Pflichtverletzung dar – keine offizielle womöglich, aber eine der Art, an die wir uns am Ende unseres Lebens mit unklaren Schuldgefühlen zu erinnern pflegen? Oder enthielt dieser Brief nun, der so sonderbare Anstrengungen unternommen hatte, um mich zu erreichen, als sei er mit einem Beharrlichkeitspulver besprüht worden – enthielt dieser Brief nun die späte Reue, die ich so sehr ersehnt und nach der ich vergeblich geforscht hatte – jenes Aufglimmen des Nachdenkens und der Selbstprüfung, ohne die ein Mensch, mag er äußerlich auch noch so tadellos erscheinen, sein Leben gleichsam nicht vollenden kann und, von seinen Lüsten,

Ängsten und Begierden vorangetrieben, wieder ins Dunkel zurück muß, aus dem es ihn einst ins Dasein gerufen hat? Schließlich biß ich die Zähne aufeinander, riß den Brief auf, entfaltete eine beschriebene Seite und begann zu lesen, d. h. ich versuchte es, denn die allerersten Zeilen erschienen mir so konfus – obwohl sie es vielleicht gar nicht waren –, daß nichts davon in meinem Gedächtnis verblieben ist; dann allerdings kam ein Passus, der sich mir mit glühenden Lettern eingebrannt hat.

... L. hat sich mit der Pistole erschossen, mit der er im Schützenverein trainiert, keiner weiß, warum. M. sitzt seit drei Monaten im Gefängnis wegen schwerer Steuerhinterziehung und Veruntreuung von Firmengeldern, seine Frau hat die Scheidung eingereicht; wenn er entlassen wird, ist er ruiniert. Mir geben die Ärzte keine gute Prognose ... d. h. der eine Arzt nicht, und der andere auch nicht. Kein halbes Jahr ... Ihre Hexe hat also ihre Rache gehabt. Sind Sie nun zufrieden? Sie waren doch gekommen, um uns erneut anzuklagen – jeden einzeln, alle drei – als ich bei Ihnen war, wußte ich es – trotz aller beschwichtigenden Dinge, die Sie zu mir sagten, hatten Sie den Blick des Anklägers in Ihren Augen. Als ich Sie das erste Mal sah, hier vor meinem Haus, in meiner Straße, als ich Sie für einen Klassenkameraden hielt und Sie meinen Irrtum korrigierten ... hinterher, als Sie wieder weg waren, sagte ich mir: Das ist wirklich ein sonderbarer Zufall ... dieser Mensch wird mir entweder Glück oder Pech bringen ... Und jetzt sind Sie der Unglücksüberbringer gewesen ... Ich wollte Ihnen das mitteilen ... damit Sie Tag und Nacht dran denken können ... daß Sie drei Familien zerstört haben – ruiniert – weil Sie mit einer Sache ankamen, über die längst Gras gewachsen war. Sind Sie nun zufrieden? Ich – hier wurden die Sätze wieder konfus und zum Teil unleserlich, verschwommen – vielleicht weil Tränen der Wut und des Selbstmitleids darübergetropft waren.

Es war nicht zuletzt auch dieser Umstand, der mich nicht einen Augenblick an der Wahrheit dieses Schreibens zweifeln ließ – ich wußte, während ich darauf niedersah, daß es zutraf – eine innere Überzeugung sprach in meinem Herzen, die das Gewicht völliger Gewißheit hatte. Mein Mentor hat mir später die Teile davon bestätigt, die die beiden andern betrafen. Dieses Mal genügte eine Woche Krankmeldung nicht, um mich wieder ins Lot zu bringen: ich sah mich genötigt, eine Kur zu beantragen, so sehr fühlte ich mich in meinem Sein erschüttert und aus der Bahn geworfen, buchstäblich ... Meine Bekanntschaft mit Madame Minerva, von der allerersten Begegnung bis zur letzten und die sonderbaren, zum Teil unheimlichen und beklemmenden Aussprüche, die ich bei diesen Gelegenheiten von ihr gehört hatte: all das war mit einem Schlag wieder da, war mir vor Augen und spukte in meinem Sinn umher, peinigte mich bis zur physischen Qual.

Dies sagte sie in jener frostig-schwarzen Januarnacht, kurz nachdem sie in mein Auto gestiegen war: Kennen Sie den Rächer von Ernst Barlach? ... Diese merkwürdige Gestalt, die barfuß, mit erhobenem Schwert, im Geschwindschritt und fast in der Waagerechten über Land läuft? Niemand, der ihn sieht, zweifelt, daß er den, den er sucht, ereilen wird – solch ein Zielbewußtsein ist in ihm ... Er ist, was er ist: die verkörperte Rache und Strafe Gottes, der es gleichviel ist, was draußen ist, welche Stunde, welche Jahreszeit, welche äußeren Gegebenheiten ... Er vollzieht das Gesetz ..."

Dies in der milden Luft des Ostersamstags, als wir von ihrer Bank aus ostwärts zum Horizont blickten: ... ein einziger von den dreien, der das Zeichen des Nachdenkens und der Selbstprüfung an der Stirn trägt, soll genügen, um auch die beiden andern freizusprechen ...

Und dies nach unserem Gang über die verschneiten Felder, in der magischen Zeit zwischen Weihnachten und Neuem Jahr, als wir beim Glühwein in ihrer Küche saßen – mit jener unerschütterlichen Ruhe, mit der die Schicksalssprüche ausgesprochen werden: „Der Rächer ist unterwegs ... Ich habe Ihnen gesagt, wie man ihn abwendet und wie er aufzuhalten gewesen wäre ... Nachdem all dies – sogar in seiner geringsten Form – versäumt worden ist, nimmt die Sache ihren Lauf ..."

War es möglich?

Unsinn, sagte mein Mentor, den ich noch einmal – zum dritten und, wie ich hoffte, *letzten* Mal in dieser Sache bemüht hatte, persönlich sogar, denn ich besuchte ihn auf meiner Fahrt zur Kur (nordwärts an die Küste), deren Lokalität er mir empfohlen hatte: Damit Sie's ein bißchen hübsch haben und nicht so getriezt werden wie die Normalbürger – „Unsinn! Unsere drei Kandidaten haben einfach nur die Quittung bekommen für ihre jeweiligen Lebensentwürfe. So ist das, keine Zauberei vonnöten. Sie werden doch nicht an mediale Einflußnahme oder so etwas glauben wollen? Unter Juristen ist die Spintisiererei ja durchaus verbreitet – wir haben öfter mal einen Schlag nach der Seite hin ... das Okkulte, das zieht uns an, immer nach dem Motto: da muß doch etwas sein, kein Rauch ohne Feuer. Tobt sich aber meistens literarisch aus, dieser Hang, was auch das Gesündere ist. Oder im Unterhaltungsgenre. Und was Ihre Dame anbelangt: ist nicht das erste Mal, daß einer in der Einsamkeit von religiösem Wahn befallen wird. Der erste, der Selbstmörder, soll schon in seiner Jugend depressiv gewesen sein – äußerlich ein Hallodri und Vereinsmeier, und innen fraß es. Der Steuerhinterzieher – ein findiger Vogel – trieb die Sache schon recht lang – weit länger als die vier Jahre, die das nun für Sie zurückliegt – hat sich ein Vermögen zusammengerafft und ist schließlich aufgeflogen, wie es so geht, wenn die kriminelle Energie weiter reicht als Vorsicht und Klugheit. Der dritte ... die larmoyante Seele ... offenbar ein notorischer Schuldaufbürder ... dem kamen Sie gerade recht, da konnte er den Vorwurf, den er sich selbst hätte machen müssen, an Sie loswerden ... Und nun ziehen Sie mal einen beherzten Strich, machen sich auf die Socken, suchen sich einen Kurschatten, atmen Aerosole, soviel wie Sie kriegen können, und nach drei Wochen sind Sie kuriert und können in neuer Frische an Ihre Arbeit zurück, ohne Gram und Hirngespinste."

Das Merkwürdige an dieser Aussprache war, daß mir die banal-glatt-nüchterne Version dieser Geschichte und Madame Minervas Version (der ich heimlich anhing) gar nicht so weit auseinander zu liegen schienen, als daß sie unvereinbar gewesen wären. Mir schienen sie eher wie zwei Varianten derselben Sache, die aus unterschiedlichen Perspektiven betrachtet wird – mit einem trüben und einem klaren Auge angesehen. Meine Kur – es herrschte drei Wochen lang in verschiedenen Variationen schlechtes Wetter, sogar für hiesige Verhältnisse – wäre mir übrigens schlecht bekommen, wenn ich mich nicht besonnen und eifrig gekritzelt hätte. Ich schrieb alles auf, so wie es sich ereignet hatte und wie es jetzt hier steht, mit all meinen Gefühlen und Gedanken hierzu; ich setzte mir ein Tagespensum und jedesmal, wenn ich ein Stück geschafft hatte, atmete ich auf. Weiter! Nachdem ich mehr oder minder am Ende angelangt war – denn ein tatsächliches Ende gibt es womöglich nicht, zumal bei wahren Begebenheiten –, drängte sich mir die Frage auf: was ich mit dem Konvolut beginnen wollte? Sollte ich es wegsperren, aus meinen Augen verbannen und nie mehr daran denken, als hätte es niemals stattgefunden (wozu mir wahrscheinlich mein Mentor geraten hätte)?

Ich entschied mich für ein Experiment. Ich gab das Konvolut nacheinander drei Frauen zu lesen, für die ich mich interessierte und die sich vor allem auch für *mich* interessierten. Das Resultat war nicht allzu ermutigend. Die erste fing mit viel Schwung an und ächzte (bzw. kämpfte) sich dann hindurch, wie sie sagte: hatte Mitleid mit den drei Tätern und fand es unerhört (was genau, blieb unklar). Die zweite durchflog es in Windeseile, bemerkte kühl, als sie es mir zurückgab, sie interessiere sich nicht für solche Dinge, sah mich von da an seltsam an und zog sich merklich und eilig zurück. Die dritte ... ach! eine recht hübsche – sträubte sich mit Händen und Füßen, als ich ihr das Heft aufnötigen wollte (das war ihr Ausdruck), und wollte sich nicht eher zum Lesen bereiterklären, als bis ich ihr versichert hatte, ob die Sache gut oder schlecht ausging ... Ich verzichtete auf alles weitere Experimentieren, denn mit solchen Dingen, die unser innerstes Sein betreffen, soll man keinen Scherz treiben, und versuchte mich mit dem Los anzufreunden, das mir beschieden schien und das mein wohlwollender Mentor in einer seiner Weinlaunen mir einmal angedeutet hatte: solo zu bleiben, „denn die Frauen haben es nicht so mit den Richtern, das werden Sie auch noch spitzkriegen, auch wenn sie aus Kommoditäts- und anderen Gründen das Gegenteil tun und behaupten." Dabei hatte ich doch nur (so sagte ich mir) nach einem Menschen gesucht, der wie ich daran glauben wollte, daß – wie soll ich es sagen – daß Gottes Mühlen *mahlen* und zwar immerfort, gleichviel welche Anstrengungen der Mensch unternimmt, um dies nicht zur Kenntnis nehmen zu müssen. Ich zog schließlich zurück in den Norden und suchte, als ich eines Nachmittags in der Gegend war, das Grab der kleine Sophie auf dem Dorffriedhof auf, d. h. ich ging dorthin, um herauszufinden, ob es noch da war, und war erfreut und bewegt, es wiederzufinden: in blühendem Zustand gleichsam, denn schneeweiße, sternförmige Blüten, deren botanischen Namen ich nachschlagen mußte (echte Sternmiere) rieselten daraus hervor. Es war ein liebreicher Anblick und mir war, als ich gedankenvoll darauf niedersah, momentelang, als stünde Madame Minerva hinter mir und blicke mir mit ihren Eulenaugen über die Schulter: eine Einbildung, gewiß, denn als ich den Kopf wandte, waren da nur der Himmel und die Felder. Ich nahm all dies, sogar auch meine Einbildung, als günstiges Zeichen: daß die Weisheit nicht untergeht, auch wenn sie noch so sehr bekämpft, geschunden, niedergetrampelt wird und eine Weile lang vom Erdboden verschluckt scheint: als kleine weiße Blume, sacht und unaufhaltsam, kommt sie wieder ans Licht.

# Inhalt